KB151484

수저옥란빙 · 곽해룡전

SoojeoOkranbing · Kwakhaeryong-Jeon

Commentary by
Lee, Yoon-suk · Kim, Kyung-mi

이 저서는 2002년도 한국학술진흥재단의 지원에 의하여 연구되었음.
(KRF-2002-071-AM3014)

연세국학총서 34

세책 고소설 18

수저옥란빙 · 곽해룡전

이윤석 · 김경미 교주

景仁文化社

· 이윤석

연세대학교 국어국문학과 문학박사
현재 연세대학교 국어국문학과 교수
저서 『임경업전 연구』, 『홍길동전 연구』, 『세책 고소설 연구』 등
논문 「경판 <설인귀전> 형성에 대하여」 외 다수

· 김경미

연세대학교 국어국문학과 문학박사
현재 성균관대학교 대동문화연구원 연구교수
저서 『박제가의 시문학 연구』
논문 「평시조의 형성과 전개」, 「朴齊家의 文學認識과 詩論의 様相」 등

연세국학총서 34
세책 고소설 18

수저옥란빙 · 곽해룡전 값 20,000원

초판 인쇄 : 2007년 8월 20일
초판 발행 : 2007년 8월 30일

교주자 : 이 윤 석 · 김 경 미
발행인 : 한 정 희
발행처 : 경인문화사
편 집 : 김 소 라

주 소 : 서울시 마포구 마포동 324-3
전 화 : 02-718-4831~2, 팩 스 : 02-703-9711
이메일 : kyunginp@chol.com
홈페이지 : 한국학서적.kr | http://kyunginp.co.kr
등록번호 : 제10-18호(1973.11.8)

ISBN : 978-89-499-0509-9 93810
* 파본 및 훼손된 책은 교환해 드립니다.

머리말

소설이라는 장르에 대한 규정을 어떻게 하는가에 따라 그 발생에 대해서는 여러 가지 견해가 있을 수 있다. 그러나 이 책에서 우리가 주석을 붙여서 현대어로 옮긴 한글 고소설은, 조선 후기에 이르러 도시의 발달과 함께 이야기를 즐길 수 있는 시간과 경제적 여유를 갖게 된 사람들의 요구에 의해 생겨난 것이다. 한글로 된 이야기를 읽고 즐긴 사람들은 중국소설을 원문 그대로 읽을 수 있던 사람들과는 다른 계층의 사람들이었다. 조선 후기에 한문소설의 독자는 중국에서 들여온 소설을 직접 구입하거나 빌려서 읽었겠지만, 한글소설의 독자는 대부분 세책집을 통해서 소설을 읽었던 것으로 보인다. 특히 한 편의 작품이 수십 책에서 백 책이 넘는 한글 장편소설이나 번역소설은 대부분 세책집을 통해서 읽었을 것이다.

소설 연구에 있어서 소설이 갖고 있는 상업적인 측면은 무시할 수 없는 중요한 요소이다. 고소설도 마찬가지여서, 고소설이 하나의 상품이 되기 시작한 것이 어느 때부터인가를 잘 살펴보아야 할 것이다. 상업적 성격을 갖고 있는, 세책본, 방각본, 활판본(活版本)을 서로 연관지어 연구해야할 필요성이 여기 있다. 이렇게 세책본, 방각본, 활판본 등 명백한 상업적 성격을 갖고 있는 소설에 대해서는 순문예적인 접근뿐만 아니라 이들의 상업적 성격이 무엇인가에 대한 연구가 필요하다.

2002년 8월부터 2년간 조선 후기 세책을 연구하기 위한 기초작업으로 세책본 소설을 수집하고 이를 정리하는 작업을 해왔다. 한국학술진흥재단의 재정 지원으로 연구자들이 안정적으로 이 일에 전념할 수 있어서 상당량의 세책본을 수집할 수 있었고, 이 가운데 약 반 정도는 원문의 전산입력과 현대어 역주가 이루어졌다. 될 수 있으면 이 작업의 결과를 모두 출판하려고 한다. 이번에 간행되는 책은 『수저옥란빙』과 『곽해룡전』이다.

1차 전체 역주 작업은 김경미가 맡아서 했고, 이 초고를 두 사람이 각각 따로 검토한 다음 의견이 서로 다른 부분은 상의를 해서 결정했다. 열심히 한다고 했으나 끝내 찾아내지 못하고 미상으로 처리한 곳이 있고, 또 오류를 최대한 줄인다고 했으나 잘못된 데가 있을 것이다. 독자들의 질정을 바란다.

『곽해룡전』의 이본 대비는 박사과정의 이미라양이 작업해놓은 것의 도움을 받았다. 이 자리를 빌어 감사의 뜻을 전한다. 연구비 지원을 해준 한국학술진흥재단과 여러 연구교수들이 마음 놓고 연구할 수 있도록 좋은 연구 환경을 만들어 준 연세대학교 국학연구원에 감사드린다. 급하게 부탁을 했음에도 흔쾌히 출판을 맡아준 경인문화사에도 아울러 감사드린다.

2007년 8월

이윤석

일러두기

1. 교주의 대본은 2종 모두 일본 동양문고에 소장되어 있는 세책본이다.
2. 교주하여 현대어로 옮긴 것을 먼저 싣고, 원문은 뒤에 붙였다.
3. 현대어로 옮긴 것은 최대한 고어의 맛을 살리려고 했다.
4. 원문이 훼손되어 해독이 불가능한 곳은 '□'로 표시했다. 원문이 훼손된 곳을 현대어로 옮길 때, 다른 이본을 참고하여 보충할 수 있는 곳은 옮기고, 추정이 불가능한 곳은 '□'로 표시했다.
5. 주석은 해당 어휘나 어구에 각주를 달았다. 같은 어휘와 어구가 반복될 경우, 처음 나오는 곳에 1회만 하는 것을 원칙으로 했다. 그러나 주석한 곳과 다시 나온 말의 위치가 멀 경우, 또는 문맥상 오해의 소지가 있는 경우에는 또 주석을 붙였다.
6. 원문의 장수를 표시하기 위해 현대어 교주에는 각 장의 첫 글자 위에 점을 찍고 장수를 표시했고, 원문은 장수 표시 밑에 띄어쓰기 없이 실었다.
7. 원본에는 어휘가 두 번 반복된다거나 잘못된 낱말이 나온다든가 또는 글자가 빠지는 등의 오류가 있는데, 원문 입력은 이런 부분을 그대로 실었으나, 역주본에서는 그것을 교정하였다.

차 례

수저옥란빙

수저옥란빙 해제

1.

이 책에서 주석을 한 대본은 현재 일본 동양문고에 소장되어 있는 『수저옥란빙』 8권 8책본으로 향목동에서 빌려주던 세책이다. 각 권의 장수와 필사기는 다음과 같다.

1권(27장) : 셰을묘뎡월일향목동셔
2권(32장) : 셰을사계츄향목동셔
3권(31장) : 셰을묘뎡월일향목동셔
4권(31장) : 셰을묘이월일향목동셔
5권(31장) : 셰을묘이월일향목동셔
6권(30장) : 셰을묘이월일향목동셔
7권(31장) : 셰을묘이월일향목동셔
8권(30장) : 셰을묘이월일향목동셔

동양문고본 『수저옥란빙』 전체 8권 가운데 제2권을 제외한 나머지는 모두 을묘년(1915) 1월과 2월에 필사한 것이고, 2권은 을사년(1905) 9월에 필사한 것이다. 이렇게 여덟 권이 한 질인 작품 가운데 한 권만 필사시기가 10년이나 차이가 나는 이유는, 각기 필사 시기가 다른 두 질을 합쳐서 하나로 만들었기 때문이다. 1915년에 필사해서 빌려줄 때부터 한 질의

구성이 이렇게 되어 있었던 것인지, 그렇지 않으면 동양문고에 납품하는 시점에서 이렇게 한 질을 맞춘 것인지는 알 수 없으나, 여덟 권 가운데 한 권만 필사시기가 10년이나 차이가 나는 것은 그러한 이유 때문이다.

이 작품은 방각본으로 출간된 일은 없는 것 같고, 필사본도 별로 없으나, 『옥난빙』이라는 제목으로 활판본이 출간된 것이 있다. 활판본은 세책을 저본으로 해서 만들어진 것이나, 세부 묘사가 복잡한 대목은 대부분 생략했다.

2.

향목동 세책 『수저옥란빙』의 줄거리는 다음과 같다.

명나라 이부상서 진양은 부인 왕씨와 두 첩 장씨 · 송씨를 두고 지낸다. 부인 왕씨가 낳은 아들 숙문이 14세에 이르자 혼담이 많이 들어오나, 아직 정하지 않는다. 숙문은 외사촌들과 사이좋게 지낸다.

예부상서 석홍은 자식이 없었는데, 부인이 꿈에 한 스님으로부터 옥으로 만든 난(鸞)을 받은 후 딸 난영을 낳는다. 난영이 8세 되던 해에 한 스님이 암컷 옥란을 주며, 원래 자웅(雌雄)이 있었으나 당나라 때 난리에 없어졌다고 설명하고는 이내 사라진다.

숙문과 난영은 중매를 통해 혼인을 하는데, 진양의 집안 가보로 수컷

옥란이 있음을 알게 된다. 진양의 첩 송씨는 성품이 좋지 않다. 난영은 송씨를 공경하나 송씨는 난영을 해치려고 한다. 숙문은 과거에 장원으로 급제하여 벼슬을 한다(1권 끝).

숙문이 처가에 가서 술을 먹고 돌아오다가 어떤 여자와 잠시 수작을 하나, 곧 후회하고 그만 둔다. 이 여자는 병부시랑 유기의 첩이 낳은 딸 매영인데, 매영은 숙문과 혼인시켜달라고 어머니를 조른다. 유기의 첩은 진양의 첩 송씨의 언니로 유기의 정실부인을 쫓아내고 자신이 정실이 된 여자이다.

숙문에게 매영을 첩으로 삼으라고 권하나 숙문은 거절한다. 석소저(난영)는 아들을 낳는다. 송씨는 계속해서 여러 가지 계책을 꾸미나 숙문이 거절하여 혼인이 안 되자, 이 일을 황제의 애첩에게 부탁한다. 황제가 숙문에게 매영을 첩으로 삼으라는 명을 내려 결국 혼인을 하게 된다(2권 끝).

석소저는 유씨(매영)를 잘 대해주라고 숙문에게 얘기하나, 숙문은 유씨를 거들떠보지 않는다. 혼인을 했으나 한 번도 자신의 거처에 들리지 않는 숙문을 원망하며 유씨는 이모인 송씨와 석소저를 모함하는 음모를 꾸민다. 이 모함을 곧이들은 숙문은 석소저를 멀리한다.

진양의 또 다른 첩인 장씨는 이러한 음모를 눈치 채고 왕부인에게 숙문이 석소저를 멀리한다는 얘기를 하자, 왕부인은 숙문을 불러 꾸짖는다. 석소저는 쌍둥이를 낳는다.

북흉노가 쳐들어와 막을 사람이 없자 숙문이 출전을 자원하여 원수로 출정한다. 숙문이 출정한 사이에 송씨는 천년화라는 여자를 불러와 석소저를 제거할 음모를 꾸민다(3권 끝).

유씨는 천년화의 계교를 써서 시아버지 진양에게 정신이 혼미해지는 약을 먹이고, 석소저가 조생이라는 자와 사통한 것처럼 꾸민다. 진양은 계교에 넘어가 석소저를 쫓아내고 쌍둥이 손자를 죽이려고 한다. 석소저는 한 노승의 도움을 받아 어떤 암자로 가는데, 노승은 쌍둥이도 데려간다.

석소저를 쫓아낸 유씨는 백현도 죽이려고 기회를 엿보나 뜻대로 되지 않는다.

숙문이 흉노를 물리친 첩서를 보내니, 황제는 석상서를 보내 위로한다. 숙문은 장인이 황사(皇使)로 온 것을 알고 반갑게 맞이하여 환담한다. 근처에 명승이 있어 구경하는데, 석문이 닫혀 있는 곳이 있어 문을 열고 보니, 옥함이 있고, 함 안에 칼 한 자루가 있다.

숙문이 환국하여 황제에게 보고하니 치하하고 벼슬을 높여 준다. 집에 돌아오니 석소저와 쌍둥이 아들이 없고, 아들 백현은 너무 여위었다. 아버지로부터 석소저에 관한 얘기와 유씨로 본부인을 삼았다는 말을 듣는다. 서모 장씨는 그동안 화를 피해 친정에 가 있다가, 숙문이 돌아왔음을 알고 돌아와 석소저의 억울한 사연을 세세히 알려준다(4권 끝).

숙문은 석소저가 억울하게 쫓겨난 것이라는 생각을 하나, 확실한 증거가 없어서 어쩔 수 없이 그대로 지낸다. 유씨가 시아버지에게 숙문이 자신을 박대한다는 얘기를 하자, 아버지는 숙문에게 한 달에 보름을 유씨에게 가서 지낼 것을 명한다. 숙문은 어쩔 수 없어 유씨의 방으로 가나, 언제나 옷을 입고 잔다. 서모 송씨도 숙문에게 유씨를 잘 대하도록 협박하나, 숙문의 냉대는 여전하다.

숙문이 석소저를 생각하는 마음이 점점 깊어져 마침내 병이 된다. 부모의 걱정함을 생각하고 몸을 추스린 숙문은 세상을 다 돌아다녀서라도 석소저를 찾아내리라고 결심하고, 천하를 주유하겠다고 집을 나선다.

석소저는 도월암에 숨어 지내는데, 채원(비구의 이름)이 곧 좋은 소식이 있을 것이라고 한다. 숙문은 길을 잃고 헤매다가 도월암에 이르게 된다. 채원이 맞이하여 머물게 하는데, 숙문이 어느 방에서 나는 독서성을 따라가서 창틈으로 보니, 부인인 석소저가 있다(5권 끝).

숙문이 먼저 노래를 불러 자신이 왔음을 석소저에게 알린다. 숙문은 반가워서 얘기하나, 석소저는 처음에는 말을 하지 않다가, 자신은 죄인이니 빨리 돌아가라고 한다. 숙문이 천문을 보니 나라에 환란이 일어났는지라, 우선 집으로 돌아간다.

매영과 송씨가 백현을 해치려고하나 장씨 모녀가 보호한다. 송씨는 매영에게 자객을 구해 숙문과 백현을 죽이라고 권한다. 천년화가 백현을 죽일 약을 매영에게 주나 기회를 얻지 못해 못 죽인다. 천년화는 숙문을 죽이려다 오히려 숙문의 칼에 죽는다.

집에 돌아온 숙문은 석소저를 만난 일을 말하지 않는다. 황제는 숙문을 태자의 스승으로 삼는다(6권 끝).

매영은 박시랑의 아들 문춘과 교통하여 잉태하나 아무도 알지 못하였다. 만삭이 가까워지자 친정으로 가서 아이를 낳는다.

매영이 친정으로 가고, 요녀 천년화가 죽은 후로 진양에게 약을 주는 사람이 없자, 진양은 점차 정신을 차린다. 진양은 자신이 저지른 일에 자책을 해서 병이 난다. 차도가 없더니, 숙문의 정성에 감동한 하늘이 내린 약을 먹고 쾌차한다.

우연히 유씨의 방에서 옥란을 발견한 숙문이 아버지에게 이 사실을 알리자, 석소저를 쫓아낸 음모에 가담했던 유모를 문초해서 모든 사실을 밝혀낸다. 그리고 숙문의 외사촌형 왕어사를 보내 석소저를 데려오도록 하고, 숙문은 처가에 가서 석상서에게 이 사실을 알린다.

예부상서 범등이 숙문의 아들 백현을 보고 마음속으로 사위를 삼고 싶어 했는데, 진양에게 허락을 받는다(7권 끝).

왕어사가 촉에 가서 석소저를 데려오니, 시아버지가 사과한다. 석소저는 자신의 운명이라며 다른 사람을 원망하지 않는다. 석소저가 아들을 만나고, 서모 장씨에게 감사함을 표한다. 석상서 부부가 딸을 만나 기뻐하고, 황제도 이 얘기를 듣고 석소저를 절효부인에 봉한다. 숙문이 아버지에게 송씨를 용서해줄 것을 청해 데려오니, 송씨는 이후에 착한 사람이 된다.

친정으로 간 유씨는 다시 숙문에게 돌아갈 수 없게 되자, 모녀가 조생과 함께 조생의 외숙이 자사로 있는 형주로 도망한다. 형주자사가 모반을 하니, 숙문은 대원수가 되어 출전한다. 단번에 반적을 토벌하고, 함께 있던 유씨도 죽인다.

서모 장씨의 딸 숙혜와 숙문의 친구 한처사의 아들을 결혼시킨다. 석소저가 아들을 하나 더 낳고, 집안 전체가 화목하게 지낸다.

어느 해에 가뭄이 들어 천자가 하늘에 비나 비가 내리지 않자, 진숙문이 기우제를 주관하니 비로소 비가 내린다. 천자가 숙문의 집안에 집을 지어 하사한다. 숙문의 집안이 대대로 부귀영화를 누린다.

3.

세책의 표지에는 작품의 제목을 한자로 적어놓는데, 이 작품은 '水渚玉鸞'으로 되어 있고, 본문의 제목은 한글로 '슈져옥난빙'이다. 활판본의 제목은 옥(玉)으로 만든 난(鸞)새를 빙물(聘物)로 삼았다는 의미인 『玉鸞聘』이다. 이렇게 제목을 <수저옥란빙>이라고 한 것은, 주인공의 이름에 '전(傳)'자를 붙여서 작품명을 삼은 고소설의 일반적 제목과는 다르다. 세책본의 『수저옥란빙』에서 '옥란빙'의 의미는 알 수 있으나, '수저'는 왜 붙어 있는지 잘 알 수 없다. '물가'라는 의미로 '水渚'가 붙은 것이라면, 작품의 내용과는 별로 관련이 없이 제목 자체로 독자의 눈을 끌려고 한 것으로 보인다. 작품의 내용을 요약하거나, 등장인물의 이름으로 제목을 삼는 것이 아니라, 순전히 이미지로 작품의 제목을 붙인 것이라면, 이 작품은 통속소설에 대한 다른 이해를 갖고 있는 인물이 제목을 붙인 것이라고 하겠다. 또 남녀 주인공이 천상에서 잠깐 지상으로 내려온 존재가 아니라는 점도 독특하다.

위의 줄거리에서 볼 수 있듯이, 이 작품은 당대의 소설적 흥미 요소를 골고루 갖추고 있다. 몇 가지를 보면,

남녀의 결연이 '옥란'으로 예정되어 있다.
선한 인물(장씨)과 악한 인물(송씨)의 설정.
숙문이 처음으로 매영을 만나는 장면.
비록 필연성은 없지만 처(석소저)와 첩(매영)의 갈등.
숙문의 아버지에게 약을 먹여 정신을 흐리게 하는 술책.
처의 아들을 박해하는 여러 가지 방법.
자객을 써서 주인공을 해치려는 일.
오랑캐의 침입으로부터 나라를 구하는 주인공.
마지막에 다른 책을 보라는 광고.

등등이다.

이와 같이 이 작품에는 어딘가에서 본 일이 있는 낯익은 에피소드들이 연속해서 등장함으로 독자들은 쉽게 작품에 몰입할 수 있게 된다. 이 작품의 작가는 당대 통속소설의 창작기법을 잘 알고 있었고, 그 기술을 무난히 이 작품에 적용시켰다. 이렇게 통속적 에피소드를 나열하기는 했으나, 그런 익숙한 에피소드들이 적재적소에 배치되어 소설 전체와 잘 어울리는 짜임새를 갖고 있는 것은 아니다. 작품을 읽다보면, 왜 이 에피소드가 여기에 들어 있나 하는 의문이 들 정도로 생경하게 느껴지는 경우가 많은 편이다.

<수저옥란빙>은 필사본도 별로 없고, 활판본도 한두 군데밖에 출간한 곳이 없는 것으로 보아 커다란 인기를 얻은 작품은 아닌 것 같다. 향목동 세책 『수저옥란빙』은 8권 8책의 적지 않은 분량이다. 이 작품의 작자는 이 정도 분량을 엮어낼 수 있는 능력 정도는 갖고 있었으나, 독자를 사로잡을만한 독창적인 줄거리를 꾸며내는 능력까지는 갖고 있지 못했다는 것을 알 수 있다.

고소설의 창작이나 유통에 관한 연구는 별로 진척된 것이 없다. 이를 알아낼 수 있는 직접적인 자료의 부족이 가장 큰 원인이지만, 기존의 자료를 잘 이용해서 다른 시각으로 접근해보려는 시도를 하지 않았던 것도 사실이다. <수저옥란빙> 같은 작품에 대한 면밀한 검토를 통해 고소설 창작에 대한, 또 고소설 같은 조선후기의 통속문예의 독자의 반응에 대한 이해를 높일 수 있는 단서를 찾아낼 수 있을 것이다.

수저옥란빙 권지일

1 화설(話說). 대명(大明) 성화(成化)[1] 연간(年間)에 동화문 밖의 삼현촌에 일위(一位) 명환(名宦)이 있으니 성(姓)은 '진(陳)'이요, 명(名)은 '양'이요, 자(字)는 '문현'이니 본디 명문거족(名門巨族)[2]으로 교목세신(喬木世臣)[3]이라. 한조(漢朝) 개국공신(開國功臣) 진담의 후예(後裔)라. 또한 침묵인후(沈默仁厚)하고 총명통달(聰明通達)하여 입조사군(立朝事君)[4]하매 벼슬이 육경(六卿)[5]에 오르니 명망(名望)이 조야(朝野)[6]에 기울이매 천자(天子)가 지극 총애(寵愛)하시니, 만조(滿朝) 공경(公卿)이 추앙(推仰)하더라. 공이 급암(汲黯)[7]의 간경(簡勁)[8]과 위징(魏徵)[9]의 충성을 겸하여 벼슬이 이부상서(吏部尙書) 겸 용두각(龍頭閣) 태학사(太學士)[10]에 이르렀더라.

---

1) 성화(成化): 중국 명나라 헌종(憲宗, 1465~1487)의 연호이나, 소설의 내용과는 관계가 없음.
2) 명문거족(名門巨族): 이름나고 크게 번성한 집안.
3) 교목세신(喬木世臣): 여러 대에 걸쳐 중요한 벼슬을 지낸 집안 출신이어서 나라와 운명을 같이하는 신하.
4) 입조사군(立朝事君): 벼슬길에 올라 임금을 섬김.
5) 육경(六卿): 육조의 판서.
6) 조야(朝野): 조정과 민간을 통틀어 이르는 말.
7) 급암(汲黯): 중국 한(漢)나라 때 복양(濮陽) 사람. 자는 장유(長孺). 조정에서 바른 말을 잘하고 소신을 굽히지 않아 직간 잘하는 신하로 흔히 비유됨.
8) 간경(簡勁): 대쪽처럼 굳셈.
9) 위징(魏徵): 중국 당(唐) 태종 때의 정치가이며 문인.
10) 용두각(龍頭閣) 태학사(太學士): 홍문관(弘文館) 대제학(大提學)을 말하는 것으로 보임.

실중(室中)에 일위(一位) 부인(夫人)과 양개(兩個) 미희(美姬) 있으니, 부인 왕씨(王氏)는 성문(盛門)[11]에 생장하여 용모 기질과 여행사덕(女行四德)[12]이 출어범류(出於凡類)하여 양희(兩姬)를 인의(仁義)로 거느려 덕이 규문(閨門)에 화평(和平)하니 향당(鄕黨)[13]이 칭찬하더라. 양희 중 일인(一人)은 장씨(張氏)요 일인(一人)은 송씨(宋氏)니, 장씨는 현숙(賢淑)하여 부인 섬김을 노주(奴主)같이 하니 부인이 역시 사랑하고, 송씨는 위인(爲人)이 간휼(奸譎)[14]하니 부인이 가장 미흡히 여기나 대접함은 일반이러라. 2

참정(參政)[15]이 부인과 더불어 동주(同住) 수십 여 년에 독자(獨子)를 두었으니 이는 □□ 기린(麒麟)[16]이요, 국가동량(國家棟樑)[17]이라. 산천수기(山川秀氣)와 일월정화(日月精華)를 품수(稟受)하여 옥골선풍(玉骨仙風)이 청신쇄락(淸新灑落)하더라. 또한 침묵정숙(沈默整肅)하여 효행(孝行)이 출천(出天)하니 이름은 '숙문'이요, 자는 '천양'이니 방년(芳年)이 십사 세에 현명(賢名)이 일세(一世)에 훤동(喧動)[18]하니, 고문거족(高門巨族)의 여자(女子) 둔 자가 마음을 기울여 매파(媒婆)가 문에 메었으니, 참정이 아자(兒子)의 배우(配偶)를 가리려 하매 반드시 숙녀를 구코자 하매 경(輕)히 허(許)치 않아 동서(東西)로 밀막아[19] 정혼(定婚)한 곳이 없으니, 차시(此時) 왕부인이 양위(兩位) 거거(哥哥)[20]가 있으니, 장(長)은 호부상서(戶部尙書) 홍문관(弘文館) 태학사(太學士) '세안'이요, 차(次)는 좌풍익

11) 성문(盛門): 성대한 가문.
12) 여행사덕(女行四德): 여자로서 갖추어야 할 네 가지 덕. 마음씨[婦德], 말씨[婦言], 맵시[婦容], 솜씨[婦功]를 이름.
13) 향당(鄕黨): 자기가 사는 마을, 또는 마을 사람들.
14) 간휼(奸譎): 간사하고 음흉함.
15) 참정(參政): 의정부에 속한 벼슬. 진양을 가리킴.
16) 기린(麒麟): 성인이 이 세상에 나올 전조로 나타난다고 하는 상상 속의 상서로운 짐승으로 뛰어난 인물을 가리킴.
17) 국가동량(國家棟樑): 나라의 기둥 되는 인물.
18) 훤동(喧動): 떠들썩함.
19) 밀막아: 핑계대고 변명하여.
20) 거거: 오빠나 형을 말하는 중국어 '哥哥'를 발음대로 썼음.

(左馮翊) 이부시랑(吏部侍郞) '공안'이니 일세에 현명한 재상이라. 슬하에
장옥(璋玉)[21]이 선선(詵詵)[22]하므로 진공의 자녀가 희소(稀少)함을 위하
여 상서(尙書)의 삼자(三子)와 풍익(馮翊)의 양자(兩子)로 하여금 한 달에
반달씩 돌려 진부에 머물러 놀게 하니, 가론[23] '세광', '벽광', '화광', '칠
3 광', '석광'이 다 금마옥당(金馬玉堂)[24]에 한원(翰苑)[25] 명사(名士)라. 위인
이 화려 방탕하더니, 중서사인(中書舍人)[26] 세광이 한림학사 단현의 여
(女)를 엿보고 인하여 성광(成狂)[27]하니 그 부모가 대책(大責)하고 인하여
단씨를 취하니, 진공자가 사인(斯人)의 호색(好色)함을 웃는지라. 장파(張
婆)[28]가 왈,

"공자가 만일 취실(娶室)하실진대 왕공자의 십 배나 더하리니 너무 웃지 말으소서."

공자가 왈,

"서모(庶母)의 양안(兩眼)이 조심경(照心鏡)[29]이 아니어늘 어찌 나의 심사를 아느뇨?"

장파가 소왈,

"첩이 비록 암매(唵昧)하나 공자의 기색(氣色)을 어찌 모르리오? 요사이 첩이 공자의 동정을 보니 눈썹을 찡기어 품은 회포 있으니, 타인은 비록 무심하나 첩은 속이지 못하리로다."

공자가 대소(大笑) 왈,

---

21) 장옥(璋玉): 사내아이. 예전에 아들을 낳으면 반쪽 홀(笏)을 가지고 놀라고 주었던 데서 연유함.

22) 선선(詵詵): 자손의 수가 많은 모양.

23) 가론: 이르기를.

24) 금마옥당(金馬玉堂): 한(漢)나라 때 금마문(金馬門)과 옥당전(玉堂殿). 후에 한림원(翰林院)을 가리키게 됨.

25) 한원(翰苑): 한림원(翰林院)과 예문관(藝文官)을 아울러서 이름.

26) 중서사인(中書舍人): 중서성(中書省)의 벼슬.

27) 성광(成狂): 미칠 지경에 이름.

28) 장파(張婆): 진양의 두 첩 가운데 장씨를 말함.

29) 조심경(照心鏡): 마음을 비추어 볼 수 있다는 상상의 거울.

"서모는 괴히 여기지 말으소서. 숙문이 비록 연소(年少)하나 어찌 이 지경에 이르리오?"

장파가 또한 대소하더라. 장파에게 일녀(一女)가 있으니 이름은 '숙혜'라. 위인이 온순하고 용모가 절승(絶勝)하니 참정 부부가 사랑함이 공자의 버금이요, 공자가 또한 우애함이 동복(同腹)이나 다름이 없더라.

차설(且說). 예부상서 석공(石公)의 명은 '홍'이니 경주인(人)이라. 소년 4
등과(少年登科)하여 벼슬이 육경(六卿)에 오르고 상총(上寵)이 융성하더라. 석공의 위인이 강직하고 백행(百行)이 구비(具備)하며 부인 설씨(薛氏)와 더불어 동주(同住) 십여 년에 부덕(婦德)이 태임(太任)[30] 같고 자색(姿色)이 맹강[31]을 겸하였으나 한낱 농장지경(弄璋之慶)[32]이 없으니, 공이 매양 부인을 대하여 탄왈(歎曰),

"불효삼천(不孝三千)에 무후위대(無後爲大)[33]라 하니, 우리 나이 사십이 거의로되 사속(嗣續)[34]이 없으니 신후사(身後事)를 어찌하리오?"

설씨 척연(慽然) 왈,

"첩은 이미 생산(生産)을 바라지 못하니, 타문(他門)의 숙녀를 구하여 남녀간 사속을 보소서."

공이 추연(惆然) 왈,

"복(僕)[35]이 죄를 하늘에 얻어 금세(今世)에 과보(果報)를 받음이니, 처첩(妻妾)을 모으나 자식을 어찌 바라리오?"

하니, 부인이 심중(心中)에 감복(感服)하여 재물을 흩어 사람의 곤궁함을

---

30) 태임(太任): 중국 주(周)나라 문왕(文王)의 어머니. 문왕을 임신하였을 때 태교를 잘 한 것으로 유명함.

31) 맹강: 장강(莊姜)의 잘못인 것 같음. 장강은 춘추시대 위나라 장공(莊公)의 부인으로 인물이 아름다웠다 함.

32) 농장지경(弄璋之慶): 아들을 낳은 즐거움.

33) 불효삼천(不孝三千)에 무후위대(無後爲大): 삼천 가지 불효 중에 대를 이을 자손이 없는 것이 가장 큼.

34) 사속(嗣續): 대를 이을 아들.

35) 복(僕): 남자가 자신을 낮추어 이르는 말.

구제하여 빈궁지인(貧窮之人)을 많이 살리니, 석공의 적선여음(積善餘蔭)[36]과 설부인(薛夫人)의 성덕명행(盛德明行)[37]으로 어찌 사속(嗣續)이 없으리오?

일일(一日)은 부인이 일몽(一夢)을 얻으니, 천문(天門)이 열리며 일위(一位) 노옹(老翁)이 옥(玉)으로 만든 난(鸞)[38]을 가지고 부인께 드려 왈,

"차물(此物)이 비록 미소(微小)하나 부인께는 큰 보배 되리니, 바라건대 부인은 간수하소서."

설부인이 쌍수(雙手)로 받아 보니 맑은 빛이 찬란하거늘, 대희(大喜)하여 칭찬할 즈음에 공이 깨워 문왈(問曰),

"부인이 어찌 번뇌하시나잇고?"

부인이 몽사(夢事)로써 대하니, 공이 또한 경희(驚喜) 왈,

"하늘이 우리 고단함을 어여삐 여기사 기특한 사속을 두게 하시는도다."

하더니, 과연 그날부터 잉태하여 십 삭(朔)이 차매 일개 교옥(嬌玉)[39]을 생하니, 공이 생남(生男)을 바라다가 마음에 서어(齟齬)[40]하나, 자세히 살펴보니 비록 강보(襁褓) 유아(乳兒)나 용모 비상하여 해중명주(海中明珠)와 곤산백옥(崑山白玉)[41]이라. 공이 만심환희(滿心歡喜)하여 이름을 '난영'이라 하고 자를 '출옥'이라 하니 몽사(夢事)를 응함이러라.

난영 소저(小姐)가 점점 자라매 용모가 화태수려(花態秀麗)하여 녹파(綠波)에 부용(芙蓉)이 솟았는 듯, 덕행이 겸비한 중 오 세부터 사서삼경(四書三經)을 박람(博覽)하니, 문장(文章)과 필법(筆法)이 노사숙유(老士宿

---

36) 적선여음(積善餘蔭): 착한 일을 한 조상의 공덕으로 자손이 받게 되는 복.
37) 성덕명행(盛德明行): 큰 덕과 밝은 행실.
38) 난(鸞): 난새. 중국 전설에 나오는 상상의 새.
39) 교옥(嬌玉): 귀엽고 사랑스러운 여자아이.
40) 서어(齟齬): 탐탁지 못함.
41) 해중명주(海中明珠)와 곤산백옥(崑山白玉): 바다 속의 명주(明珠)와 곤륜산(崑崙山)의 백옥이라는 뜻으로, 뛰어난 인물을 가리킴.

儒)[42]를 압두(壓頭)하더라. 생세(生世)[43] 팔 세로되 일가(一家) 비복(婢僕)
이 그 얼굴 본 자가 드물고, 공의 부부가 애중함이 보옥같이 하여 시녀
(侍女) 삼 인을 가리어 소저 침실에 사후(伺候)[44]케 하니, 가론 '쌍앵', '쌍 6
섬', '쌍란'이라. 삼녀의 재용기질(才容氣質)이 또한 초세(超世)하니, 소저
가 사랑하여 침소(寢所) 좌우에 떠나지 아니코 침소(寢所)를 어화당에 정
하여 조석(朝夕) 문안(問安) 밖에는 소저의 자취가 지게[45] 밖에 나지 아
니하더라. 일일은 공이 조참(朝參)[46]하고 돌아온 길에 한 노승이 이르되,

"아무나 이 옥패(玉佩)를 일천 관(貫) 돈을 주고 사가라."

하거늘, 무심히 보았더니 시아(侍兒)가 보(報)하되,

"어떤 노승(老僧)이 이 옥패를 가지고 '노야(老爺)께 드리려 하노라' 하더이다."

공이 괴히 여겨 '들어오라.' 하니 한 노여승(老女僧)이 들어와 합장(合掌) 배례(拜禮) 왈,

"귀택(貴宅)에 소저가 계신다 하니, 한 번 보아 길흉(吉凶)을 정하고자 하나이다."

상서 비록 기꺼 아니하나, 여승의 상모(相貌) 비범함을 보고 경동(驚動)하여 소저를 부르니 소저가 수명(受命)하여 나올새, 풍영쇄락(豊盈灑落)[47]한 기질이 추천명월(秋天明月) 같으니, 상서 부부가 희동안색(喜動顔色)[48]하여 소안(笑顔)이 미미(微微)하니, 소저가 모친 곁에 앉으니 공이 소왈(笑曰),

"저 이고(尼姑)[49]가 너를 보아지라 하매 부름이라."

---

42) 노사숙유(老士宿儒): 나이 많고 학문이 깊은 선비.
43) 생세(生世): 세상에 태어난 지.
44) 사후(伺候): 웃어른의 분부를 기다리는 일.
45) 지게: 양쪽 문을 나란히 열게 되어 있는 지게문.
46) 조참(朝參): 문무백관이 정전(正殿)에 모여 임금에게 문안을 드리고 정사(政事)를 아뢰던 일.
47) 풍영쇄락(豊盈灑落): 풍만하고 깨끗함.
48) 희동안색(喜動顔色): 기쁜 빛이 얼굴에 나타남.

하고 이에 노승더러 왈,

"차아(此兒)의 평생이 어떠하뇨?"

노승이 이윽히 보다가 왈,

7 "수복(壽福)이 제미(齊美)[50]하여 평생이 영귀(榮貴)하거니와 초년에 잠깐 곤액(困厄)하나 후일 복록(福祿)이 무궁하리이다."

하고 소매로서 옥란(玉鸞) 일 개를 내어 소저 앞에 놓으며 왈,

"빈승(貧僧)[51]의 나이 일백에 이르고 경성(京城) 재상가(宰相家)에 아니 간 곳이 없으되, 소저 같은 절염(絶艷)[52]은 본 바 처음이라. 금일 소저를 보니 실로 옥란(玉鸞)의 임자이니 드리나이다."

하거늘, 공과 부인이 받아 보니 백옥에 새를 새겼으니 두 날개를 펴고 나는 형상이니, 옥빛이 맑고 찬란하니 짐짓[53] 천하의 무가보(無價寶)[54]라. 부인이 일견(一見)에 대경(大驚) 왈,

"이 옥란(玉鸞)이 전일 몽중(夢中)에 보던 옥란이니 가장 이상하고 신기한 일이로다."

공이 청필(聽畢)에 괴히 여겨 노승더러 왈,

"원래 옥란이 어디로부터 났으며 무엇에 쓰는 것이뇨? 자세히 일러 나의 의려(疑慮)[55]를 없게 하라."

노승 왈,

"이 옥란이 본디 자웅(雌雄) 있었으니, 석일(昔日) 당(唐) 시절에 삼장법사(三藏法師)[56]가 서천(西天)[57]에 들어가 불경(佛經)을 얻어 가지

---

49) 이고(尼姑): 여자 중. 비구니.
50) 수복(壽福)이 제미(齊美): 오래 살고 복을 누리는 일을 함께 갖춤.
51) 빈승(貧僧): 중이 자신을 낮추어 부르는 말.
52) 절염(絶艷): 비할 데 없이 아주 예쁨.
53) 짐짓: 과연.
54) 무가보(無價寶): 값을 매길 수 없는 보배.
55) 의려(疑慮): 괴이하게 생각하는 마음.
56) 삼장법사(三藏法師): 현장(玄奘).
57) 서천(西天): 서천서역국(西天西域國). 인도의 옛 이름.

고 나올 때에 옥란을 얻어 당(唐) 천자(天子)께 드리니 당황(唐皇)이 사
랑하다가 공신(功臣)에게 전하였더니, 그 후 난세(亂世)에 실산(失散)[58]
하여 길에 버린지라. 빈승(貧僧)이 거두어 간수하고 그 임자를 기다리 8
되 지금까지 만나지 못하였더니 금일 소저께 드림이요, 만일 자웅(雌
雄)을 한데 놓으면 밝기가 백주(白晝)나 다르지 않으니이다."

상서(尙書) 기이히 여겨 소저에게 주니, 소저가 쌍수(雙手)로 받아 곁에 놓고 염임(斂衽)[59] 대왈(對曰),

"고인(古人)이 운(云)하되, '남의 재물을 공(空)히 취치 말라.' 하였나니, 하물며 중한 보배를 어찌 가지리잇고?"

노승 왈,

"소저는 안심하소서, 불구(不久)에 웅난(雄鸞)을 마저 얻으리이다."

공이 여아의 청결함을 기특히 여겨 칭찬 왈,

"네 만일 남자런들 국가동량(國家棟樑)이 되고 문호(門戶)를 창(昌)[60]하리로다."

인하여 문왈(問曰),

"차물(此物)이 값이 얼마뇨?"

대왈(對曰),

"값은 즉 일천 금이거니와 빈승은 재물이 쓸 데 없으니 다만 소저의 일 수 시를 청하나이다."

공이 소저더러 왈,

"네 저 옥난을 표제(表題)[61]하여 지으라."

하니 소저가 응명(應命)하여 화전(花箋)[62]을 펴고 일필휘지(一筆揮之)[63]

58) 실산(失散): 흩어져 없어짐.
59) 염임(斂衽): 옷깃을 여밈.
60) 창(昌): 창성(昌盛). 기세가 크게 일어나 번성함.
61) 표제(表題): 표제(標題). 제목.
62) 화전(花箋): 화전지(花箋紙). 시나 편지를 쓰는 종이.
63) 일필휘지(一筆揮之): 한 번 붓을 놀려 단숨에 글을 씀.

하니 자자주옥(字字珠玉)이라. 공이 보매 문채(文彩) 영롱한지라. 대찬(大讚) 왈,

"아깝도다! 이런 재주로 남자 아닌 줄을 한하노라."

9 노승이 받아 소매에 넣고 하직하고 계하(階下)에 내리더니 홀연 간 바를 모르러라. 소저가 옥난을 가지고 침소에 돌아와 옥품(玉品)[64]의 기이함을 사랑하여 수중(手中)에 놓지 아니터라.

상서가 여아와 같은 배필(配匹)을 구하되 마침내 만나지 못하여 근심하더니, 진공자(陳公子)의 성현지풍(聖賢之風)을 흠앙(欽仰)하여 예부시랑 유기로 통혼(通婚)하니 유시랑이 진부에 와 참정을 보아 왈,

"소생이 귀부(貴府)에 이름은 월로(月老)[65]의 소임을 하여 군자 숙녀의 배우(配偶)를 천거(薦擧)하여 삼배(三盃) 하주(賀酒)[66]를 원하나이다."

참정이 흔연(欣然) 왈,

"뉘 집 규수뇨?"

대왈,

"석공(石公)의 여아이니 방년이 삼오(三五)에 이르되 지금(至今) 순양(純陽)[67]을 점복(占卜)지 못하였더니 영랑(令郎)[68]의 기특한 재명(才名)을 흠앙(欽仰)하여 문호(門戶)의 한미(寒微)함을 불고(不顧)하고 결승지연(結繩之緣)[69]을 맺고자 하더이다."

진공이 본디 석상서의 강직함을 탄복하던 바라. 대희 왈,

"불감청(不敢請)이언정 고소원(固所願)[70]이라. 어찌 명(命)을 봉승(奉承)치 않으리오?"

---

64) 옥품(玉品): 옥으로 만든 물건.

65) 월로(月老): 월하노인(月下老人). 주머니 속에 붉은 끈을 지니고 다니면서 남녀간의 인연을 맺어준다고 함.

66) 삼배(三盃) 하주(賀酒): 중매를 잘 하면 술이 석 잔이라는 속담.

67) 순양(純陽): 숫총각의 양기(陽氣).

68) 영랑(令郎): 남의 집 아들을 높여 부르는 말.

69) 결승지연(結繩之緣): 혼인의 인연을 맺음.

70) 불감청(不敢請)이언정 고소원(固所願): 감히 청하지는 못하나 진실로 바라는 바.

유공이 사례(謝禮) 왈,

"이제 허혼(許婚)하시니 다행하여라."

하고 돌아가 석공을 보고 진공의 허혼(許婚)함을 전하니, 상서 대희하여 즉시 길일(吉日)을 택하여 보내니 중추(中秋) 망간(望間)[71]이라. 진공이 부인으로 더불어 기쁨을 이기지 못하더라. 명일 석상서가 이르러 칭사(稱辭) 왈,

"소제(小弟)의 머리 누런 딸[72]로써 감히 구혼하였더니, 명공이 진진(秦晋)의 호연(好緣)[73]을 허하시니 산계(山鷄) 진실로 봉황(鳳凰)과 짝함이니이다."

진공이 손사(遜謝)[74] 왈,

"진실로 사문(士門) 일맥(一脈)[75]이라. 어찌 겸손하시느뇨?"

하고 드디어 주찬(酒饌)을 내와 통음(痛飮)[76]할새 주지수순(酒至數巡)[77]에 석상서 왈,

"소제는 괴이한 일이 있어 형께 묻고자 하나이다."

진공 왈,

"무슨 일인지 듣고자 하나이다."

공이 드디어 전일 이고를 만나 옥란 자패(雌牌)를 주던 수말(首末)을 이르고 또 오래지 않아 웅패(雄牌)를 얻어 자웅(雌雄)이 합하리라 하던 말씀을 설파(說破)하니, 진공 왈,

"웅패 과연 소저에게 있으니 신기하거니와 본디 이 옥란은 자웅이

---

71) 망간(望間): 음력 보름께.

72) 머리 누런 딸: 아직 어린 딸.

73) 진진(秦晋)의 호연(好緣): 혼인하는 일. 주(周)나라의 제후들이 모두 동성(同姓)이라 서로 혼인하지 못하였는데 진(秦)나라와 진(晋)나라 사람들은 이성(異姓)이어서 서로 혼인을 많이 하였다는 데에서 유래함.

74) 손사(遜謝): 겸손하게 사양함.

75) 사문(士門) 일맥(一脈): 선비 집안의 무리.

76) 통음(痛飮): 술을 매우 많이 마심.

77) 주지수순(酒至數巡): 술잔이 몇 차례 돎.

니 우리 선조(先祖) 개국공신(開國功臣)으로 세종황제 사급(賜給)[78]하신 바라. 전가지보(傳家之寶)[79]로 납빙(納聘)[80]하는 보배를 삼았더니, 천하 대란(大亂)하여 장사성(張士誠)이 불궤(不軌)를 꾀할 때[81]에 우리 선조 난세를 만나 도주하실새 옥란 자패를 잃고 매양 애석하시더니
11 형이 자패를 얻었도다."

석공이 기특히 여겨 소매로써 옥란 자패를 내어 진공의 웅패와 맞추어 서안(書案) 위에 놓으니 과연 일호(一毫)도 어김이 없는지라. 옥패 색이 비상하고 서기(瑞氣) 방광(放光)하여 광채 눈에 바애며[82] 제도(制度) 정묘(精妙)하여 천하의 무가보(無價寶)라. 진공이 대찬(大讚) 왈,

"자패를 잃은지 수백 년에 돈아(豚兒)[83]의 납채(納采)로 인하여 자웅이 완전하니 진실로 천재기봉(千載奇逢)이라. 풍류에 좋은 제목이 되리로다."

석공이 크게 기뻐 옥난을 거두어 소매에 넣고 술을 내와 진취(盡醉)하매 석공이 공자 보기를 청하거늘, 진공 왈,

"돈아가 성내(城內)에 들어가더니 지금(至今) 돌아오지 아니하니이다."

석공이 서운히 여기더라. 양인이 종일 진환(盡歡)하고 돌아와 부인을 대하여 옥란지사(玉鸞之事)를 설파하니 부인이 또한 신기하게 여기더라.

인하여 혼기(婚期) 다다르니 양가(兩家)의 혼구(婚具)를 성비(盛備)할새 대연(大宴)을 배설(排設)하고 만조백관(滿朝百官)과 고구친척(故舊親戚)을 다 청하여 즐길새 수륙진찬(水陸珍饌)[84]이 아니 가진 것이 없으니 진실

---

78) 사급(賜給): 나라나 관청에서 금품을 내어 줌.
79) 전가지보(傳家之寶): 집안에서 대대로 내려오는 보배.
80) 납빙(納聘): 혼인할 때에, 사주단자의 교환이 끝난 후 정혼이 이루어진 증거로 신랑 집에서 신부 집으로 예물을 보냄. 또는 그 예물.
81) 장사성(張士誠)이 불궤(不軌)를 꾀할 때: 장사성은 원(元)나라 말기의 무장. 한 때 서력이 컸으나 명(明)의 공격을 받아 패하였음.
82) 바애며: 부시며.
83) 돈아(豚兒): 자기 자식을 낮추어 부르는 말.

로 세간에 드문 잔치러라. 옥배(玉杯)를 날려 즐기더니 날이 반오(半午)[85] 12
에 신랑을 습례(習禮)[86]할새 생의 풍채 화려 준수하니 좌우 막불칭찬(莫不稱讚)하여 공에게 하례 분분하니, 공이 또한 기쁘고 두굿겨[87] 치하함을 사양치 아니터라. 공자가 길복(吉服)[88]을 갖추고 위의를 거느려 대로상(大路上)으로 행하니 도로(道路) 관광자(觀光者)가 공자의 풍채를 불승흠앙(不勝欽仰)[89]하여 칭찬하더라. 행하여 석부(石府)에 이르니 석공이 만면희색(滿面喜色)으로 신랑을 맞아 천지께 배례하고 옥상(玉床)에 기러기를 전하매 신부의 상교(上轎)[90]를 기다릴새, 석공이 생의 손을 잡고 좌중(座中)에 칭찬 왈,

"아서(我壻)[91]는 천상랑(天上郞)이라. 무슨 복으로 이런 쾌서(快壻)를 얻어 문난[92]의 광채를 빛내뇨?"

좌중이 쾌서 얻음을 치하하니 석공이 좌수우응(左酬右應)[93]하여 못내 즐기더라. 생더러 왈,

"아녀의 단장(丹粧)이 게으르니 모로미 최장시(催粧詩)[94]를 지어 신부의 단장을 재촉하라."

공자가 공수(拱手)[95] 대왈,

"소생이 노둔(老鈍)하여 시부(詩賦)를 성편(成篇)치 못하며, 겸하여 최장시는 가인재자(佳人才子)의 경박한 희롱이요, 군자 숙녀의 정대

---

84) 수륙진찬(水陸珍饌): 이 세상의 온갖 특이하고 빼어난 맛난 음식.
85) 반오(半午): 정오. 12시 무렵.
86) 습례(習禮): 예법이나 예식을 미리 익힘.
87) 두굿겨: 즐거워하여.
88) 길복(吉服): 혼인 때 신랑 신부가 입는 옷.
89) 불승흠앙(不勝欽仰): 공경하여 우러러 마지않음.
90) 상교(上轎): 가마에 오름.
91) 아서(我壻): 나의 사위.
92) 문난: 고대본에는 '문호'로 되어 있음.
93) 좌수우응(左酬右應): 이쪽 저쪽으로 부산하게 상대하고 응함.
94) 최장시(催粧詩): 신부의 몸단장을 재촉하는 시.
95) 공수(拱手): 공경의 뜻을 나타내기 위해 두 손을 맞잡음.

(正大)한 행사 아니오니 감히 성의(聖意)를 받들지 못하나이다."
13 석공이 부디 글을 지어 생의 재주를 좌중에 자랑코자 하여 간청 왈,

"내 너의 재주를 알은 지 오래니 어찌 사양하느뇨?"

하고 문방(文房)을 내와 짓기를 재촉한대 생이 굳이 사양하거늘, 좌간의(左諫議) 왕풍익이 가로대,

"질아(姪兒)가 어찌 사양하며 장유(長幼) 차례를 돌아보지 아니하느뇨? 모로미 일찍 성문(成文)하여 존의(尊意)를 저버리지 말라."

참정이 가로대,

"돈아가 위인(爲人)이 소졸(疏拙)하여 열위(列位) 웃음을 취할까 함이라."

하고, 이에 공자더러 '일 수(首) 시를 지어 성의를 받들라.' 하니, 공자가 수명(受命)하고 옥수(玉手)를 들매 용사비등(龍蛇飛騰)[96]하여 편시(片時)[97]에 짓기를 마치매 쌍수(雙手)로 받들어 부공(父公)께 드리니, 진공이 한 번 보매 희기(喜氣) 만면(滿面)하여 석공께 전하여 왈,

"돈아가 일찍 글을 힘쓰지 아녔더니 금일 열위 존형의 강권(強勸)하심을 인하여 겨우 성편하였으나 험체(險體) 많은지라. 한 번 가르침을 아끼지 말으소서."

차시(此時) 좌중빈객(座中賓客)이 다 일대문인(一代文人)이라. 공자의
연유(年幼)함을 업수히 여기더니, 먼저 그 휘필(揮筆)함을 보매 급한 비
내린 듯 계변(溪邊)에 백설(白雪)이 분분(紛紛)하니 그 신속함을 의아하더
14 니, 글을 보매 필법(筆法)이 정공(精工)하고 문리(文理) 광달(曠達)하니 자
자주옥(字字珠玉)이오, 편편금수(片片錦繡)라. 청신(淸新)한 글귀와 출류(出類)한 문재(文才) 두시(杜詩)의 웅위(雄威)함과 이백(李白)의 화려함을 겸한지라. 제객(諸客)이 좌(座)를 떠나 서로 보며 제성(齊聲) 왈,

---

96) 용사비등(龍蛇飛騰): 용이 살아 움직이는 것같이 아주 활기 있는 필력을 비유적으로 이르는 말.

97) 편시(片時): 잠시. 잠시동안.

"기재(奇才)며 미재(美才)라. 진형의 아들이 기린 같음을 안 지 오래거니와 오히려 이런 재주 있음을 보니 진실로 의외라."

석공이 또한 칭복(稱服)하고 두굿김[98]을 마지 아니니, 진공이 불감사사(不敢謝辭)하나 심중에 크게 두굿기더라.

석공이 내당에 들어가 여아를 재촉하여 보낼새, 설부인이 아미(蛾眉)를 그리며 운환(雲鬟)[99]을 어루만져 나무채를 채우고 띠를 둘러 경계(警戒) 왈,

"여자는 삼종대의(三從大義)[100] 있는지라. 네 모로미 구가(舅家)에 들어가 효봉구고(孝奉舅姑)[101]하고 승순군자(承順君子)[102]하며 경심계지(警心戒之)[103]하여 무위군자(無違君子)[104]하며 조심계지(操心戒之)[105]하라."

소저가 주루(珠淚)[106]를 머금어 재배 하직하매 공이 여아를 어루만져 경계 왈,

"여자는 이원부모(離遠父母)[107]하며 효봉구고(孝奉舅姑)하고 숙흥야매(夙興夜寐)[108]하라."

소저가 또한 수명하매 좌우 시아(侍兒)가 옹위(擁衛)하여 승교(乘轎)하

---

98) 두굿김을: 기뻐함을.
99) 운환(雲鬟): 구름같이 높이 쪽지어 틀어올린 머리.
100) 삼종대의(三從大義): 예전에, 여자가 따라야 할 세 가지 도리를 이르던 말. 어려서는 아버지를, 결혼해서는 남편을, 남편이 죽은 후에는 자식을 따라야 하는 일.
101) 효봉구고(孝奉舅姑): 시부모를 효성으로 모시는 일.
102) 승순군자(承順君子): 남편의 뜻을 순종하여 받들어 이음.
103) 경심계지(警心戒之): 자신의 마음을 경계함.
104) 무위군자(無違君子): 남편의 뜻을 거스르지 않음.
105) 조심계지(操心戒之): 자신의 마음을 잘 붙들어 경계함.
106) 주루(珠淚): 구슬 같은 눈물.
107) 이원부모(離遠父母): 부모를 떠나 멀리 떨어져 지냄.
108) 숙흥야매(夙興夜寐): 아침에 일찍 일어나고 밤에 늦게 잔다는 뜻으로, 부지런히 일함을 이르는 말.

매, 신랑이 순금 쇄약(鎖鑰)[109]을 들어 덩문[110]을 잠그매 백량(百輛)[111]을 맞아 돌아가니 위의(威儀) 도로에 휘황하더라. 부중(府中)에 이르러 양 신인(新人)이 금란보석(金襴寶席)[112]에 합환(合歡) 배례(拜禮)를 마치매 두 줄 화촉(華燭)이 옥인(玉人)을 인도하여 원앙배작(鴛鴦杯酌)[113]을 나누니, 이른바 남교(藍橋)[114]의 좋은 쌍이요, 백세양필(百歲良匹)[115]이라. 남풍여모(男風女貌)가 참치(參差)[116]하여 예를 파하매, 신랑은 출외(出外)하고 신부 연보(蓮步)를 돌이켜 구고께 조율(棗栗)을 받들어 대례(大禮)를 파하고 물러 좌(座)에 들매 만목(萬目)이 첨관(瞻觀)하니 하늘이 유의하여 특별히 내신 바라. 선자옥골(仙姿玉骨)이요, 설부화모(雪膚花貌)[117]라. 봉황쌍미(鳳凰雙眉)는 추수정신(秋水精神)[118]이요, 옥치단순(玉齒丹脣)은 백옥칭지(白玉秤之)[119]라. 도화양협(桃花兩頰)에 유성봉안(流星鳳眼)[120]은 추파(秋波)를 흘리는 듯하니, 일호일발(一毫一髮)에 규착(糾錯)[121]함이 없어 오행정기(五行精氣) 일월정화(日月精華)를 오로지 겸하였으니 진실로 고금에 무쌍한 숙녀라. 진공자의 옥면풍광(玉面風光)이 아니면 석소저와

109) 쇄약(鎖鑰): 자물쇠.
110) 덩문: 가마의 문.
111) 백량(百輛): 수레 백 대 또는 그곳에 실은 물건. 제후의 딸이 시집가는 위용.
112) 금란보석(金襴寶席): 화려한 침구.
113) 원앙배작(鴛鴦杯酌): 원앙이 아로새겨진 술잔.
114) 남교(藍橋): 선남선녀(善男善女)가 만난다는 곳.
115) 백세양필(百歲良匹): 평생의 좋은 짝.
116) 참치(參差): 참치부제(參差不齊). 길고 짧거나 서로 드나들어서 들쭉날쭉하여 가지런하지 아니함. 『시경(詩經)』 관저(關雎)장에 보임.
117) 선자옥골(仙姿玉骨)이요, 설부화모(雪膚花貌): 선녀와 같은 고운 자태와 용모에, 눈처럼 흰 피부에 꽃처럼 고운 모양.
118) 봉황쌍미(鳳凰雙眉)는 추수정신(秋水精神): 봉안(鳳眼)에 아름다운 눈썹과 가을 강물처럼 맑고 깨끗한 눈매.
119) 옥치단순(玉齒丹脣)은 백옥칭지(白玉秤之): 희고 깨끗한 이와 붉은 입술은 흰 옥과 견줄 만함.
120) 도화양협(桃花兩頰)에 유성봉안(流星鳳眼): 복사꽃처럼 고운 양쪽 빰과 빛나는 갸름한 두 눈.
121) 규착(糾錯): 이리저리 얽히고 뒤섞인 모양.

쌍할 이 없더라. 보는 자가 눈이 시고 정신이 황홀하여 하성(賀聲)이 분분(紛紛)하더라.

부인이 크게 기뻐 좌수우응(左酬右應)하여 치사(致謝)를 사양치 아니하여 스스로 용약(踊躍) 왈,

"내 평생에 아자의 쌍이 없을까 하였더니 금일 신부를 보니 돈아의 16
극(極)한 아내[122]라. 조선(祖先) 여음(餘蔭)으로 철부성녀(哲婦聖女)를 슬하에 빛내니 조선의 영화요, 우리 복이라. 어찌 기쁘지 않으리오?"

하더라. 낙극단란(樂極團欒)[123]하고 일모(日暮) 파연(罷宴)하매 신부 처소를 설난각에 정하니라. 생이 부모를 모셔 석식(夕食)을 파하매 공이 아자를 경계 왈,

"신부의 색태(色態)와 덕성(德性)의 아름다움을 볼진대 인세(人世)에 드문 바라. 노부(老父)가 너를 위하여 현부(賢婦)를 구하매 임사지덕(姙姒之德)[124]이 겸비함을 만나지 못할까 하였더니, 금일 석현부(石賢婦)의 아름다움과 덕용색태(德容色態)를 보니 노부가 너를 위하여 동상(東廂)[125]의 득의함을 기꺼하매 조선(祖先)의 보응(報應)함인가 하나니, 너는 또한 노부의 사랑하는 마음을 알진대, 너의 부부가 한가지로 부화처순(夫和妻順)[126]하여 효봉부모(孝奉父母)하고 가중(家中)이 일생을 화평하여 유자생녀(有子生女)[127]의 농장지경(弄璋之慶)을 봄이 있을진대 노부의 기쁨이 이에서 더함이 없을까 하나니, 너는 금일 노부의 말을 명심(銘心) 계지(戒之)하라."

공자가 배이수명(拜而受命)[128]하고 공수궤좌(拱手跪坐)[129]러니, 밤이 17

---

122) 돈아의 극(極)한 아내: 자식에게 과분한 아내.
123) 낙극단란(樂極團欒): 즐거움이 극에 달할 정도로 즐김.
124) 임사지덕(姙姒之德): 문왕(文王)과 무왕(武王)의 후비(后妃)인 태임(太姙)과 태사(太姒)의 어질고 현숙한 덕행.
125) 동상(東廂): 사위.
126) 부화처순(夫和妻順): 남편은 화합하고 아내는 순종함.
127) 유자생녀(有子生女): 아들 딸을 낳는 일.
128) 배이수명(拜而受命): 절하고 명을 받듦.

깊으매 생이 혼정(昏定)[130]을 파하매 공이 공자를 명하여, '설난각으로 가라.' 하니 생이 수명이퇴(受命而退)하여 손에 기린촉(麒麟燭)을 잡고 완보(緩步)하여 개호입실(開戶入室)[131]하니 신부 맞아 동서(東西)로 분좌(分坐)하매 이 곧 곤산백옥(崑山白玉)이라. 생이 비로소 눈을 들어 살피매 색덕(色德)이 구비한지라. 생이 숙시양구(熟視良久)[132]에 문득 심신(心身)이 상활(爽闊)[133]하여 처궁(妻宮)[134]이 유복(裕福)함을 자희(自喜)하여 이에 가로대,

"생(生)은 용우(庸愚)[135]한 필부(匹夫)라. 악장(岳丈)의 지우(知遇)하심을 입어 동상에 모첨(冒添)[136]하니 평생의 만행(萬幸)이라. 기쁨을 이기지 못하리로소이다."

소저가 운환(雲鬟)을 숙이고 화협(華頰)[137]에 홍광(紅光)이 취지(聚之)[138]하여 소담(素淡) 자약(自若)함이 장부의 심장을 농준[139]한지라. 생이 애련(愛憐)함을 이기지 못하여 미미(微微) 잠소(潛笑) 왈,

"생이 노둔한 재주로 시부(詩賦)를 알지 못하거늘 조인광좌지중(稠人廣座之中)[140]에 악장이 최장시를 지으라 하여 중인(衆人)의 웃음을 받게 하시니 불승수괴(不勝羞愧)한지라. 이미 최장시를 지었으니 화답이 없지 못하리니 그대 심중에 감춘 주옥(珠玉)을 토하여 썩은 선비를 가르치라."

---

129) 공수궤좌(拱手跪坐): 두 손을 공손히 맞잡고 꿇어앉음.
130) 혼정(昏定): 밤에 자기 전에 어버이의 침소에 가서 인사드리는 일.
131) 개호입실(開戶入室): 문을 열고 방으로 들어감.
132) 숙시양구(熟視良久): 한참동안 잘 살펴 봄.
133) 상활(爽闊): 마음이 맑고 시원함.
134) 처궁(妻宮): 점술에서 십이궁의 하나. 처첩에 관한 운수를 점치는 별자리.
135) 용우(庸愚): 용렬하고 어리석음.
136) 모첨(冒添) 외람되거나 분수에 지나치게 관여함.
137) 화협(華頰): 꽃처럼 붉고 고운 뺨.
138) 홍광(紅光)이 취지(聚之): 얼굴이 발그레해짐.
139) 농준: 미상.
140) 조인광좌지중(稠人廣座之中): 여러 사람이 빽빽하게 모인 자리의 한 가운데.

소저가 머리를 숙이고 말이 없으니 생이 참지 못하여 나아가 집수(執 18
手) 왈,

"내 비록 용렬하나 그대의 장부니 너무 외대(外待)[141]치 말라."

소저가 조용히 손을 물리고 퇴좌(退座)하니, 생이 심중에 탄복하여 의대(衣帶)[142]를 수렴하고 옥수(玉手)를 이끌어 상(牀)[143]에 나아가니 은정(恩情)이 여산약해(如山若海)하더라.

차시(此時) 장파(張婆)가 창외에 은복(隱伏)[144]하여 규시(窺視)[145]하고 기뻐하며 돌아왔더니, 명조(明朝)에 신랑 신부 존당에 신성(晨省)[146]하니 참정 부부가 만심환희하거늘 장파가 공자를 보며 웃음을 참지 못하되, 공자가 그 기색을 스치고 부끄러워하거늘, 장파가 웃어 왈,

"낭군이 연약한 소저를 너무 보채시니 애석하더이다."

하고, 인하여 부인께 야간사(夜間事)를 세세히 고(告)하니 소저가 대참(大慙)하여 운환을 숙이고 양협에 홍광이 취지커늘, 부인이 소왈,

"너도 가장 부질없도다. 심야에 남의 은밀지사(隱密之事)를 규시(窺視)하여 이렇듯 자세히 문포[147]하니 행실에 해롭지 않으랴?"

장파가 함소(含笑)하고, 진생이 소왈,

"이는 다 서모의 헛말이라. 곧이 듣지 말으소서."

하거늘 제생(諸生)이 박소(拍笑)[148]함을 마지 아니하더라.

석소저가 구가(舅家)에 돌아오매 효봉구고(孝奉舅姑)하며 온순 미약(微 19
弱)하고 영오(潁悟) 총혜(聰慧)하여 정성이 동동촉촉(洞洞燭燭)[149]하고,

---

141) 외대(外待): 푸대접.
142) 의대(衣帶): 옷과 띠라는 뜻으로, 갖추어 입는 옷차림을 이르는 말.
143) 상(牀): 침상. 평상.
144) 은복(隱伏): 몰래 숨어 엎드려 있음.
145) 규시(窺視): 엿봄.
146) 신성(晨省): 아침에 일어나 부모의 처소에 문안드리는 일.
147) 문포: 미상.
148) 박소(拍笑): 손뼉을 치며 웃음.
149) 동동촉촉(洞洞燭燭): 공경하고 삼가며 매우 조심스러움.

서모를 공경하며 비복(婢僕)을 은의(恩義)로 거느리고 승순군자(承順君子)하여 일동일정(一動一靜)에 차착(差錯)[150]이 없고, 단중심정(端重心靜)하여 백행(百行)이 가작하여[151] 임사(妊姒) 번희(樊姬)[152]를 효칙(效則)하니, 생이 또한 침정(沈正)한 군자라 공경 애대(愛待)하여 비록 소년 부부나 일호(一毫) 경박(輕薄)함이 없어 피차에 공경함을 존빈(尊賓)같이 하여 법도 있으니, 구고가 사랑함을 장중보옥(掌中寶玉)[153]같이 하고 합내(閤內)[154]에 예성(譽聲)[155]이 자자하니, 소저의 총명함으로 송파(宋婆)의 위인이 불현(不賢)함을 소소(炤炤)히[156] 알고 공경함을 장파에서 일층을 더하되, 송파가 갈수록 은은히 원(怨)을 머금으니 필경은 어찌 된고?

일일은 소저가 정당(政堂) 문안(問安)을 파하고 연보(蓮步)를 도로혀 나아가 장파를 보고 다시 양희당에 가니 송파가 맞아 좌정(坐定) 후 웃고 문왈,

"상부(上府) 천금(千金) 귀소저(貴小姐)로서 친측(親側)을 떠나신지 오랜지라. 사친지회(思親之懷)[157]가 간절하리로소이다."

소저가 사례 왈,

"서모의 기애(嗜愛)하심을 감사하나이다. 첩이 비록 근친(覲親)하고
20 자 하나 존당(尊堂)의 성의(誠意)를 기다리나이다."

송파가 소왈,

"존당이 비록 허(許)하시나 낭군같은 풍류랑을 어찌 일신들 떠나리잇고?"

소저가 차언(此言)을 들으매 추파를 흘려 송파를 오래 보다가 즉시 일

150) 차착(差錯): 어그러져서 순서가 틀리고 앞뒤가 서로 맞지 아니함.
151) 가작하여: 가지런하여. 갖추어져.
152) 번희(樊姬): 초장왕(楚莊王)의 후비. 매우 현명하였음.
153) 장중보옥(掌中寶玉): 손바닥 안에 있는 소중한 보배.
154) 합내(閤內): 궁중이나 대궐 안.
155) 예성(譽聲): 칭찬하거나 기리는 소리.
156) 소소(炤炤)히: 밝고 환하게.
157) 사친지회(思親之懷): 어버이를 생각하는 마음.

어나 침소로 돌아와 생각하되, '내 정성을 다하여 송파를 섬기되 날 곧 보면 조롱하니 어찌 애닯지 않으리오?' 또 사친지회 갱가(更加)하여 비창(悲愴)함을 마지않으니 시아(侍兒) 등이 괴히 여겨 묻고자 하더니, 문득 생이 들어와 소저의 안모(顔貌)에 수색(愁色)이 은은함을 보고 문왈,

"부인이 사친지회 계시냐?"

소저가 생의 말을 듣고 수괴(羞愧)하여 저두무언(低頭無言)[158]하니 생이 또 문왈,

"복(僕)이 수미(雖微)하나 그대의 소천(所天)[159]이거늘 너무 만모(慢侮)[160]하난다?"

소저가 수괴함을 머금고 단순(丹脣)을 나직이 하여 대왈,

"첩이 불능누질(不能陋質)[161]로 성문에 입승(入承)하여 백무일취(百無一取)[162]하오나 구고(舅姑)[163]의 양춘(陽春) 혜택이 일신(一身)에 과람(過濫)하오니 다른 근심이 없사오나, 다만 자모(慈母)를 떠난 지 오래오매 이로 말미암아 안색에 나타나오니 불경(不敬)함을 사죄하나이다."

생이 소저의 애원(哀怨)한 옥성(玉聲)을 들으니 애중함을 이기지 못하나 안색을 수렴하고 짐짓 꺽질러[164] 왈, 21

"그대 일찍 여필종부(女必從夫)와 원부모형제(遠父母兄弟)를 알 것이니 불분상[165]을 듣지 못하였느냐? 부중(府中)에 머무른 지 불과 수삼삭(朔)에 돌아가기를 생각하고 수색이 만면하였으니 어찌 그다지 경솔하뇨?"

소저가 저수(底首)[166] 무언(無言)이러라.

---

158) 저두무언(低頭無言): 고개를 숙이고 말이 없음.
159) 소천(所天): 남편을 이르는 말.
160) 만모(慢侮): 거만한 태도로 남을 업신여김.
161) 불능누질(不能陋質): 능력도 없고 천한 바탕.
162) 백무일취(百無一取): 백 가지 중에 한 가지도 취할 것이 없음.
163) 구고: 원문은 '부모'나 '구고'의 잘못임.
164) 짐짓 꺽질러: 일부러 어깃장을 놓아.
165) 불분상: 미상.

이적에 정화황제 태자를 봉(封)하시고 천하를 대사(大赦)[167]하고 설장(設場)하여 인재를 택하실새, 사방 선비 구름 모이듯 하여 한 번 참방(參榜)함을 요구하니, 진공자가 또한 과장(科場)에 들어가 구경함을 고한대 참정이 그 너무 조달(早達)함을 꺼려 허치 말고자 하더니, 또 생각하매, '남자가 한 번 과장에 나아가 관광(觀光)함이 관계하리오?' 하고 드디어 장옥(場屋) 제구(諸具)를 갖추어 입궐(入闕)하게 하다.

차시(此時) 천자가 좌우 승상과 모든 태학사를 거느리시고 글장을 받아 꼬노아[168] 고하(高下)를 정하실새, 한 장 글이 용안(龍眼)에 흡연(洽然)하사 칭찬 왈,

"동량지재(棟梁之材)[169]로다."

하시고 어필(御筆)로 장원(壯元)을 쓰고 호명(呼名)하라 하시니, 전두관(殿頭官)[170]이 소리를 높여 불러 왈,

"장원은 소주인 진숙문이니 연(年)이 십사 세요, 부(父)는 참지정사 태학사 양이라."

22 부르기를 두세 번에 참정이 놀라더니, 차시 진공자가 왕생 등으로 더불어 글을 휘쇄(揮灑)[171]하여 바치고 동녘 송하(松下)에 앉아 타인의 글 짓는 양을 구경하더니 문득 자기 부르는 소리 요량(嘹喨)하거늘, 왕공자가 대희하여 진생에게 치하하니 진공자가 대왈,

"혹 동명(同名)이 있는가 하나니 형은 미리 치하(致賀)치 말라."

설파(說罷)에 몸을 빼어 천만 인을 헤치고 나아가니 풍도(風度) 헌앙(軒昻)[172]하고 용모 절승하니 진실로 일세(一世) 군자라. 옥계(玉階)에 다

---

166) 저수(低首): 고개를 떨굼.
167) 대사(大赦): 국가에 큰 일이 있을 때 남아 있는 벌을 면하여 주던 일.
168) 꼬노아: 뽑고 가리어.
169) 동량지재(棟梁之材): 한 집안이나 한 나라를 떠받치는 중대한 일을 맡을 만한 인재.
170) 전두관(殿頭官): 과거 시험을 관장하던 관리.
171) 휘쇄(揮灑): 붓을 휘두른다는 뜻으로 글씨를 쓰는 일.
172) 헌앙(軒昻): 풍채가 좋고 의기가 양양함.

다라 산호만세(山呼萬歲)[173]하니 상이 보시매 용모 발월(發越)[174]하여 풍설(風雪)에 옥수(玉樹) 부치는 듯[175]하니 인중영걸(人中英傑)이요, 우마중기린(牛馬中麒麟)이라. 진실로 당국(唐國) 이백(李白)이요, 일세(一世) 기남자(奇男者)라. 시위제신(侍衛諸臣)이 칭찬하며 만세를 불러 인재 얻음을 하례(賀禮)하온대, 상이 기쁘시어 자세히 보시니 그 재덕(才德)과 충렬(忠烈)이 안광(眼光)에 비치고 흉중(胸中)에 경천위지(經天緯地)[176]할 기틀과 안방정국(安邦定國)[177]할 지혜를 품었는지라. 용안(龍顔)이 대열(大悅)하샤 가까이 사좌(賜座)하시고 즉시 참정을 인견(引見)하샤 왈,

"경의 문장 재화(才華) 출류(出類)하고 충량지절(忠良之節)이 고금(古今)에 희한하매 짐이 동량주석(棟梁柱石)으로 믿었더니, 경이 또 기 23
자(奇子)를 두어 짐을 돕게 하니 공덕(功德)이 호대(浩大)한지라. 기자 둠을 치하하노라."

참정이 성지(聖旨) 여차(如此)하심을 황공 감격하여 고두사은(叩頭謝恩)[178]하더라. 상이 청동어악(青童御樂)[179]과 계지(桂枝) 청삼(青衫)[180]을 주시고 중서사인(中書舍人) 춘방학사(春榜學士)를 하이시니 생이 사은숙배(謝恩肅拜)할새, 진공이 경아(驚訝)[181]하여 연기(年紀) 어리고 직임(職任) 과(過)하여 감당치 못함을 아뢰니, 상이 불윤(不允)하시니 공이 마지못하여 아자(兒子)를 거느려 궐문(闕門)을 날새, 생이 금안백마(金鞍白馬)에 허다(許多) 추종(騶從)이 옹위(擁衛)하여 행하니 도로(道路) 관광자(觀

---

173) 산호만세(山呼萬歲): 임금의 만수무강을 위하여 신하들이 손을 들어 만세를 부르던 일.
174) 발월(發越): 용모가 훤칠하고 깨끗함.
175) 부치는 듯: 나부끼는 듯.
176) 경천위지(經天緯地): 온 천하를 조직적으로 잘 계획하여 다스림.
177) 안방정국(安邦定國): 나라를 안정시킴.
178) 고두사은(叩頭謝恩): 공경하는 뜻으로 머리를 숙이고 은혜에 감사함.
179) 청동어악(青童御樂): 과거 합격자가 거리 행진을 할 때 앞에 서는 어릿광대와 악대를 말하는 것으로 보임.
180) 계지(桂枝) 청삼(青衫): 머리에 꽂는 어사화와 옷을 말함.
181) 경아(驚訝): 놀랄 정도로 의아하게 여김.

光者)가 칭찬 않을 이 없더라.

장원이 본부에 돌아오니 왕부인이 아자의 특이함을 두굿기더라. 이윽고 생소(笙簫) 고악(鼓樂)이 훤천(喧天)하니 생이 금화(金花)를 숙이고 옥수(玉手)에 아홀(牙笏)[182]을 잡아 배계(拜階)하니, 옥면(玉面)에 어주(御酒)를 반취(半醉)하여 홍백매화(紅白梅花) 일천 점(點)이 섞여 피었는 듯 봉안(鳳眼)이 몽롱(朦朧)하고 단순(丹脣)이 함홍(含紅)하여 사람으로 하여금 감히 사랑을 자취(自取)케 하니, 부인이 만심환희(滿心歡喜)하며, 참정이 아자(兒子)를 거느려 가묘(家廟)에 배알(拜謁)할새 척감(慽憾)함을 이기지 못하
24 여 두어 줄 눈물이 의삼(衣衫)을 적시니 좌우가 그 효성을 감탄하더라.

생이 차일(此日) 석부에 이르러 배알하니 설부인(薛夫人)이 기뻐하고 즐겨함을 칭량(稱量)치 못할라. 장원이 부중(府中)에 돌아오니 참정 부부가 새로이 사랑하는 중 그 너무 조달(早達)함을 경계하여 소심익익(小心翼翼)[183]함을 당부하고, 소저를 돌아보니 화기(和氣)를 띠어 봉관(鳳冠)을 숙였으니 명부(命婦)의 복색(服色)이 찬란한 중 더욱 기이하여 운리명월(雲裏明月)이요, 수중연화(水中蓮花)라. 공이 운환(雲鬟)을 쓰다듬어 사랑이 체체(切切)[184]하더라. 명일 왕상서 자질(子姪)을 거느려 이르매 사마쌍곡(駟馬雙轂)[185]이 곡중(谷中)에 메이고 벽제추종(辟除騶從)[186]이 도로에 덮였더라. 참정이 경연(慶宴)을 배설(排設)하매 왕 · 석 이공(二公)과 모든 친붕(親朋)과 더불어 즐길새 제인(諸人)이 하례 왈,

"장원의 출류(出類)한 문장을 안지 오래나 나이 약관(弱冠)이 못되어 옥계(玉階)의 어화(御花)를 꺾어 장원을 점득(占得)[187]할 줄 어이 뜻하

---

182) 아홀(牙笏): 조선 시대에, 일품에서 사품까지의 벼슬아치가 몸에 지니던 홀. 무소뿔이나 상아로 만들었음.

183) 소심익익(小心翼翼): 조심스럽고 겸손함.

184) 체체(切切): 간절함.

185) 사마쌍곡(駟馬雙轂): 화려한 수레.

186) 벽제추종(辟除騶從): 지위가 높은 사람이 행차할 때, 잡인의 통행을 금하던 일을 맡아 하는 종.

187) 점득(占得): 차지하여 얻음.

였으리오? 형이 매양 자녀가 선소(鮮少)[188]함을 차석(嗟惜)[189]하더니 오늘 보건대 그 유복함을 치하하노라."

진공이 손사(遜辭) 불감(不堪)이러라. 이에 풍류를 주(奏)하고 술을 내
와 즐기며 제공(諸公)이 백단유희(百端遊戲)로 신래(新來)[190]를 진퇴(進 25
退)할새, 진숙문 왕영강이 계화를 숙이고 청삼금대(靑衫金帶)로 진퇴(進退) 가작하며[191] 동지(動止) 유법(有法)하니, 짐짓 천상선인(天上仙人)이 하강(下降)한 듯 백련(白蓮) 같은 귀밑[192]에 풍채(風采) 헌앙(軒昻)하더라.

차시(此時) 내당(內堂)에 명부(命婦) 부인이 모였으니 석부인이며 총재 부인 경씨와 풍익의 부인 이씨 이르러 경사(慶事)를 치하(致賀)할새, 석소저가 봉관화리(鳳冠花履)[193]로 존고(尊姑)를 모셔 제빈(諸賓)을 접대하니, 비록 지분(脂粉)을 물리치고 아미(蛾眉)를 잠깐 정(定)하였으나[194] 중추(中秋) 망월(望月)이 청천(晴天)에 밝았는 듯 요조쇄락(窈窕灑落)[195]하여 빙정요라(氷淨曜羅)[196]함이 좌중에 뛰어나니 모든 부인이 책책칭선(嘖嘖稱羨)하더라.

차일(此日) 설부인이 처음으로 왕부인을 보니 풍영쇄락(豊盈灑落)한 용모와 언사(言辭) 동지(動止) 당금(當今)의 성녀철부(聖女哲婦)라. 더욱 여아를 사랑함이 기출(己出)[197]같이 하니, 불승감사(不勝感謝)하여 좌(座)를 떠나 왕부인을 향하여 왈,

"미거(未擧)[198]한 여식(女息)이 규목(樛木)의 덕[199]이 없고 임사(姙

---

188) 선소(鮮少): 아주 적음.
189) 차석(嗟惜): 애달프고 아까움.
190) 신래(新來): 과거에 갓 급제한 사람.
191) 진퇴(進退) 가작하며: 걸음걸이 가지런하며.
192) 귀밑: 귀밑머리.
193) 봉관화리(鳳冠花履): 봉황을 새긴 갓과 꽃을 수놓은 신. 성장(盛裝)한 모습.
194) 정(定)하였으나: 다스렸으나.
195) 요조쇄락(窈窕灑落): 행동이 얌전하고 여성스러우며 상쾌하고 깨끗함.
196) 빙정요라(氷淨曜羅): 얼음같이 깨끗하고 비단같이 빛남.
197) 기출(己出): 자기 소생.
198) 미거(未擧): 철이 없고 사리에 어두움.

姒)의 기질이 없거늘, 외람히 성문(盛門)에 들어와 문란지경[200]을 도우
니 여아의 용자누질(庸姿陋質)[201]이 군자의 배우(配偶)가 불가하거늘,
26 행여 부인의 성덕(盛德)으로 슬하(膝下)에 교무(敎務)하샤 허물을 감추
고 자애함을 기출같이 하시니 첩이 감은(感恩)한 바요, 현서(賢壻)의
광원한 도량으로 여아의 용우(庸愚)함을 허물치 않아 규합(閨閤)[202]의
한이 없게 하니 첩이 오매(寤寐)에 성문 후덕(厚德)을 명심(銘心) 불망
(不忘)하나이다."

왕부인이 칭사(稱謝) 왈,

"부인의 천금(千金) 소교(小嬌)로 돈아(豚兒)의 용우함을 허물치 않아 진진(秦晋)의 호연(好緣)을 맺으니 현부(賢婦)가 숙요(淑窈)함이 소망(所望)에 과의(過矣)라. 이는 부인이 어질게 교훈하여 진문(陳門) 보배를 삼으시니 첩이 사례할 바를 아지 못하나이다."

언파(言罷)에 추파(秋波)를 흘려 설부인을 살피니 옥안화모(玉顔花貌)가 쇄락단엄(灑落端嚴)하여 진실로 일세에 희한한 숙녀 면용(面容)이라. 이렇듯 종일 단란(團欒)하고 낙극진취(樂極盡醉)하여 내외빈객(內外賓客)이 각귀기가(各歸其家)하고, 학사(學士)가 취하여 겨우 혼정(昏定)을 맞고 침소에 이르러 보니 소저가 서안(書案)을 대하여 단좌(端坐)하였으니 옥안화모가 촉하(燭下)에 더욱 기이한지라. 문득 은애(恩愛)[203] 유동(流動)하여 짐짓 취한 체하고 옷을 벗어 후리치고 옥침(玉枕)을 내와 베고 원비(猿臂)[204]를 늘이어 소저 옥수(玉手)를 잡고 글을 읊으니 왈,

---

199) 규목(樛木)의 덕: 후비(后妃)의 덕. 『시경(詩經)』 주남편(周南篇)에 이를 노래한 장(章)이 있음.

200) 문란지경: 미상.

201) 용자누질(庸姿陋質): 보잘 것 없는 외모와 천한 바탕.

202) 규합(閨閤): 규방. 아녀자가 거처하는 장소.

203) 은애(恩愛): 부부간의 은정(恩情). 사랑하는 마음이나 인정.

204) 원비(猿臂): 원숭이의 팔이라는 뜻으로, 길고 힘이 있는 팔.

> 달빛은 옥(玉)이 희기를 다하고, 아미(峨眉)는 반월(半月)을 전주(專主)하 27
> 더라. 팔자춘산(八字春山)[205]은 버들 푸른 것을 혐의하고, 단순은치(丹脣銀齒)는 도화(桃花)의 붉음을 웃는도다. 이 아니 완사(浣紗)하던 서시(西施)[206]인가 의심하노라.

하였더라. 읊기를 다하매 소저가 명모(明眸)[207]를 정히 하고 안색을 씩씩히 하여 소매를 떨치고 물러앉으니 생이 소왈,

"이는 문인의 좋은 글귀라. 우연히 읊음이러니 부인이 노함은 무슨 일이뇨?"

하니 소저의 대답이 어찌 된고?

차청하회(且聽下回)[208]하라.

세(歲) 을묘(乙卯) 정월일(正月日) 향목동 서(書)

---

205) 팔자춘산(八字春山): 미인의 고운 눈썹을 비유하여 이르는 말.

206) 완사(浣紗)하던 서시(西施): 범려가 처음 서시를 만날 때, 서시는 비단을 빨고 있었음.

207) 명모(明眸): 맑고 아름다운 눈동자.

208) 차청하회(且聽下回): 또 다음 회를 들어 보라. 장회소설의 매 회 마지막에 나오는 상투적인 문구.

수저옥란빙 권지이

1 차설(且說). 학사(學士)가 글 읊기를 다하매 소저가 명모(明眸)를 정히 하고 안색을 씩씩히 하여 소매를 떨치고 물러앉으니, 생이 소왈,

"이는 문인의 좋은 글이라. 우연히 읊음이러니 부인이 노함은 무슨 일이뇨?"

소저가 정색 왈,

"피차(彼此) 사문(士門) 일맥(一脈)이라. 군자를 좇음이 유장찬혈(窬墻鑽穴)[1]함이 아니거늘 어찌 경만(輕慢) 천대(賤待)함이 상한(常漢) 천인(賤人)같이 희롱이 호탕함이 이에 미치리오. 조정에 거(居)하여 몸을 삼가심을 바라나이다. 내조(內助)의 덕이 없음을 한탄불이(恨歎不已)하며 한갓 군자의 방일(放逸) 무애(無碍)함이라. 첩의 위인(爲人)이 미천함을 우려함이니 일찍 황괴(惶愧)[2]하고 일절 탐음(貪淫) 행도(行途)를 불취(不取)하나이다."

학사가 의관(衣冠)을 수렴(收斂)하고 공수(拱手) 사왈(謝曰),

"우연히 주후(酒後) 광언(狂言)을 함이러니 영혜(英慧) 규청[3]함을 들으니 차후는 삼가 그릅이 없으려니와, 몸이 청직(淸職)에 있다 하고 내
2 당(內堂) 출입이 무상(無常)치 않으면 삼공육경(三公六卿)[4]은 자녀 둘

---

1) 유장찬혈(窬墻鑽穴): 담에 구멍을 뚫는다는 뜻으로, 재물이나 여자를 탐내어 남의 집에 몰래 들어감을 이르는 말.
2) 황괴(惶愧): 두렵고 부끄러움.
3) 영혜(英慧) 규청: 영혜는 지혜롭다는 의미. 규청은 미상.

자가 없으리로다."

설파(說罷)에 대소(大笑)하고 선자(扇子)를 들어 촉(燭)을 멸하고 소저로 더불어 상상(牀上)에 나아가니 은애(恩愛) 무르녹아 정의(情誼) 교칠(膠漆)[5] 같더라.

진학사가 입조(入朝)하매 진충보국(盡忠輔國)[6]하니 당시(唐時) 위징(魏徵)[7]과 한시(漢時) 급암(汲黯)[8]의 강직(剛直)을 겸하였으니 천총(天寵)이 날로 더하고 백료(百僚)가 예대(禮待)하는지라.

학사가 왕생 등으로 더불어 소일하며 소저로 관관(款款)[9]한 화락(和樂)이 날로 더하여 원앙(鴛鴦)이 녹수(綠水)를 만남과 같으되, 소저 사람되옴이 맹렬하여 군자를 공경하니 맹광(孟光)[10]의 거안제미(擧案齊眉)[11]를 효칙(效則)하고 일찍 풍류장부(風流丈夫)의 회롱(戲弄) 친압(親狎)[12]은 일절 물리치고 의리로 극간(極諫)하니, 학사가 비록 소년 협기(俠氣)나 희학(戲謔)을 발뵈지[13] 못하고 단엄(端嚴) 정직(正直)하며 온공(溫恭) 순사(順事)하여 극진(極盡) 경대(敬待)하더라. 하늘이 공부자(孔夫子)를 내시고 또 도척(盜跖)을 내시니[14] 석소저의 색모재예(色貌才藝)로 어찌 홀로 이극지시[15]를 면하리오?

---

4) 삼공육경(三公六卿): 높은 벼슬을 말함.
5) 교칠(膠漆): 아교와 옻칠. 정분이 두터움.
6) 진충보국(盡忠輔國): 충성을 다하여서 나라의 은혜를 갚음.
7) 위징(魏徵): 중국 당(唐)나라의 충신.
8) 급암(汲黯): 중국 한(漢)나라 때 사람. 자는 장유(長孺). 조정에서 바른 말을 잘 하고 소신을 굽히지 않아 임금이 사직지신(社稷之臣)이라고 칭찬했다 함.
9) 관관(款款): 사랑하는 모습.
10) 맹광(孟光): 중국 동한(東漢)의 시인인 양홍(梁鴻)의 처.
11) 거안제미(擧案齊眉): 밥상을 눈썹과 가지런하도록 공손히 들어 남편 앞에 가지고 간다는 뜻으로, 남편을 깍듯이 공경함을 이르는 말.
12) 친압(親狎): 버릇없이 너무 지나치게 친함.
13) 발뵈지: 발보이지. 드러내 보이지.
14) 하늘이 공부자(孔夫子)를 내시고 또 도척(盜跖)을 내시니: 하늘이 공자(孔子)와 같은 성인을 내시고 또 도척(盜跖) 같은 큰 도둑을 내시니.
15) 이극지시: 미상.

일일은 생이 조회(朝會)를 파하고 돌아와 존당(尊堂)에 뵈옵고 중당(中
3 堂)으로 나오더니 시자(侍者)가 일봉(一封) 서찰(書札)을 올리거늘 즉시
받아 떠혀보니 왕한림의 청하는 글이라. 친전(親前)에 고하니 공이 쉬 옴
을 이르거늘, 학사가 인하여 청려(靑驢)를 바삐 몰아 왕부(王府)에 이르니
제생(諸生)이 맞아 반기고 주찬(酒饌)을 내와 권하니 학사가 사양 왈,

"소제(小弟) 일찍 음주(飮酒)함이 없지 아니하나 대인이 음주함을 절금(切禁)[16]하시니 능히 먹지 못하나이다."

제생이 권유 왈,

"승석(乘夕)[17]하여 돌아가리니 어찌 우형 등의 무료(無聊)[18]함을 돌아보지 않아 이렇듯 매몰하뇨?"

왕노공이 또 가로되,

"네 어찌 제(諸)손[19]의 정을 막느뇨?"

한대, 학사가 마지못하여 권하는 대로 먹으니 상서의 칠자(七子) 사서(四壻)와 풍익의 삼자(三子) 칠서(七壻)에게 다 잔을 보내어 권하니, 학사가 십여 배에 미쳐서는 대취(大醉)하였는지라. 좌중에 고왈,

"남은 술은 또한 후일 먹사이다."

하고 본부로 돌아올새, 차시(此時)는 계춘(季春)[20]이라. 꽃 수풀이 좌우에
4 무성하고 곳곳에 향취 춘풍에 날려 습의(襲衣)하고 꾀꼬리 소리 아름답
고 시내는 잔잔한데 백로(白鷺)는 사장(沙場)에 벌였거늘, 학사가 취흥(醉
興)이 도도(滔滔)[21]하여 송정(松亭)에 올라 정상(亭上)에 배회하여 풍경을
완상(玩賞)하고, 계변(溪邊)에 나아가 녹수(綠水)를 희롱하며 버들잎을 훑
어 물에 띄우고 세류(細柳)를 꺾어다가 손에 쥐며 흥(興)을 이기지 못하

16) 절금(切禁): 절대로 금지함.
17) 승석(乘夕): 저녁을 탐. 저녁 때에 맞춤.
18) 무료(無聊): 흥미있는 일이 없어 심심함.
19) 제(諸)손: 여러 손님.
20) 계춘(季春): 늦봄.
21) 도도(滔滔): 막힘이 없고 기운참.

여 점점 행하더니, 수백 보는 가서 일좌(一座) 고루거각(高樓巨閣)이 운외(雲外)에 표묘(飄渺)[22]하고 수호문창(繡戶紋窓)[23]이 석양(夕陽)에 영롱(玲瓏)한지라. 좌우고면(左右顧眄)[24]하며 주저할 즈음에 문득 누상(樓上)으로부터 한 쌍 옥지환(玉指環)이 공교히 내려져 학사의 소매 속으로 들어간지라. 학사가 대경하여 눈을 들어 누상을 바라보니 일개 미인이 응장성식(凝粧盛飾)[25]으로 유정(有情)히 보는 거동이 규수의 모양이니, 연기(年紀)는 삼오(三五)나 된 듯하고 아리따운 교태(嬌態)는 탕자(蕩子)로 하여금 마음이 호탕(豪宕)케 하려니와, 학사는 정인군자(正人君子)라. 어찌 비례(非禮)한 행사를 괘념(掛念)하리오? 이에 소매 가운데 옥환을 내어 도로 누상을 향하여 던지고 완완(緩緩)히 돌아올새, 다시 보지 아니하고 내심에 그 여자의 행사(行事)를 비루(鄙陋)히 여겨 서로 눈이 마주침을 뉘우쳐 평생의 신루(身陋)됨을 한탄하고 본부로 돌아와 부전(父前)에 혼정(昏定)할새, 취기 오히려 있어 옥안(玉顔)에 홍광(紅光)이 만면하였는지라. 진공이 이윽히 보다가 꾸짖어 왈,

"술은 광약(狂藥)이라. 네 연소(年少) 유생(儒生)인 고로 내 일찍 술을 먹지 않음을 일렀거늘 네 감히 취하고 내게 들어오니 이는 아비를 업수히 여김이니 결연(決然)히 사(赦)치 못하리로다."

학사가 황공하여 계(階)에 내려 복지(伏地) 청죄(請罪) 왈,

"해아(孩兒)가 야야(爺爺)[26]의 경계하심을 좇아 자유(自幼)로부터 일찍 술을 마시지 아니하였삽더니 금일 왕부의 권하심을 마지못하와 먹삽고, 또 표형(表兄)[27] 등이 역권(力勸)[28]하오매 마지못하여 두어 잔을

---

22) 표묘(飄渺): 끝없이 넓거나 멀어서 아득함.
23) 수호문창(繡戶紋窓): 아름답게 수를 놓은 문과 무늬를 아로새긴 창문.
24) 좌우고면(左右顧眄): 이리저리 돌아봄.
25) 응장성식(凝粧盛飾): 얼굴을 곱게 단장하고, 옷을 화려하게 차려 입음.
26) 야야(爺爺): 아버지.
27) 표형(表兄): 내외종사촌과 이종사촌의 형.
28) 역권(力勸): 억지로 권함.

먹었삽더니, 취기(醉氣)를 야야 안전(顔前)에 현출(顯出)하오니 죄당만사유경(罪當萬死猶輕)[29]이로소이다. 차후는 다시 그름이 없사오려니와
6 금일지죄(今日之罪)를 당하여지이다."

하며 두리는 거동이 아름다운지라. 공이 어찌 견집(堅執)[30]하리오? 묵연(默然) 양구(良久)에 사(赦)하여 왈,

"결단코 중장(重杖)으로 다스릴 것이로되 악장(岳丈)의 권하심으로 취하였다 하매 사하나니, 이후는 다시 취(醉)치 말라."

학사가 배이수명(拜而受命)하고 의대(衣帶)[31]를 수렴하여 시립(侍立)하였다가 침소에 들어오니 소저가 사창(紗窓)을 비껴 앉아 안색이 불평하거늘, 학사가 날호여[32] 문왈,

"학생(學生)이 악모(岳母)께 배현(拜見)하니 그대 귀녕(歸寧)[33]을 청하시거늘, '감지(甘旨)[34]를 받들 형제 없어 근친(覲親)[35]이 쉽지 못하여이다.' 하였노라."

소저가 염용(斂容)[36] 부대(不對)하더라.

선시(先時)에 병부시랑(兵部侍郎) '유기'는 또한 교목세가(喬木世家)[37]라. 위인(爲人)이 혼암(昏闇)하여 중무소주(中無所主)[38]하고, 실중(室中)에 부인 강씨는 성문지녀(盛門之女)로 덕행이 구비하여 시랑의 불미지사(不美之事)를 극간(極諫)[39]하여 깨닫는 일이 많고, 또 한낱 희첩(姬妾)이 있어 성은 송(宋)이니 진참정 희첩 송파의 형이라. 위인이 간휼교악(奸譎狡

---

29) 죄당만사유경(罪當萬死猶輕): 지은 죄가 무거워, 만 번을 죽어도 오히려 가벼움.
30) 견집(堅執): 굳이 고집함.
31) 의대(衣帶): 옷과 띠. 곧 옷매무새.
32) 날호여: 천천히 하여.
33) 귀녕(歸寧): 시집간 딸이 친정에 가서 부모를 뵙는 일.
34) 감지(甘旨): 부모에게 맛있는 음식을 마련하여 올리는 일.
35) 근친(覲親): 어버이를 뵙는 일.
36) 염용(斂容): 자숙하여 몸가짐을 조심스럽게 함.
37) 교목세가(喬木世家): 여러 대에 걸쳐 중요한 벼슬을 지낸 집안.
38) 중무소주(中無所主): 줏대가 없음.
39) 극간(極諫): 웃어른에게 잘못된 일이나 행동을 고치도록 온 힘을 다하여 말함.

惡)[40]하고 우람방자(愚濫放恣)[41]하여 시랑을 제 장중(掌中)에 넣고 농락 7
하더니, 입승(入承)[42] 수년에 일개 여아를 생하니 옥으로 무은 듯[43]하여
설부화용(雪膚花容)[44]이 일대(一代) 가희(佳姬)라. 및[45] 장성하매 시랑이
극애(極愛)하더니, 송씨 원비(元妃) 강씨를 무수 멸시하고 필경은 강씨를
영출(令出)[46]하고, 시랑이 송씨로 부인을 삼아 가중(家中) 대소사(大小事)
를 다 송씨 총집(總執)하고 여아(女兒)를 승적(承嫡)[47]하여 가랑(佳郞)을
광구(廣求)하더라. 시시(是時)에 송씨 원비 된 후로 마음이 더욱 방자하여
여아 매영을 상하(上下) 예복(隸僕)으로 하여 소저로 칭하고 침소를 정하
여 따로 거처하게 하며, 양양자득(揚揚自得)하여 스스로 존중(尊重)한 체
하니 가히 우습더라.

차시 매영의 방년(芳年)이 십오에 미치매 부모가 구혼함을 듣고 옥인
군자(玉人君子) 아니면 평생을 도장[48]에 늙기로 맹세하니, 송씨 민망하여
부디 옥인 가랑(佳郞)을 구하여 여아의 배우(配偶)를 삼고자 하나 마땅한
곳이 없어 주야 우려하더니, 이날 매영이 높은 누(樓)에 올라 춘경(春景)
을 구경하더니 춘일(春日)이 곤뇌(困惱)한지라. 난간을 의지하여 잠깐 졸 8
더니 마침 학사의 글 읊는 소리에 깨달으니 사창(紗窓)이 반개(半開)한지
라. 바라보니 일위(一位) 선자(仙子)가 누하(樓下)에 배회하며 글을 읊는
거동이 왕자진(王子晋)[49] 이적선(李謫仙)[50]이라도 이에서 더하지 못할지

---

40) 간휼교악(奸譎狡惡): 간사하고 음흉하며 교활함.
41) 우람방자(愚濫放恣): 어리석어 분수를 모르고 무례하여 건방짐.
42) 입승(入承): 자식이 없는 집안에 대를 이으러 들어감.
43) 무은 듯: 만든 듯.
44) 설부화용(雪膚花容): 눈처럼 흰 피부와 꽃다운 얼굴.
45) 및: 그리고.
46) 영출(令出): 내보냄.
47) 승적(承嫡): 서자(庶子)가 적자(嫡子)가 됨.
48) 도장: 도장방. 규방(閨房).
49) 왕자진(王子晋): 주(周)나라 선인(仙人) 자교(子喬). 생황을 불며 흰 학을 타고 구름 속을 지나서 사라졌다고 함.
50) 이적선(李謫仙): 당나라 문인 이백(李白). 천상에서 귀양 온 신선이라는 뜻으

라. 매영이 한 번 보매 황홀(恍惚) 난측(難測)하여 마음에 생각하되, '내 평생 소원이 저런 옥인군자를 배(配)하여 백 년을 쾌락고자 하나 득(得)지 못하였더니 이제 저 사람을 보니 내 소망에 합한지라. 내 이제 시험하여 보리라.' 하고 추파(秋波)로 그 사람을 뚫어지게 보니 그 남자가 또한 봉안(鳳眼)을 높이 떠보매 두 눈이 마주친지라. 매영이 급히 옥지환을 벗어 그 사람에게 던지니 공교히 광수(廣袖)로 들어간지라. 마음에 기뻐하더니 그 남자가 소매에 들어간 옥환을 내어 누상으로 도로 치치고[51] 표연히 가는지라. 하릴없어 침소에 돌아와 시녀더러 물으니 진학사라 하거늘, 이에 모친께 전사(前事)를 말한대, 송씨 여아의 말을 듣고 시랑으로
9 혼사(婚事)를 의논할새 송씨 왈,

"첩이 들으니 진참정의 아자(兒子)는 금세의 문인 재사라 하니 부디 매영의 가우(佳偶)를 정하소서."

시랑이 빈미(顰眉)[52] 왈,

"불가(不可)라. 이는 석상서의 애서(愛壻)요, 진참정의 천금(千金) 교아(嬌兒)로 또 재취(再娶)할 길 만무(萬無)하리니 이런 서어(齟齬)[53]한 말 말라."

하고 외당(外堂)으로 나가거늘, 매영이 곁에 있다가 차언(此言)을 듣고 심혼(心魂)이 저상(沮喪)[54]하여 하염없이 눈물을 흘리니, 유랑(乳娘)이 위로 왈,

"소저는 근심치 말으소서. 진부(陳府) 송파를 청하여 의논하면 성사(成事)하기 여반장(如反掌)이라. 어찌 묘치 않으리오?"

송씨 대희 왈,

"이 어찌 아름답지 않으리오."

로 적선이라고 스스로 부름. 낭만적인 시풍으로 자유분방하고 상상력이 풍부한 작품을 많이 남겼음.

51) 치치고: 던져 올리고.

52) 빈미(顰眉): 눈썹을 찡그림.

53) 서어(齟齬): 틀어져 어긋남.

54) 저상(沮喪): 기운을 잃음.

하고 서사(書辭)로 왕복하여 송파를 청하니, 송파가 정당(正堂)에 가 왕부인께 유부(柳府)에 다녀옴을 말하고 즉시 거교(車轎)[55]를 차려 유부에 이르니, 송씨 맞아 주찬(酒饌)을 내와 대접하고 말을 펴 왈,

"아녀(兒女)가 모일(某日)에 춘광(春光)을 구경타가 진학사를 만나 서로 본 후 여아(女兒)가 타문(他門)을 구치 않을 줄로 맹세하니, 우형(愚兄)이 민망하여 우리 상공께 여차여차하여 어진 군자를 구혼(求婚)코자 하매 상공이 밀막고 듣지 않으시니 여차즉(如此則) 무가내하(無可奈何)[56]라. 타처(他處)에 의혼(議婚)한즉 여아가 울며 왈, 마음에 맹세하여 만일 학사 곧 아니면 도장에서 늙기를 자부하거늘, 내 의리로 개유(開諭)한즉 문득 성병(成病)하여 죽기를 맹세하니, 여아는 나의 천금(千金) 농주(弄珠)요, 상사(相思)로 하여 죽으면 후회막급(後悔莫及)인 고로 현제(賢弟)를 청하여 일자(一者)는 형제에게 반기고 이자(二者)는 매파의 소임을 맡기고자 하니 현제 능히 좇으며, 또 묻나니 석녀의 자식이 여아와 어떠하뇨?"

송파가 본디 석씨와 불화한지라. 불승(不勝) 흔연(欣然) 왈,

"진랑은 진실로 기남자(奇男子)라. 질아자(姪兒子) 구함이 그르지 않은지라. 소제(小弟) 비록 노둔(老鈍)하나 삼촌(三寸) 설(舌)을 늘여[57] 차혼(此婚)을 이루리라."

송씨 대열(大悅)하여 치사(致謝) 왈,

"믿고 믿나니, 즉시 회보(回報)하라."

하고, 수일을 머무러 보낼새 재삼 부탁하여, '회보를 속히 통하라.' 한대, 송파가 응락하고 돌아와 바로 내당에 들어가니 마침 좌우 고요하거늘, 부인이 흔연 왈,

"어찌 옴이 더디느뇨?"

---

55) 거교(車轎): 수레와 가마. 곧 길 나설 차비.

56) 무가내하(無可奈何): 어찌 할 도리가 없음.

57) 삼촌(三寸) 설(舌)을 늘여: 세 치 혓바닥을 놀려. 언변을 구사하여.

송파가 대왈,

"형제 적년(積年)[58] 이정(離情)에 떠남이 쉽지 못하므로 더디니이다."

인하여 말씀하다가 다시 꿇어 고왈,

11 "유씨 천첩을 부름은 간절한 소회(所懷) 있어 부인께 고하고자 하나이다."

부인이 문왈,

"무슨 연고(緣故)런고?"

송파가 왈,

"첩의 종형(從兄)이 예부시랑의 첩이 되었더니, 원비 강부인께 다만 한 딸이 있사오며 용모 기이함은 서자(西子)[59] 태진(太眞)[60]이 및지 못하고 특이한 행사는 반소(班昭)[61]와 흡사하니 강부인이 막내(幕內)에 이 소저 뿐이라. 군자 영웅을 구하여 가랑(佳郞)을 삼고저 하더니, 마침 우리 낭군을 흠앙하여 부실(副室)을 바라더이다."

부인이 정색 왈,

"석씨 입현[62]하므로 추호도 허물이 없고 성녀(聖女) 명행(明行)이요, 규각여종(閨閣女宗)이라. 강부인이 비록 요조숙완(窈窕淑婉)[63]으로 구혼하나 어찌 빈아(貧兒)[64]를 몰아 가내(家內)를 난(亂)하리오? 이런 말은 두 번 이르지 말라."

송파가 무언(無言)이러니, 이윽고 물러 침소에 돌아와 가만히 생각하되, '왕씨 이렇듯 불허하니 이 일이 가장 난처한지라. 아모커나 학사를 격동(激動)하여 보리라.' 하고 대숙헌에 이르니, 학사가 청중(廳中)에 단

58) 적년(積年): 여러 해 동안.
59) 서자(西子): 서시(西施). 중국 춘추시대 월나라의 미인.
60) 태진(太眞): 중국 당나라 현종의 귀비. 양귀비(楊貴妃).
61) 반소(班昭): 중국 후한(後漢)의 여류시인.
62) 입현: 여자가 혼인하여 남자의 집으로 들어왔다는 의미로 보임.
63) 요조숙완(窈窕淑婉): 여자의 행동이 얌전하고 정숙하며 아름답고 상냥함.
64) 빈아(貧兒): 자신의 아이를 낮추어 부르는 말.

좌(端坐)하여 주역(周易)을 보고 자미도수(紫薇度數)[65]를 해득(解得)하더
니 송파를 보고 예필(禮畢)에 자리를 밀어 좌(座)를 청하고 문득 더디옴
을 물으니, 송파가 꾸며 대답하고 다른 말로 화답하다가 송파가 짐짓 물 12
어 왈,

"낭군이 석소저를 취하신지 기년(幾年)에 어찌 농장지경(弄璋之慶)[66]이 없나니잇고?"

학사가 소왈,

"십사 세 충년(沖年)[67]에 무슨 잉태함이 있으리오?"

송파가 석소저가 옥란(玉鸞)을 이고(尼姑)에게 얻은 말을 아는 고로 이에 꾸며 왈,

"첩이 들으니 당년(當年)에 한 이고가 옥란 패를 갖다가 소저께 드리고 논상(論相)하여 왈, '승복(乘福)이 자원(自願)[68]치 못하고 한낱 자녀가 없으리라.' 하니, 마침내 상공이 만일 사속(嗣續)[69]이 없으면 이는 조선(祖先)의 향화(香火)를 그침이요, 문호(門戶)의 큰 불효를 면치 못할지라. 어찌 불행치 않으리오? 이제 석소저 자색(姿色)이 비록 독보(獨步)하나 반드시 무후(無後)하기를 손꼽아 알지라. 첩이 상공을 위하여 한 여자를 천거하여 상공의 후사(後嗣)를 잇고자 하나니, 이때를 놓고 취(取)치 않으시면 반드시 후회함이 있으리니 저 여자의 자색과 덕행이 석소저께 지지 아니하나니, 이때를 놓지 말으소서."

학사가 흠신(欠身)[70] 답왈,

---

65) 자미도수(紫薇度數): 별 자리 28수(宿)의 하나인 자미성(紫薇星)의 돌아가는 횟수나 운세.

66) 농장지경(弄璋之慶): 아들을 낳은 즐거움. 예전에, 중국에서 아들을 낳으면 규옥(圭玉)으로 된 구슬의 덕을 본받으라는 뜻으로 구슬을 장난감으로 주었다는 데서 유래함.

67) 충년(沖年): 열 살 안팎의 어린 나이.

68) 승복(乘福)이 자원(自願): 복이 원하는 대로 이루어짐.

69) 사속(嗣續): 대를 이을 자손.

70) 흠신(欠身): 공경하는 뜻을 나타내기 위하여 몸을 굽혔다 폄.

"미생(微生)에게 일처(一妻)도 외람커늘 더욱 양처(兩妻)를 생각하며, 만일 무자(無子)하면 여러 사람을 모아도 무후(無後)할 것이요, 유자(有子)
13 할 팔자(八字)면 일처라도 족할지니 어찌 남사(濫事)[71]를 생각하리오?"

송파가 그 뜻이 굳음을 보고 주저하다가 왈,

"첩이 소회 있으나 낭군이 좇지 않을까 하노라."

학사가 의아 왈,

"무슨 소횐지 듣고저 하노라."

송파가 왈,

"다름 아니라 유부(柳府)에 첩이 달포 머물러 보니 시랑에게 천금 규수 있어 재모(才貌)가 석소저에게 십 배 승한 바로써, 시랑이 낭군의 옥모영풍(玉貌英風)을 사모하며 빈실(嬪室)을 구하나 타문(他門)을 생각지 아니하고 첩으로써 월로(月老)[72]가 됨을 강권(强勸)하니 낭군은 어떻다 하시나뇨?"

학사가 청파(聽罷)에 잠미(蠶眉)[73]를 빈축(嚬蹙) 고왈,

"불가(不可)하다. 고문대가(高門大家)에 옥인군자(玉人君子) 허다하려든 어찌 용렬(庸劣)한 나를 구하리오? 석씨 비록 용렬하나 나타난 허물이 없거늘 어찌 가내의 함원(含怨)[74]하는 한(恨)이 있게 하리오?"

송파가 학사의 뜻이 굳음을 알고 문득 발연(勃然)[75] 변색(變色) 왈,

"낭군이 그러할진대 무슨 연고로 남의 규수를 엿보아 지환(指環)을 맹세하여 남의 종신대사(終身大事)를 희짓고[76] 도리어 이같이 거절하여 가녀(家女)로 하여금 하상지원(夏霜之怨)[77]을 품게 하느뇨? 소저가

---

71) 남사(濫事): 외람된 일.
72) 월로(月老): 월하노인(月下老人). 부부의 인연을 맺어준다는 전설상의 노인.
73) 잠미(蠶眉): 눈썹.
74) 함원(含怨): 원망하는 마음을 품음.
75) 발연(勃然): 왈칵 성을 냄.
76) 희짓고: 훼방하고.
77) 하상지원(夏霜之怨): 한여름에도 서리가 내릴 정도로 깊이 사무친 원한.

이제 수절(守節)하여 낭군의 전정(前程)이 호탕(浩蕩)하시냐?"

학사가 문득 노기(怒氣) 충천(衝天)하여 발연 변색 왈,

"서모(庶母)[78]는 좌를 정하시면 자세한 사기(事機)를 말씀하리이다. 14
과연 석부(石府) 상부(上府)에 다녀 석양에 돌아오다가 마침 한 곳의 경개 아름답거늘 잠깐 유람하더니, 공중으로 좇아 옥지환이 내려지거늘 놀라 보니 한 여자가 주렴(珠簾)을 걷고 몸을 솟아 나를 유정(有情)히 보거늘 내 도리어 참괴(慙愧)하여 지환을 도로 던지고 돌아와 그 행사를 더럽게 여기나니, 서모는 다시 이런 말을 하여 기녀(其女)의 전정(前程)을 맞게 말으소서."

설파(說罷)에 냉담하여 말 부치기 어려우니 송파가 무안하여 분분(紛紛)히 소매를 떨쳐 들어가 계교(計巧)를 생각하더니, 문득 일계(一計)를 생각하고 만심환희(滿心歡喜)하여 몸을 일어 몽조헌에 이르니 당중(堂中)이 비었고 벽상(壁上) 가사(歌辭)를 곳곳이 부쳤거늘, 두루 살펴보니 난화사(蘭花辭)가 자획(字劃)이 분명하거늘, 떼어 가지고 돌아와 시비(侍婢) 난향에게 맡겨, '유부에 가 자시[79] 드리라.' 하고 당부하더라.

차시 매영이 송파가 돌아간 후 회보(回報)가 있을까 칠 년 대한(大旱)에 운예(雲霓)[80] 바람 같더니, 수일 후 난향이 봉서(封書)를 올리거늘 소저가 급히 떼어 보니 하였으되,

"소제(小弟) 진심치 않음이 아니로대 왕부인이 마침내 허치 아니코, 15
학사가 또한 신취(新娶)할 의사가 없는지라. 여차(如此) 한 꾀를 베풀어 혼사를 이루고저 하나니 형은 재삼 살피소서."

하였거늘, 매영 모녀가 견필(見畢)에 악연(愕然)[81] 저상(沮喪)하여 화전(華箋)[82]을 펴 보니 필법이 정묘(精妙)하고 문채(文彩) 쇄락(灑落)하여 창룡

---

78) 서모(庶母): 아버지의 첩.
79) 자시: 자세히.
80) 운예(雲霓): 구름과 무지개.
81) 악연(愕然): 놀라는 모양.
82) 화전(華箋): 남의 편지를 높여 부르는 말.

(蒼龍)이 서린 듯 주옥(珠玉)이 난락(爛落)하니, 매영이 한 번 보고 대경탄왈,

"문재와 필법이 이 같으니 이는 만고에 희한한 문필이로다."

하고 칭찬함을 마지아니하니 송씨 왈,

"이런 대재(大才)는 또 없으리니 뉘 공교(工巧)히 모사(模寫)하리오?"

매영 왈,

"서동(書童) 문객(門客) 중 경세의 문장이 출류(出類)타 하니 태태(太太)는 친히 보시고 모(模)뜨기를 청하소서."

송씨 기꺼 응락하고 시랑 나간 때를 타 친히 서당에 나와 경생(生)을 청하여 학사의 글을 뵈고 왈,

"낭군이 능히 이 글을 본 뜰소냐?"

경생이 이윽히 보다가 왈,

"체법이 다르나 용이하니이다."

송씨 왈,

"잘 쓰면 중히 갚으리라."

경생이 글을 거두어 돌아와 수일을 공부하여 모(摸) 떠 드리거늘, 매영이 보니 한 장은 상사편(相思篇)이요, 한 장은 맹문서(盟文書)라. 필법이
16 정묘하여 십분 아름다우나 진생의 글은 창룡(蒼龍)이 옹위(擁衛)하고 경생의 글은 아담하여 방불(彷佛)한 듯하나 어찌 진생의 글을 따르리오? 매영이 경아(驚訝)[83] 왈,

"이 글이 이렇듯 내도[84]하니 어찌하리오?"

송씨 왈,

"그만 방불함도 다행하다."

하고 두 장 글과 옥지환 한 짝을 동봉(同封)하여 진부로 보내니라.

어시(於時)에 진학사가 송파가 분연히 돌아감을 보고 심하(心下)에 불

83) 경아(驚訝): 놀랄 정도로 의아하게 여김.

84) 내도: 매우 다름.

쾌하여 종일 시서(詩書)를 피열(披閱)[85]하다가 일모(日暮)에 혼정(昏定)을 파하고 침소에 돌아오니, 쇄락 청월(淸越)한 옥성(玉聲)이 구소(九霄)[86]에 어린 봉(鳳)이 우짖는 듯하니 학사가 소저의 독서함을 알고 주저하더니, 문득 장파(張婆) 모녀가 들어오니 소저가 글을 그치고 일어나 맞아 좌정하니 장파가 소왈,

"소저의 덕행이 무엇이 부족하여 독서에 잠심(潛心)하시뇨?"

소저가 함소(含笑) 대왈,

"위로 존당(尊堂)이 반석(盤石) 같으시니 근심이 없고 버거[87] 일이 없는 연고니이다."

장파가 왈,

"소저는 상연(爽然) 모르시는도다. 금일 송파가 유시랑 여아의 아름
다운 말이 여차여차하며 구혼하니 부인이 여차여차 퇴혼(退婚)하여 계
시되 조만에 차혼(此婚)이 될 듯하니, 소저는 홀로 장신궁(長信宮) 환
(患)[88]을 느끼시리니 어찌 근심이 아니리오?" 17

소저가 청파에 자약(自若)히 웃고 왈,

"원래 차사를 근심이라하사 첩을 위하여 염려를 허비하시니 감사하거니와 서모가 부질없는 근심을 하시니 소회(所懷)를 말하리이다. 첩이 비록 규중 아녀자나 세속 여자의 녹녹한 투기(妬忌)를 더러이 여기나니, 유씨 비록 서시지색(西施之色)[89]과 월녀지용(越女之容)[90]이 있으나 조금도 아처할[91] 바 없고, 송서모의 주선하는 바를 구고(舅姑)가 들

---

85) 피열(披閱): 책이나 서류 따위를 펴서 봄.
86) 구소(九霄): 높은 하늘.
87) 버거: 다음. 다음으로.
88) 장신궁(長信宮) 환(患): 천자의 사랑을 다시 받지 못하게 된 근심을 일컬음. 장신궁은 한(漢) 성제(成帝)의 후궁이었던 반첩여(班婕妤)가 퇴거(退居)하던 곳.
89) 서시지색(西施之色): 중국 춘추시대(春秋時代) 월(越)나라의 미인이었던 서시 같은 아름다움.
90) 월녀지용(越女之容): 서시 같은 용모.
91) 아처할: 싫어할.

으시나 일호(一毫) 구애함이 없어 다만 화목하여 이비(二妃)의 자취를 이을 따름이니이다."

장파가 탄상(歎賞) 왈,

"이 말씀은 생각 밖이로소이다. 낭군이 신인(新人)에게 침혹(沈惑)[92]하시고 부인을 소대(疏待)[93]하면 장차 어찌하리오?"

소저가 처음으로 옥치(玉齒) 현형(現形)[94]하여 왈,

"서모가 첩을 맥다시거니와[95] 첩수누질(妾雖陋質)[96]이나 위로 존당이 사랑하시고 아래로 소천(所天)[97]이 경대(敬待)하심이 바람에 지난지라. 평생이 평안하리니 비록 부득이 신인을 취하시나 일조(一朝)에 매몰치 않으시리니 원려(遠慮)치 말으소서."

유인[98]이 소왈,

"부인은 낭군의 능휼(凌譎)한 말을 믿지 말으소서."

18 숙혜 문득 나와 앉으며 왈,

"천매(賤妹) 보니 송씨 몽조헌에 가 난화사(蘭花辭)를 떼어 갔으니 무엇에 쓰는 동[99] 모르거니와 어찌하리잇가?"

소저가 소이부답(笑而不答)이러니, 학사가 장외(牆外)에서 방중문답(房中問答)을 다 들은 후 들어가 좌정하며 소왈,

"서모는 부질없이 부지런하사이다. 무슨 일로 다니며 사람을 권하여 보채라 하니 서모가 홀로 석씨께 후하고 자(子)를 훼방하시니 일편(一偏)되심을 애달파 하나이다."

장파가 왈,

---

92) 침혹(沈惑): 무엇을 몹시 좋아하여 거기에 정신이 빠짐.
93) 소대(疏待): 소홀히 대접함.
94) 옥치(玉齒) 현형(現形): 이가 드러남. 웃는 모습을 말함.
95) 맥다시거니와: 살펴보시거니와.
96) 첩수누질(妾雖陋質): 첩이 비록 천박한 바탕을 가졌으나.
97) 소천(所天): 아내가 남편을 이르는 말.
98) 유인: 장파를 말함.
99) 동: 시간이나 공간의 한 토막 또는 사물의 조리.

"첩이 언제 투기하라 보채며 낭군을 훼방하더닛가? 모함하심이 여차하시니 실로 원민(怨憫)하여이다."

설파(說罷)에 웃고 일어나 가니 생이 희롱인 줄 알고 짐짓 만류(挽留)치 아니하더라. 양구(良久) 후 가로대,

"유시랑이 일녀(一女)를 두고 학생(學生)의 용우(庸愚)함을 혐의치 않아 간절히 구혼하니 부득이 쾌허(快許)하였거니와, 들으니 저의 용모가 절세(絶世)타 하니 만일 학생이 신정(新情)에 고혹(蠱惑)하며 자(子)가 홀로 삼경고등(三更孤燈)과 수막금병(繡幕錦屛)에 처량함을 한하여 백두시(白頭詩)[100] 장문부(長門賦)[101]를 읊으리니 어찌하리오?"

소저가 날호여[102] 대왈,

"군자의 관대지양(寬大之樣)으로 어찌 규중 아녀자를 맥받아[103] 시 19
험하시니잇고?"

학사가 소저의 사기(辭氣) 온화하고 말씀이 정대(正大)함을 흠복(欽服) 경대(敬待)하여 반향(半晌)[104] 후 우문(又問) 왈,

"생이 매양 묻고자하되 조용함을 얻지 못하였더니, 이제 알고자 하나니, 어떤 이고(尼姑)가 난(鸞) 자패(雌牌)를 주고 가며 무엇이라 하더니잇고?"

소저가 유심히 물음을 괴히 여겨 이고의 말을 일일이 전한대, 학사가 점두(點頭) 우문(又問) 왈,

"부인의 상(相)을 보고 무엇이라 하더니잇고?"

소저가 미소 부답한대 학사가 재삼 힐문(詰問)[105]하니 소저가 날호여

---

100) 백두시(白頭詩): 악부(樂府) 백두음(白頭吟). 사마상여(司馬相如)가 다른 여인을 첩을 삼자 아내 탁문군(卓文君)이 지어 불렀다고 함.

101) 장문부(長門賦): 악부명. 아교원(阿嬌怨)이라고도 함. 한나라 무진황후(武陳皇后)가 장문궁에 퇴거(退居)할 때 지었다고 함.

102) 날호여: 천천히 하여.

103) 맥받아: 남의 의향이나 행동 따위를 살펴.

104) 반향(半晌): 반나절.

105) 힐문(詰問): 트집을 잡아 따져 물음.

답왈,

"마음 새겨듣지 아냤으매 기록지 못하나이다."

학사가 저의 바로 이르지 않음을 보고 권하여 나위(羅幃)[106]에 나아가더니, 잠결에 들으니 소저의 통성(痛聲)이 은은하거늘, 학사가 놀라 통처(痛處)를 물으니 답지 아니커늘, 학사가 일어나 유랑(乳娘)과 시아를 불러 촉(燭)을 켜고 보니 신색(身色)이 여위고 수족(手足)이 차며 호흡이 천촉(喘促)[107]하니 대경(大驚)하여 친히 붙들어 구하며 제아(諸兒)를 분부하
20 여, '정당(正堂)에 고(告)치 말라.' 하더니, 장유인이 알고 취운정에 급히 고하니 참정 부부가 바야흐로 취침하였다가 대경하여 설난각에 이르니, 시녀들이 숫두어려[108] 왈,

"부인의 체후(體候) 만삭(滿朔)이러니 반드시 산점(產漸)[109]이라."

하거늘, 참정 부부가 놀라며 도리어 대희(大喜)하여 걸음을 돌이켜 외당으로 나와 분향(焚香) 축천(祝天)하여 생자(生子)함을 바라더니, 이윽고 유아(乳兒)의 울음소리 나며 시아 등이 분분히 이르대,

"부인이 생남(生男)하시다."

하거늘, 참정 부부가 대열(大悅)하여 학사로 더불어 들어오니, 소저가 인사를 차려 벼개에 지혔고[110] 앞에 일 척(尺) 백옥(白玉)을 뉘였으니 너른 이마와 모진[111] 입이며 높은 코와 징징(澄澄)[112]한 쌍안(雙眼)이 사벽(四壁)에 조요(照耀)하니, 시랑이 아무 곳으로 좇아 남을 깨닫지 못하여 부인을 대하여 왈,

"차아(此兒)가 비록 강보(襁褓)에 있으나 대현군자(大賢君子)의 풍

106) 나위(羅幃): 얇은 비단으로 만든 장막.
107) 천촉(喘促): 숨을 가쁘게 쉬며 헐떡거림.
108) 숫두어려: 수군거려.
109) 산점(產漸): 산기(產氣).
110) 지혔고: 기대었고.
111) 모진: 네모 난. 네모진.
112) 징징(澄澄): 매우 맑고 아름다운 모습.

(風)이 있으니 명(名)을 '백현'이라 하고 자(字)는 '창윤'이라 하사이다."

부인이 기쁨을 띠어 마땅함을 일컫더라.

어시에 석부에서 상서 부부가 여아의 생남함을 듣고 대희하여 진부에
와 친옹(親翁)[113]께 치하(致賀)하고 여아와 소아를 보고 사랑하며 두굿김 21
을[114] 같이 기록지 못할러라. 일칠(一七)[115] 후 소저가 향차(向差)[116]하니 부인이 유모를 뽑아 백현을 정당에서 기르게 하니 유모가 정당에 올라가 아이를 지극 보호하더라.

백현이 점점 자라매 골격(骨格)이 날로 특이하여 참정 부부가 일시도 떠나지 않고 사랑이 체체(切切)하여[117] 웃는 입을 줄이지 못하더라.[118]

학사가 수일 신병(身病)이 있어 설난각에서 치료하니, 송파가 정당이 고요함을 타 상사편과 맹문서를 봉하여 몽조헌에 싸넣고 나아와 부인을 모셔 앉으니, 부인 왈,

"네 병소(病所)에 갔든다?"

송파가 대왈,

"과연하옵거니와 고이한 말씀을 듣고 경혹(驚惑)하나이다."

부인이 경문기고(驚問其故)[119]한데, 송파가 대왈,

"일전(日前) 유부(柳府)에 가오니 유씨 수절하여 학사를 구한다 하매 문기고(問其故)한즉 자세히 이르지 않으매 능히 알지 못하고 돌아왔더니, 이제 병소(病所)에 나올 제 학사가 탄식 왈, '아지 못게라. 그 사람
을 만나 인연을 이루기 어렵도다. 몽조헌 맹세와 옥지환을 하일하시 22
(何日何時)에 전하리오? 부모가 나의 병을 염려하실진대 유씨 취함을

---

113) 친옹(親翁): 친정아버지.
114) 두굿김을: 기뻐함을.
115) 일칠(一七): 아이를 낳은 후 첫 칠일.
116) 향차(向差): 점차 나아가는 것.
117) 체체(切切)하여: 간절하여.
118) 웃는 입을 줄이지 못하더라: 너무 좋아서 입이 다물어지지 아니함.
119) 경문기고(驚問其故): 놀라서 그 까닭을 물음.

허하시면 어찌 괴로이 신음하리오?' 하시니 극히 괴이하더이다."

부인이 청파에 송파의 간험(奸險)[120]함을 아나 그 말이 전후 차례가 심히 명백한지라. 차경차아(且驚且訝)[121]하여 결(決)치 못하더니, 문득 참정이 들어오다가 차언을 듣고 또한 믿지 아니하나 심히 한심하여 부인더러 왈,

"아자를 불러 물으면 진가(眞假)를 알리이다."

드디어 학사를 부를새 학사가 차일(此日)은 기운이 더욱 번열(煩熱)[122]하여 정히 신음하더니, 엄명(嚴命)을 듣고 강잉(强仍)[123]하여 내당(內堂)에 들어오니 부모가 은은히 노기(怒氣) 동(動)하매 황공하여 시립(侍立)한대, 공이 엄문(嚴問) 왈,

"네 병 빌미[124] 무슨 일고? 자세히 고하라."

학사가 대왈,

"해아(孩兒) 불초(不肖)하와 몸을 삼가지 못하온 고로 풍한(風寒)에 촉상(觸傷)[125]하여 남이로소이다."

공이 책왈(責曰),

"네 노부(老父)를 어둡게 여겨 기이고저[126] 하는다? 네 다른 동기(同
23 氣) 없고 바람이 다만 너 뿐이라. 몸을 삼가며 수행치 아니하고 도리어
성색(聲色)[127]을 사모하여 거짓 왕부(王府)에 가는 체하고 유가(柳家)
여자로 사사로이 서로 신물(信物)을 끼치고 제 상사지질(相思之質)을
이루니 수사하석(雖死何惜)[128]이리오? 빨리 죽으라."

설파에 엄위(嚴威) 추상(秋霜)같으니, 학사가 크게 공구(恐懼)[129]하나 본

120) 간험(奸險): 간사하고 삐뚤어짐.
121) 차경차아(且驚且訝): 또한 놀라고 또한 의심함.
122) 번열(煩熱): 몸에 열이 나고 가슴 속이 답답한 현상.
123) 강잉(强仍): 억지로 참음.
124) 빌미: 재앙이나 탈 따위가 생기는 원인.
125) 풍한(風寒)에 촉상(觸傷): 추위와 바람에 감기가 듦.
126) 기이고저: 속이고자.
127) 성색(聲色): 음악과 여색(女色).
128) 수사하석(雖死何惜): 비록 죽는다 하여도 무엇이 아깝겠는가.

디 작죄(作罪)함이 없는지라. 안색을 온화히 하고 소리를 나직이 하여 왈,

"해아(孩兒)가 비록 불초무지(不肖無知)하오나 어찌 일호(一毫)나 은닉(隱匿)하리잇가? 과연 모일에 여차여차한 일이 있나니, 비록 눈을 씻고자 하오나 득(得)지 못하고 생각하오면 골경신해(骨驚身駭)[130]하옵거늘 상사지질(相思之疾)이라 하옴은 실로 원민(怨悶)하도소이다."

공이 아자가 태연함을 보매, 본래 지신(持身)[131]함을 헤건대 어찌 여차 패상(敗傷)할 리 있으리오? 노기(怒氣)를 낮추고 왈,

"만일 여차(如此) 거조(擧措)가 있을진대 결연히 용서치 않으리라."

하고 돌아 송파더러 꾸짖어 왈,

"너의 도리는 반드시 적자(嫡子)를 사랑함이 옳거늘 무슨 일로 해 24
(害)하려 하느뇨? 다시 그름이 있으면 결단코 용사(容赦)치 않으리라."

하고 학사를 명하여 '오르라.' 하니, 학사가 사례하고 당에 올라 모셨다가 물러 설난각에 와 수십 일 조섭(調攝)하니 비로소 쾌소(快蘇)[132]한지라.

차시(此時) 송파가 실계(失計)하고 하릴없어 유부에 이대로 기별하니 매영 모녀가 착급(着急)하여 서로 계교를 의논하더니, 매영 왈,

"낭낭(娘娘)께 아뢰여 사혼(使婚)하심을 청함이 어떠하니잇고?"

송씨 깨달아 낭낭께 글 올리니라. 원래 유시랑의 일매(一妹) 황야(皇爺)의 총애(寵愛)하시는 시첩(侍妾)이라. 위인이 간험교사(姦險驕奢)[133]하여 황후를 시오(猜惡)[134]하고 시랑이며 장씨 모자를 구수(仇讐)[135]같이 멸시하고 송씨 모녀를 사랑하여 사사(事事) 언청(言聽)하더니, 공교(工巧)히 진학사가 입조(入朝)하였더니, 상이 파조(罷朝) 후 진학사를 명초(命

---

129) 공구(恐懼): 두렵고 위태롭게 여김.
130) 골경신해(骨驚身駭): 뼈와 몸뚱이가 놀란다는 뜻으로 매우 놀라는 모습.
131) 지신(持身): 처신.
132) 쾌소(快蘇): 완전히 회복됨.
133) 간험교사(姦險驕奢): 간악하고 음험하며 교만하고 사치함.
134) 시오(猜惡): 시기하고 미워함.
135) 구수(仇讐): 원수.

招)[136]하샤 민간(民間) 질고(疾苦)[137]를 물으시고 이에 문왈,

"들으니 경의 작위(爵位)로 한낱 희첩(姬妾)이 없다 하니 짐이 한낱 숙녀를 천거하여 경을 주고자 하노라."

학사가 대경(大驚)하여 복수(伏首) 주왈,

25 "신이 연소부재(年少不才)로 성은(聖恩)을 입사와 작위 외람(猥濫)하오니 숙야(夙夜) 우구(憂懼)하와 소심익익(小心翼翼)[138]하옵더니 금일 성교(聖敎)를 듣자오니 불승송율(不勝悚慄)[139]하여 부지소운(不知所云)[140]이로소이다."

상이 소왈,

"경은 고집지 말라. 일처일첩(一妻一妾)은 고인(古人)이 허하신 바라. 짐이 위하여 중매(仲媒) 되나니 병부시랑 유기에게 일녀(一女)가 있으니 이는 짐이 친히 본 바라. 서자지색(西子之色)과 규목(樛木)[141]의 덕이라. 경은 모로미 추사(推辭)[142]치 말라."

학사가 굳이 사양 왈,

"폐하가 사지(死地)를 명하신들 어찌 감히 역명(逆命)하리잇고마는, 금일 성교(聖敎)는 진실로 봉승(奉承)치 못하리로소이다."

상이 불열(不悅) 왈,

"짐(朕)이 뜻을 정하매 고치지 못하니 경은 서어(絮語)[143]히 사양치 말라."

학사가 이미 유첩여(柳婕妤)의 소위(所爲)임을 알고 사양하여 득치 못할지라. 다만 묵연(默然)히 퇴조(退朝)하여 돌아와 안색이 자연 불평한지

---

136) 명초(命招): 임금의 명으로 신하를 부름.
137) 질고(疾苦): 괴로움. 또는 병고.
138) 소심익익(小心翼翼): 조심스럽게 걱정을 많이 함.
139) 불승송율(不勝悚慄): 두려운 마음을 이길 수 없음.
140) 부지소운(不知所云): 뭐라고 말하여야 할지 모름.
141) 규목(樛木): 『시경(詩經)』 주남편(周南篇)에 후비의 덕을 노래한 장(章).
142) 추사(推辭): 물러나며 사양함.
143) 서어(絮語): 말을 길게 늘어놓음.

라. 공이 연고를 물으니 학사가 성교를 고한대, 공이 대경 왈,

"네 어찌 사양치 아니하였느뇨?"

학사가 대왈,

"여차여차 주하되 황명(皇命)이 지엄(至嚴)하사 감히 개구(開口)치
못하나이다." 26

부인이 탄왈,

"차역천수(此亦天數)[144]라."

하더니 언파에 시비 고왈,

"유부에서 매파(媒婆) 보내었나이다."

부인이 비록 불열(不悅)하나 마지못하여 장파로 접대하고 허혼(許婚)하니, 매파가 돌아가 회보한대 유공(柳公)은 전혀 알지 못하고 다만 허혼함을 기뻐하여 길일(吉日)을 택하여 진부에 보내니 겨우 사, 오일이 격(隔)한지라. 석소저가 유가의 결혼함을 암희하여 왈,

"송서모가 나와 혐원(嫌怨)이 없으되 매양 은총이 온전함을 꺼리더니 이제 그 친질(親姪)과 결친(結親)하니 내게 누언(陋言)[145]이 오래지 아니하리로다."

하더라.

학사가 부디 유씨(柳氏)를 취하지 않으려 하더니 천만 의외에 매파가 이르러 허혼하여 길기 수삼일이 격하였으니, 심리(心裏)에 불이 일고 신체(身體)가 지함(地陷)[146]에 빠진 듯하여 음식이 무미(無味)하고 의사(意思) 삭막한지라. 이리저리 좌사우상(左思右想)하매 어찌할 줄을 알지 못하여 설난각에 가매, 소저가 맞아 좌(坐)한 후 학사가 눈을 들어 보니 금세에 색태(色態) 용광(容光)이 무비(無比)한 숙녀를 두고 어찌 또 다시 구
하오리오마는, 차역천수라, 인력(人力)으로 어찌하리오? 27

---

144) 차역천수(此亦天數): 이 또한 하늘의 운수임.

145) 누언(陋言): 더러운 말.

146) 지함(地陷): 땅이 움푹 꺼진 곳.

학사가 내심에 생각하되 차녀는 곧 옥지환 던지던 여자인 줄 알고 심리에 깨달아 유유불쾌(猶有不快)[147]러니 이에 소저를 대하여 왈,

"부인은 어찌 수색(愁色)이 안모(顔貌)에 가득하뇨? 무슨 소회(所懷) 있나니잇고?"

소저가 개용(改容) 대왈,

"첩이 무슨 소회 있어 근심이 안모에 나타나리잇고? 군자는 묵묵(默默)하고 숙녀는 정정(貞靜)이라 하오니 군자는 다시 말씀을 하지 아니함이 가(可)할까 하나이다."

학사가 미처 답(答)지 못하여서 시아(侍兒)가 전하니,

"밖에 어떤 시노(侍奴)가 와서 뵈옴을 청하나이다."

학사가 즉시 나아가 보니 □□ 평생이라. 문왈,

"너는 무슨 일로 나를 찾느뇨?"

시노가 대왈,

"소인은 다른 사람이 아니라 유시랑 문하 시노로소이다."

학사가 왈,

"그러하면 무슨 일을 위하여 나를 와 보나뇨?"

시노가 대왈,

"소인이 분하온 소회(所懷) 있어 고하옵나니, 유공 원비 강씨는 어진 부인이라. 시비를 인의(仁義)로 부리시더니 이제 내치고 송유인을
28 정실(正室)을 삼고 서녀(庶女)로 적녀(嫡女)를 삼았더니, 한 재상과 결혼한다 하고 의기양양(意氣揚揚)하여 비복(婢僕) 등을 견디지 못하게 구오니 이런 일도 천지간에 있삽나닛가?"

하거늘, 학사가 들으매 참연(慘然)하여 황금 일백 냥을 주니 기노(其奴)가 백배사례(百拜謝禮)하고 돌아가니라. 학사가 분한(憤恨)이 백 장(丈)이나 높아 가만히 생각하되, '원래 음녀가 송녀의 딸이므로 송서모가 힘써 주선함이로다. 내 차마 어찌 저의 천녀(賤女) 가내(家內)에 들이리오? 종당

---

147) 유유불쾌(猶有不快): 오히려 불쾌한 뜻이 있음.

(終當) 처치하리라.' 하더니 혼기(婚期) 다다르매 진공이 소저를 명초(命招)하니, 소저가 승명(承命) 배알(拜謁)하니, 공이 왈,

"□부는 당금(當今) 숙완(淑婉)[148]이라. 우리 □□ 과분함을 두리더니 조물(造物)이 시기(猜忌)하고 호사다마(好事多魔)[149]하여 성상(聖上)이 사혼하시니 신자(臣子)가 되어 사지(死地)라도 불감역명(不敢逆命)[150]이어늘 더욱 사혼하심을 겸양(謙讓)할소냐? 길기(吉期) 삼 일이 가렸으니 이는 천수(天數)라. 현부(賢婦)는 안심(安心) 물려(勿慮)하여 유씨 입(入)하거든 화목(和睦)하여 부덕(婦德)을 빛내라."

부인이 또한 위로하니 소저가 피석(避席)[151] 손사(遜辭) 왈,

"첩이 불능누질(不能陋質)[152]로 군자에게 합당치 못하옵거늘 성문 29
(盛門) 후택(厚澤)을 입사와 슬하에 모첨(冒添)[153]하온지 이미 기년(幾年)이라. 매양 구고(舅姑) 성덕(盛德)을 각골감은(刻骨感恩)하옵더니, 이제 가부(家夫)가 신취(新娶)하시매 구고가 천자의 명을 좇으사 요조숙녀(窈窕淑女)를 구하시매 첩이 희행(喜幸)하옴은 신인(新人)이 들어오매 한가지로 감지(甘旨)를 받들고 안항(雁行)의 즐거움[154]을 이루올까 하나이다."

구고가 새로이 애중(愛重)하더라. 소저가 물러와 한유랑(乳娘)으로 촉단(蜀緞)을 내어 정히 □복을 마르려 하더니 학사가 이르러 보고 왈,

"저 의복으로 무엇을 □□□나뇨?"

소저가 소이부답(笑而不答)하니 학사 □□깁을 땅에 던져 왈,

"부인을 취할 적 옷도 제게 불가하거늘 새 옷이 무슨 일이뇨?"

---

148) 숙완(淑婉): 아름답고 상냥함.
149) 호사다마(好事多魔): 좋은 일에는 흔히 방해되는 일이 많이 따라다님.
150) 불감역명(不敢逆命): 감히 명령을 거스르지 못함.
151) 피석(避席): 공경의 뜻을 나타내기 위하여 앉았던 자리에서 물러남.
152) 불능누질(不能陋質): 능력도 없고 천한 바탕.
153) 모첨(冒添): 외람되게 은혜를 입음.
154) 안항(雁行)의 즐거움: 형제간의 즐거움. 여기서는 처첩(妻妾) 사이의 즐거움을 말함.

소저가 저의 기색(氣色)이 불호(不好)함을 보고 심하(心下)에 우히[155]
여겨 잠잠하더라. 학사가 원치 아니한 길기(吉期) 격일(隔日)하니 문득 칭
병(稱病)하고 설난각에 누워 문을 닫고 신음하니, 참정 부처가 우려하여
30 길일을 물리려 하니 송파가 초조하여 설난각에 이르러 병세(病勢)를 묻
고 왈,

"명일(明日)이 길일이어늘 낭군의 병세 여차하니 차장내하(且將奈何)[156]오?"

학사가 신음(呻吟) 왈,

"명일이 길기면 신부 마땅히 부중(府中)에 와 예를 이룸이 무방하니이다."

송파가 불가함을 아나 행여 기회를 잃을까하여 이 말로써 유부에 통
하니, 이적에 매영 모녀가 뜻을 이루고 만심대열(滿心大悅)하여 손꼽아
길일을 기다리더니 뜻밖에 신랑의 유병(有病)함을 듣고 놀라다가 송파의
글을 보고 그 천만불가(千萬不可)함을 아나 차마 정일(定日)을 허송치 못
하여 유공께 □사를 전하니, 유공은 본시 혼암(昏暗)하여 주책이 없는지
라. '의논대로 하라.' 하니, 매영이 난처함을 돌아보지 않아 칠보(七寶)를
가하여 지분(脂粉)을 난만(爛漫)히 하여 응장성식(凝粧盛飾)으로 위의(威
儀)를 십분 성비(盛備)하고 진부(陳府)에 이르니, 이때 진학사가 매영의
행사(行事)가 음일(淫佚)[157]함을 구외(口外)에 불출(不出)함은 그 전정(前
31 程)을 아낌이러니, 이미 저를 취(取)케 되매 불승통한(不勝痛恨)하여 소저
를 대하여 수말(首末)을 일일 설파(說破)하니, 소저가 심중(心中) 개연(慨
然) 한심하여 다만 묵묵무언(默默無言)이러니, 문득 가중(家中) 내외(內外)
가 훤동(喧動)[158]하며 시아(侍兒)가 서로 전하여 왈,

"신부가 온다."

---

155) 우히: 우습게.
156) 차장내하(且將奈何): 또한 장차 어찌하리오.
157) 음일(淫佚): 마음껏 방탕함.
158) 훤동(喧動): 시끄럽고 부산함.

하거늘, 진공 부부가 경해(驚駭)[159] 왈,

"신랑이 가지 아니하여서 신부가 먼저 이름은 금시초문(今始初聞)이로다."

언미필(言未畢)[160]에 장파가 나와 고왈,

"신부는 유시랑의 적녀(嫡女)가 아니요, 송씨의 딸이라 하더이다."

인하여 걸인(乞人)의 말을 고한대 부인이 불승해연(不勝駭然)[161] 왈,

"오가(吾家)를 속임이 여차(如此)하니 어찌 예로써 맞으리오?"

참정이 또한 노하여 탄왈,

"차사(此事)가 다 현부의 마장(魔障)이 되리니 궐녀(厥女)[162] 오문(吾門)을 난(亂)할 자(者)로다. 그러나 지존(至尊)이 명하신 바이니 어찌 경멸(輕蔑)하리오?"

정언간(正言間)[163]에 송파가 진전(進前) 고왈,

"신부가 왔사오니 낭군의 병세 미경(未輕)하오니 어찌하리잇고?"

부인이 함노(含怒) 왈,

"아해(兒孩)가 유병하니 진실로 교배(交拜)와 폐백지례(幣帛之禮)를 못하려니와 이제 오가(吾家) 사람이니 예를 갖춰 행하나 아니나 관계하리오?"

송파가 심중에 의아하나 감히 다시 묻지 못하고 신부를 인도하여 내 32
당(內堂)에 이르러 예를 행하니, 안색이 묘하여 해당화(海棠花) 일지(一枝) 미풍(微風)에 쓸리는 듯 아리따운 태도 절승(絶勝)한지라. 공의 부부가 냉연(冷然)히 불예지색(不豫之色)[164]이 만면(滿面)하니 송파가 그윽이 무안하여 가만히 한을 머금더라.

---

159) 경해(驚駭): 몹시 놀람.
160) 언미필(言未畢): 말을 아직 마치지 않음.
161) 불승해연(不勝駭然): 놀라움을 이기지 못함.
162) 궐녀(厥女): 그 여자.
163) 정언간(正言間): 말을 하는 바로 그 사이.
164) 불예지색(不豫之色): 기뻐하지 아니하는 모습.

차시 석소저가 신부가 제 스스로 옴을 듣고 그윽히 한심히 여기더니, 시비 들어와 존구(尊舅)의 명으로 전하여 왈,

"유낭자가 이르렀으니 부인은 나오샤 서로 상면(相面)하라 하시더이다."

소저가 시아(侍兒)를 좇아 정당에 이르니, 공이 좌를 주고 왈,

"□□ 유씨 이르니 여자의 □□□□이로되 현부의 넓은 도량으로 길이 □□할지라."

소저가 염용(斂容) 대왈(對曰),

"첩이 비록 불민(不敏)하오나 존명(尊命)을 삼가 받드리이다."

왕부인 왈,

"가국(家國)에 일존인(一尊人)인즉 신부 마땅히 원비(元妃)에게 뵈는 예(禮)를 행하라."

장파가 신부를 붙들어 돗에 내려 석소저께 공손히 예하니 석소저가 다만 팔을 들어 읍(揖)할 따름일러라.

차하(且下)를 분해(分解)하라.

세(歲) 을사(乙巳) 계추(季秋) 향목동 서(書)

수저옥란빙 권지삼

차설(且說). 장파가 매영을 붙들어 소저를 향하여 공손히 사배(四拜)하 1
니 석소저가 다만 팔을 들어 읍(揖)하거늘, 유씨 눈을 들어 살피니 석씨 단장(丹粧)을 사치(奢侈)함이 없어 홍군취삼(紅裙翠衫)이 정제(整齊)하고 봉관화리(鳳冠花履)를 숙여 쓰고 옥패(玉佩) 정결(淨潔)하니, 모란이 금분(金盆)에 성히 피었는 듯 효성쌍안(曉星雙眼)[1]에 정채(精彩) 징징(澄澄)하여 스스로 맑음을 나무라고 원산아미(遠山蛾眉)[2]는 채필(彩筆)로 공교히 그린 듯 강산(江山) 수기(秀氣)를 모두었고, 앵순(櫻脣)[3]이 함홍(含紅)하여 주사(朱沙)를 점(點) 친 듯 도화양협(桃花兩頰)은 일만 자태 어리었고, 달 같은 이마는 옥을 무은[4] 듯 양익(兩翼)[5]은 아아(峨峨)[6]하여 학우등선(鶴羽登仙)할 듯, 운환(雲鬟) 무빈(霧鬢)[7]이 갖추어 비무(非無)하여 색덕(色德)이 겸비(兼備)하니 짐짓 천고절염(千古絶艶)이요, 절세숙완(絶世淑婉)이라. 동지(動止) 유법(有法)하여 규구(規矩)에 맞갖고[8] 단엄(端嚴) 정숙(貞淑)한 위의(威儀)와 한가(閑暇) 쇄락(灑落)한 기질이 사람으로 하여금

---

1) 효성쌍안(曉星雙眼): 샛별같이 밝게 빛나는 두 눈.
2) 원산아미(遠山蛾眉): 원산과 아미는 모두 눈썹을 말함.
3) 앵순(櫻脣): 앵두같이 붉은 입술.
4) 무은: 쌓은.
5) 양익(兩翼): 양쪽 광대뼈.
6) 아아(峨峨): 높은 모양.
7) 운환(雲鬟) 무빈(霧鬢): 구름같이 풍성한 머리와 아름다운 귀밑머리.
8) 규구(規矩)에 맞갖고: 일상생활에서 지켜야 할 법도에 딱 맞고.

한 번 보매 공경함이 일어나고, 처음에 자득(自得)한 의사(意思) 사라지고 만복(滿腹) 시심(猜心)이 복중(腹中)으로 좇아 불 일 듯하나 십분 강잉(强仍)[9]하여 좌(座)에 드니, 소저가 저의 기색(氣色)을 보매 미간(眉間)에 살
2 기등등하여 자기를 삼킬 듯한지라. 즉시 몸을 일어 침소에 돌아오니 학사가 아자(兒子)를 유희(遊戲)하여 일호(一毫) 변색(變色)함이 없는지라. 소저가 천연(天然)히 좌하니라.

차일(此日) 유씨 침소(寢所)를 설희당에 정하여 보내니, 차일 야심(夜深) 후 소저가 학사를 향하여 왈,

"유씨 처음으로 입승(入承)[10]하매 좌우에 소친(所親)이 없어 심히 서위하리니[11] 원(願)군자는 여자의 정을 돌아보시어 신방(新房)을 찾으시면 군자의 관홍대덕(寬弘大德)[12]을 흠복(欽服)[13]하리로소이다."

학사가 침음(沈吟)[14] 왈,

"자(子)[15]의 말씀이 비록 유리(有理)[16]하나 유씨의 행사(行事) 음비(淫非)하니 군자가 정시(正視)할 바 아니라. 어찌 저 곳에 나아가 불평지심(不平之心)을 취하리오? 시고(是故)로 부인 간언(諫言)을 듣지 못하노라."

소저가 정금(正襟)[17] 대왈,

"군자지언(君子之言)으로 추이(推移)컨대 유씨 용납(容納)할 땅이 없으리니 연소(年少) 여자가 일시 삼가지 못하여 비록 군자에게 득죄(得罪)하나 무정지사(無情之事)요, 하물며 지존(至尊)[18]이 중매(仲媒)하시

---

9) 강잉(强仍): 억지로 참음. 마지못하여 그렇게 함.
10) 입승(入承): 첩이 들어온 것을 말함.
11) 서위하리니: 서운하리니.
12) 관홍대덕(寬弘大德): 너그럽고 큰 덕.
13) 흠복(欽服): 마음 속 깊이 존경하여 복종함.
14) 침음(沈吟): 속으로 깊이 생각함.
15) 자(子): 그대. 자네.
16) 유리(有理): 도리나 이치에 맞는 바가 있음.
17) 정금(正襟): 옷깃을 바르게 고침.

니 군부(君父)의 주심은 견마(犬馬)라도 공경하나니, 이제 군자가 유씨
를 과히 미온(微溫)하시면 일부함원(一婦含怨)에 오월비상(五月飛霜)[19]
은 이르지 말고, 규중(閨中) 세과(細過)를 제기(提起)하사 황명(皇命)을
만모(慢侮)[20]하리잇고? 첩이 군자의 수신제가(修身齊家)[21]의 편벽(偏
僻)됨을 항복지 아니하나이다. 유씨 비록 추루(醜陋)하나 석(昔)에 진평 3
(陳平)[22]의 처(妻)가 다섯 번 개가(改嫁)하나 진승상의 후대(厚待)를 받
았나니 원컨대 애증(愛憎)을 고르게 하샤 하상지원(夏霜之怨)[23]이 없
게 하시면 첩의 만행(萬幸)일까 하나이다."

설파(說罷)에 안색(顔色)이 냉엄(冷嚴)하여 설리한매(雪裏寒梅)[24] 같으니 학사가 그 온화한 말과 지현(至賢)한 의리(義理)를 흠복(欽服) 경애(敬愛)하여 답왈,

"부인의 금옥지언(金玉之言)은 학생의 스승이요, 또 어찌 성상(聖上) 홍은(鴻恩)을 모르리오마는 유씨는 음악(淫惡)한 인물이라. 만일 가차할진대[25] 반드시 여후(呂后)의 인체지변(人彘之變)[26]을 당하리니 시고로 가납(嘉納)[27]지 않음이니 부인은 물부재언(勿復再言)[28]하라."

소저가 묵묵양구(默默良久)에 다시 권코자 하니 학사가 왈,

---

18) 지존(至尊): 더할 수 없이 존귀하다는 의미로, 임금을 공경하여 부르는 말.
19) 일부함원(一婦含怨)에 오월비상(五月飛霜): 여자가 원망을 품으면 오월에도 서리가 내림.
20) 만모(慢侮): 거만한 태도로 남을 업신여김.
21) 수신제가(修身齊家): 자기 몸을 닦고, 집안을 다스리는 일.
22) 진평(陳平): 중국 전한(前漢)의 정치가.
23) 하상지원(夏霜之怨): 여름에 서리가 내리는 원망.
24) 설리한매(雪裏寒梅): 눈 속에 핀 찬 매화.
25) 가차할진대: 가까이 할진대.
26) 여후(呂后)의 인체지변(人彘之變): 중국 한(漢)나라 고조의 황후인 여후(呂后)가 한고조의 애희(愛姬) 척부인(戚夫人)의 손발을 자르고, 뒷간에 살게 하여 인체(人彘)라고 한 일.
27) 가납(嘉納): 옳지 않은 일을 고치라는 말을 기꺼이 받아들임.
28) 물부재언(勿復再言): 다시 두 말 하지 말라.

"여름 밤이 고단하여 신기(身氣) 곤(困)하니 부인 약석지언(藥石之言)[29]이 다만 귀를 괴롭게 할 뿐이니 취침함이 무방타."

하고 드디어 촉(燭)을 멸하고 소저를 이끌어 상(牀)에 오르고자 하니, 소저가 고사(固辭)하고 종야(終夜) 돌탄(咄嘆)[30]하더라.

차시(此時) 매영이 송파로 더불어 야심(夜深)토록 학사를 기다리되 마침내 종적(蹤迹)이 없으니 매영이 함루(含淚) 척연(惕然)하거늘, 송파가 위로 왈,

"낭자는 슬퍼 말라. 나는 자초(自初)로 진낭의 매몰함을 아나니 반드시 방연(龐淵)이 손빈(孫臏)을 저주턴 묘술(妙術)[31]을 행하리라."

4 유씨 점두(點頭)[32]하니 파(婆)가 왈,

"낭자는 분(憤)을 참아 효봉구고(孝奉舅姑)하고 석씨를 공경하여 합가(閤家)[33]의 예성(譽聲)이 자자함이 쉬우리라."

매영이 응낙하고 학사 부부를 절치(切齒)[34]하더니, 명조에 신성(晨省)할새 학사가 들어오다가 도로 나가니 송파가 연망(延忙)히 따라가매 벌써 송죽헌에서 배회하는지라. 송파가 문왈,

"낭군이 아까 입래(入來)하다가 도로 나가심은 어찌뇨?"

학사가 왈,

"불상견(不相見)할 사람이 있으매 도로 나간괘라."[35]

송파가 왈,

---

29) 약석지언(藥石之言): 약(藥)과 침(鍼)이 되는 말. 남의 행동이나 말을 훈계하여 그 사람의 언행을 고치는 데 도움이 되는 말.

30) 돌탄(咄嘆): 탄식하며 한숨 쉬는 소리.

31) 방연(龐淵)이 손빈(孫臏)을 저주턴 묘술(妙術): 방연과 손빈은 함께 귀곡선생(鬼谷先生)에게 공부하였으나, 후에 각기 다른 나라의 병법가로 서로 싸우게 된다. 이 때 방연이 쓴 묘한 병법을 말함.

32) 점두(點頭): 승낙하거나 옳다는 뜻으로 고개를 조금 끄덕임.

33) 합가(閤家): 남의 집안을 높여 부르는 말.

34) 절치(切齒): 몹시 분하여 이를 감.

35) 나간괘라: 나간 것이라.

"그곳에 어떤 사람이 있더닛고?"

학사가 왈,

"전일 보지 못하던 사람이 있더이다."

송파가 노왈,

"기인(其人)은 곧 낭군의 부인이라. 어찌 피하리오?"

학사가 왈,

"숙문의 부인은 다만 석씨니 또 뉘 있으리오?"

송파가 왈,

"유씨는 어떤 사람의 부인이뇨?"

학사가 왈,

"유씨는 정혼(定婚)하였으나 맞아 온 바 없나이다."

송파가 익노(益怒) 왈,

"낭군이 병세 중하매 신부 먼저 와 성례(成禮)하자 하시고 이제 와 다른 말씀은 어찜이뇨?"

학사가 미소 왈,

"성인(聖人)이 법을 지으사 삼강(三綱)을 정하시며 오륜(五倫)을 밝히시니, 남녀가 마땅히 채례(采禮) 납빙(納聘)한 후 신랑을 보내며 신부를 맞나니, 생은 가지 않아서 육례(六禮)를 이루니 이는 천고에 듣지 못한 일이요, 또 근본이 유시랑의 적녀(嫡女)가 아니라. 송숙[36]의 여(女)라 하니 연즉(然則) 숙문이 차마 부인으로 대접지 못할지라. 서모는 익히 생각하라."

송파가 근본이 패루(悖陋)[37]함을 보고 침음(沈吟) 반향(半晌)[38]에 왈,

"낭군이 어찌 근본을 아시나뇨?"

학사가 왈,

36) 송숙: 송파의 언니를 말함.

37) 패루(悖陋): 도리에 어긋나고 일그러짐.

38) 반향(半晌): 반상(半晌). 반나절.

"만성(滿城)이 모를 이 없거늘 자(子) 홀로 이목(耳目)이 없으리잇고?"
송파가 분연(憤然) 왈,
"그래도 희첩(姬妾)으로는 못하리이다."
학사가 왈,
"어찌 이름이니잇고?"
파왈,
"유시랑이 원비를 내친 후 친형으로 부인을 삼고 여아로써 적녀를 삼았으니 어찌 배우(配偶)가 못되리오?"
학사가 정색(正色) 왈,
"저는 존귀함이 금달공주(禁闥公主)[39]이나 차마 부인으로는 못하리니, 서모는 유녀(柳女)를 첩 삼음이 미안할진대 명문거족(名門巨族)을 구하여 백년을 화락하게 하소서."
파(婆)가 할 말이 없어 도리어 간권(懇勸) 왈,
"비록 소실(小室)로 하나 박대(薄待)치 말으소서."
학사가 손사(遜謝)하더라.
송파가 설희당에 나아가 매영을 보고 낙루(落淚) 왈,
"낭자가 무익한 진생(陳生)을 보아 그 용모를 사모하여 평생을 마치니 어찌 한홉지 않으리오?"
매영이 역읍(亦泣) 왈,
"이 다 첩의 팔자니 한할 바 아니거니와, 수연(雖然)이나 석녀의 요
6 색(妖色)과 간특(姦慝)한 소리를 들으면 가슴에 잔나비 뛰놀아[40] 차마 듣지 못할러이다."
송파가 왈,
"진생이 어찌 낭자의 근본을 알고 금(今) 차항렬(次行列)에 두려 하거늘, 내 여차여차하니 그 답언(答言)이 여차여차하매 할 말이 없어 돌

39) 금달공주(禁闥公主): 궁전 안의 공주.
40) 가슴에 잔나비 뛰놀아: 가슴이 뛰어.

아온괘라."

매영이 대로(大怒) 왈,

"나는 유시랑의 천금(千金) 소교(小嬌)라. 어찌 이 욕을 감심(甘心)하리오?"

파가 도리어 관유(寬宥)[41]하더라. 매영이 진부에 있은지 월여(月餘)에 학사가 한 번 고문(叩門)[42]함이 없고 구고 또한 권치 아니하니 뉘 감히 석씨 은애(恩愛)를 옮겨 유녀를 중대(重待)하리오? 오직 석소저가 유씨의 간특함을 아나 그 정사(情事)를 자닝히 여겨 매양 학사를 대한 즉 화성유어(和聲柔語)로 간(諫)한대 청이불문(聽而不問)하니 무가내하(無可奈何)[43]라. 소저가 보신지책(保身之策)을 생각하여 정의(情意)를 드리워 사랑하며 의식을 후히 하니 구고 그 성덕을 감탄하고 합내(閤內)[44] 대찬(大讚)하더라. 매영이 또한 은악양선(隱惡佯善)[45]하여 정당(正堂)[46]을 섬기매 지효(至孝)로 하고 원비(元妃)를 섬기매 노주(奴主)같이 하니, 공의 부부는 조심경(照心鏡)[47] 안광(眼光)이 아니라 그 심천(深淺)을 알지 못하고 점점 사랑이 더하니, 일가가 다 위대(爲待)하되 학사의 사광지총(師曠之
聽)[48]이 거울 같아 멀리 함을 구수(仇讐)[49]같이 하고 석씨는 조심하여 그 7
윽이 두려하더라.

이러구러 반년이 되되 한결 같으니 한입골수(恨入骨髓)하여 존당(尊堂) 중회(衆會)에는 석씨를 공경함이 극진하나 사사로이는 질욕(叱辱)[50]

---

41) 관유(寬宥): 너그럽게 용서함.
42) 고문(叩門): 찾아가서 문을 두드림.
43) 무가내하(無可奈何): 어찌할 도리가 없음.
44) 합내(閤內): 남의 가족을 높여 부르는 말이나 여기에서는 일가(一家)를 지칭함.
45) 은악양선(隱惡佯善): 악을 감추고 거짓 착한 체함.
46) 정당(正堂): 대청. 여기서는 시부모를 말함.
47) 조심경(照心鏡): 마음을 비추어 볼 수 있다는 상상의 거울.
48) 사광지총(師曠之聽): 사광(師曠)은 중국 진(晉)나라의 음악가였는데 소리를 듣고 잘 분별하여, 길흉을 따졌다고 함.
49) 구수(仇讐): 원수.
50) 질욕(叱辱): 꾸짖으며 욕함.

이 그치지 않더라.

일일은 학사가 조회에 참예(參詣)하였더니 파조(罷朝) 후 상이 특별히 탑하(榻下)[51]에 부르사 왈,

"짐이 심신(心身)이 불평하니 일 수 시(詩)를 지어 심려(心慮)를 위로하라."

하시고 제(題)를 내어 짓기를 재촉하시니, 학사가 부복(俯伏)[52]하여 홍롱지를 펴고 채필(彩筆)을 들어 휘쇄(揮灑)하니 필하(筆下)에 풍운(風雲)이 취지(聚之)하여 가히 귀신을 놀랠지라. 쓰기를 마치매 쌍수(雙手)로 받들어 올리니 상이 그 신속함을 경탄하사 보시니 지상(紙上)에 용이 서리고 봉(鳳)이 춤추는 듯 창해(滄海)를 거꾸로 치고 태산(泰山)을 압두(壓頭)할지라. 상이 재삼 음영(吟詠)하시고 돈연(頓然)[53] 치경(致慶)하샤 칭찬함을 마지않으시고, 인하여 고금(古今) 치란(治亂)과 역대(歷代) 흥망(興亡)을 문답(問答)하시니 답언(答言)이 도도(滔滔)하여 장강(長江)[54]을 헤치고 하수(河水)[55]를 드리운 듯하니, 상이 흔연(欣然) 왈,

"경이 십오(十五)에 상활(爽闊)한 의논이 여차하니 짐이 아름다이 여기노라."

8 하시고 벼슬을 돋우어 좌복야(左僕射)를 하이시니 학사가 황공(惶恐) 사은(謝恩)하온대, 상이 상방(上房) 진찬(珍饌)으로써 권하시니 복야(僕射)[56] 성은(聖恩)을 감축(感祝)하여 어온(御醞)을 순순히 받아 십여 배(拜)에 이르니 취하여 부중에 돌아오니, 제생(諸生)이 붙들어 정당에 이르매 복야가 왈,

"혼정(昏定)은 파(罷)하였거니와 현제(賢弟)는 어디 가서 저토록 취

51) 탑하(榻下): 탑전(榻前). 왕의 자리 앞.
52) 부복(俯伏): 고개를 숙이고 엎드림.
53) 돈연(頓然): 문득. 전혀.
54) 장강(長江): 중국 대륙 중앙을 가로지르는 양자강(揚子江)을 이름.
55) 하수(河水): 중국 서쪽에서 북쪽으로 흐르는 황하(黃河)를 이름.
56) 복야: 좌복야(左僕射)의 벼슬을 복야로만 부르는 것.

하였느뇨?"

복야가 왈,

"금일 파조(罷朝) 후 근시(近侍)하여 상이 사주(賜酒)하심으로 이리 취하였나이다."

필광 왈,

"내 마땅히 숙부께 품(稟)[57]하리니 현제는 방심(放心)하라."

하고 들어가더니 나와 왈,

"숙부 이르시되, '사사로 취함이 아니니 사(赦)[58]하노라.' 하시며 조심하여 병을 이루지 말라 하시더라."

복야가 황공하여 저두(低頭) 단좌(端坐)러니 점점 취하여 옷을 벗고 죽침(竹枕)을 의지하여 졸거늘, 사인(舍人) 왈,

"천양이 유씨를 취하나 지금(至今) 면목(面目)을 불견(不見)하니 우리 오늘은 들어다가 설희당에 두고 그 거동을 보리라."

하고 일시에 붙들어 설희당에 이르니, 복야가 취중(醉中)이나 반드시 설난각으로 가나니라 하였더니 한 곳에 다달아 놓고 가거늘 눈을 들어 보니 이는 뜻 아닌 설희당이라. 크게 놀라 바삐 일어 나오니 제생이 바야흐로 완월(玩月)[59]하거늘, 복야가 왈, 9

"제형(諸兄)이 어찌 부질없는 희롱을 하여 소제(小弟)로 하여금 좋은 몸이 추(醜)케 하느뇨?"

제생이 대소(大笑) 왈,

"현제는 짐짓 상여(相如)[60]와 일반이라. 너무 박절타."

하더라.

차시 유씨 뜻밖에 제생(諸生)이 복야를 붙들어오니 일변 놀라고 일변 기꺼하더니 문득 몸을 일어 도로 나가니, 발연(勃然) 대로(大怒)하여 상

---

57) 품(稟): 어떤 일의 가부나 의견 따위를 윗사람에게 묻는 일.

58) 사(赦): 용서함.

59) 완월(玩月): 달을 구경하면서 즐김.

60) 상여(相如): 중국 전한(前漢)의 문인 사마상여(司馬相如).

(床)을 박차고 진목(瞋目)[61] 대질(大叱) 왈,

"소축생(小畜生)이 무례함이 어찌 이 지경에 미쳤느뇨? 내 당당히 축생과 요녀(妖女)를 죽여 고기를 씹고 말리라."

하고 드디어 설난각에 이르니, 석소저가 촉영(燭影)[62]을 대하여 고시(古詩)를 음영(吟詠)하다가 매영이 옴을 보고 묵연(默然) 단좌(端座)러니, 유씨 바로 난각(欄閣)에 올라 눈썹을 거스리고[63] 눈을 독히 뜨고 대매(大罵)[64] 왈,

"나는 유낭낭의 친질(親姪)이요, 유시랑의 천금 소교라. 존귀함이 금지옥엽(金枝玉葉)을 부러워 아니커늘, 천명(天命)을 받자와 진생의 부실(副室)이 되니 어찌 욕되지 아니하리오? 네 아비 불충(不忠)을 품고 불궤지심(不軌之心)[65]이 있음을 내 알되 차마 구외(口外)에 내지 못하였거늘, 네 석가(石家) 천녀(賤女)로 교언영색(巧言令色)[66]으로 진가(陳家) 적자(賊子)를 수중에 잠가 나를 없삽같이[67] 하니 내 어찌 잠잠하리오? 네 일찍 돌아가면 함구(緘口)하려니와 불연즉(不然則) 천정(天庭)에 고하여 너의 부녀의 머리를 효시(梟示)[68]하리라. 일찍이 돌아가라."

소저가 의외의 참욕(慙辱)을 당하매 불승통한(不勝痛恨)하나 안색을 정히 하고 묵연 단좌하매, 매영이 더욱 노하여 기완(器玩)[69] 집물(什物)[70]을 열파(裂破)[71]하고 돌아가며 아니 감을 힐문(詰問)하니, 소저가 대로하여 아미(蛾眉)를 거스리고 옥성(玉聲)을 가다듬어 왈,

---

61) 진목(瞋目): 눈을 부릅뜨고 화를 내는 모습.
62) 촉영(燭影): 촛불의 그림자. 여기서는 촛불을 말함.
63) 거스리고: 거꾸로 서게 하고.
64) 대매(大罵): 크게 꾸짖음.
65) 불궤지심(不軌之心): 법이나 도리에 어긋나는 마음. 또는 반역을 꾀하는 마음.
66) 교언영색(巧言令色): 교묘한 말이나 꾸며대는 낯빛.
67) 없삽같이: 없는 것처럼.
68) 효시(梟示): 죄인의 목을 베어 높이 달아매어 여러 사람이 볼 수 있게 함.
69) 기완(器玩): 감상하여 즐기기 위한 기구나 골동품 따위.
70) 집물(什物): 세간 살림살이.
71) 열파(裂破): 깨 부심.

"네 스스로 존귀함이 금달공주(禁闥公主)에 비하나 내 일찍 능멸(淩蔑)함이 없고 또 묻나니 뉘라서 나의 가친(家親)이 불궤지심을 품다 하던다? 여차(如此) 허무지설(虛無之說)로 나를 모함하니 어찌 신명(神命)이 두렵지 않으리오? 나의 거취(去就)는 너의 알 바 아니니 생심(生心)도 방자히 굴지 말라."

설파(說罷)에 사기 씩씩하니 유녀가 더욱 노왈,

"네 아비 반역함이 왕망(王莽)[72] · 동탁(董卓)[73]의 우이라. 만민이 다 아나니 뉘 모르리오?"

드디어 서안(書案)을 박차며 작난하니, 송파가 이르러 매영의 손을 이끌어 나오며 왈,

"이런 욕을 보시니 어찌 애닮지 않으리오? 나 같을진대 즉각(卽刻)에 죽어 무안함을 씻으리로다."

언파에 냉소(冷笑)하고 나가니, 소저가 그 숙질의 거동을 십분 분해하나 성색(聲色)을 부동(不動)하고 다만 참욕(慘辱)이 야야께 미침을 돌탄(咄嘆)[74]하더라.

매영이 설희당에 와 복야의 박정(薄情)함을 이르고 불승통도(不勝痛悼)[75]니 송파가 왈, 11

"내 여차여차 이르면, 진낭은 대현군자라 반드시 석씨 은애를 옮기리니, 먼저 이리 한 후에 설계(設計)하리라."

매영이 사왈(謝曰),

"만일 숙모 곧 아니면 어찌 인체지변(人彘之變)을 면하리잇가?"

익일(翌日)에 송파가 칭병불출(稱病不出)하니 학사가 신성(晨省) 후 양희당에 와 송파를 보니 파가 거짓 수루(垂淚)[76] 왈,

---

72) 왕망(王莽): 전한(前漢) 말기 신(新)의 임금. 한(漢)의 애제(哀帝)를 물리치고 평제(平帝)를 독살하여 스스로 왕이 되었음. 후한의 광무제에게 멸망됨.

73) 동탁(董卓): 후한(後漢)의 간신.

74) 돌탄(咄嘆): 혀를 차며 탄식함.

75) 불승통도(不勝痛悼): 애통함을 이기지 못함.

"첩이 십오에 장파와 존문(尊門)에 의탁하니 부인이 산은해덕(山恩
海德)을 거느리시니 첩 등이 은혜를 폐부(肺腑)에 새겨 화락하연지 십
오 년이라. 노야(老爺) 소시에는 번화함을 취하여 아등(我等)을 모아
계시더니, 도금(到今)하여는 여색(女色)을 불관(不關)히 여기사 행로(行
露)[77]같이 알으시니 바램이 끊어지고, 장파는 오히려 일녀를 두었으나
첩은 바램이 낭군이라. 석소저가 나의 고단함을 만모(慢侮)[78]하심이
심하니 설움을 품어 일월을 보내더니 의외에 유씨 수절하여 도장[79]에
늙으려 하매 자닝하여 낭군께 천거함이러니, 소저가 존당과 낭군의 안
전에는 효순(孝順)하시나 첩을 사사로이 보시면 절치(切齒) 왈, '네 목
12 숨이 내 손에 달렸다.' 하며 수욕(受辱)하시니, 소저의 투악(妬惡)은 위
징(魏徵)의 처(妻)와 왕소(王昭)의 부인(夫人)에서 십 배 더한지라. 첩이
행여 목숨이 비명횡사(非命橫死)할까 두리고, 낭군이 또 유씨 박대 태
심(太甚)하여 일생을 마침을 더욱 한탄하매 사사(事事)에 살 마음이 없
고, 작야(昨夜)에 왕문 등이 희롱하사 낭군을 설희당에 들여보냄을 석
씨 알고 기완(器玩)을 바애고[80] 왕문 등을 꾸짖어 왈, '왕가 소축생(小
畜生)은 무슨 일로 설희당에 감을 권하던고? 송파는 나의 원수라. 조만
(早晚)에 일기(一器) 독주(毒酒)로 그 숙질(叔姪)을 마치리라[81].' 하시니,
첩의 설움은 하늘 밖에 뉘 알리오?"

학사 청파에 불승한심하여 사죄 왈,

"자(子)의 우둔함으로 석씨 여차하니 출거(出去)코자 하나 존당(尊堂)이 계시매 능히 자단(自斷)치 못하나이다."

하고 심중에 헤아리되, '석씨의 성덕으로 어찌 이리 무상(無狀)하리오?

76) 수루(垂淚): 눈물을 흘림.
77) 행로(行露): 길거리의 이슬.
78) 만모(慢侮): 거만한 태도로 남을 업신여김.
79) 도장: 도장방. 규방.
80) 바애고: 부수고.
81) 마치리라: 죽이리라.

그러나 서모의 말이 이 같으니 혹자(或者) 연소(年少) 여자가 일시(一時)
분(憤)을 참지 못하여 수어(數語)로 상힐(相詰)[82]함이 있는가 동정(動靜)
을 보리라.' 하고 즉시 몸을 일어 설난각에 이르니, 소저가 서안을 의지
하여 신세를 차탄하매 옥안(玉顔)에 주루(珠淚) 어룽져 희허(噫噓) 초창
(怊悵)하더니, 복야의 이름을 보고 척용(慽容)[83]을 거두고 일어나 맞아 좌 13
정(坐定)하매, 이에 양안(兩眼)을 기울여 부인을 살피매 안색이 척연(慽
然)하여 수려한 아미(蛾眉)에 은은한 수회(愁懷) 맺혔고 기완(器玩)이 의
구(依舊)하나 다 옛 것이 아니니 이 필유곡절(必有曲折)[84]함을 알고 양구
(良久)에 문왈,

"그대 부중에 머무른 지 기년(幾年)에 각별한 험사(險事)가 없더니 송서모의 말이 여차여차하니 그 죄 어디 미쳤느뇨? 진실로 그럴진대 투악발부(妬惡發婦)[85]라. 내 비록 암용(暗庸)[86]하나 위징(魏徵)의 얼굴 상하는 환(患)을 보지 않으리라."

소저가 복야의 절책(切責)[87]함을 들으니 천만 몽매(夢寐) 밖이라. 일변(一邊) 놀라고 그 불명(不明)함을 한심하여 성모(聲貌)[88]를 낮추고 다만 들을 따름이라. 복야가 헤아리되, '송서모의 말이 옳도다.' 하여 소매를 떨쳐 나가니 소저가 그 혼암(昏暗)함을 한탄하더라.

차시 매영이 송파의 침소(寢所)에 이르러 좌정(坐定) 후 매영이 문왈,

"숙모야! 아자(俄者)[89]에 상의(相議)한 말씀이 어찌 되었나잇고? 소질(小姪)이 마음이 답답하여 성병원사(成病寃死)[90]하겠사오니 원컨대

---

82) 상힐(相詰): 서로 트집을 잡아 비난함.
83) 척용(慽容): 근심스러운 얼굴.
84) 필유곡절(必有曲折): 반드시 무슨 사연이나 까닭이 있음.
85) 투악발부(妬惡發婦): 투기(妬忌)하는 여자를 좇아냄.
86) 암용(暗庸): 어리석음.
87) 절책(切責): 아주 심하게 책망함.
88) 성모(聲貌): 목소리와 얼굴빛.
89) 아자(俄者): 아까.
90) 성병원사(成病寃死): 병이 나서 원통하고 억울하게 죽음.

밝게 가르치소서."

송파가 빈미(顰眉)[91] 대왈,

"낭자는 성사(成事)치 못할까 번뇌치 말으소서. 내 비록 회둔(晦鈍)[92]
14 하나 학사로 하여금 회(回)하여 낭자로 하여금 화락(和樂)하여 백 년을 동락(同樂)하여 유자생녀(有子生女)하여 평생이 무흠(無欠)하리이다."

매영이 일어나 재배(再拜) 왈,

"원컨대 숙모의 말씀 같을진대 이 은혜를 무엇으로 갚으리잇고?"

송파가 왈,

"금일 학사를 보아 여차여차하였으니 필연 금야에 설난각에 무슨 말이 있으리니 낭자는 나아가 그 거지(擧止)를 탐청(探聽)하소서."

매영이 송파를 붙들어 편히 누이고 혼정(昏定)을 파하매, 홍군취삼(紅裙翠衫)을 다 후리치고 단삼취군(單衫翠裙)[93]으로 가만히 설난각 후함(後檻)을 인연하여[94] 창 밖에서 규시(窺視)[95]하여 복야의 기색(氣色)을 자세히 본 후 빨리 돌아와 송파에게 전하니, 파(婆)가 대열(大悅)하여 밀밀(密密) 상의하더니, 유랑이 가로대,

"석부인의 재모(才貌) 출유(出類)하시니 등한(等閒)히 제어(制御)치 못할지라. 첩의 오라비 외방(外邦)에 상고(商賈)[96]할새 소주 땅에 한 이고(尼姑)를 만나니 명(名)은 천년화(千年花)라. 얼굴이 미려(美麗)하여 옥진(玉眞)·비연(飛燕)[97]의 유(類)요, 지혜(智慧)는 양·평(良平)[98]

---

91) 빈미(顰眉): 눈썹을 찡그림.

92) 회둔(晦鈍): 사리에 어둡고 둔함.

93) 단삼취군(單衫翠裙): 윗도리에 입는 홑옷과 아래에 입는 짙푸른 빛의 치마.

94) 후함(後檻)을 인연하여: 뒷난간을 딛고.

95) 규시(窺視): 몰래 훔쳐보거나 엿봄.

96) 상고(商賈): 장사꾼. 또는 장사하는 일.

97) 옥진(玉眞)·비연(飛燕): 당(唐)나라 현종(玄宗)의 애첩 양귀비와 한(漢)나라 성제(成帝)의 애첩 조비연. 비연은 몸이 아주 작고 가벼워 성제의 손바닥에서 춤을 추었다고 함.

98) 양평(良平): 중국 한(漢)나라의 건국공신 장량(張良)과 진평(陳平). 장량양은 고조를 도와 천하를 통일하였으며, 진평은 항우의 신하였다가 고조 유방에

을 따르고 일찍 도를 배워 풍우(風雨)를 부리며 둔갑장신(遁甲藏身)[99] 하는 재주니 만일 차인(此人)을 얻으시면 석씨를 소제(掃除)하리이다."

매영이 대희(大喜) 왈,

"지금 어디 있느뇨?"

대왈,

"차인이 작년에 상부(喪夫)한 후 수절하여 어미를 봉양하나이다."

매영이 '빨리 청하라.' 하니 유랑이 예물(禮物)을 갖추어 청할새, 송파가 유씨더러 왈,

"낭자가 천씨를 보매 한소열(漢昭烈)이 제갈무후(諸葛武候) 대접하듯[100] 하라."

영이 새 옷을 갈아입고 앉았더니, 유랑이 천씨를 인도하여 이르니 송파가 매영으로 더불어 천씨를 맞아 좌정하매 송파가 숙질이 한가지로 보니 요음(妖淫) 간교(奸巧)한 여자라. 송파가 나아가 집수(執手) 왈,

"아름답다, 낭자의 방년(芳年)이 얼마나 되뇨?"

천씨 염용(斂容) 대왈,

"헛되이 이십년 춘추(春秋)를 지내었나이다."

송파 숙질이 사랑하여 소회(所懷)를 설파(說破)할새 송파가 왈,

"그대의 대명(大名)을 들었으니 한 번 상봉(相逢)함을 얻지 못하였더니, 유낭자의 청함을 인하여 존안(尊顔)을 대하니 기쁨이 천상(天上)에 오른 듯하도다."

유씨 이어 왈,

"선생의 위명(偉名)을 북두(北斗)같이 우러르나 일찍이 뵈옵지 못하였더니 금일(今日)이 하일(何日)이온대 존안을 상면(相面)하니 평생의 앙모(仰慕)[101]하던 바를 펴리로소이다."

게 투항하여 묘책을 써서 공을 세웠음.

99) 둔갑장신(遁甲藏身): 남에게 보이지 않게 마음대로 몸을 바꾸고 숨기는 술책.

100) 한소열(漢昭烈)이 제갈무후(諸葛武候) 대접하듯: 극진히 대접함. 삼국시대 촉한(蜀漢)의 시조(始祖) 유비(劉備)가 제갈량(諸葛亮)을 대접하듯.

천씨 손사(遜謝) 왈,

"부르심을 듣자오니 불승감격(不勝感激)하오니 낭자의 시비(侍婢)되
16 라 하셔도 사양치 못하려든 하물며 스승됨을 추사(推思)[102]하리이까?"

송파 숙질이 대열(大悅)하여 즉시 돗을 정히 하고 향을 피운 후 유씨 천씨를 향하여 사배(四拜)하니, 천씨 연망(連忙)히 답배(答拜)한 후 송파가 눈물을 흘려 석씨 소제함을 청하니, 저 산중(山中) 요물(妖物)이 본디 현인(賢人)을 아처하는지라.[103] 송파의 말을 신청(信聽)하여 차후로 삼인이 머리를 맞추어 밀밀히 설계하더라.

어시(於是)에 복야가 설난각에 자취를 끊고 매죽헌에 처하여 제생(諸生)으로 더불어 소일(消日)하며 조석(朝夕) 문안(問安) 밖은 자취 내당(內堂)에 임치 않았는지라. 세월이 임염(荏苒)[104]하여 얼픗이 칠 삭(朔)이 되었으되 한결같이 하니, 소저가 자기 허물이 없거늘 복야의 매몰함을 웃으며 심지(心地) 침중(沈重)함을 경동(輕動)함이 없으니, 존당과 타인은 알지 못하나 장파가 기미를 알고 심중에 괴히 여겨 한 번 힐문(詰問)[105]코자 하더니, 일일은 복야가 문안을 파하고 외당으로 나가거늘 장파가 뒤를 쫓아 나가니, 왕사인이 보고 소왈,

"무슨 사고(事故)로 저리 총총(悤悤)히 가시뇨?"

장파가 왈,

"한 고이한 일이 있어 바삐 나가나이다."

사인 왈,

"무슨 사고뇨?"

장파가 왈,

17 "우리 낭군이 석부인과 은애 중하사 수유불리(須臾不離)[106]하시더

101) 앙모(仰慕): 우러르고 사모함.
102) 추사(推思): 미루어 생각함.
103) 아처하는지라: 싫어하는지라.
104) 임염(荏苒): 차츰차츰 세월이 지나감.
105) 힐문(詰問): 트집을 잡아 따져 물음.

니 근간 연고(緣故) 없이 심히 매몰하시니 이제 그 주의(主意)를 알고자 하나이다."

사인이 놀라 왈,

"요사이 천양의 거동이 심히 의심되니 가히 물어 보소서."

인하여 장파로 더불어 몽조헌에 들어가니, 복야가 단정히 서안을 의지하여 고서를 잠심(潛心)하다가 장파와 사인이 들어옴을 보고 몸을 일어 맞아 좌를 정하매 존경함을 지극히 하여 못 미칠 듯하니, 장파가 복야가 이렇듯 존경함을 심히 불안하여 하며 이에 무단히 숙녀를 박대함을 물으니, 복야가 마지못하여 송파의 말을 대강 전하니, 장파가 크게 한심하여 생의 불명(不明)하고 무식(無識)함을 한탄하다가 이에 가로대,

"낭군이 석소저를 어떠한 부인으로 알으시뇨?"

복야가 왈,

"색덕(色德)이 비록 가지(可知)나 그 심지를 예탁(豫度)지[107] 못하나이다."

장파가 이에 송파 숙질의 불미(不美)함을 이르며 왈,

"낭군이 어찌 저 송파의 미친 말을 가납(嘉納)하여 옥같은 부인을 어찌 의심하나이까?"

복야가 손사 왈,

"자(子)가 불민(不敏)하나 어찌 석씨의 행사(行事)를 알지 못하리잇
고마는 잠깐 경계함이로소이다." 18

장파가 묵연(默然)히 나아가 정당에 들어가 부인께 이 사연을 고하니, 왕부인이 경송(驚悚)[108]하여 왈,

"이렇듯 한 줄은 망연히 몰랐도다. 차사는 반드시 송녀의 이간(離間)함이라. 아자(兒子)가 고서를 박람(博覽)하여 사리(事理)를 통하려든 어

106) 수유불리(須臾不離): 잠시도 서로 떨어지지 않음.
107) 예탁(豫度): 예측함.
108) 경송(驚悚): 놀라고 두려워하는 모습.

찌 여차 불통함이 심하뇨?"

하더니, 정언간(正言間)에 복야가 들어와 시좌(侍坐)하니, 부인이 정색 책왈(責曰),

"네 삼 세부터 고서를 보았으니 부부오륜(夫婦五倫)이 중한 줄 알려든 부모가 맞기신 현처(賢妻)를 참언(讒言)[109]을 믿어 면모불견(面貌不見)하기에 이르니 이 무슨 도리뇨? 조종(祖宗) 향화(香火)와 우리 신후(身後)를 네게 의지하였거늘, 너의 행사가 이렇듯 혼암(昏暗) 무식하니 조종에 욕이 및기 쉽고 너의 부친 관인(寬仁) 후덕(厚德)을 추탁(追琢)[110]하기에 미치니 어찌 한심치 않으리오? 나의 용렬(庸劣)함이 맹모(孟母)의 삼천지교(三遷之教)[111]를 효칙(效則)지 못한 탓이니 어찌 홀로 너만 책(責)하리오? 차라리 내 죽어 맹모에게 죄(罪)를 사례(謝禮)코자 하노라."

복야가 대황(大惶) 송률(悚慄)[112]하여 빨리 하계(下階) 청죄(請罪) 왈,

"불초자(不肖子) 무식 혼암하고 천품(天稟)이 노둔(老鈍)하여 미세한
19 일로 태태 성의(聖意)를 끼치오니 죄당만사(罪當萬死)[113]로소이다. 연(然)이나 석씨 송서모를 농담하고 말씀이 무례(無禮) 방자(放恣)하여 부녀의 온순한 정태(情態) 없으니 잠깐 예기(銳氣)를 꺾고자 함이니이다. 복원(伏願) 태태는 용서하옵심을 바라나이다."

부인이 침음양구(沈吟良久)에 길이 탄식하고 송씨의 별물악종(別物惡種)임을 새로이 놀라 석현부의 외로움을 그윽히 염려하고 애련(哀憐)함을 마지않으나, 세사(世事)가 다 천의(天意)라. 이렇듯 생각하매 심사(心

---

109) 참언(讒言): 거짓으로 꾸며서 남을 헐뜯어 윗사람에게 고하여 바침. 또는 그런 말.

110) 추탁(追琢): 뒤에 다시 바로잡음.

111) 맹모(孟母)의 삼천지교(三遷之教): 맹자의 어머니가 아들을 가르치기 위하여 세 번이나 이사를 하였음을 이르는 말.

112) 송률(悚慄): 매우 두려움. 또는 매우 두려워 함.

113) 죄당만사(罪當萬死): 지은 죄가 무거워 만 번 죽어도 마땅함.

思)가 좋지 아니하나 모자지정(母子之情)에 어찌 오래 견집(堅執)[114]하리오? 비로소 화평이 사왈(赦曰),

"차후에 또 그름이 있으면 모자지정을 끊어 생래(生來)에 대면치 않으리니 각별 조심하여 명교(名教)[115]에 득죄(得罪)치 말라."

하고 드디어 좌(座)를 주니, 복야가 돈수사례(頓首謝禮)하고 시좌(侍坐)하니 부인이 손아(孫兒)를 안아 복야께 전하여 왈,

"차아(此兒)가 수미(雖微)하나[116] 진문의 천리구(千里駒)[117]라. 실로 승어부(勝於父)[118]로다."

복야가 황망히 쌍수로 받자와 슬상(膝上)에 얹고 자세히 살피건대, 볼수록 기이하여 옥모영풍(玉貌英風)이 기특하고 양미천정(兩眉天頂)[119]에 강산수기(江山秀氣)를 거두어 흉중(胸中)에 제세안민지재(濟世安民之才)[120]를 은은히 감추었으니, 청아(淸雅) 쇄락(灑落)하여 비록 황구소아(黃口小
兒)[121] 나 대현군자지풍(大賢君子之風)이 이뤘으니, 복야가 아자(兒子)를 20
처음 봄이 아니로되 새로이 사랑하여 천륜지정(天倫之情)이 자연 유출(流出)하여 애중(愛重)함이 넘치니 종일토록 슬상에 얹어 교무[122]하더니, 일모(日暮)에 혼정(昏定)을 파하고 서당(西堂)에 나와 표형(表兄) 등과 담소(談笑)하더니, 사인이 내당(內堂)에 숙침(熟寢)함을 권하니 복야가 마지못하여 날호여[123] 설난각에 이르니, 이날 명월(明月)이 조요(照耀)하여 일점(一點) 구름이 없고 일기(日氣) 온화(溫和)한지라.

---

114) 견집(堅執): 고집함.
115) 명교(名教): 사람이 마땅히 지켜야 할 바를 가르침. 또는 그런 가르침.
116) 수미(雖微)하나: 비록 보잘 것 없고 작으나.
117) 천리구(千里駒): 천리를 달리는 망아지라는 뜻으로 뛰어난 자손을 가리킴.
118) 승어부(勝於父): 아버지보다 나음.
119) 양미천정(兩眉天頂): 양 눈썹과 이마.
120) 제세안민지재(濟世安民之才): 세상을 구원하고 백성을 편안히 할 수 있는 재주.
121) 황구소아(黃口小兒): 부리가 누런 새 새끼 같은 어린아이.
122) 교무: 미상.
123) 날호여: 천천히 하여.

석소저가 난간(欄干)에 단좌(端坐)하여 명월을 보더니 복야의 이름을
보고 심중(心中)에 경아(驚訝)하나 안색(顔色)을 정히 하고 태연히 일어
맞아 좌를 정한 후 반향(半晌) 묵좌(默坐)라가, 봉목(鳳目)[124]을 기울여 부
인을 보매 옥안(玉顔) 운빈(雲鬢)이 나작하여[125] 정금위좌(正襟危坐)[126]하
였으니 새로운 광채(光彩) 촉하(燭下)에 휘동(揮動)하였으니 찬란한 태도
모란이 이슬을 머금은 듯 두 조각 옥협(玉頰)은 홍매(紅梅) 납설(臘雪)을
무릅쓴 듯, 쇄락한 풍채 한월(寒月)이 바애는 듯,[127] 백련(白蓮) 일지(一
枝) 향수(香水)에 솟았는 듯, 빙정요나(氷晶嫋娜)[128]하고 소담자약(素淡自
若)하여 맑고 좋아 육칠 삭(朔) 사이나 더욱 신기한 듯하니, 복야가 마음
21 이 취하여 은애 유출하나 사람됨이 침정(沈靜) 단묵(端默)한지라. 안색을
씩씩히 하고 묵연단좌(默然端坐)러니 장파가 맞추어 성찬(盛饌)을 갖추어
설난각에 이르러 눈을 들어보니 일개 군자와 숙녀가 대좌하였으니, 복야
의 늠름한 풍채와 소저의 소담자약한 태도 참치(參差)[129]함이 없으니 장
파가 새로이 흠선(欽羨) 경복(敬服)하여 나아가 웃어 왈,

"낭군이 칠 삭(朔)을 독처(獨處)하시더니 금야(今夜)에 처음으로 침당(寢堂)에 들어오시니 첩이 일배주(一杯酒)를 가져 하례(賀禮)코자 하나이다."

복야가 함소(含笑)하고 천천히 일어나 맞아 좌정(坐定) 후 흔연(欣然)히 주찬(酒饌)을 내오니 밤을 당하매 마음 놓아 대취(大醉)한지라. 장파가 돌아가니 복야가 취안(醉顔)을 자주 들어 부인을 보며 두어 말로 수죄(數罪)[130]하여 책(責)하니 소저가 오직 청이불문(聽而不聞)하니, 복야가 답언

124) 봉목(鳳目): 봉안(鳳眼). 봉의 눈같이 가늘고 길며 눈초리가 위로 째지고 붉은 기운이 있는 눈. 귀상(貴相)으로 여겨짐.
125) 나작하여: 가지런하여.
126) 정금위좌(正襟危坐): 옷매무새를 바르게 하고 똑바로 앉음.
127) 바애는 듯: 눈부신 듯.
128) 빙정요나(氷晶嫋娜): 매우 깨끗하며 아리땁고 고움.
129) 참치(參差): 길고 짧고 하여 들쑥날쑥하며 가지런하지 않음.
130) 수죄(數罪): 죄를 들추어 열거함.

(答言)을 기다리지 않고 선자(扇子) 들어 촉(燭)을 멸(滅)하고 소저를 이끌어 상요[131]에 나아가니 새로운 은애(恩愛) 낙천(樂天)이 무르녹아 교칠(膠漆)에 더하더라.

명조(明朝)에 일어나 혹 책하며 혹 위로하는 말씀이 금석(金石)이 녹는 듯하더라. 소저가 아미(蛾眉)를 숙이고 날호여 대왈,

"군자의 몸이 청현(淸顯)[132]에 거하여 만민(萬民)이 우러름이 북극
(北極)같거늘 규방(閨房)에 들어 유세(誘說)하시는 말씀이 이렇듯 다사 22
(多事)하시뇨?"

복야가 흡연히 공경 탄복하여 지은 마음[133]이 춘설(春雪)이 양일(陽日)을 맞는 듯하니 옥수(玉手)를 연(連)하여 자못 흔연하되, 소저가 옥모가 정숙하여 오직 겸손할 따름이요, 장부(丈夫)의 가차함[134]을 일호(一毫) 가납(嘉納)함이 없고 지난 바를 일컬어 허물을 발명(發明)[135]함이 없으니, 온유(溫柔) 단엄(端嚴)함이 고자(古者) 숙녀(淑女) 철부(哲婦)라도 및지 못할러라.

이러구러 동창(東窓)이 효명(曉明)하니 부부가 한가지로 존당에 문안하매, 공과 부인이 아자의 회심(回心)하여 작야(昨夜)에 설난각에 숙침(宿寢)함을 알고 효순(孝順)함을 두긋기고 석씨를 애중(愛重)함이 비할 데 없고, 장파 모녀가 기꺼하나, 오직 만복(滿腹) 시기지심(猜忌之心)을 품은 자는 송파 숙질(叔姪)이라. 석씨의 은총을 보매 원한이 투입골수(投入骨髓)[136]한지라. 매영이 설희당에 돌아와 설난각을 가르쳐 질매(叱罵)[137]함을 마지않으며 스스로 박명(薄命)을 슬퍼 눈물이 옷깃을 적시더니, 송파

131) 상요: 침상에 편 요.
132) 청현(淸顯): 청환(淸宦)과 현직(顯職)을 아울러 이르는 말.
133) 지은 마음: 지어먹은 마음. 가졌던 마음.
134) 가차함: 가까이 함.
135) 발명(發明): 죄나 잘못이 없음을 말하여 밝힘.
136) 투입골수(投入骨髓): 뼛속까지 사무침.
137) 질매(叱罵): 몹시 나무라고 꾸짖음.

가 와 보고 위로 왈,

"낭자는 슬퍼 말라. 이런 조각[138]을 타 어찌 묘계(妙計)를 행치 않으리오?"

천씨 또한 위로 왈,

23 "첩이 낭자의 후대(厚待)하신 은혜를 입으니 어찌 정성을 다하지 않으리오?"

유씨 왈,

"선생은 아무커나 기모(奇謀)를 내어 석녀를 없이하여 나의 마음을 편케 하면 결초보은(結草報恩)[139]하리이다."

천씨 왈,

"부인은 방심(放心)하라. 천신(賤身)이 비록 재주 노둔(老鈍)하나 석녀를 어찌 근심하리이까?"

하고 머리를 대어 흉계(凶計)를 상의하더라.

어시(於時)에 복야가 혼정(昏定) 후 몽소헌에 나와 왕생 등과 시서(詩書)를 강론(講論)할새, 사인이 복야의 등을 밀어 왈,

"밤이 이미 깊었으니 설난각으로 바삐 가라."

하니 복야가 대소(大笑) 왈,

"소제(小弟) 신랑이 아니거든 어찌 구축(驅逐)[140]하시느뇨?"

인하여 촉을 들고 게을리 설난각으로 향할새, 멀리 바라보니 사창(紗窓)에 촉광(燭光)이 휘황(輝煌)한데 시비(侍婢) 등이 숫두어리거늘,[141] 가장 의괴(疑怪)하여 걸음을 빨리 하여 개호(開戶) 입실(入室)하니 석소저가 베개를 의지하여 통성(痛聲)이 비경(非輕)한지라. 복야가 경동(驚動)하여 나아가 옥수를 잡고 문왈,

"부인은 어디가 불평(不平)하건대 인사(人事)를 차리지 못하느뇨?"

---

138) 조각: 틈.

139) 결초보은(結草報恩): 죽은 뒤에라도 은혜를 잊지 않고 갚음.

140) 구축(驅逐): 몰아서 좇아냄.

141) 숫두어리거늘: 수군거리거늘. 웅성웅성하거늘.

소저가 나직이 옥수(玉手)를 빼고 청이부답(聽而不答)하는지라. 이에 유랑을 불러 문왈,

"소저의 병세 어찌하여 이 지경에 이르뇨?"

유랑이 고왈,

"소저가 잉태(孕胎) 만삭(滿朔)이옵더니 필연 산점(產漸)[142]인가 하나이다."

복야가 차경차희(且驚且喜)[143]하여 즉시 나와 약을 달이며 순산하기를 고대하더니, 아이(俄而)오[144] 시비(侍婢) 보(報)하되,

"소저가 순산(順產)하시고 쌍태(雙胎) 생남(生男)하시니이다."

복야가 대희과망(大喜過望)하여 내당에 들어가니, 공의 부부가 바야흐 24
로 취침코자 하더니 문득 설난각 시비 보하되,

"소저가 쌍태 생남하니이다."

하거늘, 공의 부부가 대희하여 즉시 가다가 복야를 만나 한가지로 들어가니 소저가 정신이 혼미하여 침금(寢衿)에 누웠고 그 곁에 양개백옥(兩個白玉)이 있는지라. 자세히 보매 구각(口角)[145]이 장대(壯大)하고 효성쌍안(曉星雙眼)에 우는 소리 웅건쇄락(雄建灑落)한지라. 공이 부인을 돌아보아 왈,

"우리 무슨 복으로 저같은 손아(孫兒)를 쌍득(雙得)하뇨? 이는 조종(祖宗) 여음(餘蔭)[146]이요, 현부(賢婦) 성덕(盛德)이로다."

부인 왈,

"상공 말씀이 연(然)하이다. 우리 독자(獨子)를 두었다가 손아를 연득(連得)하여 문호(門戶)를 창성(昌盛)하니 금석수사(今夕雖死)나 무한(無恨)이니이다."

---

142) 산점(產漸): 산기. 곧 아기를 낳을 기미.
143) 차경차희(且驚且喜): 또한 놀라고 또한 기뻐함.
144) 아이(俄而)오: 잠시 후.
145) 구각(口角): 입아귀. 입의 양쪽 구석.
146) 여음(餘蔭): 조상의 공덕으로 자손이 받는 복.

공이 부인더러 왈,

"현부가 산후(産後) 몸이 불평(不平)하리니 숙문으로 구호하라 하고 가사이다."

하고 정당(正堂)으로 향하니, 복야가 계하(階下)에 내려 배송(拜送)하고
장중(場中)에 들어가 신아(新兒)를 다시 보니 영오수발(英悟秀拔)[147]하여
25 말할 듯하니 사랑함이 넘치더라. 이에 소저를 구호(救護)하여 편히 누이
고 유모(乳母)를 정하여 지극 보호하더라. 명조(明朝)에 석부에서 이 기별
을 듣고 석상서가 이르러 여아와 신아를 보고 희기만안(喜氣滿顔)하여
사랑이 자자체체(孜孜切切)[148]하더니, 외당에 나와 진공으로 더불어 순
산(順產) 생남(生男)함을 치하하고 주효(酒肴)를 내와 종일 진취(盡醉)하
고 돌아가니라.

차시(此時)에 국가에 일이 없어 수십 년을 태평하고 겸하여 연년(年年)이 풍등(豐登)하여 백성이 격양가(擊壤歌)를 부르더니, 북흉노(北匈奴) 대군을 몰아 변방(邊方)을 침노(侵擄)하매 병세(兵勢) 대진(大振)하여 그 봉예(鋒銳)를 당치 못할지라. 변보(變報)가 눈 날리듯 하니 천자가 크게 근심하샤 표기장군(標旗將軍) 유렴으로 대장을 삼고, '군사 십만을 조발(調發)하여 도적을 치라.' 하였더니, 수월(數月) 후 표문(表文)이 올랐거늘 떼어 보시니,

흉노(匈奴)가 강성(强盛)하여 연패(連敗)하매 위태함이 조석(朝夕)에 있으니 바삐 구병(救兵)을 보내샤 도적을 막게 하옵소서.

하였거늘, 상이 간필(看畢)에 대경(大驚)하여 문무제신(文武諸臣)을 모아 의논하실새, 상이 가로사대,

"도적이 여차(如此) 창궐(猖獗)하여 천조(天朝)를 업수이 여기니 뉘

---

147) 영오수발(英悟秀拔): 영특하고 빼어남.

148) 자자체체(孜孜切切): 아주 간절함.

감히 짐을 위하여 이 도적을 파하고 국가 근심을 덜꼬?"

하시니, 좌우가 묵묵하여 능히 대(對)치 못하더니, 좌반(左班)[149] 중 일위 26
소년이 출반(出班) 주왈(奏曰),

"일지병(一枝兵)을 빌리시면 흉노(匈奴)를 삭평(削平)하고 유렴 등을 구하리이다."

하거늘, 상이 숙시(熟視)하시니 이 곧 대사도 이부총재 진숙문이라. 상이 경문(驚問) 왈,

"경(卿)이 연미이순(年未二旬)[150]이요, 겸하여 백면서생(白面書生)이라. 어찌 전진(戰塵)의 흉봉(凶鋒)을 당코자 하느뇨?"

복야가 다시 주왈,

"신이 성은(聖恩)을 입사와 작위(爵位) 육경(六卿)에 거하오나 국록(國祿)만 허비하오니 한 번 나가 죽기로 싸워 흉노를 멸코자 하나이다."

상이 유예미결(猶豫未決)[151]하시니, 일위(一位) 노신(老臣)이 주왈,

"사람의 재주는 노소(老少)에 있지 아니하오니 숙문이 비록 연소하오나 총명(聰明) 특달(特達)[152]하오니 폐하는 의려(疑慮)치 말으소서."

상이 황연각지(晃然覺知)[153]하사 희열(喜悅) 왈,

"경의 말이 옳다."

하시고 진승상을 가까이 부르샤 왈,

"선생(先生) 부자(父子)가 충의지심(忠義之心)으로 짐을 도우니 진실로 국가(國家) 동량(棟梁)이라."

하시고 즉일에 진숙문으로 병부상서(兵部尙書) 대사마(大司馬) 대원수(大元帥)를 배(拜)[154]하사,

---

149) 좌반(左班): 조정의 조회 때 문관(文官)이 서는 열.
150) 연미이순(年未二旬): 나이가 이십 세가 되지 못함.
151) 유예미결(猶豫未決): 망설여 결정을 짓지 못함.
152) 특달(特達): 사리에 밝고 재주가 뛰어남.
153) 황연각지(晃然覺知): 문득 갑자기 환하고 밝게 깨달음.
154) 배(拜): 벼슬을 내림.

"곤(閫) 이외[155]는 경이 임의로 출척(黜斥)[156]하라."

하시고, '명일(明日) 행군(行軍)하라.' 하시니, 원수가 사은(謝恩) 퇴조(退朝)하여 중군장(中軍場)에 나와 어림군(御臨軍) 삼천을 조련(調練)하더니
27 일모(日暮)하매 파하여 본부로 돌아오니라.

차시 왕부인이 이 소식을 듣고 크게 근심하여 아무리 할 줄을 모르더니, 이윽고 원수가 야야(爺爺)를 모셔 들어와 뵈오니 부인이 손을 잡아 왈,

"오아(吾兒)가 무슨 재략(才略)으로 불모지지(不毛之地)에 나아가 북적(北狄)의 흉봉(凶鋒)을 당코자 하느뇨?"

원수가 이성(怡聲)[157] 화기(和氣)로 대왈,

"해아(孩兒)가 연유부재(年幼不才)[158]하오나 성상(聖上) 위덕(威德)을 빌어 조그만 북로(北虜)를 멸코자 하나니 태태(太太)는 물우성려(勿憂聖慮)하소서."

공이 이어 왈,

"오아가 당당한 장부로 국은(國恩)이 분의(分義)에 과하거늘 신자(臣子)가 어찌 국록(國祿)만 허비하리오? 이제 자원함이 떳떳한 일이니 부인은 과려(過慮)치 말으소서. 우리 천금 아자를 불모지지에 보내니 심사 비록 요요(寥寥)[159]하나 아자의 재주 조그만 도적은 당하리니 부인은 너무 감회하여 아자의 이친지회(離親之懷)를 돕지 말으소서."

부인이 비로소 슬픔을 진정하여 다만 아자의 손을 잡고 보중(保重)함을 일컫더라.

날이 이미 황혼이 되니 원수가 제생(諸生)으로 더불어 담화할새, 생세(生世) 십팔에 슬하를 떠남이 처음이라 비회(悲懷) 무궁하나 담소(談笑) 자약(自若)하고, 승상 부부는 아자의 등을 어루만져 애중하여 밤을 지내

155) 곤(閫) 이외: 문지방 밖. 왕성(王城)의 밖.
156) 출척(黜斥): 물리쳐 내 쫓음.
157) 이성(怡聲): 부드러운 목소리.
158) 연유부재(年幼不才): 나이가 어리고 재주 없음.
159) 요요(搖搖): 마음이 흔들리고 안정되지 아니함.

니, 명일(明日)은 중당(中堂)에서 이별할새 왕사마, 석상서, 유시랑 등이 28
모이니 승상이 아자로 더불어 제객을 맞을새, 원수가 융복(戎服)을 정제(整齊)하고 요하(腰下)에 황금인(黃金印)을 비꼈으니 기이한 풍채 동인(動人)하는지라. 석상서가 애중함을 이기지 못하여 원수의 손을 잡고 왈,

"현서(賢壻)가 금번 출정(出征)하매 영명(英名)이 화이(華夷)에 진동하리니 노부(老夫)가 하례(賀禮)하노라."

원수가 몸을 굽혀 불감(不堪)함을 일컫더라. 이윽고 대소(大小) 장관(將官)이 이르러 시각(時刻)을 보(報)하니, 원수가 몸을 빼어 내당(內堂)에 이르니 왕사인 왕상서 부인이 노부인을 모셔 이르러 부인을 위로하고 기자(奇子) 둠을 하례하더니, 원수가 좌(座)에 나아가 예(禮)하니 늠름한 풍신(風身)이 인중영걸(人中英傑)이라. 왕태부인이 기꺼 집수(執手) 탄왈,

"너를 유치(幼稚)로 알아 일시 떠남을 아끼더니 이제 불모지지(不毛之地)에 이별하니 여모(汝母)의 심사를 물어 알 바 아니로다."

원수가 심기(心氣) 저상(沮喪)하여 이성화언(怡聲和言)으로 위로하더니, 왕공 형제 그 야야를 모셔 들어오니 진부인이 부친을 보매 더욱 엄읍(掩泣)[160] 유체(流涕)하니 원수가 심사가 요요하여 엄읍 유체하는지라. 승
상이 정색 책왈(責曰), 29

"네 고서(古書)를 보아 사리를 알려든 네 어찌 아녀자의 태도를 하느뇨?"

원수가 비색(悲色)을 거두고 복수(伏首) 청죄(請罪) 왈,

"해아(孩兒)가 불초(不肖)하와 존전(尊前)에 불경(不敬)하오니 사죄하나이다."

승상 왈,

"너는 부질없는 비회(悲懷)를 동(動)하여 마음을 상해오지 말라."

원수가 배이수명(拜而受命)하고 인하여 존당(尊堂) 부모와 왕노공 부부께 재배(再拜) 하직고 교장(敎場)에 나와 삼군(三軍)을 휘동(揮動)하여

160) 엄읍(掩泣): 얼굴을 가리고 욺.

행할새, 호령(號令)이 엄숙(嚴肅)하고 대오(隊伍)가 정제(整齊)하여 일호(一毫) 차착(差錯)[161]이 없으니 관광자(觀光者)가 책책칭선(嘖嘖稱善)[162]하더라. 상(上)이 만조백관(滿朝百官)을 거느리고 문외(門外)에 나오샤 친히 수레를 밀어 왈,

"금일로부터 군국(軍國) 대사(大事)를 경(卿)에게 부치나니 경은 쉬이 도적을 토멸(討滅)하고 돌아와 군신이 이곳에서 반기게 하라."

하시고 상방검(上房劍)을 주시어 왈,

"경은 이 칼로 부원(副元) 이하로 위령자(違令者)를 선참후계(先斬後啓)[163]하라."

하시니, 원수가 쌍수(雙手)로 받잡고 복지(伏地) 청령(聽令) 후 인하여 행군할새, 만조백관을 작별 후 호호탕탕(浩浩蕩蕩)히 행군(行軍)하여 가니라.

차시(此時) 승상이 아자의 행군하는 거동이 법도(法度) 있음을 보고 마
30 음에 두굿겨 멀리 갈수록 바라보더니, 산이 가리매 탄식하고 집으로 돌아오매 왕부인이 침석(寢席)에 누웠는데 눈물이 옷깃을 적시는지라. 공이 부인의 비척(悲慽)함을 보고 위로 왈,

"부인은 심사(心思)를 상해오지[164] 말으소서. 아자가 비록 연소하나 이만 도적은 족히 염려할 바 아니라. 반드시 성공반사(成功班師)[165]하리니 안심물려(安心勿慮) 하소서."

부인이 손사(遜辭) 왈,

"첩이 비록 용우(庸愚)하나 아자(兒子)의 출장입상(出將入相)[166]함이 장부의 사업인 줄 알지 못 하리잇고마는, 다만 다른 자녀가 없는 연고

---

161) 차착(差錯): 어그러져 순서가 어긋나고 차이가 있음.
162) 책책칭선(嘖嘖稱善): 큰 소리로 칭찬함.
163) 선참후계(先斬後啓): 먼저 죄인의 목을 먼저 후에 임금에게 보고함.
164) 상해오지: 상하게 하지.
165) 성공반사(成功班師): 전쟁 등에서 이겨 군사를 이끌고 돌아옴.
166) 출장입상(出將入相): 나가서는 장수가 되고 들어와서는 재상이 된다는 뜻으로, 문무(文武)를 다 갖추어 장상(將相)의 벼슬을 모두 지냄을 이르는 말.

라. 자연 생각이 간절하여 비색(悲色)을 상공께 뵈오니 불민(不敏)함을 사죄하나이다."

승상이 인하여 아자의 행군(行軍)함이 유법(有法)함을 전하고 두긋김을 마지아니터라.

이날 장파가 원수 멀리 감을 보고 마음이 자연 불평하여 염려 무궁하매 내심(內心)에 헤아리되, '나의 심사가 여차하거든 소저의 마음이 오죽하리오? 마땅히 위로하리라.' 하고 설난각에 이르니 석소저가 원천(遠天)을 바라며 묵연(默然) 단좌(端坐)어늘, 장파가 그 곁에 앉으며 위로 왈,

"부인이 원수의 북정(北征)함을 당하여 심우(深憂)하실 듯하기로 첩이 위회(慰懷)[167]코자 오니이다."

석소저가 추연(惆然) 탄왈,

"서모(庶母)의 성의(誠意)를 감사하오니 은혜를 폐부(肺腑)에 새겨 31
잊지 못하리로소이다."

장파가 웃고 왈,

"소저의 말씀이 너무 과하도소이다."

인하여 주찬(酒饌)을 내와 집배(執杯)하더니, 문득 창문이 열리며 일인이 들어와 장파를 향하여 고성(高聲) 왈,

"그대는 짐짓 파사매[168]로다. 유씨의 없는 허물을 석부인께 참소(讒訴)하니 무슨 유익함이 있느뇨?"

설파(說罷)에 노기(怒氣) 표동(表動)[169]하거늘 모두 보니 다른 이 아니라 송파라. 장파가 분연(憤然) 왈,

"낭군이 금일 출정(出征)하시매 무슨 흥이 있어 이리 조롱(嘲弄) 비소(誹笑)[170]하느뇨?"

하며 양인이 각각 침소(寢所)로 돌아가니라.

167) 위회(慰懷): 괴롭거나 슬픈 마음을 위로함.
168) 파사매: 미상.
169) 표동(表動): 겉으로 드러나 움직임.
170) 비소(誹笑): 조롱하거나 비웃음.

석소저가 비록 심사가 황란(惶亂)하나 마음을 스스로 강잉(强仍)하여 구고(舅姑)를 효봉(孝奉)함이 지극 간절하여 동동촉촉(洞洞燭燭)[171]하고, 두 서모(庶母)를 공경 예우하여 일호(一毫) 미흡함이 없으며, 조운모우(朝雲暮雨)[172]에 서천(西天)을 바라 승전(勝戰)함을 축원하더라.

차시 유씨 정히 때를 얻었는지라. 송파로 더불어 천씨께 계교(計巧)를 물으니 천씨 왈,

"때 정히 행계(行計)할 기틀이라."

하고, 드디어 입을 벌여 단약(丹藥) 둘을 토하니 이 무슨 계교인고?

차하(次下)를 석람(釋覽)하라.

세(歲) 을묘(乙卯) 정월일 향목동 서(書)

171) 동동촉촉(洞洞燭燭): 공경하고 삼가며 매우 조심스러움.

172) 조운모우(朝雲暮雨): 아침에는 구름이 되고 저녁에는 비가 된다는 뜻으로, 남녀 간의 애정이 깊음을 비유적으로 이르는 말이나 여기에서는 아침 저녁이라는 의미임.

수저옥란빙 권지사

화설. 천씨 입을 벌려 단약(丹藥) 둘을 토하니 크기 계란만하고 하나는 1
빛이 누르고 하나는 푸르니 천씨 왈,

"누른 것을 차(茶)에 화(和)[1]하여 먹이면 정신이 아득하여 아무 일도 깨닫지 못하니 가로대 망심단(忘心丹)이니 사광지총(師曠之聰)[2]이 있어도 깨닫지 못할 것이요, 푸른 것을 음식에 섞어 먹이면 되고자 하는 사람의 얼굴이 되니 곧 소미단이라. 이로써 석씨를 소제(掃除)하리라."

하고, 드디어 망심단을 유씨를 주어 승상께 내오라 하니, 유씨 대열(大悅) 칭사(稱謝)하고 계교(計巧)를 행코자 하나 석소저가 조석(朝夕) 식사를 친감(親監)하여 받드니 틈을 얻지 못하여, 석씨의 으뜸 시비(侍婢) 춘향을 감언이설(甘言利說)로 달래고 회뢰(賄賂)[3]를 두터이 하고 계교를 가르치니, 춘향은 위인(爲人)이 간험(姦險)한지라 낙종(諾從)[4]하여 계교를 행하니, 과연 승상이 총명(聰明)이 점점 감(減)하여 언행동지(言行動止) 무식기(無識期)에 가까우니 일가(一家)가 다 괴히 여기더니, 일일은 승상이 몽소헌에 앉아 아자(兒子)의 거처하던 곳을 보매 심사(心思)가 자연(自然) 처비(悽悲)[5]하여 북천(北天)을 바라보며 탄식하더니, 문득 한 소년이 전

---

1) 화(和): 무엇을 타거나 섞음.
2) 사광지총(師曠之聰): 사광(師曠)의 총명함. 사광은 춘추시대 진(晋)나라의 음악가로 소리를 들으면 잘 분별하여 길흉을 따졌음.
3) 회뢰(賄賂): 뇌물. 또는 뇌물을 주고받는 일.
4) 낙종(諾從): 마음속으로 받아들여 진심으로 따라 좇음.
5) 처비(凄悲): 쓸쓸하고 처량하여 마음이 슬픔.

2 도(顚倒)히[6] 나오다가 승상을 보고 면여토색(面如土色)[7]하여 물러가거늘, 승상이 괴히 여겨 문왈,

"너는 어떤 아이이건대 진퇴(進退) 가장 수상하뇨?"

기아(其兒) 주저하여 답(答)지 못하거늘, 승상이 대노(大怒) 왈,

"네 어찌하여 말 아니하느뇨?"

기아 황공(惶恐)하여 가로대,

"소인(小人)은 동문(東門) 밖 군자동 조생(趙生)의 시동(侍童)이러니, 서간(書簡)을 설난각에 드리고 회서(回書)[8]를 가져오라 하기로 이에 왔사옵더니 그릇 존위(尊位)를 범(犯)하였사오니 죄를 사(赦)하소서."

승상이 노왈,

"조생자는 하등지인(何等之人)이건대 어찌 감히 재상가(宰相家) 규각(閨閣)에 서간을 드리느뇨? 아지 못게라. 그 서간이 어디 있느뇨?"

기아가 즉시 품속으로서 일 봉서를 내어 올리거늘, 승상이 받아 보니 피봉(皮封)에, '조생은 설난각 석소저께 부치노라.' 하였거늘, 승상이 더욱 의괴(疑怪)하여 급히 개탁(開坼)하니 하였으되,

소생(小生) 조경윤은 삼가 글월을 석소저께 부치나니, 우리 인연(因緣)이 지중(至重)하여 부모(父母) 재시(在時)에 백년을 기약하였사옵더니 조물(造物)이 시기(猜忌)하여 생의 부모 구몰(俱沒)하시매 소저(小姐)의 가약(佳約)이 그쳤더니, 향자(向者)[9]에 두어 번 돌아봄을 인하여 쌍아(雙兒)를 생

3 (生)하니 생의 마음이 간절하여 바삐 보고자 하나 틈이 없어 매양 한탄하더니, 이제 원수가 멀리 출정(出征)하여 돌아올 지속(持續)[10]이 없으니, 바라건대 소저는 생의 고단함을 생각하여 다시 만나 정회(情懷)를 펼진대 금

6) 전도(顚倒)히: 엎어질 것처럼 허둥지둥.
7) 면여토색(面如土色): 얼굴이 흙빛 같음. 곧 몹시 놀라거나 겁에 질린 모양.
8) 회서(回書): 답장.
9) 향자(向者): 접때. 지난 번.
10) 지속(遲速): 늦고 빠름.

석수사(今夕雖死)나 무한(無恨)이라. 엎드려 바라건대 자세히 기별(寄別)하여 생의 마음을 편케 하소서.

하였더라.

승상이 간필(看畢)에 안색(顔色)을 고치고 심한골경(心寒骨驚)[11]하여 아무리 할 줄 모르더니 다시 생각하되, '석씨는 방금(方今) 성녀숙완(聖女淑婉)[12]이라. 어찌 이렇듯 실절(失節)하리오? 반드시 이매망량(魑魅魍魎)[13]의 희롱(戱弄)인가? 석씨 색모재예(色貌才藝) 훤자(喧藉)[14]하니 무뢰(無賴) 악소년(惡少年)이 억탁(臆度)[15]함인가?' 다시 생각하되, '비록 무지 악소년이나 어찌 감히 재상(宰相) 명부(命婦)[16]를 수욕(受辱)하리오?' 또 석씨를 비겨 생각건대 만분원억(萬分冤抑)[17]한지라. 좌사우상(左思右想)에 능히 깨닫지 못하더니 문득 일계(一計)를 내어, '답서(答書)를 보아 진위(眞僞)를 분간(分揀)하리라.' 하고 도로 봉(封)하여 주어 왈,

"나의 보았음을 이르지 말고 빨리 답간(答簡)을 맡아 나를 뵌즉 마땅히 중상(重賞)하리라."

기아(其兒)가 응낙(應諾)고 글을 품고 설난각으로 가니 승상이 괴로이 서안(書案)에 비껴 답서를 기다리더니, 반향(半晌) 후 과연 답서를 드리거 4
늘 받아 보니 갈왔으되,

박명(薄命) 첩(妾) 석씨는 읍혈돈수(泣血頓首)[18]하고 답간을 받들어 조낭군 좌하(座下)[19]에 올리나니, 차희(嗟噫)라! 창천(蒼天)이 특별히 우리 양

11) 심한골경(心寒骨驚): 마음이 서늘하고 뼈까지 놀람. 곧 매우 놀라는 모양.
12) 성녀숙완(聖女淑婉): 지덕이 뛰어난 아름다운 여인.
13) 이매망량(魑魅魍魎): 이 세상의 온갖 도깨비.
14) 훤자(喧藉): 여러 사람의 입으로 퍼져서 왁자하게 됨.
15) 억탁(臆度): 억측.
16) 명부(命婦): 봉작(封爵)을 받은 부인을 통틀어 이르는 말.
17) 만분원억(萬分冤抑): 대단히 원통스럽고 억울함.
18) 읍혈돈수(泣血頓首): 눈물을 흘리며 슬프게 울고 머리를 땅에 닿도록 함.

인(兩人)을 내시매 양가 부모의 굳은 언약이 족히 신기(神氣)를 감동할러니, 호사다마(好事多魔)[20]하여 영존대인(令尊大人)이 기세(棄世)[21]하시고 낭군 신세 영정(零丁)[22] 고고(孤孤)하여 사방으로 유락(流落)하매 가친(家親)이 낭군 자취를 사면(四面)으로 수색(搜索)하시나 대해부평(大海浮萍)[23]과 표풍낙엽(漂風落葉) 같아 주야(晝夜) 우탄(憂嘆)[24]하시더니, 그 후에 들으니 낭군이 원방(遠邦)에 유락하여 도로(道路) 격원(隔遠)한지라 다시 만남을 기약지 못하고, 첩은 곧 부모의 독녀(獨女)라. 연기(年紀) 도요(桃夭)[25] 읊기에 미치매 부모가 만만부득이(萬萬不得已) 진가(陳家)에 가(嫁)하시니, 첩이 비록 운화의 절[26]이 없어 진가로 화락(和樂)하나 낭군을 위하여 넋을 사르더니 천행(天幸)으로 진생이 칠 삭(朔)을 소대(疏待)[27]하므로 춘향으로 말미암아 낭군을 만나니 평생의 소원이 족한지라. 종고금슬(鐘鼓琴瑟)[28]의 즐김이 원앙(鴛鴦)이 비취(翡翠)에 교무(交舞)[29]하더니, 천도(天道) 무심(無心)하여 진생이 회심(回心)하여 깊은 정이 융흡(融洽)치 못하고 신정(新
5 情)[30]이 미흡한데 누가 생리원별(生離遠別)을 당할 줄 알리오? 첩수불혜(妾雖不慧)[31]나 주주야야(晝晝夜夜)에 경경사복(耿耿思服)[32]하여 침식(寢食)이 불안하더니 천행(天幸)으로 진자(陳者)가 북정(北征)하니 정히 우리

---

19) 좌하(座下): 주로 편지 글에서, 받는 사람을 높여 그의 이름이나 호칭 아래 붙여 쓰는 말.
20) 호사다마(好事多魔): 좋은 일에는 흔히 방해되는 일이 많음.
21) 기세(棄世): 세상을 버림. 곧, 웃어른이 돌아가신 일을 이르는 말.
22) 영정(零丁): 세력이나 살림이 보잘 것 없게 되어 쓸쓸함.
23) 대해부평(大海浮萍): 넓은 바다에 뜬 부평초.
24) 우탄(憂嘆): 근심하고 탄식함.
25) 도요(桃夭): 『시경』「주남」의 편명. 복숭아꽃이 필 무렵이라는 뜻으로 시집갈 때가 된 여자를 이름.
26) 운화의 절: 미상.
27) 소대(疏待): 푸대접.
28) 종고금슬(鐘鼓琴瑟): 종과 북, 거문고와 비파. 부부의 화락함을 뜻함.
29) 원앙(鴛鴦)이 비취(翡翠)에 교무(交舞): 원앙이나 비취새의 암수가 서로 춤을 춤. 원앙과 비취는 암수의 사이가 좋은 새이므로 남녀의 화락한 모습을 상징함.
30) 신정(新情): 새로 사귄 정.
31) 첩수불혜(妾雖不慧): 첩이 비록 슬기롭지 못하나.
32) 경경사복(耿耿思服): 마음에서 사라지지 않고 늘 생각함.

양인의 기봉(奇逢)이라. 귀녕(歸寧)[33] 상봉(相逢)을 청하시나 첩의 소임(所任)이 번다(煩多)한지라 능히 귀녕치 못하나니, 낭군은 첩을 사랑하시거든 귀체(貴體)를 강굴(强屈)[34]하여 망일(望日)[35]에 모여 상사(相思) 원정(願情)을 폄이 행(幸)이라. 낭군이 유정(有情)함으로 좇아 쌍아(雙兒)를 얻으니 개개(箇箇)이 주옥(珠玉) 같은지라. 족히 낭군의 옥모영풍(玉貌英風)을 품수(稟受)하였나니 낭군이 보지 못함을 깊이 차석(嗟惜)[36]하노라. 모월일(某月日)에 박명(薄命) 첩 석씨는 읍혈 돈수 재배(再拜)라.

하였더라.

공이 남파(覽罷)에 불승해연(不勝駭然)[37]하나 안색을 불변하고 도로 봉하여 수 냥 은자(銀子)와 글을 한가지로 주어 보내고 막불차악(莫不嗟愕)[38]하여 스스로 탄왈,

"천장(千丈) 수심(水深)은 아나 일장(一丈) 인심(人心)은 모른다 함이 진실로 석씨를 이름이라. 차사(此事)가 십분 중대하니 마땅히 망일야(望日夜)를 기다려 결단하리라."

하고 사색(辭色)[39]치 않으니, 소저가 대화(大禍) 당두(當頭)함을 어찌 알리오?

차시에 진원수가 기치(旗幟)를 한 번 북으로 행하매 금고(金鼓) 일성(一聲)에 흉노(匈奴)를 항복받아 첩서(捷書)[40]를 보내니, 상이 대희(大喜) 6
하샤 중사(中使)[41]를 보내어 삼군을 위로할새 석상서로 우주(牛酒)[42]를

33) 귀녕(歸寧): 근친(覲親). 시집간 딸이 친정에 가서 부모를 뵘. 여기서는 조생이 자기 집으로 오라는 의미.
34) 강굴(强屈): 억지로 굽힘.
35) 망일(望日): 음력 보름날.
36) 차석(嗟惜): 한탄하며 안타까워함.
37) 불승해연(不勝駭然): 놀라움을 이기지 못함.
38) 막불차악(莫不嗟愕): 놀라서 탄식하지 않음이 없음.
39) 사색(辭色): 말과 얼굴빛에 나타냄.
40) 첩서(捷書): 싸움에서 승리한 것을 보고하는 글.
41) 중사(中使): 왕의 명령을 전하던 내시(內侍).

거느려 보내시고, 특지(特旨)로 진승상으로 위국공을 봉(封)하샤 위국 삼만 호를 사급(賜給)하시니 진공이 성만(盛滿)함을 두려 다섯 번 상소(上疏)하되 상이 종불윤(終不允)[43]하시니라.

이러구러 맹하(孟夏)[44] 십사 일이 당하니 위공[45]이 조생의 기약을 깨닫고 날이 저물매 석식(夕食)을 내올새, 소저가 석반(夕飯)을 파하고 물러나려 했더니 정신이 아득하고 신기(身氣) 곤뇌(困惱)하니 오래 견디지 못하여 난간(欄干)에 나와 장파더러 왈,

"첩이 금일 신기 불평(不平)하니 사실(私室)에 돌아가 잠깐 쉬고자 하나니 청컨대 서모(庶母)는 첩의 대신으로 구고(舅姑)의 감지(甘旨)를 살피소서."

장씨 경아(驚訝)하여 왈,

"첩수불혜(妾雖不慧)나 부인을 대하리니 금야(今夜)를 편히 쉬소서."

소저가 사례하고 몸을 도로혀 침소로 돌아오니 더욱 곤뇌한지라. 상
(牀)에 의지하여 인사(人事)를 수습지 못하니 유모(乳母)와 시녀(侍女)가
붙들어 구호(救護)하더니, 차시(此時) 위공이 석씨의 없음을 더욱 의혹하
7 여 바삐 서헌(書軒)에 나와 야심(夜深)함을 기다려 그 동정(動靜)을 보려
하니, 희(噫)라! 위공의 관대(寬大)한 도량(度量)과 사광지총(師曠之聰)이
어찌 석씨를 의심하여 밤을 타 규시(窺視)하리오마는 진실로 석씨의 일
장(一場) 화액(禍厄)이러라. 차시 이경(二更)은 하여 시녀 복첩(僕妾)[46]이
흩어지고 인적(人跡)이 고요한지라. 공이 혜오되, '모란정이 깊고 고요하
니 응당 그리로 모일지니 가히 살피리라.' 하고 가만히 모란정에 가 보니
수목(樹木)이 총잡(叢雜)하여 가히 은신(隱身)할지라. 모란 포기에 숨어
엿보니 이슥고 설난각에 인적이 은은하여 왈,

---

42) 우주(牛酒): 쇠고기와 술.
43) 종불윤(終不允): 마침내 허락하지 않음.
44) 맹하(孟夏): 4월.
45) 위공: 위국공. 진승상을 말함.
46) 복첩(僕妾): 남자종과 여자종을 아울러 이르는 말.

"낭군이 와 계시니 기다림이 간절하리라."

하고 이인(二人)이 나오니 완연한 석씨와 춘향이라. 유의하여 보매 월하(月下)에 기이한 풍채(風采) 서로 바애니 호발(毫髮)도 의심 없는 석씨라. 비록 조심경(照心鏡) 안광(眼光)[47]이라도 진위(眞僞)를 분간치 못할지라. 이윽고 난간 위로 한 소년이 표연(飄然)히 나오며 왈,

"옥인(玉人)의 나옴이 어찌 이리 더디뇨? 가인(佳人)이 기다림이 괴롭도다."

드디어 석소저로 더불어 집기수(執其手) 연기슬(連其膝[48])하여 왈,

"별래무양(別來無恙)[49]하냐? 생(生)은 상사(相思) 수 년에 황천객(黃泉客)이 되리러니 천도(天道)가 살피샤 진자가 북벌(北伐)하니 머리 검하(劒下)에 구름[50]을 그윽히 바라노라."

석씨 함소(含笑) 대왈, 8

"진실로 여차 즉 우리 양인의 만행(萬幸)이라."

하니 소년이 흔연(欣然) 왈,

"원컨대 진자의 출정(出征)함도 나의 지혜라. 유념은 나의 원족(遠族)이러니 내 청하여 거짓 패(敗)하라 하고 조정(朝廷)에 구병(救兵)을 청하여 진자를 출정케 하고 그대와 상사 원정(願情)을 풀고 귀녕(歸寧)을 청하여 만일 허(許)하거든 오가(吾家)에 와 길이 화락(和樂)할 것이요, 그렇지 않으면 한 자루 칼로 진가 노축(奴畜) 부자를 죽여 멸구(滅口)하고 그대와 더불어 멀리 도망하여 백년을 동락(同樂)함이 어찌 쾌치 않으리오?"

석씨 대왈,

"차계(此計) 가장 묘하나 후일(後日) 현루(現漏)[51]하면 첩의 부모 또

---

47) 조심경(照心鏡) 안광(眼光): 남의 마음을 꿰뚫어볼 수 있는 안목.

48) 집기수(執其手) 연기슬(連其膝): 서로 손을 잡고 무릎을 맞댄다는 말로 정이 두텁고 반가워하는 모습을 이름.

49) 별래무양(別來無恙): 헤어진 이래로 탈이 없는가?

50) 머리 검하(劒下)에 구름: 칼에 맞아 죽음.

한 보전(保全)치 못하리라. 가만히 일기(一器) 독주(毒酒)를 드려 마침 이 어떠하뇨?"

조생이 희왈,

"차계 정합오의(正合吾意)[52]라."

하고 드디어 손을 이끌어 계상(階上)에 배회(徘徊)하며 음란(淫亂)한 말과 더러운 행사(行事)가 차마 보지 못할러라.

춘소(春宵)가 고단하여 새배를 보(報)하고[53] 철개 융융[54]하니 조생이 바삐 돌아갈새 석씨더러 왈,

"날이 장차 밝고자 하매 돌아가나니 명일 기약(期約)을 어롯지[55] 말
라. 만일 뜻을 이루지 못하거든 바삐 알게 하라. 혹자(或者) 연고(緣故)
9 가 있어도 후회(後會)를 기약하리라."

하고 머리의 건잠(巾簪)[56]을 빼어 주며 왈,

"차물(此物)을 끼치나니[57] 기린(麒麟) 같은 양아(兩兒)가 자라거든 아비 신물(信物)이라 하고 주라."

석씨 아미(蛾眉)를 빈축(嚬蹙)[58]하고 결연(缺然)함[59]을 띠어 받고 춘향을 명하여 옥란(玉鸞) 일쌍을 내어다가 조생을 주어 왈,

"차(此)는 진가(陳家) 보배라. 정을 표하노라."

조생이 받고 연연[60]하다가 돌아가는지라.

공이 차경(此境)을 세세히 목도(目睹)하매 스스로 헤아리되, '이 아니

---

51) 현루(現漏): 비밀이 드러남.

52) 정합오의(正合吾意): 나의 뜻과 딱 맞아 떨어짐.

53) 춘소(春宵)가 고단하여 새배를 보(報)하고: 짧은 봄밤이 고단하여 금계(金鷄)는 새벽을 알리고. 원문에는 금계가 빠졌음.

54) 철개 융융: 미상.

55) 어롯지: 어기지.

56) 건잠(巾簪): 벼슬아치들이 관이 머리에서 떨어지지 않도록 꽂는 머리장식.

57) 끼치나니: 베풀어 주나니. 남겨 주나니.

58) 빈축(嚬蹙): 찡그림.

59) 결연(缺然)함: 서운함.

60) 연연: 무엇에 집착하여 미련을 가짐.

귀신의 희롱인가?' 천사만념(千思萬念)이 층출(層出)[61]하여 서재(書齋)에 돌아와 한 점 잠을 이루지 못하고, 아자(兒子)를 사념(思念)하여 그 신세를 한탄하며 그 처치를 어찌할까 심사(心思)가 번뇌(煩惱)하여 몸을 일어 산보(散步)할새, 은하(銀河)가 서(西)로 기울고 효성(曉星)이 흩어지며 동방(東方)이 기백(旣白)하거늘, 몸을 도로혀 내당(內堂)에 들어가니 신성(晨省) 때 되었으므로 석소저가 좌(座)에 있다가 하당(下堂) 영지(迎之)하는지라. 공이 변심(變心)하는 약을 먹었고 목도(目睹)하여 봄이 있는지라. 일호(一毫)나 애련지심(哀憐之心)이 있으리오? 빨리 돌아감을 재촉하니, 소저가 졸지(猝地)에 무고히 변을 당하니 어찌 한심치 않으리오마는 존당(尊堂) 명의(命意)를 거역지 못하여 온화(溫和)한 안색(顏色)으로 하직
(下直)고 중당에 나오니 숙혜 백현을 머무르고자 하여 나와 보니,[62] 백현 10
의 나이 사 세라 자못 총명하더니, 금일 모친 거조(擧措)[63]가 전일과 다름을 보고 크게 서러워 모친 소매를 붙들고 애읍(哀泣) 왈,

"태태는 소자를 버리고 장차 어디로 가려 하시나이까? 부모를 일조(一朝)에 다 여의고 혈혈소아(孑孑小兒)가 뉘를 의지하리오?"

하고 체읍(涕泣)하니, 그 경상(景狀)이 참불인견(慘不忍見)[64]이라. 소저가 유충지년(幼沖之年)에 양차(兩次)를 연산(連産)[65]하매 심히 부끄려 아자를 가차함[66]이 없더니, 금일 유아의 비색(悲色)을 보니 모자정리(母子情理)에 어찌 참을 바리오? 등을 어루만져 탄왈,

"여모(汝母)가 부귀(富貴) 중 생장(生長)하여 고락(苦樂)을 모르더니 오늘날 화액(禍厄)을 당하니 차역천의(此亦天意)라. 너는 다만 여모를

---

61) 층출(層出): 차례차례 나옴.

62) 숙혜 백현을 머무르고자 하여 나와 보니: '숙혜가 백현을 안고 나와 뵈니'의 잘못.

63) 거조(擧措): 말이나 행동 따위를 하는 모양.

64) 참불인견(慘不忍見): 너무 참혹하여 차마 볼 수가 없음.

65) 연산(連産): 아이를 연달아 낳음.

66) 가차함: 가까이 함.

생각지 말고 존당(尊堂)을 우러러 제숙(諸叔)을 의지하여 좋이 있으라. 내 수일 후 돌아오리니 슬퍼 말라."

공자가 소저의 슬상(膝上)에 누워 옥저(玉箸)같은 손으로 유합[67]을 만
지며 슬피 우니 좌우 막불체읍(莫不涕泣)이러라. 공이 시녀로 하여금 재
촉이 성화 같으니 소저가 옥루(玉淚)를 뿌리고 일어나니 공자(公子)가 실
성체읍(失性涕泣)하는지라. 소저가 차마 보지 못하여 교자(轎子)에 오르
11 니 좇은 바 쌍환 · 쌍란 · 쌍섬, 한유랑(乳娘) 뿐이러라. 공이 소저를 내치
고 시노(侍奴)를 명하여, '쌍아를 목 눌러 죽이라.' 하니, 부인이 가로대,

"유아가 무슨 죄 있건대 죽이리이까?"

공이 답왈,

"차아(此兒)가 조가(趙哥) 골육(骨肉)이니 살아 무엇에 쓰리오?"

정언간(正言間)에 밖으로부터 일위(一位) 노승(老僧)이 바로 께쳐[68] 들어와 가로대,

"공자를 죽이지 말고 나를 주시면 자연 처치하리이다."

모두 보니 기골(氣骨)이 청수(淸秀)하여 부처의 풍모(風貌)기 이뤘으니, 공이 문왈,

"너는 하등지인(何等之人)이완대 깊은 택중(宅中)에 돌입(突入)하여 감히 사죄인(死罪人)을 달라 하느뇨?"

기승(其僧)이 앙연(快然)[69] 대소(大笑) 왈,

"공의 말이 가소(可笑)로다. 강보유아(繈褓乳兒)가 무슨 죄 있으리오?"

설파(說罷)에 좌우수(左右手)에 양아를 가로안고 두어 걸음을 옮기더니 문득 간 곳이 없는지라. 좌우(左右)가 실색(失色)하고 위공이 역경(亦驚) 왈,

"요승(妖僧)이 어찌 양아를 무단히 도적하여 가리오? 이는 조가 축

---

67) 유합: 젖꼭지를 말하는 것으로 보임.

68) 께쳐: 뚫고.

69) 앙연(快然): 마음에 차지 아니하거나 야속해 함.

생(畜生)의 작희(作戲)로다."

하고 불승분노(不勝憤怒)하더라.

차일(此日) 장파는 모친 병이 위중하므로 본부로 갔으매 소저의 출화(黜禍)[70]를 망연부지(茫然不知)러니, 이 소식을 듣고 대경(大驚) 차악(嗟愕) 왈,

"석소저의 선심(善心) 현덕(賢德)으로 어찌 여차(如此) 누명(陋名)을
쓰고 출화를 당하였는고? 저 송파 숙질(叔姪)의 심술이 그만하지 않아 12
장차 내 신상(身上)에 미치리니 차라리 이곳에 편히 있어 시종(始終)을 보리라."

하더라.

차시 매영이 천씨의 계교로써 석소저를 사지(死地)에 밀치고 만심환희(滿心歡喜)하여 송파와 천씨를 청하여 상의 왈,

"이제 석씨를 갱참(坑塹)[71]에 넣었으나 이제 풀을 베이매 뿌리를 없이 할 것이니 선생은 묘계(妙計)를 운동(運動)하여 석씨 모자(母子)를 없이 하여 나의 마음을 시원케 하소서."

천씨 이윽히 생각하다가 왈,

"내 들으니, '동문 밖 악소년(惡少年)이 있어 회뢰(賄賂)[72]를 받고 여차(如此) 난처지사(難處之事)를 돕는다.' 하니, 낭자(娘子)는 차인(此人)으로 하여금 중로(中路)에 매복(埋伏)하였다가 여차여차 겁탈(劫奪)하여 죽여 후환(後患)을 없이하면 좋을까 하나이다."

매영이 대희(大喜)하여 재배(再拜) 사왈(謝曰),

"선생은 실로 양평(良平)[73]에 지나도다. 첩이 무슨 복으로 선생을 만나 평생 한을 푼고. 이 은혜를 차생(此生)에 다 갚지 못하리로다."

---

70) 출화(黜禍): 내쫓김을 당하는 화(禍).

71) 갱참(坑塹): 깊고 길게 파 놓은 구덩이.

72) 회뢰(賄賂): 뇌물. 또는 뇌물을 주고받음.

73) 양평(良平): 지략이 뛰어난 사람을 이르는 말. 중국 한(漢)나라 고조의 신하인 장량(張良)과 진평(陳平)을 합하여 부른 데서 유래함.

천씨 겸사(謙辭) 왈,

"일이 당두(當頭)하였으니 급히 행하소서."

매영이 옳히 여겨 즉시 천금(千金)을 내어 악소년을 주며 그 사연을 이르니, 소년이 낙종(諾從) 왈,

"이는 아주 쉬운 일이라. 만일 성사(成事)할진대 주차(酒差)[74]를 후히 주소서."

13 매영 왈,

"석씨를 죽이면 다시 천금을 사례(謝禮)하리라."

소년이 낙종하여 돌아가 동류(同流) 오십 여인을 모아 차사(此事)를 이르고 금을 흩어 주니 제인(諸人)이 대희하여 각각 단속하고 석소저 가는 길에 매복하니라.

차시 석소저가 천만몽외(千萬夢外)에 출화를 당하니 자기 복첩(僕妾)을 거느려 석부로 향하더니, 십자가(十字街)에 다다라 홀연 함성(喊聲)이 대진(大振)하며 무수한 협객(俠客)이 내달아 대호(大呼) 왈,

"우리 조랑(趙郎)의 명을 받아 기다린 지 오래더니다."

하고 교자(轎子)를 앗아 나는 듯이 가니 유모(乳母) 장선은 따르지 못하고 가슴을 두드릴 뿐이요, 쌍환 등이 지모(智謀)가 유여(裕餘)하고 여력(膂力)이 과인(過人)[75]한 고로 교자를 붙들고 따라 닷더니, 날이 저물매 적도(賊徒)가 행하기를 그치고 서로 이르되,

"이곳이 가장 그윽하니 하수(下手)하리라."

하고 드디어 일척(一尺) 검(劍)과 삼척(三尺) 노[76]를 가져 하수코자 하니, 쌍환 등이 차시(此時)를 당하매 황황망극(遑遑罔極)하여 다만 호천통곡(呼天痛哭)하며 제적(諸賊)더러 왈,

"열위(列位)는 호생지덕(好生之德)을 드리워 우리 양인을 죽이고 아

---

74) 주차(酒差): 술값.

75) 여력(膂力)이 과인(過人): 힘이 남보다 셈.

76) 노: 노끈. 실, 삼, 종이 따위로 꼬아 만든 줄.

주(我主)의 명을 살오소서."

적이 소왈,

"여등(汝等)은 우스운 말 말라. 우리 천금을 받음은 전혀 여주(汝主) 14
를 해하려 함이거늘, 어찌 살리고 남의 중보(重寶)를 받으리오?"

하고 장차 하수코자 하더니, 홀연 운무(雲霧)가 사색(四塞)하며 비사주석(飛沙走石)하는 가운데 일위 노승이 운무 중에 서서 대호 왈,

"여등이 감히 귀인(貴人)을 해치 못하리니 너희 물러가지 않은즉 내 당당히 다 죽이리라."

하니 제적이 상혼낙담(傷魂落膽)하여 바람으로 좇아 흩어지니, 그 노승이 내려와 합장(合掌) 왈,

"소저는 놀라지 말고 빈승(貧僧)을 따라 가시면 천륜(天倫)이 단합(團合)하리이다."

하고, 소매로서 부채를 내어 부치니 몸이 절로 날아 한 곳에 이르니 산수(山水) 절승(絶勝)한 암자(庵子)라.

소저가 정신을 차려 사례(謝禮)하니 노승이 불감사사(不堪謝辭)[77]하고
그윽한 별당(別堂)을 소쇄(掃灑)하여 머무르게 하니, 소저가 방중(房中)에
들어가매 쌍아(雙兒)가 있는지라. 크게 반기고 대사의 신술(神術)을 항복
(降服)하여 쌍아 구함을 만만사례(萬萬謝禮)하니 대사가 불감당(不堪當)
이라 일컫더라. 석소저가 불의지변(不意之變)[78]을 만나 명재경각(命在頃
刻)[79]이러니 뜻 아닌 노승을 만나 일명(一命)을 도생(圖生)하여 암중(庵
中)에 이르니 천만 기약지 않은 쌍아가 있거늘, 의황난측(疑惶難測)[80]하
여 대사에게 사례하고 세세(細細) 사량(思量)[81]하매 옥장(玉腸)이 촌촌(寸 15

77) 불감사사(不堪謝辭): 고마운 뜻을 나타내는 말이나 행동을 감당하지 못함. 곧 겸손히 사양하는 모양.

78) 불의지변(不意之變): 뜻하지 않은 변고.

79) 명재경각(命在頃刻): 목숨이 거의 죽게 되어 곧 숨이 끊어질 지경에 이름.

80) 의황난측(疑惶難測): 의아하고 당황하여 마음을 측량하기 어려움.

81) 사량(思量): 생각.

寸)이 바아지니 누수(淚水)가 의상(衣裳)을 적셔 왈,

"내 상문(相門) 귀녀(貴女)로 부귀(富貴) 중 성장하여 일찍 괴로움을 모르더니, 연지십삼(年至十三)에 진문에 들어가매 산은해덕(山恩海德)을 입고 소천(所天)[82]의 중대(重待)를 받아 몸이 영귀(榮貴)하고 복록(福祿)이 극(極)하매 평일 두려운 바는 환(患)이 있을까 조심하더니, 천만의외(千萬意外)에 차경(此境)을 당하니 빨리 죽어 모르고자 하나 고당(高堂)에 양친(兩親)이 계시고 십칠 충년(沖年)[83]에 누명을 무릅쓰고 힘힘이[84] 몸을 마치매 어찌 원억(冤抑)지 않으리오? 명(命)을 보전(保全)코자 하나 혈혈(孑孑)한 여자가 산사(山寺)에 유락(流落)[85]함이 장구지책(長久之策)이 아니요, 백아가 또한 종당(從當)에 호구(虎口)의 위태함이 있어 서로 만나지 못하리라."

설파(說罷)에 실성(失性) 유체(流涕)하니 쌍환 등이 위로 왈,

"이제 안신(安身)할 곳을 얻음이 극히 다행하니 나중을 보아 선처(善處)함이 상책(上策)이니 너무 번뇌(煩惱)치 말으소서."

이렇듯 위로하여 밤을 지내고 명조(明朝)에 소저가 지게를 열고 원근(遠近)을 첨망(瞻望)하니, 시내는 잔원(潺湲)[86]하여 초당(草堂)을 둘렀고 기화이초(奇花異草) 무성하여 향취(香臭) 사람에게 쏘이고 죽림(竹林) 사
16 이에 봉황(鳳凰)이 춤추니 소저가 이를 대하매 더욱 감창(感愴)[87]한지라.
머리를 두로혀 고원(故園) 바라보니 잔도(棧道)[88] 애각(崖脚)[89]이 만 리를 지음쳐[90] 도로가 요원(遙遠)한지라. 애애(哀哀)히 느껴 왈,

---

82) 소천(所天): 자기 남편을 이르는 말.
83) 충년(沖年): 어린 나이.
84) 힘힘이: 부질없이.
85) 유락(遺落): 타향살이.
86) 잔원(潺湲): 물의 흐름이 조용하고 잔잔함.
87) 감창(感愴): 가슴에 사무쳐 슬픔.
88) 잔도(棧道): 험한 벼랑길에 선반처럼 낸 길.
89) 애각(崖脚): 낭떠러지의 아랫부분.
90) 지음쳐: 사이를 두어.

"명천(明天)이 춘옥[91]으로 하여금 다시 부모 슬하에 와 구고(舅姑) 존당(尊堂)에 절함을 얻으리잇가?"

설파(說罷)에 누수(淚水)가 여우(如雨)하더니, 채원[92]이 이르러 차경(此境)을 보고 감읍(感泣)하여 위로하니, 소저가 채원을 보매 더욱 느껴 왈,

"양가(兩家) 친당(親堂)을 하직(下直)하고 치자(稚子)를 호구(虎口)에 던지고 모자(母子) 천 리에 나누이니 어찌 슬프지 않으리오? 경사(京師)를 바라매[93] 봉만(峰巒)이 표묘(飄渺)하고 벽천(碧天)이 망망(茫茫)하여 어안(魚雁)[94]이 그쳐지니 심사(心思)를 어디 지향(指向)하리오?"

설파에 읍체(泣涕) 첨금(沾襟)[95]하니 채원이 감체(憾涕)[96] 위로 왈,

"길운(吉運)이 돌아오면 영복(榮福)[97]이 무궁(無窮)하리니 부인은 천만(千萬) 관억(寬抑)[98]하여 태양(太陽) 길일(吉日)을 기다리소서."

이렇듯 위로하여 세월을 보내더니, 광음(光陰)이 훌훌(欻欻)[99]하여 명년(明年) 삼춘(三春)을 당하니 봄 제비 주렴(珠簾)에 춤추고 화광(花光) 춘조(春鳥)는 아침 이슬을 머금었으니 사친지회(思親之懷)[100]가 갱가일층(更加一層)이라. 심사가 날로 저상(沮喪)[101]하여 병이 날 듯하더라.

차설(且說). 소저를 모셔갔던 교부(轎夫)[102] 돌아와 악소년이 조생의
명으로 교자(轎子) 앗아감을 고하니 좌우 막불차악(莫不嗟愕)하고 공은 17

91) 춘옥: 석소저의 이름.
92) 채원: 이 절 주지의 이름.
93) 바라매: 바라보매.
94) 어안(魚雁): 물고기와 기러기라는 뜻으로, 편지나 통신을 이르는 말. 잉어의 뱃속에서 편지가 나오고, 기러기 다리에 편지를 매어 전했다는 데서 유래함.
95) 첨금(沾襟): 옷소매를 눈물로 적심.
96) 감체(憾涕): 감읍(感泣). 감격하여 목메어 욺.
97) 영복(榮福): 영화와 복락.
98) 관억(寬抑): 격한 감정이나 분노를 너그럽게 억제함. 너그럽게 생각함.
99) 훌훌(欻欻): 빠른 모양. 가볍고 재빠른 모습.
100) 사친지회(思親之懷): 어버이를 생각하여 일어나는 회포.
101) 저상(沮喪): 기운을 잃음.
102) 교부(轎夫): 가마꾼.

더욱 꾸짖음을 마지아니터라. 차시(此時) 모든 악소년이 매영을 보고 석씨를 죽였노라 하고 상급(賞給)을 증색(增索)[103]하니, 매영이 대희하여 후상(厚賞)하니, 천씨는 그 죽지 않았음을 짐작하고 아는 체 아니하더라.

차시 숙난이 석소저 출화(黜禍)함을 슬퍼하여 외가(外家)에 나아가 기모(其母)를 보고 수말(首末)을 고하니 장파가 대경(大驚) 왈,

"상공(相公)의 처치(處置) 어찌 경솔(輕率)하시뇨? 소저가 비록 유죄(有罪)하나 상서(尙書)가 돌아오시거든 상의하여 선처함이 옳거늘 대사(大事)를 어찌 이렇듯 소루(疏漏)[104]히 하리오? 유씨는 곧 천인(賤人)이니 중궤(中饋)[105]를 소임(所任)하여 명부항(命婦行)에 두어 오래[106] 풍속을 난하시는고? 이제 돌아간즉 나의 목숨이 또한 위태하리니 차라리 이곳에서 여생(餘生)을 마치려니와 석부인의 빙옥방신(氷玉芳身)이 어찌 보전(保全)하리오?"

언파(言罷)에 누수여우(淚水如雨)하더라.

차시 매영이 석씨를 소제(掃除)하고 장파 모녀가 물러가니 기탄(忌憚)
할 것이 없어 다만 백현 공자를 해(害)코자 하나, 왕부인이 일시도 슬하
18 를 떠나지 못하게 하니 능히 틈을 얻지 못하여 송파를 달래어 '이리이리
하라.' 하니, 송파가 응락(應諾)고 일일은 공께 고왈,

"유씨 이미 명의(命意)를 받자와 상서를[107] 중궤를 소임하니 마땅히 공자를 맡겨 휵양(慉養)[108]케 하소서."

공이 옳히 여겨 즉시 백현을 유씨를 맡기니, 유씨 대희하여 이날부터 백현을 설희당에 두고 조석(朝夕)을 일일이 주지 아니코 보채기를 위주(爲主)하여 스스로 죽게 할지언정[109] 독한 수단으로 급히 도모하다가 타

---

103) 증색(增索): 더 달라고 요구함.
104) 소루(疏漏): 찬찬치 못하고 거칠고 엉성함.
105) 중궤(中饋): 주궤. 안살림 가운데 음식에 관한 일을 책임 맡은 여자.
106) 오래: '오래지 않아'의 잘못으로 보임.
107) 상서를: 필요 없는 말이 들어갔음.
108) 휵양(慉養): 양육함. 길러 냄.
109) 스스로 죽게 할지언정: 잘못 들어간 내용으로 보임.

인(他人)이 의심할까 참고 있는지라. 공자가 비록 연유(年幼)하나 출어범유(出於凡類)하니 저 유씨 간상(奸狀)을 어찌 모르리오마는, 다만 탄식할 뿐이요, 일호(一毫) 원망(怨望)함이 없어 타연(妥然)하니 정당(正堂)과 제숙(諸叔)은 알지 못하더라. 유씨 거짓 구고(舅姑)를 효봉(孝奉)하고 제소저(諸小姐)를 화우(和友)하는 체하며 고중(庫中) 재물(財物)을 흩어 왕·진 양가(兩家) 노복(奴僕)을 후휼(厚恤)[110]하니, 유씨 기리는 소리 원근(遠近)에 훤자(喧藉)[111]하매 존당이 기특히 여기고 좌우 시녀가 날로 칭찬하니 유씨 양양자득(揚揚自得)하여 기탄(忌憚)이 없더라.

차시 왕부 태부인이 유병(有病)하니 공의 부부(夫婦)와 제인(諸人)이 다 왕부로 가니, 공자가 존당을 따라가고자 하매 송파가 대질(大叱) 왈,

"음부(淫婦)의 더러운 자식이 무슨 면목으로 어디로 가려 하느뇨?" 19

공자가 차언(此言)을 듣고 함비부답(含悲不答)[112]하니 유씨 그 비색(悲色)을 보고 노질(怒叱)왈,

"숙모가 금옥지언(金玉之言)으로 너 천생(賤生)을 지교(指敎)하시거늘 어찌 감히 부답하느뇨?"

인하여 화채[113]를 들어 공자를 난타(亂打)하니, 송파가 또한 살을 허위며[114] 치니 적혈(赤血)이 임리(淋漓)[115]하여 일신(一身)이 성한 곳이 없으니 드디어 끌어 난간 아래 내리치고 들어가니, 공자가 혼절(昏絶)[116]하였다가 삼경(三更)은 하여 겨우 정신을 차려 기어 서당(西堂)에 나와 누우며 반생반사(半生半死)하여 베개에 피 어리었더니, 명조(明朝)에 유씨 나와 꾸짖어 왈,

---

110) 후휼(厚恤): 두터이 구제하고 먹임.
111) 훤자(喧藉): 여러 사람의 입으로 퍼져서 왁자하게 됨.
112) 함비부답(含悲不答): 슬픔을 머금고 대답하지 아니함.
113) 화채: 장식한 채.
114) 허위며: 허비며. 긁어 파며.
115) 임리(淋漓): 피나 물 따위가 흘러 흥건한 모습.
116) 혼절(昏絶): 정신이 아찔하여 까무러침.

"얼마나 맞았노라 내게 신성(晨省)을 폐하뇨?"

공자가 낯 가린 소매를 떼이매 피 엉기었으니 겨우 답왈,

"구태여 상처를 유세(有勢)[117]함이 아니라 자연 정신이 아득하여 일어나지 못함이니 서모(庶母)는 죄를 용서하소서."

유씨 대매(大罵)[118] 왈,

"네 어찌 나를 서모라 하느뇨? 여모(汝母)는 당하(堂下) 천첩(賤妾)이요, 나는 상원부인(上院夫人)이거늘 참람(僭濫)[119]히 적서를 칭하느뇨?"

공자가 묵연부답(默然不答)이러니, 차후 일삭(一朔)이 되도록 음식을 주지 않으니 공자가 주림을 견디지 못하여 주야 부모를 불러 엄읍(掩泣)[120]하니, 모든 비복이 비록 유씨의 당이나 전일 석소저의 성덕(盛德)을 입은 바요, 공자의 경상(景狀)을 보매 차악(嗟愕)하여 유씨 모르게 음식을 공궤(供饋)[121]하더라.

이러구러 일순(一旬)이 지난 후 부인(夫人)과 제인(諸人)이 돌아오니 공자가 겨우 몸을 일어나 맞거늘, 제인이 그 얼굴에 혈흔(血痕)이 있음을 놀라고 공이 또 경문(驚問) 왈,

"하고(何故)로 저렇듯 중상(重傷)하뇨?"

공자가 유유(唯唯)[122]하여 쉬이 답(答)지 못하니, 송파가 헤아리되, '제 황구소아(黃口小兒)[123]니 듣는 데 하되 관계하리오?' 하여 정색(正色) 왈,

"소아가 정당(正堂)이 빈 때를 타 유씨를 가라 구박하니 유씨 이르되, '존당이 오시거든 하직하고 가리라.' 하니, 공자가 문득 분매(憤罵)[124] 왈, '너 천인(賤人)으로 말미암아 모친이 출화하시니 어찌 통해

117) 유세(有勢): 자랑삼아 세력을 부림.
118) 대매(大罵): 크게 꾸짖음.
119) 참람(僭濫): 분수에 넘쳐 너무 지나침.
120) 엄읍(掩泣): 얼굴을 가리고 욺.
121) 공궤(供饋): 윗사람에게 음식을 드림.
122) 유유(唯唯): '예, 예' 대답하는 소리.
123) 황구소아(黃口小兒): 부리가 누런 새 새끼같이 어린아이라는 뜻으로, 철없이 미숙한 사람을 낮잡아 이르는 말.

(痛駭)[125]치 않으리오?' 하고 스스로 누(樓)에 떨어져 이 경상(景狀)이 되니이다."

좌우(左右)가 문파(聞罷)에 경악(驚愕)하고 공자는 다만 누수만면(淚水滿面)이니, 공이 송파더러 '유씨를 부르라.' 하니, 파(婆)가 설희당에 이르러 차사(此事)를 이르고, '장차 어찌 하리오?' 하니, 유씨 경해(驚駭) 대왈,

"대사를 경영(經營)하매 어찌 적은 아픔을 생각하리오?"

칼로 제 팔을 찌르니 유혈(流血)이 돌돌[126]하는지라. 깁을 찢어 약을
싸매고 만안수색(滿顔愁色)[127]으로 정당에 이르러 청죄(請罪) 왈, 21

"소첩(小妾)이 존가(尊駕)를 맞지[128] 못하오니 죄당만사(罪當萬死)로소이다."

공이 승당(昇堂)함을 명하고 단씨로 하여금 그 팔을 빼어 보니 과연 중상한지라. 좌우가 불승차악(不勝嗟愕)[129]하고 공이 대로(大怒)하여 공자를 대책(大責)하고 유씨를 위로하여 '약을 힘쓰라.' 하니, 유씨 암희(暗喜)하고 공자는 왕부모께 수책(受責)[130]하고 서당에 나와 탄식함을 마지않더라.

각설(却說). 대원수 진숙문이 황지(皇旨)를 받자와 십만대군(十萬大軍)과 천원명장(千員名將)을 거느려 북으로 흉노를 칠새, 진원수는 범인(凡人)이 아니라. 연함호두(燕頷虎頭)[131]에 원비(猿臂)[132] 일요[133]니, 흉중(胸

124) 분매(憤罵): 성을 내며 꾸짖고 욕함.
125) 통해(痛駭): 몹시 가슴 아프고 놀람.
126) 돌돌: 부딪치며 흐르는 소리 또는 그 모양.
127) 만안수색(滿顔愁色): 얼굴에 근심하는 빛이 가득함.
128) 맞지: 맞아들이지.
129) 불승차악(不勝嗟愕): 몹시 놀람을 이기지 못함.
130) 수책(受責): 책망을 받음.
131) 연함호두(燕頷虎頭): 제비의 턱과 호랑이의 머리라는 뜻으로 날래며 튼튼하고 용맹스러움을 이름.
132) 원비(猿臂): 원숭이 팔.
133) 일요: '이리의 허리'라는 뜻으로 보임. 원숭이의 팔과 이리의 허리는 장사를 형용하는 말임.

中)에 안방정국지재(安邦定國之才)[134]와 제세안민지술(濟世安民之術)[135]을 겸하고 여력(膂力)이 과인(過人)하고 백보천양(百步穿楊)[136]하는 재주를 겸한지라. 한 번 도적을 대하매 전필승(戰必勝) 공필취(功必取)하여 소향무적(所向無敵)이니 군위(軍威)는 주아부(周亞父)[137]의 여풍(餘風)이요, 진법(陣法)은 제갈무후(諸葛武后)[138]를 묘시(邈視)[139]하니, 차고(此故)로 흉노(匈奴)가 능히 대적지 못하여 망풍귀항(望風歸降)[140]하여 소거백마(素車白馬)[141]로 사죄(謝罪)하니, 원수가 석 달을 머물러 백성을 무휼(撫恤)[142]하고 예의를 권장하니, 원래 북방 인심이 강악(强惡)[143]하여 백성
22 이 취당(聚黨)하여 도적이 되어 서로 침학(侵虐)[144]하더니, 원수가 한 번 교화를 펴매 도적이 다 양민(良民)이 되어 남녀가 길을 사양하고 야불폐문(夜不閉門)하고 도불습유(道不拾遺)[145]하니, 의의(猗猗)[146]히 요순지민

---

134) 안방정국지재(安邦定國之才): 봉토를 편안하게 하고 나라를 안정되게 할 만한 재주.

135) 제세안민지술(濟世安民之術): 세상을 구제하고 백성을 편안하게 할 수 있는 술책.

136) 백보천양(百步穿楊): 활 쏘는 솜씨가 매우 뛰어남을 이르는 말. 중국 초나라 때 양유기(養由基)가 백 걸음 떨어진 곳에서 활을 쏘아 버드나무 잎을 꿰뚫었다는 데서 유래함.

137) 주아부(周亞父): 한(漢)나라 경제(景帝) 때 사람. 오(吳) · 초(楚) 7국을 평정하였음.

138) 제갈무후(諸葛武后): 중국 삼국시대 촉한(蜀漢)의 정치가 제갈량(諸葛亮). 자(字)는 공명(孔明). 유비(劉備)를 도와 조조(曹操)의 군사를 적벽(赤壁)에서 대파하였던 전략가.

139) 묘시(邈視): 업신여기어 깔봄.

140) 망풍귀항(望風歸降): 소문만 듣고 항복함.

141) 소거백마(素車白馬): 흰 포장을 두른 마차와 흰 말. 항복의 표시.

142) 무휼(撫恤): 어려운 처지에 있는 사람을 불쌍히 여겨 물질로 도움.

143) 강악(强惡): 억세고 모짊.

144) 침학(侵虐): 침범하여 포학하게 행동함.

145) 야불폐문(夜不閉門) 도불습유(道不拾遺): 밤에도 문을 걸어 닫지 않고, 길거리에 떨어진 물건을 줍지 않음. 잘 다스려지는 모양을 말함.

146) 의의(猗猗): 아름다운 모양.

(堯舜之民)이 되어 원수의 인의 혜택을 칭송하더라. 원수가 백성을 안무(按撫)[147]한 후 첩서(捷書)를 올리고 절월(節鉞)[148]을 두르혀니[149] 열국(列國)이 다시 황성(皇城)을 엿볼 자가 없더라.

원수가 회군(回軍)하매 북방(北方) 인민(人民)이 삼십 리 밖에 나와 설연(設宴) 전송(餞送)[150]할새 드리는 보패(寶貝)와 금옥(金玉) 채단(綵緞)이 불가승수(不可勝數)[151]라. 원수가 일물(一物)을 받지 아니코 삼군(三軍)을 휘동(揮動)하니 백성이 부로휴유(扶老携幼)[152]하여 길을 막고 이별을 아끼니 적자(赤子)가 자모(慈母)를 떠남 같으니, 원수가 면면교유(面面教諭)[153]하여 이별하고 수일을 행하여 동설관에 이르러 문득 표마(驃馬)[154]가 보하되,

"황사(皇使)가 조서(詔書)와 금은(金銀) 필백(疋帛)을 가져 영상(嶺上) 관중(關中)에 이르렀나이다."

하거늘, 원수가 이에 영상에 결진(結陣)하고 원수가 관중에 들어가 향안(香案)[155]을 배설(排設)하여 북향사배(北向四拜)하고 조서를 받자와 본즉, '부친을 위공을 봉하시고 황봉어주(皇蜂御酒)[156]와 금백(錦帛)을 보내나니 군졸(軍卒)을 호궤(犒饋)[157]하고 쉬이 반사(班師)[158]하여 짐의 바람을 없게 하라.' 하였더라.

---

147) 안무(按撫): 백성의 사정을 살피어 어루만지고 다독거림.
148) 절월(節鉞): 절부월(節斧鉞). 임금이 내려준 절과 부월. 군령을 어긴 자에 대한 생살권(生殺權)을 상징함.
149) 두르혀니: 휘두르니.
150) 전송(餞送): 잔치를 베풀어 작별함.
151) 불가승수(不可勝數): 너무 많아서 헤아릴 수 없음.
152) 부로휴유(扶老携幼): 노인은 부축하고 어린이는 이끈다는 뜻으로, 늙은이를 도와 보호하고 어린이를 보살펴 주는 것을 이르는 말.
153) 면면교유(面面教諭): 일일이 타이르고 달램.
154) 표마(驃馬): 누른 바탕에 흰 털이 섞이고 갈기와 꼬리가 흰 말.
155) 향안(香案): 제사 때에 향로나 향합을 올려 놓는 상.
156) 황봉어주(皇蜂御酒): 벌꿀을 재료로 만드는 황제가 마시는 술.
157) 호궤(犒饋): 군사들에게 음식을 주어 위로함.
158) 반사(班師): 군사를 이끌고 돌아옴.

23 원수가 황사와 서로 볼새, 뜻밖에 석상서를 만나매 반가움을 이기지 못하여 급히 배례(拜禮)하고 기간(其間) 존후(存候)를 묻자오며 가중(家中) 평부(平否)를 묻자오니, 석상서가 집수(執手) 무애(撫愛) 왈,

"현서(賢壻)가 한 번 출정(出征)하매 북적(北狄)을 평정(平定)하여 이름이 죽백(竹帛)[159]에 드리우니 이는 대장부(大丈夫)의 쾌사(快事)라. 노부(老夫)가 현서를 위하여 하례함을 겨를치 못하며 합내(閤內)[160]는 아직 무양(無恙)하니 염려할 바 아니니라."

하고, 전진(戰塵) 승패(勝敗)를 물어 설화탐탐(說話耽耽)하더니, 관상(關上)에서 설연(設宴)하여 황사와 원수를 관대(款待)[161]할새, 종일 진취(盡醉)하고 어사(御賜)[162]하신 금백을 흩어 삼군을 호궤하니 장졸이 즐김을 마지않아 왈,

"우리 원수의 지략(智略)으로 출정 삼사 삭(朔)에 일군일마(一軍一馬)를 상해오지 아니코 강포(强暴)한 흉노(匈奴)를 항복받아 돌아오니 이는 천고(千古)의 희사(稀事)라."

하고 용약(踊躍) 환희(歡喜)하여 종일 진취하고, 이날 관상에 결진하여 동설관에 머물더니 차야(此夜)에 월백풍청(月白風淸)하여 경개(景槪) 가려(佳麗)한지라. 이에 주배(酒杯)를 내와 통음(痛飮)[163]할새, 삼경(三更)은 하여 멀리서 종경(鐘磬) 소리 은은히 들리니 원수가 좌우더러 문왈,

"이 근처에 승방(僧房)이 있느냐?"

대왈,

24 "이 관(關) 뒤에 강선암이 있어 경개 절승(絶勝)하기로 명승지지(名勝之地)라 하나이다."

---

159) 죽백(竹帛): 역사를 기록한 책을 이르는 말. 종이가 발명되기 전에 대쪽이나 비단에 글을 써서 기록한 데서 생긴 말.

160) 합내(閤內): 남의 가족을 높여 이르는 말이나, 여기에서는 일가(一家)를 지칭함.

161) 관대(款待): 친절히 대하거나 정성껏 대접함.

162) 어사(御賜): 임금이 아랫사람에게 돈이나 물건을 내리는 일.

163) 통음(痛飮): 술을 매우 많이 마심.

원수가 왈,

"내 이곳에 왔으니 한 번 유람하여 승사(勝事)[164]를 전하리라."

하고 명조(明朝)에 조반(早飯)을 파하고 원수가 석상서로 더불어 두어 군졸을 데리고 완보(緩步)하여 강선암에 갈새, 산로(山路)가 험준(險峻)하여 겨우 한 사람이 행할 만하고 층암절벽(層巖絶壁)과 창송취죽(蒼松翠竹)은 울울창창(鬱鬱蒼蒼)하여 좌우로 둘러 있고 기화이초(奇花異草) 난만(爛漫)히 피었는데, 진금이수(珍禽異獸)[165]가 곳곳이 왕래하니 진실로 별유천지(別有天地)라. 점점 들어가니 종성(鐘聲)이 행객(行客)을 인도(引導)하는 지라. 산문(山門)에 이르니 노승(老僧)이 배례(拜禮)하여 맞거늘, 원수가 왈,

"유산객(遊山客)이 구경코자 왔노라."

노승이 차를 대접한 후 뒷동산에 다다라 보니 석문(石門)을 긴긴(緊緊)히 봉(封)하였거늘 원수가 문왈,

"이곳은 무엇을 위하였느뇨?"

노승 왈,

"빈승(貧僧)[166]도 알지 못하거니와 스승의 전한 말을 들으니 귀매(鬼魅) 작난(作亂)하기로 가두어 두었노라 하기로 감히 열지 못하나이다."

원수가 소왈(笑曰),

"진세(塵世)에 무슨 귀매 있으리오?"

하고 나아가 자세히 보니 전자(篆字)로 썼으되, '대명원수(大明元帥) 진숙문이 개탁(開坼)이라.' 하였거늘, 원수가 차경차희(且驚且喜)하여 급히 제승(諸僧)으로 하여금 '문을 깨치라.' 하니, 노승 왈,

"존객(尊客)은 망녕되이 굴지 말라. 이 곳을 어이 열리오?" 25

원수가 소왈,

"존사(尊師)는 저기 쓴 것을 보지 못하는다? 나는 곧 대원수 진숙문

164) 승사(勝事): 훌륭한 일.

165) 진금이수(珍禽異獸): 진기한 온갖 날짐승과 길짐승들.

166) 빈승(貧僧): 중이 자신을 낮추어 부르는 말.

이로라.”

하고 인하여 깨치니, 그 속에 옥함(玉函)이 있는지라. 중인(衆人)으로 메어 나오니 그 속에 한 자루 칼이 있고 글 한 귀 있거늘, 모두 보니, ‘환가(還家)에 필유수(必有愁)하니 차검(此劍)이 능제요(能制妖)라.’ 이 글 뜻은, ‘집에 돌아가매 반드시 근심이 있으니 이 칼로 능히 요괴를 제어하리라.’ 하였더라. 원수가 의괴(疑怪)하여 그 칼을 보니 장(長)이 삼척(三尺)이요, 서기(瑞氣) 두우(斗牛)[167]를 께치고[168] 등에 은은히 ‘참사검(斬邪劍)[169]’이라 하였거늘, 마음에 신기하여 칼을 가지고 방장(方丈)[170]에 돌아와 조반을 파하고, 인하여 제승을 작별하고 돌아와 삼군을 휘동하여 호호탕탕(浩浩蕩蕩)히 경사(京師)에 다다르니, 천자(天子)가 만조(滿朝)를 거느려 문외(門外)에 맞을새 군신의 반가움을 이루 기록지 못할러라. 천자가 원수의 구치(驅馳)함을 위로하시고 친히 어주(御酒)를 부어주사 왈,

“경(卿)이 연소약질(年少弱質)로 북적(北狄)을 항복받아 군명(君命)을 욕(辱)지 아니하였으니 경은 짐(朕)의 고굉(股肱)[171]이로다.”

하시고, 제장(諸將)의 공로(功勞) 치부(置簿)[172]를 보시고 삼군을 호상(犒賞)하고 인하여 원수로 북평후(北平候) 좌승상(左丞相) 동평장사(同平章
26 事)를 하이시고 기여(其餘) 제장은 차차 봉작(封爵)하시니, 원수가 굳이 사양 왈,

“신(臣)이 연소부재(年少不才)로 외람한 작위(爵位) 부당(不當)하오니 환수(還收)하와 신의 마음을 편케 하소서.”

상이 그 고집을 아시므로 북평후 관작은 환수하고 좌승상 동평장사를

---

167) 두우(斗牛): 북두성과 견우성.

168) 께치고: 꿰뚫고.

169) 참사검(斬邪劍): 삿된 기운을 베어 버리는 검.

170) 방장(方丈): 고승(高僧)이 거처하는 처소.

171) 고굉(股肱): 고굉지신(股肱之臣). 팔다리와 같은 신하라는 뜻으로 충실한 신하를 말함.

172) 치부(置簿): 금전이나 물건 또는 일 등이 들어오고 나감을 세세히 기록하는 장부.

하이시니 원수가 감히 사양치 못하여 사은(謝恩)[173]하온대, 상이 이에 환궁(還宮)하시고 원수로 하여금 '장졸(將卒)을 다 놓으라.' 하시니, 원수가 하령(下令)하여 '장졸을 각귀기가(各歸其家)하라.' 하니 삼군이 일시에 헤어지거늘, 원수가 천자를 모셔 환궁하신 후 궐문(闕門)을 나 사마쌍곡(駟馬雙轂)[174]을 몰아 부중(府中)에 돌아와 바로 내당(內堂)에 들어가니, 부인이 맞아 내달아 원수의 손을 잡아 어린 듯[175]하니, 원수가 승당(昇堂)하여 성체(聖體) 안강(安康)하심을 묻잡고 한 설(說)을 미처 파(罷)치 못하여 진공이 들어와 아자를 데리고 사묘(祠廟)[176]에 배알(拜謁)하고 도로 내당에 들어와 모부인을 모셔 별회(別懷)를 펼새, 눈을 들어 좌우를 살피니 송파와 유씨 등은 다 있으되 장파 모녀와 석씨 없는지라. 의괴(疑怪)하여 좌우더러 묻고자 하더니 문득 아자가 백현이 슬하(膝下)에 절하거늘, 바삐 집수(執手)하고 반기는 사색(辭色)이 안모(顏貌)에 넘치나 의형(儀形)이 환탈(換奪)하고 기부(肌膚) 소삭(消索)[177]하여 한낱 촉귀(髑鬼)[178]
되었으니 심하(心下)에 경아(驚訝)하나 묻지 않더니, 외당(外堂)에 하객 27
(賀客)이 모이니 즉시 나와 중빈(衆賓)으로 더불어 종일 단란(團欒)하고, 석양(夕陽)에 파하매 부공(父公)을 모셔 내당(內堂)에 들어와 한가지로 석식을 파하고 야심(夜深)토록 모셔 전진(戰陣) 구치(驅馳)와 도로 풍경을 옮겨 담소자약(談笑自若)하더니, 승상이 부전(父前)에 꿇어 고왈,

"소자가 집에 돌아오매 장서모와 숙혜는 어디 갔사오며 석씨는 어찌 없나니잇가?"

위공이 위연(喟然) 탄왈,

"장파 모녀는 친가(親家)에 가서 아직 돌아오지 않았거니와, 세간(世

173) 사은(謝恩): 받는 은혜에 대하여 감사히 여김.
174) 사마쌍곡(駟馬雙轂): 화려한 수레.
175) 어린 듯: 멍한 듯.
176) 사묘(祠廟): 사당.
177) 소삭(消索): 다 없어짐.
178) 촉귀(髑鬼): 해골만 남은 귀신.

間)에 칭량(稱量)치 못할 것은 인심(人心)이라. 석씨의 현심(賢心) 덕행(德行)이 출어범유(出於凡類)하기로 가중상하(家中上下)가 다 성녀숙완(聖女淑婉)이라 하고 우리 부부가 태산같이 믿더니, 도리어 여차(如此) 음비지사(淫非之事)가 있을 줄 알았으리오?"

하고, 인하여 서사(書辭) 왕복하던 일을 세세히 말하여 왈,

"석씨의 일은 귀신의 희롱이 아니면 어찌 이 같으리오? 이는 나의 친견(親見)이요, 출거시(黜去時) 중로(中路)에서 도적이 나와 석씨를 데려가며 조생의 지휘한 바라 하니 성대지치(聖代之治)에 여차 패악지사(悖惡之事)가 있으리오? 진실로 사인대참(使人大慙)[179]이로다."

원수가 청필에 불승해연(不勝駭然)하여 묵묵반향(默默半晌)에 다시 고왈,

28 "소자(小子) 불초무상(不肖無常)[180]하와 어가지도(御家之道)[181]에 여차 패악지사를 알지 못하오니 죄당만사(罪當萬死)로소이다."

공이 위로 왈,

"부질없이 심려(心慮)하여 마음을 상해오지 말라. 내 이미 유씨를 존(尊)하여 상원부인을 삼았나니 너는 공경예대(恭敬禮待)하라."

승상이 유유히 퇴(退)하여 몽소헌에 나와 백현으로 동침(同寢)할새 내심(內心)에 헤아리되, '부친의 명감(明鑑)으로 엿보실 리[182] 없고 석씨의 성덕(盛德)으로 이럴 리는 만무(萬無)한지라.' 좌사우상(左思右想)하여 의려(意慮) 만단(萬端)이요, 또 아자(兒子)의 신색(身色)이 초췌(憔悴)함을 애련(哀憐)하여 종야불매(終夜不寐)하고, 익일(翌日) 평명(平明)[183]에 입조(入朝) 사은(謝恩) 후 수레를 돌이켜 장부(張府)에 이르러 외당에 앉고 시녀로 하여금 내당에 왔음을 통하라 하니, 차시(此時) 장파(張婆) 모녀가 친가에 있어 석씨의 봉변(逢變)한 말을 듣고 불승경악(不勝驚愕)하여 눈

179) 사인대참(使人大慙): 사람으로 하여금 매우 부끄럽게 함.
180) 불초무상(不肖無常): 못나고 매우 어리석음.
181) 어가지도(御家之道): 집안을 다스리는 도리.
182) 엿보실 리: 잘못 본다는 의미인 듯함.
183) 평명(平明): 해가 뜨는 시각, 또는 해가 떠 밝아올 즈음.

물로 세월을 보내며 돌아갈 뜻이 없더니, 문득 시녀가 승상의 오심을 고하니 장파가 크게 반겨 창황(蒼黃)히[184] 중당에 맞아 서로 볼새, 승상의 들어옴을 보니 기위(其威) 숙엄(肅嚴)하여 전자(前者)에 배승(倍勝)이라. 장파가 희불자승(喜不自勝)하여 바삐 소매를 잡고 진진(津津)히[185] 느껴 누수여우(淚水如雨)하니, 희(噫)라! 서모(庶母)된 자 적자(嫡子)에게 다정함이 이 같음은 장파 일인이러라. 29

승상이 한훤(寒暄)[186]을 파하고 칭사(稱謝) 왈,

"작일(昨日) 궐하(闕下)로서 바로 부중(府中)에 돌아와 정당(正堂)에 이회(離懷)를 고하노라 서모를 오늘에야 뵈오니 도리어 죄만황괴(罪滿惶愧)[187]하이다."

장파가 비로소 사왈,

"원로(遠路) 험지(險地)에 무사(無事) 왕환(往還)하시고 승전(勝戰) 환조(還朝)하사 일신(一身)이 영귀(榮貴)하시니 즐거움을 이기지 못하거늘, 이제 귀체(貴體)를 굴(屈)하여 노신(老身)을 찾으시니 감은(感恩) 황공(惶恐)함을 이기지 못하리로소이다."

승상이 불감사사(不堪謝辭)하고 조용히 설화(說話)하더니, 좌우 고요하매 장파가 눈물을 흘려 왈,

"상공이 부인의 원억(冤抑)함을 아시나잇가?"

승상이 문득 척연(惕然) 대왈,

"죄명(罪名)이 명백(明白)하니 어찌 원민(寃憫)하다 하리이까마는, 다만 측은(惻隱)한 바는 양아(兩兒)가 어미 죄로 사생(死生)을 미가분(未可分)이니 심히 자닝터이다."

파(婆)가 경아(驚訝) 대왈,

"상공이 어찌 석부인을 죄인(罪人)이라 칭하시나잇가? 부부(夫婦)는

---

184) 창황(蒼黃)히: 어찌할 겨를이 없이 썩 급함.
185) 진진(津津)히: 눈물이 하염없이 흐르는 모양.
186) 한훤(寒暄): 날씨의 춥고 더움을 말하는 인사.
187) 죄만황괴(罪萬惶愧): 매우 죄송하여 황송하고 부끄러움.

일일지간(一日之間)에도 피차(彼此) 지심(知心)한다 하였거늘 상공의 일월(日月) 명감(明鑑)으로 어찌 깨닫지 못하시나잇고?"

승상이 비로소 알아듣고 묵묵무언(默默無言)이러니, 이윽고 숙혜 나와 배례(拜禮)하니 요조(窈窕)한 태도 더욱 아름다운지라. 승상이 반겨 옥수(玉手)를 잡고 왈,

30 "너의 장성(長成)함이 전자(前者)로 배승(倍勝)하니 나의 이별이 오램을 깨달을지라. 아름다운 기질이 이 같으니 나의 마음이 어찌 기쁘지 않으리오?"

인하여 그 사이 무사함을 물어 조금도 적서(嫡庶) 명분(名分)이 없으니 장파 모녀의 감은(感恩)함이 비할 데 없더라. 주찬(酒饌)을 성비(盛備)하여 극진(極盡) 관대(款待)하니 승상이 또한 그 다정함을 감사하여 주배(酒杯)를 거후르고[188] 한담(閑談)하다가 날이 늦으매 하직하고 돌아올새, 장파더러 수이 돌아옴을 간청(懇請)하니 파(婆)가 응낙(應諾)고 즉시 거교(車轎)를 차려 모녀가 한가지로 돌아오니 일가(一家) 반기고 왕부인이 더디 옴을 책(責)하더라.

차시 승상이 그 부인의 옥결빙심(玉潔氷心)으로 저 간인(奸人)의 함해(陷害)[189]를 입어 천고(千古)에 없는 누명(陋名)을 쓰고 천금(千金) 일신(一身)이 아무 곳에 표령(飄零)[190]함을 알지 못하고, 다시 쌍아(雙兒)의 거처를 모르매 심중에 자못 창연(愴然) 애석(哀惜)하더니, 일일은 문득 산보(散步)하여 발자취 자연 설난각에 이르니 차시 하말추초(夏末秋初)라. 옥계(玉階)의 창송(蒼松)은 근심을 띠었고 지당(池塘)의 연화(蓮花)는 슬픔을 머금은 듯 정반(庭畔)[191]에 잡초 자욱하고 장상(牆上)에 티끌이 가득하니 비록 장부(丈夫)의 철석심장(鐵石心腸)이나 처창(悽愴)치 않으리오? 스스로 옛글을 생각하고 차탄(嗟歎) 왈,

---

188) 거후르고: 기울이고. 따르고.

189) 함해(陷害): 남을 재해에 빠지게 함.

190) 표령(飄零): 신세가 딱하게 되어 안착하지 못하고 이리저리 떠돌아다님.

191) 정반(庭畔): 뜰의 한쪽에 흙이 쌓여 있는 곳.

"산호장리(珊瑚牆籬)에 홍진만(紅塵滿)[192]이라 하는 말이 족히 이에 비할지라." 31

다만 물형(物形)은 의구(依舊)하되 옥인(玉人)의 자취 묘연(渺然)[193]하니 심사(心思)가 자못 처참(悽慘)한지라. 스스로 난간(欄干)을 베고 광수(廣袖)[194]로 낯을 덮고 석사(昔事)를 생각하매, 소저의 난자혜질(蘭姿蕙質)[195]이 가히 한조(漢朝) 가의지풍(賈宜之風)[196]이 주실삼모(周室三母)[197]의 덕을 겸하여 맑은 뜻은 장강(莊姜)[198] 반비(班妃)[199]로 흡사(恰似)하고, 열렬(熱烈)한 지개(志槪)는 백희(伯姬)[200]로 병구(竝驅)[201]할지라. 야야(爺爺)가 이르시기를, '조생으로 더불어 설화(說話)함을 친견(親見)하였노라.' 하시니 부친 명감으로써 그릇 보실 리는 만무하고, 또 석씨의 행사(行事)로 추이컨대[202] 소양(霄壤)[203] 불모[204]한지라. 춘향의 초사(招事)[205] 분명

192) 산호장리(珊瑚牆籬)에 홍진만(紅塵滿): 산호 등으로 잘 꾸며놓은 담장에 먼지만 가득함.

193) 묘연(渺然): 넓고 멀면서 아득함.

194) 광수(廣袖): 통이 넓은 소매.

195) 난자혜질(蘭姿蕙質): 여자의 아름다운 자태와 뛰어난 자질을 향기로운 꽃에 비유하여 이르는 말.

196) 가의지풍(賈宜之風): 중국 한나라 때 문인이며 정치가였던 가의의 풍모.

197) 주실삼모(周室三母): 중국 주나라를 창건한 문왕(文王)의 어머니와 문왕과 무왕의 후비(后妃)인 태임(太姙)과 태사(太姒). 재주와 덕을 겸비한 여성으로 일컬어짐.

198) 장강(莊姜): 중국 춘추시대 위(衛)나라 장공의 부인. 인물이 아름다웠다 함.

199) 반비(班妃): 반첩여(班婕妤). 중국 한나라 반왕의 딸로서 어질고 시가에 능하여 한나라 성제(成帝)의 후궁이 되었음.

200) 백희(伯姬): 여성으로서의 도리를 지킨 일로 유명한 사람. 중국 노나라 선공에게 시집갔으나 일찍이 남편을 여의었음. 어느 날 밤 집에 불이 났는데 '부인된 도리는 방 밖에 나서지 않는다.' 하여 의리를 지키다 죽었음.

201) 병구(竝驅): 가지런함.

202) 추이: 미상.

203) 소양(霄壤): 하늘과 땅.

204) 불모: 미상.

205) 초사(招事): 죄인이 범죄 사실을 진술하는 일.

하며 악소년이 석씨를 앗아갔다 하니 의심이 없지 않아 좌사우상(左思右想)할 사이에, 제생(諸生)이 다 모여 한화(閑話)할새, 승상이 다시 석씨의 봉화(逢禍)[206]하던 곡절(曲折)을 물으니, 제생이 이에 기시(其時) 종두지미(從頭至尾)를 설파(說破)하니 승상이 반신반의(半信半疑)하고 또한 한심하여 다시 말을 아니터라. 이윽고 제생과 한가지로 내당(內堂)에 들어가니 유씨 웃음을 띠고 원비(元妃) 복색(服色)을 갖추고 제수(諸嫂)로 더불어 어깨를 갈와 섰으니[207] 승상이 불승통한(不勝痛恨)하더라.

차간(且看) 하문(下文)하라.

세(歲) 을묘(乙卯) 이월일 향목동 서(書)

206) 봉화(逢禍): 재난을 만남.

207) 갈와 섰으니: 나란히 섰으니.

수저옥란빙 권지오

화설. 승상이 제생(諸生)의 말을 들으매 반신반의(半信半疑)하여 다시 1
말을 않고 내당(內堂)에 들어가니, 유씨(柳氏) 원비(元妃) 복색(服色)을 갖추어 제수(諸嫂)와 어깨를 갈웠거늘 승상이 불승통한(不勝痛恨)하나 야야(爺爺)가 이미 처단(處斷)하신 바라. 하릴없어 조용히 시좌(侍坐)러니, 공이 문득 이르되,

"유씨 비록 명호(名號)[1]가 낮으나 행사(行事) 아름답고 정심(貞心)이 청고(淸高)한지라. 이러므로 상원위(位)를 주었나니 전처럼 멸대(蔑待)치 말라."

승상이 돈수(頓首) 대왈,

"명교(命敎)가 지극 마땅하시나 해아(孩兒)의 옅은 소견에 야야(爺爺)가 석씨를 비록 출거(黜去)[2]하시나 유씨는 시첩(侍妾)이라. 시속(時俗) 풍속(風俗)은 혹시 첩으로 승처(昇妻)하는 일이 있으나 소자는 차마 유씨로써 원비를 삼아 가도(家道)를 난(亂)치 못하오리니 복원(伏願) 야야는 명찰지(明察之)하소서."

공이 미급답(未及答)에 중서(中書) 소왈,

"유수(柳嫂)는 재용(才容)이 희한한지라. 천양[3]의 훼방함이 너무 과도하니 그 주의(主意)를 알지 못하리로다."

---

1) 명호(名號): 직분이나 등급.
2) 출거(黜去): 강제로 내쫓음.
3) 천양: 진숙문의 자(字).

승상이 묵연(默然) 냉소(冷笑)러니, 시동이 보왈(報曰),

"석상서 노야(老爺) 오시니이다."

승상이 헤아리되, '반드시 그 여아를 보려 함이니 내 무슨 말로 답하리
2 오', 드디어 칭탁(稱託)하고 아니 보려 하거늘, 공왈,

"무슨 일로 아니 보리오?"

하고 승상을 데리고 외헌(外軒)에 나와 석공을 맞아 예필(禮畢)에, 석공이 좌(座)를 정(定)치 아니코 만면 노색(怒色)으로 왈,

"다른 말은 날회고 여아 봄을 청하노라."

진공이 저의 기색(氣色)이 불호(不好)함을 보고 쉬이 답(答)지 못하여 유유(唯唯)[4]하더니, 석공이 다시 여아 봄을 재촉하니 진공이 비로소 답왈,

"영녀(令女)[5]의 죄악이 여차여차하여 춘향의 초사(招事) 명백하고 복(僕)[6]이 또한 그 음행(淫行)을 목도(目睹)하였으므로 잠깐 회과(悔過)[7]코자 본부로 보내었더니, 여차여차하여 그 거처를 모르니 형은 초사를 보라."

하고, 이에 중서로 하여금 춘향의 초사를 내어 석공 앞에 놓으니 공이 찢어 버리고 노목(怒目)을 떠 고성(高聲) 왈,

"내 비록 용렬(庸劣)하나 자못 예의(禮義)를 아나니, 처음에 자식을 타인에게 허하고 후에 의지없다 하여 다른 사람을 맡기리오? 원래 조생자는 어떤 축생(畜生)인지 모르되 군자(君子)가 어찌 요언(妖言)을 신청(信聽)[8]하여 며느리를 내쳐 거처를 모르리오? 소제(小弟) 다른 자녀가 없고 다만 여아 뿐이매 만래(晚來)에 의탁(依託)코자 함이요, 여아가
3 비록 유충(幼沖)하나 남의 십자(十子)를 부러워 않으리니, 비록 음란(淫亂)하다 이르나 부모야 그 빙심옥절(氷心玉節)을 모르리오? 존택(尊宅)

4) 유유(唯唯): '예, 예' 하는 대답소리.
5) 영녀(令女): 윗사람의 딸을 높여 부르는 말.
6) 복(僕): 자신을 낮추어 부르는 말.
7) 회과(悔過): 잘못을 뉘우침.
8) 신청(信聽): 믿고 곧이들음.

에서는 버리나 소제는 찾아 데려가려 하나니 여아를 찾아 주소서."

설파(說罷)에 분기(憤氣) 돌관(突貫)[9]하여 난간을 두드리고 재촉하니, 진공이 십분 민망하여 능히 일언(一言)을 답(答)지 못하니, 승상이 차경(此景)을 보고 정색(正色) 왈,

"영녀의 죄범(罪犯)이 등한(等閒)치 아니하되 특별히 관전(寬典)[10]으로 존택에 보내어 회과코자 함이어늘, 도중 소년의 겁탈(劫奪)하는 액(厄)을 만나 지금(至今) 거처를 모르니, 원래 내 집 허물이 아니라 영녀의 불행함이거늘, 합하(閤下)[11]가 어찌 사정을 거리껴 이렇듯 화기(和氣)를 상해오시니 소생이 그윽히 불취(不取)하나이다."

석공이 불승통해(不勝痛駭)하여 다시 말을 않고 소매를 떨쳐 돌아가니 진공 부자(父子) 참안무색(慙顔無色)이러라.

차일(此日) 승상이 아자(兒子) 백현을 이끌고 설난각에 이르러 상상(牀上)에 언와(偃臥)[12]하여 소매로 낯을 덮고 세세히 생각하니 석공의 노함이 그르지 않은지라. 이제 석씨를 비록 음부(淫婦)로 지목(指目)하나 평일(平日) 행사(行事)를 추이컨대 관저(關雎)[13] 규목지덕(樛木之德)[14]이 완전하고 고결청심(高潔淸心) 백희(伯姬)를 비소(誹笑)하리니, 과연 애석하도 4
다! 나의 기린 같은 쌍아(雙兒)의 사생(死生)이 어찌 된고? 홀연 깨쳐 번연(飜然)히[15] 일어 앉아 탄왈,

"석씨의 애매함이 옳도다. 내 북번(北藩)에 올 때에 비서(秘書)를 보니, '환가(還家)하매 슬픔이 자별(自別)하리라.' 말이 부인을 실산(失散)

---

9) 돌관(突貫): 솟구쳐 나옴.
10) 관전(寬典): 관대한 은전(恩典).
11) 합하(閤下): 상대를 높여 부르는 말.
12) 언와(偃臥): 누워 있음.
13) 관저(關雎): 『시경(詩經)』 주남편(周南篇)에 전하는 시. 관저는 물새가 평화롭게 운다는 뜻으로 이상적인 남녀의 조화를 말함.
14) 규목지덕(樛木之德): 『시경(詩經)』 주남편(周南篇)에 전하는 시. 후비(后妃)의 덕을 노래했음.
15) 번연(飜然)히: 갑자기 훤히 깨달아.

한단 말이로다. 그러나 차검(此劒)으로 요괴(妖怪)를 제어(制御)하리란 말이 반드시 부내(府內)에 요인(妖人)이 있어 석씨를 모함함이라. 모든 악소년을 부촉(咐囑)하여 겁탈함이 간인(奸人)의 꾀니, 여차즉(如此則) 석씨 죽었으리니, 가석(可惜)하다! 비록 저를 죽임이 아니나 진실로 유아이사(由我而死)[16]라. 무슨 면목으로 석씨 모자를 보리오? 더욱 유녀가 가사(家事)를 총단(總斷)[17]하니 내 송홍(宋弘)[18]에 죄인이라. 이는 다 나의 죄로다. 뉘를 한하리오?"

설파(說罷)에 누수(淚水)가 광수(廣袖)를 적시니, 백현이 야야의 여차 상도(傷悼)[19]하심을 보고 비록 유아의 마음이나 천륜(天倫)이 어찌 범연(凡然)하리오? 또한 울며 왈,

"자모(慈母)가 나가실 때에 속히 오마 하시더니 반드시 오래지 않아 돌아오실지라. 야야는 과도히 슬퍼 말으소서."

승상이 차언(此言)을 들으매 더욱 비척(悲慽)하며 누수를 금치 못하나, 아자의 어리로운 말을 듣고 마음이 애련(哀憐)하여 비회(悲懷)를 잠깐 거두고 등을 어루만져 사랑이 간간체체(懇懇切切)[20]하더라. 이렇듯 심회(心懷) 촌단(寸斷)[21]하니 장파가 스쳐[22] 알고 슬퍼함을 마지아니터라.

차시(此時) 유씨 승상의 자기 의심함을 듣고 천녀의 약으로써 진공께 다시 내오니, 공이 새로이 유씨를 사랑하여 그 박명(薄命)을 가련히 여겨 일일은 승상을 책왈(責曰),

---

16) 유아이사(由我而死): 나로 말미암아 죽게 됨.
17) 총단(總斷): 모두 맡아서 함.
18) 송홍(宋弘): 후한(後漢) 때 장안(長安) 사람. 광무제가 과부가 된 공주를 송홍과 결혼시키고자 불러서 귀하게 되면 친구를 바꾸고, 부유하게 되면 아내를 바꾼다고 하는데 어떻게 생각하느냐고 묻자, 가난했을 때의 친구는 잊을 수가 없고, 조강지처(糟糠之妻)는 내칠 수 없다고 하였음.
19) 상도(傷悼): 마음이 아프도록 몹시 슬퍼함.
20) 간간체체(懇懇切切): 정성스럽고 간절한 모습.
21) 촌단(寸斷): 마디마디 끊어짐.
22) 스쳐: 생각하여. 눈치 채어.

"우리 믿는 바가 너뿐이라. 어찌 무죄(無罪)한 현처(賢妻)를 하상지원(夏霜之冤)[23]을 끼치느뇨? 금일로부터 유씨 침소(寢所)에 머물되 일망(一望)[24]은 내당(內堂)에 있고 일망은 외헌(外軒)에 머물라."

하니, 승상이 소회(所懷)를 고코자 하나 공의 기색(氣色)이 십분 엄숙한지라. 일언(一言)을 불개(不開)하고 유유(唯唯)이 퇴(退)하여 길이 탄왈,

"나의 신세 어찌 이렇듯 기괴(奇怪)하뇨?"

드디어 '침구를 설난각으로 옮기라.' 하고 장파를 돌아보아 왈,

"숙문이 저곳에 이르매 백아가 위태하리니 청컨대 서모(庶母)는 아해(兒孩)를 보호하시면 자(子)의 후사(後嗣)와 조선(祖先) 향화(香火)를 이을까 하나이다."

장파가 대왈,

"첩이 비록 불민(不敏)하나 어찌 종사(宗嗣)의 중함을 알지 못하리닛고? 삼가 명을 좇으리이다."

승상이 우왈(又曰),

"서모는 석씨의 고휼지자(孤恤之子)[25]를 생각하여 조심하소서."

장파가 순순히 응낙 왈,

"상공은 다시 부탁지 말으소서. 정성을 다하리이다."

승상이 백현을 어루만져 왈, 6

"너는 금일로부터 장조모(張祖母)와 같이 있으라."

공자가 배이수명(拜而受命)이러라.

차일(此日)에 혼정(昏定) 후 승상이 외당(外堂)에서 제생(諸生)과 문답하더니 정당(正堂) 시비(侍婢) 공의 말씀을 전하되, '야심(夜深)하였으니 설희당으로 가라.' 하거늘, 승상이 부명(父命)을 들으매 눈썹을 찡그리고 게을리 일어나 설희당에 이르니, 차시(此時)에 유씨가 단장을 치레하고

23) 하상지원(夏霜之冤): 여름에 서리가 내릴 정도로 깊게 사무친 원한.
24) 일망(一望): 보름간.
25) 고휼지자(孤恤之子): 외롭고 불쌍한 아들.

승상의 들어옴을 괴로이 기다리더니 삼경(三更)은 하여 승상이 개호(開戶) 입실(入室)하매 희로(喜怒)가 교집(交集)하여 일어 맞으니, 승상이 비위 상하나 부명을 거역지 못하여 부득이 내침(內寢)하나 일언(一言)을 불개(不開)하고 웃옷을 입은 채 침금(寢衿)에 누워 종야(終夜)를 불매(不寐)하고 돌탄불이(咄嘆不已)[26]러니, 동방(東方)이 기백(旣白)하매 일어나 소세(梳洗)[27]하고 정당(正堂)으로 갈새 장파를 만나니, 장파가 소왈,

"상공이 금일 신방(新房) 재미 어떠하시뇨?"

승상이 추연(惆然)[28] 왈,

"서모는 부질없는 말 말으소서. 진실로 성병(成病)키 쉬우니이다."

장파가 위로하더라.

차일에 유씨, 승상이 천만 의외(意外)에 내침하매 심리(心裏)에 양양자득(揚揚自得)하더니, 승상이 종야토록 돌아보지 않으니 가슴에 일천(一千) 잔나비 뛰놀아[29] 분기(憤氣) 철천(徹天)하더니 승상이 나감을 보고 단장(丹粧)을 후리치고 길이 느껴 왈,

7 "내 심력을 허비하여 진부(陳府)에 입속(入屬)함은 승상의 은애(恩愛)를 바람이더니 이렇듯 매몰하니 장차 어찌하리오?"

하고 몸을 부딪더니, 송파가 위로 왈,

"소불인난대모(小不忍難大謀)[30]라 하니 소저는 아직 참고 나중을 보소서."

하더니, 백현이 들어와 신성(晨省)하매 유씨가 분심(忿心)이 갱가일층(更加一層)[31]이라. 크게 꾸짖어 왈,

---

26) 돌탄불이(咄嘆不已): 탄식하고 한탄함을 마지않음.
27) 소세(梳洗): 얼굴을 씻고 머리를 빗음.
28) 추연(惆然): 한탄하는 모양.
29) 가슴에 일천(一千) 잔나비 뛰놀아: 가슴이 뛰어.
30) 소불인난대모(小不忍難大謀): 작은 일을 참지 못하면 큰일을 도모하기 매우 어려움.
31) 갱가일층(更加一層): 다시 한층을 더함.

"네 석녀의 요종(妖種)이로소니 너를 없이 하여야 아심(我心)이 쾌하리라."

송파가 급히 말려 왈,

"소저는 식노(息怒)하라. 어찌 이리 급하시뇨?"

유씨 왈,

"내 저 요물(妖物)을 보면 자연 마음이 변하니 어찌 참으리오?

하더라.

차시에 공자가 유씨의 수욕(受辱)을 당하매 흉격(胸膈)이 막혀 몽소헌에 나와 생각하되, '금일 수욕은 천고(千古)에 없으리로다. 차라리 자문(自刎)[32]하여 태태의 그림자를 좇고자 하나 야야를 모셔 위로할 동기(同氣)가 없고, 천행(天幸)으로 자모(慈母)와 양제(兩弟)를 다시 만날까 바라고 초로(草露)[33] 잔천(殘喘)[34]을 부지하나 어찌 부끄럽지 않으리오?' 하고 진진(津津)히[35] 느껴 누수여우(淚水如雨)[36]하니 진실로 자닝[37] 참절(慘絶)한지라. 승상이 전도(顚倒)이 나아가 아자(兒子)의 손을 잡고 눈물을 흘려 왈,

"내 아해 생세(生世) 오 세에 어미를 잃고 이렇듯 상회(傷懷)[38]하여 아비의 심회를 돕느뇨?"

공자가 야야를 보매 놀란 눈물을 거두고 자약(自若)히 일어 맞아 야야 8
의 쌍수(雙手)를 받들어 유유부답(唯唯不答)[39]하니 승상이 더욱 애련(哀憐)하여 왈,

"내 비록 주유천하(周遊天下)[40]하나 여모(汝母)를 부디 찾으리라."

---

32) 자문(自刎): 스스로 목을 찌름.
33) 초로(草露): 풀잎에 맺힌 이슬. 덧없는 인생을 말함.
34) 잔천(殘喘): 가느다랗게 남아 있는 목숨.
35) 진진(津津)히: 눈물이 하염없이 흐르는 모양.
36) 누수여우(淚水如雨): 흐르는 눈물이 마치 비와 같음.
37) 자닝: 불쌍하고 가여움.
38) 상회(傷懷): 마음 속으로 애통히 여김.
39) 유유부답(唯唯不答): 그저 '예, 예' 할 뿐, 다른 대답을 하지 않음.

하더라.

선시(先時)에 석상서가 진공과 더불어 일장(一場)을 힐난(詰難)하고 분분(忿憤)히 돌아가 스스로 생각하되, '나의 천금(千金) 일녀(一女)로 진문에 속현(續絃)[41]하니 나의 후사(後嗣) 빛나고 저의 일생이 쾌할까 하였더니 천만 의외에 출부(黜府)되어 종적(蹤迹)을 알지 못하니 어찌 분개치 않으리오?' 하고 난간을 두드려 일장을 통곡하더니, 부인이 통성(痛聲)을 듣고 급히 나아가 문기고(問其故)[42]한대, 상서가 길이 느껴 왈,

"우리 일녀를 두매 남의 십자(十子)를 부러워 않아 후사(後嗣)를 의탁고자 하였더니 천만 의외에 천고 누명을 싣고 이제 종적이 묘연하니 어디를 지향하여 찾을꼬? 차라리 죽어 모름이 마땅하도다."

하거늘, 부인이 청파(聽罷)에 청천(晴天) 백일(白日)에 벽력(霹靂)이 만신(滿身)을 분쇄(粉碎)하는 듯하여 문득 혼절(昏絶)하거늘, 좌우 시비(侍婢)가 급히 구하여 반향(半晌) 후 인사를 차려 통곡 왈,

"유유창천(悠悠蒼天)아, 시하언야(是何言也)[43]오? 너를 십삼에 진문
9 에 입현(入見)하여 허다(許多) 고초(苦楚)를 지내고 필경 종적을 모르니
너의 옥절빙심(玉節氷心)[44]으로 어디 가 투생(偸生)[45]하였느뇨? 슬프
다, 춘옥아! 삼개(三個) 유치(幼稚)를 버리고 십칠 청춘에 누명을 쓰고
황량(荒凉) 고혼(孤魂)이 되었느뇨? 혈혈(孑孑)한 우리, 장차 뉘게 의지
하리오? 이제 생리사별(生離死別)[46]의 영결(永訣)을 당하였으니 이 설
움을 어찌 견디리오?"

---

40) 주유천하(周遊天下): 온 천하를 두루 돌아다님.

41) 속현(續絃): 거문고와 비파의 끊어진 줄을 다시 잇는다는 뜻으로, 아내를 여읜 뒤에 다시 새 아내를 맞는 일을 비유적으로 이르는 말. 여기서는 단순히 혼인한다는 뜻으로 쓰임.

42) 문기고(問其故): 그 까닭을 물음.

43) 시하언야(是何言也): 이것이 무슨 말이냐?

44) 옥절빙심(玉節氷心): 옥 같은 절개와 얼음 같이 깨끗한 마음.

45) 투생(偸生): 구차하게 목숨을 부지하고 있음.

46) 생리사별(生離死別): 살아서 이별하고, 죽어서 헤어짐.

이렇듯 반일을 통곡하다가 자결(自決)코자 하니 석공이 붙들어 말리며 통곡함을 마지않으니, 합가(闔家)[47]에 곡성(哭聲)이 진동하여 상사(喪事) 난 집 같더라.

공이 부인을 위로 왈,

"여아의 생사는 알지 못하나 분명히 죽음을 모르고, 여아의 상모(相貌) 청춘조요(青春早夭)[48]할 상(相)이 아니라. 아직 재앙(災殃)을 만나 그러함이니 부인이 일시 설움을 참아, 자결(自決)할진대 여아가 생존하여 돌아오면 그 불효를 어디 비하리오? 부인은 심사를 널리 하여 인분(忍憤)함을 위주(爲主)하고 과상(過傷)치 말라. 만일 죽었을 리 적실(的實)할진대 부인이 어찌 홀로 죽으리오?"

언파(言罷)에 탄식(歎息) 유체(流涕)하더라.

진승상이 유씨로 더불어 동방(洞房)에 처하나 은애(恩愛)를 약수(弱水)[49] 가린 듯하니 유씨 점점 심회(心懷) 불 일 듯하여 송파를 청하여 눈물을 흘리며 왈,

"승상이 비록 내침(內寢)하나 실은 노상인(路上人) 같으니 장차 어이 10
하면 좋을꼬? 숙모는 나를 위하여 행계(行計)하여 이 한을 풀게 하소서."

송파(宋婆)가 왈,

"소저는 방심(放心)하라. 첩이 힘을 다하여 주선하리라."

하더라.

차일 승상이 부전(父前)에 시좌(侍坐)하였더니, 진공이 아자(兒子)가 회심(回心)하여 설희당 숙소함을 두굿겨[50] 경계 왈,

"유씨는 요조현숙(窈窕賢淑)하고 겸하여 원비(元妃)의 존함이 있으니 오아(吾兒)는 소대(疏待)[51]치 말라."

---

47) 합가(闔家): 집안 전체.

48) 청춘조요(青春早夭): 젊은 나이에 일찍 죽음.

49) 약수(弱水): 신선이 산다는 중국 서쪽의 전설 속의 강. 길이가 3,000리나 되며 부력이 매우 약하여 기러기의 털도 가라앉는다고 함.

50) 두굿겨: 몹시 기뻐하여.

송파가 왈,

"상공은 우스운 말 말으소서. 상공이 비록 존전(尊前)에 승순(承順)하나 사실에는 득도(得道)한 도승(道僧)이러이다."

하고 유씨의 팔을 빼어 앵혈(鶯血)[52]을 뵈어 왈,

"이를 보소서. 첩이 허언(虛言)을 발설(發說)하리잇가?"

공이 유씨의 앵혈을 보고 승상을 책왈(責曰),

"네 인사(人事)를 알려든 아비 명(命)을 홍모(鴻毛)같이 여기느뇨?"

승상이 야야의 노색(怒色)을 보고 다만 돈수(頓首) 사죄(謝罪)하고 물러 송죽헌(松竹軒)에 나와 죽침(竹枕)을 베고 석사(昔事)를 생각하고 심회(心懷) 산란(散亂)하여 추연(惆然) 자상(自想)하다가, 몸을 일어 설난각에 이르니 수달난창(繡縫蘭窓)[53]에 물색(物色)이 의구(依舊)하나 옥인(玉人)의 그림자가 묘연(杳然)한지라. 심혼(心魂)이 낙막(落寞)[54]하여 석씨의 미묘한 태도 앞에 벌였는 듯 옥성봉음(玉聲鳳音)이 이변(耳邊)[55]에 쟁쟁한 듯
11 심회를 상해오더니, 문득 서안(書案)을 살펴 보니 만 권 서(書)가 쌓였거늘, 이에 뒤적여 보니 열녀전(列女傳) 사이에 일편(一片) 화전(華箋)[56]이 내려지거늘 괴히 여겨 집어 보니 일 수 양류시(楊柳詩)라. 문채(文彩) 비상(非常)하여 대해(大海) 장강(長江)을 터버리고, 필법(筆法)이 정묘(精妙)하여 진주를 헤친 듯, 한 번 음영(吟詠)하매 의사가 훤출하고 정신이 상쾌하며 천고무쌍(千古無雙)이라. 승상이 일견에 대경하여 다시 음영하매, 자자주옥(字字珠玉)이요 언언금수(言言錦繡)라. 흠복(欽服) 경애(敬愛)하여 스스로 생각하되, '이 어떤 사람의 소작(所作)인고? 왕형 등의 음영함

---

51) 소대(疏待): 푸대접.

52) 앵혈(鶯血): 처녀의 팔뚝에 있다는 붉은 자국. 남녀관계를 하면 이 자국이 없어지므로 처녀의 상징임.

53) 수달난창(繡縫蘭窓): 자수로 만든 매듭으로 장식하고 난초를 새겨 넣은 아름다운 창문.

54) 낙막(落寞): 흩어지고 쓸쓸함.

55) 이변(耳邊): 귓가.

56) 화전(華箋): 화전지(花箋紙). 아름다운 문양이 새겨진 종이.

인가 하나 왕형의 시사(詩詞)는 심히 허랑(虛浪)하니 어찌 이를 당하리오? 이 곧 부인 여자의 소작이니 어떤 숙녀의 소작인고? 이런 재주는 본 바 처음이로다.' 하고 다시 살피니 후면(後面)에 한 줄 가늘게 쓴 글이 있으니 왈,

"석씨는 숙매(叔妹)로 더불어 모년 월일에 송죽헌 부용지에서 초(抄)[57]하노라."

하였더라. 승상이 비로소 석씨의 소작임을 깨달아 크게 놀라며 새로이
흠복하여 오열(嗚咽) 비창(悲愴)하니, 원래 석소저는 침묵(沈默) 단정(端
整)하므로 시사를 창화(唱和)함이 없으니 승상이 석씨의 문채가 이렇듯
함을 전혀 알지 못하다가 오늘 처음으로 보매 황연(晃然)[58]히 넋을 잃어,
글을 다시 보매 완연(宛然)히 용모(容貌)가 깁 위에 벌였는 듯 반가움이 12
넘쳐 눈물을 흘려 왈,

"내 팔자가 무상(無常)[59]하여 이같은 성녀숙완(聖女淑婉)으로 백년(百年)을 해로(偕老)치 못하니 어찌 가석(可惜)지 않으리오? 부인의 빙심옥절(氷心玉節)로 천고(千古) 누명(陋名)을 실어 존망(存亡)을 알지 못하니 옥이 이토(泥土)에 묻히고 보검이 산림에 장(藏)함이라. 지금 유씨의 방자함을 생각하니 분함이 찼던 칼을 빼어 설분(雪憤)코자 하나 야야의 유녀 두둔하심을 생각하니 하릴없도다. 돌이켜 생각하니 유녀의 주표(朱標)[60]로써 야야가 번뇌하시니 인자(人子) 되어 미세지사(微細之事)에 불효를 끼치리오마는, 한낱 주점(朱點)[61]을 없이코자 하나 음녀의 욕심을 채워 차마 동락지 못하리니 차라리 불효 죄인이 될지언정 음악(淫惡) 찰녀(刹女)[62]의 뜻은 맞추지 못하리라."

---

57) 초(抄): 베끼어 씀.
58) 황연(晃然): 환하거나 밝은 모양.
59) 무상(無常): 덧없음.
60) 주표(朱標): 붉은 표시. 앵혈(鶯血)을 말함.
61) 주점(朱點): 붉은 점. 앵혈을 말함.
62) 찰녀(刹女): 나찰녀(羅刹女). 사람을 잡아먹는다고 함.

하더니, 차시(此時)에 송파가 창외(窓外)에 엎드려 시종(始終)을 다 듣고 광악지심(狂惡之心)이 발하여 드리달아 승상의 소매를 잡고 발악 왈,

"숙문 적자(賊子)야! 유씨 네게 무슨 원수 있건대 구태여 머리를 버히려 하느냐? 이는 유씨를 미워함이 아니라 나를 죽이려 함이니 네 손에 죽느니 내 스스로 죽으리라."

하고 칼로 질러 자문(自刎)하려 서두니, 승상이 대경(大驚)하여 황망(遑
13 忙)히 붙들다가 칼날이 송파 팔에 지나치며 유혈(流血)이 낭자(狼藉)하니,
승상이 창황(愴惶) 중 붙들어 울어 왈,

"서모가 이 어인 거조(擧措)[63]니잇고?"

송파가 들은 체 아니코 다만 목안의 소리로, '승상이 사람을 죽인다.' 하니, 승상이 깁으로 약을 싸매고자 하니 송파가 정신을 차려 왈,

"내 스스로 약을 매어 조리(調理)하리니 다만 나의 말을 시행할소냐?"

승상이 연망(連忙)[64]히 대왈,

"아무리 어려운 일이라도 다 좇으리니 서모는 진중하소서."

송파가 왈,

"금야부터 유씨와 더불어 운몽(雲夢)의 꿈을 한가지로 하면 첩이 자연 조섭(調攝)[65]하리이다."

승상 왈,

"이런 쉬운 일을 어찌 듣지 아니리잇고?"

하니, 송파가 약을 싸매고 침소로 돌아가니, 승상이 비로소 내당에 들어와 모부인께 뵈올새 안색(顏色)이 자못 불평(不平)하니, 부인은 전혀 모르고 다만 석씨를 사념(思念)함인가 하여 집수(執手) 위로 왈,

"내 만래(晩來)에 너를 낳아 성녀숙완을 구하더니 다행히 석현부(石賢婦)를 얻으니 사덕(四德)[66]이 겸비하니 너의 복됨을 하례(賀禮)하더

63) 거조(擧措): 말이나 행동을 하는 태도.
64) 연망(連忙): 놀라거나 당황하여 분주하고 바쁨.
65) 조섭(調攝): 건강이 회복되도록 몸을 잘 다스림.
66) 사덕(四德): 여자로서 갖추어야 할 네 가지 덕. 마음씨[婦德], 말씨[婦言], 맵

니, 조물이 시기하여 괴변(怪變)을 만나니 내 비록 그 행사를 아끼나 구할 모책이 없고 이제 그 거처를 모르니 어디를 지향하여 찾으리오? 그러나 아부(我婦)의 숙현(淑賢)함으로 다시 만날 때 있으리니 오아(吾兒)는 심회를 넓히라."

승상이 청파(聽罷)에 마음이 베이는 듯하나 강잉(强仍)[67]하여 이성(怡 14
聲)[68] 낙색(樂色)[69]으로 모부인을 위회(慰懷)[70]하니 부인이 심심불락(心
甚不樂)이러라.

이윽고 물러 중당(中堂)에 나오니 부용당 난간에 제생이 모여 입을 가리우고 웃다가 승상을 손 쳐 부르거늘, 눈을 들어 보니 단씨 · 소씨 · 부씨 등이 봉관옥패(鳳冠玉牌)로 성열(盛列)하여 담소(談笑) 자약(自若)하고 유씨 또한 봉관화리(鳳冠華履)로 명부의 복색(服色)을 갖추고 사씨로 더불어 투호(投壺) 치더니, 소씨 왈,

"금일 조용히 담화(談話)코자 하거늘 잡기(雜技)는 무슨 일인고?"

단씨 등이 답왈,

"차언(此言)이 정합오의(正合吾意)[71]라."

하고 투호를 물리치고 한담(閑談)할새, 단씨 왈,

"숙숙(叔叔)이 근간 설희당을 찾으시매 사색(辭色)이 화평(和平)하시더라."

하니, 소씨 이어 왈,

"석씨를 일러 부질없거니와 석씨의 색덕(色德) 광휘(光輝)로 그럴 리 없을 듯하니 의외(意外) 괴변(怪變)이 났다."

하니, 부씨 · 단씨 왈,

시[婦容], 솜씨[婦功]를 이름.

67) 강잉(强仍): 억지로 참음.

68) 이성(怡聲): 기쁜 마음에서 내는 소리.

69) 낙색(樂色): 즐거운 얼굴빛.

70) 위회(慰懷): 생각이나 마음을 위로함.

71) 정합오의(正合吾意): 내 생각과 딱 맞아 떨어짐.

"백아는 그 모(母)의 연고로 용납할 땅이 없도다."

사씨 냉소(冷笑) 왈,

"진숙(陳叔)이 전일 석씨와 수유불리(須臾不離)[72]하더니 그 정을 유씨에게 옮겨 족적(足跡)이 설희당을 떠나지 아니하니 남자의 풍정(風情)은 믿을 것이 없도다."

유씨 냉소 왈,

"석씨 비록 장강(莊姜)[73]의 색(色)과 임사(妊姒)[74]의 덕(德)이 있으나 행사(行事) 여차 음밀(淫密)하니 구두(口頭)에 일컬을 바 아니요, 그 은정(恩情)을 첩에게 옮긴다 함은 가소(可笑)로다. 첩은 지금(至今) 규수(閨秀)로 있어 연리(連理)[75] · 비익(比翼)[76]을 아지 못하고, 또 석씨로 말할진대 전일에 첩을 만나면 만단(萬端)으로 수욕(受辱)하여 안하무인(眼下無人)이요, 지어(至於) 백현하여는 음부(淫婦)의 생출(生出)이니 무엇에 쓰리오?"

단씨 미소 왈,

"옛부터 적자(嫡子)를 미워하여 탁문군(卓文君)[77]이 무릉녀(武陵女)를 보고 청시[78] 백두음(白頭吟)[79]을 읊었으니, 석씨 비록 겉으로 흔열(欣悅)하나 내심(內心)이야 어찌 안안(晏晏)[80]하리오? 석씨 그대를 수욕

---

72) 수유불리(須臾不離): 잠시라도 떨어지지 않음.

73) 장강(莊姜): 중국 춘추시대 위나라 장공(莊公)의 부인. 인물이 아름다웠다고 함.

74) 임사(妊姒): 문왕과 무왕의 후비인 태임과 태사. 재주와 덕을 겸비한 여성으로 일컬어짐.

75) 연리(連理): 연리지(連理枝). 두 나무의 가지가 닿아 합쳐진 것. 화목한 부부 사이를 이르는 말.

76) 비익(比翼): 비익조(比翼鳥). 암수가 각기 눈과 날개가 하나씩이어서 합쳐야만 날 수 있음. 정이 두터운 부부를 이르는 말.

77) 탁문군(卓文君): 중국 한(漢)나라 때의 여성. 사마상여와의 연애사건으로 유명함.

78) 청시: 미상.

79) 백두음(白頭吟): 사마상여가 무릉(武陵)의 딸을 첩으로 맞으려 하자 이를 단념하게 한 시.

질매(受辱叱罵)[81]하더라 하나 아등이 여러 세월에 한 마디 불호지언(不好之言)을 듣지 못하였으니 아등(我等)이 불명(不明)함이로다.”

사씨 유씨를 대하여 정색 왈,

“그대 지금 규(閨)란 말이 가소(可笑)로다.”

유씨 왈,

“첩이 어찌 허언(虛言)으로 가부(家夫)를 모함하리오? 제낭(諸娘)이 믿지 아니커든 쾌히 보라.”

언파에 팔을 걷어 보이니 거조(擧措) 해연(駭然) 음측(淫測)한지라. 우비(右臂) 상(上)에 앵도일매(櫻桃一枚) 완연(宛然)하니 좌우(左右)가 박소(拍笑)하고 사씨 냉소 왈,

“숙숙의 거조 괴이하도다. 주표(朱標) 어찌 그저 있나뇨?”

유씨 척연(惕然) 왈,

“상공이 대인(大人) 책교(責敎)를 두려 침소(寢所)에 들어오나 둘 사이 하수(河水)를 격(隔)하였나니 어찌 애닯지 않으리오?”

제생이 이 거동을 보고 일시에 함소(含笑) 왈,

“수수(嫂嫂)의 주표가 완연함은 이 무슨 주의뇨?”

승상이 해연망측(駭然罔測)하나 불변안색(不變顏色)하고 미소 왈, 16

“차(此)는 은밀지사(隱密之事)니 군자의 거들 바 아니라. 연(然)이나 가석(可惜)한 바는 봉관화리로다.”

제생이 박소하고 사인(舍人)이 승상더러 왈,

“평일 우형(愚兄)이 너무 유씨 소대(疏待)함을 괴히 여기더니 오늘날 보건대 과연하도다.”

승상이 돌탄(咄嘆)하고 날이 저물매 각각 돌아가되, 승상이 홀로 난간에 빗겨 초창(怊悵)[82]하여, 내 맹세코 음녀(淫女)와 동락(同樂)하지 않으

---

80) 안안(晏晏): 편안한 모양.

81) 수욕질매(受辱叱罵): 모욕과 꾸짖음을 받는 일.

82) 초창(悄愴): 근심하거나 슬퍼하는 모양.

리라 하였더니, 금일 서모에게 쾌허(快許)하였으니 군자(君子) 일언(一言)이 천년(千年) 불개(不改)라. 어찌 서모에게 실신(失信)하리오? 이렇듯 생각하매 심사(心思) 번란(煩亂)하여 시녀(侍女)로 술을 내와 십 여 배를 먹으니, 취후(醉後)에 석씨를 생각하고 참연(慘然) 저상(沮喪)[83]하여 관저편(關雎篇)[84]을 외우고 상사편(相思篇)을 읊어 심사를 위로하고 설희당에 이르니 유씨 벌써 상(牀)에 올라 자거늘, 저를 보매 의사(意思)가 맥맥하여 스스로 자기 침금(寢衿)에 편히 자고, 연일(連日) 들어가나 침금을 멀리하여 천 리 같으니 송파가 또한 하릴없어 숙질(叔姪)의 원한(怨恨)이 골수(骨髓)에 미쳤더라. 공이 다시 책(責)하고자 하니 부인이 말려 왈,

"부부(夫婦) 혼합(混合)은 인력(人力)으로 못하나니 아직 버려두소서."

공이 옳게 여겨 알은 체 아니하더라.

차시(此時) 석부(石府) 설부인(薛夫人)이 병세(病勢) 날로 위중(危重)하
17 여 일가(一家)가 황황(遑遑)[85]하더니, 일일은 부인이 정신을 차려 왈,

"여아를 본 듯이 진낭을 보면 위회(慰懷)할까 하노라."

상서가 분해하나 진공 부자께 글을 부치니, 공이 백현을 보내고자 하니 유씨가 불가(不可)함을 보(報)하되 공이 옳게 여겨 '승상만 가라.' 하니, 승상이 생각하되, '빙가(聘嫁)[86]에 가매 무안함이 비할 데 없으니 칭병(稱病)함이 옳다.' 하고 인하여 칭병하여 아니 가니, 석공이 더욱 통해(痛駭)하고 부인의 병세가 날로 더하더라.

화설(話說). 승상이 심사(心思) 불호(不好)하여 표(表)를 올려 출유(出遊)함을 아뢰고 출유하며 석씨를 찾고자 하다가 다시 생각하되, '조용히 탐문(探問)하리라.' 하고 사람을 사처(四處)로 놓아 광구(廣求)하되 소식이 묘연(杳然)한지라. 야야가 행여 기색을 아실까 두려워 밤이면 설희당에 숙침(宿寢)하고 낮이면 설난각에 머물어 옥인(玉人)을 첨망(瞻望)하여 속

83) 저상(沮喪): 기운을 잃은 모양.

84) 관저편(關雎篇): 『시경(詩經)』의 편명. 부부간의 금슬을 노래한 것이 많음.

85) 황황(遑遑): 몹시 바쁘거나 허둥거리는 모양.

86) 빙가(聘嫁): 처갓집.

절없이 넋을 사르더니, 유씨 기색을 스치고[87] 한입골수(恨入骨髓)[88]하여 공자를 해(害)코자 하나 승상은 사광지총(師曠之聽)[89]이라, 어찌 아자(兒子)를 위태케 하리오? 일시도 떠나지 않아 여린 옥같이 하니 유씨 감히 하수(下手)치 못하더니, 일일은 승상이 관저편을 외우며 송죽헌에서 배회
하더니, 제생이 이르니 승상이 누흔(淚痕)을 거두고 서로 볼새, 중서 왈, 18

"천양이 비록 석수(石嫂)를 생각하나 장부의 낙루(落淚)함이 어리지[90] 않으뇨?"

승상이 탄왈,

"석씨를 생각하매 자연 그렇도소이다."

제생이 위로 왈,

"현제 비록 석씨를 생각하나 속절없는지라. 모로미 관억(寬抑[91])하여 숙부모께 이우(貽憂)[92]케 말라."

승상이 추연(惆然) 탄왈,

"내 구태여 석씨를 생각함이 아니라 백아의 거동을 보아 자닝함이오. 석씨와 은애 또한 가배얍지 않은지라. 시고(是故)로 잊고자 하나 능히 잊지 못하니 괴이토소이다."

제인(諸人) 왈,

"현제 비록 약관(弱冠) 소년이나 작위(爵位) 일품(一品)이거늘 어찌 구구히 아녀자를 생각하리오?"

승상이 답왈,

"당태종(唐太宗)은 만승천자(萬乘天子)로대 송풍을 바라고 울었으

---

87) 스치고: 눈치채고. 생각하고.

88) 한입골수(恨入骨髓): 원한이 뼈 속 깊숙히 사무침.

89) 사광지총(師曠之聽): 사광은 춘추시대 진(晋)나라의 악사. 소리를 잘 분별하였다 함.

90) 어리지: 어리석지.

91) 관억(寬抑): 격한 감정이나 분노를 너그럽게 억제함.

92) 이우(貽憂): 근심이나 걱정을 끼침.

나[93] 후세에 영걸지주(英傑之主)로 칭하나니, 소제(小弟) 석씨를 사상(思想)하나 무슨 죄 있으리오?"

제인 왈,

"장손황후(長孫皇后)[94]는 여중(女中) 요순(堯舜)이라. 태종의 이러함이 가하거니와 석씨는 윤상죄인(倫常罪人)[95]이라. 현제(賢弟)가 이렇듯 사모함이 그르도다."

승상이 빈미(顰眉)[96] 왈,

"일월(日月)도 부운(浮雲)이 옹폐(壅蔽)하고 성인(聖人)도 유리지액
(羑里之厄)[97]을 만났으니 석씨 죄명(罪名)이 어찌 실상(實狀)인 줄 알리
오? 고금(古今)을 역수(歷數)[98]하건대 현인군자(賢人君子)가 한 번 궂기
19 지[99] 않은 자가 없으니 석씨 홀로 간인(奸人)의 독수(毒手)를 면하리오?"

제인이 함소(含笑) 왈,

"네 석수를 성인에게 비하나 아등은 그런 줄 모르노라."

승상이 냉소 왈,

"구태여 성인에게 비함이 아니라 간인에 피해(被害)함[100]이 그와 흡사하매 인증(引證)[101]함이로소이다."

제인이 대소무언(大笑無言)이니, 원래 왕가 제생이 승상과 친형제와 다름이 없으니 피차 그 효우(孝友)를 항복하여 서로 은휘(隱諱)[102]하는 바 없어 지성(至誠) 우애(友愛)하니 왕상서가 크게 사랑하고 두굿기더라. 진부에

---

93) 송풍을 바라고 울었으나: 미상.
94) 장손황후(長孫皇后): 당태종의 첫째 부인.
95) 윤상죄인(倫常罪人): 인륜이나 사람의 도리에 맞지 아니하는 일을 한 죄인.
96) 빈미(顰眉): 눈썹을 찡그림.
97) 유리지액(羑里之厄): 주문왕(周文王)이 주(紂)에게 잡혀 유리옥(羑里獄)에 갇혔던 일.
98) 역수(歷數): 차례대로 세어 봄.
99) 궂기지: 고생하지.
100) 간인에 피해(被害)함: 간인에게 해를 입음.
101) 인증(引證): 끌어내어 증거함.
102) 은휘(隱諱): 가리고 꺼리어 드러내지 아니함.

다만 승상 일인 뿐인 고로 제생이 조석(朝夕)으로 내왕(來往)하더라.

승상이 석씨를 생각함이 일일층가(日日層加)[103]하여 병세(病勢) 위중(危重)하매 일가(一家)가 황황(遑遑)하고, 상이 우려하샤 어의(御醫)를 보내시니 모든 의원이 외당(外堂)에 가득하여 서로 이르되,

"이 다른 병이 아니라 다만 사상(思相)하는 빌미니 백약(百藥)이 무효(無效)라."

하니, 혜광 등이 이미 석씨의 빌민 줄 알고 일일은 좌우(左右) 고요하고 정신을 차린 때를 타 승상을 개유(開諭)[104] 왈,

"석수가 유죄(有罪) 무죄간(無罪間)에 숙당(叔堂)이 이미 처결(處決)
하신 바요, 종적(蹤迹)을 잃어 대해(大海)에 부평초(浮萍草) 같거늘 그
로 사상(思相)하여 병을 이루니 인자지도(人子之道)에 마땅치 아니하
고, 만일 숙당이 아시면 현제를 어떻다 하시며, 아녀자로 말미암아 병 20
을 이뤘다 하면 천하 사람을 대함에 어찌 부끄럽지 않으랴? 우형 등이
명수표종(名雖表從)[105]이나 정의(情誼)가 골육(骨肉) 같으므로 소회(所
懷)를 은휘(隱諱)치 아니하나니 우직함을 괴이타 말고 익히 생각하라."

이렇듯 개유(開諭)하고 의리로써 재삼 관위(寬慰)[106]하니, 승상이 듣기를 마치매 눈물을 머금어 대왈,

"형장(兄丈)의 말씀이 비록 의리 당연하니 소제(小弟) 그름을 모름이 아니로대 마음을 임의로 못하여 일병(一病)이 침면(沈綿)[107]하매 생도망연(生途茫然)[108]한지라. 장차 황천객(黃泉客)이 되리니 내 죽으면 불효(不孝) 막대(莫大)라. 고당(高堂) 쌍친(雙親)과 혈혈아자(孑孑兒子)를 제형에게 부탁하나니 바라건대 제형은 어여삐 여기라."

---

103) 일일층가(日日層加): 나날이 더해짐.
104) 개유(開諭): 사리를 알아듣도록 잘 타이름.
105) 명수표종(名雖表從): 명분으로는 비록 외사촌이나.
106) 관위(寬慰): 너그럽게 위로함.
107) 침면(沈綿): 병이 오래감.
108) 생도망연(生道茫然): 살 길이 아득함.

언파에 오열(嗚咽) 비창(悲愴)하니 제생이 소매로 낯을 가리우고 눈물을 흘리되 홀로 중서가 정색(正色) 왈,

"내 비록 동복형(同腹兄)이 아니나 그른 일이 있으면 어찌 수정치 않으리오? 남아(男兒) 처세(處世)에 충효(忠孝) 근본(根本)이니 충(忠)과 효(孝)를 세운 후에야 신(信)을 일렀거든, 이제 천양은 한갓 신만 지켜 부부지정(夫婦之情)만 염려하여 상사(相思)를 이루어 죽기를 자부하니 숙당(叔堂)에 불효가 어떠하며 구천(九泉) 타일(他日)에 어느 낯으로 조
21 종(祖宗)에 뵈오리오?"

승상이 비록 고통 중이나 중서의 책언(責言)을 들으매 심히 부끄러워 머리를 숙이고 일성(一聲) 장탄(長歎)에 대왈,

"소제 어찌 구태여 석씨를 상사하여 병을 이루리잇가? 불과촉상(不過觸傷)[109]함이니이다."

중서 왈,

"불가하다. 현제 어찌 우형(愚兄)을 속임이 심하뇨? 허다(許多) 의자(醫者)가 한결같이 상사병이라 하거늘 숙부 알으실까 염려하거니와 만약 숙부 알으시면 큰 화가 있으리니 마음을 굳이 잡아 숙당(叔堂)에 불효를 더하지 말라."

정언간(正言間)[110]에 어의(御醫) 상명(上命)을 받자와 진맥(診脈)함을 청하니, 승상이 양수(兩手)를 내어 놓으며 '진맥하라.' 하니, 의자(醫者)가 맥을 보고 국궁(鞠躬)[111]하거늘, 중서 왈,

"무슨 증세뇨?"

의자가 복수(伏首)[112] 왈,

"소의(小醫) 의술(醫術)이 천박(淺薄)하오매, 일찍 재열(宰列)[113]의 병

109) 불과촉상(不過觸傷): 감기 걸린 것에 지나지 않음.
110) 정언간(正言間): 바로 말하는 사이에.
111) 국궁(鞠躬): 윗사람에게 존경하는 뜻으로 몸을 굽힘.
112) 복수(伏首): 머리를 낮춤.
113) 재열(宰列): 재상의 반열.

환을 많이 보았으되 오직 승상 증세는 알지 못하리로소이다."

중서 왈,

"무슨 증세완데 알지 못하느뇨?"

어의 대왈,

"반드시 생각하는 바가 있으니, 그 사람을 본즉 춘설(春雪) 스듯 하려니와 불연즉(不然則) 편작(扁鵲)[114]의 영공(靈功)이라도 구키 어렵도소이다."

승상이 미소 왈,

"춘기(春氣) 불순(不順)하여 우연히 촉상(觸傷)함이거늘 괴이한 말을 하느뇨? 그대는 모로미 성상께 촉상한 병으로 아뢰라."

어의가 응낙고 돌아가 이대로 주(奏)하니라. 22

시시(是時)에 부인이 아자의 병이 상사함인 줄 듣고 크게 경악(驚愕)하여 차일 병소(病所)에 나와 승상의 손을 잡고 체읍(涕泣) 왈,

"종적을 알지 못하는 석씨를 사상(思相)하여 죽기에 이르니 노모가 살아 너의 죽음을 어찌 보리오? 차라리 바삐 죽어 보지 말고자 하노라."

승상이 경황하여 침금(寢衿)을 밀치고 일어나 앉아 위로 왈,

"해아(孩兒) 생세(生世) 십구 년에 이렇듯 불효를 끼치오니 하면목(何面目)으로 사류(士類)에 충수(充數)[115]하리잇고? 춘기(春氣) 불화(不和)하여 우연 촉상(觸傷)함이요, 진실로 석씨를 사모함이 아니오니 태태는 물념(勿念)하소서."

부인이 눈물을 거두고 왈,

"내 먼저 죽어 설움을 잊으리라."

승상이 모친의 과도히 상회(傷懷)[116]하심과 후일(後日)에 사처(四處)로 출유(出遊)하여 구색(求索)코자 하매 십분 관억(寬抑)하여 점점 차도(差度)

---

114) 편작(扁鵲): 중국 춘추시대의 명의. 종래 주술적인 치료방법으로부터 벗어나 경험 위주의 치료를 함.

115) 충수(充數): 일정한 숫자를 채움.

116) 상회(傷懷): 마음을 상함.

를 얻어 신기(身氣) 여상(如常)[117]하니 일가(一家)가 대희(大喜)하고, 진공이 처음은 상사로 의심하더니 쾌차(快差)하매 환희하여 중당에 돗을 열어[118] 경하(慶賀)한 후, 차후 승상이 국사(國事)를 다스리고 봉친(奉親) 여가(餘暇)에 제생과 더불어 아자를 희롱하여 서당에서 소일하고 병후에 설희당을 찾지 않으니 진공이 또한 권하지 아니하더라. 유씨 숙질은 원
23 입골수(怨入骨髓)[119]하여 장차 모책(謀策)을 도모(圖謀)하더라.

시시(是時)에 승상이 강잉(强仍)하여 신혼(晨昏)[120]을 폐치 않으나 오매(寤寐)에 한이 맺혀 심사(心思)가 울울(鬱鬱)하여 생각하되, '부중(府中)에 있으면 어느날 석씨의 소식을 들으리오? 천하에 주유하여 존망간(存亡間) 수색코자 하나 부모께 시봉(侍奉)할 사람이 없어 장차 주저하더니, 중서가 승상의 뜻을 알고 왈,

"현제(賢弟) 천하를 편답(遍踏)[121]코자 하면 빨리 행하라. 우형이 불민(不敏)하나 숙당 시봉은 현제를 대행(代行)하리라."

승상이 대희하여 칭사(稱謝)하고 수일 후 부전(父前)에 고왈,

"소자가 이제 천하에 오유(娛遊)하여 구주(九州) 승경(勝景)을 흉중(胸中)에 거두고자 하오니 수삭(數朔) 말미를 청하나이다."

공이 아자의 심사가 울억(鬱抑)함을 보고 허락하니, 승상이 사은(謝恩)하고 집에 돌아와 행리(行李)[122]를 다스려 백 냥 은자(銀子)를 낭중(囊中)에 장(藏)하고 정당(正堂)에 하직하니 공이 경계 왈,

"중병지여(重病之餘)에 기질(氣質)이 충실치 못하였으니 염려를 끼치지 말라."

승상이 재배(再拜) 수명(受命)하고 제형을 이별하고 공자를 나호여[123]

117) 여상(如常): 여느 때와 같음.
118) 돗을 열어: 자리를 마련하여.
119) 원입골수(怨入骨髓): 원한이 뼛속 깊숙이 사무침.
120) 신혼(晨昏): 혼정신성(昏定晨省). 아침 저녁으로 어버이의 안부를 살핌.
121) 편답(遍踏): 널리 돌아다님.
122) 행리(行李): 여행할 때 지니는 여러 가지 물건.
123) 나호여: 나오게 하여.

등을 어루만져 왈,

"내 수월(數月) 내에 돌아오리니 너는 존당(尊堂)을 모셔 좋이 있고, 유녀(柳女)가 음식을 주어도 먹지 말라." 24

공자가 눈물을 흘려 왈,

"모친도 수일 내에 돌아오마 하시더니 지금(至今) 오지 않았나니 야야는 속이지 말으소서."

승상이 초창(怊悵)하다가 유모(乳母) 정환을 불러 왈,

"어미[124] 충심을 깊이 믿나니 부중을 떠나지 말고 차아(此兒)를 극진히 보호하라. 타일에 각별 중상(重賞)하리라."

유모가 배사(拜謝) 수명(受命)하니, 또 장파(張婆)에게 아자 보호함을 재삼 당부하고 일필(一匹) 청려(靑驢)를 몰아 서동(書童) 표의(表衣)로 더불어 행하니라.[125]

선시(先時)에 석소저가 도월암에 감추었으니 연경[126] 만 리에 어안(魚雁)[127]이 돈절(頓絶)하고, 양가(兩家) 존당(尊堂)과 가군(家君)의 승패(勝敗)를 몰라 주주야야(晝晝夜夜)에 서역(西域)을 바라매 고원(故園)[128]이 안전(眼前)에 있고 꿈에 자주 부모 슬전(膝前)에 절하니, 화조월석(花朝月夕)에 사친지회(思親之懷)[129] 간절하여 옥장금심(玉腸金心)이 날로 소삭(消索)하니 설부빙골(雪膚氷骨)이 점점 초췌(憔悴)한지라. 쌍환 등이 민망하여 백단(百端)으로 위로 왈,

"천도(天道)의 순환지리(循環之理) 떳떳하니 하늘이 진상공과 부인을 내시고 어찌 평생을 매몰케 하시리오? 세월이 여류(如流)하나 얼마

124) 어미: 유모를 말함.

125) 서동(書童) 표의(表衣)로 더불어 행하니라: 활판본에는, '서동 일인을 데리고 표연히 떠나니라.'로 되어 있음.

126) 연경: 미상.

127) 어안(魚雁): 소식이나 편지글. 물고기나 기러기가 소식을 전하여 준다는 데에서 연유함.

128) 고원(故園): 고향.

129) 사친지회(思親之懷): 어버이를 생각하는 마음.

하여 악명(惡名)을 신설(伸雪)[130]하리잇고? 일시 설움으로써 과회(過懷)하여 옥안(玉顔)을 상해오지 말으소서."

소저가 미급답(未及答)에 대사(大師)가 위회(慰懷) 왈,

"부인은 부디 상심치 말고 소공자를 아름다이 길러, 길운(吉運)을 만나 영화로이 돌아가실 시절에는 도리어 오늘날 고초(苦楚)를 티끌에 던지고 빈승(貧僧)을 떠나심이 연연(戀戀)하여 하시리이다."

소저가 길이 탄식고 만사에 흥황(興況)[131]이 돈무(頓無)하나 또한 광음(光陰)이 빨리 가니, 산중벽처(山中僻處)에 고초 중이나 쌍개(雙個) 기린(麒麟)이 슬하(膝下)에 넘놀고 양개(兩個) 충의(忠義) 비자(婢子) 복시(伏侍)하니 자연(自然) 관심(寬心)[132]하나, 날이 진(盡)하고 달이 갈수록 부모의 교애(嬌愛)하시던 바를 느끼고 구고(舅姑)의 홍은(弘恩) 혜택(惠澤)이 생지부모(生之父母)나 다름이 없거늘, 유녀 숙질(叔姪)의 궁모곡계(窮謀曲計) 존구(尊舅) 대인(大人)의 일월지광(日月之光)을 현혹(眩惑)하며 자아(自兒)가 병들어 일조(一朝)에 참참(慘慘)한 누명을 쓰고 본부(本府)에 출거(黜去)[133]함을 면치 못하였거늘, 간인(奸人)의 독수(毒手)에 친측(親側)에 돌아감을 얻지 못하여 반로(返路)에서 무뢰(無賴) 악당(惡黨)에 활착(活捉)[134]한 바 되어 죽음이 벅벅하고[135] 생도(生道)를 바라지 못할 바이거늘, 활인(活人) 대자대비(大慈大悲) 채원 사부(師傅)의 구활지덕(救活之德)을 입어 모자(母子) 노주(奴主)가 산사(山寺) 야점(野店)에 고고(孤孤)한 자취를 부치매, 부모의 과상(過傷)하실 바를 슬퍼하고 백아의 혈혈무의(孑孑無依)[136]로 절계(節季) 바뀔수록 만첩비원(萬疊悲怨)이 첩첩(疊疊)하리

---

130) 신설(伸雪): 신원설치(伸冤雪恥). 가슴에 맺힌 원한을 풀어 버리고 창피스러운 일을 씻어 버림.
131) 흥황(興況): 흥미있는 상황.
132) 관심(寬心): 마음이 편해짐.
133) 출거(黜去): 쫓기어 물리침을 당함. 내쫓김.
134) 활착(活捉): 사로잡힘.
135) 벅벅하고: 확실하고. 틀림없고.
136) 혈혈무의(孑孑無依): 외로운 일신을 의지할 곳이 없음.

라 하여 주루(珠淚)가 화시(花顋)[137]에 마를 적이 없으니, 아침마다 불전(佛前)에 배례(拜禮)하고 저녁마다 천지(天地)께 암축(暗祝)[138]하여 쉬이 26
고향에 돌아가기를 원하니 간절한 정성이 신명(神命)을 감동할 듯하니 보는 자가 자닝히 여기고, 대사가 감동하여 위로(慰勞) 왈,

"부인은 부질없이 과회(過懷)치 말으소서. 미구(未久)에 고향 존문(存問)[139]이 이르리이다."

부인이 휘루(揮淚)[140] 비읍(悲泣) 왈,

"'생아자(生兒者)는 부모(父母)시요, 지아자(知我者)는 포자(鮑子)라.'[141] 하니 정히 사부(師傅)와 나를 이름이로다. 호구(虎口)에 잔명(殘命)을 건져 편한 당(堂)에 처하고 향기로운 산채(山菜)를 염(厭)[142]하게 하시니 이 은혜는 난망대은(難忘大恩)[143]이라. 연(然)이나 변경(邊境) 만 리에 도로(道路)가 요원(遼遠)하니 소식이 어찌 있으리오?"

채원 왈,

"자연 아시리니 심사(深思)를 관억(寬抑)하소서."

석씨 본디 채원의 말을 믿는 고로 강잉하여 스스로 소일(消日)하더라.

화설(話說). 진상국이 행하여 한 곳에 다다르니 산수(山水) 가려(佳麗)한지라. 헤아리되, '내 평생에 소상(蕭湘) 동정(洞庭)을 구경하고 악양루(岳陽樓)에 올라 고인(古人)의 유적(遺跡)을 찾고 멱라(汨羅)에 굴원(屈原)[144]을 조문(弔問)코자 하더니, 차시(此時)에 한기(寒氣) 습인(襲人)하여

---

137) 화시(花顋): 아름다운 뺨.
138) 암축(暗祝): 신에게 마음속으로 기원함.
139) 존문(存問): 존문(存問)은 수령이 그 지방 인사를 찾아보는 일이나, 여기서는 소식의 의미로 썼음.
140) 휘루(揮淚): 눈물을 흘림.
141) 생아자(生兒者)는 부모(父母)시요, 지아자(知我者)는 포자(鮑子)라: 나를 낳은 사람은 부모요, 나를 알아준 사람은 포숙아라. 중국 춘추시대 제(齊)나라의 재상 관중(管仲)이 한 말로, 포숙아(鮑叔兒)와의 우정으로 잘 알려져 있음.
142) 염(厭): 실컷 물리도록 먹음.
143) 난망대은(難忘大恩): 잊기 어려운 큰 은혜.
144) 굴원(屈原): 중국 전국 시대 초나라의 정치가. 시인. 이름은 평(平), 원(原)은

삼춘(三春)의 온화(溫和)함이 없으니 어이하리오? 그러나 두루 돌아 명산(名山) 추경(秋景)을 완상(玩賞)하며 옥인(玉人)의 자취를 찾으리라.' 주의(主意)를 정하고 청려(青驢)를 채쳐 협순(挾旬)[145] 후 비로소 촉(蜀)에 이
27 르니 차시는 구추(九秋) 상한(上澣)이라. 거친 언덕에 잡초는 무성하고 잔완(潺緩)한 시내에 맑은 물이 둘렀더라. 승상이 검각(劍閣)[146]을 넘어 잔도(棧道)[147]에 이르러 장량(張良)[148]의 유적(遺跡)을 조문(弔文)하고, 아미산(蛾眉山)에 올라 소자첨(蘇子瞻)[149]의 글귀를 음영(吟詠)하며 시흥(詩興)이 도도(滔滔)하여 칠언절구(七言絶句)를 지어 읊으며 점점 들어가니, 한 뫼가 있으되 주회(周廻) 천 여 리(里)요, 높기 만 여 장(丈)이라. 기이한 금수(禽獸) 왕래(往來)하니 승상이 경물(景物)을 탐(貪)하여 청려를 몰아 산상(山上)에 오르니 초목(草木)이 무성하여 아무 데로 갈 줄 몰라 인가(人家)를 얻지 못하고 지명(地名)을 물을 길이 없으며, 한 영(嶺)을 넘어가니 산수(山水)가 명려(明麗)하고 층암절벽(層巖絶壁)이 옥을 무은 듯[150] 경개(景槪) 절승(絶勝)한지라. 일신(一身)이 표표(漂漂)하여 인간 만사를 잊고 물색(物色)을 사랑하여 점점 깊이 들어가니 백화(百花) 만발하여 떨어진 꽃이 땅에 가득하여 사람의 자취 없는지라. 미풍(微風)이 서래(徐來)하고 향기 습인(襲人)하니 촉처(觸處)에 경물(景物)이 보암즉한지라. 승상이 시를 외우며 날이 늦음을 깨닫지 못하고 두루 배회하더니 문득 홍일(紅日)이 함지(咸池)[151]에 들고 명월(明月)이 동령(東嶺)에 오르니 만첩(萬

자(字). 모함을 입어 자신의 뜻을 펴지 못하다가 마침내 물에 빠져 죽었음.

145) 협순(挾旬): 열흘.

146) 검각(劍閣): 장안(長安)에서 촉(蜀)으로 가는 길에 있는 대검(大劍)과 소검(小劍)의 두 요해(要害).

147) 잔도(棧道): 검각의 험한 길에 다리를 놓듯이 하여 낸 길.

148) 장량(張良): 중국 초한(楚漢)시대의 한나라 공신. 유방(劉邦)을 섬겨 통일에 공을 세움.

149) 소자첨(蘇子瞻): 중국 송(宋)나라의 시인 소동파(蘇東坡).

150) 무은 듯: 쌓은 듯. 만든 듯.

151) 함지(咸池): 해가 진다는 곳.

疊) 산중(山中)에 월광(月光)이 조요(照耀)한지라. 승상이 마침내 인가를
얻지 못하고 차야를 산중에서 지낼새, 찬 서리에 수의(繡衣) 젖으니 때 28
정히 삼경(三更)이라. 홍안(鴻雁)[152]은 남으로 가느라 슬피 울고 시랑(豺
狼)[153]은 웅장한 소리를 파람하니[154] 한 점 졸음이 없는지라. 종야(終夜)
토록 풍월을 읊으며 제요가(帝堯歌)를 외워 밤이 새고 명일(明日)에 다시
유완(遊玩)[155]할새, 먹던 미시[156] 다 끊어져 심히 허핍(虛乏)한지라. 홍일
이 부상(扶桑)[157]에 오를 때에 청려를 몰아 점점 깊이 들어가 한 곳에 다
다라서는 큰 바위 있으되 백옥(白玉)을 깍은 듯 촉금(蜀錦)[158]을 묶은 듯
하고, 그 곁에 큰 비(碑)를 세우고 여섯 자(字)를 썼으되, '미국산 도월암'
이라 하였더라. 눈을 들어 첨망(瞻望)하니 일좌(一座) 암자(庵子)가 은은
히 뵈거늘, 승상이 본대 불도(佛道)를 배척하는지라 어찌 암자에 나가리
오마는, 상사(相思)하던 숙녀와 양개(兩個) 아자(兒子)를 일각지내(一刻之
內)에 상봉(相逢)하리니 차시(此時)를 어이 공송(空送)[159]하며 겸하여 기
갈(飢渴)이 심한지라. 이에 암자로 나가니라.

차시에 채원이 진승상이 찾아옴을 짐작하고 제자더러 왈,

"금일 오시(午時)에 진승상이 오리니 모로미 재(齋)를 준비하라."

하니, 제인(諸人)이 믿지 않으나 응낙하고 서로 이르되,

"이 궁벽(窮僻)한 곳에 어떤 객이 오리오?"

하더니, 과연 오시(午時)는 하여 문 두드리는 소리 나거늘, 나아가 보니 옥
모영풍(玉貌英風)이 동인[160]한 일개 서생(書生)이라. 경아(驚訝)[161] 문왈, 29

152) 홍안(鴻雁): 큰 기러기와 작은 기러기.
153) 시랑(豺狼): 승냥이와 이리.
154) 파람하니: 휘파람 부니.
155) 유완(遊玩): 즐겁게 노닒.
156) 미시: 미숫가루.
157) 부상(扶桑): 해가 뜨는 곳.
158) 촉금(蜀錦): 촉나라에서 나는 질 좋은 채색 비단.
159) 공송(空送): 허송(虛送).
160) 동인: 미상.

"어떤 존객(尊客)이 누지(陋地)에 임하시뇨?"

승상 왈,

"우연히 길을 잃었으니 일야(一夜) 지내기를 아끼지 말라."

기승(其僧)이 승상을 인도하여 객실로 청하여 앉히고 흔연(欣然) 관대(款待)[162]하니 승상이 동자로 행리(行李)를 방중(房中)에 들이고 쉬더니, 차시 채원이 진승상 왔음을 알고 연망(延忙)히 초당(草堂)을 소쇄(掃灑)한 후 포진(鋪陳)[163]을 베풀고 친히 객실에 나와 승상을 볼새, 멀리 바라보니 월중추월(月中秋月)이요, 백옥안모(白玉顔貌)에 단순호치(丹脣皓齒)요, 일쌍봉안(一雙鳳眼)[164]에 강산수기(江山秀氣)를 거두었으니, 신장(身長)이 팔척 오촌이요, 양비과슬(兩臂過膝)[165]하니 짐짓 대군자(大君子)의 상모(狀貌)요, 당당한 군왕지상(君王之相)이라. 세요(細腰)에 광대(廣帶)를 두르고 두상(頭上)에 오색(五色) 비취관(翡翠冠)을 삽(插)하고 옥수(玉手)에 선자(扇子)를 들었으니, 주유(周瑜)[166] · 반악(潘岳)[167]이 환생(幻生)치 않았으면 진평(陳平)[168] · 농옥(弄玉)[169]이 다시 돌아옴이라. 채원이 일견(一見) 첨시(瞻視)에 정신이 어린 듯하다가 교구[170] 대찬(大讚) 왈,

"차인(此人)이 짐짓 만인지상(萬人之上)이요, 일인지하(一人之下)리니 가히 천승지주(千乘之主)[171]가 되리라."

---

161) 경아(驚訝): 놀라고 의아함.

162) 관대(款待): 정성껏 대접함.

163) 포진(鋪陳): 바닥에 깔아 놓는 자리.

164) 일쌍봉안(一雙鳳眼): 한 쌍의 봉안. 봉안은 봉의 눈같이 가늘고 길며 눈초리가 위로 째지고 붉은 기운이 있는 눈. 관상에서 귀한 상(相)으로 여김.

165) 양비과슬(兩臂過膝): 두 팔이 무릎 아래로 내려오는 것으로 귀한 신상(身相)으로 여김.

166) 주유(周瑜): 중국 오(吳)나라 무장(武將). 주랑(周郞).

167) 반악(潘岳): 중국 진(晋)나라 사람으로 문장과 풍채가 뛰어났음.

168) 진평(陳平): 중국 한(漢)나라 공신으로 유방(劉邦)을 도와 통일에 공을 세웠음.

169) 농옥(弄玉): 중국 춘추시대(春秋時代) 진(秦) 목공(穆公)의 딸. 퉁소를 잘 불었으며 뒷날 봉(鳳)을 타고 하늘로 올라갔다고 함.

170) 교구: 미상.

하여 불승경복(不勝敬服)[172]하여 합장(合掌)하고 만복(萬福)을 일컬으니
승상이, 투목(偸目)[173]으로 보니 창안학발(蒼顔鶴髮)[174]이 극히 비상(非
常)한지라. 승상이 생각하되, '내 평일(平日)에 산중(山中) 이고(尼姑)[175]는
괴물로 알았더니 금일 이 곳에 와 평생 집심(執心)[176]을 헐어 버렸도다. 30
제 이미 주인이니 객례(客禮)를 차림이 옳다.' 하고 왈,

"나는 지나가는 유객(遊客)이어늘 이렇듯 관대(款待)하니 다사(多謝)하여라."

채원이 고두(叩頭)하고 찬품(饌品)을 올리니 유아(幽雅)[177] 정결(淨潔)한지라. 먹기를 다하매 상을 물리고 다시 합장(合掌) 왈,

"객실이 누추하오니 서녘 초당(草堂)이 정결하온지라. 그리로 가시어 밤을 지내소서."

승상이 저의 은근 위곡(委曲)[178]함을 보고 또한 강잉(强仍)하여 한 설(說)을 아니하고 저의 인도(引導)함을 좇아 따라 이르니, 과연 처음 객당(客堂)과 같지 않아 심히 정쇄(精灑)하더라. 승상이 좌정(坐定) 후 오래지 않아 일모서잠(日暮西岑)[179]하고 월출동령(月出東嶺)[180]하니 채원이 제자를 분부하여, '승상께 사후(伺候)[181]하라.' 하고 방장(方丈)[182]에 물러가다.

차시(此時)에 승상이 이친(離親)한 지 일 삭(朔)이라. 사친지회(事親之懷) 간절(懇切)하여 계전(階前)에 배회(徘徊)할새 월광(月光)이 조요(照耀)

---

171) 천승지주(千乘之主): 천대의 수레를 갖고 있는 나라의 주인. 큰 제후를 말함.
172) 불승경복(不勝敬服): 경탄하고 감복함을 이기지 못함. 감탄해 마지않음.
173) 투목(偸目): 곁눈질.
174) 창안학발(蒼顔鶴髮): 여윈 얼굴과 흰 머리칼.
175) 이고(尼姑): 비구니.
176) 집심(執心): 평소에 굳게 가지고 있던 마음.
177) 유아(幽雅): 그윽하고 우아함.
178) 위곡(委曲): 자상함.
179) 일모서잠(日暮西岑): 해가 서쪽 봉우리로 저묾.
180) 월출동령(月出東嶺): 달이 동쪽 봉우리에서 뜸.
181) 사후(伺候): 웃어른의 분부를 기다리는 일.
182) 방장(方丈): 높은 스님들이 거처하는 장소.

하고 추풍(秋風)이 삽삽(颯颯)[183]하니 심히 초창(怊悵)하더니, 문득 바람
결에 봉(鳳)이 단산(丹山)에 울고 학(鶴)이 구소(九霄)에 부르짖는 듯한 글
소리 들리거늘, 승상이 경혹(驚惑)[184]하여 헤아리되, '이 심야(深夜)에 하
등지인(何等之人)이온대 이렇듯 독서하느뇨? 아지 못게라, 은거(隱居)한
31 명인(名人)이로다.' 하고 산보(散步)하며 귀를 기울여 들으니 석벽(石壁)
사이로 좇아 나거늘, 찾아가 가만히 창틈으로 좇아 엿보니 병장(屛帳)[185]
이 중중(重重)한데 촉하(燭下)에 일위(一位) 미인(美人)이 열녀전(列女傳)
을 보는 중에 뒤에 두 낱 여동(女童)이 황금 향로(香爐)에 백설향(白雪香)
을 피우며 두 낱 해아(孩兒)가 나금(羅衾)[186]에 싸이어 자거늘, 심중(心中)
에 의아하여 생각하되, '이 깊은 산중에 어떤 여자가 있는고?' 하고 다시
살펴보니, 그 여자의 색태(色態) 조요(照耀)하여 사벽(四壁)에 쏘이니 백
태천광(百態千光)이 촉하(燭下)에 바애고 미목(眉目)이 현황(炫恍)[187]하니
진실로 만고(萬古) 절염(絶艶)이라. 보기를 다하매 어찌 깨닫지 못하리오?
이 문득 백년원개[188]요, 평생상사(平生相思)하던 석부인이라. 기쁜 넋이
구천(九天)[189]에 날며 반가운 정을 진정치 못하다가 인하여 다시 창틈으
로 엿보니, 석부인이 양개(兩個) 시비(侍婢)를 데리고 심회(心懷)를 이르
며 일영삼탄(一詠三歎)에 옥루(玉淚) 방방(滂滂)[190]하니 매화(梅花)가 설
풍(雪風)을 만난 듯 사람으로 하여금 간장(肝腸)을 사르지라. 심하(心下)
에 아끼며 다시 보니, 쌍환이 위로 왈,

"천의(天意) 어찌 일편(一偏)되이 부인께 혹벌(酷罰)을 내리오시리잇고?

---

183) 삽삽(颯颯): 휙휙 부는 바람소리.
184) 경혹(驚惑): 놀라고 의혹함.
185) 병장(屛帳): 병풍과 휘장.
186) 나금(羅衾): 비단 이불.
187) 현황(炫恍): 빛나고 황홀함.
188) 백년원개: 미상. 아내를 평생의 현명한 사람이라는 의미로 쓴 백년원개(百年元愷)로 보임.
189) 구천(九天): 가장 높은 하늘.
190) 방방(滂滂): 눈물이 퍼붓듯이 흐르는 모양.

반드시 길시(吉時)를 만나리니 부인은 성려(盛慮)를 허비치 말으소서."

석씨 묵묵무언(默默無言)이어늘, 승상이 부인의 낭언(朗言)을 들으니 은애(恩愛) 유출(流出)하더라.

세(歲) 을묘(乙卯) 이월일 향목동 서(書)

수저옥란빙 권지육

1 화설. 석부인이 쌍환의 위로하는 말을 듣고 묵묵무언(默默無言)이거늘, 승상이 부인의 낭음(朗音)을 들으니 구름 같은 정이 샘솟듯 하니 장부(丈夫)의 심장이 요동(搖動)하는지라. 다시 생각하매, '저의 언사(言事)와 거동(擧動)이 애매함이 분명하고 평일(平日) 행사(行事)를 추이하건대 이런 일이 만무(萬無)한지라. 이 반드시 유녀(柳女) 간인(奸人)의 작얼(作孼)[1]이니 간모(奸謀)[2] 미구(未久)에 발각할지니 어찌 저를 보고 함구무언(緘口無言)[3]하리오? 한 번 대하여 연유(緣由)를 물은 후 쾌히 데려가리라.' 하고 정히 개호입실(開戶入室)코자 하다가 또 헤아리되, '제 평시(平時)에 심지(心志) 견강(堅强)한지라. 야반(夜半)에 통치 아니코 들어가면 반드시 복종하지 않으리니 내 거문고 일 곡을 타 심회(心懷)를 고하리라.' 하고 방중(房中)에 돌아와 보니 동자(童子)가 익히 잠들었는지라. 이에 거문고를 취하여 자기 심회를 부쳐 일 곡을 타니 소리가 청아(淸雅) 쇄락(灑落)[4]한지라. 차시(此時)에 석씨가 양개(兩個) 시아(侍兒)로 더불어 정히 심사를 위로하더니 문득 거문고 소리 들리거늘, 쌍비(雙婢) 대경(大驚)하여 서로 이르되,

"어떤 사람이 심산(深山) 반야(半夜)에 거문고를 타는고?"

---

1) 작얼(作孼): 훼방을 놓음.
2) 간모(奸謀): 간사한 꾀.
3) 함구무언(緘口無言): 입을 봉하고 말하지 않음.
4) 쇄락(灑落): 맑고 깨끗하여 상쾌함.

석씨 역경(亦驚)하여 귀를 기울여 들으니 곡조에 하였으되, 2

소주인 진숙문은 참정공(參政公)의 천금(千金) 일자(一子)로 십사에 석예부(石禮部)의 천금 여서(女壻) 되매 형포(荊布)[5]의 성덕(聖德)과 사행(事行)이 임사(妊姒)[6]의 덕을 따르지 못하나 임하[7]의 풍(風)은 흡연(恰然)[8]하더니, 성혼(成婚) 사오 재(載)에 삼아(三兒)를 연생(連生)하고 복록(福祿)이 무궁할까 하였더니, 오호(嗚呼)라! 시운(時運)이 부제(不齊)하고 명도(命途) 다천(多舛)[9]함이냐? 복(僕)[10]이 외국에 정벌하고 돌아온즉 부인의 그림자가 묘연(杳然)한지라. 백아의 사모하는 형상은 눈으로 차마 볼 수 없고 또한 동태(同胎) 쌍아(雙兒)의 종적(蹤迹)이 없으니 흉격(胸膈)이 엄색(掩塞)[11]한지라. 심회(心懷) 울울(鬱鬱)하기로 두루 유산(遊山)하다가 금일 차야(此夜)에 이르러 옥인(玉人)과 쌍아를 보리로다. 두어라, 세상만사(世上萬事) 천정(天定)[12]이요, 비인력소치(非人力所致)[13]로다.

하였더라.

석씨 듣기를 다하매 천만몽매(千萬夢寐)에도 생각지 않은 바라. 골경심해(骨驚心駭)[14]하여 가만히 생각하되, '이 반드시 진군(陳君)이라. 내 종자기(鍾子期)[15] 아니로되 뉘 백아(伯牙)의 소임(所任)을 하느뇨?' 차경

5) 형포(荊布): 자기 아내를 남에게 낮추어 일컫는 말.
6) 임사(妊姒): 중국 주나라 문왕의 후비(后妃)인 태임(太妊)과 태사(太姒).
7) 임하: 미상.
8) 흡연(恰然): 마치 꼭 그러한 것 같음.
9) 다천(多舛): 마구 어그러짐.
10) 복(僕): 자기의 겸칭.
11) 엄색(掩塞): 가리고 막힘.
12) 천정(天定): 하늘이 정하신 바.
13) 비인력소치(非人力所致): 사람의 힘이 미칠 바가 아님.
14) 골경심해(骨驚心駭): 마음과 뼈가 놀란다는 뜻으로 매우 놀란 모양.
15) 종자기(鍾子期): 춘추시대 초(楚)나라 사람. 그가 죽은 후 거문고의 명수인 백아(伯牙)는 자기의 거문고 소리를 알아주던 사람인 종자기의 죽음을 한탄하고 다시는 거문고를 타지 않았음.

차희(且驚且喜)하더니 문득 지게[16] 열리거늘 눈을 들어보니 일위(一位)
소년(少年)이라. 양(兩) 시아(侍兒)가 대경(大驚)하여 보니 이 곧 저의 주
군(主君)이라. 승상이 날호여[17] 읍(揖)하니 석씨 답례하거늘 승상이 흉격
3 (胸膈)이 막혀 양구무언(良久無言)이어늘, 석씨 의외에 승상을 보매 원한
(怨恨)이 심규(心竅)[18]에 가득하여 헤아리되, '내 구가(舅家)의 버린 사람
이어늘 제 나와 더불어 수작(酬酌)코자 하니 이는 부모를 생각지 않고 부
부지정(夫婦之情)만 유념(留念)함이라. 내 만일 저로 더불어 담화(談話)를
여상(如常)[19]히 하면 필연 돌아가지 않으리니 내 어찌 장부(丈夫)를 그른
곳에 인도하리오?' 중심(中心)에 한 번 정하매 설상한매(雪上寒梅)[20] 같
으니, 승상이 일견(一見) 첨시(瞻視)[21]하매 옥골운빈(玉骨雲鬢)[22]이 예와
같지 않아 더욱 씩씩 쇄락(灑落)하거늘, 천만(千萬) 은애(恩愛) 유동(流動)
하나 저의 기색을 스치고 강잉(强仍)하여 왈,

"별후(別後) 삼재(三載)에 부인 방신(芳身)이 무양(無恙)[23]하냐?"

소저가 묵연부답(默然不答)이어늘, 승상이 안색(顔色)을 엄정(嚴整)히 하고 말씀을 펴 가로대,

"학생(學生)이 국사(國事)로 나간 사이에 가내(家內) 비록 어지러우나 부인이 오가(吾家)를 배반하고 심산(深山)에 깊이 들어 구가(舅家)를 아주 끊으려 하느냐? 생이 부인을 축출(逐出)한 바 아니어늘 한을 머금어 접어(接語)를 않으려 하니 생이 부인에게 어린[24] 남자가 되었도다."

소저가 또한 목인(木人) 같으여 추파(秋波)를 나직이 하여 청이불문(聽

---

16) 지게: 지게문.
17) 날호여: 천천히.
18) 심규(心竅): 마음 속.
19) 여상(如常): 평소와 같이.
20) 설상한매(雪上寒梅): 눈 속에서 핀 매화.
21) 첨시(瞻視): 쳐다 봄. 우러러 봄.
22) 옥골운빈(玉骨雲鬢): 옥 같은 골격과 구름 같은 머리채. 곧 반듯하고 고운 모양.
23) 무양(無恙): 아무 탈이 없음.
24) 어린: 어리석은.

而不聞)[25]하니, 승상이 언어로 저를 요동치 못할 줄 알고 이에 쌍환을 부르니 환이 나와 고두(叩頭)하거늘, 승상이 왈, 4

"너는 식견(識見)이 망매(茫昧)[26]치 않은 사람이니 여주(汝主)의 탈신(脫身)하여 이곳에 무사히 머무는 일과 내 만 리 전진(戰陣)에 갔다가 격년(隔年)하여 돌아와 이곳에서 신기하게 만났거늘, 여주가 하고(何故)로 언어(言語)를 불통(不通)하니 무슨 주의(主意)인지 자세히 일러 나의 의심을 덜게 하라."

환이 고두 왈,

"천비(賤婢) 어찌 주모(主母)의 존의(尊意)[27]를 알리잇고마는, 소저의 이 곳 유(留)하심은 무망(無望) 중 환란(患亂)을 당하와 본부로 가시다가 중로(中路)에 적환(賊患)을 만나 위태하옵더니 주인 대사(大師)의 신통으로 구함이오, 지어(至於) 주모(主母)가 산중(山中) 외로운 몸으로 주군(主君)을 만나 뵈오니 이런 다행이 없으되 다만 귀택(貴宅)에 득죄(得罪)함이 등한(等閒)치 않은지라. 이러므로 안연(晏然)[28]히 대면하기를 부끄리심이요, 다른 연고(緣故)가 아닌가 하나이다."

언파(言罷)에 오열(嗚咽)하다가 다시 말을 못하거늘, 승상이 심리(心裏)에 참연(慘然)[29]하여 화평(和平)한 언어로 다시 이르되,

"네 모로미 부인께 고하라. 학생이 이리 옴은 전혀 부인을 찾고자 함이어늘 여주(汝主)가 석한(昔恨)을 혐의하여 언어를 불통(不通)하려 하느냐? 환란을 당할 때에 생이 보지 못한 바요, 노야(老爺)가 처치하심이어늘 너의 주인이 존구(尊舅)의 박절(迫切)함을 원(怨)함이냐? 자세한 말을 들어 여주가 오가(吾家)를 원하여 아주 거절하려 하면 내 지금 5
으로 양아(兩兒)를 품어 돌아가리라."

---

25) 청이불문(聽而不聞): 듣고도 자못 듣지 못한 체함.
26) 망매(茫昧): 아득하고 어두움.
27) 존의(尊意): 높은 의견이나 생각.
28) 안연(晏然): 편안하고 태평스러움.
29) 참연(慘然): 애처롭고 슬픔.

언파(言罷)에 기위(其威) 엄절(嚴截)[30]하니, 환이 황공하여 부인께 고왈,

"부인이 어찌 주군을 보시나 일언(一言)을 부답(不答)하여 부도(婦道)를 잃으시니잇가?"

소저가 정색 왈,

"평일에 너를 지식이 있는가 하였더니 어찌 이렇듯 암매(暗昧)[31]하뇨? 내 평생에 사모하는 바는 임사(姙姒)의 덕을 효칙(效則)고자 함이어늘, 뉘 도리어 만고에 없는 허무한 누명을 실어 세상에 용납지 못할 몸이 되어 구가(舅家)에 출부(黜婦)한 몸으로 심산궁곡(深山窮谷)에 숨었거늘, 이제 궁극(窮極)히 찾아와 신근(辛勤)히 담화코자 하니 내 유무죄간(有無罪間) 누(陋)한 몸이라. 무엇을 빙거(憑據)[32]하여 어지러이 발명(發明)하며 다사(多事)히 다투리오?"

환이 고두(叩頭) 왈,

"부인 존언(尊言)이 의리에 마땅하시나 사정이 매몰하시니 소비(小婢) 해비(該備)히[33] 말씀하리이다. 부부 은정(恩情)은 인력(人力)으로 못하옵나니 유씨 상공(相公)의 박대(薄待)를 받음은 도시(都是)[34] 자기 팔자니 어찌 이로 말미암아 부인을 해하리잇고? 유씨는 본디 교악지인(狡惡之人)[35]이니 상공이 후대(厚待)하실수록 더욱 부인을 해(害)코자 하리니 과거사를 도시(都是) 개회(改悔)하실 바 아니요, 지금에 상공이
6 천금지구(千金之軀)로써 불원천리(不遠千里)[36]하고 이르러 계시거늘 부인이 일언(一言)을 불개(不開)하시니 소비(小婢) 그윽이 불취(不取)[37]하나이다."

---

30) 엄절(嚴截): 엄하고 절도가 있으며 정제됨.
31) 암매(暗昧): 사리에 어둡고 어리석음.
32) 빙거(憑據): 전거로 삼음.
33) 해비(該備)히: 잘 갖추어서.
34) 도시(都是): 모두 다.
35) 교악지인(狡惡之人): 교활하고 사악한 사람.
36) 불원천리(不遠千里): 천리 길도 멀다고 여기지 않음.
37) 불취(不取): 취하여 갖지 아니함.

소저가 노왈,

"내 비록 존구(尊舅)께 용납지 못할 죄인이 되었으나 양가(兩家) 부모(父母)가 주혼(主婚)하시고 육례(六禮)[38] 백량(百輛)으로 우귀(于歸)한[39] 정실(正室)이거늘, 생사를 모르고 처자를 심산벽처(深山僻處)[40]에서 만났으니 이는 천우신조(天佑神助)[41]한 일이니, 군자가 경상(卿相)의 존(尊)함으로써 어찌 음률(音律)을 가져 희롱하리오? 내 비록 불민(不敏)하나 군자의 구구한 정에 흔열(欣悅)하는 녹록(碌碌)한 아녀자의 행실은 취치 않으리니, 너는 이대로 고하고 다시 번거히 굴지 말라."

환이 이대로 고하니, 승상이 청파에 이에 손사(遜辭)[42] 왈,

"복(僕)[43]이 십사에 부인과 더불어 항려지의(伉儷之義)[44]를 맺으매 동년동주(同年同住)[45]하고 사즉동혈(死則同穴)[46]함을 맹세하였더니, 호사다마(好事多魔)하여 유녀(柳女)를 취하니 이 곧 부인 신상(身上) 마장(魔障)[47]이라. 내 구태여 은애를 편벽(偏僻)고자 함이 아니라 유녀의 행사를 더럽게 여겨 거절함이러니, 복이 출정(出征)한 사이에 의외 환란을 만나 부인의 거처를 모르니 생이 주유사해(周遊四海)하여 부부단합(夫婦團合)하고 부자상면(父子上面)코자 함이어늘, 내 일시 음률을
희롱하여 부부가 반기고자 함이 실례는 되었으나 부인이 어찌 냉안(冷 7

38) 육례(六禮): 혼인의 여섯 가지 예법. 납채(納采), 문명(問名), 납길(納吉), 납폐(納幣), 청기(請期), 친영(親迎)을 이름.

39) 백량(百輛)으로 우귀(于歸)한: 백량우귀(百輛于歸). 높은 신분의 여성이 역시 높은 집안으로 시집감에 보내고 맞이함을 모두 백 대의 수레로 함. 정식 혼인을 말함.

40) 심산벽처(深山僻處): 깊은 산중의 궁벽한 곳.

41) 천우신조(天佑神助): 하늘이 돕고 귀신이 도움.

42) 손사(遜辭): 겸손하게 사양함.

43) 복(僕): 자기의 겸칭.

44) 항려지의(伉儷之義): 부부의 의.

45) 동년동주(同年同住): 같은 해 동안 함께 삶.

46) 사즉동혈(死則同穴): 죽어서 같은 무덤에 들어감.

47) 마장(魔障): 뜻밖의 방해나 헤살.

眼) 멸대(蔑待)하여 가부(家夫)를 괄대(恝待)하느뇨? 만일 이곳에 길이 있고자 아니커든 여필종부(女必從夫)[48]를 생각하여 쾌히 입을 열어 생의 마음을 시원케 하라."

부인이 종시(終時) 부답(不答)하더니, 이러구러 동방(東方)이 기백(旣白)하매 양아(兩兒)가 바야흐로 잠을 깨어 모친을 부르거늘, 승상이 아자의 소리를 들으매 불승흔희(不勝欣喜)[49]하여 연망(延忙)히 나아가 접면교이(接面交頤)[50]하여 탐탐(耽耽)[51]히 사랑하니, 그 작인(作人)[52]을 보건대 곤산(崑山)의 미옥(美玉)이요, 여수(麗水)의 황금(黃金)이라. 그 사이 장성수미(長成秀美)[53]하여 춘화(春花) 같은 용모와 추수(秋水) 같은 풍채 백현과 다름이 없는지라. 흔연(欣然) 쾌락(快樂)하고 희허탄식(噫噓歎息)하되, '부친이 저같은 기질을 사사(賜死)[54]하려 하시던고?' 하여 심혼(心魂)이 요요(寥寥)[55]한지라. 슬상(膝上)에 앉히고 부인을 향하여 왈,

"양야를 보호하여 아비 낮을 다시 보게 함은 다 부인의 공이라. 사례할 바를 알지 못할소이다."

소저가 또한 못 듣는 듯하더니 이윽고 조반을 드리거늘, 승상이 흔연히 상(床)을 내오고 부인을 향하여 웃어 왈,

"수 년을 상리(相離)하였다가 지금 모이매 천고(千古)의 승사(勝事)라. 마땅히 식반(食盤)을 하저(下箸)[56]하소서."

8 소저가 정색(正色) 단좌(端坐)하여 일언(一言)을 불개(不開)하니 승상이 백단(百端)으로 설화(說話)하나 능히 저를 요동치 못하니 자못 불호(不好)

48) 여필종부(女必從夫): 여자는 반드시 남편을 따르게 되어 있음.
49) 불승흔희(不勝欣喜): 기쁨을 이기지 못함.
50) 접면교이(接面交頤): 얼굴을 마주보고 턱을 맞댐.
51) 탐탐(耽耽): 기쁨을 누리는 모습. 즐거워하는 모습.
52) 작인(作人): 사람의 됨됨이.
53) 장성수미(長成秀美): 수려한 용모를 갖춘 모습으로 자라남.
54) 사사(賜死): 여기서는 죽인다는 의미로 썼음.
55) 요요(寥寥): 쓸쓸하여 텅 빈 듯함.
56) 하저(下箸): 젓가락을 댄다는 뜻으로 음식을 먹음을 이르는 말.

할지라. 간절한 회포(懷抱)가 석목(石木)도 동(動)할 것이로되 소저는 마침내 목인(木人) 같아 밤인즉 각침(各寢)에서 자고 낮인즉 멀리 좌(坐)하여 상경여빈(相敬如賓)[57]하는지라. 일일은 승상이 정색(正色) 왈,

"그대 일찍 고서(古書)를 박람(博覽)하여 지아비 공경하는 예를 거의 알려든, 이제 생이 몸이 잇븜을[58] 헤지 않아 천신만고(千辛萬苦)하여 도로(道路) 풍상(風霜)을 배불리 겪고 천리(千里)를 발섭(跋涉)하여 이에 이르렀거늘, 조금도 감사함이 없고 도리어 이렇듯 박절(薄絶)히 대접하니 무슨 주의(主意)뇨? 내 비록 불효(不孝) 될지라도 그대와 더불어 이곳에 한가지로 있어 세사(世事)를 사절(謝絶)하리라."

소저가 생각하되, '제 온 지 수일이 되되 돌아갈 의사(意思)가 삭연[59]하니 이는 제 고집을 세우고자 함이니 만일 지류(遲留)[60]하면 더욱 불평하리라.' 의사가 이에 미치매 부득이 한 번 설화를 펴고자 하여 반향(半晌)을 침음(沈吟)하다가 아미(蛾眉)를 숙이고 염슬(斂膝) 대왈,

"그 사이 구고(舅姑) 성체(聖體) 안강(安康)하시고 또한 친당(親堂) 소식을 알고자 하나이다."

드디어 아자(兒子)의 존망(存亡)을 물으니, 승상이 일가(一家) 평부(平
否)를 전하고 처음으로 소저의 성음(聲音)을 들으매 희출망외(喜出望外) 9
라. 안모(顏貌)에 화기(和氣) 무르녹으니 소저가 정색 고왈,

"첩수불혜(妾雖不慧)나 엄친(嚴親) 교훈을 듣잡고 성현서(聖賢書)를 읽었나니, 일찍 열부(烈婦)의 높은 절(節)과 백희(伯姬)[61]의 고집을 바라지 못하나 또한 부창부수(夫唱婦隨)하는 도리를 배워 효봉구고(孝奉舅姑)[62]와 승순군자(承順君子)[63]를 게을리 않을까 하더니, 첩의 인사

57) 상경여빈(相敬如賓): 마치 손님처럼 서로 공경함.
58) 잇브다: 가쁘다. 힘들다.
59) 삭연: 미상. 망연(茫然)의 의미.
60) 지류(遲留): 오랫동안 머무름.
61) 백희(伯姬): 여성으로서 도리를 지킨 일로 유명한 사람.
62) 효봉구고(孝奉舅姑): 시부모를 효성으로 모시는 일.
63) 승순군자(承順君子): 남편을 받들어 순종하는 일.

불민(不敏)하여 구고께 득죄(得罪)함이 천고에 없는 경계(境界)라. 비록 죽고자 하나 일단 사정(私情)에 거리낀 것은 완천(頑喘)[64]을 부지하여 부모의 낯을 다시 보고자 하여 괴로이 투생(偸生)하였거니와, 상공은 백행(百行)을 수신(修身)하는 군자라. 부모가 내친 처자를 궁극히 찾으니 실로 불가한지라. 바삐 돌아가시어 불효를 더하지 말으소서."

설파(說罷)에 단엄 정숙한지라. 승상이 비록 천지를 재작(裁作)하는 도량이나 어찌 참괴(慙愧)치 않으리오? 묵연양구(默然良久)에 미소 왈,

"부인의 말씀을 들으니 생의 심사가 자못 상쾌한지라. 연이나 부인이 생을 머무르고자 하나 내 또한 머물지 않으려니와 어찌 이토록 구박함을 급히 하느뇨? 옛사람은 가부(家夫)를 바라매 망부석(望夫石)이 되었으니 그대 어찌 모르리오? 이는 우리 대인(大人)을 역정(逆情)하여 생에게 한을 풀려 함이로다."

소저가 청파에 어이없어 정색 왈,

"군자의 말씀이 억설(臆說)이시니 다만 명일(明日) 돌아가심을 바라나이다. 첩수불혜(妾雖不慧)나 어찌 망부석의 구함을 행하리잇고?"

언파에 기색이 냉담하니 소진(蘇秦)[65]의 날랜 혀와 장의(張儀)[66]의 구변(口辯)으로도 말 붙이기 어려운지라. 승상이 오직 묵연함소(默然含笑)하더라.

차일로부터 서로 말을 화답하나 침석(寢席)을 당하여는 서어(齟齬)[67]함이 타문(他門) 남녀 같더라. 소저가 민민(憫憫)[68]하여 침식의 맛을 모르니 승상이 저의 기색을 지기(知機)[69]하고 또한 사친지회(事親之懷) 간절

---

64) 완천(頑喘): 모질게 살아있는 목숨.

65) 소진(蘇秦): 중국 전국시대의 종횡가(縱橫家). 뛰어난 언변으로 당시 진(秦)나라를 두려워하는 여섯 나라를 한데 묶어 합종(合縱)의 계책을 세우고 자신이 우두머리가 되었음.

66) 장의(張儀): 중국 전국시대의 변론가. 소진과 함께 귀곡(鬼谷)선생에게 수학한 후, 진(秦)나라의 대신(大臣)이 되어 연횡책(連橫策)을 썼음.

67) 서어(齟齬): 서로 어긋남.

68) 민민(憫憫): 고민하는 모습.

한 중 장자(長子)의 사생을 염려하여 가고자 하나 주야 사념(思念)하던 부인을 만나매 깊은 은정이 수유불리(須臾不離)한지라. 능히 심사를 펴지 못하여 안색이 초췌하고 홍미 삽연(颯然)하니 소저가 민망하여 마음에 상량(商量)[70]하되, '고인이 혹 색(色)으로 하여 나라를 엎치고 집을 망한다 하니 내 한 몸으로 가부를 어질게 인도치 못하면 부모에게 불효를 면치 못하리라.' 하여, 의사(意思) 이에 미치매 악연(愕然)[71]함을 깨닫지 못하여 한 번 죽어 저의 한을 온전(穩全)코저 하나, 예의에 당연한 말씀으로 백단(百端) 개유(開諭)하니 승상이 감동하여 돌아가고자 하나 차마 떠 11
나지 못하여 정히 주저할 사이에, 유광(流光)이 신속하여 맹동(孟冬) 초순이 되니 산(山)은 옥(玉)을 무은 듯 수풀은 은으로 새긴 듯 설빙산색(雪氷山色)이 냉담(冷淡)하여 매화(梅花)가 만산(滿山)에 가득하니 정색(情色)이 가려(佳麗)한지라. 승상이 사친지회 간절하여 월하(月下)에 산보하며 길이 황성(皇城)을 바라 천안(天顔)을 사모하니 사군(思君)하는 회포가 깊더니, 우연히 건상(乾象)을 살피니, 승상은 본디 천문지리(天文地理)를 달통(達通)하고 흉중(胸中)에 신기묘산(神技妙算)을 겸한지라, 우연히 한 번 천상(天象)을 첨망(瞻望)하니 두목성(斗木星)이 광채 흐리고 검은 구름이 엉기어 거의 떨어지려 하거늘, 승상이 대경실색(大驚失色)하여 여취여치(如醉如痴)[72]하다가 반향 후 놀란 마음을 진정하여 방중에 들어와 소저더러 한 설(說)을 아니코 왈,

"소생이 명일(明日) 경성(京城)으로 돌아가리니 행장(行裝)을 다스리소서."

소저가 심중에 다행하나 일변 괴히 여겨 생각하되, '제 돌아갈 뜻이 졸연(猝然)하니[73] 그 심회(心懷)를 탁량(度量)[74]키 어렵도다.' 하여 침음(沈

---

69) 지기(知機): 어떠한 일의 기미를 알아 챔.

70) 상량(商量): 헤아려 잘 생각함.

71) 악연(愕然): 놀라는 모습.

72) 여취여치(如醉如痴): 술에 취하거나 미친 듯함.

73) 졸연(猝然)하니: 갑작스러우니.

吟)이러니, 승상이 만사가 무심하여 다만 쌍아를 슬상에 얹어 어루만져 종야(終夜)토록 접목(接目)[75]지 못하고 희허장탄(噫噓長歎)이러니, 소저가
12 찬품(饌品)[76]을 자임(自任)하여 촉하(燭下)에서 다스리되 조금도 비척(悲慽)한 사색(辭色)이 없으니, 심리(心裏)에 그 정결함을 경복하더라.

동방(東方)이 기백(旣白)하니 승상이 일어나 소세(梳洗)하고 양자(兩子)를 가로 안아 부인을 대하여 왈,

"생이 부모 슬하를 떠나 두루 발섭(跋涉)[77]하여 그대 자취를 찾으나 대해(大海)에 부평초(浮萍草)니 어디 가 얻으리오? 속절없이 동서남북으로 헤대어[78] 찾으니 어디 가 얻으리오? 형영(形影)이 묘연(杳然)하더니 천우신조(天佑神助)[79]하여 이곳에 와서 서로 만나니 족히 평생 회포를 위로할지라. 어찌 잠신들 떠나리오마는, 부모의 의려지망(倚閭之望)[80]을 생각하니 이친지회(離親之懷)[81] 간절하여 돌아갈 마음이 살 같은지라. 이제 바삐 돌아가나니 불과 달이 진(盡)하면 소식을 통하리니 그 사이 양아(兩兒)를 보호하고 방신(芳身)을 조심하여 길이 무양(無恙)[82]하라."

소저가 다만 원로(遠路)에 귀체(貴體) 진중(珍重)하사 무사히 득달함을 일컬으니, 승상이 차시를 당하여는 부인의 옥수(玉手)를 잡고 양아의 등을 어루만져 연연함을 마지않아 차마 떠나지 못하니, 석씨 민망하여 빨리 행함을 재촉하니, 승상이 쉬이 모이기를 언약하고 채원을 불러 왈,

"그대의 구활대은(救活大恩)[83]은 백골난망(白骨難忘)이라. 다시 부

---

74) 탁량(度量): 헤아림.
75) 접목(接目): 눈을 붙임. 잠을 잠.
76) 찬품(饌品): 반찬거리.
77) 발섭(跋涉): 여러 곳을 두루 돌아다님.
78) 헤대다: 공연히 바쁘게 돌아다님.
79) 천우신조(天佑神助): 하늘이 돕고 신령이 도움. 또는 그런 일.
80) 의려지망(倚閭之望): 자녀가 돌아오기를 초조하게 기다리는 어머니의 마음.
81) 이친지회(離親之懷): 어버이를 떠나있는 정회.
82) 무양(無恙): 탈이 없음.

탁하나니 부인과 공자를 보호하여 나의 찾음을 기다리라. 그 사이 생 13
활한 은혜는 갚을 날이 있으리라."

채원이 고두(叩頭) 왈,

"폐암(敝庵)[84]이 비록 간고(艱苦)하오나 부인과 공자를 봉양치 못할까 근심하리잇고? 노야는 염려치 말으소서."

승상이 칭사하고 부인더러 '기약을 부디 저버리지 말라.' 당부하고 쌍아를 다시금 어루만져 차마 떠나지 못하니, 소저가 척연(慽然) 감회(感懷)하여 왈,

"첩이 한 조각 소회(所懷) 있어 상공께 청하나니, 첩은 비록 진문 죄인이나 삼아(三兒)는 무죄하니 거두어 존문(尊門)에 용납(容納)하시면 첩이 비록 구천(九泉)에 돌아가나 함환결초(銜環結草)[85]하리이다."

언파에 옥루(玉淚) 방방(滂滂)하니, 생이 위로 왈,

"부인은 부질없는 염려말고 방신을 보전하여 수 월만 있으면 생이 돌아가는 날에 누명을 신백(伸白)[86]하여 모자 사인(四人)이 고당(古堂)에 완전하리니 어찌 불길지언(不吉之言)을 하느뇨?"

부인이 청파에 묵연부답하여 심사를 정치 못하더라.

차시 진부에서 승상이 출유(出遊)하매 공의 부부가 아자가 중병지여(重病之餘)에 절역(絶域) 산천에 발섭(跋涉)하니 행여 실섭(失涉)함이 있을까 염려하여 좌와(坐臥)가 불평(不平)하니 제생(諸生)이 화성유어(和聲
柔語)로 재삼 위로하더라. 유씨 승상이 나감으로부터 작심(作心)이 능히 14
오래지 못하여 제생(諸生)을 흩뿌리고 제소저(諸小姐)를 능만천대(凌慢賤待)[87]하고 비복(婢僕)을 참학(慘虐)[88]하며 진공 부부께 불공(不恭)함이 심

---

83) 구활대은(救活大恩): 살려주신 큰 은혜.
84) 폐암(敝庵): 자신의 암자를 겸손히 이르는 말.
85) 함환결초(銜環結草): 죽어서도 은혜를 잊지 않고 갚음.
86) 신백(伸白): 신설(伸雪). 원한이나 치욕 등을 깨끗하게 씻음.
87) 능만천대(凌慢賤待): 업신여기며 마구 대함.
88) 참학(慘虐): 무자비할 정도로 학대함.

하니, 공이 그름을 알되 능히 제어치 못하더라.

장파(張婆) 모녀가 공자를 지극 보호하니 유씨 능히 틈을 얻지 못하여 번뇌하는 중 자기 연기(年期) 이십에 한낱 골육(骨肉)이 없으니 시오지심(猜惡之心)이 더욱 발하여 백현을 죽일 의사가 급급하니, 송파(宋婆)가 이 기색을 지기(知機)하고 왈,

"그대 슬하(膝下) 적막한지라. 비록 진생이 돌아오나 생산(生產)을 바라지 못할지라. 때를 타 명문대가(名門大家)의 옥인군자(玉人君子)를 택하여 의탁하고 유자생녀(有子生女)하여 백년(百年)을 즐김이 좋으리니 일찍 행하라."

유씨 마음이 이에 있어 원하던 바라. 대희(大喜) 왈,

"첩이 마음에 있은 지 오래이되 마땅한 군자를 얻지 못하여 하더니 숙모의 말씀을 들으매 생각이 간절하이다."

천씨 가로대,

"불가(不可)하다. 거일(去日)에 석씨를 출거(黜去)할 때에 천금을 흩어 종적을 없이 하였고 지금에 진생이 출유하였으니 정히 우합(偶合)한 때라. 자객(刺客)을 광구(廣求)하여 진생을 죽이고 버거[89] 백현을 해한 후 군자를 맞아 백년동락(百年同樂)함이 어찌 쾌치 않으냐? 진생이 필연 소·항주(蘇抗州)를 지나리니 그곳 그윽한 데 숨었다가 죽이면 제 어찌 면하리오?"

유씨가 대희하여 사사(謝辭)하고 즉시 천년화를 항주로 보내니 진생의 성명(性命)이 어찌 된고?

유씨가 천씨더러 백현 죽일 모책을 물으니, 천씨 답왈,

"내게 단약(丹藥)이 있으니 음식에 타 먹인즉 그릇을 미처 놓지 못하여 즉사(卽死)하리이다."

하고 내어 주니, 유씨가 대희하여 받아 간수하고 은자(銀子)를 많이 주어 그 마음을 흡족케 하더라.

---

89) 버거: 다음. 둘째.

유씨가 송파로 더불어 설난각에 이르러 시아(侍兒)를 명하여 서헌(書軒)에 가 공자를 청하여 오라 하니, 이윽고 공자가 이르니 유씨 흔연(欣然)히 좌(座)를 주고 앉기를 명하니 공자가 염슬단좌(斂膝端坐)하매 유씨가 거짓 애련(哀憐) 비색(悲色)으로 위로 왈,

"가련하고 어여쁘다. 너의 정사(情事)[90]여! 내 매양 너의 정사를 측은히 여기되 일신이 대객(待客)에 분주하여 한 번 고문(顧問)치 못하니 모자지정(母子之情)이 가히 박(薄)하다 이를지라. 금일은 대객(待客)하고 마침 남은 음식이 있으니 특별히 너를 불러 슬픈 정사를 위로코자 하노라."

공자가 대왈,

"서모(庶母)의 은양(恩養)하심이 생모에 지나시니 모친 정령(精靈)이 16
알음이 계실진대 어찌 명명(冥冥) 중 감읍(感泣)[91]지 않으리오?"

유씨 '서모' 두 자를 듣고 변색(變色) 무언(無言)이어늘, 송파가 급히 눈 준데[92] 유씨 깨달아 안색을 화평하게 하고 거짓 웃어 왈,

"내 비록 의모(義母)[93]나 모자지정은 한 가지라. 너는 모름지기 나의 향하는 정을 살펴 나의 정을 막지 말라."

공자가 왈,

"서모의 지우(知遇)하신 은혜를 감사하오나 봉행(奉行)치 못하오니 불승황괴(不勝惶愧)[94]하외다."

유씨 발연(勃然) 작색(作色) 왈,

"네 성현서(聖賢書)를 보았으리니 오늘 나의 주는 음식을 먹지 아니하니 여후(呂侯)의 짐살(鴆殺) 조왕(趙王)하던 변(變)[95]을 두림이냐?"

---

90) 정사(情事): 일의 사정이나 형편.
91) 감읍(感泣): 흐느껴 욺.
92) 눈 주다: 가만히 약속의 뜻을 보이는 눈짓을 함.
93) 의모(義母): 의붓어머니.
94) 불승황괴(不勝惶愧): 두렵고 부끄러운 마음을 이길 수 없음.
95) 여후(呂侯)의 짐살(鴆殺) 조왕(趙王)하던 변(變): 여후는 한나라 고조의 황후

공자가 차언(此言)을 들으매 심신(心身)이 저상(沮喪)[96]하여 묵묵부답(默默不答)하고 내심(內心)에 부친이 떠날 때에 유씨 아무 음식을 주어도 먹지 말라 하심이 명명(明明)한지라. 기세(其勢) 양란(兩難)하여 침음양구(沈吟良久)에, 송파가 핍박하여 먹이려 하니 공자의 목숨이 수유(須臾)에 있는지라. 사세(事勢) 정히 급박하더니, 장파가 설환 등으로 설난각에 이르러 급히 가로대,

"대상공이 부르시니 빨리 가라."

공자가 연망(延忙)히 일어나 정당으로 가니 장파 등이 공자를 보호하
17 여 좇아가는지라. 송파 숙질(叔姪)이 독수(毒手)를 부리지 못하고 돌돌분한(咄咄憤恨)[97]하여 유씨 즉시 정당에 들어와 공의 면전(面前)에 머리를 두드려 왈,

"노야(老爺)는 천첩(賤妾)으로 하여금 일찍이 친측(親側)에 보내어 골육상잔(骨肉相殘)[98]하는 환(患)을 방비하소서."

공이 놀라 문왈,

"현부(賢婦)가 무슨 허물된 일이 있느냐? 졸연(猝然)히 어찐 일이뇨?"

유씨 눈물을 흘려 왈,

"소첩이 노야와 부인의 지우(知遇)하신 덕을 입사와 중임(重任)을 받자오나 춘빙(春氷)을 디딘 듯하와 주야(晝夜)에 긍긍업업(兢兢業業)[99]하옵더니, 공자의 외로운 정을 긍측(矜惻)[100]하여 매양 잊지 못하옵더

로, 한고조 유방이 죽은 뒤 아들 혜제(惠帝)를 즉위시키고 실권은 자신이 잡았다. 여후는 태자의 자리를 노렸던 조왕을 독살하고, 여러 왕자들을 차례로 등극시키면서 황제를 대행하고 여씨 일족을 고위고관에 등용시켜 사실상의 여씨정권을 수립하였다. 짐살(鴆殺)은 짐새의 독으로 만든 짐주(酖酒)를 먹여 독살하는 것.

96) 저상(沮喪): 기운을 잃음.
97) 돌돌분한(咄咄憤恨): 뜻밖의 일에 놀라 소리지르며 분하고 한스러워 함.
98) 골육상잔(骨肉相殘): 가까운 혈족끼리 서로 다투고 죽임.
99) 긍긍업업(兢兢業業): 항상 조심하여 삼감.
100) 긍측(矜惻): 불쌍히 여김.

니, 금일 마침 남은 진찬(珍饌)이 있삽기로 공자를 청하여 먹이려 하오니 공자가 먹지 않고 왈, '내 조왕이 아니거든 그대 어찌 여후의 독수(毒手)를 행하려 하느뇨?' 하고 또 가로대, '늙은 할아비 정신이 혼몽(昏懜)하여 저 같은 요물(妖物)의 간모(奸謀)를 깨닫지 못하고 부중에 머물어 명부(命婦)[101]의 좌(座)를 더럽히니 어찌 한심치 않으리오?' 수욕(羞辱)이 일구난설(一口難說)[102]이오니 첩으로 말미암아 존전(尊前)에 불공참욕(不恭慙辱)[103]이 미치오니 소첩의 죄 수사난속(雖死難贖)[104]이라. 바라건대 존구(尊舅) 대인(大人)은 첩의 죄를 다스리시어 쾌히 내치시고 공자로 하여 첩이 해를 입지 아니케 하소서." 18

말을 마치며 머리를 두드려 슬피 우니, 공이 차언(此言)을 들으매 분기(憤氣) 백 장(丈)이나 높아 시노(侍奴)로 하여금 '공자를 잡아오라.' 하여 곡직(曲直)을 불문(不問)하고 왈,

"네 아비 유씨를 육례(六禮)로 맞고 내 또 정실(正室) 위(位)를 주었거늘 네 업수이 여김이 말째 시녀(侍女)같이 하니 이 무슨 도리뇨?"

다시 공자의 말을 기다리지 않고 매 마다 고찰(考察)하여 십여 장(杖)에 이르러 피륙(皮肉)이 혼란하고 선혈(鮮血)이 임리(淋漓)[105]하여 옷을 적시니, 가히 아깝다! 공자가 사 세에 모친을 이별하고 유씨 독수에 몸이 맞게 되니 어찌 차석(嗟惜)[106]지 않으리오? 차시 공자가 능히 정신을 차리지 못하니 공이 삼십 장을 중타(重打)하여 내치고 왈,

"후일 다시 그름이 있으면 중치(重治)하리니 현부는 물러가라."

유씨 심내(心內)에 기꺼 사례하고 물러가다.

차시에 공자가 의외에 낙미지액(落眉之厄)[107]을 만나 중장을 받아 혼

---

101) 명부(命婦): 벼슬아치의 부인으로 나라에서 봉호를 받은 부인의 총칭.
102) 일구난설(一口難說): 한 마디 말로는 다 하기 어려움.
103) 불공참욕(不恭慙辱): 불공스러운 모욕.
104) 수사난속(雖死難贖): 비록 죽는다 해도 용서받기 어려움.
105) 임리(淋漓): 흥건히 젖음.
106) 차석(嗟惜): 애달프고 아까움.
107) 낙미지액(落眉之厄): 눈앞에 닥친 재앙.

절(昏絶)하니, 시동(侍童)이 약을 붙여 구호하며 오랜 후 공자가 겨우 정신을 수습하여 태태와 야야를 부르고 일성장탄에 다시 혼절하니, 시동이 약물을 흘려 지성으로 구호하매 공자가 겨우 인사를 정하여 탄식 왈,

19 "태태는 어디 계셔 평안하신지, 내 다시 야야를 뵙지 못하고 황천(黃泉)에 원귀(寃鬼) 되리로다."

하고 설파(說罷)에 엄읍(掩泣)[108] 애도하니[109] 생도(生途)가 망연한지라. 시자가 급히 장파에게 고하니 장파가 대경하여 급히 나와 공자를 보니 생도가 망연한지라. 아무리 할 줄 몰라 다만 공자를 어루만져 소리를 못하더니 정신을 진정하여 오열(嗚咽) 비읍(悲泣)하여 누수(淚水) 옷깃을 적시더니, 공자가 인사를 정하여 장파를 보고 말을 못하여 혈루(血淚) 종행(從行)하고 느낌[110] 따름이라. 파(婆)가 차악(嗟愕)함을 이기지 못하여 상처에 약을 갈아 붙이되, 주야로 태태와 야야를 불러 비읍하니 형용이 초췌하여 공산촉루(空山髑髏)[111]가 되었으니 장파가 오열(嗚咽) 차석(嗟惜)함을 마지아니코, 제생(諸生)이 알지 못하였다가 비로소 알고 모두 나아와 보니 양각(兩脚)의 옥골설부(玉骨雪膚)[112]가 다 떨어져 참불인견(慘不忍見)이라. 집수(執手) 유체(流涕) 왈,

"숙부의 실덕(失德)하심이 어찌 차경(此境)에 미칠 줄 알았으리오?"

하고 불승차탄(不勝嗟歎)하거늘, 공자가 비색(悲色)을 거두고 왈,

"차(此)는 소질(小姪)의 삼가지 못한 죄라. 숙부 어찌 대부를 일컬어 실덕하다 하시느뇨?"

20 제생이 차탄함을 마지않더라. 왕생·장파 등이 백현의 상처 대단함을 근심하여, 순여(旬餘)에 미처 겨우 사경(死境)을 면하니, 제생과 장파가 기꺼 갈수록 진심 보호하며 승상의 돌아오기를 날로 기다리더라.

---

108) 엄읍(掩泣): 얼굴을 가리고 욺.
109) 애도하니: 애달파하니.
110) 느낌: 흐느낌.
111) 공산촉루(空山髑髏): 공동묘지의 해골.
112) 옥골설부(玉骨雪膚): 옥 같이 고운 골격과 눈처럼 흰 피부.

어시(於時)에 승상이 천만 은애(恩愛)를 참고 부인과 쌍아를 이별하고 일필준마(一匹駿馬)에 한 낱 서동을 데리고 완완(緩緩)히 행하며 세세히 생각하되, '석씨의 매몰히 거절함이 응당 옳거니와 내 이번 행도(行途)에 전혀[113] 석씨를 위함이러니, 천행(天幸)으로 서로 만나 평생에 맺힌 한을 풀었으나 하일(何日)에 저의 옥설방신(玉雪芳身)을 신설(伸雪)[114]하고 일택(一宅)에 모여 부부(夫婦) 부자(父子) 완취(完聚)하여 백년을 화락(和樂)하여 무흠(無欠)이 지낼꼬?' 차탄(嗟歎)함을 마지않으며, 또 유씨의 간교(奸巧) 요악(妖惡)함을 생각하매 차마 일시도 대면하기 어려우니, 차인은 필경 전생 업원(業冤)[115]이로다. 전후(前後)의 소경사(所經事)[116]를 헤아리매 신한골냉(身寒骨冷)[117]한지라. 좌사우상(左思右想)하되, 금번에 천행으로 이에 이르러 간인의 소위(所爲)를 다 알았으나 내두(來頭)에 어찌 처치하여야 후환이 없을꼬? 생각이 이에 미치매 심사(心思) 울울(鬱鬱)하여 침식(寢食)의 감미(甘味)를 모르고 원로행역(遠路行役)에 괴로움을 잊었더라.

촌촌(寸寸)이 행하여 점(店)에 들어 잘새 차일(此日) 월색(月色)이 명랑
(明朗)한지라. 승상이 사친지회(事親之懷) 더욱 간절하여 주인을 불러 술 21
을 내와 사오배를 거후르매 주기(酒氣) 만면(滿面)하여 인하여 창을 열고
월색(月色)을 사랑하며 서쪽을 바라고 탄왈,

"명월(明月)은 나의 부인과 쌍아 있는 곳에 비치련만 이 진숙문은 옥 같은 부인과 기린 같은 쌍아를 이별하고 이곳에 이르러 객방(客房) 고등(孤燈)에 홀로 앉아 정회(情懷)를 뉘와 화답하리오?"

하며 전전반측(輾轉反側)[118]하여 한 잠을 이루지 못하고, 주점(酒店)을 떠

113) 전혀: 오로지.
114) 신설(伸雪): 신원설치(伸冤雪恥). 가슴에 맺힌 원한을 풀어 버리고 창피스러운 일을 씻어 버림.
115) 업원(業冤): 전생에서 지은 죄로 이생에서 받는 고통.
116) 소경사(所經事): 지나온 바.
117) 신한골냉(身寒骨冷): 두려움으로 몸이 얼고 뼈가 차가워짐.

나 촌촌이 행하여 소 · 항주지계(蘇抗州之界)를 당하매 생각하되, '소 · 항주는 천하 명승지지(名勝之地)라. 한 번 유람하여 흉금(胸襟)을 넓히리라.' 하고 말을 채쳐 고소대(故蘇臺)에 올라 보니 산천이 수려하여 경개 절승하니 진실로 천하승지(天下勝地)라. 정히 행하여 한 곳에 이르니 이곳은 육십 리 산곡(山谷)이니 기암괴석(奇巖怪石)과 창송녹죽(蒼松綠竹)이 울울창창(鬱鬱蒼蒼)하니 천일(天日)을 보기 어렵더라. 행하여 수 리는 가더니 홍일(紅日)이 서령(西嶺)에 잠기고자 하니 마음에 방황하더니 수목(樹木) 사이에 은은히 초당(草堂)이 뵈는지라. 다행하여 문전에 이르러 주인을 부르니 일개 노파가 막대를 짚고 나와 문왈,

22 "귀객(貴客)이 무슨 일로 주인을 찾느뇨?"

승상 왈,

"나는 경사인(京師人)으로 친척을 보러 항주에 갔다가 돌아오는 길에 황혼이 되었으니 노파는 일간(一間) 방사(房舍)를 빌리면 일야(一夜)를 쉬고 가리라."

노파가 왈,

"산중이 누추하여 귀인의 거처하실 배 아니로소이다."

승상 왈,

"주인은 부질없는 겸사(謙辭)를 말고 다만 방을 빌리라."

노파가 안으로 들어가더니 방을 소쇄(掃灑)하고 승상을 청하거늘, 승상이 서동으로 하여금 '말을 초장(草場)에 매라.' 하고 행리(行李)를 방에 들이고 앉았더니, 이윽고 노고(老姑)가 친히 석반(夕飯)을 들고 나와 가로대,

"노신(老身)의 집에 시자(侍者) 없기로 노신이 석반을 올리니 너무 추함을 혐의치 말고 하저(下箸)하소서."

서동이 받아 올리니 승상이 칭사(稱謝) 왈,

"과객(過客)을 이같이 후대(厚待)하니 지극 감사하여라."

하고 하저할새 비록 진찬(珍饌)이 아니나 산채(山菜)가 정미(正味)한지라.

---

118) 전전반측(輾轉反側): 이리저리 뒤척이며 잠을 이루지 못함.

먹기를 다하고 상을 내매 밤이 깊도록 잠을 이루지 못하다가 기운이 잠깐 곤하여 졸더니, 문득 일위(一位) 노인이 육환장(六環杖)[119]을 짚고 승상을 향하여 합장(合掌) 왈,

"승상은 별후(別後) 무양(無恙)하시냐?"

승상이 장읍(長揖) 왈,

"존사(尊師)가 뉘신지 모르되 무슨 가르칠 말이 있어 심야(深夜)에 이르시뇨?"

노승 왈,

"승상이 잊었도다. 왕년에 강선암에서 보았거니와 이제 급화(急禍) 23
당두(當頭)하였으니 승상은 마땅히 참요검(斬妖劍)[120]을 지니소서."

하고 문득 간 데 없거늘, 놀라 깨달으니 침상일몽(枕牀一夢)이라. 가장 괴히 여겨 좌우를 돌아보니 서동은 잠이 이미 깊었고 때는 삼경(三更)이라. 행장을 뒤여[121] 참요검을 쥐고 앉았으니, 원래 승상이 참요검 얻은 후로 신변(身邊)에 떠나지 아니터니 이에 생각하되, '차검(此劍)이 필연 이곳에서 쓰리라.' 하고 고요히 앉아 동정(動靜)을 보더니, 차시(此時) 천년화가 유씨의 후상(厚賞)을 받고 만심환희(滿心歡喜)하여 공자가 먹을 약을 주고 송파와 유씨를 작별할새, 유씨 천만 부탁 왈,

"믿고 믿나니, 선생은 나를 위하여 진생을 쾌히 죽여 후환을 없이 하여 주면 은혜를 갚으리니 선생은 심려를 허비하여 성사하여 돌아오면 탑(榻)을 쓸어 기다리리다."

천씨 응락고 장속(裝束)[122]을 정히 하고 급급히 사중(寺中)에 이르러 저의 스승 청고를 대하여 왈,

"제자가 금번 행로에 진승상 부인 유씨의 은혜를 입었으니 가히 그 정사를 아니 돌아보지 못할지라. 선생은 제자를 위하여 한 번 수고를

---

119) 육환장(六環杖): 중이 짚는, 고리가 여섯 개 달린 지팡이.
120) 참요검(斬妖劍): 요망한 기운을 베어 버리는 검.
121) 뒤여: 뒤져.
122) 장속(裝束): 차림새. 입고 매고 하는 몸가짐.

24 아끼지 말으소서.”

청고 왈,

“내 세사(世事)에 나지[123] 않은지 이미 칠십 년이러니 너를 위하여 나의 집심(執心)을 헐리로다. 아무커나[124] 계교를 행하라.”

천씨 왈,

“제자의 소견에는 중로(中路)에 가 만나거든 죽이면 좋으리로다.”

청고 왈,

“차계(此計) 좋으나 가(可)치 않으니, 항주 팔십 리 안에 일좌(一座) 심산(深山)이 있으니 그곳에 가 여차여차(如此如此) 유인(誘引)함이 좋으리로다.”

천씨 왈,

“사부의 계교 마땅하오니 빨리 행계(行計)하소서.”

하고 이에 이곳에 은신하여 기다리더니, 이날 승상의 행도(行途)가 이미 이르니, 계교를 일괘라 하고 만심(滿心) 환희(歡喜)하여 밤중을 고대하더니, 청고 왈,

“내 보니 승상은 천신(天神)이 호위(護衛)하니 경(輕)히 하수(下手)치 못하리로다.”

천씨 안연(晏然) 왈,

“사부는 이 무슨 말씀이니잇고? 제자가 심력(心力)을 허비하여 일이 거의 되었거늘 어찌 중로에 폐하리잇고? 아무커나 제자가 들어가 보리라.”

하고 비수(匕首)를 끼고 방중(房中)에 들이다르니 문득 정신이 아득한지라. 괴히 여겨 생각하되, ‘내 수십 년 행술(行術)하여 천만 인을 해(害)하매 이 같지 아니터니 괴이토다. 그러나 이미 이르렀으니 어찌 힘힘히[125]

123) 나지: 나서지.

124) 아무커나: 어쨌거나.

125) 힘힘히: 부질없이.

돌아가리오?' 하고 정신을 차려 승상을 향하여 비수를 던지니 승상은 간
데 없고 쟁연(錚然)한 소리 뿐이라. 경황(驚惶)[126] 주저(躊躇)하더니 문득 25
승상이 대로(大怒)하여 질왈(叱曰),

"네 산중(山中) 요물(妖物)이로소니 어찌 감히 군자(君子) 안전(顔眼)에 범하느뇨?"

하고 참요검을 들어 천씨를 치니 검광(劍光)으로 좇아 머리 떨어지는지라.

청고가 천씨를 보내고 마음에 방하(放下)치 못하여[127] 밖에서 동정을 보더니 천씨 이미 죽는지라. 대로하여 비수를 들고 방중에 돌입(突入)하여 소리 질러 왈,

"너는 하등지인(何等之人)이건대 감히 나의 제자를 상해오나뇨?"

승상이 대로하여 참요검을 들고 마주 싸워 두 은독이[128] 방중에 구르더니 문득 일인이 거꾸러지니 이는 청고라. 광풍(狂風)이 대작(大作)하고 비린내 촉비(觸鼻)하니 이는 이어(鯉魚) 정령(精靈)이라. 승상이 두 주검을 한 구석에 들이치고 행장을 수습하여 날이 밝기를 기다려 둘러보니, 한 돌구멍이 있고 한 편에 금백(金帛)이 뫼같이 쌓였거늘, 시동(侍童)으로 운전(運轉)하여 굴 밖으로 내어다가 근처 백성을 나눠 주니 제인(諸人)이 괴히 여겨 사례(謝禮)하더라.

승상이 요정(妖精)을 없이 하고 행정(行程)을 재촉하여 경사(京師)에 이르러 부중에 들어가니 제생이 맞아 반기며, 정당에 들어가 부공(父公)과 모친 슬하에 배알(拜謁)하니 공의 부부가 반기며 손을 잡고 원로(遠路)에
무사왕반(無事往返)[129]함을 기꺼하니, 승상이 바삐 기후(氣候)를 묻고 기 26
거(寄居) 평상(平常)하심을 보고 심중에 괴히 여겨 생각하되, '대인이 무양(無恙)하시거늘 어찌 장성(長星)이 흐리던고?' 하여 심히 의아하더라. 제생이 문왈,

---

126) 경황(驚惶): 놀라고 두려운 모양.
127) 마음에 방하(放下)치 못하여: 안심하지 못하여.
128) 은독이: 미상.
129) 무사왕반(無事往返): 아무 일이 없이 잘 돌아 옴.

"소 · 항주는 번화지지(繁華之地)라. 산천(山川) 경물(景物)이 어떠하던고?"

승상이 서촉(西蜀) 아미산(蛾眉山) 풍경과 항주(杭州) 번화 물색(物色)을 세세히 전하니 제생이 승상의 면목을 바라 칭복(稱服)함을 마지아니터라. 승상이 장파 모녀와 송파로 서로 볼새 아자(兒子)의 형영(形影)이 없음을 괴히 여겨 좌우더러 문왈,

"내 출유(出遊)한지 수 삭(朔) 만에 돌아오매 일가(一家) 상하(上下)가 다 반기되 홀로 아자의 종적이 없으니, 제 비록 유충(幼沖)[130]하나 달포 떠나던 아비를 반길 줄 알려든 그 어인 연고뇨?"

좌우가 미처 답(答)지 못하여서 숙혜 이르되,

"공자가 수일 전에 중상(重傷)하여 서당에서 치료하나이다."

승상이 청파(聽罷)에 양미(兩眉)를 빈축(嚬蹙)[131]함을 마지아니터라.

승상이 종일토록 시좌(侍坐)하여 산천 승경과 요괴 잡던 설화를 말씀하여 날이 저묾을 깨닫지 못하나 도월암에 갔던 말은 발설(發說)치 않으니, 이는 부모를 기임이 아니라 요인(妖人)이 좌우에 있으니 간인(奸人)이
27 다시 해함이 있을까 하여 언두(言頭)에 올리지 않음이라. 석반(夕飯)을 파하니 공이 아자를 명하여, '사실(私室)에 돌아가 편히 쉬라.' 하니 승상이 수명(受命)하고 혼정(昏定)[132]을 파한 후 물러 서당에 나와 아자를 볼새, 차시에 공자가 잠깐 나은 듯하나 어린 아이 중상하여 골부(骨膚)가 상하였으매 능히 기거(起居)를 못하시므로 야야의 환가(還家)하심을 알되 나아가 뵙지 못하고 종일 화협(花頰)[133]에 누수(淚水) 연락(連落)하더니, 이에 야야를 뵈매 반가움과 기쁨이 넘쳐 비회(悲懷) 교집(交集)하매 환연(歡然)한 희기(喜氣) 장부(臟腑)를 요동(搖動)하는지라. 이에 시동에게 붙들려 일어 맞는지라. 승상이 도로 붙들어 상에 누이고 손을 잡고 머리를 쓰

130) 유충(幼沖): 나이가 어림.

131) 빈축(嚬蹙): 눈살을 찌푸림.

132) 혼정(昏定): 저녁때 어버이의 안부를 살피는 일.

133) 화협(花頰): 꽃다운 뺨.

다듬어 왈,

"오아(吾兒)가 무슨 징계 이렇듯 중(重)하뇨?"

공자가 능히 대답지 못하고 함루(含淚)할 따름이라. 승상이 또한 감오(感悟)하여 탄왈,

"오아가 무슨 일로 슬퍼하여 오래 떠났다 돌아온 아비 심사를 비척(悲慽)케 하느냐?"

공자가 야야의 손을 받들어 오열(嗚咽) 비읍(悲泣)하거늘 승상이 역시 눈물을 흘려 왈,

"너는 무슨 일로 이같이 슬퍼하느뇨?"

공자가 이에 눈물을 거두어 왈,

"불초자(不肖子)가 불민(不敏)하와 몸을 삼가지 못하여 촉상(觸傷)하므로 야야가 환가하시되 진알(進謁)[134]치 못하오니 죄 만사무석(萬死無惜)[135]이로소이다."

하고 희열함을 마지않으니, 승상이 아자의 비척함을 보고 심사가 자연 28
처감(悽感)하여 마음에 생각하되, '도로(道路)가 요원(遼遠)하므로 아자의 위경(危境)을 적연(的然)히 깨닫지 못하도다.' 하고, 공자의 손을 잡고 등을 어루만져 근근체체(勤勤切切)[136]함이 도리어 체면을 잃고 일성삼탄(一聲三嘆)이러니, 제생이 들어와 좌우로 벌여 앉아 담소자약(談笑自若)하더니, 말씀이 그치고 조용하매 승상이 제생더러 기간(其間) 가중(家中) 형세(形勢)와 아자의 병을 물으니 제생이 다만 촉상(觸傷)[137]함으로 모호(模糊)히 대답하고 중장(重杖) 당함을 일절 기이니, 승상이 장신장의(將信將疑)하여 차야(此夜)를 아자(兒子)와 일침(一寢)에 누어 품에 품고 유씨의 말을 다시금 물으니, 공자가 서모의 불현지심(不賢之心)이 존당(尊堂)에 알소(訐訴)[138]하여 중장 당한 일을 언두에 올려 고치 아니하니 칠 세

134) 진알(進謁): 나아가 뵙고 인사를 올림.
135) 만사무석(萬死無惜): 만 번을 죽어도 아깝지 않음.
136) 근근체체(勤勤切切): 은근하고 간절함.
137) 촉상(觸傷): 찬 기운이 몸에 닿아서 병이 생김.

소아의 위인(爲人)을 이로 좇아 가히 알리러라.

승상이 명조(明朝)에 신성(晨省)하고 조복(朝服)을 갖추어 궐하(闕下)에 나아가 복지(伏地) 사은(謝恩)하온대, 상이 크게 반기샤 사주(賜酒)하시고 가라사대,

"춘궁(春宮)[139]이 이미 칠 세에 미쳤으되 지우금(至于今) 태부(太傅)[140]를 정치 못하였더니 경(卿)이 어찌 돌아오기를 더디더뇨? 동궁(東宮)은 종사(宗社)의 근본이요, 만민(萬民)의 부모며 강산(江山)의 임자라. 경 곧 아니면 동궁의 스승 될 자가 없으니 경은 수고를 아끼지
29 말고 국가의 근본을 돌아보아, 금일로부터 동궁을 경에게 맡기나니 갈력보호(竭力保護)하여 짐의 바라는 바를 저버리지 말라."

승상이 대경(大驚)하여 고두(叩頭) 주왈(奏曰),

"신이 무슨 재덕(才德)으로 동궁을 교도(敎導)하리잇가? 조정(朝廷)의 원로(元老) 대신(大臣) 중 재덕이 겸비(兼備)한 자를 택하샤 춘궁을 돕게 하소서."

상이 불윤(不允)[141]하샤 가라사대,

"군신(君臣)은 부자(父子) 일체(一體)라. 짐이 어찌 경의 재주를 알지 못하고 춘궁을 맡겨 국지대사(國之大事)를 그르게 하리오?"

하시니, 승상이 더욱 황공하여 다시 주왈,

"소신(小臣)이 어찌 국가 대사를 근심치 않으릿고마는 연소부재(年少不才)하와 중임(重任)을 능히 감당치 못하올지니 복원(伏願) 성상(聖上)은 재삼 살피소서."

상이 노왈,

"짐이 경을 믿기를 수족(手足)같이 하거늘 경이 어찌 대사를 이같이 겸사(謙辭)하느뇨? 이는 짐을 돌아보지 않음이니 경은 다시 말 말라."

---

138) 알소(訐訴): 남을 헐뜯기 위해 사실을 날조하여 윗사람에게 고자질함.
139) 춘궁(春宮): 동궁(東宮). 황태자나 왕세자를 달리 이르는 말.
140) 태부(太傅): 왕세자의 교육을 맡던 벼슬.
141) 불윤(不允): 허락하지 아니함.

하시니, 승상이 황공전율(惶恐戰慄)하여 복지(伏地) 주왈,

"신이 실로 감당치 못하와 주달(奏達)[142]하였삽더니 성교(聖敎) 여차(如此)하시니 신이 비록 노둔(老鈍)하오나 정성을 다하여 폐하의 지우지은(知遇之恩)[143]을 만분지일(萬分之一)이나 갚사오리이다."

상(上)이 대희(大喜)하샤 이에 승상으로 태부(太傅)를 하이시고 왕상서
로 소부(小傳)를 하이샤 '즉일 행공(行公)하라.' 하시고, 인하여 태자를 명 30
하샤 태학(太學)에 동가(動駕)하여 입학지례(入學之禮)를 행할새, 태자가
태부와 소부께 팔배(八拜) 대례(大禮)를 하온대, 양공이 공수(拱手) 단좌
(端坐)하여 예를 받고 예궐(詣闕) 숙사(肅謝) 후 차일(此日)로부터 양공이
입직(入直)하여 태자를 가르칠새, 태자가 비록 연유(年幼)하시나 만민의
부모이시라. 총명재덕(聰明才德)이 어찌 범인(凡人)과 같으리오?

태자가 삼시(三時) 문안(問安) 후 종일 사부를 모셔 시서(詩書)를 강(講)하실새 양공이 의관을 정히 하고 단정히 앉아 요순지치(堯舜之治)와 공맹지도(孔孟之道)로 인도하더니, 일일은 상이 태자의 문안함을 인하여 '기간(其間) 배운 글을 강(講)하라.' 하시니, 태자가 강성(講聲)이 물 흐르듯 하거늘, 상이 희색(喜色)이 만면(滿面)하샤 문리(文理)[144]를 힐문(詰問)하시니 대답이 여류(如流)하여 대해(大海)를 터놓은 듯한지라. 상이 대희(大喜)하샤 양공을 패초(牌招)[145]하여 좌(座)를 주시고 친히 향온(香醞)[146]을 가득 부어 주시며 가로대,

"경등(卿等)의 이 같이 근로(勤勞)함을 무엇으로 갚으리오? 경은 가지록[147] 힘을 다하라."

양공이 황공하여 어온(御醞)[148]을 받자와 마시고 돈수(頓首) 주왈(奏曰),

---

142) 주달(奏達): 임금에게 아뢰는 일.
143) 지우지은(知遇之恩): 자신을 알아서 잘 대우해준 은혜.
144) 문리(文理): 글의 뜻과 이치를 깨달아 아는 일.
145) 패초(牌招): 임금이 승지를 시켜 신하를 부르던 일.
146) 향온(香醞): 향기나는 좋은 술.
147) 가지록: 갈수록.
148) 어온(御醞): 임금이 마시는 술.

"신등(臣等)이 본디 재주 미(微)하오나 성지(聖旨)를 역(逆)지 못하와 부득이 받드오매 춘궁(春宮) 전하가 요순지치(堯舜之治) 계시오니 이는 사직(社稷)의 복경(福慶)이요, 신민(臣民)의 다행(多幸)이로소이다."
하더라.

세(歲) 을묘(乙卯) 이월일 향목동 서(書)

수저옥란빙 권지칠

화설(話說). 진태부(陳太傅)가 주왈(奏曰), 1

"신(臣)이 성지(聖旨)를 역(逆)지 못하와 부득이 봉지(奉旨)하오매 춘궁(春宮) 전하(殿下) 요순지풍(堯舜之風)이 가작하시니[1] 사직(社稷)의 복경(福慶)이요, 신민(臣民)의 다행(多幸)이라. 어찌 미(微)한 재주의 효험(效驗)이 있으리잇고? 오늘날 성지는 황송무지(惶恐無地)로소이다."

상이 가라사대,

"경(卿)의 공(功)은 후일에 다 갚으려니와 아직 표하노라."

하시고, 태부(太傅)로 초국공을 봉하시고 소부(小傅)로 위국공을 봉하시니 양인(兩人)이 고두(叩頭) 주왈,

"소신(小臣)이 우충(愚衷)하와 성은(聖恩)을 다 갚지 못할까 주야(晝夜) 긍긍업업(兢兢業業)[2]하옵거늘 어찌 감히 봉작(封爵)을 당하리잇가? 복원(伏願) 성상(聖上)은 성지(聖旨)를 거두시어 신등(臣等)으로 하여금 평안케 하소서."

하고 굳이 사양하온대, 상이 그 격절(激切)함을 보시고 하릴없어 수소[3]로 위로하시고 '삼십이 찬 후 봉작(封爵)하리라.' 하시니, 조야(朝野)가 흠복(欽服) 애경(愛敬)하더라.

차시 진태부가 석공을 보고 석씨의 있는 곳을 말하고자 하나 동문(東

---

1) 가작하시니: 고루 갖추어져 있으니.
2) 긍긍업업(兢兢業業): 항상 조심하여 삼감. 또는 그러한 모습.
3) 수소: 미상.

門)에 들어간 후 일시도 여가가 없어 석공을 만나지 못하여 마음에 번뇌하더라.

차일 유씨 음심(淫心)을 걷잡지 못하여 이에 박시랑의 아자(兒子) 문춘의 화용(花容)을 흠모(欽慕)하여 교통(交通)하여 서로 친하매 정의(情誼)
2 교칠(膠漆) 같아 음탕(淫蕩) 방일(放逸)함이 불가형언(不可形言)이라. 일야(一夜)를 친한 후 즉시 잉태(孕胎)하여 점점 만삭(滿朔)이 가까워오되 일가(一家)가 전연히 알지 못하나 어찌 매양 기이리오? 형적(形迹)이 탄로(綻露)할까 저어 일계(一計)를 내어 복통이 있어 능히 중궤(中饋)[4]를 소임(所任)할 길이 없어 귀녕(歸寧)[5]을 진공에게 청하니, 진공이 쾌허(快許)하여 왈,

"오가(吾家)의 접빈지절(接賓之節)이 번다(繁多)하니 현부(賢婦)는 부디 조섭(調攝)하여 속히 돌아오라."

유씨가 복수청명(伏首聽命)하고 즉시 거교(車轎)를 차려 본부(本府)로 돌아가니, 유공이 교무하여 사랑하고 송씨 이에 여아의 손을 잡아 침소로 돌아와 시가(媤家) 사적(事跡)을 묻고 승상의 은정(恩情)을 물으매, 유씨 수루(垂淚) 대왈,

"소녀의 팔자가 험하여 저 같은 괴물을 부질없이 사모하여 저곳에 입현(入見)한 후 지금(至今) 삼년에 행로인(行路人) 같고, 혹 침방(寢房)을 임(臨)하나 사이에 격수(隔水)가 격(隔)하였으니 여차(如此) 괴물은 전고(前古) 미문(未聞)이러이다."

송씨 대경(大驚) 왈,

"진실로 이 같으면 천금(千金) 중신(重身)을 마쳤도다."

하고 누수여우(淚水如雨)하더라.

인하여 옛 침소를 치우고 있더니 월여(月餘)에 이르러 복통이 심하여 자리에 누웠더니, 송씨 이르러 문왈,

---

4) 중궤(中饋): 안살림 가운데 음식을 담당하는 일.
5) 귀녕(歸寧): 시집 간 여자가 친정에 가는 일.

"여아의 병이 어찌 졸연(猝然)히 발하뇨?"

유씨 산점(産漸)[6]으로 난 복통인 줄 아니 차마 얼굴이 달희여[7] 말을 3
못하고 자연 면색(面色)이 취홍(聚紅)하며 기운이 천촉(喘促)[8]하더니 문득 일척(一尺) 남아를 생하는지라. 송씨 무망(無望) 중 차경(此境)을 보매 수족(手足)이 떨리고 면색이 여토(如土)하여 반향(半晌)이나 말을 못하더니 오랜 후 탄왈,

"너를 독녀로 길러 너와 같은 쌍을 구하여 백년을 동락(同樂)하고 우리 후사(後嗣)를 빛낼까 하였더니 의외에 생산함은 어찌됨이뇨? 너는 실진무은(悉陳無隱)[9]하라."

유씨 왈,

"이 일을 송숙모가 다 짐작하나니 소녀(小女)가 어찌 출가하온 후 타인을 생각하리잇가마는, 진가 축생(畜生)은 전생(前生) 원가(怨家)런지 소녀로 하여금 세상에 용납지 못할 경계를 당하였사오니, 복걸(伏乞) 태태(太太)[10]는 소녀의 죄를 사(赦)하시고 좋은 방략(方略)을 생각하소서."

송씨 초창(怊悵)하다가 도리어 위로 왈,

"이미 엎친 물이라. 하릴없으니 조용 선처(善處)하고 번거로이 굴지 말라. 너의 부친이 이 일을 아시면 너와 나 다 출화(黜禍)[11]를 만날지라. 아직 소문을 전설(傳說)치 말라."

하고, 가만히 유모를 얻어 아이를 맡기고 모녀가 밀밀(密密)히[12] 상의하여 진부에는 일향(一向) 병이 낫지 못함으로 기별하고 송파에게 가만히

---

6) 산점(産漸): 달이 찬 임산부가 아이를 낳으려는 기운.
7) 달희여: 달아올라.
8) 천촉(喘促): 숨을 몹시 가쁘게 쉬며 헐떡거림.
9) 실진무은(悉陳無隱): 사실대로 다 말하여 감춤이 없음.
10) 태태(太太): 어머니.
11) 출화(黜禍): 내어 쫓기는 화액.
12) 밀밀(密密)히: 자세히.

통기(通寄)하니라.
4 어시(於是)에 왕태부인[13]이 우연히 득병하여 자못 위중하매 가중상하
(家中上下)가 다 황황(遑遑)[14]하고 왕부인이 또한 이르러 좌우를 떠나지
않고 병심(病心)을 위로하며 진공자가 자주 와 문병하더니, 월여(月餘)에
잠깐 차도 있어 병장(屛帳)을 거두매 비로소 왕문(王門) 제생이 마음 놓
고 제비 돌려[15] 시침(侍寢)하되, 왕부인은 모녀지정(母女之情)이라, 차마
떠나지 못하여 진공께 간청하여 수월(數月) 허락을 받고 모친을 위회(慰
懷)[16]하매, 진공자가 자주 왕래하여 조모를 뵙고 왕공자 등으로 더불어
정의(情誼) 자별(自別)[17]하여 친동기와 다름이 없더라.

차설(且說). 예부상서 범등의 자(字)는 군평이라. 범문정공(范文正公)[18]
의 후예(後裔)니 사람됨이 단엄(端嚴) 정직하고 관홍대신(寬弘大臣)이라.
일찍 등과(登科)하여 벼슬이 예부상서에 이르러 임금을 충성으로 섬기고
백성을 인의(仁義)로 권양(勸養)하매 천자(天子)가 예대(禮待)하시고 만조
(滿朝)가 추앙(推仰)하는 바이로되, 다만 왕씨 제공이 진태부로 더불어 지
심지기(知心知己) 되어 빈빈(頻頻) 왕래하여 정의(情誼) 상통(相通)하더라.
실중(室中)의 한씨는 또한 명문지녀(名門之女)로 요조현숙(窈窕賢淑)하여
색덕(色德)이 겸비(兼備)하매 범공이 지극 애중하여 동주(同住) 십여 년에
삼자(三子) 일녀(一女)를 두었으니, 개개이 옥수경지(玉樹瓊枝)[19]로되 여
5 아 월혜 가장 총혜(聰慧) 과재(過才)하고 색덕이 구비하고 예기(禮記)를
열람(閱覽)하여 효행(孝行) 예절(禮節)이 족히 숙녀의 상원위(上院位)를
사양하지 않을지라. 범공(范公)이 매양 부인을 대하여 왈,

---

13) 왕태부인: 진숙문의 외할머니.
14) 황황(遑遑): 허둥거리며 바쁜 모양.
15) 제비 돌려: 제비를 뽑아 순서를 정해.
16) 위회(慰懷): 괴롭거나 슬픈 마음을 위로함.
17) 자별(自別): 본디부터 특별함.
18) 범문정공(范文正公): 송(宋)나라 학자 범중엄(范仲淹). 문정은 시호.
19) 옥수경지(玉樹瓊枝): 옥 같은 나무와 가지라는 뜻으로 번성한 집안의 자손을 가리킴.

"월혜의 쌍을 어디 가 구하여 평생을 쾌(快)케 하리오?"
하며 자애(慈愛) 지극하매, 명문대가(名門大家)의 제공자(諸公子)를 유의하더라.

공(公)이 일일은 왕부(王府)에 이르렀더니 서헌(書軒)이 공허(空虛)한지라. 무료(無聊)히 배회하다 문득 바람을 좇아 글소리 나거늘 자세히 들으매 어린 봉(鳳)이 관산(關山)에서 우지짖는 듯한지라. 마음에 황홀하여 생각하되, '이 중에 여아의 배필(配匹)이 될 자가 있는가?' 하여 급히 서당에 나아가 멀리 바라보니 일개 동자가 난간을 의지하여 글을 읽거늘, 가만히 살펴 보니 옥골선풍(玉骨仙風)이 흠억[20] 쇄락(灑落)하여 짐짓 개세군자(蓋世君子)라. 공이 일견(一見)에 생각하되, '이런 인물은 본 바 처음이라.' 하여 불승경탄(不勝驚歎)하더니, 문득 한 무리 아이 안으로 좇아 이르되,

"창윤아, 부용정(芙蓉亭)에 가 매화를 구경하자."
하니, 그 아이 이르되,

"나는 태태를 뵙지 못하매 풍경(風景)에 뜻이 없노라."
하거늘, 범상서가 애모(愛慕)함을 이기지 못하여 심하(心下)에 생각하되,
'차아(此兒)가 제왕(諸王)[21] 등의 기출(己出)인가? 저의 말로써 볼진대 그 6
모친이 없는가 싶으되, 제왕 등은 실내(室內) 없음을 듣지 못하고 오직
진천양의 부인이 가화(家禍)로 인하여 종적(蹤迹)을 알지 못한다 하더니',
그 아이가 범상서를 보고 놀라 피하려 하거늘, 상서가 빨리 나아가 공자
를 향하여 왈,

"선동(仙童)은 피치 말라."

공자가 범공이 가까이 이르러 말함을 보매 다시 피치 못할 줄 알고 안서(安舒)히 당(堂)에 내려 맞을새, 공이 공자의 손을 잡고 당에 오르매 진공자가 범공을 향하여 배례(拜禮)하고 객석(客席)을 밀어 앉으심을 청하

---

20) 흠억: 흐억하다. 흡족하다. 윤택하다.
21) 제왕(諸王): 여러 왕씨.

니 그 예모(禮貌) 동지(動止) 차착(差錯)이 없어 흡연(洽然)히 노성군자(老成君子)의 모양이라. 범공이 탐혹(耽惑)하여 공자의 손을 잡고 문왈,

"너의 성명을 듣고자 하노라."

공자가 공경 대왈,

"소자는 태부(太傅) 진공(陳公)의 장자(長子)요, 명(名)은 백현이요, 자(字)는 창윤이로소이다."

범상서가 저의 풍용(豊容)과 언사(言辭) 기이함을 보고 탐혹하여 우문(又問) 왈,

"너의 연기(年紀) 몇이뇨?"

공자가 대왈,

"세상을 알은 지 칠 년이로소이다."

언미흘(言未訖)[22]에 시중이 나오며 이르되,

"범군평이 언제 왔관대 소제(小弟)는 아니 찾고 소아로 더불어 무슨
7 수작을 하느뇨?"

범공이 웃고 대왈,

"벌써 이르렀더니 형은 보지 못하고 일개 선동(仙童)을 만나 기이한 풍도(風度)를 구경하고 기특한 언사를 들으니 마음에 쾌열(快悅)하여 미처 형을 찾지 못한 괘라."

시중이 웃고 이르되,

"진아(陳兒)는 기린이라. 어찌 선동에 비하리오?"

하고 자리에 나아가매, 진공자가 성안(聲顏)을 나직히 하고 시중의 곁에 앉으니 범공이 시중으로 더불어 한훤(寒喧)[23] 필(畢)에 오래 상종치 못함을 일컫고 범공이 다시 가로대,

"소제(小弟) 천행으로 진형(陳兄)의 기린을 보니 제 비록 유미(幼微)하나 예모(禮貌) 거지(擧止)와 언사(言辭) 처변(處辨)이 그 부친과 다름

---

22) 언미흘(言未訖): 언미필(言未畢). 말이 채 끝나기 전에.

23) 한훤(寒喧): 추위와 더위를 묻는 일. 곧 안부를 묻는 일.

이 없으니 진실로 진가(陳家) 천리구(千里駒)요, 국가의 동량(棟樑)이 되리로다."

시중이 함소(含笑) 왈,

"군평의 지인지감(知人之鑑)이 진실로 고명(高明)하도다. 질아(姪兒)는 과연 범아(凡兒) 아니매 소제(小弟) 등이 또한 사랑하노라."

범공 왈,

"제 능히 서사(書史)를 통하느냐?"

시중 왈,

"아직 연유하기로 가르치지 못하였으나 제 능히 사서삼경(四書三經)의 의미를 통하나니라."

하여 담화(談話)하더니, 천경 등 제아(諸兒)가 나와 범공을 향하여 예필(禮畢)에 진공자를 향하여 왈,

"창윤아, 야야가 서당에 앉으시어 글을 강론하시며 바삐 부르시더라."

공자가 안서(安舒)히 일어나 범공을 향하여 재배(再拜) 하직 왈, 8

"종일토록 모시고 교회(敎誨)하심을 듣잡고자 하였더니 이제 숙부의 부르시는 명이 있삽기로 역명(逆命)치 못하올지라. 하정(下情)[24]에 결울(訣鬱)하오나 하직(下直)을 고하나이다."

하고 설파(說罷)에 표연(飄然)히 들어가니, 제아(諸兒) 등이 또한 따라 들어가는지라. 왕문(王門) 제아 또한 범상한 아이 아니로대 진공자와 겻지오매[25] 양의 무리에 기린 같고 오작(烏鵲) 중에 봉황이요, 고기 중 용이라. 범공이 정신을 잃어 멀리 바라보더니 손뼉 쳐 대찬(大讚) 왈,

"미재(美哉)며 기재(奇哉)로다."

하며 심중(心中)에 가만히 여아를 위하여 만심환희(滿心歡喜)하더라. 시중이 주찬(酒饌)을 내와 범공과 종일 단란(團欒)하고 석양에 흩어지니라.

차시(此時) 석씨 길운(吉運)이 돌아오니 복선화음지리(福善禍淫之理)[26]

---

24) 하정(下情): 어른에게 자신의 뜻을 지칭하는 말.

25) 겻지오매: 동행하매. 더불매.

명명(明明)한지라. 부운(浮雲)이 어찌 일월(日月) 광휘(光輝)를 앗으리오?
차시 천씨 요인(妖人)이 이미 죽으매 유씨와 송파의 심담(心膽)이 끊어진
지라. 진공이, 요약(妖藥)을 진어(進御)치 않으매, 정신이 점점 밝아 깨닫
기를 당하매 석사(昔事)를 뉘우쳐 가만히 생각하되, '석씨 본디 숙녀 명
9 완(明婉)이어늘 차마 어찌 그런 더러운 행실을 하였으리오? 쌍아는 내 집
보배이거늘 어찌 차마 행(行)치 못할 일을 하였던고? 유씨는 천인이어늘
어찌 정실을 삼았던고? 모란정에서 석씨 음적(淫賊)으로 더불어 말하던
양을 내 친견(親見)하였으니 의심 없다 하려니와, 서간 일사(一事)와 춘앵
의 초사(招辭)는 의심이 없지 않아 요인(妖人)이 중보(重寶)를 가져 달램
으로 주인을 해함인가? 석씨를 내치매 악소년이 앗아갔다 하니 석씨 만
일에 그런 행사(行事)가 있으면 본부로 가서 조가(趙家)로 가려든 어찌
타처로 가리오? 내 이매(魑魅)[27]에게 홀린 바 되어 대사(大事)를 경솔히
처치하였으니 뉘우치나 어찌 미치리오?' 또 생각하되, '백현은 저의 모
(母)를 닮음이 많거니와 쌍아는 제 아비를 닮음이 많은지라. 만일 타인의
골육이면 어찌 그다지 닮으리오? 만금은 얻기 쉬우나 쌍아는 얻기 어려
운지라. 가히 아깝도다. 어디를 지향하여 찾으리오? 저적에 내 백현을 무
수 난타하였으니 나의 사나움이 고수(瞽瞍)[28]의 아래 되지 않으리로다.
하면목(何面目)으로 구천(九泉) 타일에 조종(祖宗)에 뵈오며 살아서 석공
을 다시 보리오?'

의사가 이에 미쳐서는 희허(噫噓) 장탄(長歎)하고, 날이 오래매 공의
10 등에 종기 나니 수일이 못하여 병세 위독하거늘, 일가(一家)가 황황(遑遑)
하여 승상에게 기별하니 승상이 듣고 대경하여 태자께 고왈,

"신의 아비 중병이 수유(須臾)에 있다 하오니 잠깐 몸을 빌어 나아
가 병세를 보아지이다."

---

26) 복선화음지리(福善禍淫之理): 선한 자는 복을 받고, 악한 자는 화를 받는 이치.
27) 이매(魑魅): 얼굴은 사람 모양이고 몸은 짐승 모양을 했다는 도깨비.
28) 고수(瞽瞍): 순(舜) 임금의 아버지의 이름. 어리석어 선악을 판단하지 못했다 함.

주파(奏罷)에 수색(愁色)이 만면(滿面)하거늘, 태자가 들으시고 또한 비척(悲慽)하샤 허(許)하시니, 태부가 또 천자께 주하되,

"신의 아비 병이 위경(危境)이라 하오니 수월(數月) 말미를 주시면 아비 병을 다스리고자 하나이다."

상이 경문(驚問) 왈,

"경부(卿父) 무슨 병이 들었느뇨? 이는 인자지도(人者之道)라. 어찌 가 보지 않으리오? 빨리 가 병을 보아 차경(差境)[29]을 얻게 하라."

하시고 '어의(御醫)로 간병(看病)하라.' 하시니, 태부(太傅) 황공감은(惶恐感恩)하여 천은(天恩)을 숙사(肅謝)하고 본부로 돌아와 바로 정당에 들어가 부공께 뵈온대, 공이 탄왈,

"나의 병은 현부(賢婦)를 출거(黜去)한 죄로다. 지금 후회하나 어찌 미치리오?"

하고 오열하는지라. 태부가 부복(俯伏)하여 화성(和聲) 유어(柔語)로 위로 왈,

"야야는 부질없는 심력(心力)을 허비하여 병심(病心)을 상해오지 말으소서."

하며 인하여 창처(瘡處)를 보매 병근(病根)이 대단하여 위경(危境)에 이른
지라. 태부가 마음에 초조하여 조복(朝服)을 후리치고 주야(晝夜)로 시병 11
(侍病)할새 어의(御醫) 이르러 황명(皇命)을 전하고 간병(看病)함을 청하거늘, 태부가 한가지로 나아가 볼새 창처가 대단하여 졸연히 고치기 어려운지라. 어의 왈,

"병근이 쉬이 쾌복(快服)하시기 어려우니 서서히 다스리소서."

하고 돌아가니라. 태부가 불탈의대(不脫衣帶)[30]하고 주야(晝夜) 구호(救護)하되 가감(加減)이 없는지라. 일일은 진공이 병이 위중하여 자주 혼절(昏絶)하니 태부가 황황망조(遑遑罔措)[31]하여 후원(後園) 깊은 곳에 나아

---

29) 차경(差境): 병의 차도가 있는 형편.

30) 불탈의대(不脫衣帶): 밤에도 옷을 벗지 않고 지성으로 부모의 병간호를 한다는 뜻.

31) 황황망조(遑遑罔措): 마음이 급하고 당황하여 어찌할 바를 모름.

가 목욕하고 삼 주야(晝夜)를 천지께 도축(禱祝)하여, '자기 명으로 대신하고 부공의 병을 낫게 하옵소서.' 하고 정성을 다하여 천의(天意)를 감동하게 하매 어찌 차도(差度)가 없으리오? 진공이 일야는 혼절하여 인사를 모르더니 혼미(昏迷) 중 일위선관(一位仙官)이 공의 앞에 나와 왈,

"공의 신수(身數) 불길(不吉)하였더니 태부의 정성을 하늘이 감동하샤 나로 하여금 공의 병을 구하라 하시매 이에 왔나니, 효자(孝子)의 성의를 감동하라."

하고 소매로부터 환약(丸藥) 한 개를 내어 주거늘, 진공이 받아먹으니 장위(腸胃) 청활(淸闊)하고 정신이 상쾌한지라. 인하여 사례 왈,

12 "노선(老仙)이 주시는 약이 신효(神效)하여 즉각에 병이 나은 듯하니 감사함을 칭량(稱量)치 못하나이다."

하고 놀라 깨달으니 침상일몽(枕上一夢)이라. 공이 정신을 차려 둘러보니 태부가 황황망조하여 누수(淚水) 종횡(縱橫)하니 안색(顔色)이 여회(如灰)[32]하여 수족을 주무르며 부인과 왕부 제공이며 장 · 송 양파(兩婆)가 다 황황하거늘, 공왈,

"오아(吾兒)는 너무 번뇌치 말라. 내 몽중(夢中)에 선약(仙藥)을 먹더니 병이 쾌소(快蘇)하도다."

하고 인하여 죽음(粥飮)을 찾는지라. 태부가 미음을 받들어 드리며 기후(氣候)를 묻자온대, 진공이 몽중에 선관이 약 주던 사연을 일일이 전하며 일변 미음을 먹고 일어나 앉으니, 태부가 만심환희(滿心歡喜)하여 종처(腫處)를 보매 바야흐로 독혈(毒血)이 임리(淋漓)하고 정신이 청랑(晴朗)하매, 석사(昔事)를 뉘우쳐 생각하는 일이 많더라. 공이 점점 쾌복(快服)하여 월여(月餘)에 거지(擧止) 여상(如常)하니 일가(一家) 대열(大悅)하고 태부의 즐거움이 비할 데 없더라.

차시 유씨 칭병(稱病)하고 오지 않더니, 창천(蒼天)이 무심하시나 살핌이 소소(昭昭)한지라. 군자숙녀(君子淑女)를 각별히 유의하시니 간인(奸

32) 여회(如灰): 잿빛과 같음.

人)이 어찌 매양(每樣) 계교(計巧)를 마치리오?

태부가 월여를 근노(勤勞)하다가 마음을 놓으매 여러 가지 병과 다리
베인 상처 중하여 서당에서 조리하더니, 차시 중동(仲冬)이라 대설(大雪) 13
이 비비(霏霏)[33]하고 한풍(寒風)이 소슬(蕭瑟)[34]하니 정히 시흥(詩興)이
도도(滔滔)한지라. 왕부 제공이 각각 시축(詩軸)을 내와 창화(唱和)하여
모든 글을 내와 고하(高下)를 정할새, 비록 아름다우나 활발함이 없으니
승상 왈,

"제형(諸兄)의 글이 비문하나[35] 다만 허탄함이 혐이어니와, 소제(小弟)가 일 폭 화전(華箋)을 얻으니 문채(文彩) 초출(超出)하더이다."

하고, 빨리 설희당에 가 두루 찾되 형영(形影)이 없고 가상(架上) 위에 서기(瑞氣) 방황(放煌)[36]한지라. 괴히 여겨 내려보니 부인의 장신지물(裝身之物)이라. 그 중에 전일 잃은 옥란(玉鸞) 자웅(雌雄)이 있거늘 자세히 보니 자기 집 전가지보(傳家之寶)라. 대경(大驚)하여 소매에 넣고 가만히 생각하되, '차물(此物)이 어찌하여 이곳에 있는고? 이로 좇아 석씨의 애매한 누명을 신설(伸雪)[37]하리로다.' 하고, 즉시 왕문 제공과 한가지로 정당(正堂)에 들어가니 공의 부부가 좌(坐)하였거늘, 앞에 나아가 나직히 아뢰대,

"전일 조생이 옥란을 가져갈 때에 야야가 친히 보아 계시니잇가?"

공이 아자가 졸연(猝然)히 물음을 보고 또한 괴히 여겨 침음양구(沈吟良久)에 왈,

"내 그 때에 친히 본 바이니 어찌 새로이 묻느뇨?"

태부가 복수(伏首) 고왈,

"조가 축생(畜生)이 가져간 옥란이 어찌하여 유씨 침소에 있삽는지 14

33) 비비(霏霏): 눈이 펄펄 내리는 모양.

34) 소슬(蕭瑟): 으스스하고 쓸쓸함.

35) 비문하나: 미상.

36) 서기(瑞氣) 방황(放煌): 상서로운 기운이 빛남.

37) 신설(伸雪): 신원설치(伸冤雪恥). 가슴에 맺힌 한을 풀어버리고 창피스러운 일을 씻어버림.

그 일을 알지 못하여 부전(父前)에 고하나이다.”

공이 청파(聽罷)에 괴히 여겨 왈,

“네 그릇 보도다. 내 기시(其時)에 목견(目見)하였나니 어찌 유씨의 방에 있으리오?”

태부가 소매로부터 옥란 자웅을 내어 받들어 드리니, 공이 보매 잃었던 옥란일시 분명하니 서기(瑞氣) 방황(放煌)하여 방안에 조요(照耀)하거늘, 공이 양안(兩眼)이 두렷하여[38] 반향(半晌)을 맥맥하더니[39] 문득 서안(書案)을 치며 왈,

“괴이타. 내 분명 조생이 가져감을 보았거늘 어찌하여 이에 있는고?”

부인이 또한 놀라 왈,

“옥란이 유씨 방중(房中)에 있음을 알지 못할 일이로다.”

공이 이에 아자와 제왕 등을 거느려 대서헌에 나와 좌(座)를 정하고 이에 형벌(刑罰) 기구를 갖추고 최유랑을 잡아 내어 꿇리고 여성(厲聲)[40] 엄문(嚴問) 왈,

“전일에 잃은 옥란이 어찌하여 유씨 침소에 있느뇨? 전후 실상을 바로 아뢰라. 만일 직고(直告)하지 않으면 결단코 장하(杖下)에 명을 끊으리라.”

하니, 최유랑이 불의(不意)에 잡혀 와 호령을 당하매 혼비백산(魂飛魄散)하여 청천(晴天) 백일(白日)에 벽력(霹靂)이 내리친 듯하매 머리를 숙이고 능히 대답치 못하거늘, 진공이 대질(大叱) 왈,

“이 요악(妖惡) 찰녀(刹女)[41] 어찌 감히 복초(服招)[42]치 아니하느뇨?”

하며 재촉이 성화 같으되 종시(終始) 부답(不答)이어늘, 공이 대로(大怒)하여 시노(侍奴)를 호령하여 형틀에 올려 매어 엄형(嚴刑)할새, 매마다 고

38) 두렷하여: 둥그래져서.

39) 맥맥하더니: 생각이 잘 돌지 않아 답답하더니.

40) 여성(厲聲): 화가 나서 큰 소리를 지름.

41) 찰녀(刹女): 나찰녀(羅刹女). 여자 악귀.

42) 복초(服招): 문초를 받고 순순히 죄상을 털어 놓음.

찰하여 피륙(皮肉)이 떨어지고 선혈(鮮血)이 돌지(突之)하니 유랑이 견디지 못하여 크게 웨여 왈,

"잔명(殘命)을 살리시면 직초(直招)[43]하리이다."

공이 '치기를 날호여[44] 그치라.' 하고 초사(招辭)[45]를 받을새, 유랑이 일일이 직초하여 왈, 당초에 유씨 상사(相思) 회포와 송유파와 유낭낭의 딸이던 말이며, 소비(小婢)의 오라비 계집이 둔갑장신(遁甲藏身)함을 알고 유씨 스승을 삼아 개용단(改容丹)과 회심단(回心丹)과 면회단류(面回丹類)를 가져, 설계(設計)하여 석씨를 모함하여 출거(黜去)함이며, 소공자를 짐살(鴆殺)[46]하려 하던 일을 낱낱이 아뢰니, 공이 듣기를 다 못하여 노기(怒氣) 대발(大發)하여 봉목(鳳目)을 높이 뜨고 좌를 안접(安接)히 못하니, 늠렬(凜烈)한 기위(其威) 한천풍설(寒天風雪)이라. 좌우가 막불앙시(莫不仰視)하고 한한(寒汗)이 첨의(沾衣)[47]하더라. 공이 또한 격절탄상(擊節嘆賞)[48]하여 다시 문왈,

"그 요괴로운 약□가 존당(尊堂)에 미침이 있더냐?"

유랑이 소리를 높여 고왈,

"작용(作用)이 이에 미쳤으니 어찌 존당에 범치 않았으리오? 약명
(藥名)이 미혼단(迷魂丹)이라 하더이다. 유씨가 때마다 식상(食床)에 섞
어 존당(尊堂)에 내오니 대노야(大老爺) 정신이 미란(迷亂)하샤 유씨의 16
말을 신청(信聽)하샤 소공자의 중책(重責) 당함이 다 이 연고라. 하마
하더면 목숨을 보전치 못할 뻔하옵고 다시 존당의 짐살지변(鴆殺之變)
을 거의 당할 뻔하였더니, 유씨 복중우환(腹中憂患)으로 하여 본부(本

---

43) 직초(直招): 지은 죄를 사실대로 바로 말함.
44) 날호여: 천천히 하여.
45) 초사(招辭): 죄인이 범죄사실을 진술하는 말.
46) 짐살(鴆殺): 짐주(鴆酒)를 먹여 죽임.
47) 한한(寒汗)이 첨의(沾衣): 식은땀이 나서 옷을 적심.
48) 격절탄상(擊節嘆賞): 무릎을 치며 탄복하여 칭찬한다는 의미인데, 이 문맥에서는 적합하지 않음.

府)에 귀녕(歸寧)하여 인하여 돌아오지 않으시기로 지금 천연(天然)하오나, 본시 송파(宋婆) 숙질이 머리를 맞추어 구구(區區)히 흉사(凶事)를 모의(謀議)하여 진문을 아주 마치려 하더니, 하늘이 높으시나 살핌이 명명하여 상공이 출유(出遊)하신 삼사 삭(朔) 만에 돌아오시니, 놀란 토끼 태산 같은 맹호(猛虎)를 본 듯하여 꼬리를 움치고 다시 하수(下手)를 못하고 유부(柳府)로 물러갔나이다. 소비(小婢)는 시키는 바와 행하는 일을 보았을 뿐이오니 일명(一命)을 사(赦)하심을 바라나이다."

공이 청미파(聽未罷)에 분기 대발하여 유랑을 중타(重打)하여 내치고 기여(其餘) 시녀(侍女)는 다 각각 중타하고 시노(侍奴)를 명하여 '송유인을 잡아 오라.' 하니, 태부가 공의 면전(面前)에 꿇어 고왈,

"차사(此事)는 서모(庶母)의 간섭할 바 아니요, 유녀(柳女)의 꾐을 듣고 능히 깨닫지 못하여 일시 참섭(參涉)[49]함이 있으나 이는 수창(首唱)이 아니오니 서모를 용서함이 대덕(大德)일까 하나이다."

공이 노왈,

"전후사(前後事)가 다 송녀(宋女)의 지휘함이어늘 만일 송녀를 살려두
17 면 후일 노부(老父)를 짐살(鴆殺)하리니 쾌히 죽여 후환(後患)을 덜리라."

태부가 관(冠)을 벗고 계(階)에 내려 애걸 왈,

"이 일은 불초아(不肖兒)의 불명(不明)한 허물이요, 석씨의 액운(厄運)이 공참(孔慘)[50]하므로 유녀의 대간대악(大奸大惡)의 연고(緣故)이니, 유녀를 논죄(論罪)하시와 후환을 없이 하시고 서모를 사(赦)하소서. 해아(孩兒)가 비록 불충불효(不忠不孝)하오나 위가(爲家) 삼태(三胎)[51]하오니, 만일 소자의 연고로 서모에게 연루하온즉 하면목(何面目)으로 조항[52]에 참예(參詣)하리잇고? 복망(伏望) 야야는 불초자(不肖子)의 어린 뜻을 살피소서."

---

49) 참섭(參涉): 어떤 일에 끼어들어 참견함.
50) 공참(孔慘): 매우 참혹함.
51) 삼태(三胎): 세 아이.
52) 조항: 미상.

설파에 쌍루(雙淚) 종횡(縱橫)하니 공이 아자의 소회(所懷)를 들으매 깊이 감동하여 노(怒)를 강잉(强仍)하여 안색(顔色)을 화평(和平)히 하니, 좌우가 다 그 성효(誠孝)를 흠탄(欽歎)하여 공을 권하여 식노(息怒)케 하니, 공이 침음(沈吟)타가 인하여 아자와 왕생 등을 데리고 내당에 들어오니, 차시 왕부인이 아자가 옥란을 얻어 공께 드림을 보매 망연턴 마음이 홀연히 깨쳐 생각하되, '석현부의 숙자혜질(淑姿惠質)[53]과 특출한 성효를 생각하매 심사(心思)가 비월(飛越)[54]하여 어린 듯하니, 전일사(前日事)는 명백한 증험(證驗)이 없고 다만 모란정 일사(一事)이니 혹자 이매(魑魅)의 희롱인가?' 좌사우상(左思右想)하여 심회 자못 번뇌하더니, 문득 공이 들어오거늘, 부인이 바삐 최유랑의 초사를 보며 전후수말(前後首末)을 물은대, 공이 답왈, 18

"세간(世間)에 또 어찌 여차사(如此事)가 있으리오?"

하고 석씨를 생각하여 돌탄(咄嘆)[55]키를 마지않으니, 부인이 또한 탄식 유체(流涕) 왈,

"우리 팔자가 순(順)치 못하여 현부(賢婦)를 잃어 존망(存亡)을 알지 못하니 구천(九泉)에 돌아가 하면목(何面目)으로 조종(祖宗)께 뵈오리오? 내 장차 상명(常命)[56]하리오? 수원수구(誰怨誰咎)[57]리오?"

설파에 유체(流涕)키를 마지않으니, 태부가 양친(兩親)의 이같이 과상(過傷)하심을 민망히 여겨 호언(好言)으로 관위(寬慰)[58]하니, 공이 분연(憤然) 왈,

"내 너로 하여 송녀는 죽이지 못하나 유녀를 살려두면 풍화(風化)[59]

53) 숙자혜질(淑姿惠質): 숙녀의 얌전하고 덕스러운 자태와 총명한 기질.
54) 심사(心思)가 비월(飛越): 정신이 아득함. 어지러워 정신을 차리지 못하는 모습.
55) 돌탄(咄嘆): 혀를 차며 탄식함.
56) 상명(常命): 제 명을 다 살고 자리에 누워서 죽는 수명.
57) 수원수구(誰怨誰咎): 누구를 원망하고 누구를 허물하겠는가?
58) 관위(寬慰): 너그러운 마음으로 위로함.
59) 풍화(風化): 풍습을 교화하는 일.

를 더럽히고 나의 분을 풀지 못하리니 장차 어찌하리오? 음부(淫婦) 찰녀(刹女)의 허다 죄악을 생각하면 한심코 통한(痛恨)함을 이기지 못하리로다."

태부가 대왈,

"유녀의 죄 등한(等閒)치 아니하온지라. 찰녀가 만일 존당을 범치 않았으면 오직 절혼(絶婚)이 이(利)하려니와, 지존(至尊)을 범하온 죄 주륙(誅戮)[60]을 면치 못하오리니 복원(伏願) 야야는 빨리 처분하여 후인(後人)을 징계(懲戒)하옵소서."

공이 아자의 설화(說話)를 들으매 대답할 말이 없어 다만 가로대,

"네 말이 지극하니 네 마음대로 처치하려니와 송녀는 차마 가중(家中)에 두지 못하리라."

하고 드디어 송파를 부르니, 시비(侍婢) 회보(回報)하되, '송파가 방사(房舍)
19 를 다 비우고 간 곳을 알지 못하나이다.' 하거늘, 공이 더욱 대로(大怒) 왈,

"음악(淫惡) 요녀(妖女)가 어디로 가리오?"

하고 시비로 하여금 '두루 찾으라.' 하니, 태부가 간왈,

"저를 잡으매 오히려 유해무익(有害無益)하니이다."

공이 불청(不聽)하고 수색(搜索)하기를 마지아니하여 성화같이 재촉하니, 차시 송파가 유랑 등의 수색함을 듣고 일이 패루(敗漏)[61]한 줄 짐작하고 급급히 행리(行李)를 차려 빨리 달아나니라.

어시(於時)에 공이 운무(雲霧)를 헤치고 취몽(醉夢)이 처음으로 깬 듯하여, 석소저는 이르지 말고 한 쌍 손아(孫兒)를 생각하매 오내(五內) 촌절(寸絶)[62]하여 땅을 파고 들고자 하는지라. 태부(太傅) 부모의 이같이 과석(過惜)하심을 보고 이에 서촉(西蜀) 도월암에 가 석씨를 만나 보았음과 양아(兩兒) 그곳에 있어 무양(無恙)함을 일일이 고하고 미처 고치 못함을

---

60) 주륙(誅戮): 죄를 물어 죽임.

61) 패루(敗漏): 일의 비밀이 새어나감.

62) 오내(五內) 촌절(寸絶): 오장이 마디마디 끊어짐.

청죄(請罪)하온데, 좌우가 다 차탄(嗟歎)함을 마지아니코 공의 부부는 여취여광(如醉如狂)[63]하여 반향(半晌) 후 비로소 정신을 진정하여 왈,

"이 짐짓 말이냐? 석씨 모자가 그곳에 있으면 오가(吾家)의 대경(大慶)이요, 오아(吾兒)의 만행(萬幸)이라. 세상에 어찌 이런 경사가 있으리오?"

하고 희불자승(喜不自勝)하여 태부더러 왈,

"이제 이미 현부의 생존을 안 후에 어찌 심산(深山) 궁벽(窮僻)에 오래 두리오? 빨리 석부(石府)에 희보(喜報)를 통기(通寄)하고 사람을 보내어 데려오라."

태부가 수명(受命)하매, 진공이 좌우를 돌아보아 왈, 20

"만리(萬里) 원천(遠天)에 뉘를 보내면 좋을꼬?"

왕어사가 왈,

"소질(小姪)이 본디 한 번 서촉을 유람코자 하였삽더니 이제 석수(石嫂)를 배행(陪行)[64]코자 하나이다."

진공이 대희(大喜) 왈,

"현질(賢姪)이 수고를 아끼지 아니하고 가려 하면 우숙(愚叔)[65]이 무슨 염려가 있으리오?"

언미필(言未畢)에 장파가 진전(進前) 고왈,

"소첩(小妾)이 비록 여자나 석부인의 고휼(顧恤)[66]하신 은혜 여천(如天)하오니 왕상공과 한가지로 가 반기고 겸하여 어린 정성을 표할까 하나이다."

진공이 대열(大悅) 왈,

---

63) 여취여광(如醉如狂): 너무 기쁘거나 감격하여 미친 듯도 하고 취한 듯도 하다는 뜻으로, 이성을 잃은 상태를 비유적으로 이르는 말.

64) 배행(陪行): 윗사람을 모시고 따라감.

65) 우숙(愚叔): 숙부뻘 되는 사람이 조카뻘 되는 사람에게 자신을 겸손하게 이르는 말.

66) 고휼(顧恤): 불쌍하게 생각하여 도와줌.

"네 가고자 할진대 더욱 좋으리로다."

태부가 왈,

"서촉은 잔도(棧道) 검각(劍閣)[67]이 험준하여 남자라도 왕반(往返)[68]이 어렵거늘 서모가 어찌 가시리오?"

장파가 왈,

"무슨 어려움이 있으리오? 내 결단코 가려 하오니 상공은 말리지 말으소서."

태부인이 태부더러 왈,

"석현부가 천리에 발섭(跋涉)[69]하여 객회(客懷)가 필연(必然) 고단하리니 너는 모름지기 장파의 가려함을 막지 말라."

태부가 장파의 뜻이 정(定)하고 존당(尊堂)이 이같이 이르시니 막지 못할 줄 알고 유유히 말을 않더니, 문득 백현이 나와 고왈,

"소자가 비록 나이 연유(年幼)하오나 흑백(黑白)은 족히 분변(分辨)하오니 숙부와 장조모를 모셔 가 인자지도(人者之道)를 차리고자 하나
21 니 야야는 허(許)하심을 바라나이다."

태부가 아자의 정리를 심히 애련(哀憐)하나 짐짓 꾸짖어 왈,

"소아가 어찌 망령된 말을 하느뇨?"

백현이 크게 울며 고왈,

"야야가 만일 허(許)치 않으시면 소자가 엄하(嚴下)에 역명(逆命)한 죄를 당할지언정 도망하여 가고자 하나이다."

태부가 아자의 뜻이 굳음을 보고 이에 손을 잡고 왈,

"여모(汝母)가 양아(兩兒)로 더불어 몸이 반석(磐石) 같으니 장조모와 왕숙부가 가시면 불과 수순(數旬)이 못하여 오리니 어찌 급급히 구느뇨? 너는 안심하여 기다리고 마음을 어지럽히지 말라."

---

67) 검각(劍閣): 장안(長安)에서 촉(蜀)으로 가는 길에 있는 대검(大劍) · 소검(小劍) 두 요해(要害).

68) 왕반(往返): 갔다가 돌아옴.

69) 발섭(跋涉): 산을 넘고 물을 건너 길을 감.

공자가 야야의 권위(勸慰)하시는 말씀을 들으매 다시 청치 못할 줄 알고 읍읍유체(悒悒流涕)[70]하고 물러나더라.

이날 공이 친히 석부에 나아가고자 하거늘 태부가 고왈,

"야야는 물우성려(勿憂成慮)하소서. 소자가 마땅히 다녀오리이다."

공이 기꺼 빨리 감을 이른대 태부가 수명(受命)하고 수레를 몰아 석부로 나아가니라.

화설(話說). 석공이 일녀(一女)를 생리사별(生離死別)한 지 수 년이로대 종적(蹤迹)을 알지 못하니, 화조월석(花朝月夕)에 여아(女兒)의 화용월태(花容月態) 안전(眼前)에 삼삼하고 옥성낭음(玉聲朗音)이 이변(耳邊)에 쟁쟁(錚錚)하여 오내(五內) 붕렬(崩裂)하여 밤에 잠을 이루지 못하고 조석(朝夕) 음식이 맛이 감(減)하여 기부(肌膚)[71]가 초췌(憔悴)하더라. 일일은
부부가 대하여 탄식하며 삼추시절(三秋時節)을 당하여 새로이 비회(悲懷) 22
를 정하지 못하더니, 세월(歲月)이 임염(荏苒)[72]하여 맹춘(孟春) 상원일(上元日)[73]을 당하여 만성(滿城)이 등불을 켜는지라. 석공이 부인더러 왈,

"밤은 부질없거니와 나조[74]에 장안(長安) 민가(民家)에 등 단 것을 잠깐 구경하여 심회를 풂이 무방하니 부인은 생과 한가지로 누(樓)에 올라 구경함이 어떠하니잇고?"

부인이 여아를 실산(失散)한 후로부터 일찍 누에 올라 구경함이 없더니 공의 권함을 들으매 마지못하여 완월루(玩月樓)에 올라 두루 살펴보니, 장안 만호(萬戶)에 각색등(各色燈)을 달고 대로지상(大路之上)에 소년들이 은안백마(銀鞍白馬)로 채를 들어 말을 몰아 낙역부절(絡繹不絶)[75]하며 처처(處處)에 풍류소리 귀에 어리었으니, 사람으로 하여금 마음이 호

70) 읍읍유체(悒悒流涕): 마음이 즐겁지 아니하여 근심하며 눈물을 흘림.
71) 기부(肌膚): 사람이나 동물의 몸을 싸고 있는 피부.
72) 임염(荏苒): 세월이 덧없이 흘러가는 모양.
73) 상원일(上元日): 음력 1월 15일인 대보름날.
74) 나조: 낮.
75) 낙역부절(絡繹不絶): 왕래가 끊이지 않음.

당(浩蕩)하되 부인은 흥미(興味) 소삭(蕭索)[76]하여 원산(遠山)을 바라 탄식함을 마지아니터니, 멀리서 벽제(辟除)[77] 소리 요란하며 허다(許多) 수종(隨從)이 사륜거(四輪車)를 옹위(擁衛)하여 나아오거늘, 바라보니 일위(一位) 소년(少年) 재상(宰相)이 홍라산(紅羅傘)을 높이 받치고 공수(拱手) 단좌(端坐)하였으니, 황금부월(黃金斧鉞)이 일색(日色)에 바애고[78] 풍후(豊厚)한 안모(顏貌) 추월(秋月)이 해상(海上)에 비꼈는 듯 홍일(紅日)이 부상(扶桑)에 걸렸는 듯하니, 반악(潘岳)[79]이 재생(再生)함이 아니면 흡연(洽
23 然)히 이적선(李謫仙)[80] 두목지(杜牧之)[81] 풍채라. 점점 가까이 옴을 보니 이 문득 진승상이니 주야(晝夜)에 추모하던 여아의 소천(所天)[82]이라. 공이 크게 반겨하고 부인이 또한 슬퍼 화협(花頰)에 흐르는 누수(淚水)를 금치 못하더니, 시녀(侍女)가 급보(急報) 왈,

"진태부 노야(老爺) 이르샤 뵈옴을 청하시나이다."

석공이 경희(慶喜)하여 부인으로 더불어 누(樓)에 내려 당중(堂中)에 좌정(坐定)하고 시녀로 하여금 내당(內堂)으로 청하니, 태부가 날호여 들어와 예필(禮畢) 좌정(坐定)에 공의 부부가 황홀히 반겨 바삐 눈을 들어보니, 두상(頭上)에 금관면류(金冠冕旒)[83]를 드리우고 봉익(鳳翼)[84]에 홍금포(紅金袍)를 갖추고 허리에 백옥대(白玉帶)를 둘렀으며, 일쌍취미(一雙翠眉)[85]는 산천수기(山川秀氣)를 거두었고, 추수봉안(秋水鳳眼)에 일월정기(日月精氣)를 품수(稟受)[86]하였고, 옥면(玉面)에 단순(丹脣)이 은영(隱

---

76) 소삭(蕭索): 매우 호젓하고 쓸쓸함.

77) 벽제(辟除): 지위가 높은 사람이 행차할 때, 구종(驅從) 별배(別陪)가 잡인의 통행을 금하던 일.

78) 바애고: 눈부시고.

79) 반악(潘岳): 중국 진(晋)나라 중모 땅 사람으로 문장과 풍채로 이름 높았음.

80) 이적선(李謫仙): 당나라 시인 이백(李白). 신선의 풍모를 했다 하여 붙여진 이름.

81) 두목지(杜牧之): 당나라 시인 두목(杜牧). 목지(牧之)는 자(字).

82) 소천(所天): 아내가 남편을 이르는 말.

83) 금관면류(金冠冕旒): 구슬 장식을 한 금관.

84) 봉익(鳳翼): 어깨를 말하는 것으로 보임.

85) 일쌍취미(一雙翠眉): 한 쌍의 검푸른 눈썹.

映)[87]하니 교교(皎皎) 절세(絶世)한 풍골(風骨)과 늠름(凜凜) 정대(正大)한 풍채 새로이 사람의 이목(耳目)을 황홀케 하는지라.

공과 부인이 탐혹(耽惑) 애중(愛重)하여 좌(座)를 떠나 태부의 손을 잡고 흔연(欣然) 왈,

"우리 노부처는 생전사후(生前死後)에 천양을 버리지 않을 마음이
간절하매 여러 순(旬) 서사(書辭)로 만나보기를 청하되 현서(賢壻)가 고
집(固執) 불래(不來)하니 우리를 저버리려 함인가 더욱 슬퍼하더니, 금
일에 하풍(何風)이 취기(吹起)하여[88] 이에 이르러 우리 노부처를 보니 24
감사하도다. 이제 옹서지의(翁壻之義)[89]는 없어졌으나 한 번 귀부(貴
府)에 나아가 석년(昔年) 동상(東床)[90]의 사랑하던 정을 펴고자 하나
만사(萬事)에 뜻이 없어 다만 천양의 옥모영풍(玉貌英風)을 생각할 뿐
이러니, 오늘날 먼저 찾으니 영행(榮幸)[91]함을 이기지 못하리로다."

부인은 다만 태부의 자포(紫袍)자락을 붙들고 오열(嗚咽) 탄상(歎傷)할 따름이라. 태부가 본디 석공의 관홍(寬弘) 도량(度量)을 탄복(歎服)하는지라. 이에 사례(謝禮) 왈,

"소생(小生)이 벌써 존문(尊門)에 등배(登拜)코자 하오나 국사(國事)에 번다(繁多)하고 또한 가친(家親)이 질환(疾患)이 계시기로 이제야 배현(拜見)하오니 황괴(惶愧)[92]하여이다."

부인이 누수(淚水)를 거두고 말씀을 펴 왈,

"금조(今朝)에 산작(山鵲)[93]이 희보(喜報)를 전하거늘 박명(薄命) 노신(老身)에 무슨 희사(喜事) 있으리오 하였더니 의외(意外)에 현서(賢

---

86) 품수(稟受): 선천적으로 타고 남.
87) 은영(隱映): 은은하게 비침.
88) 하풍(何風)이 취기(吹起)하여: 무슨 바람이 불어.
89) 옹서지의(翁壻之義): 장인과 사위 간의 관계.
90) 동상(東床): 사위.
91) 영행(榮幸): 영광.
92) 황괴(惶愧): 두렵고 부끄러움.
93) 산작(山鵲): 산까치.

壻)가 신근(辛勤)히 찾으니 반갑고 영행함을 이기지 못하리로소이다. 광음(光陰)이 여류(如流)하여 이미 삼년이 된지라. 그 사이 백아는 무양(無恙)하며 얼마나 장성하였나잇가? 한 번 보기를 원하되 제 또한 우리 노부처를 거절하니 우리 마음이 더욱 비감하도소이다."

태부가 듣기를 다하매 공경하여 말씀을 대답하니 심리(心裏)에 참괴(慙愧)함을 이기지 못하니, 공이 태부의 기색(氣色)을 스치고 손을 잡고 왈,

25 "현서 혹자(或者) 여아(女兒)의 소식을 앎이 있느냐?"

태부가 더욱 참안(慙顔)으로 주저하다가 천천히 말씀을 펴 왈,[94] 유녀가 간교(奸巧) 극악(極惡)하여 전후 악사(惡事)를 빚어 실인(室人)을 음해(陰害)한 소유(所由)를 일일이 베푼 후, 자기 제가(齊家)를 불엄(不嚴)히 하여 가변(家變)이 이에 미침을 일컬어 운수(運數) 불길(不吉)함을 말씀하니, 공과 부인이 청필(聽畢)에 어린 듯 양구묵묵(良久默默)[95]이다가 탄왈,

"이 말이 짐짓 말가? 군(君)이 우리 노부처를 위로코자 지어낸 말이냐?"

태부가 소왈,

"소서 비록 연소(年少)하와 박행(薄行)[96]하오나 어찌 악부모(岳父母)를 희언(戱言)으로 말씀하리잇가?"

공이 비로소 진정(眞情)임을 알고 불승희열(不勝喜悅) 왈,

"여아의 추풍낙엽(秋風落葉)과 대해(大海)의 부평초(浮萍草) 같은 종적(蹤迹)을 현서(賢壻)가 신근히 찾아 부녀가 서로 생면(生面)으로 만나게 하고, 다시 간인(奸人)을 구핵(究覈)[97]하여 여아의 원억(冤抑)함을 신설(伸雪)[98]하니 이 은혜를 죽어도 잊지 못하리로다."

태부가 왈,

"이는 다 양가(兩家) 존당(尊堂)의 복선여음(福善餘蔭)[99]이요, 기간

---

94) 이 부분은 원문이 대화와 설명이 섞여 있음.
95) 양구묵묵(良久默默): 한참 동안을 말없이 가만히 있음.
96) 박행(薄行): 경박한 행동.
97) 구핵(究覈): 이치나 사실 따위를 속속들이 캐어 냄.
98) 신설(伸雪): 신원설치(伸冤雪恥). 가슴에 맺힌 한을 풀고 억울한 일을 씻어 냄.

(其間) 고행(苦行)은 다 저의 액운(厄運)이오니 이런 말씀을 말으소서."

부인이 만구칭사(滿口稱謝)하고 인하여 시비(侍婢)로 하여금 진찬(珍饌)을 내와 태부를 권하니, 태부가 하저(下箸)하기를 맞고, 부인 왈,

"여아가 이제 심산(深山) 궁처(窮處)에 외로이 있으니 빨리 사람을 보내어 데려옴이 마땅하도다." 26

태부가 대왈,

"명일(明日)에 표형(表兄) 왕어사로 하여금 배행(陪行)하기를 정하였나이다."

부인 왈,

"그러면 우리도 사람을 보내리니 현서는 같이 가게 하라."

태부가 인하여 하직하고 본부로 돌아 가니라.

어시(於時)에 공의 부부가 보낼 사람이 없어 정히 근심하더니, 부인의 친질(親姪) 설생(薛生)이 마침 숙모를 뵈러 왔다가 소저의 생환(生還)함을 듣고 공의 부부께 고왈,

"소매(小妹)가 생존한다 하니 이는 숙부(叔父) 양위(兩位) 현심청덕(賢心淸德)[100]을 하늘이 살피샤 생환고국(生還故國)함이니, 혜둔(嘒鈍)[101] 하여 사례(謝禮)를 다 못하오나 이제 소매의 배행이 없사오니 소질이 서촉에 가 서로 반기고 호행(護行)코자 하나이다."

석공 부부가 대희(大喜) 왈,

"현질(賢姪)이 진실로 가기를 원하면 이런 다행이 없으니 명일 진부에 가 왕어사와 동행하게 하라."

설생이 수명하고 본부로 가매 석공이 이에 서간(書簡)을 닦아 진부에 보내어 동행케 하니, 진태부가 장파더러 왈,

"설생이 동행하니 심히 비편(非便)하니 가지 못하리이다."

---

99) 복선여음(福善餘蔭): 선한 일을 한 사람에게 복을 주고, 조상이 쌓은 공덕으로 자손이 복을 받음.

100) 현심청덕(賢心淸德): 어진 마음과 맑은 덕행.

101) 혜둔(嘒鈍): 희미하고 둔함.

장파가 심리(心裏)에 애련(哀憐)하나 사세(事勢) 그러한지라. 하릴없어 다만 석소저께 글을 부치니라.

27 왕어사가 위의(威儀)를 갖추어 발행(發行)하여 촉으로 행할새, 석부에서 진유랑과 시녀 이십 인을 뽑아 보내니 금거옥륜(金車玉輪)과 허다(許多) 위의(威儀) 제제(濟濟)[102]한지라. 태부가 그 막하(幕下) 이현, 최훈, 유관 등 삼인으로 하여금 배행(陪行)하게 하니, 왕어사가 친당(親堂)에 배사(拜謝)하고 서(西)으로 향할새 태부(太傅)가 강두(江頭)에 나와 전송하고 원로(遠路)에 무사왕반(無事往返)함을 당부하니, 왕어사가 점두(點頭)[103]하고 서로 분수(分手)[104]하여 돌아올새 제왕 등은 먼저 돌려보내고 태부가 홀로 떨어져 오더니, 십자가(十字街) 양환루에 이르니 이곳은 창기(娼妓)가 모인 곳이라. 녹의홍상(綠衣紅裳)한 창녀의 무리 청가묘무(淸歌妙舞)[105]를 수창(酬唱)하여 협객(俠客)을 모아 환오쾌락(歡娛快樂)하니 공자(公子) 왕손(王孫)이 백마금안(白馬金鞍)으로 구름 모이듯 하는지라. 가성(歌聲)이 열렬함을 듣고 괴히 여겨 잠깐 눈을 들어 보니 소년 유협(遊俠)[106]들이 혹 관(冠)도 벗었으며 띠도 끄르고 옷 앞을 헤쳐 뷔거람하여[107] 거지(擧止) 자못 해연(駭然)하거늘, 태부가 저의 행사(行事) 자못 해괴함을 보고 통한(痛恨)히 여겨 금선(金扇)을 들어 옥면(玉面)을 가리우고 수레를 바삐 몰아 지나니, 제창(諸娼)이 일시에 나서 구경하매 옥모영풍(玉貌英風)을 모두 흠선(欽羨) 칭복(稱服)하여 서로 이르되,

"진태부의 아름다움은 당시(唐時) 이학사(李學士)[108]와 한대(漢代)[109]

---

102) 제제(濟濟): 많고 성한 모습.
103) 점두(點頭): 승낙하거나 옳다는 뜻으로 머리를 끄덕임.
104) 분수(分手): 서로 작별함.
105) 청가묘무(淸歌妙舞): 맑은 목청의 노래와 묘한 춤.
106) 유협(遊俠): 협객(俠客).
107) 뷔거람하여: 미상. 방만한 걸음걸이를 말하는 것으로 보임.
108) 이학사(李學士): 여기에서는 당나라 이백(李白)을 가리킴.
109) 한대(漢代): 주랑은 중국 삼국시대 오(吳)나라 사람이므로, 필사자의 오류로 보임.

주랑(周郞)[110]이라도 이에 지나지 못하리로다."

하여 일시에 동정(洞庭) 황귤(黃橘)을 빗발치듯 하여[111] 거중(車中)에 가 28
득하되 태부가 다시 눈을 듦이 없이 돌아오더니, 문득 친우(親友) 범상서를 만나니 두 수레 한 곳에 다다르매 범상서가 이르되,

"소제(小弟) 형을 본지 수삭(數朔)이라. 그 사이 존체(尊體) 무양(無恙)하시냐? 소제 장차 비린지맹(比鄰之盟)[112]이 동하매 존택(尊宅)으로 나아가더니, 우연히 이 곳에서 형을 만나니 족히 수 삭 막힌 회포(懷抱)를 위로하리로다."

태부가 또한 답왈,

"소제 서(西)으로 돌아온 후 주야 태자를 모시다가 친환(親患)[113]이 위중하기로 수유(受由)[114]하고 나왔더니, 금일 왕형이 촉도(蜀道)에 발행(發行)하매 작별하고 돌아가노라."

범상서가 왈,

"귀부(貴府)로 돌아가 앙모지회(仰慕之懷)[115]를 펴사이다."

하고, 한 가지로 진부에 이르러 서헌에 좌정(坐定)하고 한훤(寒暄)[116]을 파하매 주찬(酒饌)을 내와 술이 수순(數順)에 지나매 범상서가 문왈,

"왕형이 무슨 일로 촉에 갔나잇고?"

태부가 탄왈,

---

110) 주랑(周郞): 주유(周瑜). 자(字)는 공근(公瑾). 미남으로 유명함. 중국 삼국시대 오(吳)나라 손책(孫策)을 섬겼는데, 나이가 젊었으므로 모두 주랑이라고 불렀음.

111) 동정(洞庭) 황귤(黃橘)을 빗발치듯 하여: 아름다운 선비의 얼굴을 보기 위한 행동. 중국 당(唐)나라 시인 두목(杜牧)이 수레를 타고 길을 지날 때면 창기들이 그의 아름다운 모습을 보기 위해서 귤을 던져 그를 뒤돌아보게 하였다고 함.

112) 비린지맹(比鄰之盟): 가까운 이웃끼리의 의리.

113) 친환(親患): 어버이의 병환.

114) 수유(受由): 말미를 받음.

115) 앙모지회(仰慕之懷): 우러르고 사모하는 정.

116) 한훤(寒暄): 인사. 춥고 더운 날씨를 묻는 일.

"소제의 실가(室家)를 삼 년을 알지 못하였더니 이제 촉지(蜀地)에 있다 하기로 왕형이 호행(護行)하러 갔노라."

범공이 하례(賀禮) 왈,

"형의 말 같을진대 존택(尊宅) 복경(福慶)을 하례(賀禮)하노라."

태부가 왈,

"이는 다 조종(祖宗)의 여음(餘蔭)이라."

하니, 범공이 점두(點頭)하고 왈,

"소제(小弟) 저적에[117] 형을 찾아왔더니 영윤(令胤)[118]을 보아 교도
29 (交道)를 맺고 돌아간 후 지금 잊지 못하여 다시 보고자 하여 왔나니,
가히 보랴?"

태부가 즉시 공자를 부르니 공자가 수명(受命)하여 서헌에 나와 범공을 향하여 배알(拜謁)하고 나직히 존후(存候)[119]를 묻자온 후 부공(父公)의 곁에 시립(侍立)하는지라. 범공이 정신을 잃고 공자를 바라보다가 이윽고 태부를 향하여 왈,

"금일이 하일(何日)이완대 선아(仙兒)를 다시 보느뇨?"

태부가 칭사(稱謝) 왈,

"어린 아이를 형이 이렇듯 과장하니 도리어 황괴(惶愧)[120]하여라."

범공이 칭사함을 마지아니코 양공이 서로 담화(談話)할새, 범공이 공자의 손을 잡고 유유(愉愉)[121]하다가 이르되,

"소제(小弟) 별단(別段) 회포(懷抱)가 있어 형에게 청코자 하나 존의(尊意)를 알지 못하여 발설치 못하나니 형이 능히 찰납(察納)[122]하시랴?"

태부가 왈,

117) 저적에: 저번에. 지난번에.
118) 영윤(令胤): 남의 아들을 부르는 말.
119) 존후(存候): 남을 찾아가 위문하는 일.
120) 황괴(惶愧): 황공하고 부끄러움.
121) 유유(愉愉): 흐뭇하고 즐거워함.
122) 찰납(察納): 제안이나 요청을 잘 살펴서 받아들임.

"형과 소제는 지심지기(知心知己)[123]니 무슨 말이 있으면 어찌 은닉(隱匿)하리오? 이는 소제 형을 믿던 바 아니로소이다."

범공이 소왈,

"다른 일이 아니라 소제 한낱 여식(女息)이 있으니 유취(乳臭)를 면치 못하고 외모(外貌) 재질(才質)이 족히 이름직하지 않으나, 아비된 자의 마음에 남의 없은 듯하여 귀중함이 비할 데 없더니, 이제 영윤을 보니 문득 외람한 마음이 맹동(萌動)[124]하여 산계비질(山鷄鄙質)[125]로
봉황(鳳凰)의 짝 지음을 바라노라. 아직은 혼인을 의논치 못하나 피차 30
에 결혼(結婚)[126]하였다가 자라기를 기다려 결승(結繩)[127]을 맺고자 하나니 형은 더럽다 마시고 허(許)하심을 바라노라."

태부가 침음양구(沈吟良久)에 왈,

"돈아(豚兒)[128]의 용우(庸愚)함이 무일가취(無一可取)[129]어늘 형이 화옥(華玉) 같은 규수(閨秀)로써 결친(結親)코자 하시니 소망(所望)에 과의(過矣)라. 그러하오나 혼인(婚姻)은 인륜지대사(人倫之大事)라. 양아(兩兒)가 다 구상유취(口尙乳臭)[130]니 아직 친사(親事)[131]를 의논할 때 아니오니 형은 칠팔 년을 기다려 의논하시면 좋으니 급거(急遽)히 말으소서."

범공이 개연(慨然)[132] 불락(不樂) 왈,

---

123) 지심지기(知心知己): 서로의 속마음을 아는 친한 사이.

124) 맹동(萌動): 어떤 생각이나 일이 움직여 시작됨.

125) 산계비질(山鷄鄙質): 산닭 같은 보잘 것 없는 천한 자질.

126) 결혼(結婚): 혼인하기로 정함.

127) 결승(結繩): 월하노인(月下老人)이 끈으로 남녀의 다리를 묶어 놓음. 혼인을 말함.

128) 돈아(豚兒): 자기 자식을 남 앞에서 낮추어 부르는 말.

129) 무일가취(無一可取): 단 한 가지도 취할 바가 없음.

130) 구상유취(口尙乳臭): 입에서 젖내가 난다는 뜻으로 말이나 행동이 아직 어림을 말함.

131) 친사(親事): 혼담(婚談).

132) 개연(慨然): 분개하는 태도.

"세상사(世上事)를 예탁(豫託)지 못하리니 그 사이 피차(彼此)에 혹자(或者) 차오(差誤)[133]함이 있으면 질족자(疾足者)에게 아이리니,[134] 세월(歲月)이 백구지과극(白駒之過隙)[135]이라 얼마하여 칠팔 년 광음(光陰)이 돌아오니, 오형(吾兄)은 쾌허(快許)하여 제(弟)의 마음을 시원케 함을 바라노라."

태부가 답(答)고자 하더니 진노공이 제질(弟姪)을 거느려 나오니, 태부와 범공이 하당영지(下堂迎之)하여 승당배알(昇堂拜謁)하니 진공이 거수장읍(擧手長揖)하여 왈,

"연질(緣姪)이 언제 왔더뇨?"

범상서가 왈,

"온 지 오래지 않으므로 대인께 뵈옴을 미처 청(請)치 못하였나이다."

이에 다시 궤(跪) 고왈,

"소질이 오늘날 연숙(緣叔)께 고할 말씀이 있나이다."

하고 드디어 공자의 혼인 말씀을 고하니, 진공이 소왈,

"노부가 어느 사이에 백아의 구혼(求婚)하는 말을 듣나뇨? 아름다움
31 을 이기지 못하나니 불감청(不敢請)[136]이언정 어찌 사양하리오? 수삼
년을 기다려 손부(孫婦)의 술잔을 쾌히 먹으리니 내 심히 기뻐하나니
현질(賢姪)[137]은 모로미 다른 염려를 말고 다만 양가아(兩家兒)의 장성
(長成) 수미(秀美)하기를 기다릴 따름이라."

하니, 범공이 청필(聽畢)에 거수칭사(擧袖稱辭)[138]하여 만심환열(滿心歡悅)하며 태부를 돌아보아 웃고 왈,

133) 차오(差誤): 틀리거나 잘못됨.

134) 질족자(疾足者)에게 아이리니: 행동거지가 재빠른 사람에게 빼앗기리니.

135) 백구지과극(白駒之過隙): 흰 망아지가 지나가는 것을 문틈으로 바라본다는 의미로 세월이 매우 빠름을 비유하는 말.

136) 불감청(不敢請): 감히 청하지는 못함.

137) 현질(賢姪): 원문은 '현계'나 현질의 잘못임.

138) 거수칭사(擧袖稱辭): 소매를 들어올려 고마움을 표현함.

"형은 아녀(兒女)를 나무라 버리는 것을 대인(大人)이 쾌허(快許)하시니 형이 아니 미흡하여 하느냐?"

태부가 미소 왈,

"구태여 거절함이 아니라, 어린 아이들을 장성도 아니 하여 미리 약혼(約婚)함이 조물(造物)의 꺼리는 바라. 시고(是故)로 자저(赼趄)[139]함이요, 불응(不應)함이 아니니 형은 괴히 여기지 말라."

범공이 희불자승(喜不自勝)하여 공자의 손을 잡고 등을 어루만져 왈,

"너는 나의 여서(女壻)라. 이후로는 나를 범연(凡然)히 알지 말고 악장(岳丈)[140]이라 칭하라."

하니, 공자가 옥면(玉面)에 홍광(紅光)이 취지(聚之)하여 저두(低頭)[141]하여 감히 우러러 보지 못하거늘, 진공이 공자를 명하여 '석부로 가라.' 한데, 공자가 수명(受命)하여 몸을 일어 좌중(座中)에 배사(拜謝)하고 표연(飄然)히 나가니, 범공이 서운하여 수중기화(手中奇貨)[142]를 잃은 듯하여 멀리 가는 데를 바라보며 불승애련(不勝愛戀)[143]함을 마지아니터라.

세(歲) 을묘(乙卯) 이월일 향목동 서(書)

---

139) 자저(赼趄): 주저함.
140) 악장(岳丈): 장인.
141) 저두(低頭): 머리를 낮게 숙임.
142) 수중기화(手中奇貨): 손 안에 가지고 있던 기이한 재물.
143) 불승애련(不勝愛戀): 사랑함을 이기지 못함.

수저옥난빙 권지팔 종(終)

1 화설. 범공이 서운하여 수중(手中)의 기화(奇貨)를 잃은 듯하여 멀리 가도록 바라보아 불승애련(不勝愛戀)하더라. 차시(此時)에 석상서 부부가 만사무심(萬事無心)하여 여아(女兒)의 돌아옴을 굴지계일(屈指計日)[1]하여 기다리며 손아(孫兒)를 보고자 하더니, 문득 진공자가 청삼(青衫)을 나부끼고 안서(安舒)[2]히 들어오니 영풍옥골(英風玉骨)이 표연쇄락(飄然洒落)[3]하여 진정 군자(君子)요, 양미(兩眉)에 천지조화(天地造化)를 오로지 품수(稟受)[4]하였으니 의의(猗猗)[5]한 골격(骨格)이 태산(泰山) 교악(喬嶽)[6]같은 지라. 상서와 부인이 일견(一見)에 반가움이 장부(臟腑)[7]를 흔드는지라. 그 예(禮)함을 기다리지 못하여 연망(延忙)[8]히 옥수(玉手)를 가로잡고 척연(慽然)[9]히 슬퍼 부인은 실성(失聲) 오열(嗚咽)키를 마지않으니, 공자가 또한 애루종횡(哀淚縱橫)[10]하여 묵묵(默默)이어늘, 위로 왈,

"손아(孫兒)가 과도히 애상(哀傷)하여 간장(肝腸)을 상해오니 부인은

---

1) 굴지계일(屈指計日): 날짜를 손꼽아 헤아림.
2) 안서(安舒)히: 편안하고 조용히.
3) 표연쇄락(飄然洒落): 나부끼듯이 상쾌하고 깨끗함.
4) 품수(稟受): 선천적으로 타고남.
5) 의의(猗猗): 아름답고 빛나는 모양.
6) 교악(喬嶽): 높은 산봉우리.
7) 장부(臟腑): 오장육부(五臟六腑).
8) 연망(延忙): 놀라거나 당황하여 분주하고 바쁜 모양.
9) 척연(慽然): 슬퍼하는 모습.
10) 애루종횡(哀淚縱橫): 슬퍼 흘리는 눈물이 거침없이 마구 흘러내림.

부질없이 어린 아이 심회(心懷)를 돕지 말으소서."

돌아 공자더러 왈,

"네 어찌 나를 한 번도 봄이 없고, 내 또한 여러 번 보고자 하되 오지 아니함은 어찜이뇨?"

공자가 이성화기(怡聲和氣)[11]로 대왈,

"소손(小孫)이 일병(一病)이 미류(彌留)[12]하와 등배(登拜)치 못하오니 죄 깊도소이다."

공이 흔연(欣然) 쾌락(快樂)하여 공자의 손을 잡고 머리를 어루만져 그 2
지내던 바를 물을새, 공자가 유씨의 말을 거두지 않고 오직 존당(尊堂)의 무휼(撫恤)하시던 바와 장파(張婆) 모녀의 보호하던 수말(首末)을 일일이 고하니, 부인이 장파의 은혜를 못내 일컬어 폐부(肺腑)에 새기더라. 공자가 밤을 이곳에서 머물새, 공의 부부가 공자를 회중(懷中)에 누이고 밤이 맞도록 흔연하여 즐김을 마지아니터라.

차일(此日) 진공이 손아의 혼사(婚事)를 정하매 희불자승(喜不自勝)하여 빈주(賓主)가 종일 단란하다가 석양에 범공이 돌아가니라. 명일(明日) 석상서가 진부에 나아가니 진공이 맞아 예필(禮畢)에 진공이 자리를 떠나[13] 사죄하여 왈,

"소제(小弟)가 천품(天稟)이 혼암불명(昏暗不明)[14]하여 간인(奸人)의 창궐(猖獗)[15]함을 알지 못하고 현부(賢婦)로 하여금 누명(陋名)을 실어 방인(傍人)의 치소(嗤笑)[16]와 골육(骨肉)을 잔멸(殘滅)할 뻔하니 소제 이를 생각하면 모골(毛骨)이 송연(悚然)한지라. 터럭을 빼어도 속(贖)기 어렵고 배꼽을 너흘고자[17] 하오나 어찌 미치리오? 금일 형을 대하매

11) 이성화기(怡聲和氣): 기뻐하는 목소리와 부드러운 기운.
12) 미류(彌留): 병이 오래 낫지 않음.
13) 자리를 떠나: 피석(避席). 공경하는 의미로 자리에서 물러남.
14) 혼암불명(昏暗不明): 사리에 밝지 못함.
15) 창궐(猖獗): 어지러이 미쳐 날뜀.
16) 치소(嗤笑): 비웃음. 냉소.
17) 배꼽을 너흘고자: 배꼽을 물어뜯고자. 사향노루가 자신의 배꼽을 물어뜯는

낯 둘 곳이 없나이다.”

석공이 답사(答辭) 왈,

“작일(昨日) 손아(孫兒)의 말과 천양의 설화(說話)를 들으니 형의 처
치(處置) 어찌 그르다 하리오? 소제로써 의논하여도 처치 그렇지 아니
3 치 못하리니 형은 부질없이 칭죄(稱罪)치 말라. 다만 촉도(蜀道)가 요
원(遙遠)하고 산천(山川)이 격절(隔絶)하니 혈혈(孑孑)한 아녀자가 어찌
득달(得達)하리오? 염려 방하(放下)[18]치 못하도다.”

이렇듯 담화하여 일모(日暮)에 돌아가니라.

시시(是時)에 태부(太傅)가 부공(父公)의 병이 아주 쾌차(快差)하매 인하여 예궐숙사(詣闕肅謝)[19]하온대 상이 반기시어 기간(其間)에 보지 못하여 울회(鬱懷)함을 펴시고 '동궁(東宮)을 떠나지 말라.' 하시니, 태부가 복지사은(伏地謝恩)하고 동궁에 나아가 태자께 문안하온대, 태자가 대희(大喜)하샤 사제지례(師弟之禮)로 재배(再拜) 후 기간 앙모지회(仰慕之懷)를 베풀고 태부는 기간 학문(學問)을 힐문(詰問)하여 정의(情誼) 자별(自別)하더라.

화설(話說). 왕어사가 설생으로 더불어 월여(月餘)에 촉에 이르러 도월암에 이르니 차시(此時)는 중춘(中春) 망간(望間)[20]이라. 만학천봉(萬壑千峰)은 중첩(重疊)한대 산색(山色)이 수려(秀麗)하고 수목(樹木)이 총울(叢鬱)[21]하며 춘경(春景)이 가려(佳麗)하여 곳곳이 기화요초(奇花瑤草)는 반개(半開)하고 백척세류(百尺細柳)는 유록장(柳綠帳) 드리운 듯 각색금수(各色禽獸)는 녹수(綠樹)에 깃들어 풍경(風景)이 가려(佳麗)한지라. 옥 같은 시내는 잔원(潺湲)하고 작은 산로(山路)는 유리를 편 듯하니 진실로 별유천지비인간(別有天地非人間)이라. 왕어사가 왈,

---

다는 말로 후회한다는 의미. 서제(噬臍).

18) 방하(放下): (마음 속의 걱정 등을) 내려놓음.

19) 예궐숙사(詣闕肅謝): 대궐에 들어가 임금께 숙배(肅拜)하고 사은(謝恩)함.

20) 망간(望間): 음력 보름께.

21) 총울(叢鬱): 풀이나 나무 등의 무더기가 많고 울창함.

"이번 행도(行途)에 경개(景槪) 절승(絶勝)하니 도월암은 유명한 곳이라."

하더라.

선시(先時)에 석소저가 몽매(夢寐) 밖 가군(家君)을 만나 친당(親堂) 소 4
식과 구고(舅姑) 존문(存問)[22]을 들으매 적이 위회(慰懷)[23]하여 세월을 보내나, 사친지회(思親之懷)와 애자지회(愛子之懷) 번란(煩亂)하여 태부를 이별한 후 식음(食飮)이 능히 내리지 못하고 조운석월(朝雲夕月)에 비읍(悲泣) 처창(悽愴)[24]하여 장우단탄(長吁短歎)으로 세월을 보내더니, 채원이 위로 왈,

"수삭지내(數朔之內)에 환귀(還歸)하실 희보(喜報)를 들으시고 영화로이 돌아가시리니 부인은 상해치 말으소서."

소저가 비록 채원의 신기(神氣)를 아나 믿지 아니하더니, 일일은 산문(山門) 밖이 들레며[25] 인성(人聲)이 낭자(狼藉)하니 제승(諸僧)이 황망히 고왈,

"왕어사 행차 이르시다."

하고 분분히 객당(客堂)을 수소(修掃)[26]하고 바삐 영접하니, 왕어사가 방장(方丈)[27]에 들어가 좌(座)를 정하고 채원을 불러볼새, 학발(鶴髮) 노고(老姑)가 미목(眉目)이 청수(淸秀)하고 거지(擧止) 비상(非常)한지라. 난간 밖에 좌를 주어 왈,

"나는 진승상의 표형(表兄) 왕어사러니 그대 석부인을 호혈(虎穴) 중에 구하여 평안히 모심을 특별히 치하(致賀)하노라. 내 이제 모셔가려 왔나니 그대는 수수(嫂嫂)께 나의 이르렀음을 고하라."

---

22) 존문(存問): 안부를 묻는 일.
23) 위회(慰懷): 괴롭거나 슬픈 마음을 위로함.
24) 처창(悽愴): 구슬퍼 마음 아파함.
25) 들레며: 큰 소리로 떠들며. 시끄럽게 하며.
26) 수소(修掃): 비로 쓸고 물로 닦고 함.
27) 방장(方丈): 고승이 거처하는 곳.

채원이 합장(合掌) 사례(謝禮)하고 들어와 석씨께 사연을 고하니, 부인이 차경차희(且驚且喜)하여 먼저 다과(茶果)를 차려 쌍환 등을 보내어 해
5 갈(解渴)하게 하고 좇아 쌍환과 채원으로 더불어 객당에 이르니, 설강 등은 시아(侍兒)를 거느려 미처 이르지 못하였는지라. 어사가 하당영지(下堂迎之)하여 당에 올라 예필(禮畢)에 어사가 잠깐 눈을 들어 살피니 의상(衣裳)이 남루(襤褸)하고 용모 초췌하여 옥빈운환(玉鬢雲鬟)이 어지럽고 성안(星眼)에 누수(淚水)가 방방(滂滂)하여 애원한 거동과 참담한 형상이 차마 보지 못할러라. 양인(兩人)이 묵묵양구(默默良久)에 말이 없더니, 소저가 나작히 존당(尊堂) 존후(尊候)를 묻고 버거 천리 험로(險路)에 수고로이 이르심을 사례하니, 어사가 국궁(鞠躬)[28] 왈,

"소생 등이 혼약(昏弱)하와 수수로 하여금 만상(萬狀) 역경을 지내고 함정에 빠지시되 구활(救活)치 못하고, 도금(到今)하여는 가중노소(家中老少)가 다 추회막급(追悔莫及)이라. 자못 황괴(惶愧)함이 낯 둘 곳이 없나이다."

정언간(正言間)에 설강 등 이십 인이 이르러 배례(拜禮)하니, 소저가 또한 누수(淚水) 연락(聯落)하니 모란 일지(一枝) 춘우(春雨)를 머금은 듯 요요(夭夭)한 태도가 더욱 새롭더라. 소저가 본부 시녀(侍女)를 대하여 부모 존후를 묻잡고 제녀로 더불어 각각 떠나던 회포를 이르니 유랑과 시비 등이 일희일비(一喜一悲)하더라. 차일 어사가 소저더러 진공 부부의 기다림이 간절하니 명일 발행함을 이르니, 소저가 정금(正襟) 대왈,

"숙숙(叔叔)이 원로(遠路)에 구치(驅馳)하여 몸이 곤뇌(困惱)하시니
6 수일(數日)을 쉬어 발행(發行)하심이 마땅하니이다."

어사가 공경 대왈,

"수수(嫂嫂)의 말씀이 지극 마땅하시나 소생이 연소(年少) 장기(壯氣)로 행력(行力)이 간대로[29] 피곤치 아니하옵고, 또 숙당과 존당이 기

28) 국궁(鞠躬): 윗사람이나 위패 앞에서 존경하는 뜻으로 몸을 굽힘.
29) 간대로: 그다지 쉽게.

다리심이 간절하시니 어찌 내 몸을 위하여 일시나 지체하리잇고? 수수는 물우(勿憂)하시고 행장(行裝)을 수습(收拾)하소서. 천양이 보낸 막하(幕下) 삼인이 있으니 행리(行李)를 대후(待候)하리이다."

소저가 나작히 사례하고 안으로 들어올새 시비 등이 따라 들어와 각각 맡아온 서간(書簡)을 내어 드리니, 소저가 받아볼새 부모 서간과 구고(舅姑) 서찰(書札)에 다다라서는 비척(悲慽)함을 마지아니하고 장파의 오려 하던 말을 감은(感恩)하더라. 소저가 쌍아로 하여금 왕공께 뵈니 어사가 처음으로 보매 개개이 형산미옥(衡山美玉)이라. 흠애(欽愛)하여 슬상(膝上)에 가로 안고 사랑함을 마지아니터라.

명일(明日)에 떠날새 제승을 불러 좌우로 앉히고 금은채단(金銀綵緞)을 내어 채원과 제승을 나눠 줄새, 황금 오백 냥과 능라(綾羅) 백 필을 채원을 주며 왈,

"진상국이 그대에게 보내어 구활(救活)한 은혜를 사례하나니 차물(此物)이 비록 약소(弱小)하나 정을 표하노라."

채원이 합장 사례 왈,

"상국(相國)이 빈승(貧僧)을 여차(如此) 권념(眷念)하샤 보내시는 정의(情誼)는 비록 감사하오나 빈승은 금백(金帛)이 뫼같이 있어도 쓸 데 7
없으니 모든 중생을 주어 부인과 쌍 공자의 수복(壽福)에 축원(祝願)하사이다."

언파(言罷)에 상좌중을 명하여 정전(正殿)[30]으로 수운(輸運)하여 들이고 다시금 사례하더라. 익일(翌日) 조반(早飯)을 파(罷)하매 부인이 금덩[31]에 오르매 시아(侍兒)가 쌍쌍이 금륵(金勒)을 잡고 옥륜(玉輪)을 옹위(擁衛)하니, 향연(香煙)이 애애(靄靄)하고 서기(瑞氣) 몽몽(濛濛)하니 짐짓 숙녀(淑女) 현인(賢人)이 누명(陋名)을 신설(伸雪)하고 영화로이 돌아가는 길이러라. 채원 등 제승이 산문 밖에 나와 이별할새 각각 보중(保重)함

---

30) 정전(正殿): 중심이 되는 집채.
31) 금덩: 금으로 꾸민 덩. 덩은 공주나 옹주가 타던 가마.

을 일컫고 유체(流涕) 연연(戀戀)하니, 부인이 위로하고 채원의 손을 잡고 자못 연연하여 유체하니, 채원이 부인의 원로(遠路) 행역(行役)에 이렇듯 슬퍼하심이 불가(不可)타 하여 보중(保重)하기를 재삼 부탁하여 왈,

"육, 칠 년 후면 서로 만나리라."

하니, 소저가 느낌을 마지아니하고, 이별하매 위의(威儀)를 휘동(麾動)하여 산하(山下)에 내려 서서히 행하니, 열읍(列邑) 수령(首領)이 진태부의 원비(元妃) 행차(行次)요, 신임어사가 배행(陪行)하니 지성(至誠)으로 지영(祗迎)[32]하고 좌우의 관광자(觀光者)가 칭찬함을 마지아니터라.

수십 일을 무사히 행하여 경사(京師)에 이르니 진 · 석 양공이 소저의
환경(還京)하는 선성(先聲)을 듣고 교외에 나와 본 후 바로 진부로 들어
8 오니, 왕부인이 제소저와 장파 등으로 더불어 반가이 기다리더니, 소저
가 계하(階下)에 재배 청죄하니 공과 부인이 급히 불러 올리니, 소저가 존당에 다시 재배하고 제인(諸人)과 예필 후, 구고(舅姑)가 눈을 들어 보니 녹발(綠髮)이 흐트러져 옥면(玉面)을 가리었으니 중추(中秋) 망월(望月)이 부운(浮雲)에 쌓인 듯, 옥계(玉階)에 난초가 춘풍에 춤추는 듯, 남루한 의상과 초췌한 용모는 아미산(蛾眉山) 반륜월(半輪月)이 채운(彩雲)을 헤친 듯 어리로운[33] 태도와 아리따운 기질이 절승(絶勝)한지라. 왕부인이 연망(延忙)히 집수(執手) 유체(流涕) 왈,

"노인이 혼몽(昏曚)[34]하여 간인(奸人)의 요계(妖計)에 빠져 현부(賢婦)를 구박하여 만상(萬狀) 역경을 겪게 하니 하마터면 옥보방신(玉寶芳身)을 보전치 못할 뻔하게 하고, 이제 간모(奸謀)가 발각하여 유죄인(有罪人)을 소제(掃除)하고 현부를 대하니 참괴(慙愧)함이 새로운지라. 석사(昔事)를 생각할수록 한심하도다."

공이 또한 탄왈,

---

32) 지영(祗迎): 공경하여 맞이함.
33) 어리로운: 고운.
34) 혼몽(昏曚): 정신이 흐릿하고 가물가물함.

"노부(老夫)가 불명(不明)하고 또한 무식하여 간인의 모해함을 깨닫지 못하고 현부의 현심숙덕(賢心淑德)과 표의절행(表意節行)으로 강상(綱常) 대죄(大罪)를 실어 만 리 산곡(山谷) 벽처(僻處)[35]에 유리(流離) 표탕(飄蕩)케 하여 존망(存亡)을 아득히 알지 못하여 심사(心思)가 자못
요요(寥寥)[36]하고 비창(悲愴)하더니, 천신(天神)이 보우(保佑)하샤 이제 9
무사히 생환고국(生還故國)하니 노부가 현부를 대하매 참괴하나, 이 역시 현부의 액경(厄境)이니 이왕지사(已往之事)는 제기(提起)치 말고 차후(此後)로부터 안향(安享)하기를 바라노라."

소저가 부복(俯伏)하여 듣기를 맟고 피석(避席) 사왈(謝曰),

"아해(兒孩) 불능누질(不能陋質)[37]로 존문(尊門)에 입승(入承)[38]하와 백사(百事)에 무일가취(無一可取)[39]하되 구고(舅姑)의 우로지택(雨露之澤)[40]을 입사와 주야(晝夜)에 긍긍업업(兢兢業業)[41]하옵더니, 조물(造物)이 시기하와 삼년을 존당(尊堂)에 이칙(離側)하옴은 도시(都是)[42] 첩의 운액(運厄)이오니 어찌 구고의 성려(盛慮)를 허비하실 바이닛고?"

언파(言罷)에 조금도 원심(怨心)이 없으니 공의 부부가 일변 참괴(慙愧)하고 일변 두굿겨[43] 소저의 옥수(玉手)를 잡고 못내 희열(喜悅)하더라.

말씀이 그치매 공자가 백현이 모친을 뵈오매 반가움이 넘쳐 눈물을 흘리며 존당의 말씀 그치기를 기다리고 한 편에 서서 유체(流涕)하더니, 이에 조용하매 모친 슬하에 재배(再拜)하고 엎드려 이지 못하고 오열(嗚咽)하거늘, 소저가 아자를 보매 반가운 마음이 유출(流出)하여 눈물이 떨

35) 벽처(僻處): 후미지고 궁벽한 곳.
36) 요요(寥寥): 쓸쓸한 모습.
37) 불능누질(不能陋質): 능력도 없고 천한 자질.
38) 입승(入承): 대를 이으러 가는 일.
39) 무일가취(無一可取): 단 한 가지도 취할 것이 없음.
40) 우로지택(雨露之澤): 비와 이슬의 은혜라는 뜻으로 넓고 큰 은혜.
41) 긍긍업업(兢兢業業): 항상 조심하여 삼감. 또는 그러한 모습.
42) 도시(都是): 모두.
43) 두굿겨: 기뻐하여.

어질 듯하나 존전(尊前)이라 감히 비색(悲色)을 내지 못하고 공자의 손을 잡고 머리를 쓰다듬어 왈,

"아해는 부질없이 비색을 내어 존전에 불경(不敬)치 말라. 우리 모
10 자의 이별은 여모(汝母)의 불민(不敏)한 탓이라. 차후(此後)는 무흠(無
欠)[44]하리니 마음을 상해오지 말라."

공자가 이에 누수(淚水)를 거두고 모친을 앙모(仰慕)하여 양제(兩弟)를 생각하던 말씀을 고하여 설화(說話)가 탐탐(耽耽)하더니, 장파 모녀가 또한 기간(其間) 방신(芳身)을 보중(保重)하여 무사(無事) 환경(還京)함과 삼년 고행(苦行)하던 일을 치위(致慰)[45]하니, 소저가 장파를 향하여 아자를 지극 보호함을 치사(致謝)하여 왈,

"서모(庶母)의 은공(恩功)을 갚자하면 머리를 베어 신을 하여도[46] 다 갚지 못하리로소이다."

장파가 겸사(謙辭)함을 마지아니터라.

공이 이에 소저를 명하여 외헌(外軒)에 나와 석공을 뵈니 부녀가 서로 보매 비환(悲歡)이 교집(交集)하여 석공이 다만 소저의 옥수(玉手)를 잡고 참연(慘然) 수루(垂淚)하여 능히 말을 못하니, 소저가 온화(溫和)이 위로하며 그 사이 존후(尊候)를 묻자와 말을 채 못하여서 설부인(薛夫人)이 문득 옥륜(玉輪)을 몰아 수개(數箇) 시녀(侍女)를 데리고 당에 오르니, 소저가 급히 하당영지(下堂迎之)하여 모전(母前)에 재배(再拜)하여 누수(淚水)가 종횡(縱橫)하니, 부인이 여아의 옥수를 잡고 그 애련수척(哀憐瘦瘠)함을 보매 오내(五內)[47] 붕열(崩裂)하여 눈물이 떨어질 듯하나 그 마음이 무거움이 만근지중(萬斤之重)이라. 화안(和顔)으로 위로하며 이에 왕부인
11 을 보아 석사(昔事)를 거두지 아니코 다만 여아의 무사 회환(回還)함을
치하(致賀)하니 왕부인이 또한 유열(愉悅)[48]한 말씀으로 칭사(稱謝)하더

44) 무흠(無欠): 흠이 없음.
45) 치위(致慰): 위로함.
46) 머리를 베어 신을 하여도: 머리카락을 잘라 신발을 만들어도.
47) 오내(五內): 오장(五臟).

라. 설부인이 다시 여아를 보고 이정(離情)을 펼새 소저가 일희일비(一喜一悲)하여 명도(命途)를 탄(歎)하니, 부인이 위로 왈,

"오아(吾兒)는 이왕지사(已往之事)를 개회(介懷)[49]치 말라. 이는 다 너의 신수(身數)가 불길(不吉)함이니 수원수구(誰怨誰咎)[50]리오? 고지성녀철부(古之聖女哲婦)도 일시(一時) 액운(厄運)을 다 지내고 필경은 이름을 얻나니, 이제 비록 삼년 이정(離情)은 비감(悲感)하나 고진감래(苦盡甘來)[51]는 고금상사(古今常事)라. 간모(奸謀)가 어찌 오래며 부운(浮雲)이 어찌 일월광휘(日月光輝)를 오래 가리리오? 여아는 모로미 가지록 효(孝)를 다하여 존당(尊堂)을 봉양(奉養)하고 군자(君子)를 승순(承順)하여 가내(家內) 화평(和平)하고 백년을 화락(和樂)하며 자손을 교무[52]하여 우리 노부처의 만래영효(晩來榮孝)를 보게 하라."

소저가 모친의 말씀을 듣고 재배(再拜) 대왈,

"근수교의(謹修敎義)[53]리니 복원(伏願) 태태(太太)는 물우성려(勿憂聖慮)[54]하소서."

왕부인이 시비(侍婢)로 하여금 진찬(珍饌)을 내어 빈주(賓主) 종일 담소(談笑)하여 즐기고 설부인이 본부로 돌아오니라.

어시(於時)에 진공과 부인이 쌍아를 각각 안고 교무 화열(和悅)하여 부인을 돌아보아 왈,

"요악(妖惡) 간악(奸惡)한 송가 숙질에게 속아 하마하더면 오가(吾家)
의 천리구(千里驅)[55]를 상해올 뻔 하였으니 이를 생각하면 밤에 잠이 오 12
지 않고 눈물이 하염없더니, 이제 이와 같이 장성수미(長成秀美)함은 조

48) 유열(愉悅): 기뻐하고 즐거운 모양.
49) 개회(介懷): 개의. 어떤 일을 마음에 두거나 신경을 씀.
50) 수원수구(誰怨誰咎): 누구를 원망하고 누구를 탓하겠는가?
51) 고진감래(苦盡甘來): 괴로운 일이 다하면 즐거운 일이 옴.
52) 교무: 미상.
53) 근수교의(謹修敎義): 가르침을 힘써 부지런히 닦음.
54) 물우성려(勿憂聖慮): 근심을 하지 마시라.
55) 천리구(千里驅): 뛰어나게 잘난 자손을 칭찬하는 말.

종(祖宗) 복선여음(福善餘蔭)이요, 현부(賢婦)의 어진 덕행이라."

하니, 부인이 또한 기뻐 대왈,

"진실로 상공의 말씀이 당연함이라."

하고 공의 부부가 만심쾌락(滿心快樂)하여 즐김을 마지아니하더니, 이에 혼정(昏定)을 마치매 공이 소저로 하여금 '사실(私室)에 가 쉬라.' 하니, 소저가 승명(承命)하고 침소(寢所)에 돌아오니 장파가 벌써 방사(房舍)를 소쇄(掃灑)하고 금병(錦屛) 침상(寢牀)을 화려히 하였더라.

소저가 방에 들어와 좌우를 둘러보니 물색(物色)이 의구(依舊)하여 옛 주인을 반기는 듯하매 소저가 비감(悲感)함을 마지아니하더니, 장파 모녀가 이르러 조용히 한담하고, 단씨 등 모든 왕소저(王小姐)가 이르러 그리던 회포를 펴며 말씀이 분분하더니, 차일에 진태부가 부인의 돌아옴을 듣고 태자께 소유(所由)[56]를 주달(奏達)하온대 태자가 옥음(玉音)[57]을 열어 가라사대,

"사부(師父)의 부인은 곧 사모(師母)라. 어찌 위문치 않으리오? 사부는 바삐 나아가 보고 명조(明朝)에 입궐(入闕)하소서."

태부(太傅)가 사은(謝恩)하고 승야(乘夜)하여 본부에 이르니 부모가 이
13 미 취침하여 계신지라. 창외(窓外)에서 기운을 묻고 설난각에 이르니 제소저(諸小姐)가 이에 모두 정히 담소자약(談笑自若)하거늘, 태부가 족용(足踊)을 중지하여 난간에 올라 기침하니 제시비(諸侍婢) 상공의 내림(來臨)하심을 고하는지라. 제소저가 대경(大驚)하여 모두 급급히 후창(後窓)으로 나아가고 태부가 이에 개호입실(開戶入室)하니 소저가 안서(安舒)히 일어나 맞는지라. 장파가 또한 일어서며 왈,

"상공이 소저로 더불어 이회(離懷)를 펴고자 하는데 노첩(老妾)이 앉았으면 민망하여 하시리니 일찍이 물러감이 마땅하니이다."

---

56) 소유(所由): 이유. 까닭.

57) 옥음(玉音): 옥처럼 맑고 아름다운 소리라는 뜻으로, 아름다운 목소리를 이르는 말.

태부가 소왈,

"서모(庶母)는 짐짓 조심경(照心鏡)[58] 안광(眼光)이로다. 남의 심사(心思)를 이렇듯 아르시나잇고?"

장파가 환연(歡然) 대소(大笑)하고 돌아가니라.

부부가 비로소 예필(禮畢) 좌정(坐定) 후 태부(太傅) 소저의 용광(容光)을 바라보고 반겨 흔연(欣然)히 나아가 그 옥수(玉手)를 잡고 원로험지(遠路險地)에 무사히 득달(得達)함을 치하(致賀)하고 만단(萬端) 풍정(風情)이 새암솟듯 한지라. 드디어 유녀의 간흉(奸凶) 요악(妖惡)하매 전후(前後) 작폐(作弊)하던 말을 설파(說破)하니, 소저가 묵묵부답(默默不答)하나 내심(內心)에 한심히 여김을 마지아니하더라. 태부가 이에 쌍아를 내와 슬상(膝上)에 놓고 유희(遊戲)하더니 밤이 이미 깊으매 촉(燭)을 멸(滅)하고
소저의 옥수를 이끌어 금침(衾枕)에 나아가 이르되, 14

"사모(思慕)하던 정회(情懷)를 비할 데 없더니 오늘에야 심회를 펴리로다."

하더니, 계명(鷄鳴)에 부부가 한가지로 일어 관수(盥漱)[59]하고 존당(尊堂)에 신성(晨省)[60]하매 부모가 새로이 두굿기며, 장파가 소왈,

"낭군이 작야(昨夜)에 우리 등을 축거(逐去)하더니 밤이 맞도록 무슨 정회를 하시었관대 노신(老身)이 보니 낭군의 눈이 삼년을 아니 잔 듯 하외다."

부인이 소왈,

"너는 우스운 말 말라. 오아(吾兒)가 현부(賢婦)를 삼년 상사(相思)하여 병을 이루어 하마터면 우리 노부처로 하여금 상명지통(喪明之痛)[61]을 당할 뻔하였으니 어찌 우연한 일이리오? 너는 부질없이 아자를 조

58) 조심경(照心鏡): 마음을 비추어 볼 수 있다는 상상의 거울.

59) 관수(盥漱): 씻고 양치질함.

60) 신성(晨省): 아침에 어버이의 안부를 묻는 일.

61) 상명지통(喪明之痛): 아들을 잃은 슬픔. 자하(子夏)가 아들을 잃은 후 눈이 먼 고사에서 연유함.

희(嘲戲)[62] 하여 비소(誹笑)[63]치 말라."
하고 웃는 입을 줄이지 못하더라.

소저가 침소(寢所)에 돌아와 비로소 녹발(綠髮)을 짓고[64] 단장(丹粧)을 다스리나 금수의상(錦繡衣裳)을 멀리 하여 다만 승상 원비(元妃) 예복(禮服)만 차리니 찬란 화려한 용색(容色)이 만고(萬古)에 짝할 이 없을지라. 태부가 삼자(三子)를 유희(遊戲)하여 근근체체(勤勤切切)[65]한 사랑이 비할 데 없으며 소저를 애중(愛重)하여 흔흔쾌락(欣欣快樂)하니 만사에 무심하여 즐김을 마지아니터라. 원근(遠近) 친척(親戚)이 석부인의 환가(還家)함을 듣고 진부에 모여 하례(賀禮) 분분(紛紛)하며 소저와 쌍아를 보고 새로이 반기며 말씀이 은근하더라.

차시 천자(天子)가 석소저의 사적(事跡)을 들으시고 칭찬함을 마지않으시고, 특지(特旨)[66]로 예부(禮部)에 하교(下敎)하샤 석씨로 절효부인(節孝夫人)을 봉(封)하시고 정문(旌門)[67]을 높이 하고 어필(御筆)로 제액(題額)[68]하여 금자(金字)로 쓰시고 그 절효를 표장(表章)[69]하시니 광채(光彩) 문전(門前)에 빛나더라.

태부(太傅)가 일일은 부전(父前)에 꿇어 송파를 사(赦)하여 데려오심을 고하니 공이 불응(不應)이어늘, 태부가 여러 번 간절히 애걸하매 공이 비로소 허락하니 태부가 대희(大喜)하여 거장(車仗)을 차려 공자로 하여금 송파를 청하니, 송파가 본부에 돌아가 고초(苦楚)함이 극(極)하더니 문득 공자가 거장을 갖추어 이르러 송파를 보고 예필(禮畢)에 모시러 온 말씀

---

62) 조희(嘲戲): 빈정거리며 희롱함.
63) 비소(誹笑): 헐뜯거나 비방하여 웃음.
64) 녹발(綠髮)을 짓고: 검고 아름다운 머리칼을 꾸미고.
65) 근근체체(勤勤切切): 은근하고 간절함.
66) 특지(特旨): 임금의 특별한 명령.
67) 정문(旌門): 충신, 효자, 열녀 들을 표창하기 위하여 그 집 앞에 세우던 붉은 문.
68) 제액(題額): 액자에 그림을 그리거나 글씨를 씀.
69) 표장(表章): 어떤 일에 좋은 성과를 내었거나 훌륭한 행실을 한 것을 드러내어 칭찬하고 알림.

을 공손히 하니, 송파가 대희하여 즉시 공자로 더불어 진부에 돌아와 석씨를 보매 참괴(慙愧)하여 능히 말을 못하니, 태부가 전일을 이르며 그 사이 역경(逆境)을 위로할새, 유녀의 말을 거두지 아니하고 관위(寬慰)하
며 제생이 치위(致慰)[70]하고 제소저와 장파 모녀가 다 위로하니, 송파가 16
면면히 화답하나 내심에 참괴하여 수색(愁色)이 만면(滿面)하더라. 이에 석부인과 예(禮)하매 전사(前事)를 수괴(羞愧)하여 낯을 들지 못하니 석부인이 화평(和平)히 위로하여 전일을 개회(介懷)치 아니하니, 차후는 쾌히 정도(正道)를 잡아 그른 마음을 버리고 착한 마음을 일삼으니 진문에 화기(和氣) 춘풍(春風) 같고 송파의 현명(賢名)이 상하(上下)에 자자하더라.

어시(於是)에 유녀가 본가(本家)에 돌아온 후 간모(奸謀) 발각하매 다시 진문을 바라지 못하고 모녀가 상의하여 조생과 도망하여 형주로 갈새, 형주자사 유개는 조생의 외숙(外叔)이라. 매양 반심(叛心)을 품었으되 상의할 사람이 없기로 돌탄(咄嘆)[71]하더니 조생을 보고 대희하여 군정사(軍政事)를 의논하니, 조생이 또한 간흉(奸凶)하여 간모(奸謀)가 있는지라. 이에 장사(壯士)를 초모(招募)하고 적초둔량(積草屯糧)[72]하며 군사를 연습하여 군을 일으켜 인읍(隣邑)을 침범하니, 군위(軍威) 대진(大振)하여 소과군현(所過郡縣)이 망풍귀순(望風歸順)[73]하여 변보(變報)가 조정(朝廷)에 오르매, 상이 대경(大驚)하시고 조야(朝野)가 황황(遑遑)[74]하여 감히
자원(自願)할 자가 없는지라. 상이 크게 근심하사 크게 설조(設朝)[75]하고 17
방적(防敵)할 묘책(妙策)을 물으시니 만조(滿朝) 묵묵(默默)하여 일언(一言)을 부답(不答)하는지라. 상이 옥색(玉色)이 불예(不豫)[76]하시더니 일위

70) 치위(致慰): 위로함.
71) 돌탄(咄嘆): 혀를 차며 탄식함.
72) 적초둔량(積草屯糧): 말 먹일 풀과 군량(軍糧)을 쌓아 둠.
73) 소과군현(所過郡縣)이 망풍귀순(望風歸順): 지나는 바의 고을마다 소문만 듣고도 항복함.
74) 황황(遑遑): 허둥거리며 바쁜 모양.
75) 설조(設朝): 조회를 여는 일.
76) 불예(不豫): 임금이나 왕비가 편치 않은 모양.

(一位) 소년(少年) 대신(大臣)이 출반(出班) 주왈,

"신수부재(臣雖不才)나 원컨대 일려지사(一旅之師)[77]를 빌리시면 미친 도적을 토멸(討滅)하리이다."

상이 대열(大悅)하시고 모두 보니 태자태부(太子太傅) 진숙문이라. 이에 태부로 대원수(大元帥)를 하이시고, '십만 정병(精兵)을 조발(調發)하여 치라.' 하시니, 원수가 사은(謝恩)하고 교장(敎場)[78]에 나아가 군사를 연습하고, 몸을 빼어 본부에 돌아와 부모와 일가상하(一家上下)를 작별한 후 명일(明日) 행군(行軍)하여 호호탕탕(浩浩蕩蕩)히 행하여 형주지계(荊州之界)에 이르러 결진(結陣)하고, 기모비계(奇謀秘計)를 운동(運動)하여 일삭지내(一朔之內)에 형주를 파(破)하고 유개와 조생을 원문(轅門)에 참(斬)하고 가속(家屬)을 다 잡아 정속(定屬)할새, 그 중에 일개 여자가 눈에 익은지라. 군사로 하여금 잡아들여 문왈,

"너는 어떤 여자뇨?"

기녀(其女)가 머리를 숙이고 답(答)지 못하거늘, 원수가 여성(厲聲)[79] 문왈,

"네 어찌 답지 아니하느뇨? 네 머리를 들어보라."

18 하고 군사로 머리를 드니, 이는 평생의 절치(切齒)하던 유녀(柳女)를 어찌 모르리오? 원수가 절치 문왈,

"네 유가(柳家) 요녀(妖女)로소니 어찌하여 이 곳에 있느뇨?"

하고 형구(刑具)[80]를 내와 엄문(嚴問)하니, 유녀가 머리를 들어 바라보매 평생 원가(寃家) 진태부(陳太傅)라. 낙담상혼(落膽喪魂)[81]하여 길이 탄왈,

"사이지차(事已至此)[82]하니 무가내하(無可奈何)[83]라."

---

77) 일려지사(一旅之師): 여(旅)는 군사 편성의 단위. 여기서 일려지사는 적은 수의 군사를 말함.

78) 교장(敎場): 군사 교육 등을 목적으로 하여 가르치기 위하여 만들어 놓은 곳.

79) 여성(厲聲): 화가 나서 큰소리를 지름.

80) 형구(刑具): 형벌을 가할 때 쓰는 도구.

81) 낙담상혼(落膽喪魂): 몹시 놀라거나 마음이 상해서 넋을 잃음.

직초(直招)[84] 왈,

"소첩이 어찌 사문(士門) 일맥(一脈)[85]으로 행실을 더럽히리오마는 이는 도시(都是) 상공의 박대(薄待)하심이요, 첩의 죄 아니로소이다."

원수가 익익대로(益益大怒)하여 상을 박차며 질왈(叱曰),

"이 요악(妖惡) 찰녀를 어찌 일시나 살리리오? 너로 하여금 부인과 아자의 액경(厄境)은 이르지도 말고 요악을 존전(尊前)에 범하였으니 어찌 요대(饒貸)[86]하리오?"

하고, 군사로 하여금 원문 밖에 효수(梟首)[87]하고 그 시신(屍身)을 버려 오작(烏鵲)의 밥이 되게 하고, 유가의 가속(家屬)을 원지(遠地)에 정속(定屬)한 후 수일(數日)을 머물러 백성을 안무(按撫)[88]하고 조정(朝廷)에 승전(勝戰)함을 주달(奏達)하고 군사(軍士)를 휘동(麾動)하여 경사(京師)로 향할새, 원수가 심중(心中)에 맺힌 한을 풀매 상쾌함을 마지아니터라.

어시(於是)에 천자(天子) 원수의 출정(出征)한 후 승전(勝戰)함을 주야
(晝夜) 고대하시더니 문득 승전한 장계(狀啓)를 보시고 대열(大悅)하샤 중 19
사(中使)[89]로 위문(慰問)하시고 반사(班師)[90]함을 이르시니, 원수가 대군
을 휘동하여 경사에 돌아와 예궐(詣闕) 사은(謝恩)하온대, 상이 대희하샤
원로(遠路) 구치(驅馳)를 위유(慰諭)하시고 금백(金帛)을 내어 삼군(三軍)
을 호상(犒賞)[91]하시고 부원수 이하는 벼슬을 돋우시고, '대원수는 특별
히 후일(後日) 논상(論賞)하라.' 하시니 이는 원수의 뜻을 지기(知機)[92]하

82) 사이지차(事已至此): 일이 이미 여기에 이르렀다.
83) 무가내하(無可奈何): 어찌 해 볼 도리가 없음.
84) 직초(直招): 지은 죄를 사실대로 말함.
85) 사문(士門) 일맥(一脈): 사대부의 후손.
86) 요대(饒貸): 너그러이 용서함.
87) 효수(梟首): 죄인의 목을 베어 높은 곳에 매달아 놓던 처형.
88) 안무(按撫): 백성의 사정을 살펴서 어루만져 위로함.
89) 중사(中使): 임금의 명령을 전하는 내시(內侍).
90) 반사(班師): 군사를 이끌고 돌아옴.
91) 호상(犒賞): 군사들에게 음식을 차려 먹이고 상을 주어 위로함.
92) 지기(知機): 기미나 낌새를 알아차림.

심이라. 인하여 파조(罷朝)하시매 태부(太傅)가 본부(本府)에 돌아오매 가중(家中) 상하(上下)의 환성(歡聲)이 여류(如流)하더라. 태부가 부모 슬하에 배알(拜謁)하매 진공이 태부의 등을 어루만져 두굿김을 마지아니하더니 외당(外堂)에 하객(賀客)이 운집(雲集)하매 공의 부자(父子)가 서헌(書軒)에 나와 종일 빈주(賓主)가 즐기다가 파(罷)하니라.

명조(明朝)에 입궐(入闕) 사은(謝恩)한 후 동궁(東宮)에 나아가 태자께 뵈온대 태자가 크게 반겨 가라사대,

"사부(師父)의 근로(勤勞)한 공덕을 무엇으로 다 갚으리잇고?"

하고 반김을 마지아니하시니, 태부가 황공(惶恐) 감은(感恩)하더라.

일일은 태부가 존당(尊堂)을 모시고 조용히 한담(閑談)하더니, 장파 모녀가 나와 시립(侍立)하매 태부가 숙혜를 보니 그 색태(色態) 절세(絶世)하여 장성(長成) 수미(秀美)하여 비녀 꽂기[93]에 지난지라. 태부가 부전(父前)에 고왈,

"숙혜 이같이 장성하였사오니 저와 같은 가랑(佳郞)을 얻어 백년을 쾌락(快樂)하게 함이 마땅하되 혼처(婚處)를 아무리 유의하여도 지금(至今) 얻지 못하와 초민(焦悶[94])하니이다."

공이 점두(點頭)[95] 왈,

"연(然)하다. 오아(吾兒)는 널리 듣보아[96] 우리 만래(晩來) 경사(慶事)를 보게 하라."

태부가 수명(受命)하고 퇴(退)하여 설난각에 나아가 부인을 대하여 담소하며 삼자(三子)를 유희(遊戲)하다가, 이날 부인과 동침(同寢)하고 이에 유녀 죽임을 이르니, 부인이 추연(惆然)[97] 탄왈,

"저의 행사(行事)는 마땅하되 본시 상공이 박절(迫切)한 탓이로소이다."

---

93) 비녀 꽂기: 혼기가 되었음.
94) 초민(焦悶): 속이 타도록 몹시 고민함. 또는 그런 고민.
95) 점두(點頭): 승낙하거나 옳다는 뜻으로 머리를 끄덕임.
96) 듣보아: 듣기도 하고 보기도 하여 살핌.
97) 추연(惆然): 슬퍼하거나 한탄하는 모양.

하고 감창(感愴)[98]함을 마지아니하더라.

태부가 일일은 동문(東門) 외에 가 친우(親友)를 조문(弔問)하고 돌아오더니, 문득 생각하되, '이곳에 은거(隱居)한 한처사(韓處士)는 나의 지심지교(知心之交)로되 국가의 일이 많아 한 번 찾지 못하였더니 이미 이곳에 왔으니 한 번 나아가 정회(情懷)를 펴리라.' 하고 가(駕)를 도로혀 한부(韓府)에 가 통하니, 한처사가 대희하여 급히 방사(房舍)를 소쇄(掃灑)하고 태부를 청하여 빈주(賓主)가 한훤(寒暄) 필(畢)에 태부가 왈,

"소제(小弟) 공사(公事)에 겨를이 없어 존형(尊兄)을 한 번도 찾지 못 21
하여 비린지맹(比鄰之盟)[99]이 간절하기로 존형을 찾았거니와 형은 어찌 한 번도 소제를 찾지 않으시뇨?"

한처사가 답왈,

"소제는 초야(草野)의 미천지인(微賤之人)이라. 감히 권문세가(權門勢家)에 가리잇고?"

태부가 소왈,

"형이 어찌 정외지언(情外之言)을 하느뇨?"

하더니, 문득 들으니 곁방에서 서성(書聲)[100]이 들리거늘 태부가 왈,

"글 읽는 사람이 뉘뇨?"

처사가 왈,

"이는 소제의 돈아(豚兒)[101]로소이다."

태부가 한 번 보기를 청한대, 처사가 이에 아자를 부르니 한생(韓生)이 승당(昇堂) 입실(入室)하여 태부를 향하여 재배(再拜)하고 부공(父公)께 꿇어 부르심을 묻자온대, 처사가 왈,

"저 귀객(貴客)은 나의 지심지교(知心之交)라. 너를 보고자 하시매 부름이니라."

---

98) 감창(感愴): 느꺼워 슬퍼하고 마음 아파하는 모습.

99) 비린지맹(比鄰之盟): 가까운 이웃끼리의 의리.

100) 서성(書聲): 독서성(讀書聲).

101) 돈아(豚兒): 남에게 자기의 아이를 낮추어 부르는 말.

태부가 눈을 들어 생을 보니 기위(頎威)[102] 동탕(動蕩)하고[103] 거지(擧止) 단아(端雅)하여 대인(大人) 군자지풍(君子之風)이 있는지라. 태부가 마음에 기특히 여겨 생을 향하여 문왈,

"현사(賢士)의 연치(年齒) 몇이뇨?"

생이 대왈,

"세상을 알은 지 십팔 년이로소이다."

태부가 처사를 보아 왈,

"영랑(令郞)[104]이 저렇듯 장성(長成) 수미(秀美)하니 하주(河州)의 숙녀(淑女)[105]를 배(配)함이 있느냐?"

처사가 답왈,

22 "소제 가세(家勢) 빈한(貧寒)하므로 아직 가취(嫁娶)치 못하였노라."

태부가 처사를 향하여 왈,

"소제 간절한 소회(所懷) 있으니 용납(容納)하시리잇가?"

한공이 사왈(謝曰),

"형이 무슨 말을 하고자 하는가? 듣기를 원하노라."

태부가 왈,

"다른 일이 아니라 소제(小弟)에게 서매(庶妹) 일인이 있으니 족히 영랑을 쌍(雙)하매 욕되지 않을 듯하니 형이 허하시랴?"

한공이 쾌허(快許) 왈,

"소제 영매(令妹)의 향명(香名)을 익히 들었나니 어찌 감히 좇지 않으리오? 소제 구혼(求婚)코자 하나 존의(尊意)를 알지 못하여 주저함이러니, 형이 먼저 구하시니 소제의 만분다행(萬分多幸)이라. 어찌 사양하리오?"

태부가 칭사(稱謝)하고 주객(主客)이 환소단란(歡笑團欒)하다가 태부가

102) 기위(頎威): 헌걸차고 위엄있는 모습.
103) 동탕(動蕩)하고: 얼굴이 퉁퉁하며 아름답고.
104) 영랑(令郞): 윗사람의 아들을 높여 부르는 말.
105) 하주(河州)의 숙녀(淑女): 혼기가 찬 현숙한 여자.

하직(下直)고 본부로 돌아와 존당에 고하고, 택일(擇日)하여 빙폐(聘幣)[106]를 받고 양가(兩家)가 혼구(婚具)를 성비(盛備)하니 남풍여모(男風女貌)가 피차(彼此)에 겸손(兼損)[107]함이 없어 짐짓 백년가우(百年佳偶)라. 장파의 즐겨함이 비할 데 없더라. 숙혜 인하여 본가(本家)에 있고 한생이 진부에 있어 부부(夫婦)가 화순(和順)하여 즐김이 비할 데 없더라.

차년(此年) 납월(臘月)에 석부인이 일개(一個) 옥동(玉童)을 생(生)하니 부풍모습(父風母習)[108]하여 영오(穎悟)[109] 발췌(拔萃)[110]하여 삼자(三子)와 난형난제(難兄難弟)니 가중상하(家中上下)의 하성(賀聲)이 분분(紛紛)
하더라. 23

어시(於是)에 범상서가 진공자와 결혼(結婚)[111]하매 만심환희(滿心歡喜)하여 돌아와 부인께 설화(說話)하고 양아(兩兒)의 자람을 기다리더라.

숙혜 한생으로 화락(和樂)하여 삼자(三子) 육녀(六女)를 생(生)하고, 한생이 급제(及第)하여 벼슬이 태학사(太學士)에 이르니 숙혜의 내조(內助)한 공(功)이 많은지라. 한생이 극진(極盡) 공경예대(恭敬禮待)하여 무흠(無欠)히 영복(榮福)을 누리더라.

차시(此時) 석부인이 청덕(淸德)하므로 영화로이 양가 부모를 지효(至孝)로 섬기고 군자(君子)를 예대하고 자손을 인의(仁義)로 권장(勸奬)하고 비복(婢僕)을 은혜(恩惠)로 다스리고 친척을 화목(和睦)하니, 원근친척(遠近親戚)과 상하노복(上下奴僕)의 기리는 소리 진동하더라.

이 해 진(盡)하고 명춘(明春) 삼월일을 당하여 만물(萬物)이 화창(和暢)하고 백화만발(百花滿發)하여 처처(處處)에 소인묵객(騷人墨客)[112]이 한

---

106) 빙폐(聘幣): 혼인에 쓰이는 예물.
107) 겸손(兼損): 서로 빠지지 않음.
108) 부풍모습(父風母習): 아버지와 어머니의 모습을 그대로 빼어 닮음.
109) 영오(穎悟): 용모가 뛰어나고 영특하며 총명함.
110) 발췌(拔萃): 여럿 가운데에서 유독 빼어남. 발군(拔群).
111) 결혼(結婚): 혼인의 약속을 맺음.
112) 소인묵객(騷人墨客): 시문(詩文)과 서화(書畵)를 일삼는 사람.

유(閒遊)[113]하니 날 가는 줄 깨닫지 못할 때라. 어시(於是)에 왕문(王門) 제소저(諸小姐)가 주효(酒肴)[114]를 갖추고 송파 모녀를 청하여 한가지로 후원(後園) 화류정(花柳亭)에 올라 원근(遠近) 산천(山川) 경물(景物)을 완상(玩賞)하더니, 송파가 가로대,

"노신(老身)이 이제 모든 부인을 모시고 즐기나 석부인이 참예(參詣)치 않으니 일흥(一興)이 감(減)하도다."

모든 소저가 가로대,

24 "진실로 서모(庶母)의 말씀이 지극 마땅하외다."

하고 인하여 시비(侍婢)로 하여금 설난각에 가서 석부인께 고하되,

"우리 등이 우연히 이 곳에 이르렀더니 풍물(風物)이 가려(佳麗)하여 가히 사람으로 하여금 한유(閑遊)하염직하나 이제 부인이 아니 계시매 경물의 흥이 감하는지라. 첩 등이 자리를 쓸고 부인을 감히 청하나니 부인은 더럽다 마르시고 귀체(貴體)를 왕굴(枉屈)[115]하여 즐기고자 하나이다."

석부인이 전언(傳言)을 듣고 회보(回報) 왈,

"불감청(不敢請)이언정 고소원(固所願)[116]이라. 어찌 아니 가리잇고?"

하고 인하여 연보(蓮步)를 옮겨 나아가니, 제부인이 석부인을 맞아 좌정(坐定)하매 모두 가로대,

"금일 춘기(春氣) 화창하고 풍경이 절승(絶勝)하니 아등(我等)이 완상(玩賞)코자 모였더니 현제(賢弟) 없으매 일흥(一興)이 사연하여 나지 청하였더니,[117] 이제 현제를 보니 제인(諸人)의 화용월태(花容月態)[118]

---

113) 한유(閒遊): 한가롭게 노님.

114) 주효(酒肴): 술과 안주를 아울러 이르는 말.

115) 왕굴(枉屈): 남이 자기 있는 곳으로 찾아옴을 높여 이르는 말.

116) 불감청(不敢請)이언정 고소원(固所願): 감히 청하지는 못하지만 진실로 바라는 바.

117) 일흥(一興)이 사연하여 나지 청하였더니: 앞뒤 문맥으로 보아 흥이 나지 않아 청하였다는 의미인 것 같음.

118) 화용월태(花容月態): 꽃처럼 아름다운 얼굴과 달처럼 고운 자태.

무색(無色)하도다."

석부인이 겸양(謙讓) 왈,

"제형(諸兄)이 성회(盛會)를 베푸시매 소제(小弟) 몸이 한가치 못하여 늦게야 참예하니 불안하여이다."

제인이 낭랑(朗朗)히 웃고 한가지로 주리(珠履)를 끄을어 꽃가지도 꺾 25
으며 버들도 휘어 당기며 언소(言笑)가 낭연(琅然)하니 장파 등이 곁을 좇아 그 거동을 보고 두굿겨 즐김을 마지아니하더라. 다시 자리를 옮겨 계변(溪邊)에 좌(坐)하고 다과(茶果)를 내오며 글을 지어 서로 창화(唱和)하매, 장파가 왈,

"오늘 성회(盛會)는 요지연(瑤池宴)[119]이로다."

하더니, 차일(此日) 태부와 왕생 등이 춘경(春景)을 탐하여 들어오니 제소저(諸小姐)가 놀라 일어 맞으매, 장파가 왈,

"제상공(諸相公)이 어쩐 일로 남의 모꼬지[120]를 희짓나뇨[121]?"

시중이 소왈,

"늙은이 어찌 심술이 사나와 축객(逐客)하느뇨? 가져온 술과 음식을 내라."

파가 등을 치며 왈,

"위차(位次)[122]가 재열(宰列)[123]에 있어 음식에 주접 드뇨?"

제인이 대소(大笑)하니 태부가 왈,

"서모가 우리 등을 원망하시나 이백(李白)은 학사로대 일일수경삼백배(一日須傾三百杯)[124]하여 천고(千古) 미담(美談)이 되었으니 우리

119) 요지연(瑤池宴): 선인(仙人)들의 잔치. 요지는 목천자(穆天子)가 서왕모(西王母)를 만났다는 곳.

120) 모꼬지: 놀이나 잔치 등으로 여러 사람이 모이는 것.

121) 희짓나뇨: 훼방하느뇨.

122) 위차(位次): 계급이나 자리 따위의 차례.

123) 재열(宰列): 재상의 반열.

124) 일일수경삼백배(一日須傾三百杯): 하루에 모름지기 술 삼백 잔을 기울임.

는 이백 학사를 본받고자 하나이다."

어사가 역소(亦笑) 왈,

"파랑(婆娘)이 비록 원(怨)하시나, 술줌치[125]는 장선생이니 파랑은 우리를 원(怨)치 못하리라."

소부가 역소 왈,

"장선생은 장자(長者)라 아등(我等)이 시비(是非)함이 불가(不可)하거니와,
26 한가(韓哥)[126]는 소 죽은 고기잘이요,[127] 술줌치라. 파랑이 허물치 않아 가중(家中)에 있는 술을 다 먹이다가 우리를 보면 게염[128]내어 한 잔 술을 방차(防遮)[129]하고 좋은 술과 자미(滋味)[130] 진찬(珍饌)은 다 도적하여 한가 축생(畜生)을 먹이며, 거일(去日) 파랑이 한생을 난간 아래 앉히고 무엇을 먹이다가 우리를 보고 낯이 벌겋거늘 내 스스로 선자(扇子)로 차면(遮面)하였노라."

언필(言畢)에 제생이 대소하고 장파가 저의 말이 허언(虛言)이나 이언이[131]함을 보고 팔을 뽐내어 변백(辨白)[132] 왈,

"내 언제 한랑(韓郎)를 도적하여 먹이더뇨?"

하며 힐난(詰難)하더니, 문득 일진청풍(一陣淸風)에 제소저의 작시(作詩)한 것이 날려 제인(諸人)의 앞에 떨어지니 제생이 일시에 펴 보니, 장씨 등 사인의 음영(吟詠)한 바이니 비록 민첩(敏捷) 혜일(慧逸)하나 석씨의 시사(詩詞)가 더욱 기이(奇異) 특출(特出)하니 제인이 경복(敬服)하고 태부(太傅)가 흠애(欽愛)하더라. 제소저가 심히 수괴(羞愧)하여 돌아가고자 하거늘, 제인이 환연(歡然) 소왈,

---

125) 술줌치: 술주머니. 술고래.
126) 한가(韓哥): 장파의 사위를 말함.
127) 소 죽은 고기잘이요: 고기를 잘 먹는다는 의미로 보임.
128) 게염: 부러운 마음으로 새암하여 탐내는 음식.
129) 방차(防遮): 막아서 가림.
130) 자미(滋味): 자양분이 많고 맛도 좋은 음식.
131) 이언이: 미상.
132) 변백(辨白): 변명.

"수수(嫂嫂)가 소생 등을 괴로워하시니 물러가나이다."

하고 제생이 일시에 나오니, 제소저가 도로 좌(座)를 이루고 종일 진환(盡歡)하여 즐기다가 석양(夕陽)에 각각 흩어져 침소(寢所)로 돌아가다.

차시 나라가 태평(太平)하고 사이(四夷) 진복(震服)[133]하니 사해(四海) 안 27
락(安樂)하여 태평가(太平歌)를 부르더니, 차년(次年) 춘(春)에 한기(旱氣) 심하여 백성이 황란(荒亂)하니 천자(天子)가 근심하샤 정성으로 빌으시되 마침내 점우(點雨)가 없는지라. 천심(天心)이 황황(遑遑)[134]하샤 정침(正寢)을 폐(廢)하시고 수라에 찬선(饌膳)을 감(減)하시니,[135] 태자가 주왈,

"제신(諸臣)의 정성이 부족함이 아니라 재덕(才德)이 적음이니 태부 진경(陳卿)으로 북교(北郊)에 설제(設祭)하시면 반드시 효험(效驗)이 있으시리이다."

상이 깨다르샤 즉일에 우승상 태자태부 진숙문과 예부상서 범등으로 북관(北關)에 기우(祈雨)하라 하시니, 양인(兩人)이 승명(承命)하여 칠일(七日) 재계(齋戒)하고 북관에 올라 행제(行祭)하니, 양인의 정성이 천지(天地) 감동(感動)하샤 제(祭)를 파하고 단(壇)에 내리매 문득 광풍(狂風)이 대작(大作)하고 대우(大雨)가 담아 붓듯 오시니, 양인이 대희(大喜)하여 수레를 돌려 돌아올새 우장(雨裝)을 물리치고 몸소 비를 맞고 돌아와 예궐(詣闕) 봉명(奉命)하온대, 상이 조회(朝會)를 미처 파치 못하였던지라. 제인(諸人)이 일시(一時)에 산호배무(山呼拜舞)[136]하니 상이 대열(大悅)하샤 양인에 흔연(欣然)히 좌(座)를 주시고 옥배(玉杯)에 향온(香醞)[137]을 만
작(滿酌)[138]하여 친히 양인을 권하시고, 각각 벼슬을 돋우어 진숙문으로 28

133) 진복(震服): 두려워 떨면서 복종함.

134) 황황(遑遑): 겨를이 없이 몹시 허둥거림.

135) 수라에 찬선(饌膳)을 감(減)하시니: 나라에 어려운 일이 있을 때 임금의 밥상에 반찬 수를 줄이는 일.

136) 산호배무(山呼拜舞): 나라의 중요 의식에서 신하들이 임금의 만수무강을 축원하여 두 손을 치켜들고 만세를 부르던 일.

137) 향온(香醞): 향기로운 술.

138) 만작(滿酌): 술잔에 가득 채움.

초국공을 봉하시고 범등으로 위국공을 하이시니, 양인이 황공하여 굳이 사양하온대 상이 불윤(不允)[139]하시고 파조(罷朝)하시니 하릴없어 양인이 각각 퇴조(退朝)하여 집으로 돌아오니라.

명일(明日) 상이 예부(禮部)와 호부(戶部)를 간검(看儉)[140]하여 '초국공
의 집을 지으라.' 하시니, 호부와 예부가 승명(承命)하여 길지(吉地)를 가
리어 집을 지을새, 천자가 '승상이 알면 말리리라.' 하여 거짓 왕부(王府)
라 칭하고 시역(始役)하니 이 곧 통화문 밖이라. 동명(洞名)은 집현촌이니
산천(山川)이 빼어나고 주회(周回) 백여 리러라. 이에 만여 간(間) 집을 이
루니, 북으로 천여 간은 고루(高樓)를 세워 내각(內閣)을 삼고, 남으로 천
여 간을 지어 자질(子姪)의 거처(居處)를 삼아 삼년 만에 필역(畢役)하고
봉명(奉命)하온대, 상이 대열(大悅)하샤 '상궁(尙宮)과 환자(宦者)로 하여
금 보고 오라.' 하시니, 환자가 초궁(楚宮)에 이르매 장려(壯麗)함이 대내
(大內)[141]와 일반이라. 이대로 회주(回奏)한대 상이 대희(大喜)하샤 금자
(金字)로 현판(懸板)하여 제액(題額)하시니, 예부가 받자와 남으로 큰 문
을 세웠으니 주란화각(朱欄畵閣)이 반공(半空)에 솟은 듯, 동서(東西) 협
29 문(夾門)에 또 누(樓)를 세워 망월대(望月臺)라 하고, 우편(右便) 누에 초
국(楚國) 시녀(侍女) 수백 인을 머무르고 가동(家僮) 수 백은 우전(右殿)
좌우 문에 머무르게 하고, 상이 조회(朝會)를 열어 문무(文武)를 모아 진
공을 명초(命招)하샤 흔연(欣然)히 웃으시고 왈,

"경(卿)이 숙문같은 아들을 두어 사직(社稷) 대신(大臣)을 삼은 고로 특별히 취운산에 예현궁을 사급(賜給)하나니, 일(一)은 경의 기자(奇子) 둠을 사례(謝禮)하고, 이(二)는 숙문의 북정(北征)한 공(功)을 표함이요, 삼(三)은 만조문무(滿朝文武)로 숙문의 충효(忠孝)를 본받게 함이니 경은 지실(知悉)[142]하라."

---

139) 불윤(不允): 임금이 신하의 청을 허락하지 않는 일.
140) 간검(看儉): 두루 살피어 검사함.
141) 대내(大內): 대전(大殿). 임금이 거처하는 궁전.
142) 지실(知悉): 모든 형편이나 사정을 자세히 앎.

공이 황공사은(惶恐謝恩)하고 퇴조(退朝)하니, 상이 또 태부(太傅)를 명하사 충효를 표하시고 '사양치 말라.' 하시니, 태부가 굳이 사양하여 과람(過濫)[143]함을 주(奏)한대, 상이 변색(變色)하샤 옥색(玉色)이 불예(不豫)[144]하시니, 태부가 하릴없어 사은(謝恩) 퇴조하여 위의(威儀)를 옮아 예현궁에 일택(一宅)을 옮기니 각각 처소(處所)를 정하여 머물게 하니라.

황문시랑(黃門侍郎)이 이르러 부인 직첩(職牒)[145]을 올리니 왕부인으로 초국태비를 봉하시고, 장 · 송 양파(兩婆)로 진국 기실부인을 봉하시고, 석부인으로 초국정비를 봉하사 사연(賜宴) 사악(賜樂)[146]하시고, 진문
제생(諸生)을 다 벼슬을 돋우시니 영총(榮寵)[147]이 일세(一世)에 무쌍(無 30
雙)하더라.

세월이 여류하여 공자가 장성하매 진 · 범 양가(兩家)에 대연(大宴)을 배설(排設)하고 성례(成禮)하니 신랑 신부의 초출(超出) 특이함이 짐짓 일대(一代) 가위(可謂) 천생숙연(天生宿緣)[148]이라. 진문 상하와 만당(滿堂) 빈객(賓客)이 일시에 보고 책책칭선(嘖嘖稱羨)[149]하더라.

여러 자손(子孫)이 각각 입취성관(入娶成冠)[150]하여 자손이 만당(滿堂)하고 영화부귀(榮華富貴) 끊치지 아니하니, 진문 적덕청행(積德淸行)[151]과 충효열절(忠孝烈節)을 하늘이 살피샤 자손이 번성하여, 허다(許多) 사적(事跡)은 진문충의록(陳門忠義錄)에 있으니 후록(後錄)을 보아 알지어다.

세(歲) 을묘(乙卯) 이월일 향목동 서(書)

143) 과람(過濫): 분수에 지나침.
144) 불예(不豫): 임금이나 왕비가 편치 않음.
145) 직첩(職牒): 조정에서 내리는 벼슬아치의 임명장.
146) 사연(賜宴) 사악(賜樂): 임금이 잔치를 베풀어 주고 음악을 내려줌.
147) 영총(榮寵): 임금의 특별한 사랑.
148) 천생숙연(天生宿緣): 하늘이 정해준 전생(前生)부터의 인연.
149) 책책칭선(嘖嘖稱羨): 큰 소리로 떠들며 칭찬함.
150) 입취성관(入娶成冠): 혼인하고 관례(冠禮)를 행함.
151) 적덕청행(積德淸行): 복덕을 쌓는 맑은 행실.

곽해룡전

곽해룡전 해제

1.

<곽해룡전>은 방각본으로 출간된 적은 없었던 것으로 보이나, 상당수의 필사본이 남아 있고, 또 활판본으로도 몇 차례 간행되었다. 이 책에서 교주한 대본은 현재 일본 동양문고에 소장되어 있는 3권 3책의 세책본이다. 각 권의 장수와 마지막에 있는 필사 간기는 다음과 같다.

1권(30장) : 셰을사정월일향슈동필셔
2권(30장) : 셰을사이월일향슈동필셔
3권(30장) : 셰지을ᄉ이월일향슈동필셔

이 책은 을사년(1905)에 향수동 세책집에서 필사해서 빌려주던 세책이다. 현재까지 알려진 <곽해룡전> 이본(異本)의 내용은 대체로 비슷하다. 이 책에서 교주한 동양문고본 이외에도 두 종의 세책 이본이 전하는데, 하나는 서울대학교에 소장된 본으로 3권 중 1, 2권만 남아 있는 것이고, 다른 하나는 연세대학교에 소장된 본으로 3권 중 제2권만 남아 있는 것이다. 서울대본 1권(33장)과 2권(32장)은 모두 임진년(1892) 6월에 약현(藥峴)에서 필사한 것이고, 연세대본은 정유년(1897) 4월에 필사한 것으로 27장이다(연세대본은 '행동'에서 필사한 것으로 추정된다). 두 이본의 내용을 동양문고본과 비교해보면, 내용과 분량이 거의 비슷하고, 각 권을

나눈 대목도 같다. 이것으로 보아, 세책본 <곽해룡전>은 시기와 장소가 다른 곳에서 필사된 것이라도 같은 형식과 내용임을 알 수 있다. 활판본은 이들 세책본을 대본으로 한 것이다.

세책본계열의 이본을 제외한 다른 필사본 가운데는 세책본보다 분량이 많은 이본도 있으나, 특별한 내용이 더 있는 것이 아니라 세부적인 내용에서 묘사가 확장된 것이다. 조금 특이한 내용을 갖고 있는 이본으로는, 해룡의 어머니를 돌봐준 궁년 채련을 해룡이 부인으로 맞이하는 내용을 갖고 있는 이본이 있다.

이상 간단히 이본의 현황을 보았는데, 각 이본의 기본적인 내용은 같고, 세부적인 묘사에서 확대와 축약이 일어났음을 알 수 있다.

2.

향목동 세책『곽해룡전』의 줄거리는 다음과 같다.

원나라 때 전 승상 곽충국은 늦게까지 자식이 없다가, 죽림사 노승에게 시주한 후 남해용자가 안기는 꿈을 꾸고 아들 해룡을 낳는다. 나라가 어지러워지자 황제가 곽충국을 승상으로 복직시킨다.

황제가 갑자기 죽고 14세의 태자가 즉위하자, 왕윤정, 조사원, 최경운 등이 곽승상을 조카들과 역모를 꾀한다고 모함하여, 곽승상은 설산도로 유배된다. 해룡은 승상이 유배갈 때 보낸 편지를 보고 부친을 찾아가는데, 이때 해룡의 나이는 15세이다.

해룡이 부친 적소로 가는 도중에 두문동에서 승상의 역모에 연루되어 파직된 된 종형들을 만나고, 또 두우암에서 보검과 갑옷을 얻는다. 해룡은 응천도사를 만나 모친이 궁비정속(宮婢定屬)되었음을 알고, 도사를 따라 용문산으로 가서 술법을 배운다. 궁비가 된 해룡의 모친은 적장공주를 모시고 있는 궁녀 채련의 도움을 받는다. 채련은 역모에 몰려 귀양간 이부상서 방세충의 딸이다.

서번 등 다섯 나라가 연합하여 중원을 침공하자, 황제는 신정기를 대장군으로 삼아 대적하게 한다(1권 끝). 신정기가 적장 백동약에게 패하자, 승상 왕윤정 등은 황제에게 항복을 권하나, 곽안서는 격렬히 반대한다. 황제가 곽안서와 함께 나가서 싸우다 패하여 포로가 된다.

해룡이 황제의 위급함을 알고 응천도사와 헤어져 전장으로 가던 중 적여마를 얻고, 두문동으로 가서 종형들에게 군사를 이끌고 뒤를 따라오라 하고 먼저 떠난다. 적에게 패하여 도망온 군사에게 전장 상황을 들은 해룡은, 도술로 적을 물리치고 황제를 구한다. 황제는 해룡이 곽충국의 아들임을 알고, 그제서야 자신의 잘못을 깨닫게 된다. 그리고 곽충국과 해룡의 종형들의 죄를 모두 풀어준다.

서번의 모사 철관도사의 만류에도 불구하고 백동약이 해룡과 싸우나 패하고 서번은 정벌된다(2권 끝).

황제가 환궁하여 승상은 위왕으로, 해룡은 승상으로, 승상부인은 정숙왕비로 봉하고, 간신들은 옥에 가둔다. 승상부인은 해룡의 편지를 받고서 그간의 상황을 알게 되고, 황후는 적장공주를 해룡에게 하가(下嫁)하기로 한다.

아버지를 찾아 설산도로 가던 해룡은 응천도사를 만나 진번이 반란을 일으킨 소식을 듣고, 응천도사에게서 계교를 쓴 글을 받는다. 진번은 곽승상을 잡아가 여러 가지로 회유하나 거절하자, 승상을 죽이려고 한다. 해룡은 운남에 가서 아버지를 구한다. 진번의 세력이 강해서 물리칠 수 없게 되자, 해룡은 응천도사가 준 글을 보고 적의 계교를 피하여 운남 절도령으로 간다. 죽림사에 불공을 드리고 용왕당에 용제를 지낸 후 진번을 정벌한다.

황제는 해룡의 부친을 위왕으로 삼고, 해룡은 승상을 시킨다. 그리고 왕윤정 등을 해룡에게 내어주어 마음대로 처벌하라고 하자, 이들을 모두 죽인다.

해룡이 공주와 혼인하여 화락하게 지내다가, 부친이 80세가 되어 죽자, 위왕을 이어받아 대대로 왕위를 누린다.

3.

<곽해룡전>은 조선후기 고소설의 전형적인 형식과 내용을 갖춘 작품이다. 주인공 곽해룡은 천상에서 죄를 짓고 일시 지상으로 하강한 존재이고, 문무를 겸전했으며, 또 자신을 도와주는 도사나 부처의 도움으로 나라의 위기를 구한다. 이러한 고소설의 기본 구조는 잘 갖추고 있으나, 이야기를 더 재미있게 할 수 있는 여러 가지 요소들이 빠져 있다. 예를 들면, 남자 주인공 해룡의 짝이 될 인물이라고 할 수 있는 적장공주에 대한 아무런 묘사가 없으므로, 독자들이 기대하는 남녀의 아기자기한 결연이 이 작품에는 없다. 또 전투장면에서 독자들이 좋아할만한 다양한 전술이나 싸움기술이 없어서 전투장면에서 느낄 수 있는 재미를 얻기 어렵다.

<곽해룡전>은 아주 잘 만들어진 소설은 아니지만, 이런 정도의 내용이라면, 당대의 독자들에게 어느 정도 인기가 있던 작품이었다. 현재 남아 있는 세책이나, 필사본, 그리고 새로운 인쇄기술로 만든 몇 종의 활판본이 그것을 말해준다.

세책 고소설 가운데 여러 세책집의 완질이 남아 있는 작품은 거의 없다. <곽해룡전>은 세 집에서 빌려주던 실물이 남아 있으므로, 1900년을 전후한 시기에 각 세책집에서 유통되던 작품이 서로 어떤 관계가 있는지를 연구할 수 있는 좋은 자료이다. 그리고 이런 연구를 심화시킴으로써

조선후기에 고소설이 누구의 손에서 어떤 과정을 거쳐 만들어졌는가를 파악하는데 도움이 될 수 있을 것이다.

이 작품을 잘 분석한다면, 당대의 작자들이 의식한 독자의 경향이 무엇이었나 하는 것이라든가, 또는 고소설 작자가 소설을 창작하는데 부딪친 벽이 무엇이었나 하는 점도 알아낼 수 있을 수 있다. 21세기에 고소설을 읽는 재미는, 그런 종류의 것들을 찾아내보는 것이라고 하겠다.

곽해룡전 권지일

화설(話說). 원(元)나라 시절에 한 재상이 있으니 성은 곽(郭)이요, 이름 1
은 '충국'이요, 자는 '태영'이니 세대(世代)[1]로 공후(公侯) 후예(後裔)라. 소
년등과(少年登科)하여 벼슬이 일품(一品)에 거(居)하여 명망(名望)이 사해
(四海)에 진동하고 충심(忠心)은 일국(一國)에 으뜸이라. 슬하(膝下)에 일
점 혈속(血屬)[2]이 없어 벼슬을 하직하고 고향에 돌아와 조대(釣臺)에 고
기 낚고 달 아래 밭갈기를 일삼으니 천지간에 한가한 사람이 되었더라.

일일은 곽공이 부인으로 더불어 누각에 올라 춘색(春色)을 구경하더니 승상이 홀연 탄식(歎息) 왈,

"내 나이 반백(斑白)이 넘었으되 일점(一點) 사속(嗣續)[3]이 없으니 조선향화(祖先香火)[4]를 뉘게 전하리요?"

하며 슬퍼하거늘, 부인이 또한 장탄(長歎)[5] 왈,

"무자(無子)[6]함은 첩의 죄오니 상공은 마땅히 숙녀(淑女)를 취하여 후사(後嗣)를 이으소서."

승상이 답왈(答曰),

"부인의 무자(無子)함은 나의 박복함이라. 어찌 홀로 부인의 죄리요?"

---

1) 세대(世代): 대대로.
2) 혈속(血屬): 피를 나누어 혈통을 이어가는 살붙이.
3) 사속(嗣續): 대를 이음. 또는 대를 이을 아들.
4) 조선향화(祖先香火): 조상에게 올리는 제사.
5) 장탄(長歎): 길게 탄식함.
6) 무자(無子): 대를 이을 아들이 없음.

하며 슬퍼하더니, 시녀가 나와 고하되,

2 "어떤 노승이 밖에 와 상공께 뵈옴을 간청하나이다."

하거늘, 승상이 즉시 당(堂)에 나와 노승을 맞을새, 노승이 들어와 합장배례(合掌拜禮)[7] 왈,

"소승(小僧)은 남해 죽림사에 있삽더니, 사찰이 퇴락(頹落)하와 불상(佛像)이 풍우(風雨)를 면치 못하와 중수(重修)[8]코자 하오나 재력(財力)이 없아와 상공 댁에 왔사오니 시주(施主)하옵시기를 바라나이다."

하고 권선(勸善)[9]을 올리거늘, 승상이 혜오되, '내 재물이 많으나 전할 곳이 없으니 차라리 불전(佛前)에 공양하여 훗길이나 닦으리라.' 하고 황금 일천 냥을 주며 왈,

"대사는 부처께 발원(發願)하여 혹 자식이나 점지(點指)하여 주소서."

하며 백수(白首)[10]에 눈물을 흘리니, 노승이 애련(哀憐)하여 왈,

"지성(至誠)이면 감천(感天)이라 하오니 세존께 발원(發願)[11]하여 보사이다."

하고 섬[12] 아래 내려 두어 걸음에 간 바를 모를레라.

승상이 그제야 부천 줄 알고 공중을 향하여 무수(無數) 사례하고 즉시 내당(內堂)에 들어가 부인더러 노승의 하던 말을 전하고 혹 감응(感應)[13] 함이 있을까 바라더니, 비몽간(非夢間)에 한 동자(童子)가 들어와 배례(拜禮) 왈,

3 "소자(小子)는 남해 용자(龍子)이옵더니, 부왕(父王)을 모시고 천궁(天宮)에 갔삽다가 서방(西方) 금성차지(金星次知) 금성태백(金星太伯)[14]

---

7) 합장배례(合掌拜禮): 두 손바닥을 마주 대고 절하는 것.
8) 중수(重修): 건물 등이 낡고 헌 것을 다시 손대어 고침.
9) 권선(勸善): 절을 짓거나 불사를 하기 위하여 보시를 청함.
10) 백수(白首): 늙어서 머리칼이 하얗게 셈.
11) 발원(發願): 신이나 부처에게 소원을 빎. 또는 그 소원.
12) 섬: 섬돌.
13) 감응(感應): 믿는 마음이 신령에게 통함.
14) 금성차지(金星次知) 금성태백(金星太伯): 천상의 별자리 이름으로 여기에 응

으로 더불어 백학승부[15]를 다투다가 상제(上帝) 노하사. 태백은 적거(謫居)[16]하고 소자는 중원(中原)에 내치시매 갈 바를 모르더니, 마침 남해 죽림사 관음보살(觀音菩薩)이 이곳을 지시하시기로 왔사오니 어여삐 여기소서."

하고 앞에 안기거늘 놀라 깨달으니 남가일몽(南柯一夢)[17]이라.

또 보니 부인이 침수(寢睡)가 몽롱(朦朧)하거늘, 부인을 깨워 몽사(夢事)를 전하니 부인이 또한 가로되,

"첩도 아까 일몽(一夢)을 얻사오니 그러하더이다."

승상 왈,

"노승이 전일에 금은을 받고 은혜라 하여 귀자(貴子)를 점지(點指)하시도다."

하고 즐겨하더니, 과연 그 달부터 태기(胎氣) 있어 십삭(十朔)이 차매, 일일은 집안에서 오운(五雲)이 일어나며 뇌정벽력(雷霆霹靂)이 천지진동하더니 부인이 순산하니 일개(一介) 옥동(玉童)이라. 승상이 대희과망(大喜過望)[18]하여 향수에 씻겨 누이고 아이의 상(相)을 보니, 용의 얼굴이요, 범의 머리와 곰의 등과 이리의 허리라. 우는 소리 웅장하여 완전히 몽중(夢中)에 보던 동자라. 옥(玉) 같은 얼굴과 준수한 풍채는 일대호걸이라. 4
이름을 '해룡'이라 하고 자(字)를 '운적'이라 하다.

점점 자라매 총명하여 시서백가(詩書百家)를 무불통지(無不通知)하며, 역대제왕(歷代諸王) 흥망성쇠(興亡盛衰)와 명현재사(名賢才士)의 사적을 다 알아 평론하니 승상이 더욱 사랑하여 일시도 떠나지 못하게 하며, 부인을 향하여 왈,

"해룡은 금수(禽獸) 중 봉황(鳳凰)이요, 주수(走獸) 중 기린(麒麟)이

하여 지상의 인물이 태어난다고 함.

15) 백학승부: 미상.

16) 적거(謫居): 귀양살이를 하고 있음.

17) 남가일몽(南柯一夢): 헛된 꿈. 여기서는 꿈이라는 의미로 썼음.

18) 대희과망(大喜過望): 크게 기뻐하고 지나치게 바람.

요, 인중(人中) 호걸(豪傑)이라. 일후에 반드시 공조지식[19]하고 입신(立身) 후에 이름을 빛낼 것이니 아름답지 아니하리오?"

하더라.

이때는 황제 즉위 십삼 년이라. 변방이 자주 요란하고 또한 시절이 불평하여 국정(國政)이 다사(多事)하되 충량지신(忠良之臣)이 없으매 천자(天子)가 곽승상의 청렴강직함을 생각하사 사자(使者)를 보내어 패초(牌招)[20]하시며 본직을 주시거늘, 승상이 북향사배(北向四拜)하고 예관을 대접하며 내당에 들어가 부인더러 왈,

"내 본래 벼슬에 뜻이 없더니 뜻밖에 천명(天命)이 이렇듯 간절할뿐더러, 국사(國事)가 가장 염려되기로 마지못하여 황명(皇命)을 받자와 상경(上京)하리니 부인은 아자(兒子)를 데리고 진중(鎭重)하소서."

또 해룡을 불러 왈,

"너는 부디 모친을 모시고 공부를 근실(勤實)히 하라."

하고 손을 나눠 이별하고 낭관(郎官)을 따라 황성에 올라 궐내(闕內)에 들어가 황제께 숙배(肅拜)[21]한대, 상(上)이 하교(下敎) 왈,

"국사(國事)가 가장 분요(紛擾)[22]커늘, 하릴없어 경을 패초하였나니 경은 모로미 이음양순사시(理陰陽順四時)[23]하고 시화연풍(時和年豊)[24]을 하여 국태민안(國泰民安)하는 근본을 닦아 짐의 근심을 덜게 하라."

하시고 사주(賜酒)하시니, 승상이 주왈(奏曰),

"성교(聖敎)[25]가 이렇듯 하옵시니 신이 어찌 위국원년풍(爲國願年豊)[26]을 모를 리 있고마는, 옛말에 '태양(太陽)이 수명(雖明)이나 난근

---

19) 공조지식: 미상. 나라에 공을 세운다는 의미의 말이 잘못된 것으로 보임.
20) 패초(牌招): 임금이 승지를 시켜 신하를 부르던 일.
21) 숙배(肅拜): 궁에 들어가 왕에게 절하는 것.
22) 분요(紛繞): 떠들썩하고 시끄러움.
23) 이음양순사시(理陰陽順四時): 음양을 다스려 사시를 순조롭게 함.
24) 시화연풍(時和年豊): 나라 안이 태평하고 또 풍년이 듦.
25) 성교(聖敎): 임금의 가르침.
26) 위국원년풍(爲國願年豊): 나라를 위하여 해마다 풍년이 들기를 바람.

어복지중(難近於覆之中)[27]이라.' 하였사오니 우흐로 요순(堯舜) 같은
임금이 있사오나, 아래로 고요(皐陶)[28] 같은 신하 없사오니 어찌 화피
초목(化被草木)하여 뇌급만방(乃賴及萬方)[29] 하오리이까. 성상의 어진
덕으로 조야(朝野) 백성을 알게 하옵소서. 신의 아득한 소견에는 제신 6
(諸臣)이 만조(滿朝)하와 제 몸 살기만 위하고 위국충심(爲國忠心)이 없
사옴이요, 각도 수령이 준민고택(浚民膏澤)[30]을 일삼고 민폐를 살피지
아니하오니 백성이 자연 살 도리 없사와 죽는 자(者)가 태반이오라, 이
러므로 난(亂)을 지어 시절을 요란케 하오매, 치일(治日)은 상소(尙少)
하고 난일(亂日)이 상다(尙多)하오니[31] 복원(伏願)[32] 성상은 양신(良臣)
을 가리어 각도(各道) 각읍(各邑)에 안찰(按察)[33]하사 만민을 건지게 하
옵시고, 선치자(善治者)는 상을 주시고 불선자(不善者)는 벌을 주시고,
소인(小人)을 물리치시고 현신(賢臣)을 가까이 하사 인민을 보전케 하
시면 천하 자연 태평하리이다."

상(上)이 청파(聽罷)[34]에 대희(大喜)하사 왈,

"경언(卿言)이 옳으니 국지안위(國之安危)와 조정출척(朝廷黜斥)[35]을 임의로 하라."

하시고, 또 가라사대,

"만일 시비하는 자(者)가 있으면 참(斬)[36]하리라."

---

27) 태양(太陽)이 수명(雖明)이나 난근어복지중(難近於覆之中): 태양이 비록 밝다고는 하나 엎어진 동이속을 비출 수는 없음.
28) 고요(皐陶): 중국 고대 요임금 시절의 뛰어난 신하.
29) 화피초목(化被草木) 뇌급만방(賴及萬方): 초목까지도 덕화를 입고, 힘입음은 온 누리에 미친다.
30) 준민고택(浚民膏澤): 재물을 몹시 착취하여 백성의 힘을 다하게 함.
31) 치일(治日)은 상소(尙少)하고 난일(亂日)은 상다(尙多)하오니: 잘 다스려진 날은 오히려 적고, 어지러운 날이 오히려 많으니.
32) 복원(伏願): 엎드려 바람.
33) 안찰(按察): 자세히 살펴 조사함.
34) 청파(聽罷): 듣기를 마침. 다 들음.
35) 조정출척(朝廷黜斥): 나라 정치를 하며 등용하고 축출하는 일.

하시고 조회(朝會)를 파(罷)하시다.

차시(此時) 승상이 시종대에 나아가 백관(百官)의 하례(賀禮)를 받고 영(令)을 내리어 가로대,

"방금 소인이 농권(弄權)하기로 현자(賢者)가 멀리 가니 누구로 더불
7 어 국사(國事)를 의논하리오? 제공(諸公)은 모로미 갈충사군(竭忠事君)[37]
하고 진심보필(盡心輔弼)[38]하라. 만일 기군망상(欺君罔上)[39]하여 백성을 살해하며 충직한 사람을 음해(陰害)하는 자면 중죄로 시행하리라."

하고, 일변 방(旁) 붙여 인재를 뽑으며 각도 각읍에 순무사(巡撫使)[40]를 보내어 탐관오리를 안찰하며, 창고를 열어 기민(飢民)을 진휼(賑恤)[41]하고 민간 부세(賦稅)[42]를 반감(半減)하니, 불과 수월지내(數月之內)에 교화(教化)가 일국(一國)에 덮여 만민이 송덕(頌德)하는 소리 원근(遠近)에 낭자(狼藉)하니, 이러므로 승상의 위명(威名)[43]이 일국(一國)에 진동하더라.

이때 왕윤정과 사도 최운경과 황문시랑 조사원 등은 만고(萬古) 소인이라. 곽승상이 국권을 잡으매 기운을 능히 펴지 못하고 매일 승상을 원망하여 모해(謀害)코자 하되, 황제 사랑하시고 백관(百官)이 그 영(令)을 좇치매, 능히 틈을 얻지 못하여 하더니, 차시 세화년풍(歲和年豐)하고 가급인족(家給人足)[44]하여 강구년월(康衢煙月)에 격앙가(擊壤歌)[45]를 부르더니, 국운이 불행하여 황제께서 우연 득병(得病)하사 점점 위중하시매
8 회춘치 못할 줄 알으시고 곽승상을 패초(牌招)하시고, 태자를 부르사 왈,

---

36) 참(斬): 목을 벰.
37) 갈충사군(竭忠事君): 충성을 다하여 임금을 섬김.
38) 진심보필(盡心輔弼): 마음을 다하여 임금의 정사를 보좌함.
39) 기군망상(欺君罔上): 임금을 속임.
40) 순무사(巡撫使): 지방에 시끄러운 일이 있을 때 돌아다니면서 백성들을 달래고 위로하던 관리.
41) 진휼(賑恤): 흉년에 곤궁한 백성을 돕고 구원함.
42) 부세(賦稅): 세금을 부과함.
43) 위명(威名): 위엄과 명암.
44) 가급인족(家給人足): 집집마다 사람마다 살림 형편이 넉넉함.
45) 강구연월(康衢煙月)에 격양가(擊壤歌): 태평한 시절에 풍년이 든 것을 비유함.

"승상 곽충국은 성탕(成湯)[46]의 주공(周公)[47] 같고 소무(蘇武)[48] 곽광(霍光)[49] 같은 신하라. 대소 국사를 의논하며 매사를 다 물어 행하라."

하시고, 또 승상을 돌아보시어 왈,

"경(卿)에게 대소 국사를 다 부탁하고 돌아가니 부디 어린 임금을 모시고 사직(社稷)을 안보하여 나라를 길이 누리게 하라."

하시고 용루(龍淚)[50]를 나리오시거늘, 승상이 체읍(涕泣) 주왈,

"갈충보국(竭忠輔國)하와 안보국정(安保國政)하오리니 성체(聖體)를 보중(保重)하옵소서"

상(上)이 다시 말을 못하시고 사월 초팔일에 붕(崩)하시니, 태자의 애통하심과 승상과 육궁(六宮) 비빈(妃嬪)이 호천대곡(呼天大哭)하며 장안 만민(長安萬民)이 망극애통(罔極哀痛)하니 창천(蒼天)이 혼암(昏暗)하고 백일(白日)이 무광(無光)하더라. 제절(諸節)을 갖추어 구월 구일에 선릉(先陵)에 안장(安葬)하고 태자 즉위하시니 십사 세라. 인명(仁明)하심이 선제(先帝)의 뒤를 이으실 것이로되, 다만 년소(年少)하시기로 백사(百事)를 두루 살피지 못하시니 승상이 크게 염려하더라. 9

이때 왕윤정 등이 상의하여 왈,

"때를 잃지 말고 곽승상을 모함함이 옳다."

하고, 거짓 곽승상의 말로 '청주, 기주, 양주 세 고을 자사(刺史)로 찬역(簒逆)[51]할 계교를 이뤄, 승상의 인(印)을 위조하여 치고, 심심근봉(甚深

---

46) 성탕(成湯): 중국 주나라 성왕(成王)의 오기인 듯.

47) 주공(周公): 중국 주(周)나라 정치가. 문왕(文王)의 아들. 예악제도를 정비함. 성왕과는 숙부와 조카의 관계였으나 성왕이 어려서 즉위했으므로 그를 잘 보필하였음.

48) 소무(蘇武): 중국 전한(前漢)의 충신. 자는 자경(子卿). 절개가 굳은 자로 알려져 있음.

49) 곽광(藿光): 중국 전한(前漢)의 명신. 어린 임금을 돕고 흉노를 치는데 큰 공헌을 했음.

50) 용루(龍淚): 임금이 흘리시는 눈물.

51) 찬역(簒逆): 임금의 자리를 빼앗으려고 꾀하는 반역.

謹封)[52]이라 하여 사도 최경운을 주어, '가만히 승상부에 들어가 서안(書案) 위에 놓고 있으면 우리 추후 들어가 서안에 놓인 서간(書簡)을 발각하면 성사하리라.' 하고, 약속을 정하고 최경운이 먼저 곽부(郭府)에 들어가니, 차시(此時) 승상이 국정을 근심하여 서안(書案)에 비꼈더니, 사도 최경운이 들어와 문후(問候)하고 거짓 국사를 의논하는 체하며 서안을 자주 만지며 승상을 보니, 승상은 정직한 군자라 의심치 아니하고 문답하러니, 문득 왕윤정과 조사원 등이 들어와 예필좌정(禮畢坐定) 후에 거짓으로 치국(治國)하는 경륜(經綸)을 물으니, 승상이 차례로 대답하더니, 이윽고 조사원 등이 서안(書案)에 놓인 편지를 집어보고 묻자오대,

"이 편지 겉봉의 청주, 기주, 양주 세 고을 자사에게 근봉(謹封)이라 하였사오니 합하(閤下)[53]의 족질(族姪) 간에서 한 편지니잇가?"

승상이 놀라 왈,

"그 어인 봉선(封書)지 모르노라."

윤정 등이 가로되,

"합하(閤下)의 모르는 봉서가 어이 이곳에 있으리잇고?"

하고 뜯어보니, 하였으되, '금(今) 천자(天子) 어리시고 내 국정을 잡아 임의로 천단(擅斷)[54]하나니 그대 등은 모월 모일에 동병(動兵[55])하면 내 또한 여차여차하리라.' 하였거늘, 승상이 내심(內心)에 짐작하고 '필시 이놈들이 나를 모함함이로다.' 하고 생각하되, '선제(先帝) 계실 때 같으면 변백(辨白)[56]하기 쉬우려니와 방금 천자가 유약(幼弱)하시니 어찌하리오?' 하고 경황(驚惶)하더니, 윤정 등이 고성(高聲) 왈,

"승상은 작록(爵祿)이 높으시거늘 무슨 일 부족함이 있어 모역(謀逆)을 하며, 또 선제(先帝) 붕(崩)하실 제 유언이 계시거늘, 인자(人子)가

52) 심심근봉(甚深謹封): 간절히 삼가 봉함.
53) 합하(閤下): 정1품 벼슬아치를 높여 부르는 말.
54) 천단(擅斷): 제 마음대로 처단함.
55) 동병(動兵): 군사를 움직임. 곧 군사를 일으킴.
56) 변백(辨白): 변명하여 말함.

되어 차마 어찌 이런 일을 하느뇨?"
하며 말을 맞고 가거늘, 승상이 분울(憤鬱)[57]하나 신원(伸寃)[58]할 말이 없
어 한탄만 할 따름일러라. 11

윤정 등이 돌아와 밀밀(密密)[59]이 상의하고 상서(上書)를 이뤄 탑전(榻
前)[60]에 바치니, 상이 보시니, 하였으되, '우승상 윤정과 사도 최운과 황
문시랑 조사원 등이 돈수(頓首)[61] 백배(百拜)하옵고 탑하(榻下)에 올리나
이다.' 하고, 좌승상 곽충국은 위로 천총(天寵)[62]을 입고 아래로 권세를
잡아 이목지소호(耳目之所好)[63]를 제 임의로 하매, 뜻이 방자하여 임금이
어리심을 업수이 여겨 찬역(簒逆)을 하려하고 제 조카로 더불어 청주, 기
주, 양주 세 고을 자사로 모역(謀逆)하옵다가 사색(事色)이 탄로하와 신
(臣) 등이 알았삽기로 표(表)를 올리옵나니 급히 국정을 밝히소서.' 하였
더라.

상(上)이 남필(覽畢)[64]에 대경(大驚)하사 급히 승상을 패초(牌招)하시니,
승상이 황망히 들어와 복지(伏地)하니 상이 하교(下敎)하사 왈,

"경(卿)이 청 · 기 · 양 삼 자사를 지휘하여 모역함이 옳으냐? 종실직
고(從實直告)[65]하라."

하신대, 승상이 주왈,

"천일(天日)이 소명(昭明)하와 심간(心肝)에 비치오니, 교목세신(喬木 12
世臣)[66]으로 찬역(簒逆)의 뜻을 두어 국은(國恩)을 잊으오며, 또한 선제

57) 분울(憤鬱): 분하고 억울함.
58) 신원(伸寃): 원통한 것을 풀어 버림.
59) 밀밀(密密): 아주 자세함. 빽빽함.
60) 탑전(榻前): 임금의 자리 앞.
61) 돈수(頓首): 머리를 땅에 닿도록 꾸벅임.
62) 천총(天寵): 임금의 총애.
63) 이목지소호(耳目之所好): 귀와 눈이 좋아하는 바, 곧 마음이 내키는 바.
64) 남필(覽畢): 보는 것을 마침.
65) 종실직고(從實直告): 사실을 따라 바르게 말함.
66) 교목세신(喬木世臣): 대대로 중요한 위치에 있어 나라와 운명을 같이 하는 신하.

유언이 계시거늘 어찌 대역지죄(大逆之罪)를 범하와 하(何) 면목으로 지하에 돌아가 선제께 뵈오리잇가? 신이 선제로부터 국은을 입어 세대(世代)로 국록(國祿)을 받자와 신에게 미쳤삽거늘, 황은(皇恩)을 잊사오면 어찌 천지간에 용납함을 얻으리잇가? 이는 다 소인의 작얼(作孼)[67]이니이다."

하고 머리를 두드려 유혈(流血)이 땅에 가득하는지라.

상(上)이 유예미결(猶豫未決)[68]하시더니, 윤정 등이 또 상서를 올려 왈,

"이렇듯 분명한 일을 무슨 일로 유예미결(猶豫未決)하시나잇고?"

하였거늘, 상(上)이 비록 총명하시나 소인의 참소(讒訴)가 답지(遝至)[69]하고 곽승상의 액운(厄運)이 기구한지라, 상(上)이 잠깐 진노(鎭怒)[70]하사 하교하사 왈,

"곽충국을 죽일 것이로되 선제 유언이 계시매 감사정배(減死定配)[71]하여 원찬(遠竄)[72]하시고 청·기·양 삼 자사는 다 동죄(同罪)하라."

13 하시며 급히 재촉하시니, 승상이 하릴없어 사자(使者)를 따라 배소(配所)로 향할새, 집에 돌아가지 못하고 편지만 부치고 설산도(雪山島)로 향하니, 원래 설산도는 황성(皇城)에서 일만팔천 리라, 춘하추동에 눈만 오는 고로 이름이 설산도러라.

승상이 사면을 돌아보니 동(東)은 동월국이요, 북(北)은 가달국이요, 남(南)은 남월국이라. 해천리(海千里) 막막하여 어운이 자욱하고 호풍(胡風)은 삽삽(颯颯)하여 상설(霜雪)[73]이 비비(霏霏)[74]한데, 대국을 바라보니 마음이 아득하여 백수(白首)에 눈물이 비 오듯 하니 그 경상(景狀)이 가긍

---

67) 작얼(作孼): 훼방을 놓음.
68) 유예미결(猶豫未決): 망설이어 결정을 짓지 못함.
69) 답지(遝至): 한 군데로 몰려듦.
70) 진노(鎭怒): 화를 억제하여 누름.
71) 감사정배(減死定配): 죽을 죄를 감해 주어 유배시킴.
72) 원찬(遠竄): 멀리 유배를 보냄.
73) 상설(霜雪): 서리와 눈.
74) 비비(霏霏): 비나 눈이 부슬부슬 끊이지 않고 내림.

(可矜)하더라.

선시(先時)에 임부인(林婦人)[75]이 아자(兒子)를 데리고 황성 소식을 주
야로 기다리더니, 문득 사자가 이르러 승상의 편지를 드리거늘, 반겨 급
히 뜯어보니 하였으되, '슬프다. 백수풍진(白首風塵)에 벼슬을 탐함이 아
니라 국은(國恩)을 갚고자 하다가 마침내 소인의 참소(讒訴)를 입어 설산
도에 종신(終身) 원찬(遠竄)하니 생전에 다시 상면(相面)하기 어려운지라.
어찌 슬프지 않으리오? 부인은 부디 해룡을 잘 길러 후사(後嗣)를 잇고 14
선영(先塋)의 향화(香火)를 받들게 하면 복(僕)[76]은 구천(九泉)에 돌아가
은혜를 갚으리이다. 말씀이 무궁(無窮)하나 황명이 지중(至重)하기로 그
만 그치노라.' 하였더라.

부인이 남필(覽畢)에 대성통곡(大聲痛哭)하여 호읍(號泣)[77]을 통치 못하다가 이윽고 정신을 차려 통곡 왈,

"승상이 수만 리에 적거(謫居)하시니 누구를 바라고 살리오?"

하며 대성통곡(大聲痛哭)하니, 이때 해룡의 나이 십오 세라. 모친을 위로 왈,

"과도히 슬퍼 마옵소서. 사람의 수(壽)는 재천(在天)하옵고 영욕(榮辱)은 재순(在順)하오니 간대로[78] 죽사오며, 또한 부친이 소인의 참소를 입어 원찬하오니 어찌 남의 자손이 되어 부모의 원수를 갚지 못하오면 어찌 사람이라 하오며, 또 부친이 수만 리에 평안히 행하신지 모르고 어찌 안연(晏然)히 앉았으리잇고? 모친은 비복(婢僕) 등을 데리고 계시면 소자가 삼년 위한(爲限)하고 부친을 찾아가 뵈옵고 원찬하신 내력을 아옵고 돌아오리이다."

하며 눈물이 비 오듯 하거늘, 부인 왈, 15

"내 너를 보내고 어찌 일시(一時)나마 마음을 놓으리오? 우리 모자(母子)가 함께 가자."

---

75) 임부인(林婦人): 해룡의 어머니 성이 임(林)씨임.
76) 복(僕): '나'를 문어적으로 이르는 말.
77) 호읍(號泣): 목 놓아 큰 소리로 욺. 또는 그런 울음.
78) 간대로: 그리 쉽사리.

하거늘, 해룡이 또 여쭈오대,

"시절이 분분(紛紛)[79]하와 처처(處處)에 적환(賊患)이 있다 하오니 모친은 집을 지키시고 계시면 소자가 수히 다녀오리이다."

하고 행장(行裝)을 수습하여 노복(奴僕) 일인(一人)을 데리고 사당에 하직하고, 나와 노복을 불러 왈,

"너희들은 부인을 모시고 나의 돌아오기를 기다리고 잘 있으라."

하니, 비복 등이 울며 왈,

"공자(公子)가 수히 돌아오심을 바라나이다."

하고 축수(祝手)하거늘, 생(生)이 눈물을 뿌려 이별하고 떠날새, 부인이 생(生)의 손을 잡고 통곡 왈,

"너를 데리고 세월을 보내더니 이제 너를 또 이별하니 이 비회(悲懷)를 어찌 하리오? 아무리 생각하여도 함께 갈 만 같지 못하다."

하며 슬퍼하니, 생(生)이 위로 왈,

"소자의 마음도 모시고 감이 좋으나 수만 리 원정(遠程)에 왕환(往還)이 극난(極難)하옵고 또한 지경(地境)이 타국에 가까우니 어찌 행하시리잇고?"

16 인하여 하직하고 떠날새, 모자가 서로 통곡하니, 보는 자가 뉘 아니 슬퍼하리오?

생(生)이 집을 떠나 수삼삭(數三朔)만에 한 곳에 다다르니 이곳은 웅주지경(地境)이라. 산천이 험악하고 길이 험하여 종일토록 가되 인가(人家)를 보지 못하니, 석양에 이르러 한 곳을 바라보니 수삼(水蔘) 인가(人家)가 있거늘, 기갈(飢渴)[80]을 면코자 하여 한 집에 들어가니 백수(白首) 노인이 나와 영접하고 문왈,

"공자(公子)는 뉘시며 어디로 가시나잇고?"

생이 대왈,

---

79) 분분(紛紛): 어수선하고 어지러움.

80) 기갈(飢渴): 목마르고 배고픔.

"설산도로 가나이다."

노인이 놀라 문왈,

"설산도로 가신다 하니 무슨 일로 가시나잇고?"

생이 대왈,

"부친이 적거(謫居)하여 계시매 가나이다."

노인이 문왈,

"그러하면 능주 곽승상의 공자(公子)시니잇가?"

생이 대답하기를,

"그러하거니와 노인이 어찌 알으시나잇고?"

노인이 일어나 절하여 왈,

"소인은 곽승상 댁 종이라. 청주 자사 상공을 따라갔삽더니, 그 댁
이 적모(賊謀)[81]에 몰리어 삭탈관직(削奪官職)[82]하고 상공께서 소인을
데리시고 이곳에 와 계실새, 기주 양주 두 댁이 따라와 머물새, 이 뒤 17
에 두문동이란 골이 있사오니 광활하여 천병만마(千兵萬馬)가 족히 용
납할지라. 이러므로 소인이 왕래인(往來人)을 모아 군사로 삼아 날로
조련하고 때를 기다려 원수를 갚고자 하여, 소인이 길가에 머물러 왕
래지인(往來之人)을 탐지(探知)하나이다."

하고 못내 반겨하거늘, 생이 이 말을 듣고 일희일비(一喜一悲)하여 노옹을 데리고 두문동을 들어갈새, 노옹이 먼저 들어가 공자의 온 말씀을 전하니, 승상과 두 자사가 급히 나와 생의 손을 잡고 눈물을 흘려 왈,

"네 어찌 이곳을 찾아온다?"

생이 일어 절하고 가로대,

"소자가 부친의 적소(謫所)를 찾아 가옵는 길에 노옹을 만나 왔나이다."

---

81) 적모(賊謀): 역적모의(逆賊謀議).

82) 삭탈관직(削奪官職): 죄를 지은 자의 벼슬과 품계를 빼앗고 벼슬아치의 명부에서 그 이름을 지우던 일.

하고, 인하여 전후사(前後事)를 일일이 고하고 다시 가로대,

"부친의 원찬(遠竄)하신 사연을 들어지이다."

또 자사를 보아 왈,

"이는 뉘시니잇고?"

승상 왈,

"저 두 사람은 너의 종형(從兄)이라. 성명은 박경운, 박경위니 불행
18 히 당숙의 연좌(連坐)를 입어 삭탈관직하고 내치시매 이런 분한 일이
어디 있으리오? 이것이 다 우승상 왕윤정의 모함한 배라. 거짓 봉서(封書)를 만들어 당숙의 서안(書案)에 넣어 이리이리하여 우리 삼인을 다 원지(遠地)에 내치시매 이곳에 이르러 군사를 모아 때를 기다려 한 번 북을 울리고 국사를 도울지라. 그런 고로 사람을 유인하여 초모(招募)[83]하기는, 때를 당하여 이름을 세운 후에 애매한 죄명을 벗고 원수를 갚고자 하나니, 너도 이곳에 있어 우리와 같이 머묾이 어떠하뇨?"

생이 대왈,

"존형의 말씀이 저의 마음과 같은지라. 그러나 어진 선생을 만나 배움이 없고 또한 전복(戰服)이 없으니 어찌하면 좋으리잇고?"

시랑 왈,

"만일 그러하다면 보검(寶劍)과 용총(龍驄)은 자연 생기려니와 어찌하면 좋을고?"

하며 생의 손을 이끌고 후원으로 가 층암절벽을 가리켜 왈,

"저 바위 이름은 두우암이니 그 위에 적서검이란 보검이 있으되, 옛
19 날 초한(楚漢) 시절에 한태조(漢太祖)의 쓰던 칼이라. 지금(至今) 수천
(數千)[84]이 지났으되 정기 두우(斗牛)에 비치어 밤마다 서기(瑞氣) 황홀한지라. 이러므로 저즈음에 어떤 대사가 와 이르되, '아무라도 이 암상(巖上)에 오르는 용맹 가진 사람이라야 이 칼 임자가 되려니와 그렇지

83) 초모(招募): 사람을 불러 모음.

84) 수천(數千): 수천 년.

아니하면 무가내하(無可奈何)[85]라.' 하고 또 이르되, '그곳에 강성(降星)[86]이 비치온지라. 그 사람이 수일간에 올 것이니, 만일 오거든 저 칼을 가리키고 청유(請喩)하라.' 하더니, 오늘날 생각하니 너를 두고 이름이라. 네 용력(勇力)이 있거든 올라가 보라."

생이 이 말을 들으매 마음이 쇄락(灑落)[87]하여 바위를 쳐다보니 높기 수 삼백 장(丈)이라. 중간에 일층이 있으되 나는 제비라도 발을 붙이기 어렵더라. 평생의 힘을 다하여 소리 지르고 한 번 솟아 일층에 오르고 세 번 솟아 제 삼층에 올라가 보니 과연 보검이 놓였으니, 장(長)이 삼척(三尺)이요, 금자(金字)로 새겼으되 '적소검'이라 하였고, 정기(精氣) 은은이
두우(斗牛)에 비치었는지라. 마음에 즐거워 칼을 잡고 돌아보니 기이한 20
바위 위에 오채 영롱하거늘, 괴이히 여겨 살펴보니 석함(石函)이 놓였거늘, 자세히 보니 금자로 썼으되 '대국충신 곽해룡이라.' 하였으니, 개탁(開坼)[88]하고 보니 갑옷과 갑주(甲胄)[89]가 들었으매 광채 찬란하여 사람의 정신을 놀래는지라. 또 보니 투구에는 구룡(九龍)을 그렸으니 오운(五雲)이 어린 듯하고 갑옷은 마치 용의 비늘 같은지라. 실로 귀신의 용력(用力)이요, 천궁(天宮)의 조화(造化)더라.

갑옷과 보검을 얻었으매 용이 여의주 얻음 같은지라. 하늘을 우러러 두 번 절하고 축수(祝手)하며 내려와 시랑을 보고 사례(謝禮) 왈,

"형장(兄丈)으로 인연하여 두 가지 보배를 얻으니 어찌 즐겁지 않으리오?"

시랑 왈,

"현재의 용력(勇力)은 옛날 맹분(孟賁) · 오획(烏獲)[90]이라도 밎지 못

---

85) 무가내하(無可奈何): 어쩔 도리가 없음.
86) 강성(降星): 장성(長星)을 말하는 것으로 보임.
87) 쇄락(灑落): 마음이 시원하고 깨끗함.
88) 개탁(開坼): 봉한 것을 뜯어봄.
89) 갑주(甲胄): 갑옷과 투구를 아울러 이르는 말.
90) 맹분(孟賁) · 오획(烏獲): 두 사람 모두 중국 전국시대의 역사(力士). 살아 있

할지라. 그런고로 하늘이 반드시 보배를 내어 임자를 찾아 주심이니 어찌 내게 치하(致賀)하리오? 연(然)이나 병서를 배워 『육도삼략(六韜三
21 略)』[91]과 천문지리(天文地理)와 풍운변화지술(風雲變化之術)과 기이한 법을 통달한 후에야 방가위지명장(方可謂之名將)[92]이라 하니, 너는 이 곳에 있어 근고(勤苦)[93]하여 그 도사가 오기를 기다려 소원을 이루라."

하고 정히 말하더니, 문득 수문(守門) 군사가 보(報)하되,

"전일에 왔던 도사가 와 시랑께 뵈옴을 청하나이다."

시랑이 급히 나아가 맞아 당에 올라 예필(禮畢) 좌정(坐定) 후, 도사가 왈,

"아까 태양산에서 기운을 보니 장성이 두우암에 비치었으니 아지 못게라, 어떤 사람이니잇가?"

시랑이 대소(大笑) 왈,

"나의 종제(從弟) 해룡이니 금년이 십오 세라. 약간 용맹이 있는고로 두무암에 올라갔나이다."

하며 해룡을 불러 도사께 뵈오니, 도사가 해룡의 기상을 보고 소왈(笑曰),

"장하다. 그대의 풍골이 진실로 영웅호걸이라. 나는 본디 성명 없는 사람이니 별호를 응천도사(應天道士)라 하거니와 내 영웅을 찾아 사해(四海)로 다니다가 오늘 만났으니 어찌 반갑지 않으리오?"

하며 다시 가로대,

"그대 나를 따라감이 어떠하뇨?"

22 생이 대왈,

"선생께옵서 소자를 슬하에 두고자 하니 어찌 사양하리잇고마는 소자가 집을 남이 부친 적소(謫所)로 향함이니 사세(事勢) 난처하도소이다."

하고 낙루(落淚)하거늘, 도사가 왈,

는 소의 뿔을 맨 손으로 뽑을 만큼 힘이 셌고, 맹수와 마주쳐도 두려워하지 않는 용기가 있었다고 함.

91) 육도삼략(六韜三略): 태공망이 지었다고 전해지는 중국 병법의 고전.

92) 방가위지명장(方可謂之名將): 바야흐로 가히 이름난 장수라 이를 수 있음.

93) 근고(勤苦): 마음과 몸을 다하여 애씀. 또는 그런 일.

“사세(事勢) 그러하나 설산도(雪山島)를 어찌 가리오? 공문(公文)이 있어야 갈지라. 헛수고 말고 나를 따라 가면 자연 상봉할 날이 있으리라.”

생이 이 말을 듣고 정신이 아득하여 서천(西天)을 바라보며 설산도를 향하여 대성통곡 왈,

“천지간의 부자윤기(父子倫紀) 중(重)하거늘 나 같은 불효자는 어느 세월에 부친을 만나 뵈오리오?”

하며 대성통곡하다가 가로대,

“소자가 만일 설산도를 못 가오면 집에 돌아가 모친을 뵈옵고 차사(此事)를 고한 후에 선생을 따라감이 옳을까 하나이다.”

도사가 왈,

“그대 모친께서도 난(亂)을 만나 거처(居處)가 대해(大海)에 부평초 같은지라. 어찌 만나 뵈오리오?”

생이 차언(此言)을 듣고 대경(大驚) 문왈,

“집에 무슨 환란(患亂)이 있어, 모친이 어디 가시니잇고?”

도사가 왈,

“그대 집을 떠난 후 간신 서윤정 등이 다시 주달(奏達)[94]하여 그대 23
집을 적몰(籍沒)하고 그대 모친은 대비정속(代婢定屬)[95]하여 계시고,
또 그대를 잡으려 하여 설산도 가는 관산(關山)까지 관자(關子)[96]를 부쳐 ‘곽해룡을 잡아 바치는 자(者)가 있으면 중상(重賞)하리라’ 하였으니, 어찌 내 말을 듣지 아니하느뇨?”

생이 듣기를 맟고 슬프고 분함을 이기지 못하여 왈,

“소자가 이 길로 칼을 잡고 황성에 올라가 윤정 등을 참(斬)하고 그날 죽사와도 무슨 한이 있으리잇고?”

도사가 왈,

94) 주달(奏達): 임금에게 아룀.

95) 대비정속(代婢定屬): 죄인을 종으로 삼는 일.

96) 관자(關子): 상급관청에서 하급관청으로 보내는 공문.

"그렇지 아니하다. 하늘이 그대를 내실 제 중원을 위하였으니 때를 기다려 성공(成功) 입신(立身)한 후에 보수(報讎)함이 늦지 아니하니, 부질없이 내 몸을 저버리지 말고 나를 따라가 있다가 출세하여 그대 임의로 하라."

하며 가기를 재촉하니, 생이 대왈,

"그러하오면 이곳에 있는 종형제를 어찌 하여야 하오리잇고?"

도사가 왈,

"그대 거처에 달렸으니 아직 이곳에 머물러 두고 차후 때를 만나거든 상의하라."

24 하니, 생이 제형에게 하직 왈,

"소제는 선생을 모시고 가오니 이후 상봉할 날이 있으려니와, 부디 연습이나 잘 하소서."

시랑과 자사가 생의 손을 잡고 유체(流涕) 왈,

"부디 술법을 잘 배워 당숙의 원수와 우리 소원을 갚게 하라."

하더라.

도사가 시랑을 하직하고 왈,

"미구(未久)에 상봉하리니 그 사이 존체(尊體) 안강(安康)하소서."

하고 생을 데리고 서쪽으로 행할새, 생이 문왈,

"어느 곳으로 가시나잇고?"

도사가 왈,

"용문산으로 가노라."

하고 가시더니, 석양에 이르러 한 봉(峰)을 만나니 높기 만여 장(丈)이요, 상봉(上峰)에 오운(五雲)이 어리었고, 산세(山勢) 수려(秀麗)하여 경개(景槪) 거룩한지라. 생이 문왈,

"이 산 이름이 무엇이라 하나잇고?"

도사가 왈,

"이 산 이름이 용문산이니라."

생이 놀라 왈,

"그러면 하루 사이에 어찌 득달하였나니잇고?"

도사가 왈,

"내 종적(蹤迹)이 풍운에 싸이어 다니는 고로 너도 나를 좇으매 쉬이 왔노라."

생이 내심(內心)에 헤오되, '선생의 조화는 짐짓 천신(天神)이로다.' 하 25
고 산상(山上)에 올라가며 좌우를 둘러보니, 장송(長松) 취죽(翠竹)은 좌우에 밀밀(密密)하고 기화요초(奇花瑤草)는 전후에 만발한데 층암절벽은 좌우로 병풍 두른 듯하고, 청계녹수(淸溪綠水)는 폭포가 되어 '출렁' 흐르는 소리는 동중(洞中)에 풍류가 되고, 또 원근 산천에 홍백화(紅白花)가 난만하여 산상에 끼이었고, 무심한 백운은 봉봉(峯峯)이 일어나고 꾀꼬리는 날아들고 난데없는 쇠북 소리도 나고, 도화유수(桃花流水) 떨어지고 송풍(松風)은 소슬하고 앵성(鶯聲)[97]은 난만한데, 행심일경(行尋一徑) 비낀 길[98]로 근근이 올라가니 낙화방초(落花芳草) 무심처(無心處)에 만학천봉독폐문(萬壑千峰獨閉門)[99]이라. 산문(山門)에 다다르니 청의동자(靑衣童子)가 나와 절하고 영접하여 들어갈새, 층층 화계(花階)에 국화는 만발하고 온갖 화초와 난봉공작(鸞鳳孔雀)이며 청학백학(靑鶴白鶴)이며 비취(翡翠) 앵무(鸚鵡)가 쌍쌍이 왕래하며 소리하니 짐짓 별유천지(別有天地)러라. 도사가 왈,

"이곳은 옛날 구년지수(九年之水)[100] 할 때에 요(堯)임금이 올라와
보시고 그 후로는 올라온 이 없더니 내 비로소 터를 닦았노라." 26

---

97) 앵성(鶯聲): 앵무새 우는 소리.

98) 행심일경(行尋一徑) 비낀 길: 비탈길로 찾아감. 장적(張籍)의 「화위개부성산십이수(和韋開州盛山十二首)」에 "自愛新梅好 行尋一徑斜(새로 핀 매화를 좋아해서 비탈길로 찾아가네)"라는 구절이 있음.

99) 만학천봉독폐문(萬壑千峰獨閉門): 깊은 골짜기 높은 봉우리에 홀로 문을 닫고 있음.

100) 구년지수(九年之水): 9년이나 계속된 홍수. 중국 요임금 때의 큰 홍수.

하며, 백옥(白玉) 서안(書案)에 태을경문(太乙經文) 삼 권을 내어 놓고 가로대,

"이는 옛날 강태공(姜太公)의 팔진도(八陣圖)[101] 벌이는 법이라."

하고, 진법(陣法)을 이리이리 가르치고, 또 『육도삼략(六韜三略)』을 가르쳐 왈,

"이는 황석공(黃石公)[102]의 비계(秘計)라. 유후(留候) 장량(張良)[103]이 이 법을 알아 한태조를 도와 진(秦) 초(楚)를 멸할 때에 결승천리지외(決勝千里之外)[104] 하는 법이라. 착실히 공부하여 통달하라."

하며 자세히 가르치거늘, 생이 본디 총명하여 그 법을 다 알아내니 도사가 더욱 사랑하여 또 천문지리(天文地理)와 육정육갑(六丁六甲)[105]을 가르쳐 왈,

"이는 제갈무후(諸葛武后)[106]가 쓰던 법이라."

하고 호풍환우지술(呼風喚雨之術)을 가르치니, 일취월장(日就月將)하더라.

일일은 도사가 가로대,

"요사이 천문(天文)을 보니 서방 직성(直星)이 웅위(雄威)하고 백기(白氣) 성(盛)히 비추어[107] 살기(殺氣) 가득하니, 짐작컨대 서방 오국(五國)이 중원을 범(犯)코자 하는가 싶으니, 백기 성히 비침은 반드시 심
27 상치 아닌지라. 십오 년 전에 태백금성이 떨어지매, '분명 영웅이 낳도다.' 하였더니, 과연 옳도다."

---

101) 팔진도(八陣圖): 진을 치는 방법의 하나.

102) 황석공(黃石公): 진(秦)나라 말기의 병법가(兵法家). 장량에게 비서(秘書)를 전해주었다고 함.

103) 장량(張良): 중국 전한(前漢) 창업의 공신. 자는 자방(子房). 유방의 신하로 공을 세우고 유후에 책봉됨.

104) 결승천리지외(決勝千里之外): 교묘한 꾀를 써서 천리나 떨어진 먼 곳에서 승리를 결정지음.

105) 육정육갑(六丁六甲): 둔갑술을 할 때 부르는 신장(神將)의 이름.

106) 제갈무후(諸葛武后): 제갈량(諸葛亮). 제갈공명(諸葛孔明).

107) 서방 직성(直星)이 웅위(雄威)하고 백기(白氣) 성(盛)히 비추어: 서쪽에서 융성한 기운이 일어난다는 의미.

하고 날로 술법을 가르치니, 신기한 묘산(妙算)은 귀신도 밎지 못할지라. 도사가 기특히 여기더라.

차설(且說). 선시(先時)에 임부인이 해룡을 보내고 밤낮으로 승상과 아들을 생각하고 눈물로 세월을 보내더니, 뜻밖에 황성에서 조서를 나리와 가산을 다 적몰하고 부인을 잡아가려 하거늘, 부인이 천지 망극하여 자결코자한즉 시비(侍婢) 영애가 부인을 붙들고 위로 왈,

"세상일을 측량치 못하올지라. 부인은 욕을 참으시고 세월을 보내시다가 승상과 공자의 소식을 자세히 알으시고 뜻대로 하옵소서."

하며 죽기로써 말리거늘, 부인이 죽지 못하고 황성에 올라가 궁비(宮婢) 정속(定屬)하니, 울울(鬱鬱)한 분기(憤氣)와 무궁한 비회(悲懷)를 금치 못하고 주야로 눈물만 흘리니 그 경상(景狀)이 가련하여 보는 자(者)가 뉘 아니 슬퍼하리오? 모두 눈물을 뿌려 왈,

"승상이 애매한 일로 정배(定配)함도 가련하거니와 부인의 경상은 28
더욱 가련하도다."

하며 극진 후대하는 중에, 궁비(宮婢) 있으니 이름은 채련이라. 선제(先帝) 재시(在時)에 이부상서 방서충의 여식으로 가달의 난(亂)에 방서충이 내응(內應)[108]이 되다 하여 상서는 사약(賜藥)하고 그 가속을 대비정속(代婢定屬)하니 채련이 삼 세에 궁에 들어와 십이 세 된지라. 얼굴이 만고국색(萬古國色)이요, 겸하여 문필(文筆)이 유여(裕餘)하기로 황후가 사랑하사 친근히 부리시니, 채련이 자주 근시(近侍)하는지라. 임부인(林婦人)의 경상(景狀)을 가련히 여겨 황후 낭낭(娘娘)에게 임부인의 경상을 주달(奏達)하매, 황후가 불쌍히 여기사 상(上)께 주(奏)하매 황상(皇上)이 즉시 황후궁으로 보내어 적장공주를 모시게 하니, 임씨(林氏) 황후궁의 들어와 적장 공주를 모시고 세월을 보내더니, 공주로 더불어 정이 날로 깊고 태
후가 또한 사랑하시니, 불행한 중 다행한지라. 부인이 채련의 은혜를 잊 29
지 아니하더라.

---

108) 내응(內應): 외부의 적과 몰래 통함. 내통(內通).

차시(此時) 황제 즉위하신지 오 년이라. 국운이 불행하여 서번(西蕃)이 반(叛)[109]할새 쌍두장군 백동약으로 선봉을 삼고 남월(南越) 가달과 오국(吳國)으로 합세하여 중원을 치려 하고 백마를 잡아 맹세하기를 맞고, 군사를 거느려 옥문관(玉門關)[110]으로 향할새, 용장이 천여 원(員)이요, 군사가 수백만이라. 그 중에 천명 도사로 더불어 진세(陣勢)를 도우며, 또 선봉장 백동약은 눈이 넷이요, 이마가 넓고 신장이 구척(九尺)이요, 몸은 집동[111] 같고 용력(勇力)은 항우(項羽)에 배승(倍勝)하더라. 옥문관 별장을 반 합(合)에 버히고 서천 칠십여 성을 항복 받고 소과(所過) 군현(郡縣)이 망풍귀순(望風歸順)[112]하니 그 용력을 뉘 당하리오? 서주에서 급히 장계(狀啓)를 올렸거늘, 하였으되,

> 서번과 촉마 가달 남월과 월지국이 합하여 쌍두장군 백동약으로 선봉을 삼아 옥문관 수장(守將)을 버히고 서천 칠십여 성을 항복받고 양문에 이르
> 30 렀으니, 황상은 급히 용병(勇兵) 맹장(猛將)을 보내어 방적(防敵)하소서.

상이 견필(見畢)에 대경(大驚)하사, 문무(文武) 제신(諸臣)을 모으시고 가라사대,

"근래 서번이 강성(强盛)하고 또 남월과 가달이 동심(同心)하여 지경(地境)을 범하니 적세(賊勢) 호대(浩大)한지라. 뉘 능히 도적을 막을꼬?"

좌장군 신정기 주왈(奏曰),

"신이 비록 재주 없사오나 한 번 나아가 도적을 항복 받아 폐하의 근심을 덜리이다."

상이 대희(大喜)하사 왈,

---

109) 반(叛): 나라를 배반하여 군사를 일으킴.

110) 옥문관(玉門關): 만리장성 서쪽 끝에 있는 관문. 여기서는 변방이라는 의미로 썼음.

111) 집동: 집 한 채.

112) 망풍귀순(望風歸順): 명망을 듣고 우러러 복종함.

"경의 용력(勇力)은 짐이 다 아나니 급히 나아가라."
하시고, 용장(勇壯) 삼백여 원(員)과 정병(精兵) 팔십만을 주시고 용천검(龍泉劍)과 천금 준마(駿馬)를 주시며 신정기로 대원수를 하이시고, 중랑장 왕윤필로 부원수를 삼고, 전장군 최정희로 선봉을 삼고, 발호장군 조사용으로 중군장을 삼아 팔월 초십일에 행군(行軍)하니 승부 어찌 된고?

차청(且聽) 하회(下回)하라.[113]

세(歲) 을사(乙巳) 정월(正月) 일(日) 향수동 필서(筆書)

113) 차청(且聽) 하회(下回)하라: 다음 회를 또 들어보라.

곽해룡전 권지이

1 차설. 대원수 신정기 추(秋) 팔월 초십일에 행군(行軍)할새, 상(上)이 친히 상림원에 전좌(殿座)하시고 출전 제장을 술을 부어 전송하며 가라사대,

"쉬이 승전(勝戰)하고 돌아와 짐의 마음을 위로하라."

하시니, 제장이 복지사은(伏地謝恩)[1]하고 하직을 고하고 물러나와 북을 울리고 행군하니, 기치창검(旗幟槍劍)[2]은 햇빛을 가리우고 고각함성(鼓角喊聲)[3]은 산천을 움직이더라.

행군한 지 일삭(一朔)만에 동관(東關)에 이르니 관 지킨 장수가 나와 영접하여 도적의 형세를 고하거늘, 원수가 군중에 전령(傳令)하여 높은 데 올라 적진을 살펴보고 내려와 제군을 분발(分發)할새, 좌우교위 설만춘을 불러 왈,

"그대는 일만 군 거느려 좌편 낙안진(落雁陣)을 치고 장대의 기를 보아 이리이리하라."

하고, 전후영장 선신무를 불러 왈,

"그대는 일만 군 거느려 우편(右便) 평사진(平沙陣)을 치고 적세(敵勢)를 보아 본진을 접응(接應)하라."

2 하고, 또 신책장군 최필관을 불러 왈,

"그대는 정병 일만을 거느려 좌편(左便) 금곡에 매복(埋伏)하였다가

1) 복지사은(伏地謝恩): 땅에 엎드려 은혜에 감사함.
2) 기치창검(旗幟槍劍): 군중에서 쓰는 깃발과 창과 칼.
3) 고각함성(鼓角喊聲): 북소리, 피리소리와 함성.

장대에 방포(放砲) 소리 나거든 좌편 낙안진을 접응하라.”

하고, 표기장군 공기대를 불러 왈,

“그대는 기병 일천을 거느려 우편 함곡에 매복하고 적장이 진중에 들거든 우편 평사진을 응하여 급히 치라. 만일 위령자(違令者)가 있으면 참(斬)하리라.”

분발(分發)하기를 맞고, 이튿날 평명(平明)에 방포(放砲) 일성(一聲)하고 선봉장 최정희로 하여금 ‘문을 열고 나가 싸움을 돋우라.’ 한대, 선봉이 정창출마(挺槍出馬)[4]하여 진전(陣前)에서 크게 외쳐 왈,

“대역무도(大逆無道) 서번 오랑캐는 들으라. 너희 한갓 강포(强暴)[5]만 믿고 태평세계를 요란케 하매 황상(皇上)이 나로 하여금 ‘너의 죄목(罪目)을 문죄(問罪)하나니 만일 거역하면 버히고 순종하거든 용서하여 살리라.’ 하시매, 이에 이르렀나니, 너희가 순종하면 용서하려니와 불연즉(不然卽) 서북 오랑캐를 남기지 않을 것이니 뉘 나를 당할 자(者)가 있으리오? 빨리 나오라.”

번진(藩陣) 중에서 응포(應砲) 일성(一聲)에 한 장수가 내달아 외쳐 왈, 3

“중국 소아(小兒)는 들으라. 우리는 천명을 받자와 쌍두장군을 얻어 중원을 소멸코자 하거늘 우리 대세를 감히 당할소냐?”

하고 달려들어, 양장(兩將)이 삼십여 합(合)에 최정희 칼을 들어 적장을 찔러 마하(馬下)에 내리치고 대질(大叱) 왈,

“어린 아이 어찌 어른을 당하리오?”

하고 머리를 베어 창끝에 꿰어 들고 적진을 대하여 무수히 비양하니,[6] 적진에서 또 한 장수 내달아 외쳐 왈,

“적장은 우리 말장(末將)을 죽이고 당돌히 승전함을 자랑하는다?”

하며 달려들거늘, 맞아 싸워 오십여 합(合)에 불분승부(不分勝負)[7]라. 적

---

4) 정창출마(挺槍出馬): 창을 겨누어 들고 말을 달려나감.

5) 강포(强暴): 사납고 포악함.

6) 비양하니: 빈정거리니.

7) 불분승부(不分勝負): 승부를 가릴 수 없음.

진에서 또 한 장수 내닫거늘, 원수가 중군 조사원을 불러 '싸우라' 하니, 또한 적수가 다 없거늘, 원수가 기(旗)를 두르며 북을 울리니 좌우 복병(伏兵)이 일시에 내달아 짓치니, 적진 부선봉(副先鋒) 맹달이 철기(鐵騎)를 삼만을 거느려 원진(元陣)을 짓치니, 고각(鼓角) 함성(喊聲)이 천지진
4 동하며 안개 일월(日月)을 가리어 양진 장졸이 눈을 뜨지 못할러라.

이때 원수가 본진 후군장 김일관으로 철기 오만을 주어 '나아가 접응하라.' 하니, 짐짓 적수라. 피차 승부 없더니, 적진 중에서 방포(放砲) 일성(一聲)하고 진문(陣門)에 대장기를 세우고 선봉장 백동약이 천리대완마(千里大宛馬)[8]를 타고 방천화극(方天畵戟)[9]을 들고 나오며 외쳐 왈,

> "남경(南京) 무리는 들으라. 나는 서번국 응천대장이라. 내 수명어천(受命於天)하여 이정천하(理正天下)[10]하기로 이에 왔거늘, 너희 무명소장(無名小將)이 약간 용맹을 믿고 감히 어른을 희롱하는다?"

하며 호통하니, 소리 웅장하여 산이 무너지는 듯 위풍이 늠름하여 장졸이 눈이 아득하고 정신이 어찔하여 감히 싸울 마음이 없더라.

대원수 신정기 갑옷을 입고 청룡도를 들고 말을 몰아 나서 대적할새, 두 범이 밥을 다투는 듯하여 이십여 합에 승부가 없더니, 문득 적장의 칼
5 이 번뜻하며 원수의 말을 찔러 엎지르고 크게 호통 왈,

> "어린 개아지[11] 맹호를 어찌 당할소냐?"

하고, 칼을 날려 원수의 머리를 베어 깃발에 달고 짓치니, 원진(元陣) 장졸이 대원수의 죽음을 보고 일시에 도망하여 흩어지거늘, 적장이 승전고(勝戰鼓)를 울리고 황성으로 물밀듯 행할새, 기치창검(旗幟槍劍)은 일색(日色)을 가리우고 금고함성(金鼓喊聲)은 천지진동하더라.

---

8) 천리대완마(千里大宛馬): 하루에 천리를 달린다는 명마. 서역(西域) 대완국에서 남.

9) 방천화극(方天畵戟): 창(槍)의 일종.

10) 수명어천(受命於天)하여 이정천하(理正天下): 하늘의 명을 받아 천하를 바로잡음.

11) 개아지: 강아지.

이때 원 황제 신원수를 전진에 보내시고 승전(勝戰) 첩서(捷書)[12]를 날로 기다리시더니, 패문(牌文)이 올라와 황상께 주하되,

"모일(某日)에 오산 동관에 유진하고 도적으로 싸우옵더니 적장 백동약에게 일일지내(一日之內)에 팔십만 대병과 대원수를 함몰하고, 또 적장 동약은 삼두사목(三頭四目)[13]이요, 용력은 서초패왕(西楚覇王)[14]에 더하고 검술은 귀신 같더이다."

상(上)이 대경(大驚)하사 조신(朝臣)을 돌아보시고 왈,

"이 일을 어찌 하리오?"

승상 왕윤정과 최경운이 여쭈오되,

"적세(敵勢) 저렇듯이 강성하옵고 또 국내외 용병지장(勇兵之將)이
없사오니 방적(防敵)할 묘책이 망연하옵고 또 신의 아득한[15] 소견에는 6
사직(社稷)을 안보(安保)하고 백성을 평안케 할 도리 있나이다."

상이 문기고(問其故)하시니, 윤정이 주왈,

"잠시 욕을 참으시고 항복하심이 상책(上策)일까 하나이다."

북군대도독(北軍大都督) 곽안서가 출반(出班)[16] 주왈,

"승상의 말씀이 그르도소이다. 국운이 불행하여 도적이 천위(天位)를 모르고 시절을 요란케 하니 승상이 되어 파적(破敵)할 묘책을 생각하는 것이 옳거늘, 보처자(保妻子)하기만 위하여 임금으로 하여금 도적에게 항복하심을 권하니 진실로 대역부도(大逆不道)라. 원폐하(願陛下)는 왕윤정을 버혀 민심을 진정하소서. 신이 비록 재주 없사오나 일지병(一支兵)을 주시면 도적의 머리를 베어 폐하의 근심을 덜리이다."

하온대, 상이 가라사대,

"경(卿)의 말이 당당한지라. 짐이 친정(親征)코자 하나니, 경은 선진

---

12) 첩서(捷書): 싸움에서 승리한 것을 보고하는 글.
13) 삼두사목(三頭四目): 엄청나게 힘이 센 사람. 삼두육비(三頭六臂).
14) 서초패왕(西楚覇王): 항우(項羽).
15) 아득한: 정신이 흐리멍텅한.
16) 출반(出班): 여럿이 모인 신하 가운데서 앞으로 쑥 나섬.

(先陣)이 되고 짐은 중군(中軍)이 되어 군정을 살필 것이니 진심하여 사직(社稷)을 안보하라."

하시고, 갑신(甲申)년 사월 이십일 갑자(甲子)일에 천자(天子)가 친정하실
7 새, 상림원에 전좌하시고 제장(諸將)을 분발하실새, 북군대도독 곽안서로
대원수(大元帥)를 봉(封)하시고, 정남장군 박운현으로 좌선봉을 삼고, 거
기장군 주천달로 우선봉을 삼고, 정서장군 신맹기로 후군대장을 삼고,
정동장군 양쾌수로 군도총독을 삼고, 그 남은 제장(諸將)은 차례로 분발
(分發)하여 행군할새, 정병(精兵)이 수십만이요, 문관(文官) 모사(謀士)와
명장(名將) 천여 원(員)과 금고(金鼓)를 울리며 행군하니, 창검(槍劍)은 일
색(日色)을 가리우고 용봉(龍鳳) 기치(旗幟)는 바람에 날리어 살기충천(殺
氣衝天)하고 위의(威儀) 정제(整齊)하더라.

행군한지 여러날만에 양자강변에 이르러 적진과 대전(對戰)하고 좌선봉 박운현으로 '나아가 싸우라.' 하신대, 운현이 정창출마(挺槍出馬)하여 꾸짖어 왈,

"무도한 오랑캐는 들으라. 너희 등이 천위(天威)를 모르고 감히 중원을 범하매 죄를 묻고자 하여 지금 천자 친정하여 계시니, 여등(汝等)이 죄를 알아 순종하면 가(可)하려니와 그렇지 않다면 곧 씨를 남기지 아니하리라."

8 하니, 적진에서 부선봉 맹달이 응성출마(應聲出馬)하여 싸울새, 이십 합
(合)에 이르러 운현의 칼이 번득이며 맹달의 머리 마하(馬下)에 내려지거
늘, 창끝에 꿰어 들고 좌충우돌하니 적진 중에서 방포(放砲) 일성(一聲)에
선봉장 백동약이 내달아 호통하고 달려드니 운현이 황급하여 아무리 할
줄 모르고 섰는지라. 동약이 칼을 들어 운현을 베이고 바로 원진을 향하
여 짓치니 그 용맹을 뉘 능히 막으리오? 순식간에 원진 백만 대병을 함
몰하고 천자와 선봉 곽안서를 사로잡아 꿀리고 군사를 호령 왈,

"빨리 항복하면 살려니와 불연즉(不然卽) 죽이리라."

하고 질욕(叱辱)[17]하니, 천자 불승분노(不勝忿怒)하시나 불의지변(不意之

變)을 당하매 정신이 아득하사 진정치 못하시고 앙천탄식(仰天歎息) 왈,

"내 죽기는 쉽지 아니하나 종묘사직(宗廟社稷)이 내게 와 망할 줄 알리오?"

하시고 호읍(號泣)을 통치 못하시니, 어찌 하늘이 무심하시리오?

각설(却說). 이때 용문산 응천도사가 해룡을 데리고 술법을 가르치더 9
니, 일일은 도사가 해룡을 불러 가로대,

"지금 서번(西蕃)이 반(叛)하여 월지국(月支國)을 합세하여 쌍두장군 백동약이 선봉이 되어 중원을 침범하매 천자가 친정(親征)하실새, 중원은 적장 대적할 자(者)가 없으니 자주 패하여 사직(社稷)이 조모(朝暮)[18]에 있으니 그대는 이때를 타 공을 이루라."

하시니, 해룡이 대왈(對曰),

"아무리 그러하여도 소자(小子)[19]의 몸이 만 리 밖에 있사옵고 또한 탈 말이 없사오니 어찌 공을 이루리잇가?"

도사가 왈,

"적소검과 보신갑을 얻었으니 말은 적여말을 얻어야 그대의 재주를 베풀지라. 수일간(數日間)에 얻을 것이니 염려 말라."

하고 적진을 파(破)할 『병감록(兵鑑錄)』을 내어 놓고 왈,

"지금 적장은 범상한 장수 아니라. 각별 조심하라."

하고 또

"그 진중에 천명도사(天命道士)가 있어 묘계(妙計) 비상하니 부디 조심하여 살피며 남을 경적(輕敵)[20]지 말라."

해룡이 배이수명(拜而受命)하더라.

명일(明日) 해룡이 도사를 하직하고 떠날새 도사께 묻자오대,

---

17) 질욕(叱辱): 꾸짖으며 욕함.

18) 조모(朝暮): 조석(朝夕). 곧 아침과 저녁. 짧은 사이.

19) 소자(小子): 자식이 부모에 대하여 쓰는 일인칭 대명사이나, 여기서는 제자가 스승에 대하여 자신을 가리키는 말로 썼다.

20) 경적(輕敵): 적을 가벼이 여김.

10 "제자가 이제 떠나오매 스승님은 어느 때에 만나오며 두문동 제형(諸兄)은 어찌 하리잇가?"

도사가 왈,

"너는 염려 말고 바삐 가라. 자연 만날 때 있을 것이요. 가는 길에 백발(白髮) 노옹(老翁)을 만나거든 애걸하여 준마(駿馬)를 얻으라."

해룡이 물어 가로대,

"만일 그 노인이 아니 주면 어찌 하리잇가?"

도사가 답하기를,

"너를 위하여 남해(南海) 용왕(龍王)이 보냄이니 어찌 아니 주리오? 때 늦어가니 어서 가라."

하며 해룡의 손을 잡고 산문(山門)에 나와 전송하더라.

해룡이 도사를 하직하고 두문동으로 향할새, 한 곳에 다다르니 청산은 첩첩하고 간수(澗水)는 잔잔한데, 수양버들은 동구를 덮어 있고 십리 장곡(長谷)에 녹음방초는 사면(四面)에 성개(盛開)하였는데, 그 가운데 일위(一位) 백발노인이 말을 이끌고 한가이 서서 반송(盤松) 가지 위의 학의 춤을 구경하거늘, 해룡이 문득 도사의 말을 생각하고 나아가 배례(拜禮)한대, 노인이 문왈(問曰),

"그대는 어떠한 사람이완대 이곳에 왔느뇨?"

생이 대왈,

"소자는 능주 땅에 있삽더니 가화(家禍)가 공참(孔慘)[21]하여 유리사
11 방(遊離四方)하나이다."

노옹이 왈,

"그러면 능주 곽승상 아자(兒子)인다?"

생이 대왈,

"과연 그러하옵거니와 어찌 알으시나잇고?"

노옹이 왈,

21) 공참(孔慘): 몹시 참혹함.

"내 작일(昨日)에 남해 용궁에 갔더니, 용왕이 이 말을 주며 '내일 오시(午時)에 능주 곽해룡을 만나거든 전하라.' 하기에, 여기서 기다렸노라."

하고 말을 주거늘, 생이 재배(再拜)한대, 노인 왈,

"이 말 이름은 적여마라. 재주가 풍운을 능히 따르나니 바삐 말을 타고 가서 천자를 구하여 큰 공을 세우라."

생이 대희(大喜)하여 노옹께 치하 왈,

"노인의 은혜와 용왕의 덕으로 이런 말을 얻사오니 이 은혜를 어찌 다 갚사오리잇고?"

하며 말을 살펴보니, 키가 한 길이 남고 몸은 붉고 눈은 방울 같고 정기
원근(遠近)에 쏘이니 짐짓 용총(龍驄)[22]일러라. 말 머리로 나아가 갈기를
어루만지며 경계하니, 그 말이 고개를 들어 이윽이 보다가 굽을 허위
고[23] 꼬리를 치며 소리를 응하여 반기는 체 하거늘, 즉시 노옹을 하직하
고 말게 금안(金鞍)을 지어 행장을 걸고 채를 한 번 치니 빠르기 번개 같 12
은지라. 순식간에 두문동에 이르니, 두 자사가 못내 반기며 왈,

"술법을 다 통하뇨?"

생이 대왈,

"대강 배웠거니와 지금은 도적이 강성하여 천자가 적진에 잡혀 가시고 사직이 위태한지라. 나는 바로 중원으로 갈 것이니, 제형은 군을 거느려 뒤를 따르소서."

시랑 왈,

"연즉(然卽) 어찌 행군하리오? 진법을 가르치라."

생이 즉시 높은 대(臺) 올라 진세(陣勢)를 베풀새, 군사를 헤아리니 불과 팔천여 인이라. 남주작(南朱雀) 북현무(北玄武)와 좌청룡(左青龍) 우백호(右白虎)로 각각 방위에 세우고, 순시(巡視) 금고(金鼓)와 홍문(紅門) 나

22) 용총(龍驄): 용마(龍馬). 잘 달리는 훌륭한 말.
23) 허위고: 허비고. 긁어 파고.

팔(喇叭)[24]을 동남각과 서북각에 세웠으며, 금고일성(金鼓一聲)에 명금이하(鳴金二下) 대취타(大吹打)하고[25] 행군북을 울리며 두 자사로 좌우 선봉을 삼고 시랑으로 중군장을 삼아 '군마를 재촉하여 급히 오라.' 하고 생이 먼저 떠날새, 중군더러 빨리 옴을 당부하고 말을 채쳐 대진으로 행할새, 서평령을 지나 천마산을 넘어 광림교를 지나 양자강에 이르러 남
13 괄령을 바라보니, 백사장에 적병이 가득하고 황성 대진은 기미도 없는지라. 마음에 의심하여 정히 주저하더니 문득 한 군사가 환도(還刀)를 잡고 군복을 벗어 메고 한출첨배(汗出沾背)[26]하며 올라오다가 생을 보고 기절하여 자빠지거늘, 생이 그 군사를 붙들어 구하여 문왈,

"너는 어떠한 군사며 어디로 가는다?"

그 군사가 답왈,

"소인은 황성(皇城) 충유군이라. 천자 친정하사 북군 대도독 곽안서로 선봉을 삼고 적진과 싸워 일일지내(一日之內)에 이백만 대병이 적장 백동약의 손에 거의 다 죽삽고 황상과 문관 모사와 대원수의 수하병(手下兵) 삼백이 겨우 목숨을 보전하였으되 반생반사(半生半死)하고, 그 중 소인은 도망하여 이리 오다가 장군을 만나오매, 행여 적장인가 하여 놀람이로소이다."

생이 우문(又問) 왈,

"그러면 천자는 어찌 되신고?"

군사가 대왈,

"천자가 적진에 잡혀가시매 적진 중에 가두어 놓고 창검을 얽어 싸
14 고 장졸은 다 결박하여 꿇리고 항복하라 하며, 저희[27] 황상(皇上)은 기

---

24) 순시(巡視) 금고(金鼓)와 홍문(紅門) 나팔(喇叭): 순시기와 홍문기 그리고 북과 나팔.

25) 명금이하(鳴金二下) 대취타(大吹打)하고: 징을 두 번 치고 대취타를 울리고. 대취타는 대규모의 군악(軍樂).

26) 한출첨배(汗出沾背): 너무 무서워서 흐르는 땀이 등을 적심.

27) 동양문고본의 이 대목(2권 제14장)이 낙장이므로, 서울대 소장 세책본의 같

절하시고 장졸은 다 넋을 일었더이다."

해룡이 청파(聽罷)에 분기를 이기지 못하여 눈물을 흘려 갑옷을 적시는지라. 또 문왈,

"적진 중영(中營)이 어딘 줄 네 짐작할소냐?"

군사가 일어 가르쳐 왈,

"저 황기(黃旗) 꽂은 곳이로소이다.

해룡이 즉시 육정육갑(六丁六甲)을 외워 오방신장(五方神將)과 삼만육십 사천왕(四天王)을 불러 좌우로 호위하여 '이리이리하라' 하고, 태을(太乙) 경문(經文)을 외워 풍운을 이루고 사면을 어둡게 하여 둔갑을 베풀어 몸을 다섯을 내어 각각 갑주를 입히고 말을 태워 적소검을 들리고 내다르며 크게 외쳐 왈,

"대역부도(大逆不道) 서번왕은 우리 남경(南京) 천자를 어디로 뫼셨나뇨?"

하며 헤치고 들어가니, 검은 구름과 모진 바람이 사면으로 일어나 천지 아득한 가운데, 오방신장과 삼만육십 사천왕이 다 각각 위엄을 베풀며 동서남북 중앙을 짓치니, 적진이 뜻밖에 신병을 만나매 장졸이 항오(行伍)를 차리지 못한 중에, 운무 자욱하며 적소검 빛나는 곳마다 주검이 뫼같이 싸이는지라. 순식간에 적진 백만 군중을 제치고 황제를 찾아 모시 15
고 장졸을 구하여 풍운을 몰아 남괄령에 돌아오니, 황제와 제장 군졸이 다 넋을 잃어 인사를 차리지 못하더라.

해룡이 진언(眞言)[28]을 염(念)하여 신장(神將)과 천왕(天王)을 물리치고 천자를 구하여 주무르매, 이윽고 정신을 차리시거늘 복지(伏地) 주왈(奏曰),

"황상은 정신을 진정하사 성체(聖體)를 평안히 하소서."

상이 쾌히 정신을 진정하시고 용음(龍音)을 열어 가라사대,

은 대목(2권 14~15장)으로 보충했음.

28) 진언(眞言): 진실하여 거짓이 없는 말이라는 뜻으로, 비밀스러운 어구를 이르는 말.

"장군은 어디로 좇아 이르러 짐을 구하뇨?"

하시고 느끼시거늘,[29] 생이 복지(伏地) 주왈,

"소신(小臣)은 전임 승상 곽충국의 아들 해룡이로소이다. 국가가 이렇듯 요란하와 폐하가 이런 욕을 보시되, 이제야 이르러 구하오니 죄 깊사온지라. 신자(臣子)의 도리에 어찌 낯을 들어 아뢸 말씀이 있으리잇가?"

상이 이 말을 들으시고 대경(大驚)하사 왈,

"네 곽승상의 아들이라 하니 짐의 마음이 더욱 비감하도다. 짐이 불
16 명(不明)하여 승상을 원로(遠路)에 내치고 이런 욕을 보니 어찌 부끄럽지 않으리오? 오늘날 그대 충성으로 적장에게 죽음을 면하니 그 공을 의논할진대 천하를 반분(半分)하여도 다 갚지 못할지라. 모로미 경은 충성을 다하여 도적을 파(破)하고 사직(社稷)을 안보(安保)한 후에 승상의 애매한[30] 포원(抱冤)[31]을 풀고 소인을 죽인 후 경의 대공(大功)을 위로코자 하노라."

해룡이 땅에 엎드려 아뢰기를,

"성교(聖教)가 여차(如此)하시니 황공하와 아뢸 말씀이 없나이다."

하고 다시 주(奏)하되,

"청, 기, 양 세 고을 자사(刺史)가 역률에 몰리어 산중에 웅거(雄據)하였삽다가 국가의 요란한 소식을 듣잡고 의병을 일으켜 신의 뒤를 따르나이다."

상이 더욱 즐겨하사 왈,

"경(卿) 등은 진실로 국가 수족(手足)이라. 위태한 사직(社稷)과 물에 빠진 수족(手足)을 건지고저 하니 어찌 충성이 기특지 않으리오? 그러나 적세(敵勢) 태산 같고 적장(敵將)이 범 같으니 부디 경적(輕敵)지 말라."

---

29) 느끼시거늘: 흐느끼시거늘.

30) 애매한: 억울한.

31) 포원(抱冤): 원한을 품음.

하신대, 생이 주왈,

"신수부재(臣雖不才)나[32] 적장(敵將)은 두렵지 아니하오니 폐하는
근심 마옵소서. 소신의 집이 간흉(奸凶)한 적신의 참소(讒訴)를 입어 17
불의에 부친이 적소(謫所)로 가옵고, 신이 편모(偏母)로 있사옵다가 설
산(雪山) 중로(中路)에서 청, 기, 양 삼 자사를 만나 두문동에 들어가
전후사를 일일이 말하오니, 자사가 서로 의논하와 백성과 행인을 초모
(招募)하여 군사를 삼아 조련하옵고, 소신이 거기 머물러 보검과 갑옷
을 얻고 도사를 만나 용문산에 올라가 술법 배운 말이며, 천문둔갑(天
文遁甲)과 태을경문(太乙經文)과 호풍환우지술(呼風喚雨之術) 배운 말
이며, 천문을 보아 적세(敵勢) 창궐(猖獗)한 줄 알고 도사가 신(臣)을 내
려가라 하오매 선생을 하직하고 오다가 적여마를 얻어 타고 두문동으
로 와 시랑과 두 자사로 하여금 행군 진법을 가르쳐 뒤를 따르게 하고,
말을 채쳐 경성을 향하여 남괄령에 올라보니 천병은 하나도 없고 적
병이 만산편야(萬山遍野)하여 동서남북을 분변치 못하더니, 한 군사가
적진으로 나오다가 소신을 보고 혼절하여 자빠지기로 그래서 내려가
구하여 정신을 차린 후의 전후 사연을 물은즉, 이리이리 하옵기에 다 18
시 묻지 아니하옵고, 육정육갑과 삼만육십 사천왕을 부르고, 풍백(風
伯)을 불러 적진을 어둡게 하고 적진을 시살(弑殺)하여 폐하와 북군대
도독과 장졸을 구함이로소이다."

상이 들으시고 해룡의 신기한 재주 큰 공 이룸을 못내 칭찬하시더라.

차시(此時) 철관도사가 황제를 철통같이 싸고 '항복하라.' 구박하더니, 문득 난데없는 소년장이 필마단창(匹馬單槍)[33]으로 번진에 들어와 무인지경(無人之境)같이 횡행(橫行)하여 백동약을 물리치고 황제를 구함을 보니, '신장이 아니면 천신이 하강함이라.' 하고, 소년장을 이윽히 보다가 번왕을 대하여 왈,

---

32) 신수부재(臣雖不才)나: 신(臣)이 비록 재주가 없으나.

33) 필마단창(匹馬單槍): 한 필의 말과 창 한 자루.

"우리 선봉장 백동약은 금성(金星) 정기를 타 나고 적장은 화성(火星)을 타 났으니 어찌 염려되지 아니하리오?"

번왕 왈,

"어찌 아느뇨?"

도사가 왈,

"빈도(貧道)[34]가 이미 짐작함이 있나니 어찌 모르리잇고? 적장은 반드시 응천도사가 술법을 가르쳐 내려보냄이니이다."

번왕 왈,

19 "그러면 응천도사는 선생과 재주가 어떠하뇨?"

도사가 답왈,

"빈도는 흑운(黑雲) 중 반달이오, 그 도사는 청천명월(靑天明月)이라. 어찌 빈도에게 비하리잇고?"

번왕이 듣기를 맞고 크게 근심하더니, 문득 선봉장 백동약이 장전(帳前)에 올라와 고왈(告曰),

"신이 비록 재주 없사오나 나아가 무명 소장을 한 칼에 버혀 오리이다."

도사가 말려 왈,

"장군은 경(輕)히 굴지 말으소서. 소년장이 신기한 재주 무쌍(無雙)하니 힘으로 가히 잡지 못할지라. 계교를 베풀어 잡을 것이니 장군은 아직 참고 있다가 장령(將令)을 기다려 나아가라."

백동약이 이 말을 듣고 대로(大怒) 왈,

"양진(兩陣)이 상대하여 싸울 때에 용력(勇力)만 쓸 것이어늘 어찌 술법으로 의논하리오? 선생은 두리거든[35] 돌아가소서. 소장이 한번 칼을 들어 적장을 버히고 원제(元帝)를 사로잡아 항복 받은 후에 선생의 자랑하던 말이 없게 하리이다."

---

34) 빈도(貧道): 중이나 도사가 자신을 겸손하게 낮추어 부르는 말.

35) 두리거든: 두렵거든.

하고 비신상마(飛身上馬)[36]하여 내닫거늘, 도사가 왈,

"잠깐 머물어 적장의 거동을 보아 싸움이 옳을까 하노라." 20

동약이 듣지 아니하고 진전에 나서며 외쳐 왈,

"남경 어린 아이는 빨리 나와 승부를 결(決)하라. 오늘 내 칼로 너희를 죽이고 원제를 사로잡으리라."

하고 질욕(叱辱)이 무쌍하더라.

차시(此時) 해룡이 천자를 모시고 도적 파할 일을 의논하며 흩어진 군사를 모으니 겨우 삼만여 명이라. 상이 탄왈(嘆曰),

"적세(敵勢)는 저렇듯 하되 우리 장졸은 적으니 어찌 도적을 파(破)하리오?"

하시며 느끼시거늘, 생이 주왈,

"황상은 근심하지 말으소서. 신이 비록 재주 없사오나 도적을 파하리이다."

하고, 이에 장대(將臺)에 올라 진세(陣勢)를 이룰새, 장졸(將卒) 삼백 기(騎)를 뽑아 이십팔수(二十八宿)[37]로 응하여 사방에 세우고, 동방(東方) 칠면(七面)은 각(角) · 항(亢) · 저(氐) · 방(房) · 심(心) · 미(尾) · 기(箕)를 응하여 청룡기(靑龍旗)를 세워 진방(辰方) 진하련(震下連)괘를 벌이고, 서방(西方) 칠면은 규(奎) · 누(婁) · 위(胃) · 묘(昴) · 필(畢) · 자(觜) · 삼(參)을 응하여 백호기(白虎旗)를 세워 태방(兌方) 태상절(兌上絶)괘를 벌이고, 남방(南方)[38] 칠면은 정(井) · 귀(鬼) · 유(柳) · 성(星) · 장(張) · 익(翼) · 진(軫)을
응하여 주작기(朱雀旗)를 세워 남방 이허중(離虛中)괘를 벌이고, 북방(北 21
方)에 두(斗) · 우(牛) · 여(女) · 허(虛) · 위(危) · 실(室) · 벽(壁)을 응하여 현무기(玄武旗)를 세워 북방 감중련(坎中連)괘를 벌이고, 상생상극(相生相

36) 비신상마(飛身上馬): 몸을 날려 말에 오름.
37) 이십팔수(二十八宿): 하늘을 황도(黃道)에 따라 스물여덟으로 등분한 구획. 또는 그 구획의 별자리.
38) 남방(南方): 원문은 남방과 서방의 별자리 이름이 바뀌었는데, 여기서는 바로잡았다.

剋) 삼재(三才)와 오행(五行) 진도(陳圖)를 벌이고, 천지풍운(天地風雲)과 신변(身邊) 위해(危害)하는 변화를 감추고, 음양생사문(陰陽生死門)을 내어 동서수미(東西首尾)를 응하여 좌우익(左右翼)을 벌이고, 남북장(南北將)을 두어 전후영(前後營)을 상통하고, 홍문(紅門) 나팔(喇叭)과 표미(豹尾) 금고(金鼓)[39]를 쌍쌍이 세우고, 돌을 모아 육화팔문진(六花八門陣)을 벌이고, 육정육갑(六丁六甲) 태을경문(太乙經文)을 몸에 지녀 둔갑(遁甲) 장신(藏身)하는 법을 차리고 군중(軍中)에 호령하여 왈,

"문을 열고 적장을 유인하여 조화를 베풀 것이니 혹 진중에 괴이한 일이 있어도 놀라지 말고 진세를 떠나지 말라."

이렇듯 당부하여 영(令)을 내린 후 진전에 나서며 대호(大呼) 왈,

"무도한 서번 적은 들으라. 나는 중원 말째 장수 능주 곽해룡이라. 너희 등이 왕화(王化)를 모르고 천위(天威)를 거스려 시절을 불평케 하
22 니 내 천명을 받자와 이에 옴은 너희를 잡아 죄를 묻고자 하여 마지못하여 이에 왔나니, 여등(汝等)이 내 뜻을 순종하면 목숨을 요대(饒貸)[40] 하려니와 만일 불순(不順)하면 너의 씨를 남기지 아니하리니, 부질없이 장졸을 죽이지 말고 바삐 항복하라."

하는 소리 산천이 무너지고 하해(河海) 뛰노는 듯한지라.

동약이 이 소리를 듣고 바라보니 한 소년이 구룡(九龍) 투구를 쓰고 보신갑(保身甲) 입고 적여마 타고 적소검을 들었으니, 오채상운(五彩祥雲)은 두상(頭上)에 일어나고 천궁(天宮)의 조화는 몸에 어리었고, 두우성(斗牛星)의 정기는 흉중(胸中)에 은은하며 적여마의 날램이 비룡(飛龍)같으니 그 장함이 비할 데 없으며, 흉중에 천지경륜(天地經綸)과 강산정기(江山精氣)를 품은 듯하되, 다만 치약(稚弱)함을 업수히 여겨 응성출마(應聲出馬)하며 외쳐 왈,

---

39) 홍문(紅門) 나팔(喇叭)과 표미(豹尾) 금고(金鼓): 홍문기와 표미기 그리고 나팔과 북.

40) 요대(饒貸): 너그러이 용서함.

"적장 해룡은 들으라. 나는 서번 쌍두장군이라. 검술을 십년 공부하여 세상에 나오매, 천상은 알지 못하나 인간에는 내 적수(敵手)가 없는
지라. 어찌 어린 아이 죽이기를 근심하리오?" 23

하고 달려들거늘, 생(生)이 대답지 아니하고 접전(接戰)할새, 짐짓 눈을 반만 감고 창을 겨우 쓰니 동약이 승세(勝勢)하여 소리 지르고 치려하다가, 창을 드니 창이 절로 부러져 재 되어 내려지거늘, 동약이 대경(大驚)하여 본진(本陣)으로 닫는지라.

생이 따르지 아니하고 대소(大笑) 왈,

"적장 백동약은 어린[41] 장수로다. 어찌 하염없이 달아나느뇨? 내 너를 쫓아가 버힐 것이로되 아직 용서하노라. 돌아가서 번왕과 의논하고 쉬이 항복하라. 만일 항복지 아닐진대 내 성정(性情)이 비록 살해(殺害) 인명(人命)을 좋아 아니하나 서북 오랑캐를 씨도 남기지 아니하고 무찌를 것이니, 나중에 후회하나 막급(莫及)이리니 천의(天意)를 순종하라."

하고 본진으로 돌아오니, 제장 군졸이며 천자가 못내 칭찬하사 왈,

"장군의 신기한 재주는 실로 천신(天神)이로다. 적장이 대패(大敗)하여 물러갔으니 이제는 염려 없도다."

하시더라.

각설(却說). 시랑이 군을 거느려 바삐 행하여 여러 날 만에 대진(大陣) 24
에 이르니 천자가 대희(大喜)하사 시랑과 두 자사를 인견(引牽)하사 왈,

"짐이 밝지 못하여 경 등의 충의를 모르고 괄시하였으니 어찌 참괴(慙愧)치 아니하리오?"

시랑이 주왈(奏曰),

"이는 소인이 폐하의 성총(聖聰)을 가리옴이니 성교(聖教)가 너무 과하도소이다."

자사 등이 누수여우(淚水如雨)[42]하여 주왈,

---

41) 어린: 어리석은.

42) 누수여우(淚水如雨): 눈물이 비 오듯 흘러내림.

"소신 등이 불충(不忠)하여 성상의 근심을 덜지 못하였사오니 불충지죄를 어찌 다 면하리잇고?"

주파(奏罷)에 물러나와 해룡을 보고 적세(敵勢)를 물으니, 생이 대왈,

"적세를 염려할 바 아니오니, 내일은 적장을 잡아 치죄(治罪)할 것이니 신지(神地)[43]를 비우지 말고 방비하기를 엄히 하소서."

하고 천자께 주왈,

"소장이 도적을 잡고자 하오나, 백면서생(白面書生)이라 장령(將令)을 듣지 않을까 하나이다."

상이 옳히 여기사 생으로 대원수를 하이시고 인검(印劍)을 주시며 '위령자(違令者)를 참(斬)하라.' 하시니, 원수가 사은(謝恩)하고 물러 나오니라.

차설(且說). 백동약이 돌아와 분기(憤氣)를 참지 못하여 왈,

25 "뉘라서 해룡을 자랑하더뇨? 오늘 싸워보니 용맹과 검술이 실로 미거(未擧)하되 내 창이 상하여 버히지 못하였으니 명일(明日)은 결단코 버히리라."

하니, 도사가 왕더러 왈,

"적장은 실로 비상하니 그 진 치는 법이 극히 묘한지라. 어찌 하늘이 내신 장수가 아니리오? 백동약이 항상 남을 업신여기니 어찌 후환을 면하리오? 나는 대왕을 도와 성사코자 하였더니 중원에 명장이 났는지라 어찌 중원을 항거하리오? 내 잠시 천수(天數)를 살피지 못하고 산에 내려왔다가 다만 헛수고만 할 뿐이로소이다."

말을 마치며 몸을 소소와 공중에 올라 소리하여 왈,

"내 본디 중원을 치려할 제 곽해룡을 살피지 못함은 장성이 용문산에 비치기로 북방을 염려하고 남방을 염려 아니하였더니 어찌 남방에 곽해룡이 날 줄 알았으리오? 대왕은 급히 군사를 되돌려 살신지화(殺身之禍)를 면하소서."

하고 서쪽으로 가는지라. 동약이 대로하여 번왕더러 왈,

---

43) 신지(神地): 신(神)을 모신 곳. 종묘나 산릉이 있는 곳을 이름.

"그 도사는 요망한 자(者)라. 어찌 취신(取信)[44]하리잇고? 명일은 결 26
단코 중원을 얻으리이다."

하더라.

차시(此時) 원수가 진문(陣門)에 나와 크게 외쳐 왈,

"적장은 어제 미결(未決)한 승부를 결(決)하라."

하니, 동약이 응성출마(應聲出馬)[45]하여 내달아 싸울새, 삼십여 합(合)에 불분승부(不分勝負)[46]러니 원수가 거짓 패하여 본진을 바라고 돌아오니, 동약이 승세(勝勢)하여 원수를 쫓아 진문에 들 제 거의 잡게 되었더니, 원수는 간 곳이 없고 사면으로 풍운(風雲)이 일어나며 급한 비 담아붓듯이 오며, 천지 혼흑(昏黑)하여 일월이 무광(無光)한 가운데 어두귀면지졸(魚頭鬼面之卒)[47]이 만신(滿身)을 침노하며 정신을 어지럽게 하고, 흉악한 장수가 들어와 사면을 에워싸고 사석(沙石)[48]이 비오듯 하며,

"동약은 빨리 항복하라."

하니, 동약이 정신을 차려 한 모[49]를 헤치고 닫더니, 한 장수가 내달아 길을 막거늘 죽기로 싸워 달아날새 사면으로 장수가 내달으니, 동약이 황급하여 앙천(仰天) 탄왈,

"사면이 다 막혔으니 어디로 가리오?"

하고 주저하더니, 또 중앙으로 좇아 일원 대장이 나서며 불러 왈, 27

"적장은 닫지 말고 항복하라."

하거늘, 동약이 눈을 부릅뜨고 평생 힘을 다하여 싸울새, 일 합(合)[50]이

---

44) 취신(取信): 남에게 신용을 얻음.

45) 응성출마(應聲出馬): 소리를 응하여 말을 달려나감.

46) 불분승부(不分勝負): 이기고 지는 것을 가려 낼 수 없음.

47) 어두귀면지졸(魚頭鬼面之卒): 망칙하게 생긴 얼굴. 또는 어중이 떠중이 되지 못한 잡살뱅이 사람이라는 뜻으로 욕으로 이르는 말. 여기에서는 귀신의 졸개 형상을 하고 있다는 뜻으로 쓰임.

48) 사석(沙石): 모래와 돌.

49) 모: 모퉁이.

50) 합(合): 전쟁이나 경기에서 양편이 서로 맞붙어 싸우는 횟수를 헤아리는 단위.

못하여 원수의 칼이 번듯하며 동약이 탄 말을 질러 엎지르니 동약이 대경(大驚)하여 몸을 소소아 달아나더니, 또 여섯 돌무더기 화하여 육화진(六花陣)[51]이 되어 외쳐 왈,

"적장은 닫지 말라."

하니, 동약이 죽기로써 석진(石陣)을 벗어나 본진으로 돌아오니, 원수가 급히 둔갑을 베풀어 오방신장과 삼만육천 사천왕을 풀어 적진에 다달아 호풍환우(呼風喚雨)[52]를 행하며 삼변위해지술(三邊爲海之術)[53]을 하니, 적진 사면으로 난데없는 물이 덮혀 들어가니 장졸이 경황(驚惶) 분주(奔走)하여 높은 곳을 찾아 진을 옮기고 진중이 황황(遑遑)[54]하니, 번왕이 동약을 보아 왈,

"이를 장차 어찌하리오? 천명도사의 말을 듣더면 이 환(患)을 당치 않았을지라. 이를 장차 어찌하리오?"

동약이 대왈,

"사세(事勢) 이러하오니 바삐 퇴병(退兵)하사이다."

28 말을 맞지 못하여 무수한 장수가 들어오니, 혹 황룡도 타고 청룡도 타고, 백룡도 타고 거북도 타 완완(緩緩)히[55] 진중에 들어오며 호통하여 횡행(橫行)하는 중, 원수는 적소검을 들고 사면으로 시살(弑殺)[56]하니, 칼을 한 번 두르는 곳에 화광이 충천하며 장졸(將卒)의 머리 추풍낙엽 같은지라. 동약이 싸우고자 하나 사면 팔방에 물이 가득하고 또 무수한 장사가 다 해룡이라. 진가(眞假)[57]를 분변(分辨)치 못하여 주저하더니, 문득 호통이 나며 일원대장이 칼을 들고 꾸짖어 왈,

---

51) 육화진(六花陣): 중국 당나라 이진이 제갈량의 8진법을 본떠 만든 진법.
52) 호풍환우(呼風喚雨): 바람을 불러일으키고 비를 가져오는 술법.
53) 삼변위해지술(三邊爲海之術): 삼면이 바다가 되는 술법을 말하는 것으로 보임.
54) 황황(遑遑): 마음이 몹시 급하여 허둥지둥댐.
55) 완완(緩緩)히: 태도가 느릿느릿 천천히 하는 모습.
56) 시살(弑殺): 전투에서 마구 침.
57) 진가(眞假): 진짜와 거짓.

"무지한 동약이 이제도 항복지 아니할다?"

하며 신장을 호령하여 결박하라 하니, 무수한 신장이 달려들어 결박하고 또 번왕을 잡아 목을 매어 함거(轞車)[58]에 실어 본진으로 보내고, 번진 제장을 다 결박하여 승전고(勝戰鼓)를 울리며 본진으로 돌아오니, 천자가 친히 원문 밖에 나와 원수를 맞아 장대에 앉히고 술을 부어 위로하시며 왈,

"원수의 용병은 진실로 만고명장(萬古名將)이라. 불과 삼백기 패군
졸(敗軍卒)로써 번진을 쳐 범같은 동약을 사로잡고 백만대병(百萬大 29
兵)을 물리치니, 옛날 칠종칠금(七縱七擒)[59]하던 제갈무후(諸葛武后)의
재주와 같다."

하시더라.

이날 원수가 제장을 좌우에 벌리고 번국왕을 계하(階下)에 꿇리고 대호(大呼) 왈,

"하늘이 사람을 내실 제 군신지간(君臣之間)을 각기 분별하셨거늘 여등(汝等)이 법을 모르고 천위(天威)를 거슬려 역적(逆賊)이 되니 어찌 한심치 않으리오? 너의 죄를 의논하면 마땅히 죽임즉 하거니와 십분 용서하여 놓나니, 본국으로 돌아가 덕을 닦고 의를 숭상하여 인의(仁義)로 치민(治民)하고 충의(忠義)로 천자를 섬기라. 너를 놓음은 천자의 호생지덕(好生之德)[60]이라."

하고, 또 동약을 꿇리고 왈,

"너는 무지한 용맹을 믿고 감히 천위(天威)를 범하여 천자를 겁박(劫迫)[61]하고 인명을 많이 상하였으니 그 죄 죽기를 면치 못하리라."

하고, 무사를 꾸짖어 내어 원문 밖에 참(斬)하여 군중에 회시(回示)[62]하

---

58) 함거(轞車): 죄인을 호송하는 데 쓰던 수레.

59) 칠종칠금(七縱七擒): 제갈량(諸葛亮)이 맹획(孟獲)을 일곱 번 사로잡았다 놓은 데에서 나온 고사. 마음대로 잡았다 놓았다 함.

60) 호생지덕(好生之德): 사형에 처할 죄인을 특사하여 목숨을 살려 두는 제왕의 덕.

61) 겁박(劫迫): 위력을 써서 협박함.

62) 회시(回示): 죄인을 끌고 다니며 뭇사람에게 두루 보임.

고, 기여(其餘) 장수는 다 놓아 돌려보내니 모두 원수의 덕을 일컫더라. 원수가 대연(大宴)을 배설(排設)하여 제장(諸將)으로 즐기며 천자께 주왈(奏曰),

30 "이제 도적을 파(破)하였사오니 신은 물러가 아비 적소(謫所)로 가고자 하나이다."

상이 가라사대,

"짐이 환궁(還宮)한 후 명관(命官)을 보내어 데려올 것이니 염려말라."

하시니, 원수가 주왈,

"어찌 명관이 다녀오기를 기다리잇고? 신이 다녀오리이다."

상이 마지못하사 공문(公文)과 해배(解配)[63]한 조서(詔書)를 주시며 왈,

"경이 가려 하니 말리지 못하나 쉬이 다녀오라."

하시며 '짐을 도우라.' 하시니, 원수가 용전(龍殿)에 하직하고 시랑 등을 이별하고 모친께 편지만 부치고 설산으로 향하여 가니라.

차청(且聽) 하회(下回)하라.

세(歲) 을사(乙巳) 이월(二月) 일(日) 향수동 필서(筆書)

63) 해배(解配): 귀양간 사람을 풀어줌.

곽해룡전 권지삼 종(終)

화설(話說). 천자가 원수를 전송하시고 환궁하실새 시랑 곽운용으로 1
선봉을 삼고 두 자사로 후군을 거느려 들어올새, 황성 유진(留陣) 장졸과
장안 백성들이 백리 밖에 나와 단사호장(簞食壺漿)[1]으로 이영왕사(以迎
王師)[2]하여 환궁(還宮)하시니, 제신(諸臣)이 진하(進賀)[3]를 마치매 상(上)
이 가라사대,

"금번 서번(西蕃)을 평정함은 전혀[4] 곽충국의 아들 해룡의 공이라.
이 공을 무엇으로 갚으리오?"

하시고, 그 적몰(籍沒)[5]한 것을 다 환출(還出)하시고, 승상이 돌아오면 왕
이 될 것이요, 원수는 승상이 될지니 부인 임씨로 정숙왕비를 봉하여 시
녀 삼백 명을 주고, 우선 집이 없으니 궐내(闕內) 별궁(別宮) 경안궁에 처
(處)하게 하시고, 또 승상으로 위왕을 봉하시고 원수로 충렬후 좌승상을
하이시고, '직첩(職牒)을 예조(禮曹) 낭관(郎官)으로 급마(急馬) 발송하라.'
하시고 접반사(接伴使)[6]를 연송하여 보내시고, 또 시랑 곽운용으로 충렬
후 이부상서를 하이시고, 두 자사로 남북군 대도독을 하이시고, 출전 제 2

---

1) 단사호장(簞食壺漿): 도시락에 담은 밥과 병에 넣은 마실 것.
2) 이영왕사(以迎王師): 왕의 군사를 맞아들임.
3) 진하(進賀): 나라에 경사가 있을 때 벼슬아치들이 조정에 모여 임금께 축하드리는 일.
4) 전혀: 완전히. 오로지.
5) 적몰(籍沒): 죄인의 재산을 몰수하고 가족까지 처벌하는 일.
6) 접반사(接伴使): 사신을 접대하던 관원.

장을 각각 차례로 들이시고, 전장에 죽은 장졸에게 각각 직첩을 내리시고, 전망(戰亡) 혼백을 위로하시고, 또 무사를 호령하시어 우승상 왕윤정과 황문시랑 조사원과 사돈 최경동을 결박하여 나입(拿入)[7]하시고 꾸짖어 왈,

"너희 등은 식록지신(食祿之臣)[8]으로 국가환란(國家患亂)을 일분(一分)도 근심치 아니하고 몸 편키만 위하여 임금으로 하여금 항복하라 하니 그 죄 마땅히 삼족(三族)을 멸할 것이요, 또 충의겸전(忠義兼全)[9]한 곽충국을 모해(謀害)하여 원도(遠道)에 안치(安置)함도 짐이 막지 못하여 너에게 속았으니 그 죄를 다 의논할지라. 어찌 일시(一時)라도 살려 두리오? 다만 승상과 위왕이 돌아온 후 설치(雪恥)하게 하리라."

하시고, 금부(禁府)에 나수(拿囚)[10]하시며 일변 '가속(家屬)을 각도(各道)에 위리(圍籬)[11] 정속(定屬)하라.' 하시다.

각설(却說). 임부인(林婦人)이 궁비정속(宮婢定屬)하였다가 뜻밖에 정숙왕비 직첩을 드리니 황공감사(惶恐感謝)하여 북향(北向) 사배(四拜)하
3 고 일희일비(一喜一悲)하여 하더니, 또 원수의 편지를 드리거늘 뜯어보니 하였으되,

불초자 해룡은 글월을 닦아 모부인 안하(案下)에 올리나이다. 소자 당초에 집을 떠나 부친 배소(配所)로 가옵다가 한 도사를 만나 묻자온즉 도사가 가로대, '천자의 공문이 없으면 설산도(雪山島)를 못가리라.' 하옵기에, 회정(回程)[12]하고자 하온즉, 또 가화(家禍)가 여차여차하와 모친이 궁비정속(宮婢定屬)하시다 하오니, 그 정지(情地)[13]를 생각하온즉 천지 아득하여

---

7) 나입(拿入): 죄인을 법정으로 잡아들임.
8) 식록지신(食祿之臣): 국가의 녹을 먹는 신하.
9) 충의겸전(忠義兼全): 충성스러움과 의로움을 함께 갖춤.
10) 나수(拿囚): 죄인을 잡아들이는 일.
11) 위리(圍籬): 귀양 간 곳에 가시나무를 둘러 치는 것.
12) 회정(回程): 돌아오는 길에 오름.
13) 정지(情地): 딱한 사정에 있는 처지.

창황(蒼黃)[14] 망극(罔極)하오나 사세(事勢) 난처하옵기로, 부득이 하여 도사를 따라 산중에 들어가 약간 술법을 배워 국가가 요란하옵기로 칼을 잡고 전장(戰場)에 나가 도적을 쓸어버리고, 척촌(尺寸)[15]의 공이 있다 하여 성상이 부친을 해배(解配)하여, 천은(天恩)을 숙사(肅謝)하옵고 소자 설산도로 가오니 쉬이 부친을 모시고 모친 슬하에 뵈오리이다.

하였더라. 왕비 그 편지를 보고 아자(兒子)의 행사(行事)에 놀라고 즐겁고
슬픈 마음을 진정치 못하여 원수가 돌아오기를 기다리더라. 4

이때 상(上)이 환궁(還宮)하신 후 태후전에 뵈옵고 해룡의 재주 비상함과 서번왕을 치죄(治罪)하여 보낸 말씀과 지난 말씀을 낱낱이 주(奏)하시니, 태후가 들으시고 대경(大驚) 대찬(大讚)하사 왈,

"전일 선제 계실 때 곽충국은 충의겸전(忠義兼全)하다 하시던 배어늘, 그 아들의 재주와 충심이 이렇듯 하니 국가의 홍복(洪復)이오, 억조창생(億兆蒼生)의 복이로다."

하시고 못내 칭찬하시더라.

이때 적장공주 연광(年光)이 차매 화용월태(花容月態) 세상에 덮을 자(者)가 없는지라. 또한 부마를 간택(揀擇)지 못하사 근심하실새 황태후 가라사대,

"금번 승전한 곽해룡은 위왕의 아들이요, 또한 충의겸전하고 국가의 주석지신(柱石之臣)[16]이라. 족히 적장공주의 배필을 삼을지니, 첫째는 그 장한 공을 갚고, 둘째는 초방지친(椒房之親)[17]이 되어 이세(二世) 삼세(三世) 전지무궁(傳之無窮)토록 외척지의(外戚之義)[18]를 두게 함이 어찌 즐겁지 않으리오?"

---

14) 창황(蒼黃): 어찌할 겨를이 없이 썩 급함.
15) 척촌(尺寸): 한 자와 한 치. 약간.
16) 주석지신(柱石之臣): 국가의 기둥이 될 만한 신하.
17) 초방지친(椒房之親): 후비나 왕후의 친정의 친족. 여기서는 혼인을 통해 맺어진 친척이라는 의미로 썼음.
18) 외척지의(外戚之義): 외가의 관계.

5 하시며 혼인을 뇌정(牢定)[19]하시니, 황상(皇上)과 육궁(六宮) 비빈(妃嬪)이 다 즐겨 하더라. 이후로부터 정숙왕비 임씨(林氏)를 별(別)[20]로 후대(厚待)하시니 왕비도 그런 줄 알고 깊이 생각하더라.

일일은 왕비 공주더러 왈,

"당초에 정속하였을 제 채련의 후은(厚恩)을 입어 일신이 편하였으니 그 은혜 적지 않은지라. 바라건대 옥주(玉主)는 나의 낯을 보아 채련을 각별 사랑하시며 또 나의 마음이 저와 동거취(同去就)[21]함을 바라나니, 모로미[22] 공주는 황후전에 사정을 사뢰시고 나의 원을 풀게 함을 바라노라."

공주가 즉시 황후께 여쭈오니, 황후가 들으시고 즉시 채련을 명하여 경안궁으로 보내어 왕비를 모시게 하고 상사(賞賜)를 많이 하시다.

각설. 원수가 설산도로 향할새 말을 재촉하여 용문산에 이르니, 산천도 반기올사 풍경도 의구(依舊)하다. 산문(山門)에 다다르니 동자가 나와 영접하거늘, 들어가 선생 전(前)에 절하온대 도사가 칭찬 왈,

6 "그대 천자를 도와 대공(大功)을 이뤘으니 나의 가르친 배 허사가 아니로다. 그러나 지금 서번(西蕃)과 토번(吐藩)이 반(叛)하여 중원을 범(犯)코저 하니 그대 큰 근심이 될지라. 진번 선봉장 묵특이 지혜와 기이한 술법을 사명산 철관도사에게 배웠으니 신통함이 그대만 못함이 없고, 또한 용맹이 오히려 그대에서 나을지라. 어찌 근심이 아니리오? 각별 조심하여 경적(輕敵)지 말라."

하며 일봉서(一封書)를 주어 왈,

"적장과 싸우다가 당치 못할 듯하거든 봉서를 떼어보라. 네 이제 설산도로 가면 부친의 소식은 알려니와 내 또 그대와 연분이 진(盡)하였으니 금일 이별 후에 상봉키 어려운지라. 그대는 착실히 성공하여 노

19) 뇌정(牢定): 자리를 잡아 확실하게 정함.
20) 별(別): 특별히.
21) 동거취(同去就): 거취를 함께 함.
22) 모로미: 모름지기.

인의 가르침을 저버리지 말라."

하고, 인하여 백학(白鶴)을 타고 공중으로 올라가니 그 가는 곳을 모를레라.

해룡이 한 말도 못하고 그 봉서만 가지고 설산도(雪山島)로 향할새, 순
식간에 설산도에 이르러 도중(島中) 별장(別將)[23]을 찾아 조서(詔書)를 전 7
하고 문왈,

"승상이 이리 오신 후 어디 계시뇨?"

별장(別將)이 대왈,

"승상이 오신 후 안한(安閒)히[24] 계시옵더니 모일(某日) 모야(暮夜)에 진번 장졸이 무수히 와 동중(洞中)을 에워싸고 승상을 잡아가오니, 소인이 연유를 주문(奏聞)하려 하던 차에 원수가 오시매 말씀을 아뢰나이다."

원수가 이 말을 듣고 정신이 아득하고 간장이 떨리고 가슴이 미어져 통곡 왈,

"하늘이 해룡을 믜이 여기사[25] 부자(父子) 상봉(相逢)을 못하게 하시는도다."

하며 무수히 통곡하니 그 경상(景狀)을 차마 보지 못할러라. 원수가 정신을 진정하여 별장더러 진번의 원근(遠近)을 물으니, 별장이 대왈,

"수로(水路)로 가실진대 서해와 북해를 다 지나실 것이요, 육로(陸路)로 가시면 천여 리로소이다."

원수가 분기(憤氣)를 이기지 못하여 이 연유를 황상께 주문하고 진번국으로 향하니라.

각설. 진번이 강성하여 철관도사와 선봉 묵특을 얻어 중원을 치고자 8
하다가, 문득 서번이 설산도에 안치한 곽승상과 아들 해룡에게 패한 말
을 듣고 상의 왈,

23) 별장(別將): 무관벼슬의 하나.
24) 안한(安閒)히: 편안하고 한가롭게.
25) 믜이 여기사: 밉게 여기시어.

"서번이 오국(五國)에 으뜸 나라요, 선봉 백동약은 만고 명장이로되 불과 일일지내(一日之內)에 생금(生擒)하였다 하니 그 장수 용맹(勇猛)과 지략(智略)은 심상치 아니한지라. 이제 설산도에 가 곽승상을 잡아다가 달래어 좋은 벼슬을 주고 저의 아들을 부르면 제 아비를 생각하여 올 것이니, 또한 중국을 얻은 후에 반분(半分)하자 하면 중원을 일조(一朝)에 파하리라."

하고 즉시 장졸을 보내어 곽승상을 잡아왔거늘, 승상이 진번에 이르니 진번왕과 초번왕이 하당영지(下堂迎之)[26]하여 예필좌정(禮畢坐定)[27] 후 양왕(兩王) 왈,

"방금(方今)[28] 천자가 덕이 없고 운수가 진(盡)하였기로 사방이 요란한지라. 우리도 천명을 받자와 조민벌죄(弔民伐罪)[29]하고저 하나니 승상은 어떠하뇨? 일찍이 영윤(令胤)[30] 해룡에게 편지하사 내응(內應)이
9 되게 하든지 이리 와 합세(合勢)하게 하든지 양단간에 결단하소서."

하거늘, 승상이 이 말을 들으매 아자(兒子)의 승전(勝戰)함을 알지라. 일희일비(一喜一悲)하여 이윽고 왕을 꾸짖어 왈,

"그대 등은 자세히 들으라. 성신(聖神) 문무(文武)[31]하신 성군이 나시매 중국을 차지하여 남만(南蠻) 북적(北狄)을 소멸하고 동이(東夷) 서융(西戎)을 다 진압하여 사해(四海) 안정하니, 고로 순천자(順天者)는 창(昌)하고 역천자(逆天者)는 망하나니[32] 그대 등은 한낱 강포(强暴)만 보고 천의(天意)를 거슬려 범람(氾濫)한 뜻을 두어 천위(天威)를 거스리고저 하니, 내 연소역강(年少力强)[33]한 때 같으면 너의 머리를 버혀 천

---

26) 하당영지(下堂迎之): 뜰 아래로 내려가 맞이함.
27) 예필좌정(禮畢坐定): 인사를 끝내고 자리를 잡고 앉음.
28) 방금(方今): 바야흐로 지금.
29) 조민벌죄(弔民伐罪): 백성을 위로하고 죄지은 임금을 침.
30) 영윤(令胤): 남의 아들을 높여 부르는 말.
31) 문무(文武): 문식(文識)과 무략(武略)을 아울러 갖춤.
32) 순천자(順天者)는 창(昌)하고 역천자(逆天者)는 망하나니: 하늘을 따르는 사람은 창성하고, 하늘에 거역하는 사람은 망하나니.

의(天意)를 밝히고저 하나니 생심(生心)도 그런 역률(逆律)[34]의 말을 내지 말라."

하며 호령이 추상(秋霜) 같은지라.

번왕이 차언(此言)을 들으매 승상의 말이 당당하여 일호(一毫) 굽죄[35]이 없는지라. 마음에 분함을 참지 못하여 죽이고저 하거늘, 철관도사가 말려 왈,

"아직 죽이지 말고 가두었다가 출병할 시에 다시 물어 또 이와 같으면 버힘이 옳을까 하오니 아직 참으소서."

하고 무사를 명하여 지함(地陷)[36]에 가두고 기병(起兵)할새, 도사가 번왕더러 왈,

"곽승상의 상(相)을 보니 귀자(貴子)를 두어 향복(享福)[37]이 무궁할지라. 생각건대 해룡이 십여 년 전에 남해 용자(龍子)로서 상제께 득죄하여 인간에 적거(謫居)[38]하였으니 필연 중국 해룡이라. 실로 그럴진대 신통한 도사가 기이한 재주를 가르칠 것이니 무궁한 조화가 많을지라. 어찌 두렵지 아니하리오? 이제 대왕은 다시 승상을 청하여 여차여차하소서."

왕이 즉시 승상을 청하여 달래니, 승상이 또한 꾸짖어 물리치매 번왕이 무료(無聊)[39]하여 물러가며 대로(大怒)하여 무사를 꾸짖어, '승상을 밀어내어 원문(轅門)[40] 밖에 효시(梟示)[41]하라.' 하니, 무사가 승상을 결박하여 수레에 싣고 명패(名牌)를 달고 호성북[42]을 울리며 홍사(紅絲[43])로

---

33) 연소역강(年少力强): 나이 젊고 힘이 셈.
34) 역률(逆律): 역적을 처벌하는 법률.
35) 굽죄: 약점이나 단점을 잡혀 기를 펴지 못함.
36) 지함(地陷): 땅굴. 땅이 움푹 가라앉아 꺼진 곳.
37) 향복(享福): 복을 누림.
38) 적거(謫居): 귀양살이를 하고 있음.
39) 무료(無聊): 부끄러움.
40) 원문(轅門): 군영(軍營)의 문.
41) 효시(梟示): 목을 베어 높은 곳에 매달아 놓아 뭇사람에게 보임.

목을 매어 원문을 나올새, 제장(諸將)이 좌우에 갈라서고 장창대검(長槍
11 大劍)을 벌여 꽂고 위엄이 서리 같으니 승상의 정지(情地) 가련하더라.
승상이 앙천탄왈(仰天歎曰),

"내 죽기는 쉽지 아니하나 그리던 부인과 아자(兒子)를 다시 못보고 흉적(凶賊)의 손에 죽으니 혼백인들 어찌 원통치 아니하리오?"

하고 인하여 혼절(昏絶)하니, 어찌 하늘이 무심하리오?

이때 해룡이 설산도에서 떠나 진번으로 향하여 풍우같이 달려오더니, 마침 날이 저물거늘 운남에 들어가 절도사(節度使)를 보고 진번이 반(叛)한 일과 승상 잡아간 일을 물은대, 도사가 대경(大驚)하여 이 연유를 주문(奏聞)하고 객사(客舍)에 사처(徙處)[44]하여 쉬더니, 원수가 몸이 곤하여 침석(寢席)에 의지하였더니 비몽사몽간(非夢似夢間)에 한 노승이 와 이르되,

"원수는 무슨 잠을 이리 자느뇨? 승상의 명이 시각(時刻)에 있으니 바삐 구하소서."

하거늘, 놀라 깨달으니 남가일몽(南柯一夢)이라.

즉시 절도사를 청하여 전후 말을 이르고 진번 가는 이수(里數)를 물으니, 대왈,

"천여 리라."

하거늘, 마음에 바빠 급히 말을 채쳐 나오니 벌써 동방이 밝고 일색(日
12 色)이 비치는지라. 울적한 회포와 무궁한 분기(憤氣)를 이기지 못하여 풍우같이 달려갈새, 벌써 오시(午時)[45]가 되었는지라. 진번에 다다라 산상(山上)에 올라 보니 어떤 노인을 홍사(紅絲)로 목을 옭아 수레에 싣고 나오니, 명패에 썼으되, '대국(大國) 반적(叛敵) 곽충국이라.' 하였거늘, 그제야 부친인줄 알고 일변(一邊) 슬프고 분기충천(憤氣沖天)한지라. 급히 둔갑(遁甲)을 베풀어 몸을 다섯에 내어 각각 갑주(甲胄)와 장검(長劍)을 들

42) 호성북: 미상. 사형시킬 때 치는 북으로 보임.
43) 홍사(紅絲): 붉은 색의 포승줄.
44) 사처(徙處): 자리를 옮김.
45) 오시(午時): 십이시의 일곱째 시. 오전 열한 시부터 오후 한 시까지.

리고, 육정육갑(六丁六甲)을 외워 천지 풍운을 일으키고 시석(矢石)[46]을 날리며 오방신장(五方神將)으로 번진을 엄살(掩殺)케 하고 삼백육십 사천왕을 불러 '좌우에 옹위(擁衛)하라.' 하고 말을 몰아 적소검을 들고 대호(大呼) 왈,

"무도한 역적은 나의 부친을 해(害)치 말라."

하고 좌충우돌(左衝右突)하니, 번진 장졸이 사산분주(四散奔走)[47] 하는지라.

원수가 적소검을 날려 좌우 무사를 버히고 승상을 구하여 맨 것을 끄르고 송림간(松林間) 절벽처(絶僻處)에 모셔 앉게 하고, 원수가 복지(伏
地) 통곡 왈, 13

"부친은 정신을 진정하소서. 불초자(不肖子) 해룡이 왔나이다."

하며 통곡하니, 승상이 혼미 중에 해룡이란 말을 듣고 손을 잡고 백수(白首)에 눈물을 흘려 왈,

"네 해룡이라 하니 반갑기 측량없고 슬프기 무궁하다. 네 어찌 알고 와서 나를 구하며 너의 모친도 평안하시냐? 전후사연을 말하라."

원수가 여쭈오대, 부친이 정배(定配)하신 후 소자가 모친을 뫼시고 있삽더니, 부친을 뵈옵고저 하여 모친을 하직하옵고 적소로 향하옵다가 두문동에 두 자사와 시랑을 만나던 말이며, 또 선생을 만나 술법 배운 말이며, 서번을 파하고 천자의 공문을 가져 설산도로 가다가 부친 소식을 듣고 진번으로 오다가 절도령에서 꿈꾸던 말이며, 모친이 궁비정속(宮婢定屬)하였던 말을 세세히 고하니, 승상이 청파(聽罷)에 오열(嗚咽) 유체(流涕) 왈,

"내 늦게야 너를 낳아 이다지 장성하여 국가 사직을 안보하고, 또
노부의 죄를 풀어 몽방(蒙放)[48]하고, 또 오늘날 급화(急禍)를 면케 하 14
니 어찌 명천(明天)이 감동하시고 부처가 지시한 배 아니리오?"

하며, 귀한 마음을 이기지 못하여 등을 어루만져 왈,

46) 시석(矢石): 전쟁에 쓰는 화살과 돌.
47) 사산분주(四散奔走): 사방으로 흩어져 이리저리 달아남.
48) 몽방(蒙放): 죄인이 풀려남.

"지금 진번이 강성하여 토번과 합세하여 철관도사로 모사(謀士)를 삼고 묵특으로 선봉을 삼아 중원을 치고자 하여 나를 달래어 너를 유인코저 하매, 내 듣지 아니코 오늘 이 지경을 당하였거니와, 적장 묵특은 만고명장이라, 부디 경적(輕敵)치 말라."

하며 못내 반기며 비회(悲懷)를 금치 못하거늘, 원수가 왈,

"부친은 안심하소서. 소자(小子)가 비록 무재(無才)하오나 적장은 두렵지 아니하나이다."

하고, 칼을 들고 나서며 크게 외쳐 왈,

"진번왕은 내 칼을 받으라. 금일 너희를 함몰하고 부친의 분(忿)을 씻으리라."

하고 달려드니, 번왕이 뜻밖에 신병(神兵)을 만나매 경황(驚惶) 분주하여 일변 백마를 잡아 피를 사면에 뿌리고 풍백(風伯)[49]을 불러 풍운을 씻어 버리며, 제장 군졸을 불러 '팔문금사진(八門金蛇陣)을 치라.' 하고, 좌우에 생사문(生死門)을 내고 진전(陣前)에 숙정패(肅正牌)[50]를 내어 꽂고 군호(軍號)를 정제하며 선봉 묵특을 불러 싸움을 돋우거늘, 원수가 살펴보니 군음이 철통 같고 풍운이 절로 그치니 신장이 접전(接戰)치 못하는지라. 해룡이 마음에 헤오되, '내 술법을 당할 자가 없더니 오늘날 진번에 이르러 나를 항거하고 신병을 물리치며 팔진도를 벌이니 실로 응천도사의 말이 옳도다. 내 재주를 다시 행하리라.' 하고 비를 담아붓듯이 뿌리니 사면이 다 바다가 되어 수세(水勢) 용출(湧出)하는지라. 원수가 몸을 소소아 공중에 올라 외쳐 왈,

"너의 조그마한 재주와 용맹으로 어찌 나를 당하리오?"

하며 적소검을 드니, 화광(火光)이 충천하며 뇌성벽력(雷聲霹靂)이 진동하는지라.

---

49) 풍백(風伯): 바람을 주관하는 신.

50) 숙정패(肅正牌): 군령(軍令)을 집행할 때 조용하게 하기 위해 '숙정(肅正)'이라고 써서 세우는 나무패.

철관도사가 대경하여 선봉 묵특으로 '나가 싸우라' 하니, 묵특이 응성출마(應聲出馬)하여 외쳐 왈,

"적장 해룡은 헛장담 말고 쉬 항복하라. 너를 진중에 가두었으니 무슨 근심이 있으리오?"

하며 달려들거늘, 원수가 바라보니 신장은 십 척(尺)이요, 몸은 단산(丹 16
山)의 맹호(猛虎) 같고 얼굴은 묵장 갈아 부은 듯하고[51] 소리 웅장하여
짐짓 일대호걸(一代豪傑)이요, 만고명장(萬古名將)이라. 심중에 헤아리되
'철관도사 신통(神通)이 이러하고 또 적장이 용맹하니 간대로[52] 잡지 못
할지라. 이제 검술(劍術)로 잡으리라.' 하고, 번진을 살펴본 후에 적소검
을 들고 묵특으로 더불어 싸울새 짐짓 적수라. 삼백여 합에 승부를 결
(決)치 못하고 또한 시석(矢石)이 비오듯하니 원수가 가장 위급한지라. 가
만히 진언을 외워 몸을 삼백(三百)에 나눠 적진을 짓치고저 하더니, 적장
이 또한 진언을 염(念)하여 삼백 해룡을 막는지라. 종일토록 싸우다가 승
부 없고 또한 기갈(飢渴)이 심한지라. 가만히 진언(眞言)을 염(念)하여 혼
백을 감추고 변신하여 수기(帥旗)[53]를 적진에 던지니 완연한 원수라. 적
장이 수기와 싸울 적에 원수는 진(陣) 밖에 나와 녹림산으로 돌아와 승상
께 뵈온대, 승상이 문왈,

"네 적진을 보니 어떠하더뇨?"

원수가 대왈,

"소자가 세상에 횡행(橫行)하여 대적할 자가 없더니, 오늘날 묵특의 17
검술과 도사의 재주를 보니 실로 이상한지라. 천자의 구병(救兵)을 기
다려 싸우고자 하나이다."

하니, 승상이 염려함을 마지아니하더라.

이 적에 적장 묵특이 원수와 다투다가 머리를 베어 들고 승전고(勝戰

---

51) 묵장 갈아 부은 듯하고: 매우 시꺼멓다는 표현. 묵장은 먹의 조각.
52) 간대로: 그리 쉽사리.
53) 수기(帥旗): 장수기(將帥旗). 대장을 나타내는 깃발.

鼓)를 울리고 마상(馬上)에서 춤추며 장대(將臺)에 올라 도사를 보니, 도사가 대경(大驚) 왈,

"이는 적장의 머리 아니요, 해룡의 수기로다."

하고 내치거늘, 좌우가 대경(大驚)하여 보니 과연 수기러라. 도사가 왈,

"해룡은 심상치 아니하니 싸움으로 능히 잡지 못하리니, 이제 계교로써 잡으리라."

하고, 군중에 전령(傳令)하여 지함(地陷) 수백 처를 파고 창검을 묻고 좌우에 쇠뇌[54]를 벌여놓고 선봉을 불러 왈,

"내일 평명(平明)[55]에 적장과 접전하다가 거짓 패하여, 따라오면 지함에 빠지리니 제 비록 천하 명장이라도 속절없이 잡히리니 부디 명심하고 누설치 말라."

18 하더라.

익일(翌日) 평명에 묵특이 진전에 나서 외쳐 왈,

"적장은 어제 미결(未決) 승부를 결(決)하라. 그렇지 않으면 바삐 나와 항복하고 잔명(殘命)을 보전하라."

하여 질욕(叱辱)[56]이 무수한지라. 원수가 대로(大怒)하여 정창출마(挺槍出馬)[57]할새 승상이 당부 왈,

"부디 경적치 말라. 너의 단기(單騎)로 적장을 어찌 대적하리오? 염려 무궁하도다."

원수가 대왈,

"부친은 염려 마옵소서. 오늘은 적진을 진멸(盡滅)하리이다."

하고 내달아 묵특으로 더불어 싸워, 십여 합에 이르러 묵특이 거짓 패하여 본진(本陣)으로 닫거늘, 원수가 따라 적진에 이르니 장졸이 기(旗)를 눕히고 창을 숨기고 길을 통하여 진문(陣門)으로 인도하는 듯하거늘, 원

---

54) 쇠뇌: 발사 장치가 달린 활. 여러 개의 화살을 연달아 쏘게 되어 있음.

55) 평명(平明): 해 뜨는 시각. 또는 그 즈음의 밝은 기운.

56) 질욕(叱辱): 꾸짖고 욕함.

57) 정창출마(挺槍出馬): 창을 겨누어 들고 말을 타고 출전함.

수가 괴이히 여겨 진문에 들지 아니하고 헤아리니, '적장이 나를 유인하도다.' 하고 녹림(綠林) 중으로 돌아오니라.

이때 철관도사가 해룡을 유인하여 진문에 이르렀다가 돌아감을 보고 대경 왈,

"적장은 만고 명장이로다."

하고, 다시 군중에 영(令)하여 녹림 중을 불로 치려하고 중군장(中軍將) 19
위연을 불러 왈,

"너는 녹림산 사면에 삼천 군을 거느리고 시초(柴草)[58]를 쌓았다가 방포(放砲)[59] 소리 나거든 즉시 불을 놓으라."

하고, 후군장(後軍將) 맹통을 불러 왈,

"너는 녹림산 북녘에 매복(埋伏)하였다가 불이 일어나거든 뇌고(擂鼓) 납함(吶喊)[60]하라."

하고, 전령장 벽대를 불러 왈,

"너는 오천 군 거느리고 녹림산 서편 어귀에 매복하였다가 불이 일어나거든 고함하여 진세를 도우라."

하고, 또 묵특을 불러 왈,

"그대는 오만 군을 거느리고 녹림산 남편으로 가면 삼십 리 낙산이란 골이 있으되 운남 절도령이라. 산악이 험준하고 석벽이 하늘에 닿은 듯하니 좌우에 매복하다 해룡이 불을 피하여 그리 오리니 내달아 치면 결단코 잡으리라."

하니, 묵특이 문왈,

"만일 알고 아니 오면 어찌하리오?"

도사가 왈,

"적장이 우리를 당치 못할 줄 알고 구병(救兵)을 기다리매 반드시

---

58) 시초(柴草): 땔나무로 쓰는 풀.

59) 방포(放砲): 군중(軍中)의 호령으로 포나 총을 쏘는 일.

60) 뇌고(擂鼓) 납함(吶喊): 북을 쉴새 없이 빨리 치고, 여러 사람이 한꺼번에 큰 소리를 지름.

20 그곳에 있을 것이니 염려 말라."

하니, 또 문왈,

"적장의 조화(造花) 무궁(無窮)하니 어찌 하리오?"

도사가 왈,

"그는 염려 없으니 어서 가라. 제 비록 천신(天神)이라도 면치 못하리라."

하니, 묵특이 청령이퇴(聽令而退)[61]하여 초경(初更)[62]에 호군(犒軍)[63]하고 이경(二更)에 행군(行軍)할새, 도사가 군중에 전령 왈,

"위령자(違令者)는 참(斬)하리라."

하고 각기 분발(分發)하니라.

차시(此時) 원수가 녹림산에 있어 구병을 기다리다가, 문득 선생의 말을 생각고 봉서(封書)를 뜯어보니 하였으되,

수다(數多) 설화(說話)를 대강 기록하노라. 그대는 남의 진(陣)에 들지 말고, 또한 부친을 상봉할 것이니 어찌 기쁘지 않으리오? 그러나 철관도사의 신통함이 많으니 부디 경적(輕敵)지 말고, 불측지환(不測之患)[64]을 당하리니 각별 조심하고, 녹림 중에 있다가는 대화(大禍)를 면치 못하리니 급히 남절령으로 가서 부친을 안돈(安頓)[65]하고, 그대는 남해 죽림사에 가서 칠일불공(七日佛供)하고 경문(經文)[66]을 통한 후에 생불(生佛)의 도를 깨치고,
21 또 운수산 용왕당(龍王堂)을 찾아 가서 용제(龍祭)를 착실히 지내고, 천자의 구병을 기다려 성공하고, 만일 내 말을 헛되이 알다가는 일정(一定) 위태할지라. 이후에 후회하나 막급(莫及)이니 부디 나의 가르침을 바라지 말고 조심하라.

---

61) 청령이퇴(聽令而退): 명령을 듣고 물러 남.
62) 초경(初更): 하룻밤을 오경(五更)으로 나눈 첫째 부분. 저녁 7시에서 9시 사이.
63) 호군(犒軍): 군사를 먹임.
64) 불측지환(不測之患): 예기치 못한 근심이나 환란.
65) 안돈(安頓): 사물이나 주변 따위를 잘 정돈하여 안정되게 함.
66) 경문(經文): 불경의 내용이나 문귀.

하였더라. 원수가 보기를 다하매 선생의 명감(明鑑)[67]을 탄복하며 부친을 모시고 이날 밤 초경에 운남 절도령으로 가니라.

이때 도사가 밤이 들기를 기다려 녹림산 사면에 불을 놓으니 천봉만학(千峰萬壑)[68]이 녹는 듯한지라. 제장 군졸이 다 즐겨 왈,

"이제는 해룡의 영혼이 남지 못하리라."

하더니, 문득 도사가 번왕께 고(告)왈,

"천기를 본즉 해룡이 화를 피하고 절도령으로 갔사오니 이 장수는 짐짓 천신이라. 어찌 후환이 없으리오?"

하고, 또 가로대,

"해룡이 필연 구병을 기다려 우리를 항거하리니 어찌 하리오?"

하더라.

차설(且說). 원수가 운남으로 가 절도사를 보고 왈,

"지금 진번과 토번이 합세하여 황성을 침범코자 하니 그대는 군마 22
를 급히 조발(調發)하라. 나는 곧 남해 용림사로 가 재계(齋戒)하고 또
운수산에 가서 용제(龍祭)를 지내고 올 것이니 기간(其間)에 연습을 착
실히 하라."

하고, 즉시 도복을 입고 죽장을 짚고 근근이 찾아 죽림사에 다다르니 산세 수려하고 경개 절승한지라. 산문(山門)에서 주저하더니, 한 노승이 나와 합장(合掌) 배례(拜禮) 왈,

"상공은 어디 계시며 무슨 일로 오시나잇고?"

원수가 대왈,

"나는 중원 사람으로 마침 소회(所懷) 있어 왔사오니 존사(尊師)는 수고를 아끼지 않으면 은혜를 갚사오리이다."

하니, 노승이 대왈,

"무슨 소회 있어 이다지 하시나잇고?"

---

67) 명감(明鑑): 사물의 미래에 대한 정확한 관찰력.
68) 천봉만학(千峰萬壑): 수많은 산봉우리와 산골짜기.

원수가 답왈,

"다름 아니라 지금 진번과 토번이 합력(合力)하여 황성을 침범코저 하매 그 세(勢)를 당키 어려운지라. 불원천리(不遠千里)[69]하고 왔사오니 원컨대 존사는 소생을 위하여 칠일재계(七日齋戒)하고 생불의 도를 통하와 소원을 이루게 하소서."

하니, 노승 왈,

"그리 하리이다."

23 하고, 칠일재계하여 정성을 다한 후 원수를 대하여 왈,

"그만하면 도통(道通)을 다하였거니와 운수산에 가서 용제를 지내고 용왕의 도를 통하면 적진을 일조(一朝)에 파하리라."

하고, 문득 간 바를 알지 못할러라.

원수가 그제야 부처인줄 알고 공중을 향하여 무수(無數) 배례(拜禮)하고, 즉시 운수산에 가 용왕당을 찾아 재(齋)를 정성으로 지내고, 돌아와 부친께 문후(問候)[70]하고 절도사를 보고 수말(首末)을 이르고 구병(救兵) 오기만 기다리더니, 문득 체탐[71]이 보(報)하되 '진번 토번이 기병(起兵)하여 황성으로 향한다.' 하거늘, 원수가 급히 절도사에게 하령(下令) 왈,

"그대는 군병을 거느려 내 뒤를 따르라."

하고, 부친께 고왈,

"소자가 적병을 소멸하고 돌아오리니 야야(爺爺)[72]는 염려치 말으소서."

하고 하직하니, 승상 왈,

"너는 모름지기 경적(輕敵)지 말고 쉬이 돌아와 승전함을 고하라."

원수가 배이수명(拜而受命)[73]하고 가니라.

---

69) 불원천리(不遠千里): 천 리 길도 멀다고 여기지 않음.

70) 문후(問候): 웃어른의 안부를 물음.

71) 체탐: 염탐꾼 또는 척후병.

72) 야야(爺爺): 아버지.

73) 배이수명(拜而受命): 절하고 명을 받듦.

이 적에 원수가 후군이 되어 번진으로 향할새 절도사로 선봉을 삼고 24
행하여 수일 만에 황주에 이르니 백 리 사방에 적병이 가득하거늘, 원수가 즉시 육정육갑을 외워 삼만육천 사천왕(四天王)을 부르고 또 오백 나한(羅漢)을 명하니 사방에 오운(五雲)[74]이 일어나고 천지 아득하며 오백 나한은 사면으로 엄살(掩殺)[75]하고 삼만육천 왕은 좌우로 엄살하고, 또 큰 비 붓듯이 오며 순식간에 물이 진중에 가득하여 대해(大海)가 되었으니, 양왕(兩王)이 도사를 보고 왈,

"사방에 물이 가득하매 한 조각 배가 없고 또한 길이 없으니 어찌 하리오?"

하더니, 원수가 대호(大呼) 왈,

"두 왕과 묵특을 잡으라."

하니, 오백 나한과 삼만육천 왕이 각각 신위(神威)를 발하여 황건역사(黃巾力士)[76]를 호령하여 다 결박하여 원수 휘하에 올리거늘, 원수가 장대에 앉아 무사를 명하여 양왕을 꿇리고 꾸짖어 왈,

"너희 무도(無道)하여 천시(天時)를 모르고 철관도사의 말을 듣고 애 25
매한 나의 부친을 죽이려 하고, 또 나를 잡으려 하여 녹림산에 불을 놓으니 내 어찌 너의 꾀를 모르리오? 이제 너를 잡았으니 죽여 설분(雪憤)[77]하리라."

하고, 무사를 호령하여 원문 밖에 효시(梟示)하고, 즉시 표문(表文)을 닦아 용전(龍殿)[78]에 품달(稟達)[79]하고, 또 부친께 글월을 올리고, 진번성에 들어가 군기와 군량을 거두어 가지고 즉일 발행하여 절도령에 와 부친께 뵈온대, 승상이 기쁨을 띠어 왈,

---

74) 오운(五雲): 오색찬란한 구름.
75) 엄살(掩殺): 별안간 습격하여 죽임.
76) 황건역사(黃巾力士): 신장(神將)의 하나. 힘이 세다고 함.
77) 설분(雪憤): 분하고 원통한 마음을 씻음.
78) 용전(龍殿): 임금의 앞.
79) 품달(稟達): 웃어른이나 상사에게 여쭘.

"혈혈단신(孑孑單身)이 수만 리 전장에 나아가 적수단신(赤手單身)[80]으로 강적을 소멸하고 명장 묵특을 일일지내(一日之內)에 잡았으니 이는 고금에 드문 일이라."

하고 즉시 절도사를 하직하고 길을 나 황성으로 향할새, 각 읍에 노문(路文)[81] 놓고 왕부인께 편지를 부치고 행할새, 소과열읍(所過列邑)[82]이 경동(驚動)치 않을 이 없더라.

여러날 만에 황성에 이르러 봉황성 하(下)에 유진(留陣)하고, 천자께 양왕과 묵특의 수급(首級)[83]을 목함(木函)에 넣어 올리니 상이 보시고 서안(書案)을 쳐 대찬(大讚)하시고 왈,

26 "만리 타국에 혈혈단신으로 강적을 멸하고 또 부친을 상봉하여 돌아오니 이는 국가의 홍복(洪福)이라."

하시고, 제신(諸臣)을 모아 원수의 공을 못내 칭찬하시고, 또 하교(下敎)하사 원수의 진중으로 동가(動駕)[84]하실새 그 위의를 이루 측량치 못할러라. 승상과 원수가 바삐 나와 복지(伏地)하니 천자가 원수의 손을 잡으시고 성공 반사(班師)[85]함을 못내 칭찬하사 왈,

"짐이 무엇으로 경의 공을 갚으리오?"

하시고, 승상 부자(父子)와 한가지로 환궁하신 후 위왕과 원수에게 하교하사 왈,

"경이 부자의 충절을 모르고 경으로 하여금 원찬함이 다 소인에게 속음이요, 또 부인을 정속(定屬)까지 하였으니, 첫째는 짐이 불명(不明)함이요, 둘째는 경의 운수라. 전사(前事)를 생각하면 어찌 부끄럽지 않으리오?"

---

80) 적수단신(赤手單身): 맨손과 홀몸. 곧 아무도 돕는 이가 없음.

81) 노문(路文): 공무로 지방에 가는 벼슬아치의 도착 예정일을 미리 그곳 관아에 알리던 공문.

82) 소과열읍(所過列邑): 지나가는 곳의 여러 고을.

83) 수급(首級): 전쟁에서 베어 얻은 장수의 머리.

84) 동가(動駕): 임금의 수레가 대궐 밖으로 나감.

85) 반사(班師): 군사를 이끌고 돌아옴.

하시고, '왕윤정과 조사원을 금부(禁府)[86]에 가두라.' 하시고 가라사대,

"경의 부자가 환경(還京)한 후에 임의로 처치하여 후인을 징계하려 하였노라."

하시니, 원수가 복지(伏地) 주왈,

"신이 이미 저에게 참소를 입어, 신의 아비를 원찬한 일과 신의 모 27
(母) 정속함이 다 저의 죄오니 신의 마음이 분통치 않으리잇고?"

하고, 삼인을 다 무사로 하여금 결박하여 처소로 대령하라 하고, 즉시 집으로 돌아와 백화당에 좌기(坐起)[87]를 베풀고 무사를 호령하여 왕윤정과 조사원, 최경운 등을 나입(拿入)[88]하여 계하(階下)에 꿇리고 여성(厲聲) 대질(大叱)[89] 왈,

"너희 다 낮을 들어 나를 보라."

또 분부 왈,

"네 나와 무슨 원수로 부친을 참소하였으며, 모친과 가산을 다 적몰하고 유유부족(猶有不足)[90]하여 나를 잡으려 하였으니 무슨 뜻이며, 네 대대(代代) 국록지신(國祿之臣)[91]으로 난세를 당하면 몸이 맟도록 국사(國事)를 도울 것이어늘, 도리어 임금으로 하여금 적에게 항복하라 하니 그런 대역부도(大逆不道)가 어디 있으리오?"

하고, 무사를 호령하여 '처참(處斬)[92]하라.' 하고, 즉시 궐내(闕內)에 들어가 천자께 복지 주왈,

---

86) 금부(禁府): 조선 시대에, 임금의 명령을 받들어 중죄인을 신문하는 일을 맡아 하던 관아.

87) 좌기(坐起): 관장이 출근하여 일을 시작한다는 의미이나, 여기서는 처벌하는 일을 시작한다는 의미로 썼음.

88) 나입(拿入): 죄인을 법정으로 잡아들임.

89) 여성(厲聲) 대질(大叱): 큰 소리로 꾸짖음.

90) 유유부족(猶有不足): 오히려 부족함이 있음.

91) 국록지신(國祿之臣): 나라의 녹을 먹는 신하.

92) 처참(處斬): 대역죄를 범한 자에게 과하던 극형. 죄인을 죽인 뒤 시신의 머리, 몸, 팔, 다리를 토막 쳐서 각지에 돌려 보이는 형벌.

"신이 폐하의 덕택으로 부모의 원수를 갚사옵고 또 영귀(榮貴)함이
28 이 같사오니 어찌 성은을 만분지일이나 갚사오리잇가?"
하고 물러 나와 부모께 자초지사(自初之事)[93]를 다 말씀하오니, 왕(王)과 비(妃) 못내 기뻐하더라.

상이 예조(禮曹)로 택일(擇日)하니 일순(一旬)[94]이 격(隔)한지라. 길일(吉日)을 당하여 적장공주로 좌승상 곽해룡에게 하가(下嫁)하시니 그 위의(威儀) 성비(盛備)함이 비할 데 없더라.

승상이 공주와 화락(和樂)하고 부모께 지효(至孝)를 다하더니 흥진비래(興盡悲來)[95]는 고금상사(古今常事)라. 위왕이 우연 득병하여 백약(百藥)이 무효(無效)하매 왕이 일지 못할 줄을 알고 승상의 손을 잡고 눈물을 흘려 왈,

"내 나이 팔십이라. 죽은들 무슨 한이 있으리오마는, 황상(皇上)의 국은을 만분지일이나 갚지 못하고 황천에 돌아가니 어찌 황공치 않으리오? 너는 황상을 충성으로 섬기고 가사(家事)를 나 있을 때와 같이 하라."

하고 즉시 훙(薨[96])하니, 승상 부부 애통하고 일가(一家)가 망극하여 하더라.
29 수삭(數朔[97])이 못하여 왕비 또 훙(薨)하니 승상이 수월지내(數月之內)
에 부모 구몰(俱沒)함을 당하매 호천고지(呼天叩地)[98]하며 초종(初終)[99]을 왕례(王禮)로 선산에 안장하고, 광음(光陰)이 훌훌(欻欻)[100]하여 삼상(三喪)을 마치매, 상이 비감(悲感)하사 친히 승상부중(丞相府中)에 행행(行幸)하사 치제(致祭)[101]하시고 돌아오시니, 이때 승상이 삼년을 지내고

---

93) 자초지사(自初之事): 일어난 일의 맨 처음.
94) 일순(一旬): 열흘.
95) 흥진비래(興盡悲來): 흥함이 다하면 슬픈 일이 옴.
96) 훙(薨): 제후가 죽는 일.
97) 수삭(數朔): 여러 달.
98) 호천고지(呼天叩地): 몹시 슬퍼서 하늘을 부르며 땅을 침.
99) 초종(初終): 초종장사(初終葬事). 초상이 난 뒤부터 졸곡(卒哭)까지를 말함.
100) 훌훌(欻欻): 가볍고 빠름.
101) 치제(致祭): 임금이 제물과 제문을 보내어 죽은 신하를 제사 지내던 일. 또

궐내에 들어가 천자께 뵈오니, 상이 못내 반기사 벼슬을 돋우사 부마(駙馬)로 위왕을 봉하시고 공주로 왕비를 봉하시니, 승상이 재삼 사양하다가 봉지(奉旨)[102]하여 위국으로 돌아오니 그 위의(威儀) 거룩함이 측량치 못할러라.

여러 날만에 위국에 이르러 즉위하니 만조백관(滿朝百官)이 다 천세(千歲)를 부르더라. 왕이 즉위한 후 세화연풍(歲和年豐)[103]하고 국태민안(國泰民安)하여 강구연월(康衢煙月)에 격양가(擊壤歌)[104]로 일삼더라.

세월이 여류(如流)하여 왕위 수십 년에 공주가 삼자이녀(三子二女)를 연생(連生)[105]하니 개개(箇箇)이 부풍모습(父風母習)[106]하여 옥골선풍(玉骨仙風)[107]이러라.

왕이 일년 일차씩 황제께 조회하니 상(上)이 못내 기꺼하시니, 왕이 주왈, 30

"양신(良臣)을 가리어 국정(國政)을 돕게 하소서."

상이 가라사대,

"경은 짐을 위하여 양신을 천거(薦擧)하라."

하시니, 왕이 충렬후 곽운룡의 아들을 천거하니 상이 보시고 대희(大喜)하사 즉시 곽성일로 이부시랑을 하이시니, 왕이 천자께 하직하고 고국으로 돌아오니 제신(諸臣)이 지경대후(地境待候)[108]하였더라.

이후로 계계승승(繼繼承承)[109]하여 왕위를 누리더라.

세재(歲在) 을사(乙巳) 이월(二月) 일(日) 향수동 필서(筆書)

는 그 제사.

102) 봉지(奉旨): 임금이 명을 받듦.

103) 세화연풍(歲和年豐): 나라가 태평하고 풍년이 듦.

104) 강구연월(康衢煙月)에 격양가(擊壤歌): 태평한 세상의 평화로운 풍경.

105) 연생(連生): 이어서 낳음.

106) 부풍모습(父風母習): 아버지와 어머니를 고루 닮음.

107) 옥골선풍(玉骨仙風): 살빛이 희고 고결하여 신선과 같은 풍채.

108) 지경대후(地境待候): 국경에서 기다려 맞이함.

109) 계계승승(繼繼承承): 자자손손이 대를 이어 감.

수저옥란빙 원문

권지일

1

슈져옥난빙 권지일

화셜ᄃᆡ명셩화년간의동화문밧게삼현촌의일위명환이〃시니셩은진이오명은양이오ᄌᆞ는문현이니본ᄃᆡ명문거족으로교목셰신이라한죠ᄀᆡ국공신진담의후예라ᄯᅩ한침묵인후ᄒᆞ고총명통달ᄒᆞ여닙죠ᄉᆞ군ᄒᆞᄆᆡ벼ᄉᆞᆯ이뉵경에오르니명망이조야의긔우리ᄆᆡ텬ᄌᆡ지극총ᄋᆡᄒᆞ시니만죠공경이츄앙ᄒᆞ더라공이급암의간경과위증의츙셩을겸ᄒᆞ여벼ᄉᆞᆯ이니부상셔겸농두각ᄐᆡ학ᄉᆞ의니ᄅᆞᄅᆞᆺ더라실즁의일위부인과냥ᄀᆡ미희잇시니부인왕시ᄂᆞᆫ셩문의ᄉᆡᆼ장ᄒᆞ여용모긔질과녀ᄒᆡᆼ사덕이츌어범유ᄒᆞ여냥희를인의로거ᄂᆞ려덕이규문의화평ᄒᆞ니향당이칭찬ᄒᆞ더라냥희즁일인은댱시오일인은송시니댱시ᄂᆞᆫ현슉ᄒᆞ여부인셤기믈노쥬갓치ᄒᆞ니부인이역시ᄉᆞ랑ᄒᆞ고송시ᄂᆞᆫ위인이간휼ᄒᆞ니부인이가장

2

미흡이너기나ᄃᆡ졉ᄒᆞ믄일반이러라참졍이부인으로더부러동쥬슈십여년의독자를두어시니이ᄂᆞᆫ□니긔린이오국가동양이라산쳔슈긔와일월졍화를품슈ᄒᆞ여옥골션풍이쳥신쇄락ᄒᆞ더라ᄯᅩ한침묵졍슉ᄒᆞ여효ᄒᆡᆼ이츌텬ᄒᆞ니일홈은슈문이오ᄌᆞᄂᆞᆫ쳔양이니방년이십ᄉᆞ셰의현명이일셰의훤동ᄒᆞ니고문거족의녀자둔ᄌᆡ마음을기우려ᄆᆡ픠문의메여시니참졍이아자의ᄇᆡ우를갈이려ᄒᆞᄆᆡ반ᄃᆞ시슉녀를구코자ᄒᆞᄆᆡ경히허치아냐동셔로밀막아졍혼ᄒᆞᆫ곳이업ᄉᆞ니ᄎᆞ시왕부인이냥위거게잇시니댱은호부상셔홍문관ᄐᆡ학ᄉᆞ셰안이오ᄎᆞᄂᆞᆫ좌풍익니부시랑공안이니일셰의현명ᄒᆞᆫ지상이라슬하의장옥이션〃ᄒᆞ므로진공의의자네희소ᄒᆞ믈위ᄒᆞ여상셔의삼ᄌᆞ와풍익의냥자로ᄒᆞ여금한달의반달

식돌녀진부의머무러놀게ᄒᆞ니갈온셰광벽광화광칠광셕광이니다금

3

마옥당의한원명시라위인이화려방탕ᄒᆞ더니즁셔ᄉᆞ인셰광이한님학ᄉᆞ단현의녀를엿보고인ᄒᆞ여셩광ᄒᆞ니그부뫼ᄃᆡ칙ᄒᆞ고인ᄒᆞ여단시를취ᄒᆞ니진공지ᄉᆞ인의호식ᄒᆞ믈웃ᄂᆞᆫ지라당ᄑᆡ왈공지만일취실ᄒᆞ실진ᄃᆡ왕공자의십ᄇᆡ나더ᄒᆞ리니너모웃지마로쇼셔공지왈셔모의냥안이조심경이아니어ᄂᆞᆯ엇지나의심ᄉᆞ를아ᄂᆞ뇨당ᄑᆡ소왈쳡이비록암ᄆᆡᄒᆞ나공자의긔식을엇지모로리오요ᄉᆞ이쳡이공자의동졍을보니눈셥을찡긔여품은회ᄑᆡ닛시니타인은비록무심ᄒᆞ나쳡은속이지못ᄒᆞ리로다공지ᄃᆡ쇼왈셔모ᄂᆞᆫ고희너기지마로쇼셔슈문이비록년소ᄒᆞ나엇지이지경의니로리오당ᄑᆡᄯᅩ한ᄃᆡ소ᄒᆞ더라당파의게일녜잇시니일홈은슉혜라위인이온슌ᄒᆞ고용뫼졀승ᄒᆞ니참졍부뷔ᄉᆞ랑ᄒᆞ미공자의버금이오공지ᄯᅩ한우ᄋᆡᄒᆞ미동복이나다ᄅᆞ미업더라차설녜부상셔셕공의명은홍이니경

4

쥬인이라쇼년등과ᄒᆞ여벼술이뉵경의오르고상춍이융셩ᄒᆞ더라셕공의위인이강직ᄒᆞ고ᄇᆡᆨᄒᆡᆼ이구비ᄒᆞ며부인설시로더부러동쥬십여년의부덕이ᄐᆡᆨ임갓고ᄌᆞ식이ᄆᆡᆼ강을겸ᄒᆞ여시나한낫농장지경이업ᄉᆞ니공이ᄆᆡ양부인을ᄃᆡᄒᆞ여탄왈블효삼쳔의무후위ᄃᆡ라ᄒᆞ니우리나희ᄉᆞ십이거의로ᄃᆡᄉᆞ쇽이업ᄉᆞ니신후ᄉᆞ를엇지ᄒᆞ리오셜시쳑연왈쳡은임의ᄉᆡᆼ산을바라지못ᄒᆞ니타문의슉녀를구ᄒᆞ여남녀간사쇽을보쇼셔공이츄연왈복이죄를하날의어더금셰의과보를바드미니쳐쳡을모호나ᄌᆞ식을엇지바라리오ᄒᆞ니부인이심즁의감복ᄒᆞ여지물을흣터ᄉᆞᄅᆞᆷ의궁곤ᄒᆞ믈구졔ᄒᆞ여빈궁지인을만히살니〃셕공의젹션여음과셜부인의셩덕명으로엇지ᄉᆞ쇽이업ᄉᆞ리오일〃은부인이일몽을어드니텬문이열니며일위노옹이옥으로ᄆᆡᆫ든난을가지고부인긔드려왈ᄎᆞ물이비록미쇼ᄒᆞ나부인게ᄂᆞᆫ

5

큰보비되리니바라건디부인은간슈ᄒᆞ소셔설부인이빵슈로바다보니맑은빗치찬란ᄒᆞ거늘딕희ᄒᆞ여칭찬홀지음의공이ᄡᅵ와문왈부인이엇지번뇌ᄒᆞ시나잇고부인이몽ᄉᆞ로뼈딕ᄒᆞ니공이ᄯᅩ한경희왈하날이우리고단ᄒᆞ믈어엿비너기샤긔특ᄒᆞᆫ사쇽을두게ᄒᆞ시ᄂᆞᆫ도다ᄒᆞ더니과연그날붓터잉틱ᄒᆞ여십삭이ᄎᆞ미일기교옥을싱ᄒᆞ니공이싱남을바라다가마음의셔어ᄒᆞ나자셔이살펴보니비록강보유ᄋᆡ나용뫼비상ᄒᆞ여히즁명쥬와곤산빅옥이라공이만심환희ᄒᆞ여일홈을난영이라ᄒᆞ고자를츌옥이라ᄒᆞ니몽ᄉᆞ를응ᄒᆞ미러라난영쇼졔졈〃자라미용모화틱슈려ᄒᆞ여녹파의부용이소삿ᄂᆞᆫ듯덕힝이겸비ᄒᆞᆫ즁오셰붓터ᄉᆞ셔삼경을박남ᄒᆞ니문장과필법이노ᄉᆞ슉유를압두ᄒᆞ더라싱셰팔셰로딕일가비복이그얼골본지드물고공의부뷔ᄋᆡ즁ᄒᆞ미보옥갓치ᄒᆞ여시녀삼인을갈희여소져침실의

6

ᄉᆞ후케ᄒᆞ니갈온빵잉빵셤빵난이라삼녀의직용긔질이ᄯᅩ한쵸셰ᄒᆞ니소졔ᄉᆞ랑ᄒᆞ여좌우의ᄯᅥ나지아니코침쇼를어화당의졍ᄒᆞ여조셕문안밧근쇼져의ᄌᆞ최지게밧게나지아니ᄒᆞ더라일〃은공이조참ᄒᆞ고도라온길의한노승이닐오딕아모나이옥픽를일쳔관돈을쥬고ᄉᆞ가라ᄒᆞ거늘무심이보앗더니시ᄋᆡ보ᄒᆞ딕엇던노승이〃옥픽를가지고노야긔드리려노라ᄒᆞ더이다공이고희너겨드러오라ᄒᆞ니한노녀승이드러와합장비례왈귀턱의쇼졔계시다ᄒᆞ니한번보아길흉을졍코자ᄒᆞ나이다상셰비록깃거아니ᄒᆞ나녀승의상뫼비범ᄒᆞ믈보고경동ᄒᆞ여소져를부르니소졔슈명ᄒᆞ여나올식풍영쇄락한긔질이츄텬명월갓흐니상셔부뷔희동안식ᄒᆞ여소안이미〃ᄒᆞ니소졔모친겻히안지니공이쇼왈져니괴너를보아지라ᄒᆞ미부르미라ᄒᆞ고이의노승다려왈ᄎᆞ아의평싱이엇더ᄒᆞ뇨노승이〃윽히보다가왈슈복이졔미ᄒᆞ

7

여평싱이영귀ᄒᆞ거니와쵸년의잠간곤익ᄒᆞ나후일복녹이무궁ᄒᆞ리이다ᄒᆞ고

ᄉᆞ미로셔옥난일기를녀여소져압헤노흐며왈빈승의나희일빅의니ᄅᆞ고경셩지상가의아니간곳이업ᄉᆞ되소져갓흔절염은본바쳐음이라금일소져를보니실노옥난의임지니드리ᄂᆞ이다ᄒᆞ거늘공과부인이바다보니빅옥의시를삭여시니두날기를펴고나ᄂᆞᆫ형상이니옥빗치맑고찬란ᄒᆞ니진짓텬하의무가뵈라부인이일견의되경왈이옥난이젼일몽즁의보던옥난이니가장이상ᄒᆞ고신긔ᄒᆞᆫ일이로다공이청필의고희너겨노승다려왈원ᄂᆡ옥난이어ᄃᆡ로좃ᄎᆞ낫시며무어시쁘ᄂᆞᆫ거시뇨자셔이닐너나의〃려를업게ᄒᆞ라노승왈이옥난이본ᄃᆡ자웅의셔시니셕일당시졀의삼장법ᄉᆡ셔텬의드러가블경을어더가지고나올ᄶᅵ의옥난을어더당텬자긔드리니당황이ᄉᆞ랑ᄒᆞ다가공신의계젼ᄒᆞ엿더니그후난셰의실산ᄒᆞ여길의바린지라빈승

8

이거두어간슈ᄒᆞ고그임자를기다리되지금가지맛나지못ᄒᆞ엿더니금일소져긔드리미오만일자웅을한듸노흐면밝기빅쥬나다르지아니〃이다상셰긔희너겨소져를쥬니소졔쌍슈로바다겻헤놋코염임ᄃᆡ왈고인이운ᄒᆞ되남의지물을공이쥐치말나ᄒᆞ엿ᄂᆞ니허물며즁ᄒᆞᆫ보비를엇지가지리닛고노승왈소져ᄂᆞᆫ안심ᄒᆞ쇼셔블구의웅난을마자어드리이다공이녀아의청결ᄒᆞ믈긔특이너겨칭찬왈네만일남지런들국가동양이되고문호를창ᄒᆞ리로다인ᄒᆞ여문왈ᄎᆞ물이갑시얼마뇨되왈갑슨즉일천금이어니와빈승은지믈이쓸ᄃᆡ업사니다만소져의일슈시를청ᄒᆞ나이다공이소져다려왈네져옥난을표졔ᄒᆞ여지으라ᄒᆞ니소졔응명ᄒᆞ여화젼을펴고일필휘지ᄒᆞ니자〃쥬옥이라공이보미문치영농ᄒᆞᆫ지라되찬왈앗갑도다이런직조로남지아닌쥴을한하노라노승이바다ᄉᆞ미의넛코하직고계하의나리더니

9

홀연간바를모를너라소졔옥난을가지고침쇼의도라와옥품의긔이ᄒᆞ믈사랑ᄒᆞ여슈즁의놋치아니터라상셰녀아와갓흔비필을구ᄒᆞ되맛참ᄂᆡ맛ᄂᆞ지못ᄒᆞ여근심ᄒᆞ더니진공자의셩현지풍을흠앙ᄒᆞ여네부시랑뉴긔로통혼ᄒᆞ니뉴시

랑이진부의와참경을보아왈소싱이귀부의니르믄월노의소임을ᄒᆞ여군자슉녀의비우를쳔거ᄒᆞ여삼비하쥬를원ᄒᆞᆫ나이다참졍이흔연왈뉘집규슈뇨ᄃᆡ왈셕공의녀아니방년이삼오의니로ᄃᆡ지금슌양을졈복지못ᄒᆞ엿더니녕낭의긔특ᄒᆞᆫ지명을흠앙ᄒᆞ여문호의한미ᄒᆞ믈블고ᄒᆞ고결승지연을ᄆᆡᆽ고자ᄒᆞ더이다진공이본ᄃᆡ셕상셔의강직ᄒᆞ믈탄복ᄒᆞ던비라ᄃᆡ희왈블감쳥이언졍고쇼원이라엇지명을봉승치아니리오뉴공이ᄉᆞ례왈이졔허혼ᄒᆞ시니다힝ᄒᆞ여라ᄒᆞ고도라가셕공을보고진공의허혼ᄒᆞ믈젼ᄒᆞ니상셰ᄃᆡ희ᄒᆞ여즉시길일을턱ᄒᆞ여보ᄂᆡ니

10

즁츄망간이라진공이부인으로더부러깃부믈니긔지못ᄒᆞ더라명일셕상셰니ᄅᆞ러칭ᄉᆞ왈소뎨의머리누른ᄯᆞᆯ노ᄢᅧ감히구혼ᄒᆞ엿더니명공이진〃의호연을허ᄒᆞ시니산계진실노봉황과ᄶᆞᆨᄒᆞ미니이다진공이숀ᄉᆞ왈진실노ᄉᆞ문일ᄆᆡᆨ이라엇지겸숀ᄒᆞ시ᄂᆞ뇨ᄒᆞ고드듸여쥬찬을나와통음홀ᄉᆡ쥬지슈슌의셕상셰왈소뎨ᄂᆞᆫ고이한일이닛셔형긔뭇고자ᄒᆞ나이다진공왈무삼일인지듯고자ᄒᆞ나이다공이드듸여젼일니고를맛나옥난자픽를쥬던슈말을니로고ᄯᅩ오ᄅᆡ지아냐웅픽를어더자웅이합ᄒᆞ리라ᄒᆞ던말숨을셜파ᄒᆞ니진공왈웅픽과연쇼뎨의게닛시니신긔ᄒᆞ거니와본ᄃᆡ이옥난은자웅이니우리션조ᄀᆡ국공신으로셰종황뎨ᄉᆞ급ᄒᆞ신비라젼가지보로납빙ᄒᆞᄂᆞᆫ보비를삼앗더니텬ᄒᆡᄃᆡ란ᄒᆞ여당ᄉᆞ셩이블궤를ᄭᅬ홀써의우리션죄난셰를맛나도쥬ᄒᆞ실ᄉᆡ옥난자픽를닐코미양ᄋᆡ셕ᄒᆞ시더니

11

형이자픽를엇덧도다셕공이긔특이너겨ᄉᆞ미로셔옥난자픽를ᄂᆡ여진공의웅픽와맛쵸아셔안우희노흐니과연일호도어긔미업ᄂᆞᆫ지라옥픽식이비상하고셔긔방광ᄒᆞ여광치눈의바ᄋᆡ며졔되졍묘ᄒᆞ여텬하의무가뵈라진공이ᄃᆡ찬왈자픽를닐흔지슈ᄇᆡᆨ년의돈아의납치로인ᄒᆞ여자웅이완젼ᄒᆞ니진실노쳔지긔봉이라풍뉴의도흔졔목이되리로다셕공이크게깃거옥난을거두어ᄉᆞ미의녓

코술을나와진취ᄒᆞ미셕공이공자보기를청ᄒᆞ거늘진공왈돈ᄋᆡ셩ᄂᆡ의드러가더니지금도라오지아니ᄒᆞ니이다셕공이셔운이너기더라냥인이종일진환ᄒᆞ고도라와부인을ᄃᆡᄒᆞ여옥난지사를셜파ᄒᆞ니부인이ᄯᅩ한신긔히너기더라인하여혼긔다〃르니냥가의혼구를셩비ᄒᆞᆯ시ᄃᆡ연을ᄇᆡ셜ᄒᆞ고만조ᄇᆡᆨ관과고구친척을다청ᄒᆞ여질길식슈륙진찬이아니가진거시업ᄉᆞ니진실노셰간의드문잔치더라옥ᄇᆡ를날녀

12

즐기더니날이반오의신낭을습녜ᄒᆞᆯ시싱의풍치화려쥰슈ᄒᆞ니좌위막블칭찬ᄒᆞ여공의게하례분〃ᄒᆞ니공이ᄯᅩ한깃부고두굿겨치하ᄒᆞ믈ᄉᆞ양치아니터라공지길복을갓쵸고위의를거나려ᄃᆡ로상으로힝ᄒᆞ니도로관광지공자의풍치를블승흠앙ᄒᆞ여칭찬ᄒᆞ더라힝ᄒᆞ여셕부의니로니셕공이만면희식으로신낭을마자뎐지긔비례ᄒᆞ고옥상의기러기를젼ᄒᆞ미신부의샹교를기다릴식셕공이싱의손을잡고좌중의칭찬왈아셔ᄂᆞᆫ텬상낭이라무삼복으로이런쾌셔를어더문난의광치를빗ᄂᆡ뇨좌중이쾌셔어드믈치하ᄒᆞ니셕공이좌슈우응ᄒᆞ여못ᄂᆡ즐기더라싱다려왈아녀의단장이게어라니모로미최장시를지어신부의단장을직촉ᄒᆞ라공지공슈ᄃᆡ왈소싱이노둔ᄒᆞ여시부를셩편치못ᄒᆞ며겸ᄒᆞ여최장시ᄂᆞᆫ가인직ᄌᆞ의경박ᄒᆞᆫ희롱이오군ᄌᆞ슉녀의경ᄃᆡᄒᆞᆫ힝식아니오니감히셩의를밧드지못ᄒᆞ나이다셕공이부ᄃᆡ글을지

13

싱의지조를좌중의자랑코ᄌᆞᄒᆞ여간청왈ᄂᆡ너의직조를아란지오러니엇지사양ᄒᆞᄂᆞ뇨ᄒᆞ고문방을나와짓기를직촉ᄒᆞᆫᄃᆡ싱이구지ᄉᆞ양ᄒᆞ거늘좌간의왕풍익이갈오ᄃᆡ질ᄋᆡ엇지ᄉᆞ양ᄒᆞ며장유차례를도라보지아니ᄒᆞᄂᆞ뇨모로미일작셩문ᄒᆞ여존의를져바리지말나참졍이갈오ᄃᆡ돈ᄋᆡ위인이소졸ᄒᆞ여열위우음을취ᄒᆞᆯ가ᄒᆞ미라ᄒᆞ고이의공자다려일슈시를지어셩의를밧들나ᄒᆞ니공지슈명ᄒᆞ고옥슈를들미용식비등ᄒᆞ여편시의짓기를맛ᄎᆞ미�슈로밧드러부공긔드리니진공이한번보미희긔만면ᄒᆞ여셕공긔젼ᄒᆞ여왈돈ᄋᆡ일작글을힘ᄡᅳ지

아냣더니금일열위존형의강권ᄒᆞ시믈인하여겨유셩편ᄒᆞ여시나험체만은지라한번가ᄅᆞ치믈앗기지마로쇼셔ᄎᆞ시좌즁빈ᄀᆡᆨ이다일ᄃᆡ문인이라공자의년유ᄒᆞ믈업슈히너겨더니몬져그휘필ᄒᆞ믈보ᄆᆡ급ᄒᆞᆫ비나린듯계변의ᄇᆡᆨ셜이분〃ᄒᆞ니신속ᄒᆞ믈의아ᄒᆞ더니글을보ᄆᆡ필법이

14

경공ᄒᆞ고문니광달ᄒᆞ니ᄌᆞ〃쥬옥이오편편금슈라청신ᄒᆞᆫ글귀와츌유ᄒᆞᆫ문ᄌᆡ두시의웅위홈과니ᄇᆡᆨ의화려ᄒᆞ믈겸ᄒᆞᆫ지라졔ᄀᆡᆨ이좌를써나셔로보며졔셩왈긔ᄌᆡ며미ᄌᆡ라진형의아들이긔린갓흐믈아란지오ᄅᆡ거니와오희려이런ᄌᆡ조잇시믈보니진실노의외라셕공이ᄯᅩ한칭복ᄒᆞ고두굿기믈마지아니〃진공이블감ᄉᆞ〃ᄒᆞ나심즁의크게두굿기더라셕공이ᄂᆡ당의드러가녀아를ᄌᆡ쵹ᄒᆞ여보ᄂᆡᆯᄉᆡ셜부인이아미를그리며운환을어로만져나모ᄎᆡ를ᄎᆡ오고ᄯᅴ를둘너경계왈녀자ᄂᆞᆫ삼종ᄃᆡ의닛ᄂᆞᆫ지라네모로미구가의드러가효봉구고ᄒᆞ고승슌군자ᄒᆞ며경심계지ᄒᆞ여무위군ᄌᆞᄒᆞ며조심계지ᄒᆞ라소졔쥬루를먹음어ᄌᆡᄇᆡ하직ᄒᆞᄆᆡ공이녀아를어로만져경계왈녀자ᄂᆞᆫ이원부모ᄒᆞ며효봉구고ᄒᆞ고슉흥다ᄆᆡᄒᆞ라소졔ᄯᅩ한슈명ᄒᆞᄆᆡ좌우시ᄋᆡ옹위ᄒᆞ여승교ᄒᆞᄆᆡ신낭이슌금쇄약을드러덩문을잠으ᄆᆡᄇᆡᆨ양을마

15

자도라가니위의도로의휘황ᄒᆞ더라부즁의니ᄅᆞ러냥신인이금난보셕의합환ᄇᆡ례를맛ᄎᆞᄆᆡ두쥴화쵹의옥인을인도ᄒᆞ여원앙ᄇᆡ작을난호니이른바남교의조흔빵이오ᄇᆡᆨ셰양필이라남풍녀뫼참치ᄒᆞ여녜를파ᄒᆞᄆᆡ신낭은츌외ᄒᆞ고신뷔연보를도로혀구고긔조뉼을밧드러ᄃᆡ례를파ᄒᆞ고물너좌의들ᄆᆡ만목이쳠관ᄒᆞ니하날이유의ᄒᆞ여특별이ᄂᆡ신ᄇᆡ라셩자옥골이오셜부화뫼라봉황빵미ᄂᆞᆫ츄슈졍신이오옥치단슌은ᄇᆡᆨ옥칭지라도화냥협의뉴셩봉안은츄파를흘니ᄂᆞᆫ듯ᄒᆞ니일호일발의규착ᄒᆞ미업셔오힝졍긔일월졍화를오로지겸ᄒᆞ여시니진실노고금의무빵ᄒᆞᆫ슉녀라진공ᄌᆞ의옥면풍광이아니면셕소져와빵ᄒᆞ리업더라보ᄂᆞᆫ지눈이ᄉᆡ고졍신이황홀ᄒᆞ여하셩이분〃ᄒᆞ더라부인이크게깃거좌

슈우응ᄒᆞ여치ᄉᆞ를ᄉᆞ양치아니ᄒᆞ여스사로용약왈닉평싱의아자

16

의빵이업슬가ᄒᆞ엿더니금일신부를보니돈아의극ᄒᆞᆫ안히라조션여음으로쳘부셩녀를슬하의빗닉니조션의영화오우리복이라엇지깃부지아니리오ᄒᆞ더라낙극달난ᄒᆞ고일모파연ᄒᆞ믹신부쳐소를셜낙각의졍ᄒᆞ니라싱이부모를뫼셔셕식을파ᄒᆞ믹공이아자를경계왈신부의식틱와덕셩의아룸다오믈볼진딕인셰의드문빅라노뷔너를위ᄒᆞ여현부를구ᄒᆞ믹임ᄉᆞ지덕이겸비ᄒᆞ믈맛나지못ᄒᆞᆯ가ᄒᆞ엿더니금일셕현부의아룸다옴과덕용식틱를보니노뷔너를위ᄒᆞ여동상의득의ᄒᆞ믈깃거ᄒᆞ믹조션의보응ᄒᆞᆫ민가ᄒᆞᄂᆞ니너ᄂᆞᆫ쏘한노부의ᄉᆞ랑ᄒᆞᄂᆞᆫ마음을알진딕너의부뷔한가지로부화쳐슌ᄒᆞ여효봉부모ᄒᆞ고가즁이일싱을화평ᄒᆞ여유ᄌᆞ싱녀의농장지경을뵈미닛실진딕노부의깃부미이의셔더ᄒᆞ미업술가ᄒᆞᄂᆞ니너ᄂᆞᆫ금일노부의말을명심계지ᄒᆞ라공직빅이슈명ᄒᆞ고공슈궤좌

17

러니밤이깁흐믹싱이혼졍을파ᄒᆞ믹공이공자를명ᄒᆞ여셜난각으로가라ᄒᆞ니싱이슈명이퇴ᄒᆞ여손의긔린촉을잡고완보ᄒᆞ여기호닙실ᄒᆞ니신뷔마자동셔로분좌ᄒᆞ믹이곳곤산빅옥이라싱이비로쇼눈을드러살피믹식덕이구비ᄒᆞᆫ지라싱이숙시양구의믄득심신이상활ᄒᆞ여쳐궁이유복ᄒᆞ믈자희ᄒᆞ여이의갈오딕싱은용우ᄒᆞᆫ필부라악장의지우ᄒᆞ시믈닙어동상의모쳠ᄒᆞ니평싱의만힝이라깃부믈니긔지못ᄒᆞ리로쇼이다소졔운환을숙이고화협의홍광이취지ᄒᆞ여소담자약ᄒᆞ미장부의심장을농쥰ᄒᆞᆫ지라싱이이련ᄒᆞ믈니긔지못ᄒᆞ여미미잠쇼왈싱이노둔ᄒᆞᆫ직조로시부를아지못ᄒᆞ거날조인광좌지즁의악장이ᄎᆡ장시를지으라ᄒᆞ여즁인의우음을밧게ᄒᆞ시니블승슈괴ᄒᆞᆫ지라임의ᄎᆡ장시를지여시니화답이업지못ᄒᆞ리니그딕심즁의감촌쥬옥을토ᄒᆞ여셕은션비를가ᄅᆞ치라소졔머리를숙이고말이업ᄉᆞ니싱이참지

18

못ᄒᆞ여나아가집슈왈닉비록용열ᄒᆞ나그ᄃᆡ의장부니너모ᄋᆡᄃᆡ치말나소졔조용이손을물니고퇴좌ᄒᆞ니싱이심즁의탄복ᄒᆞ여의ᄃᆡ를슈렴ᄒᆞ고이윽히안ᄌᆞ더니션자를드러촉을멸하고옥슈를닛그러상의나아가니은졍이여산약힉ᄒᆞ더라ᄎᆞ시댱픽창외의은복ᄒᆞ여규시ᄒᆞ고두굿겨도라왓더니명조의신낭신뷔존당의신셩ᄒᆞ니참졍부뷔만심환희ᄒᆞ거늘댱픽공자를보며우음을참지못ᄒᆞᄃᆡ공직그긔식을슷치고붓그리거늘댱픽우어왈낭군이연약ᄒᆞᆫ소져를너모보치시니ᄋᆡ셕ᄒᆞ더이다ᄒᆞ고인ᄒᆞ여부인긔야간ᄉᆞ를세〃이고ᄒᆞ니소졔ᄃᆡ참ᄒᆞ여운환을숙이고냥협의홍광이취지커늘부인이쇼왈너도가장부지럽도다심야의남의은밀지ᄉᆞ를규시ᄒᆞ여이러틋자셔이문포ᄒᆞ니힝실의히롭지아니랴댱픽함쇼ᄒᆞ고진싱이소왈이는다셔모의헷말이라고지듯지마르소셔ᄒᆞ거늘졔싱이박쇼ᄒᆞ믈마지아니ᄒᆞ더라셕쇼졔구가

19

도라오미효봉구고ᄒᆞ며온슌미약ᄒᆞ고영오총혜ᄒᆞ여졍셩이동〃촉〃ᄒᆞ고셔모를공경ᄒᆞ며비복을은의로거나리고승순군자ᄒᆞ여일동일졍의차착이업고단즁심졍ᄒᆞ여빅힝이가작ᄒᆞ여님ᄉᆞ번희를효칙ᄒᆞ니싱이ᄯᅩ한침졍ᄒᆞᆫ군지라공경ᄋᆡᄃᆡᄒᆞ여비록쇼년부〃나일호경박ᄒᆞ미ᄒᆞ미업셔피ᄎᆞ의공경ᄒᆞ믈존빈갓치ᄒᆞ여법되닛시니구괴사랑ᄒᆞ믈장즁보옥갓치ᄒᆞ고합닉의예셩이ᄌᆞ〃ᄒᆞ니소져의총명ᄒᆞᄒᆞ므로송파의위인이블현ᄒᆞ믈소〃이알고공경ᄒᆞ믈댱파의셔일층을더으ᄃᆡ송픽갈ᄉᆞ록은〃이원을먹음으니필경은엇지된고일〃은소졔정당문안을파ᄒᆞ고연보를도로혀나아가댱파를보고다시양희당의가니송픽마자좌졍후웃고문왈상부쳔금귀쇼져로셔친측을ᄯᅥ나신지오런지라ᄉᆞ친지회간졀ᄒᆞ리로쇼이다소졔ᄉᆞ례왈셔모의긔ᄋᆡᄒᆞ시믈감ᄉᆞᄒᆞ나이다쳡이비록근친ᄒᆞ고ᄌᆞᄒᆞ나존당의셩의를기

20

다리나이다송픽소왈존당이비록허ᄒᆞ시나낭군갓흔풍뉴낭을엇지일신들ᄯᅥ

나리닛고소졔ᄎᆞ언을드ᄅᆞ미츄파를흘녀송파를오ᄅᆡ보다가즉시니러침쇼로도라와ᄉᆡᆼ각ᄒᆞᄃᆡ니졍셩을다ᄒᆞ여송파를셤기되날곳보면조롱ᄒᆞ니엇지이ᄃᆞᆲ지아니리오또사친지회ᄀᆡᆼ가ᄒᆞ여비창ᄒᆞᆷ을마지아니〃시아등이고희너겨뭇고ᄌᆞ ᄒᆞ더니믄득ᄉᆡᆼ이드러와소져의안모의슈식이은〃ᄒᆞᆷ을보고문왈부인이ᄉᆞ친지회계시냐소졔ᄉᆡᆼ의말을듯고슈괴ᄒᆞ여져두무언ᄒᆞ니ᄉᆡᆼ이또문왈복이슈미ᄒᆞ나그ᄃᆡ의소텬이어놀너모만모ᄒᆞᄂᆞᆫᄃᆞ소졔슈괴ᄒᆞᆷ을먹음고단슌을나작이ᄒᆞ여ᄃᆡ왈쳡이부릉누질노셩문의닙승ᄒᆞ여빅무일취ᄒᆞ오나부모의냥츈혜턱이일신의과람ᄒᆞ오니다른근심이업ᄉᆞ오나다만자모를ᄡᅧ난지오ᄅᆡ오미일노말미암아안식의낫ᄐᆞ나오니블경ᄒᆞᆷ을사죄ᄒᆞ나이다ᄉᆡᆼ이소져의ᄋᆡ원ᄒᆞᆫ옥셩을드르니ᄋᆡ즁ᄒᆞᆷ을니긔지못ᄒᆞ나안식을슈렴ᄒᆞ고진짓

21

ᄶᅥᆨ질너왈그ᄃᆡ일즉녀필종부와원부모형뎨를알거시니블분상을듯지못ᄒᆞ엿나냐부즁의머무런지블과슈삼삭의도라가기를ᄉᆡᆼ각ᄒᆞ고슈식이만면ᄒᆞ여시니엇지그ᄃᆡ지경솔ᄒᆞ뇨소졔져슈무언이러라이적의졍화황뎨ᄐᆡᄌᆞ를봉ᄒᆞ시고텬하를ᄃᆡᄉᆞᄒᆞ고셜장ᄒᆞ여인지를턱ᄒᆞ실식ᄉᆞ방션비구름못듯ᄒᆞ여한번참방ᄒᆞᆷ을요구ᄒᆞ니진공지또한과장의드러가구경ᄒᆞᆷ을고ᄒᆞᆫᄃᆡ참졍이그너모조달ᄒᆞᆷ을ᄶᅥ려허치말고ᄌᆞᄒᆞ더니또ᄉᆡᆼ각ᄒᆞ미남지한번과장의나아가관광ᄒᆞ미관겨ᄒᆞ리오ᄒᆞ고드듸여장옥졔구를갓쵸아닙궐ᄒᆞ게ᄒᆞ다ᄎᆞ시텬지좌우승상과모든ᄐᆡ학ᄉᆞ를거나리시고글장을바다ᄶᅩ노아고하를졍ᄒᆞ실식한장글이놓안의흡연ᄒᆞ샤칭찬왈동양지ᄌᆡ로다ᄒᆞ시고어필노장원을쓰고호명ᄒᆞ라ᄒᆞ시니젼두관이소ᄅᆡ를놉혀블너왈장원은소쥬인진슈문이니년이십ᄉᆞ셰오부는참지졍ᄉᆞᄐᆡ학ᄉᆞ양이라부르기를두세번의참졍이놀

22

나더니ᄎᆞ시진공지왕ᄉᆡᆼ등으로더부러글을휘쇄ᄒᆞ여밧치고동녁송하의안져타인의글진ᄂᆞᆫ양을구경ᄒᆞ더니믄득자긔부ᄅᆞᄂᆞᆫ소ᄅᆡ요량ᄒᆞ거늘왕공지ᄃᆡ희ᄒᆞ여진ᄉᆡᆼ의게치하ᄒᆞ니진공지ᄃᆡ왈혹동명이닛는가ᄒᆞᄂᆞ니형은미리치하치

말나설파의몸을ᄲᅢ혀쳔만인을헷치고나아가니풍되헌앙ᄒᆞ고용뫼졀승ᄒᆞ니
진실노일셰군직라옥계의다〃라산호만셰ᄒᆞ니상이보시ᄆᆡ용뫼발월ᄒᆞ여풍
셜의옥쉬붓치ᄂᆞᆫ듯ᄒᆞ니인즁영걸이오우마즁긔린이라진실노당국니ᄇᆡᆨ이오
일셰긔남직라시위졔신이칭찬ᄒᆞᄒᆞ며만셰를블너인직어드믈하례ᄒᆞ온ᄃᆡ상
이깃그샤ᄌᆞ시보시니그직덕과츙열이안광의빗최고흉즁의경텬위지ᄒᆞᆯ긔틀
과안방졍국ᄒᆞᆯ지혜를품엇ᄂᆞᆫ지라농안이ᄃᆡ열ᄒᆞ샤갓가이ᄉᆞ좌ᄒᆞ시고즉시참
졍을인견ᄒᆞ샤왈경의문장지홰츌유ᄒᆞ고츙양지졀이고금의희한ᄒᆞᄆᆡ짐이동
양쥬셕으

23

로미덧더니경이ᄯᅩ긔자를두어짐을돕게ᄒᆞ니공덕이호ᄃᆡᄒᆞᆫ지라긔ᄌᆞ두믈치
ᄒᆞᄒᆞ노라참졍이셩괴여ᄎᆞᄒᆞ시믈황공감격ᄒᆞ여고두ᄉᆞ은ᄒᆞ더라상이쳥동어
악과계지쳥숌을쥬시고즁셔사인츈방학ᄉᆞ를ᄒᆞ이시니싱이ᄉᆞ은숙ᄇᆡᄒᆞᆯ식진
공이경아ᄒᆞ여년긔어리고직임과ᄒᆞ여감당치못ᄒᆞ믈알외니상이블윤ᄒᆞ시니
공이마지못ᄒᆞ여아자를거나려궐문을날식싱이금안ᄇᆡᆨ마의허다츄종이옹위
ᄒᆞ여힝ᄒᆞ니도로관광직칭찬아니리업더라장원이본부의도라오니왕부인이
아자의특이ᄒᆞ믈두굿기더라이윽고싱쇼고악이훤텬ᄒᆞ니싱이금화를숙이고
옥슈의아홀을잡아ᄇᆡ례ᄒᆞ니옥면의어쥬를반취ᄒᆞ며홍ᄇᆡᆨᄆᆡ화일쳔졈이섯겨
퓌엿ᄂᆞᆫ듯봉안이몽농ᄒᆞ고단슌이함홍ᄒᆞ여사룸으로ᄒᆞ여금가히ᄉᆞ랑을ᄌᆞ취
케ᄒᆞ니부인이만심환희ᄒᆞ여참졍이아자를거ᄂᆞ려가묘의ᄇᆡ알ᄒᆞᆯ식쳑감ᄒᆞ믈
니긔지못ᄒᆞ여두어쥴눈물이의삼

24

을젹시니좌위그효셩을감탄ᄒᆞ더라싱이ᄎᆞ일셕부의니ᄅᆞ러ᄇᆡ알ᄒᆞ니셜부인
이두굿기고즐겨ᄒᆞ믈칭양치못ᄒᆞ더라장원이부즁의도라오니참졍부뷔식로
이사랑ᄒᆞᄂᆞᆫ즁그너모조달ᄒᆞ믈경계ᄒᆞ여쇼심익〃ᄒᆞ믈당부ᄒᆞ고쇼져를도라
보니화긔를씌여봉관을숙여시니명부의복식이찬란ᄒᆞᆫ즁더옥긔이ᄒᆞ여운니
명월이오슈즁연홰라공이운환을쓰다듬어ᄉᆞ랑이쳬〃ᄒᆞ더라명일왕상세자

질을거ᄂᆞ려니로ᄆᆡᄉᆞ마빵곡이곡즁의메이고벽졔츄종이도로의덥혓더라참졍이경연을ᄇᆡ셜ᄒᆞᄆᆡ왕셕이공과모든친붕을더부러즐길ᄉᆡ졔인이하례왈댱원의츌유ᄒᆞᆫ문장을아란지오ᄅᆡ나〃히약관이못되여옥계의어화를썩거댱원을졈득ᄒᆞᆯ쥴어이뜻ᄒᆞ여시리오형이ᄆᆡ양자네션쇼ᄒᆞ믈ᄎᆞ셕ᄒᆞ더니오날보건ᄃᆡ그유복ᄒᆞ믈치하ᄒᆞ노라진공이숀ᄉᆞ블감이러라이의풍뉴를쥬ᄒᆞ고슐을나와즐기며졔공

25

이ᄇᆡᆨ단유희로신ᄅᆡ를진퇴ᄒᆞᆯᄉᆡ진슉문왕영강이계화를슉이고쳥삼금ᄃᆡ로진퇴가작ᄒᆞ며동지유법ᄒᆞ니진짓뎐상션인이하강ᄒᆞᆫ듯ᄇᆡᆨ년갓흔귀ᄆᆡᆺ희풍ᄎᆡ헌앙ᄒᆞ더라ᄎᆞ시ᄂᆡ당의명부부인이모다시니셕부인이며춍ᄌᆡ부인경시와풍익의부인니시니ᄅᆞ러경ᄉᆞ를치하ᄒᆞᆯᄉᆡ셕쇼제봉관하리로존고를뫼셔제빈을졉ᄃᆡᄒᆞ니비록지분을물니치고아미를잠간졍ᄒᆞ여시나즁츄망월이쳥텬의밝앗는듯요조쇄락ᄒᆞ여빙졍요라ᄒᆞ미좌즁의ᄲᅱ여나니모든부인ᄂᆡ칙〃칭션ᄒᆞ더라ᄎᆞ일셜부인이쳐음으로왕부인을보니풍영쇄락ᄒᆞᆫ용모와언ᄉᆞ동지당금의셩녀철부라더옥녀아를사랑ᄒᆞ미긔츌갓치ᄒᆞ니블승감ᄉᆞᄒᆞ여좌를ᄯᅥ나왕부인을향ᄒᆞ여왈미거ᄒᆞᆫ녀식이규목의덕이업고님하의긔질이업거ᄂᆞᆯ외람이셩문의드러와문난지경을도으니녀아의용ᄌᆞ누질이군ᄌᆞ의비위블가ᄒᆞ거ᄂᆞᆯ힝혀부인의셩덕으로슬하의교무ᄒᆞ샤허물을

26

감쵸고자ᄋᆡᄒᆞ믈긔츌갓치ᄒᆞ시니쳡이감은ᄒᆞᆫ비오현셔의광원ᄒᆞᆫ도량으로녀아의용우ᄒᆞ믈허물치아냐규합의한이업게ᄒᆞ니쳡이오ᄆᆡ의셩문후덕을명심블망ᄒᆞ나이다왕부인이칭ᄉᆞ왈부인의쳔금쇼교로돈아의용우ᄒᆞ믈허물치아냐진〃의호연을ᄆᆡ자니현뷔슉요ᄒᆞ미소망의과의라이ᄂᆞᆫ부인이어지리교훈ᄒᆞ여진문보비를삼으시니쳡이ᄉᆞ례ᄒᆞᆯ바를아지못ᄒᆞ나이다언파의츄파를흘녀셜부인을살피니옥안화뫼쇄락단엄ᄒᆞ여진실노일세의희한ᄒᆞᆫ슉녀명염이라이러틋죵일달난ᄒᆞ고낙극진취ᄒᆞ여ᄂᆡ외빈ᄀᆡᆨ이각귀기가ᄒᆞ고학ᄉᆡ취ᄒᆞ여

겨유혼졍을맛고침쇼의니로러보니소졔셔안을ᄃᆡᄒᆞ여단좌ᄒᆞ여시니옥안화뫼촉하의더옥긔이ᄒᆞᆫ지라믄득은ᄋᆡ유동ᄒᆞ여진짓취ᄒᆞᆫ체ᄒᆞ고옷슬버셔후리치고옥침을나와베고원비를늘희여소져옥슈를잡고글을읇푸니왈달빗츤옥이희기를

27

다ᄒᆞ고아미ᄂᆞᆫ반월을젼쥬ᄒᆞ더라팔ᄌᆞ츈산은버들푸른거슬혐의ᄒᆞ고단슌은치ᄂᆞᆫ도화의붉으믈웃ᄂᆞᆫ도다이아니완ᄉᆞᄒᆞ던셔신가의심ᄒᆞ노라ᄒᆞ엿더라읇기를다ᄒᆞᄆᆡ소졔명모를졍히ᄒᆞ고안식을ᄊᆡᆨ〃이ᄒᆞ여사ᄆᆡ를떨치고물너안자니ᄉᆡᆼ이쇼왈이ᄂᆞᆫ문인의조흔글귀라우연이읇푸미러니부인이노ᄒᆞ믄무삼일이뇨ᄒᆞ니쇼져의ᄃᆡ답이엇지된고ᄎᆞ청하회ᄒᆞ라

셰을묘뎡월일향목동셔

권지이

1

슈져옥난빙 권지이

차셜학식글읇기를다ᄒᆞ미쇼졔명모를졍히ᄒᆞ고안식을씩〃히ᄒᆞ여사믹를쎨치고믈너안자니싱이쇼왈이는문인의조흔글이라우연이읇흐미러니부인이노ᄒᆞ믄무삼닐이뇨쇼졔졍식왈피차사문일믹이라군ᄌᆞ를죠ᄎᆞ믹유장찬혈ᄒᆞ미아니어놀엇지경만천디ᄒᆞ미상한쳔인갓치희롱이호탕ᄒᆞ미이의미ᄎᆞ시니됴졍의거ᄒᆞ여몸을삼가시믈바라나이다늬죠의덕이업ᄉᆞ믈한탄블니ᄒᆞ며한갓군ᄌᆞ의방일무익ᄒᆞ미라쳡의위인니미쳔ᄒᆞ믈우려ᄒᆞ미니일즉황괴ᄒᆞ고일졀탐음힝도를블취ᄒᆞ나이다학식의관을슈렴ᄒᆞ고공슈사왈우연이쥬후광언을ᄒᆞ미러니형혜규쳥ᄒᆞ믈드르니ᄎᆞ후는삼가그르미업ᄉᆞ려니와몸이쳥직의잇다ᄒᆞ고늬당츌입이무상치아니면삼공

2

육경은ᄌᆞ녀둘지업시로다셜파의디쇼ᄒᆞ고션자를드러촉을멸ᄒᆞ고소져로더브러상〃의나아가니은익무로녹아졍의교칠갓더라진학식닙죠ᄒᆞ미진츙보국ᄒᆞ니당시위증과한시급암의강직을겸ᄒᆞ여시니쳔총이날노더ᄒᆞ고빅뇌예디ᄒᆞ난지라학식왕싱등으로더브러쇼일ᄒᆞ며쇼져로관〃흔화락이날노더ᄒᆞ여원앙이녹슈를만남과갓흐디쇼졔ᄉᆞ람되오미밍녈ᄒᆞ여군ᄌᆞ를공경ᄒᆞ니밍광의거안졔미를효측하고일작풍뉴장부의희롱친압은일졀믈니치고의리로극간ᄒᆞ니학식비록쇼년협긔나희학을발뵈지못하고단엄졍직ᄒᆞ며온공순ᄉᆞᄒᆞ여극진경디ᄒᆞ더라하날이공부ᄌᆞ를늬시고쏘도쳑을늬시니셕쇼져의식모지예로엇지홀노이극지시를면ᄒᆞ리오일〃은싱이죠회를파ᄒᆞ고도라와죤당의뵈옵고즁당으로나아오더니시지일봉

3

셔찰을올니거놀즉시바다ᄡᅧ혀보니왕한님의쳥ᄒᆞᄂᆞᆫ글이라친젼의고ᄒᆞ니공이슈이오믈니르거놀학ᄉᆡ닌ᄒᆞ여쳥녀를밧비모라왕부의이르니졔ᄉᆡᆼ이마져반기고쥬찬을나와권ᄒᆞ니학ᄉᆡ사양왈쇼졔일작음쥬ᄒᆞ미업지아니ᄒᆞ나ᄃᆡ인니음쥬ᄒᆞ믈졀금ᄒᆞ시니능히먹지못ᄒᆞ나이다졔ᄉᆡᆼ이권유왈승석ᄒᆞ여도라가리니엇지우형등의무류ᄒᆞ믈도라보지아냐이러틋ᄆᆡ몰ᄒᆞ뇨왕노공이ᄯᅩ갈오ᄃᆡ네엇지졔ᄉᆞᆫ의졍을막나뇨ᄒᆞᆫᄃᆡ학ᄉᆡ마지못ᄒᆞ여권ᄒᆞᄂᆞᆫᄃᆡ로먹으니상셔의칠자사셔와풍익의삼ᄌᆞ칠셔의게다잔을보ᄂᆡ여권ᄒᆞ니학ᄉᆡ십여비의밋쳐난ᄃᆡ취ᄒᆞ여난지라좌즁의고왈남은슐은ᄯᅩ한후일먹사이다ᄒᆞ고본부로도라올ᄉᆡ차시ᄂᆞᆫ계츈이라ᄭᅩᆺ슈풀이좌우의무셩ᄒᆞ고곳〃의향취츈풍의날녀습의ᄒᆞ고ᄭᅬ고리쇼ᄅᆡ

4

아롬답고시ᄂᆡ난잔〃ᄒᆞᆫᄃᆡᄇᆡᆨ노난사장의버러거날학ᄉᆡ취흥이도〃ᄒᆞ여숑졍의올나셩상의ᄇᆡ회ᄒᆞ여풍경을완상ᄒᆞ고계변의나아가녹슈를희롱ᄒᆞ며버들입흘훌터믈의씌고세류를썩거다가ᄉᆞᆫ의쥐며흥을이긔지못ᄒᆞ여졈〃ᄒᆡᆼᄒᆞ더니슈ᄇᆡᆨ보난가셔일좌고루거각이운외의표묘ᄒᆞ고슈호문창이셕양의영농ᄒᆞᆫ지라좌우고면ᄒᆞ며쥬져ᄒᆞᆯ지음의믄득누상으로됴ᄎᆞ한쌍옥지환니공교이나려져학ᄉᆞ의사ᄆᆡ쇽으로드러간지라학ᄉᆡᄃᆡ경ᄒᆞ여눈을드러누상을바라보니일ᄀᆡ미인이웅당셩식으로유졍이보난거동이규슈의모양이니년긔ᄂᆞᆫ삼오나된듯ᄒᆞ고아리ᄡᅡ온교티ᄂᆞᆫ탕ᄌᆞ로ᄒᆞ여금마음이호탕케ᄒᆞ려니와학ᄉᆞᄂᆞᆫ졍인군ᄌᆡ라엇지비례ᄒᆞᆫᄒᆡᆼᄉᆞ를괘렴ᄒᆞ리오이의사ᄆᆡ가온ᄃᆡ옥환을ᄂᆡ여도로누상을

5

향ᄒᆞ여더지고완〃이도라올ᄉᆡ다시보지아니ᄒᆞ고ᄂᆡ심의그녀ᄌᆞ의ᄒᆡᆼ사를비루히넉여셔로눈니마죠치믈뉘웃쳐평ᄉᆡᆼ의신뉘되믈한탄ᄒᆞ고본부로도라와부젼의혼졍ᄒᆞᆯᄉᆡ취긔오히려잇셔옥안의홍광이만면ᄒᆞ엿난지라진공이이윽

히보다가ᄽ지왈슐은광약이라네년쇼유싱인고로니일작슐을먹지아니믈닐너거늘네감히취ᄒᆞ고ᄂᆡ계드러오니이ᄂᆞᆫ아비를업슈히넉기미니결연니사치못ᄒᆞ리로다학시황공ᄒᆞ여계의나려복지청죄왈히ᄋᆡ야〃의경계ᄒᆞ시믈죠ᄎᆞ지유로부터일작슐을마시지아니ᄒᆞ여삽더니금일왕부의권하시므로마지못ᄒᆞ와먹삽고ᄯᅩ표형등이녁권ᄒᆞ오ᄆᆡ마지못ᄒᆞ여두어잔을먹어잔을먹어삽더니취긔를야〃안젼의현츌ᄒᆞ오니죄당만사유경이로쇼이다ᄎᆞ후ᄂᆞᆫ다시그르미업ᄉᆞ오려니와금일지죄를당ᄒᆞ여지

6

이다ᄒᆞ며두리ᄂᆞᆫ거동이아롬다온지라공이엇지견집ᄒᆞ리오묵연냥구의사ᄒᆞ여왈결단코즁장을다ᄉᆞ릴거시로ᄃᆡ악장의권ᄒᆞ시므로취ᄒᆞ다ᄒᆞᄆᆡ사ᄒᆞ나이일후ᄂᆞᆫ다시취치말나학시ᄇᆡ이슈명ᄒᆞ고의ᄃᆡ를슈렴ᄒᆞ여시립ᄒᆞ여다가침쇼의드러오니쇼졔ᄉᆞ창을비겨안져안식이블평ᄒᆞ거늘학시날호여문왈학싱니악모긔ᄇᆡ현ᄒᆞ니그ᄃᆡ귀령을청ᄒᆞ시거늘감지를밧들형졔업셔근친니쉽지못ᄒᆞ여이다ᄒᆞ여노라쇼졔념용부ᄃᆡᄒᆞ더라션시의병부시랑뉴긔ᄂᆞᆫᄯᅩ한교목셰ᄀᆡ라위인니혼암ᄒᆞ여즁무쇼쥬ᄒᆞ고실즁의부인강시ᄂᆞᆫ셩문지녀로덕힝이구비ᄒᆞ여시랑의블미지ᄉᆞ를극간ᄒᆞ여ᄊᆡ닷ᄂᆞᆫ닐이만코ᄯᅩ한낫희쳡이잇셔셩은송이니진참졍희쳡송파의형이라위인니간휼교아

7

ᄒᆞ고우람방ᄌᆞᄒᆞ여시랑을졔장즁의너코농낙ᄒᆞ더니닙승슈년의일ᄀᆡ녀아를싱ᄒᆞ니옥으로무은듯ᄒᆞ여셜부화용이일ᄃᆡ가희라밋장셩ᄒᆞᄆᆡ시랑이극ᄋᆡᄒᆞ더니송시원비강시를무슈멸시ᄒᆞ고필경은강시를녕츌ᄒᆞ고시랑이송시로부인을삼아가즁ᄃᆡ쇼ᄉᆞ를다송시총즙하고녀아를승젹ᄒᆞ여가랑을광구ᄒᆞ더라시〃의송시원비된후로마음이더욱방ᄌᆞᄒᆞ여녀아미영을상히네북으로ᄒᆞ여쇼져로칭ᄒᆞ고침쇼를졍ᄒᆞ여ᄶᅡ로거쳐ᄒᆞ계ᄒᆞ며양〃ᄌᆞ득하여스ᄉᆞ로뜬즁ᄒᆞᆫ체ᄒᆞ니가히우읍더라ᄎᆞ시미영의방년니십오의미치ᄆᆡ부뫼구혼ᄒᆞ믈듯고옥인군지아니면평싱을도장의늙기로ᄆᆡᆼ셰ᄒᆞ니송시민망ᄒᆞ여부ᄃᆡ옥인가랑을

구ᄒᆞ여녀아의비우를삼고져ᄒᆞ나맛당ᄒᆞᆫ곳이업셔쥬야우려ᄒᆞ더니이날미영이놉흔누의올나춘경을구경ᄒᆞ

8

더니츈일이곤뇌ᄒᆞᆫ지라난간을의지ᄒᆞ여잠간됴으더니마춤학사의글읍는쇼릐의ᄭᅵ다르니사창이반기ᄒᆞᆫ지라바라보니일위션직누하의□회ᄒᆞ며글을읇는거동이왕ᄌᆞ진니젹션이라도이의셔더ᄒᆞ지못ᄒᆞᆯ지라미영이한번보미황홀난측ᄒᆞ여마음의ᄉᆡᆼ각ᄒᆞ디니평ᄉᆡᆼ쇼원니져런옥인군ᄌᆞ를비ᄒᆞ여빅년을쾌락고져ᄒᆞ나득지못ᄒᆞ여더니이졔져ᄉᆞ람을보니니쇼망의합ᄒᆞᆫ지라니이졔시험ᄒᆞ여보리라ᄒᆞ고츄파로그ᄉᆞ람을ᄯᅮ러지계보니그남지ᄯᅩ한봉안을놉히ᄶᅧ보미두눈니마죠친지라미영이급히옥지환을버셔그ᄉᆞ람의게더지니공교이광슈로드러간지라마음의깃거ᄒᆞ더니그남지ᄉᆞ미의드러간옥환을니여누상으로도로치〃고표연니가는지라허릴업셔침쇼의도라와시녀다려무르니진학사라ᄒᆞ거늘이의모친게젼ᄉᆞ를말ᄒᆞᆫ디송시녀아의말을듯고시랑으로

9

혼사를의논ᄒᆞᆯ시송시왈쳡이드르니진참정의아ᄌᆞ는금세의문인지ᄉᆞ라ᄒᆞ니부듸미영의가우를졍ᄒᆞ쇼셔시랑이빈미왈블가라이는셕상셔의□셔오진참졍의쳔금교아로ᄯᅩ지취ᄒᆞᆯ길만무ᄒᆞ리니이런셔어ᄒᆞᆫ말〃나ᄒᆞ고외당으로나가거늘미영이겻히잇다가ᄎᆞ언을듯고심혼니져상ᄒᆞ여힘음업시눈물을흘니〃유랑이위로왈쇼져는근심치마르쇼셔진부송파를쳥ᄒᆞ여의논ᄒᆞ면셩ᄉᆞᄒᆞ기여반장이라엇지묘치아니리오송시듸희왈이엇지아름답지아니리오ᄒᆞ고셔ᄉᆞ로왕복ᄒᆞ여송파를쳥ᄒᆞ니송픠정당의가왕부인게뉴부의다녀오믈말ᄒᆞ고즉시거교를ᄎᆞ려뉴부의니르니송시마ᄌᆞ쥬찬을나와듸졉ᄒᆞ고말을펴왈아녜모일의츈광을□경타가진학ᄉᆞ를만나셔로본후녀ᄋᆡ타문을구치아닐쥴노밍셰ᄒᆞ니우형이민망ᄒᆞ여우리상공게여ᄎᆞ〃〃ᄒᆞ여어진군ᄌᆞ를구ᄒᆞᆫ코ᄌᆞᄒᆞ미상공이밀막고듯지아니시니여ᄎᆞ즉무가니히라타쳐의〃혼

10

ᄒᆞᆫ즉녀ᄋᆡ울며왈마음의ᄆᆡᆼ세ᄒᆞ여만닐학ᄉᆞ곳아니면동장의셔늙기를ᄌᆞ부ᄒᆞ거ᄂᆞᆯᄂᆡ의리로ᄀᆡ유ᄒᆞᆫ즉믄득셩병ᄒᆞ여쥭기를ᄆᆡᆼ세ᄒᆞ니녀아ᄂᆞᆫ나의쳔□농쥐오상사로ᄒᆞ여쥭으면후회막급인고로현제를쳥ᄒᆞ여일ᄌᆞᄂᆞᆫ형제반기고이ᄌᆞᄂᆞᆫᄆᆡ파의쇼임을맛기고져ᄒᆞ니현제능히됴치며ᄯᅩ뭇나니셕녀의자ᄉᆡᆨ이녀아와엇더ᄒᆞ뇨송ᄑᆡ본ᄃᆡ셕시로블화ᄒᆞᆫ지라블승흔연왈진낭은진실노ᄀᆡ남ᄌᆡ라질아ᄌᆞ구ᄒᆞ미그르지안닌지라쇼제비록노둔ᄒᆞ나삼촌셜을늘여ᄎᆞ혼를니루리라송시ᄃᆡ열ᄒᆞ여치ᄉᆞ왈밋고밋ᄂᆞ니즉시회보ᄒᆞ라ᄒᆞ고슈일을머므러보ᄂᆡᆯᄉᆡᄌᆡ삼부탁ᄒᆞ여회보를쇽히통ᄒᆞ라ᄒᆞᆫᄃᆡ송ᄑᆡ응낙고도라와바로ᄂᆡ당의드러가니마참좌위고요ᄒᆞ거날부인니흔연왈엇지오미더ᄃᆡ드뇨송ᄑᆡᄃᆡ왈형제적년니정의ᄯᅥ나미쉽지못ᄒᆞ므로더ᄃᆡ니이다인ᄒᆞ여말솜ᄒᆞ다가다시ᄭᅮ러고왈유시쳔쳡을부르믄간절ᄒᆞᆫ쇼회잇셔부

11

인ᄀᆡ고ᄒᆞ고져ᄒᆞ나이다부인니문왈무삼괴련고송ᄑᆡ왈쳡의종형이네부시랑의쳡이되여더니원비강부인게다만한ᄯᆞᆯ이잇ᄉᆞ오며용뫼ᄀᆡ이ᄒᆞ믄셔ᄌᆞ□진니밋지못ᄒᆞ고특이ᄒᆞᆫᄒᆡᆼᄉᆞᄂᆞᆫ반쇼와흡사ᄒᆞ니강부인니망ᄂᆡ의이쇼져ᄲᅮᆫ이라군ᄌᆞ영웅을구ᄒᆞ여가랑을삼고져하더니마춤우리낭군을흠앙ᄒᆞ여부실을바라더이다부인니정ᄉᆡᆨ왈셕시닙현ᄒᆞ므로츄호도허믈이업고셩녀명ᄒᆡᆼ이오규각녀종이라강부인니비록요조슉완으로구혼ᄒᆞ나엇지빈아를모하가ᄂᆡ를난ᄒᆞ리오이런말은두번니르지말나송ᄑᆡ무언이러니이윽고믈너침쇼의도라와가마니ᄉᆡᆼ각ᄒᆞᄃᆡ왕시이러틋블허〃니닐이가장난쳐ᄒᆞᆫ지라아모커나학ᄉᆞ를격동ᄒᆞ여보리라ᄒᆞ고ᄃᆡ슉헌의니르니학ᄉᆡ정즁의단좌ᄒᆞ여쥬역을보고ᄌᆞ미도슈를희득ᄒᆞ더니송파를보고네필의ᄌᆞ리를미러좌를청ᄒᆞ고믄득더ᄃᆡ도라오믈무르니송ᄑᆡᄭᅮ며ᄃᆡ답ᄒᆞ고다른말노화답하다가송ᄑᆡ짐짓

12

무러왈낭군니셕쇼져를취ᄒᆞ신지ᄀᆡ년의엇지농장지경이업ᄂᆞ니잇고학ᄉᆡ쇼

왈십ᄉᆞ세츙년의무삼잉틱ᄒᆞ미잇ᄉᆞ리오송픽셕쇼졔옥난을니고의게어든말
아는고로이의ᄯᅮ며왈쳡이드르니당년의한니괴옥난픽를갓다가쇼져긔드리
고논상ᄒᆞ여왈승복이자원치못ᄒᆞ고한낫ᄌᆞ네업시리라ᄒᆞ니마츰닉상공이만
닐사쇽이어ᄉᆞ면이는조션의향화를그치미오문호의큰블효를면치못홀지라
엇지블힝치아니리오이졔셕쇼졔ᄌᆞ식이비록독보ᄒᆞ나반다시무구ᄒᆞ기를손
고바알지라쳡이상공을위ᄒᆞ여한녀ᄌᆞ를쳔거ᄒᆞ여상공의후ᄉᆞ를잇고져ᄒᆞ나
니이써를노코취치아니시면반다시후회ᄒᆞ미잇시리니져녀ᄌᆞ의ᄌᆞ식과덕힝
이셕쇼졔게지〃아니ᄒᆞ나니이써를노치마르쇼셔학식흠신답왈미싱의게일
쳐도외람커늘더욱냥쳐를싱각ᄒᆞ며만닐무ᄌᆞᄒᆞ면여러ᄉᆞ람을모화도무후홀
거시오유ᄌᆞ헐팔ᄌᆞ면일쳐라도족홀지니엇지남ᄉᆞ를싱각

13

ᄒᆞ리오송픽그ᄯᅳᆺ이구드믈보고쥬져ᄒᆞ다가왈쳡이쇼회이시나낭군니좃지아
닐ᄒᆞ노라학식의아왈무삼쇼횐지듯고져ᄒᆞ노라송픽왈다름아니라뉴부의쳡
이달포머르러보니시랑의게쳔금규쉬잇셔지뫼셕쇼져의게십빈승ᄒᆞᆫ바로뼈
시랑이낭군의옥모영풍을사모ᄒᆞ며빈실을구ᄒᆞ나타문을싱각지아니ᄒᆞ고쳡
으로뼈월뇌되믈강권ᄒᆞ니낭군은엇더타ᄒᆞ시나뇨학식청파의잠미를빈츅고
왈블가ᄒᆞ다고문딕가의옥인군지허다ᄒᆞ려든엇지용열ᄒᆞᆫ날을구ᄒᆞ리오셕시
비록용녈ᄒᆞ나〃타난허믈이업거늘엇지가닉의함원ᄒᆞ는탄니잇게ᄒᆞ리오송
픽학사의ᄯᅳᆺ지굿으믈알고믄득발연변식왈낭군이그러홀진딕무삼년고로남
의규슈를엿보와지환을밍세ᄒᆞ여남의종신딕ᄉᆞ를희짓고도로혀이가치거졀
ᄒᆞ여가녀로ᄒᆞ여금하상지원을품게ᄒᆞ나뇨쇼졔이졔슈졀ᄒᆞ여낭군의젼졍이
호탕ᄒᆞ시냐학식믄득노긔츙쳔ᄒᆞ여발연변식왈셔모난좌를

14

졍ᄒᆞ시면ᄌᆞ셔ᄒᆞᆫ사긔를말솜ᄒᆞ리이다과년슉부상부의단녀셕양의도라오다
가마참한곳의경긔아름답거늘잠간유람ᄒᆞ더니공중으로됴ᄎᆞ옥지환이나려
지거늘놀나보니한녀지쥬렴을것고몸을쇼〃와나를유졍이보거늘닉도로혀

참괴ᄒᆞ여지환을도로더지고도라와그힝ᄉᆞ를더러이넉이나니셔모난다시이런말을ᄒᆞ여기녀의젼졍을맛게말으쇼셔셜파의닝담ᄒᆞ여말부치기어려오니숑ᄑᆡ무안ᄒᆞ여분〃니사ᄆᆡ를ᄯᅥᆯ쳐드러가계교를ᄉᆡᆼ각ᄒᆞ더니믄득일계를ᄉᆡᆼ각ᄒᆞ고만심환희ᄒᆞ여몸을일러몽됴헌의니르니당즁이뷔엿고벽상가ᄉᆞ를곳〃이부쳐거늘두로살펴보니난화ᄉᆡ자획이분명ᄒᆞ거늘ᄲᅥ혀가지고도라와시비난향을맛겨뉴부의가ᄌᆞ시드리라ᄒᆞ고당부ᄒᆞ더라ᄎᆞ시ᄆᆡ영이숑ᄑᆡ도라간후회뵈잇실가칠년ᄃᆡ한의운예바람갓더니슈일후난향이봉셔를올니거늘쇼졔급히ᄲᅥ혀보니ᄒᆞ여시ᄃᆡ쇼졔진심치아니미아니로ᄃᆡ왕

15

락부인니마ᄎᆞᆷᄂᆡ허치아니코학ᄉᆡ또한신취ᄒᆞᆯ의ᄉᆡ업ᄂᆞᆫ지라여ᄎᆞᄒᆞᆫᄭᅬ를베퍼혼ᄉᆞ를니르고져ᄒᆞ나니형은ᄌᆡ삼살피쇼셔ᄒᆞ여거늘ᄆᆡ영모네견필의악여져상ᄒᆞ여화젼을펴보니필법이졍묘ᄒᆞ고문ᄎᆡ쇄락ᄒᆞ여창용이셔린듯쥬옥이난낙ᄒᆞ니ᄆᆡ영이한번보고ᄃᆡ경탄왈문ᄌᆡ와필법이〃갓흐니이ᄂᆞᆫ만고의희한문필이로다ᄒᆞ고칭찬ᄒᆞ믈마지아니ᄒᆞ니숑시왈이런ᄃᆡᄌᆡᄂᆞᆫ또업ᄉᆞ리니뉘공교이모ᄉᆞᄒᆞ리오ᄆᆡ영왈셔동문ᄀᆡᆨ즁경셰의문장이츌뉴타ᄒᆞ니ᄐᆡ〃ᄂᆞᆫ친히보시고모쓰기를청ᄒᆞ쇼셔숑시깃거응낙ᄒᆞ고시랑나간ᄯᆡ를타친히셔당의나와경ᄉᆡᆼ을청ᄒᆞ여학ᄉᆞ의글를뵈고왈낭군니능히이글을본뜰쇼냐경ᄉᆡᆼ이〃윽히보다가왈쳬법이다르나용이ᄒᆞ니이다숑시왈잘쓰면즁히갑흐리라경ᄉᆡᆼ이글을거두어도라와슈일을공부ᄒᆞ여모ᄲᅥ드리거늘ᄆᆡ영이보니한장은상ᄉᆞ편이오한장은ᄆᆡᆼ문셔라필법이졍묘ᄒᆞ여십분아ᄅᆞᆷ다오나진ᄉᆡᆼ의글은창

16

농이옹위ᄒᆞ고경ᄉᆡᆼ의글은아담ᄒᆞ여방블ᄒᆞᆫ듯ᄒᆞ나엇지진ᄉᆡᆼ의글을ᄯᆞ르리오ᄆᆡ영이경아왈이글이니러틋ᄂᆡ도ᄒᆞ니엇지ᄒᆞ리오숑시왈그만방블ᄒᆞᆷ도다ᄒᆡᆼᄒᆞ다ᄒᆞ고두장글과옥지환한짝을동봉ᄒᆞ여진부로보ᄂᆡ니라어시의진학ᄉᆡ숑파의분연니도라가믈보고심하의블쾌ᄒᆞ여종일시셔를피렬ᄒᆞ다가일모의혼졍을파ᄒᆞ고침쇼의도라오니쇄락청월ᄒᆞᆫ옥셩이구쇼의어린봉이우지〃ᄂᆞᆫ듯ᄒᆞ니학ᄉᆡ쇼져의독셔ᄒᆞ믈알고쥬져ᄒᆞ더니믄득장파모네드러오니쇼졔글을긋

치고니러마져좌정ᄒᆞ니양ᄑᆡ쇼왈쇼져의덕ᄒᆡᆼ이무어시부족ᄒᆞ여독셔의잠심ᄒᆞ시뇨쇼졔함쇼ᄃᆡ왈우흐로됸당이반셕갓트시니근심이업고버거닐이업ᄂᆞᆫ년괴니이다장ᄑᆡ왈쇼져ᄂᆞᆫ상연모로시ᄂᆞᆫ도다금일숑ᄑᆡ뉴시랑녀아의아ᄅᆞᆷ다온말이여ᄎᆞ〃〃ᄒᆞ며구혼ᄒᆞ니부인니여ᄎᆞ〃〃퇴혼ᄒᆞ여계시ᄃᆡ조만의ᄎᆞ혼니될듯ᄒᆞ니쇼져ᄂᆞᆫ홀노장신궁환을늣기시리니엇지

17

근심이아니리오쇼졔쳥파의ᄌᆞ약히웃고왈원ᄂᆡ차ᄉᆞ를근심근심이라ᄒᆞᄉᆞ쳡을위ᄒᆞ여념녀를허비ᄒᆞ시니감ᄉᆞᄒᆞ거니와셔뫼부졀업ᄉᆞᆫ근심을ᄒᆞ시니쇼회를말ᄒᆞ리이다쳡이비록규즁아녀ᄌᆡ나셰쇽녀ᄌᆞ의녹〃ᄒᆞᆫ투긔를더러이넉기나니뉴시비록셔시지ᄉᆡᆨ과월녀지용이잇시나조금도아쳐ᄒᆞᆯᄇᆡ업고숑셔모의쥬션ᄒᆞᄂᆞᆫ바를구괴드르시나일호구ᄋᆡᄒᆞ미업셔다만화목ᄒᆞ여이비의ᄌᆞ최를이을ᄯᆞ름이니이다장ᄑᆡ탄상왈이말ᄉᆞᆷ은ᄉᆡᆼ각밧기로쇼이다낭군니신인의게침혹ᄒᆞ시고부인을쇼ᄃᆡ하면장ᄎᆞ엇지ᄒᆞ리오쇼졔쳐음으로옥치현형ᄒᆞ여왈셔뫼쳡을ᄆᆡᆨ다시거니와쳡슈누질이나우호로존당이ᄉᆞ랑ᄒᆞ시고아ᄅᆡ로쇼쳔니경ᄃᆡᄒᆞ시미바람의지난지라평ᄉᆡᆼ이평안ᄒᆞ리니비록브득이신인을취ᄒᆞ시나일조의ᄆᆡ몰치아니시리니원녀치마르쇼셔유인니쇼왈부인은낭군의능휼ᄒᆞᆫ말을밋지마르쇼셔슉혜믄득나와안

18

지며왈쳔ᄆᆡ보니숑시몽됴헌의가난화ᄉᆞ를쪄혀가시니무엇ᄉᆡ쓰ᄂᆞᆫ동모로거니와엇지ᄒᆞ리잇고쇼졔쇼이부답이러니학ᄉᆡᆨ당외의셔방즁문답을다드른후드러가좌정ᄒᆞ며쇼왈셔모ᄂᆞᆫ부졀업시부지런ᄒᆞ셔이다무삼일다니며ᄉᆞ람을권ᄒᆞ여보ᄎᆡ라ᄒᆞ니셔뫼홀노셕시계후ᄒᆞ고ᄌᆞ를훼방ᄒᆞ시니일편되시믈ᄋᆡ달나ᄒᆞ나이다장ᄑᆡ왈쳡이언제투긔ᄒᆞ라보ᄎᆡ며낭군을훼방ᄒᆞ더닛가모함ᄒᆞ시미여ᄎᆞᄒᆞ시니실노원민ᄒᆞ여이다셜파의웃고니러나가니ᄉᆡᆼ이희롱인쥴알고진짓말뉴치아니ᄒᆞ더라양구후갈오ᄃᆡ뉴시랑이일녀를두고학ᄉᆡᆼ의용우ᄒᆞ믈혐의치아냐간졀이구혼ᄒᆞ니브득이쾌허〃여거니와드르니져의용뫼졀셰타

ᄒᆞ니만닐학ᄉᆡᆼ이신졍의고혹ᄒᆞ며ᄌᆡ홀노삼경고등과슈막금병의쳐량ᄒᆞ믈한
ᄒᆞ여ᄇᆡᆨ두시장문부를읇푸리니엇지ᄒᆞ리오쇼졔날호여ᄃᆡ왈군ᄌᆞ의관ᄃᆡ지양

19

으로엇지규즁아녀ᄌᆞ를ᄆᆡ바다시험ᄒᆞ시나니잇고학ᄉᆡ쇼져의ᄉᆞ긔온화ᄒᆞ고
말삼이졍ᄃᆡᄒᆞ믈흠복경ᄃᆡᄒᆞ여반향후우문왈ᄉᆡᆼ이ᄆᆡ양뭇고져ᄒᆞᄃᆡ됴용ᄒᆞ믈
엇지못ᄒᆞ여더니이졔알고져ᄒᆞ나니엇던이괴난ᄌᆞᄑᆡ를쥬고가며무엇시라ᄒᆞ
더니잇고쇼졔그유심이무르믈고이히녁여니고의말을일〃히젼ᄒᆞᆫᄃᆡ학ᄉᆡ졈
두우문왈부인의상을보고무엇시라ᄒᆞ더니잇고쇼졔미쇼부답ᄒᆞᆫᄃᆡ학ᄉᆡᄌᆡ삼
힐문ᄒᆞ니쇼졔날호여답왈마음삭여듯지아냐시ᄆᆡ긔록지못ᄒᆞ나이다학ᄉᆞ져
의바로이르지아니믈보고권ᄒᆞ여나위의나아가더니잠결의드르니쇼져의통
셩이은〃ᄒᆞ거ᄂᆞᆯ학ᄉᆡ놀나통쳐를므르니답지아니커ᄂᆞᆯ학ᄉᆡ니러나유항과시
아를블너촉을혜고보니신ᄉᆡᆨ이여히고슈족이ᄎᆞ며호흡이쳔촉ᄒᆞ니ᄃᆡ경ᄒᆞ여
친이붓드러구ᄒᆞ며제아를분부ᄒᆞ여졍당의고치말나ᄒᆞ더니장유인니알고취
운졍

20

의급히고ᄒᆞ니참졍부뷔바야흐로취침ᄒᆞ여다가ᄃᆡ경ᄒᆞ여셜난각의이르니시
녀드리ᄉᆞᆺ두어려왈부인니ᄐᆡ휘만삭이러니반다시산졈이라ᄒᆞ거ᄂᆞᆯ참졍부뷔
놀나며도로혀ᄃᆡ희ᄒᆞ여거름을도로혀외당으나와분향츅텬ᄒᆞ여ᄉᆡᆼᄌᆞᄒᆞ믈바
라더니이윽고유아의우름쇼ᄅᆡ나며시아등이분〃이니로ᄃᆡ부인니ᄉᆡᆼ남ᄒᆞ시
다ᄒᆞ거ᄂᆞᆯ참졍부뷔ᄃᆡ열ᄒᆞ여학ᄉᆞ로더부러드러오니쇼졔인ᄉᆞ를ᄎᆞ려벼ᄀᆡ의
지혓고알ᄑᆡ일쳑ᄇᆡᆨ옥을뉘혀시니너른이마와모진닙이며놉흔코와징〃ᄒᆞᆫ빵
안니사벽의됴요ᄒᆞ니사랑이아모곳으로조ᄎᆞ나믈ᄭᆡ닷지못ᄒᆞ여부인을ᄃᆡᄒᆞ
여왈ᄎᆞᄋᆡ비록강보의잇시나ᄃᆡ현군ᄌᆞ의풍이잇시니명을ᄇᆡᆨ현이라ᄒᆞ고ᄌᆞᄂᆞᆫ
창윤이라ᄒᆞᄉᆞ이다부인니깃부믈씌여맛당ᄒᆞ믈일컷더라어시의셔셕부의셔
상셔부뷔녀아의ᄉᆡᆼ남ᄒᆞ믈듯고ᄃᆡ희ᄒᆞ여진부의와친옹게치하

21

ᄒᆞ고녀아와쇼아를보고ᄉᆞ랑ᄒᆞ며두굿기믈가치긔록지못ᄒᆞᆯ너라일칠후쇼졔향ᄎᆞᄒᆞ니부인니유모를ᄲᅡ빅현을졍당의셔기르게ᄒᆞ니유뫼졍당의올나가아희를지극보호ᄒᆞ더라빅현니졈〃ᄌᆞ라ᄆᆡ골격이날노특이ᄒᆞ여참졍부뷔일시도ᄯᅥ나지안코ᄉᆞ랑이쳬〃ᄒᆞ여웃ᄂᆞᆫ닙을쥬리지못ᄒᆞ더라학ᄉᆡ슈일신병이잇셔설난각의셔치료ᄒᆞ니송픠졍당이고요ᄒᆞ믈타상ᄉᆞ편과ᄆᆡᆼ문셔를봉ᄒᆞ여몽됴헌의빠너코나아와부인을뫼셔안ᄌᆞ니부인왈네병쇼의갓든다송픠ᄃᆡ왈과연ᄒᆞ옵거니와고이헌말ᄉᆞᆷ을듯고경혹ᄒᆞ나이다부인니경문기고ᄒᆞᆫᄃᆡ송픠ᄃᆡ왈일젼뉴부의가오니뉴시슈졀ᄒᆞ여학ᄉᆞ를구ᄒᆞ다ᄒᆞᄆᆡ문기고ᄒᆞᆫ즉ᄌᆞ셔이일으지아니ᄆᆡ능히아지못ᄒᆞ고도라왓더니이제병쇼의나올제학ᄉᆡ탄식왈아지못게라그ᄉᆞ람을만나

22

인년을일우기어렵도다몽됴헌ᄆᆡᆼ셰와옥지환을하일하시의젼ᄒᆞ리오부뫼나의병을념녀ᄒᆞ실진ᄃᆡ뉴시취ᄒᆞ믈허〃시면엇지괴로이신음ᄒᆞ리오ᄒᆞ시니극히고히ᄒᆞ더이다부인니쳥파의송파의간험ᄒᆞ믈아나그말이젼후ᄎᆞ례심히명빅ᄒᆞᆫ지라ᄎᆞ경ᄎᆞ아ᄒᆞ여결치못ᄒᆞ더니믄득춤졍이드러오다가ᄎᆞ언을듯고ᄯᅩ한밋지아니ᄒᆞ나심히한심ᄒᆞ여부인다려왈아ᄌᆞ를블너무르면진가를알니이다드ᄃᆡ여학ᄉᆞ를브ᄅᆞ니학ᄉᆡᄎᆞ일은긔운니더옥번열ᄒᆞ여졍히신음ᄒᆞ더니엄명을듯고강잉ᄒᆞ여ᄂᆡ당의드러오니부뫼은〃이노긔동ᄒᆞᄆᆡ황공ᄒᆞ여시립ᄒᆞᆫᄃᆡ공이엄문왈네병빌미무삼일고ᄌᆞ셔히고ᄒᆞ라학ᄉᆡᄃᆡ왈ᄒᆡᄋᆞ블쵸ᄒᆞ와몸을ᄉᆞᆷ가지못ᄒᆞ온고로풍한의촉상ᄒᆞ여나미로쇼이다공이ᄎᆡᆨ왈네노부를어둡게넉여긔이고져ᄒᆞᄂᆞᆫ다네다른동긔

23

□고바라미다만너ᄲᅮᆫ이라몸을삼가며슈힝치아니ᄒᆞ고도로혀셩ᄉᆡᆨ을사모ᄒᆞ여거즛왕부의가ᄂᆞᆫ쳬ᄒᆞ고뉴가녀ᄌᆞ로사〃로이셔로신믈를씻치고졔상ᄉᆞ지질을일위니슈ᄉᆞ하셕이리오ᄲᅡᆯ니쥭으라셜파의엄위츄상갓ᄒᆞ니학ᄉᆡ크게공

구ᄒᆞ나본ᄃᆡ작죄ᄒᆞ미업ᄂᆞᆫ지라안식을온화히ᄒᆞ고쇼ᄅᆡ를나ᄌᆞᆨ이ᄒᆞ여왈히ᄋᆡ 비록블쵸무지ᄒᆞ오나엇지일호나은익ᄒᆞ리잇가과연모일의여ᄎᆞ〃〃ᄒᆞᆫ닐이 잇나니비록눈을씻고져ᄒᆞ오나득지못ᄒᆞ고ᄉᆡᆼ각ᄒᆞ오면골경신히ᄒᆞ오거놀상 ᄉᆞ지질이라ᄒᆞ오믄실노원민ᄒᆞ도쇼이다공니아직ᄐᆡ연ᄒᆞ믈보미본ᄃᆡ지신ᄒᆞ 믈혜건ᄃᆡ엇지여ᄎᆞ픠상홀니잇시리오노긔를나쵸고왈만닐여ᄎᆞ거픠잇실진 ᄃᆡ결연니용셔치아니리라ᄒᆞ고도라송파다려ᄯᆞ지져왈너의도리ᄂᆞᆫ반다시젹 자를사랑ᄒᆞ미

24

올커놀무삼일히ᄒᆞ려ᄒᆞ나뇨다시그르미잇시면결단코용ᄉᆞ치아니리라ᄒᆞ고 학ᄉᆞ를명ᄒᆞ여오르라ᄒᆞ니학식사례ᄒᆞ고당의올나뫼셧다가믈너셜난각의와 슈십일됴셥ᄒᆞ니비로쇼쾌쇼ᄒᆞᆫ지라ᄎᆞ시송픠실게ᄒᆞ고허릴업셔뉴부의이ᄃᆡ 로긔별ᄒᆞ니ᄆᆡ영모녜착급ᄒᆞ여셔로계교를의논ᄒᆞ더니ᄆᆡ영왈낭〃게알외여 ᄉᆞ혼ᄒᆞ시믈청ᄒᆞ미어쩌ᄒᆞ니잇고송시ᄭᅴ다라낭〃긔글올니이라원니유시랑 의일ᄆᆡ황야의총ᄋᆡᄒᆞ시ᄂᆞᆫ시쳡이라위인니간험교사ᄒᆞ여황후를싀오ᄒᆞ고시 랑이며강시모ᄌᆞ를구슈갓치멸시ᄒᆞ고송시모녀를ᄉᆞ랑ᄒᆞ여사〃언청ᄒᆞ더니 공교히진학식납됴ᄒᆞ엿더니상이파조후진학식를명쵸ᄒᆞ사민간질고를무로 시고이의문왈드르니경의작위로한낫희쳡이업다ᄒᆞ니짐이한낫슉녀를쳔거 ᄒᆞ여경을쥬고져ᄒᆞ노라학식ᄃᆡ경하여복슈쥬왈신니년쇼부

25

지로셩은을닙ᄉᆞ와작위외람ᄒᆞ오니슉야우구ᄒᆞ와쇼심익〃ᄒᆞ옵더니금일셩 교를듯ᄌᆞ오니블승송뉼ᄒᆞ여부지쇼운이로쇼이다상이쇼왈경은고집지말나 일쳐일쳡은고니허〃신비라짐이위ᄒᆞ여즁ᄆᆡ되나니병부시랑뉴긔의게일녀 잇시니이ᄂᆞᆫ짐의친니본비라셔웃지식과규목의덕이라경은모로미츄ᄉᆞ치말 나학식구지ᄉᆞ양왈폐히ᄉᆞ지를명ᄒᆞ신들엇지감히녁명ᄒᆞ리잇고마ᄂᆞᆫ금일셩 교ᄂᆞᆫ진실노봉승치못ᄒᆞ리로쇼이다상이블렬왈짐이뜻을졍ᄒᆞᄆᆡ고치지못ᄒᆞ 나니경은셔어히ᄉᆞ양치말나학식님의뉴쳡여의쇼위믈알고사양ᄒᆞ여득지못

ᄒᆞᆯ지라다만묵연이퇴됴ᄒᆞ여도라와안ᄉᆡᆨ이ᄌᆞ연블평ᄒᆞᆫ지라공이년고를무르니학ᄉᆡ셩교를고ᄒᆞᆫᄃᆡ공이ᄃᆡ경왈네엇지ᄉᆞ양치아니ᄒᆞ여나뇨학ᄉᆡᄃᆡ왈여ᄎᆞ〃〃쥬ᄒᆞᄃᆡ황명이지엄ᄒᆞᄉᆞ감이ᄀᆡ구치못ᄒᆞ니이

26

다부인니탄왈ᄎᆞ역쳔쉬라ᄒᆞ더니언파의시비고왈뉴부의셔ᄆᆡ파보ᄂᆡ여나이다부인이비록블열ᄒᆞ나마지못ᄒᆞ여장파로졉ᄃᆡᄒᆞ고허혼ᄒᆞ니ᄆᆡᄑᆡ도라가회보ᄒᆞᆫᄃᆡ뉴공은젼혀아지못ᄒᆞ고다만허혼ᄒᆞ믈깃거길일을ᄐᆡᆨᄒᆞ여진부의보ᄂᆡ니겨유사오일이격ᄒᆞᆫ지라셕쇼졔뉴가의결혼ᄒᆞ믈암희ᄒᆞ여왈숑셔뫼날과혐원니업사ᄃᆡᄆᆡ양은춍이온젼ᄒᆞ믈써리더니이졔그친질과결친ᄒᆞ니ᄂᆡ게누언니오ᄅᆡ지아니ᄒᆞ리로다ᄒᆞ더라학ᄉᆡ부ᄃᆡ뉴시를취ᄒᆞ지아니려ᄒᆞ더니쳔만의외의ᄆᆡᄑᆡ니르러허혼ᄒᆞ여길ᄀᆡ슈삼일이격ᄒᆞ여시니심니의블이닐고신체지함의빠진듯ᄒᆞ여음ᄉᆡᆨ이무미ᄒᆞ고의ᄉᆡ삭막ᄒᆞᆫ지라이리져리좌ᄉᆞ우상ᄒᆞᄆᆡ엇지ᄒᆞᆯ쥴을아지못ᄒᆞ여셜난각의가ᄆᆡ쇼졔마져좌ᄒᆞᆫ후학ᄉᆡ눈을드러보니금셰의ᄉᆡᆨᄐᆡ용광이무비ᄒᆞᆫ슉녀를두고엇지ᄯᅩ다시구ᄒᆞ리오마ᄂᆞᆫᄎᆞ역쳔

27

쉬라인력으로엇지ᄒᆞ리오학ᄉᆡᄂᆡ심의ᄉᆡᆼ각ᄒᆞᄃᆡᄎᆞ녀ᄂᆞᆫ곳옥지환더지든녀진쥴알고심니의ᄊᆡ다라유〃블쾌러니이의쇼졔를ᄃᆡᄒᆞ여왈부인은엇슈ᄉᆡᆨ이안모의가득ᄒᆞ뇨무삼쇼회잇나니잇고쇼졔ᄀᆡ용ᄃᆡ왈쳡이무삼쇼회잇셔근심이안모의나타나리잇고군ᄌᆞᄂᆞᆫ묵〃ᄒᆞ고슉녀ᄂᆞᆫ졍〃이라ᄒᆞ오니군ᄌᆞᄂᆞᆫ다시말솜을ᄒᆞ지아니ᄒᆞ미가ᄒᆞᆯ가ᄒᆞ나이다학ᄉᆡ미쳐답지못ᄒᆞ여셔시ᄋᆡ젼ᄒᆞ니밧게엇던시뇌와셔뵈오믈청ᄒᆞ나니다학ᄉᆡ즉시나아가보니□□평싱이라문왈너ᄂᆞᆫ무삼닐로나를찻나뇨시뇌ᄃᆡ왈쇼인은다른ᄉᆞ람이아니라뉴시랑문하시뇌로쇼이다학ᄉᆡ왈그러ᄒᆞ면무삼닐을위ᄒᆞ여나를와보나뇨시뇌ᄃᆡ왈쇼인니분ᄒᆞ온쇼회잇셔고ᄒᆞᆸᄂᆞ니뉴공원비강시ᄂᆞᆫ어진부인이라시비를인의로부리시더니이졔ᄂᆡ치고숑유인을뎡실을솜고셔녀로젹녀를삼아더니한ᄌᆡ상과

28

결혼ᄒᆞᆫ다ᄒᆞ고의긔양〃ᄒᆞ여비복등을견ᄃᆡ지못ᄒᆞ게구오니이런닐도텬지간의잇ᄉᆞᆸ나니가ᄒᆞ거ᄂᆞᆯ학식드르ᄆᆡ참연ᄒᆞ여황금일ᄇᆡᆨ냥을쥬니기뇌ᄇᆡᆨᄇᆡᄉᆞ례ᄒᆞ고도라가니라학식분한니ᄇᆡᆨ장이나놉하가마니ᄉᆡᆼ각ᄒᆞᄃᆡ원ᄂᆡ음녜숑녀의ᄯᆞᆯ이므로숑셔뫼힘뼈쥬션ᄒᆞ미로다ᄂᆡ참아엇지져의쳔녀가ᄂᆡ의드리〃오종당쳐치ᄒᆞ리라ᄒᆞ더니□□다〃르ᄆᆡ진공이쇼졔를명쵸ᄒᆞ니쇼졔승명ᄇᆡ알ᄒᆞ니공이왈□부ᄂᆞᆫ당금슉완이라우리□□과분ᄒᆞ믈두리더니됴믈이싀긔ᄒᆞ고호식다마ᄒᆞ여셩상이ᄉᆞ혼ᄒᆞ시니신직되여사지라도블감녁명이어ᄂᆞᆯ더옥ᄉᆞ혼ᄒᆞ시믈겸양ᄒᆞᆯ쇼냐길긔삼일이가려시니이ᄂᆞᆫ쳔쉬라현부ᄂᆞᆫ안심믈녀ᄒᆞ여뉴시닙ᄒᆞ거든화목ᄒᆞ여부덕을빗ᄂᆡ라부인니ᄯᅩ한위로ᄒᆞ니쇼졔피셕손ᄉᆞ왈쳡이부릉누질노군ᄌᆞ의게합당치못ᄒᆞᄋᆞᆸ거ᄂᆞᆯ셩

29

문후ᄐᆡᆨ을닙ᄉᆞ와술하의모쳠ᄒᆞ온지님의긔년이라ᄆᆡ양구고셩덕을각골감은ᄒᆞᄋᆞᆸ더니이제가뷔신취ᄒᆞ시ᄆᆡ구괴쳔자의명을됴ᄎᆞᄉᆞ요됴슉녀를구ᄒᆞ시ᄆᆡ쳡이희힝ᄒᆞ오믄신닌니드러오ᄆᆡ한가지로감지를밧들고안항의질거오믈일〃월가ᄒᆞ나이다구괴식로이ᄋᆡ즁ᄒᆞ더라쇼졔믈너와한유랑으로촉단을ᄂᆡ여졍히□복를말으려ᄒᆞ더니학식□□□□□왈져의복으로을무엇□□려ᄒᆞ나뇨쇼졔쇼이부답ᄒᆞ니학□□□□깁을ᄯᆞ히더져왈부인을취ᄒᆞᆯ적옷도제게불ᄉᆞᄒᆞ거ᄂᆞᆯ식옷시무삼닐이뇨쇼졔져의긔식이불호ᄒᆞ믈보고심하의우이넉여잠〃ᄒᆞ더라학식원치아니ᄒᆞᆫ길긔격일ᄒᆞ니믄득칭병ᄒᆞ고셜난각의누어문을닷고신음ᄒᆞ니참졍부체우려ᄒᆞ여길일을믈니려ᄒᆞ니숑ᄑᆡ쵸됴ᄒᆞ여셜난각의이르러병

30

셰를뭇고왈명일이길일이어ᄂᆞᆯ낭군의병셰여ᄎᆞᄒᆞ니차장ᄂᆡ하오학식신음왈명일이길긔면신뷔맛당이부즁의와녜를일우미무방ᄒᆞ니이다숑ᄑᆡ불가ᄒᆞ믈아나힝혀긔회를닐흘가ᄒᆞ여이말노뼈뉴부의통ᄒᆞ니이적의ᄆᆡ영모녜ᄯᅳᆺ을니

루고만심디열ᄒᆞ여손곱이길일을기다리더니쯧밧긔신낭의유병ᄒᆞ믈듯고놀나다가송파□□□□보고그쳔만블가ᄒᆞ믈□□□□가졍일을허송치못ᄒᆞ여뉴공게□ᄉᆞ를젼ᄒᆞ니뉴공은본시혼암하여쥬촉이업ᄂᆞᆫ지라의논디로ᄒᆞ라ᄒᆞ니미영이난쳐ᄒᆞ믈도라보지아냐칠보를가ᄒᆞ여지분을난만니ᄒᆞ여웅장셩식으로위의를십분셩비ᄒᆞ고진부의이르니이씨진학ᄉᆡ미영의횡ᄉᆡ음일ᄒᆞ믈구외의불츌ᄒᆞ믄그젼졍을앗기미러니님의져를취케되미불승통한

31

ᄒᆞ여쇼져를디ᄒᆞ여슈말을일〃셜파ᄒᆞ니쇼졔심즁ᄀᆡ연한심ᄒᆞ여다만묵〃무언이러니믄득가즁닉외훤동ᄒᆞ며시ᄋᆡ셔로젼ᄒᆞ여왈신뷔온다ᄒᆞ거놀진공부뷔경희왈신낭이가지아니ᄒᆞ여셔신뷔먼져이르문금시쵸문이로다언미필의장픿나와고왈신부ᄂᆞᆫ뉴시랑의젹녜아니뇨송시의쌀이라ᄒᆞ더이다인ᄒᆞ여걸인의말을고ᄒᆞᆫ디부인이불승히연왈오가를쇽이미□□□□엇지녜로뼈□□□□□□□쏘한노ᄒᆞ여탄왈ᄎᆞᄉᆡ다현부의□□□□리니궐여오문을난흘지로다그러나지존니명ᄒᆞ신비니엇지경멸ᄒᆞ리오졍언간의송픿진젼고왈신뷔왓ᄉᆞ오니낭군의병셰미경ᄒᆞ오니엇지ᄒᆞ리잇고부인니함노왈아희가유병ᄒᆞ니진실노교비와폐빅지녜를못ᄒᆞ려니와이졔오가ᄉᆞ람이니녜를갓쵸횡ᄒᆞ나아니나관겨ᄒᆞ리오송픿심즁의〃아ᄒᆞ나감히다시뭇지못ᄒᆞ고

32

신부를인도ᄒᆞ여닉당의이르러녜를힝ᄒᆞ니안ᄉᆡ이묘ᄒᆞ여히당화일지미풍의쓸니ᄂᆞᆫ듯아리ᄯᆞ온티되졀승ᄒᆞᆫ지라공의부뷔닝연니블예지ᄉᆡ이만면ᄒᆞ니송픿그윽이무안ᄒᆞ여가마니한을먹음더라ᄎᆞ시셕쇼졔신뷔졔스ᄉᆞ로오믈듯고그윽이한심이녁이더니시비드러와존구의명으로젼ᄒᆞ여왈뉴낭지니르러시니부인은나와□셔로상면ᄒᆞ라ᄒᆞ시더이다쇼졔시아를조ᄎᆞ졍당의니르니공이좌를□□왈□□□□□□□□□□□□□□□□□□로디현부의너른도량으로기리□우흘지라쇼졔염용디왈쳡이비록블민ᄒᆞ오나존명을삼가밧쓰리이다왕부인왈가국의일존인〃즉산뷔맛당이원비의게뵈ᄂᆞᆫ녜를힝ᄒᆞ라장픿신부

를붓드러돗게나려셕쇼졔게공슌니녜ᄒᆞ니셕쇼졔다만팔를드러읍홀ᄯᆞ롬이
러라ᄎᆞ하를분히ᄒᆞ라
셰을사게츄향목동셔

권지삼

1

슈져옥난빙 권지삼

차셜당픠ᄆᆡ영을붓드러소져를향ᄒᆞ여공슌이ᄉᆞᄇᆡᄒᆞ니셕쇼제다만팔을드러읍ᄒᆞ거ᄂᆞᆯ뉴시눈을드러살피니셕시단장을ᄉᆞ치ᄒᆞ미업셔홍군취삼이정제ᄒᆞ고봉관하리를숙겨쓰고옥픠정결ᄒᆞ니모란이금분의셩히픠엿ᄂᆞᆫ듯효셩빵안의정치징〃ᄒᆞ여스사로ᄆᆞᆰ으믈나무라고원산아미ᄂᆞᆫᄎᆡ필노공교이그린듯강산슈긔를모도앗고ᄋᆡᆼ슌이함홍ᄒᆞ여쥬ᄉᆞ를졈친듯도화냥협은일만자ᄐᆡ어리엿고달갓ᄒᆞᆫ니마ᄂᆞᆫ옥을무은듯냥ᄋᆡᆨ은아〃ᄒᆞ여학우등션ᄒᆞᆯ듯운환무빈이갓쵸비무ᄒᆞ여ᄉᆡᆨ덕이겸비ᄒᆞ니진짓쳔고졀염이오졀셰숙완이라동지유법ᄒᆞ여규구의맛갓고단엄정숙ᄒᆞᆫ위의와한가쇄락ᄒᆞᆫ긔질이ᄉᆞ람으로ᄒᆞ여금한번보ᄆᆡ공경ᄒᆞ미니러나고쳐음의ᄌᆞ득ᄒᆞᆫ의ᄉᆡᆨᄉᆞ라지고만복싀심이복즁으로좃ᄎᆞ불니듯ᄒᆞ나십분강잉ᄒᆞ여좌의드니소제져의긔ᄉᆡᆨ을보ᄆᆡ미간의살긔등〃ᄒᆞ여자긔를삼킬

2

듯ᄒᆞᆫ지라즉시몸을니러침소의도라오니학ᄉᆡᆨ아자를유희ᄒᆞ여일호변ᄉᆡᆨ하미업ᄂᆞᆫ지라소제쳔연이좌ᄒᆞ니라ᄎᆞ일뉴시침쇼를셜희당의정하여보ᄂᆡ니ᄎᆞ일야심후소제학ᄉᆞ를향ᄒᆞ여왈뉴시쳐음으로닙승ᄒᆞᄆᆡ좌우의소친이업셔심히셔위ᄒᆞ리니원군자ᄂᆞᆫ녀자의정을도라보샤신방을ᄎᆞ지시면군ᄌᆞ의관홍ᄃᆡ덕을흠복하리로쇼이다학ᄉᆡᆨ침음왈ᄌᆞ의말ᄉᆞᆷ이비록유리ᄒᆞ나뉴시의ᄒᆡᆼᄉᆡᆨ음비ᄒᆞ니군ᄌᆡ정시ᄒᆞᆯᄇᆡ아니라엇지져곳의나아가블평지심을취ᄒᆞ리오시고로부인간언을듯지못ᄒᆞ노라소제정금ᄃᆡ왈군자지언으로츄이컨ᄃᆡ뉴시용납ᄒᆞᆯᄯᅡ희업ᄉᆞ리니년쇼녀ᄌᆡ일시삼가지못ᄒᆞ여비록군자의게득죄ᄒᆞ나무정지ᄉᆡᆨ오허믈며지존이즁ᄆᆡᄒᆞ시니군부의쥬시믄견마라도공경ᄒᆞᄂᆞ니이제군ᄌᆡ뉴시

를과히미은ᄒᆞ시면일부함원의오월비상은니ᄅᆞ지말고규즁셰과를졔긔ᄒᆞ샤황명을만무ᄒᆞ리잇고쳡이군ᄌᆞ의슈신졔가의편벽되믈항복지아니ᄒᆞᄂᆞ이다뉴시비록츄루

3

ᄒᆞ나셕의진평의쳬다섯번ᄀᆡ가ᄒᆞ나진승상의후ᄃᆡ를바닷ᄂᆞ니원컨ᄃᆡᄋᆡ증을고르게ᄒᆞ샤하상지원이업게ᄒᆞ시면쳡의만힝일가ᄒᆞ나이다셜파의안싀이넝엄ᄒᆞ여셜니한ᄆᆡ갓흐니학식그온화ᄒᆞᆫ말과지현ᄒᆞᆫ의리를흠복경ᄋᆡᄒᆞ여답왈부인의금옥지언은학싱의스승이오ᄯᅩ엇지셩상홍은을모로리오마ᄂᆞᆫ뉴시ᄂᆞᆫ음악ᄒᆞᆫ인물이라만일가차ᄒᆞᆯ진ᄃᆡ반ᄃᆞ시녀후의인체지변을당ᄒᆞ리니시고로가납지아니미니부인은물부지언ᄒᆞ라소졔묵〃양구의ᄃᆞ시권코ᄌᆞᄒᆞ니학식왈여름밤이고단ᄒᆞ여신긔곤ᄒᆞ니부인약셕지언이다만귀를괴롭게ᄒᆞᆯ ᄲᅮᆫ이니취침ᄒᆞ미무방ᄐᆞᄒᆞ고드듸여촉을멸ᄒᆞ고소져를닛그러상의오로고ᄌᆞᄒᆞ니소졔고ᄉᆞᄒᆞ고종야돌탄ᄒᆞ더라ᄎᆞ시ᄆᆡ영이송파로더부러야심토록학ᄉᆞ를기다리ᄃᆡ맛참ᄂᆡ종젹이업ᄉᆞ니ᄆᆡ영이함누쳑연ᄒᆞ거ᄂᆞᆯ송픽위로왈낭자ᄂᆞᆫ슬허말나〃ᄂᆞᆫ자쵸로진낭의ᄆᆡ몰아ᄂᆞ니반ᄃᆞ시방년이숀빈을져쥬턴묘술을힝ᄒᆞ리라뉴시졈두

4

ᄒᆞ니픽왈낭자ᄂᆞᆫ분을참아효봉구고ᄒᆞ고셕시를공경ᄒᆞ여합가의예셩이자〃ᄒᆞ미쉬오리라ᄆᆡ영이응낙ᄒᆞ고학ᄉᆞ부〃를졀치ᄒᆞ더니명조의신셩ᄒᆞᆯ식학식드러오다가도로나가니송픽연망이ᄯᆞ라가미발셔송죽헌의셔비회ᄒᆞᄂᆞᆫ지라송픽문왈낭군이앗가닙ᄂᆡᄒᆞ다가도로나가시믄엇지뇨학식왈블상견ᄒᆞᆯ사롬이〃시ᄆᆡ도로나간괘이라송픽왈그곳의엇던ᄉᆞ롬이닛더니닛고학식왈젼일보지못ᄒᆞ던사롬이닛더이다송픽노왈기인은곳낭군의부인이라엇지피ᄒᆞ리오학식왈슉문의부인은다만셕시니ᄯᅩ뉘닛시리오송픽왈뉴시ᄂᆞᆫ엇던사롬의부인이뇨학식왈뉴시ᄂᆞᆫ졍혼ᄒᆞ엿시나마자온비업ᄂᆞ이다송픽익노왈낭군이병셰즁ᄒᆞ미신뷔몬져와셩녜ᄒᆞᄌᆞᄒᆞ시고이졔와다른말삼은엇지미뇨학시미

쇼왈셩인이법을지으샤삼강을졍ᄒᆞ시며오륜을ᄇᆞᆰ히시니남녀맛당이취례납빙ᄒᆞᆫ후신낭을보너며신부를맛나니싱은가지아냐셔뉵네니로니이ᄂᆞᆫ쳔고의듯지못ᄒᆞᆫ일이요

5

ᄯᅩ근본이뉴시랑의젹녜아니라송슉의녜라ᄒᆞ니연즉슉문이참아부인으로ᄃᆡ졉지못ᄒᆞᆯ지라셔모ᄂᆞᆫ익이싱각ᄒᆞ라송픽근본이픽루ᄒᆞ믈보고침음반향의왈낭군이엇지근본을아시나뇨학식왈만셩이모롤니업거ᄂᆞᆯ지홀노니목이업ᄉᆞ리잇고송픽분연왈그려도희쳡으로ᄂᆞᆫ못ᄒᆞ리이다학식왈엇지니ᄅᆞ미니잇고픽왈뉴시랑이원비를니친후친형으로부인을삼고녀아로ᄲᅧ젹녀를삼아시니엇지비위못되리오학시정식왈져ᄂᆞᆫ존귀ᄒᆞ미금달공줘나참아부인으로ᄂᆞᆫ못ᄒᆞ리니셔모ᄂᆞᆫ뉴녀를쳡삼으미〃안ᄒᆞᆯ진ᄃᆡ명문거족을구ᄒᆞ여빅년을화락ᄒᆞ게ᄒᆞ쇼셔픽ᄒᆞᆯ말이업셔도로혀간권왈비록소실노ᄒᆞ나박ᄃᆡ치마르쇼셔학시손ᄉᆞᄒᆞ더라송픽셜희당의나아가미영을보고낙누왈낭직무익ᄒᆞᆫ진싱을보아그용모를ᄉᆞ모ᄒᆞ여평싱을맛치니엇지한홉지아니리오미영이역읍왈이다쳡의팔ᄌᆞᆫ니한ᄒᆞᆯ비아니어니와슈연이나셕녀의요식과간특

6

ᄒᆞᆫ소릭를드ᄅᆞ면가슴의진납비쒀노라참아듯지못ᄒᆞᆯ너이다송픽왈진싱이엇지낭자의근본을알고금차항열의두려ᄒᆞ거ᄂᆞᆯ니여ᄎᆞ〃〃ᄒᆞ니그답언이여ᄎᆞ〃〃ᄒᆞ미ᄒᆞᆯ말이업셔도라온쾌라미영이ᄃᆡ로왈나ᄂᆞᆫ뉴시랑의쳔금쇼교라엇지이욕을감심ᄒᆞ리오픽도로혀관유ᄒᆞ더라미영이진부의낫슨지월여의학시한번고문ᄒᆞ미업고구괴ᄯᅩ한권치아니ᄒᆞ니뉘감히셕시은익를옴겨뉴녀를즁ᄃᆡᄒᆞ리오오즉셕소제뉴시의간특ᄒᆞ믈아나그졍ᄉᆞ를잔잉이너겨마양학ᄉᆞ를ᄃᆡᄒᆞᆫ즉화셩유어로간ᄒᆞᄃᆡ쳥이블문ᄒᆞ니무가니하라소제보신지칙을싱각ᄒᆞ여졍의를드리워ᄉᆞ랑ᄒᆞ며의식을후히ᄒᆞ니구괴그셩덕을감탄ᄒᆞ고합니ᄃᆡ찬ᄒᆞ더라미영이ᄯᅩ한은악양션ᄒᆞ여졍당을셤기미지효로ᄒᆞ고원비를셤기미노쥬갓치ᄒᆞ니공의부부ᄂᆞᆫ조심경안광이아니라그심쳔을아지못ᄒᆞ고졈〃ᄉᆞ랑이더ᄒᆞ니일기다위ᄃᆡᄒᆞᄃᆡ학ᄉᆞ의ᄉᆞ광지총이거울갓흐여멀니ᄒᆞ

7

믈구슈갓치ᄒᆞ고셕시는조심ᄒᆞ여그읏이두려ᄒᆞ더라이러구로반년이되ᄃᆡ한갈갓흐니한님골슈ᄒᆞ여존당즁회의는셕시를공경ᄒᆞ미극진ᄒᆞ나ᄉᆞ〃로이는질욕이긋치지아니터라일〃은학ᄉᆡ조회의참예ᄒᆞ엿더니파조후상이특별이탑하의부ᄅᆞ샤왈짐이심신이블평ᄒᆞ니일슈시를지어심녀를위로ᄒᆞ라ᄒᆞ시고졔를ᄂᆡ여짓기를직촉ᄒᆞ시니학ᄉᆡ부복ᄒᆞ여홍농지를펴고치필을드러휘쇄ᄒᆞ니필하의풍운이취지ᄒᆞ여가히귀신을놀닐지라쓰기를맛ᄎᆞᄆᆡ빵슈로밧드러올니〃상이그신쇽ᄒᆞ믈경탄ᄒᆞ샤보시니지상의농이셔리고봉이츔츄는듯창히를것구로치고틱산을압두홀지라상이ᄌᆡ삼음영ᄒᆞ시고돈연치경ᄒᆞ샤칭찬ᄒᆞ믈마지아니시고인ᄒᆞ여고금치란과역ᄃᆡ흥망을문답ᄒᆞ시니답언이도〃ᄒᆞ여댱강을헷치고하슈를드리온듯ᄒᆞ니상이흔연왈경이십오의상활ᄒᆞᆫ의논이여ᄎᆞᄒᆞ니짐이아롬다이너기노라ᄒᆞ시고벼술을도〃아좌복야를ᄒᆞ이시니학ᄉᆡ

8

황공ᄉᆞ은ᄒᆞ온ᄃᆡ상이상방진찬으로ᄲᅧ권ᄒᆞ시니복애셩은을감츅ᄒᆞ여어온을순〃이바다십여비의니르로니취ᄒᆞ여부즁의도라오니졔싱이붓드러졍당의니ᄅᆞᄆᆡ복애왈혼졍은파ᄒᆞ엿거니와현뎨는어ᄃᆡ가셔져ᄃᆡ도록취ᄒᆞ엿ᄂᆞ뇨복애왈금일파조후근시ᄒᆞ여상이ᄉᆞ쥬ᄒᆞ시므로이리취ᄒᆞ엿나이다필광왈ᄂᆡ맛당이슉부긔품ᄒᆞ리니현뎨는방심ᄒᆞ라ᄒᆞ고드러가더니나와왈슉뷔니르시ᄃᆡᄉᆞ〃로취ᄒᆞ미아니〃ᄉᆞᄒᆞ노라ᄒᆞ시며조심ᄒᆞ여병을닐위지말나ᄒᆞ시더라복애황공ᄒᆞ여져두단좌러니졈〃취ᄒᆞ여옷슬벗고쥭침을의지ᄒᆞ여조를거놀샤인왈천양이뉴시를취ᄒᆞ나지금면목을블견ᄒᆞ니우리오날은드러ᄃᆞ가셜희당의두고그거동을보리라ᄒᆞ고일시의붓드러셜희당의니르니복애취즁이나반다시셜난각으로가ᄂᆞ니라ᄒᆞ엿더니한곳의다〃라놋코거거놀눈을드러보니이는뜻아닌셜희당이라크게놀나밧비니러나오니졔싱이바야흐로완월ᄒᆞ거늘

9

복애왈졔형이엇지부졀업슨희롱을ᄒᆞ여소뎨로ᄒᆞ여금조흔몸이츄케ᄒᆞᄂᆞ뇨졔싱이ᄃᆡ소왈현뎨ᄂᆞᆫ진짓상여와일반이라너모박졀ᄐᆞᄒᆞ더라ᄎᆞ시뉴시ᄯᅳᆺ밧게졔싱이복야를붓드러오니일변놀나고일변깃거ᄒᆞ더니믄득몸을니러도로나가니발연ᄃᆡ로ᄒᆞ여상을밧ᄎᆞ고진목ᄃᆡ즐왈소축싱이무례ᄒᆞ미엇지이지경의밋쳣ᄂᆞ뇨ᄂᆡ당〃이축싱과요녀를쥭여고기를씹고말니라ᄒᆞ고드듸여셜난각의니로니셕쇼졔촉영을ᄃᆡᄒᆞ여고시를음영ᄒᆞᄃᆞ가미영이오믈보고묵연단좌러니뉴시바로난각의올나눈셥을거ᄉᆞ리고눈을독히ᄯᅳ고ᄃᆡ믜왈나ᄂᆞᆫ뉴낭〃의친질이오뉴시랑의쳔금쇼교라존귀ᄒᆞ미금지옥엽을블워아니커늘텬명을밧자와진싱의부실이되니엇지욕되지아니리오네아비블츙을품고블궤지심이닛시믈ᄂᆡ알ᄃᆡ참아구외의ᄂᆡ지못ᄒᆞ엿거늘네셕가쳔녀로교언영식으로진가젹자를슈즁의잠가날을업슙갓치ᄒᆞ니ᄂᆡ엇지잠〃ᄒᆞ리오네일작도라가면함구ᄒᆞ려니와블연

10

즉텬졍의고ᄒᆞ여너의부녀의머리를효시ᄒᆞ리라일족이도라가라쇼졔의외의참욕을당ᄒᆞ미블승통한ᄒᆞ나안식을졍히ᄒᆞ고묵연단좌ᄒᆞ미〃영이더욱노ᄒᆞ여긔완즙믈을열파ᄒᆞ고도라가며아니가믈힐문ᄒᆞ니소졔ᄃᆡ로ᄒᆞ여아미를거ᄉᆞ리고옥셩을가다듬어왈네스사로존귀ᄒᆞ미금달공쥬의비ᄒᆞ나ᄂᆡ일즉능멸ᄒᆞ미업고ᄯᅩ믓ᄂᆞ니뉘셔나의가친이블궤지심을품다ᄒᆞ던다여ᄎᆞ허무지셜노날을모함ᄒᆞ니엇지신명이두렵지아니리오나의거취ᄂᆞᆫ너의알비아니〃싱심도방ᄌᆞ이구지말나셜파의ᄉᆞ긔ᄲᅥᆨ〃ᄒᆞ니뉴네더옥노왈네아비반역ᄒᆞ미왕망동탁의우희라만민이다아ᄂᆞ니뉘모로리오드듸여셔안을박ᄎᆞ며작난ᄒᆞ니송픽니ᄅᆞ러미영의숀을닛그러나오며왈이런욕을보시니엇지ᄋᆡ닯지아니리오날갓흘진ᄃᆡ즉긱의쥭어무안ᄒᆞ믈씨ᄉᆞ리로쇼이다언파의닝쇼ᄒᆞ고나가니소졔그슉질의거동을십분〃히ᄒᆞ나셩식을부동ᄒᆞ고다만참욕이야〃긔밋ᄎᆞ믈돌탄ᄒᆞ더라미영이셜

11

희당의와복야의박정흐믈니르고블승통도흐니송픽왈닉여츠〃〃니로면진낭은딕현군지라반드시셕시은익를옴기리니몬져이리흔후의셜계흐리라믹영이스왈만일슉모곳아니면엇지인체지변을면흐리닛고익일의송픽칭병블츌흐니학식신셩후양희당의와송파를보니픽거즛슈루왈쳡이십오의당파와존문의〃탁흐니부인이산은히덕을거나리시니쳡등이은혜를폐부의삭여화락흐엿지십오년이라노애소시의는번화흐믈쉬흐여아등을모하계시더니도금흐여는녀식을블관이너기스힝노갓치아르시니바라미끗쳐지고당파는오희려일녀를두어시나쳡은바라미낭군이라셕쇼졔나의고단흐믈만모흐시미심흐니셜우물품어일월을보닉더니의외의뉴시슈졀흐여도장의늙어려흐믹잔잉흐여낭군긔천거흐미러니소졔존당과낭군의안젼의는효슌흐시나쳡을스〃로이보시면졀치왈네목숩이닉숀의달엿다흐며슈욕

12

흐시니소져의투악은위증의쳐와왕쇼의부인의셔십비더은지라쳡이힝혀목숩이비명횡스홀가두리고낭군이쏘뉴시박딕틱심흐여일싱을맛츠믈더옥한탄흐믹스〃의살마음이업고작야의왕문등이희롱흐사낭군을셜희당의드려보닉믈셕시알고긔완을바익고왕문등을쑤지져왈왕가소츅싱은무삼일노셜희당의가물권흐던고송파는나의원슈라됴만의일긔독쥬로그슉질을맛츠리라흐시니쳡의셜우믄하날밧긔뉘알니오학식청파의블승한심흐여스죄왈자의우둔흐므로셕시여츠흐니츌거코자흐나존당이계시믹능히자단치못흐나이다흐고심즁의혜오딕셕시의셩덕으로엇지이리무상흐리오그러나셔모의말이〃갓흐니혹자년소녀지일시분을참지못흐여슈어로상휠흐미닛는가동졍을보리라흐고즉시몸을니러셜난각의니로니소졔셔안을의지흐여신셰를차탄흐믹옥안의쥬뤼어롱져희허쵸창흐더니복야의이르믈보고쳑

13

용을거두고니러마자좌졍흐믹이의냥안을기우려부인을살피믹안식이쳑연

ᄒᆞ여슈려ᄒᆞᆫ아미의은〃ᄒᆞᆫ슈회밋쳣고긔완이의구ᄒᆞ나다옛거시아니〃필유곡절ᄒᆞ믈알고양구의문왈그ᄃᆡ부즁의머무런지긔년의각별ᄒᆞᆫ험식업더니송셔모의말이여ᄎᆞ〃〃ᄒᆞ니그죄어ᄃᆡ밋쳣ᄂᆞ뇨진실노그럴진ᄃᆡ투악발뷔라ᄂᆡ비록암용ᄒᆞ나위증의얼골상ᄒᆞᄂᆞᆫ환을보지아니리라쇼졔복야의졀칙ᄒᆞ믈드르니쳔만몽ᄆᆡ밧긔라일변놀나고그블명ᄒᆞ믈한심ᄒᆞ여셩모를낫쵸고다만드를ᄶᅡ롬이라복애혜오ᄃᆡ숑셔모의말이올토다ᄒᆞ여ᄉᆞᄆᆡ를썰쳐나가니소졔그혼암ᄒᆞ믈한탄ᄒᆞ더라ᄎᆞ시ᄆᆡ영이송파의침쇼의니ᄅᆞ러좌졍후ᄆᆡ영이문왈슉모야아자의상의ᄒᆞᆫ말삼이엇지되엿ᄂᆞ니닛고쇼질이마음이답〃ᄒᆞ여셩병원ᄉᆞᄒᆞᄀᆡᄉᆞ오니원컨ᄃᆡ밝히가ᄅᆞ치쇼셔송픠빈미ᄃᆡ왈낭자ᄂᆞᆫ셩ᄉᆞ치못ᄒᆞᆯ가번뇌치마로쇼셔ᄂᆡ비록혜둔ᄒᆞ나학ᄉᆞ로ᄒᆞ여금회

14

ᄒᆞ여낭자로ᄒᆞ여금화락하여ᄇᆡᆨ년을동낙ᄒᆞ여유자ᄉᆡᆼ녀ᄒᆞ여평ᄉᆡᆼ이무험ᄒᆞ리이다ᄆᆡ영이니러ᄌᆡᄇᆡ왈원컨ᄃᆡ슉모의말ᄉᆞᆷ갓흘진ᄃᆡ이은혜를무어스로갑흐리닛고송픠왈금일학ᄉᆞ를보아여ᄎᆞ여ᄎᆞᄒᆞ여시니필연금야의셜난각의무삼말이〃시리니낭자ᄂᆞᆫ나아가그거지를탐청ᄒᆞ쇼셔ᄆᆡ영이송파를붓들어편히누이고혼졍을파ᄒᆞᄆᆡ홍군취삼을다후리치고단ᄉᆞᆷ취군으로가마니셜난각후함을인연ᄒᆞ여창밧게셔규시ᄒᆞ여복야의긔식을자셔이본후ᄲᆞᆯ니도라와송파의게젼ᄒᆞ니픠ᄃᆡ열ᄒᆞ여밀〃상의ᄒᆞ더니유랑이갈오ᄃᆡ셕부인의지뫼츌유ᄒᆞ시니등한이졔어치못ᄒᆞᆯ지라쳡의오라비외방의상고ᄒᆞᆯ식소쥐ᄯᆞ희한니고를맛나니명은쳔년쇄라얼골이미려ᄒᆞ여옥진비연의유오지혜ᄂᆞᆫ양평을ᄯᆞ르고일작도를ᄇᆡ화풍우를부리며둔갑쟝신ᄒᆞᄂᆞᆫ지조니만일차인을어드시면셕시를소졔ᄒᆞ리이다ᄆᆡ영이ᄃᆡ희왈지금어ᄃᆡ닛ᄂᆞ뇨

15

ᄃᆡ왈ᄎᆞ인이작년의상부ᄒᆞᆫ후슈졀ᄒᆞ여어미를봉양ᄒᆞ나이다ᄆᆡ영이ᄲᆞᆯ니청ᄒᆞ라ᄒᆞ니유랑이네물을갓쵸아청ᄒᆞᆯ식송픠뉴시다려왈낭ᄌᆡ쳔시를보ᄆᆡ한소렬이졔갈무후ᄃᆡ졉ᄒᆞ듯ᄒᆞ라영이식옷슬가라닙고안ᄌᆞ더니유랑이쳔시를인도

ᄒᆞ여니로니송ᄑᆡᄆᆡ영으로더부러쳔시를마자좌정ᄒᆞᄆᆡ송파슉질이한가지로보니요음간교ᄒᆞᆫ녀ᄌᆡ라송ᄑᆡ나아가집슈왈아롬답다낭자의방년이언마나되뇨쳔시염용ᄃᆡ왈혓도이〃십년츈츄를지ᄂᆡ엿나이다송파슉질이ᄉᆞ랑ᄒᆞ여소회를셜파ᄒᆞᆯᄉᆡ송ᄑᆡ왈그ᄃᆡ의ᄃᆡ명을드러시니한번상봉ᄒᆞ믈엇지못ᄒᆞ엿더니뉴낭자의쳥ᄒᆞ믈인ᄒᆞ여존안을ᄃᆡᄒᆞ니깃부미텬상의오른듯ᄒᆞ도다뉴시니어왈션ᄉᆡᆼ의위명을북두갓치우러〃나일즉이뵈옵지못ᄒᆞ엿더니금일이하일이완ᄃᆡ존안을상면ᄒᆞ니평ᄉᆡᆼ의앙모ᄒᆞ던바를펴리로쇼이다쳔시ᄉᆞᆫᄉᆞ왈부ᄅᆞ시믈듯ᄌᆞ오니블승감격ᄒᆞ오니낭자의시비되라

16

ᄒᆞ셔도사양치못ᄒᆞ려든허믈며스승되믈츄ᄉᆞᄒᆞ리잇고송파슉질이ᄃᆡ열ᄒᆞ여즉시돗슬정히ᄒᆞ고향을픠온후뉴시쳔시를향ᄒᆞ여사ᄇᆡᄒᆞ니쳔시연망이답ᄇᆡᄒᆞᆫ후송ᄑᆡ눈물을흘녀셕시쇼졔ᄒᆞ믈쳥ᄒᆞ니져산즁요물이본ᄃᆡ현인을아쳐ᄒᆞᄂᆞᆫ지라송파의말을신쳥ᄒᆞ여ᄎᆞ후로삼인이머리를맛쵸아밀〃이셜계ᄒᆞ더라어시의복애셜난각의자최를ᄯᅳᆫ코ᄆᆡ죽헌의쳐ᄒᆞ여졔ᄉᆡᆼ으로더부러소일ᄒᆞ며조셕문안밧근자최ᄂᆡ당의님치아냣ᄂᆞᆫ지라셰월이님염ᄒᆞ여얼푸시칠삭이되여시되한갈갓치ᄒᆞ니소졔ᄌᆞ긔허믈이업거놀복야의ᄆᆡ몰ᄒᆞ믈우으며심지침즁ᄒᆞ믈경동ᄒᆞ미업ᄉᆞ니존당과타인은아지못ᄒᆞ나당ᄑᆡᄀᆡ미를알고심즁의괴히너겨한번힐문코자ᄒᆞ더니일〃은복애문안을파ᄒᆞ고외당으로나가거놀당ᄑᆡ뒤흘좃차나가니왕ᄉᆞ인이보고쇼왈무삼사고로져리춍〃이가시뇨당ᄑᆡ왈한고히ᄒᆞᆫ일이잇셔밧비ᄂᆞ가나이다사인왈무삼ᄉᆞ괴뇨당ᄑᆡ왈우리낭군이

17

셕부인과은ᄋᆡ즁ᄒᆞ샤슈유블니ᄒᆞ시더니근간연고업시심히ᄆᆡ몰ᄒᆞ시니이졔그쥬의를알고자ᄒᆞ나이다ᄉᆞ인이놀나왈요사이쳔양의거동이심히의심되니가히무러보쇼셔인ᄒᆞ여당파로더부러몽조헌의드러가니복애단정이셔안을의지ᄒᆞ여고셔를잠심ᄒᆞᄃᆞ가당파외ᄉᆞ인이드러오믈보고몸을니러마자좌를정ᄒᆞᄆᆡ존경ᄒᆞ믈지극히ᄒᆞ여못밋츨듯ᄒᆞ니당ᄑᆡ복애니러틋존경ᄒᆞ믈심히블

안ᄒᆞ여ᄒᆞ며이의무단이슉녀를박ᄃᆡᄒᆞ믈무르니복애마지못ᄒᆞ여송파의말을ᄃᆡ강젼ᄒᆞ니당ᄑᆡ크게한심ᄒᆞ여ᄉᆡᆼ의블명ᄒᆞ고무식ᄒᆞ믈한탄ᄒᆞ다가이의갈오ᄃᆡ낭군이셕쇼져를엇더ᄒᆞᆫ부인으로아르시뇨복애왈ᄉᆡᆨ덕이비록가지나그심지를예탁지못ᄒᆞ나이다당ᄑᆡ이의송파슉질의블미ᄒᆞ믈니ᄅᆞ며왈낭군이엇지져송파의ᄆᆡᆺ친말을가랍ᄒᆞ여옥갓튼부인을엇지의심ᄒᆞ나잇가복애숀사왈ᄌᆡ블민ᄒᆞ나엇지셕시의ᄒᆡᆼᄉᆞ를아지못ᄒᆞ리닛고

18

마ᄂᆞᆫ잠간경계ᄒᆞ미로쇼이다당ᄑᆡ묵연이나아가정당의드러가부인긔이ᄉᆞ연을고ᄒᆞ니왕부인이경송ᄒᆞ여왈이러틋ᄒᆞᆫ쥴은망연이몰낫도다ᄎᆞᄉᆞᄂᆞᆫ반ᄃᆞ시송녀의니간ᄒᆞ미라아ᄌᆡ고셔를박남ᄒᆞ여ᄉᆞ리를통ᄒᆞ려든엇지여ᄎᆞ블통ᄒᆞ미심ᄒᆞ뇨ᄒᆞ더니정언간의복애드러와시좌ᄒᆞ니부인이정ᄉᆡᆨ칙왈네삼셰붓터고셔를보아시니부〃오륜이즁ᄒᆞᆫ쥴알여든부뫼맛지신현쳐를참언을미더면모블견ᄒᆞ기의니ᄅᆞ니이무삼도리뇨조종향화와우리신후를네게의지ᄒᆞ엿거ᄂᆞᆯ너의ᄒᆡᆼᄉᆡ이러틋혼암무식ᄒᆞ니조종의욕이ᄆᆡᆺ기쉽고너의부친관인후덕을츄탁ᄒᆞ기의ᄆᆡᆺᄎᆞ니엇지한심치아니리오나의용열ᄒᆞ미ᄆᆡᆼ모의ᄉᆞᆷ쳔지교를효칙지못ᄒᆞᆫ탓시니엇지홀노너만칙ᄒᆞ리오찰하리ᄂᆡ쥭어ᄆᆡᆼ모의긔죄를ᄉᆞ례코ᄌᆞᄒᆞ노라복애ᄃᆡ황송율ᄒᆞ여ᄲᆞᆯ니하계청죄왈블쵸ᄌᆡ무식혼암ᄒᆞ고텬품이노둔ᄒᆞ와미셰ᄒᆞᆫ일노ᄐᆡ〃셩의를씨치오니

19

죄당만ᄉᆞ로쇼이다연이나셕시송셔모를농담ᄒᆞ고말삼이무례방ᄌᆞᄒᆞ여부녀의온순ᄒᆞᆫ졍ᄐᆡ업ᄉᆞ니잠간예긔를썩고ᄌᆞᄒᆞ미니이다복원ᄐᆡ〃ᄂᆞᆫ용셔ᄒᆞ옵시믈바라나이다부인이침음양구의기리탄식ᄒᆞ고송시의별물악종이믈ᄉᆡ로이놀나셕현부의외로오믈그윽히염여ᄒᆞ고ᄋᆡ련ᄒᆞ믈마지아니나셰ᄉᆡ다텬의라이러틋ᄉᆡᆼ각ᄒᆞ미심ᄉᆡ조치아니ᄒᆞ나모자지졍의엇지오ᄅᆡ견집ᄒᆞ리오비로쇼화평이ᄉᆞ왈ᄎᆞ후ᄯᅩ그ᄅᆞ미닛시면모ᄌᆞ지졍을끗쳐ᄉᆡᆼᄂᆡ의ᄃᆡ면치아니리니각별조심ᄒᆞ여명교의득죄치말나ᄒᆞ고드듸여좌를쥬니복애돈슈ᄉᆞ례ᄒᆞ고시좌

ᄒᆞ니부인이손아를안아복야긔젼ᄒᆞ여왈ᄎᆞᄋᆡ슈미ᄒᆞ나진문의쳔니구라실노승어부로다복애황망이빵슈로밧자와슬상의언고자셔이살피건ᄃᆡ볼ᄉᆞ록긔이ᄒᆞ여옥모영풍이긔특ᄒᆞ고냥미텬졍의강산슈긔를거두어흉즁의졔셰안민지직를은〃이감쵸아시니쳥아쇄락ᄒᆞ여비록황구쇼ᄋᆡ나ᄃᆡ현

20

군자지풍이닐워시니복애아자를쳐음보미아니로ᄃᆡ싀로이ᄉᆞ랑ᄒᆞ여텬륜지졍이자연유츌ᄒᆞ여ᄋᆡ즁ᄒᆞ미넘지니종일토록슬상의언져교무ᄒᆞ더니일모의혼졍을파ᄒᆞ고셔당의나와표형등과담쇼ᄒᆞ더니ᄉᆞ인이니당의슉침ᄒᆞ믈권ᄒᆞ니복애마지못ᄒᆞ여날호여설난각의니로니이날명월이조요ᄒᆞ여일졈구름이업고일긔온화ᄒᆞᆫ지라셕쇼졔난간의단좌ᄒᆞ여명월을보더니복야의니ᄅᆞ믈보고심즁의경아ᄒᆞ나안식을졍히ᄒᆞ고타연니니러마자좌를졍ᄒᆞᆫ후반향묵좌라가봉목을기우려부인을보ᄆᆡ옥안운빈이나작ᄒᆞ여졍금위좌ᄒᆞ여시니싀로온광치쵹하의휘동ᄒᆞ여시니찬란ᄒᆞᆫᄐᆡ되모란이니슬을먹음은듯두조각옥협은홍ᄆᆡ납셜을무롭쓴듯쇄락ᄒᆞᆫ풍치한월이바ᄋᆡ는듯빅년일지향슈의쇼삿는듯빙졍요라ᄒᆞ고소담자약ᄒᆞ여맑고조화뉵칠삭사이나더옥신긔ᄒᆞᆫ듯ᄒᆞ니복애마음이취ᄒᆞ여은ᄋᆡ유츌ᄒᆞ나ᄉᆞ롬되미침졍단묵

21

ᄒᆞᆫ지라안식을삑〃이ᄒᆞ고묵연단좌러니댱픠맛쵸아셩찬을갓쵸아셜는각의니ᄅᆞ러눈을드러보니일기군자와슉녜ᄃᆡ좌ᄒᆞ여시니복야의늠〃ᄒᆞᆫ풍치와쇼져의소담자약ᄒᆞᆫᄐᆡ되참치ᄒᆞ미업ᄉᆞ니댱픠싀로이흠션경복ᄒᆞ여나아가우어왈낭군이칠삭을독쳐ᄒᆞ시더니금야의쳐음으로침당의드러오시니쳡이일비쥬를가져하례코자ᄒᆞ나이다복애함소ᄒᆞ고날호여니러마자좌졍후흔연이쥬찬을나오니밤을당ᄒᆞᄆᆡ마음노하ᄃᆡ취ᄒᆞᆫ지라댱픠도라가니복애취안을자로드러부인을보며두어말노슈죄ᄒᆞ여칙ᄒᆞ니소졔오즉쳥이블문ᄒᆞ니복애답언을기다리지안코션자드러쵹을멸ᄒᆞ고소져를닛그러상요의나아가니싀로온은ᄋᆡ낙쳔이무르녹아교칠의더으더라명조의니러나혹칙ᄒᆞ며혹위로ᄒᆞ는말

삼이금셕이녹는듯ᄒᆞ더라소졔아미를숙이고날호여ᄃᆡ왈군자의몸이청현의거ᄒᆞ여만민의우러ᄅᆞ미북극갓거ᄂᆞᆯ규방의드러유셰ᄒᆞ시

22

ᄂᆞᆫ말삼이〃러틋다ᄉᆞᄒᆞ시뇨복애흡연이공경탄복ᄒᆞ여지은마음이츈설이양일을맛ᄂᆞᆫ듯ᄒᆞ니옥슈를연ᄒᆞ여자못흔연ᄒᆞᄃᆡ소졔옥뫼정숙ᄒᆞ여오즉겸손ᄒᆞᆯ ᄯᆞ롬이오장부의가ᄎᆞᄒᆞ믈일호가랍ᄒᆞ미업고지ᄂᆞᆫ바를닐커러허믈을발명ᄒᆞ미업ᄉᆞ니온유단엄ᄒᆞ미고자숙녀쳘부라도밋지못ᄒᆞᆯ너라이러구로동창의효명ᄒᆞ니부뷔한가지로존당의문안ᄒᆞ미공과부인이아자의회심ᄒᆞ여작야의설난각의숙침ᄒᆞ믈알고효슌ᄒᆞ믈두굿기고셕시를익즁ᄒᆞ미비ᄒᆞᆯᄃᆡ업고댱파모녀의깃거ᄒᆞ나오직만복싀긔지심을품은자ᄂᆞᆫ송파숙질이라셕시의은춍을보ᄆᆡ원한이투닙골슈ᄒᆞᆫ지라미영이설희당의도라와설난각을가ᄅᆞ쳐질ᄆᆡᄒᆞ믈마지아니며스ᄉᆞ로박명을슬허눈물이옷깃슬젹시더니송픠와보고위로왈낭자ᄂᆞᆫ슬허말나이런조각을타엇지묘계를힝치아니리오쳔시ᄯᅩ한위로왈쳡이낭자의후ᄃᆡᄒᆞ신은혜를닙으니엇지정셩을다ᄒᆞ지

23

아니리오뉴시왈션싱은아모케나긔모를닋여셕녀를업시ᄒᆞ여나의마음을편케ᄒᆞ면결쵸보은ᄒᆞ리이다쳔시왈부인은방심ᄒᆞ라쳔신이비록지죄노둔ᄒᆞ나셕녀를엇지근심하리닛고ᄒᆞ고머리를다혀흉계를상의ᄒᆞ더라어시의복애혼정후몽쇼헌의나와왕싱등과시셔를강논ᄒᆞᆯ식ᄉᆞ인이복야의등을미러왈밤이임의깁허시니셜난각으로밧비가라ᄒᆞ니복애ᄃᆡ쇼왈소뎨신낭이아니어든엇지구축ᄒᆞ시ᄂᆞ뇨인ᄒᆞ여촉을들고게얼니셜난각으로향ᄒᆞᆯ식멀리바라보니ᄉᆞ창의촉광이휘황ᄒᆞᆫᄃᆡ시비등이숫두어리거ᄂᆞᆯ가장의괴ᄒᆞ여거롬을ᄲᆞᆯ니ᄒᆞ여기호닙실ᄒᆞ니셕쇼졔벼ᄀᆡ를의지ᄒᆞ여통셩이비경ᄒᆞᆫ지라복애경동ᄒᆞ여나아가옥슈를잡고문왈부인은어ᄃᆡ가블평ᄒᆞ관ᄃᆡ인ᄉᆞ를찰희지못ᄒᆞᄂᆞ뇨소졔나작이옥슈를ᄲᆡ희고청이부답ᄒᆞᄂᆞᆫ지라이의유낭을블너문왈소져의병셰엇지ᄒᆞ여이지경의니ᄅᆞ뇨유랑이고왈소졔잉틱만삭이옵더니필연산졈인가ᄒᆞ나이다

24

복애ᄎᆞ경ᄎᆞ희ᄒᆞ여즉시나와약을다리며슌산ᄒᆞ기를고ᄃᆡᄒᆞ더니아이오시비보ᄒᆞᄃᆡ소졔분산ᄒᆞ시고빵ᄐᆡ싱남ᄒᆞ시니이다복애ᄃᆡ희과망ᄒᆞ여ᄂᆡ당의드러가니공의부뷔바야흐로취침고ᄌᆞᄒᆞ더니믄득셜난각시비보ᄒᆞᄃᆡ소졔빵ᄐᆡ싱남ᄒᆞ니이다ᄒᆞ거ᄂᆞᆯ공의부뷔ᄃᆡ희ᄒᆞ여즉시가다가복야를맛나한가지로드러가니소졔졍신이혼미ᄒᆞ여침금의누엇고그겻ᄒᆡ냥ᄀᆡ빅옥이닛ᄂᆞᆫ지라자셔이보ᄆᆡ구각이장ᄃᆡᄒᆞ고효셩빵안의우ᄂᆞᆫ소ᄅᆡ웅건쇄락ᄒᆞᆫ지라공이부인을도라보아왈우리무삼복으로져갓흔손아를빵득ᄒᆞᄂᆞ뇨이ᄂᆞᆫ조종여음이오현부셩덕이로다부인왈상공말삼이연ᄒᆞ이다우리독ᄌᆞ를두엇ᄃᆞ가손아를연득ᄒᆞ여문호를창셩ᄒᆞ니금셕슈식나무한이니이다공이부인다려왈현뷔산후몸이블평ᄒᆞ리니슉문으로구호ᄒᆞ라ᄒᆞ고가ᄉᆞ이다ᄒᆞ고졍당으로향ᄒᆞ니복애계하의나려비숑ᄒᆞ고당즁의드러가신아를ᄃᆞ시보니영오슈발ᄒᆞ여말ᄒᆞᆯ듯ᄒᆞ니ᄉᆞ랑ᄒᆞ미넘지더라이의

25

소져를구호ᄒᆞ여편히누이고유모를졍ᄒᆞ여지극보호ᄒᆞ더라명조의셕부의셔이긔별을듯고셕상셰니ᄅᆞ러녀아와신아를보고희긔만안ᄒᆞ여ᄉᆞ랑이ᄌᆞ〃쳬〃ᄒᆞ더니외당의나와진공으로더부러슌산싱남ᄒᆞ믈치하ᄒᆞ고쥬효를나와죵일진취ᄒᆞ고도라가니라ᄎᆞ시의국가의일이업셔슈십년을ᄐᆡ평ᄒᆞ고겸ᄒᆞ여년〃이풍등ᄒᆞ여빅셩이격양가를부르더니북흉뇌ᄃᆡ군을모라변방을침노ᄒᆞ미병셰ᄃᆡ진ᄒᆞ여그봉예를당치못ᄒᆞᆯ지라변뵈눈날리듯ᄒᆞ니텬지크게근심ᄒᆞ샤표긔장군뉴렴으로ᄃᆡ장을삼고군ᄉᆞ십만을조발ᄒᆞ여도적을치라ᄒᆞ엿더니슈월후표문이올나거ᄂᆞᆯ쪄혀보시니흉뇌강셩ᄒᆞ여연픠ᄒᆞ미위ᄐᆡᄒᆞ미조셕의닛시니밧비구병을보ᄂᆡ샤도적을막게ᄒᆞ옵쇼셔ᄒᆞ엿거ᄂᆞᆯ상이간필의ᄃᆡ경ᄒᆞ여문무졔신을모화의논ᄒᆞ실식상이갈오ᄉᆞᄃᆡ도적이여ᄎᆞ창궐ᄒᆞ여텬조를업슈히너기니뉘감히짐을위ᄒᆞ여이도적을파ᄒᆞ고국가근심을덜고ᄒᆞ시니좌위묵

26

묵ᄒᆞ여능히ᄃᆡ치못ᄒᆞ더니좌반즁일위소년이츌반쥬왈일지병을빌니시면흉노를삭평ᄒᆞ고뉴렴등을구ᄒᆞ리이다ᄒᆞ거ᄂᆞᆯ상이슉시ᄒᆞ시니이곳ᄃᆡᄉᆞ도니부춍지진슉문이라상이경문왈경이년미이순이오겸ᄒᆞ여빅면셔싱이라엇지젼진의흉봉을당코자ᄒᆞᄂᆞ뇨복애다시쥬왈신이셩은을닙ᄉᆞ와작위뉵경의거ᄒᆞ오나국녹만허비ᄒᆞ오니한번나가쥭기로ᄊᆞ화흉노를멸코자ᄒᆞ나이다상이유예미결ᄒᆞ시니일위노신이쥬왈사름의직죄ᄂᆞᆫ노쇼의닛지아니ᄒᆞ오니슉문이비록년소ᄒᆞ오나춍명특달ᄒᆞ오니폐하난의려치마르쇼셔상이황연각지ᄒᆞ샤희열왈경의말이올ᄐᆞᄒᆞ시고진승상을갓가이부ᄅᆞ샤왈션싱부직츙의지심으로짐을도으니진실노국가동양이라ᄒᆞ시고즉일의진슉문으로병부상셔ᄃᆡᄉᆞ마ᄃᆡ원슈를ᄇᆡᄒᆞ샤근이외ᄂᆞᆫ경의임의로츌척ᄒᆞ라ᄒᆞ시고명일힝군ᄒᆞ라ᄒᆞ시니원슈ᄉᆞ은퇴조ᄒᆞ여즁군장의나와어림군삼쳔을조련ᄒᆞ더니일모ᄒᆞ믹파ᄒᆞ여본부로도

27

라오니ᄎᆞ시왕부인이〃쇼식을듯고크게근심ᄒᆞ여아모리ᄒᆞᆯ쥴을모로더니이윽고원슈야〃를뫼셔드러와뵈오니부인이숀을잡아왈오ᄋᆡ무삼직략으로블모지〃의나아가븍젹의흉봉을당코자ᄒᆞᄂᆞ뇨원슈이셩화ᄀᆞ로ᄃᆡ왈히ᄋᆡ년유부직ᄒᆞ오나셩상위덕을비러조고만븍노를멸코자ᄒᆞ나니ᄐᆡ〃ᄂᆞᆫ물우셩녀ᄒᆞ쇼셔공이이어왈오ᄋᆡ당〃ᄒᆞᆫ장부로국은이분의의과ᄒᆞ거ᄂᆞᆯ신직엇지국녹만허비ᄒᆞ리오이직자원ᄒᆞ미쎳〃ᄒᆞᆫ일이니부인은과려치마르쇼셔우리쳔금아자를블모지〃의보ᄂᆡ니심식비록요〃ᄒᆞ나아자의직죄조고만도젹은당ᄒᆞ리니부인은너모감회ᄒᆞ여아자의니친지회를돕지마르쇼셔부인이비로쇼슬푸믈진정ᄒᆞ여다만아자의손을잡고보즁ᄒᆞ믈닐컷더라날이임의황혼이되니원슈제싱으로더부러담화ᄒᆞᆯ시싱셰십팔의슬하를써나미쳐음이라비회무궁ᄒᆞ나담쇠자약ᄒᆞ고승상부〃ᄂᆞᆫ아자의등을어로만져익즁ᄒᆞ여밤을지ᄂᆡ니

28

명일은즁당의셔니별홀식왕ᄉ마셕상셔뉴시랑등이모희니승상이아ᄌ로더부러제긱을마질식원쉬융복을정졔ᄒ고요하의황금인을빗겨시니긔이혼풍치동인ᄒᄂ지라셕상세ᄋ즁ᄒ믈니긔지못ᄒ여원슈의숀을잡고왈현세금번츌정ᄒ미영명이화이의진동ᄒ리니노뷔하례ᄒ노라원쉬몸을굽혀블감ᄒ믈닐컷더라이윽고디소장관이니ᄅ러시긱을보ᄒ니원쉬몸을쎄혀닉당의니로니왕ᄉ인왕상셔부인이노부인을뫼셔니ᄅ러부인을위로ᄒ고긔자두믈하례ᄒ더니원쉬좌의나아가네ᄒ니늠〃혼풍신이인즁영걸이라왕터부인이깃거집슈탄왈너를유치로아라일시써나믈앗기더니이졔블모지〃의이별하니여모의심ᄉ를무러알비아니로다원쉬심긔져상ᄒ여이셩화언으로위로ᄒ더니왕공형뎨그야야를뫼셔드러오니진부인이부친을보미더옥엄읍유체ᄒ니원쉬심시요〃ᄒ여엄읍유체ᄒᄂ지라승상이정식

29

칙왈네고셔를보아ᄉ리를알녀든네엇지아녀자의틱도를ᄒᄂ뇨원쉬비식을거두고복슈청죄왈히ᄋ블쵸ᄒ와존젼의블경ᄒ오니ᄉ죄ᄒ나이다승상왈너는부졀업ᄉ비회를동ᄒ여마음을상히오지말나원쉬빅이슈명ᄒ고인ᄒ여존당부모와왕노공부〃긔지빅하직고교장의나와삼군을휘동ᄒ여힝홀식호령이엄슉ᄒ고딕외정졔ᄒ여일호차착이업ᄉ니관광지칙〃칭션ᄒ더라상이만조빅관을거나리고문외의나오샤친히슈레를미러왈금일노붓터군국딕ᄉ를경의게붓치ᄂ니경은슈히도적을토멸ᄒ고도라와군신이〃곳의셔반기게ᄒ라ᄒ시고상방검을쥬사왈경은이칼노부원이하로위령자를션참후계ᄒ라ᄒ시니원쉬빵슈로밧잡고복지청녕후인ᄒ여힝군홀시만조빅관을작별후호〃탕〃이힝군하여가니라차시승상이아자의힝군ᄒᄂ거동이법되닛시믈보고마음의두굿겨멀니갈ᄉ록바라보더니

30

산이가리미탄식ᄒ고집으로도라오미왕부인이침셕의누엇ᄂ딕눈물이옷깃

슬젹시ᄂᆞᆫ지라공이부인의비쳑ᄒᆞ믈보고위로왈부인은심ᄉᆞ를상히오지마르쇼셔아직비록년쇼ᄒᆞ나이만도젹은족히염여홀비아니라반ᄃᆞ시셩공반ᄉᆞᄒᆞ리니안심물여ᄒᆞ쇼셔부인이손ᄉᆞ왈쳡이비록용우ᄒᆞ나아자의츌장닙상ᄒᆞ미장부의ᄉᆞ업인쥴아지못ᄒᆞ리닛고마ᄂᆞᆫ다만다른ᄌᆞ녜업ᄂᆞᆫ연괴라자연ᄉᆡᆼ각이간졀ᄒᆞ와비식을상공긔뵈오니블민ᄒᆞ믈사죄ᄒᆞᄂᆞ이다승상이인ᄒᆞ여아자의힝군ᄒᆞ미유법ᄒᆞ믈젼ᄒᆞ고두굿기믈마지아니터라이날당ᄑᆡ원쉬멀니가믈보고마음이자연블평ᄒᆞ여염예무궁ᄒᆞᄆᆡᄂᆡ심의혜오ᄃᆡ나의심식여ᄎᆞᄒᆞ거든소져의마음이오직ᄒᆞ리오맛당이위로ᄒᆞ리라ᄒᆞ고셜난각의니로니셕소졔원텬을바라며묵연단좌어ᄂᆞᆯ당ᄑᆡ그겻히안지며위로왈부인이원슈의북졍ᄒᆞ믈당ᄒᆞ와심우ᄒᆞ실듯ᄒᆞ기로쳡이위회코자오이〃다셕소졔츄연탄왈셔

31

모의셩의를감ᄉᆞᄒᆞ오니은혜를폐부의삭여닛지못ᄒᆞ리로쇼이다당ᄑᆡ웃고왈소져의말삼이너모과ᄒᆞ도쇼이다인ᄒᆞ여쥬찬을나와집ᄇᆡᄒᆞ더니믄득창문이열니며일인이드러와당파를향하여고셩왈그ᄃᆡᄂᆞᆫ진짓파ᄉᆞᄆᆡ로다뉴시의업슨허믈을셕부인긔참쇼ᄒᆞ니무삼유익ᄒᆞ미닛나뇨셜파의노긔표동ᄒᆞ거ᄂᆞᆯ모다보니다른니아니라송ᄑᆡ라당ᄑᆡ분연왈낭군이금일츌졍ᄒᆞ시ᄆᆡ무삼흉이잇셔이리조롱비쇼ᄒᆞᄂᆞ뇨ᄒᆞ며냥인이각〃침쇼로도라가니라셕쇼졔비록심식황난ᄒᆞ나마음을스사로강잉ᄒᆞ여구고를효봉ᄒᆞ미지극간졀ᄒᆞ여동〃촉촉ᄒᆞ고두셔모를공경녜우ᄒᆞ여일호미흡ᄒᆞ미업스며조운모우의셔텬을바라승젼ᄒᆞ믈축원하더라ᄎᆞ시뉴시정히ᄡᅵ를엇덧ᄂᆞᆫ지라송파로더부러쳔시긔계교를무로니쳔시왈ᄡᅵ정히힝계홀긔틀이라ᄒᆞ고드듸여입을버려단약둘을토ᄒᆞ니이무삼계괸고ᄎᆞ하를셕남ᄒᆞ라

셰을묘뎡월일향목동셔

권지사

1

슈져옥난빙 권지ᄉᆞ

화셜쳔시닙을버려단약둘을토ᄒᆞ니크게계란만하고하나흔빗치누로고하나흔푸로니쳔시왈누른거슬차의화ᄒᆞ여먹이면졍신이아득ᄒᆞ여아모일도ᄭᅵ닷지못ᄒᆞ니갈온망심단이니ᄉᆞ광지춍잇셔도ᄭᅵ닷지못ᄒᆞᆯ거시오푸른거술음식의셧거먹이면되고ᄌᆞᄒᆞᄂᆞᆫ사ᄅᆞᆷ의얼골이되니곳쇼미단이라일노뼈셕시를소졔ᄒᆞ리라ᄒᆞ고드듸여망심단을뉴시를쥬어승상게나오라ᄒᆞ니뉴시ᄃᆡ열칭ᄉᆞᄒᆞ고계교를힝코ᄌᆞᄒᆞ나셕쇼졔조셕식ᄉᆞ를친감ᄒᆞ여밧드니틈을엇지못ᄒᆞ여셕시의웃듬시비츈향을감언미셜노달ᄂᆡ고회뢰를듯터이ᄒᆞ고계교를가ᄅᆞ치니츈향은위인이간험ᄒᆞᆫ지라낙종ᄒᆞ여계교를힝ᄒᆞ니과연승상이춍명이졈졈감ᄒᆞ여언힝동지무식기의갓가오니일ᄀᆡ다고희너기더니일〃은승상이몽쇼헌의안자아자의거쳐ᄒᆞ던곳을보미신식자연쳐비ᄒᆞ여븍텬을바라며탄식ᄒᆞ더니믄득한소년이젼도이나오다가승상을

2

보고면여토식ᄒᆞ여물너가거ᄂᆞᆯ승상이고희너겨문왈너ᄂᆞᆫ엇던아ᄒᆡ완ᄃᆡ진퇴가장슈상ᄒᆞ뇨기ᄋᆡ쥬져ᄒᆞ여답지못ᄒᆞ거ᄂᆞᆯ승상이ᄃᆡ로즐왈네엇지ᄒᆞ여말아니ᄒᆞᄂᆞ뇨기ᄋᆡ황공ᄒᆞ여갈오ᄃᆡ소인은동문밧군ᄌᆞ동됴싱의시동이러니셔간을셜난각의드리고회셔를가져오라ᄒᆞ기로이의왓습더니그릇존위를범ᄒᆞ엿ᄉᆞ오니죄를ᄉᆞᄒᆞ쇼셔승상이노왈됴싱ᄌᆞᄂᆞᆫ하등지인이완ᄃᆡ엇지감히직상가규각의셔간을드리ᄂᆞ뇨아지못게라그셔간이어ᄃᆡ닛ᄂᆞ뇨기ᄋᆡ즉시품쇽으로셔일봉셔를ᄂᆡ여올니거ᄂᆞᆯ승상이바다보니피봉의죠싱은셜난각셕소져긔붓치노라ᄒᆞ엿거ᄂᆞᆯ승상이더옥의괴ᄒᆞ여급히ᄀᆡ탁ᄒᆞ니ᄒᆞ엿시ᄃᆡ쇼싱죠경윤은삼가글월을셕쇼져긔붓치ᄂᆞ니우리인연이지즁ᄒᆞ와부모직시의빅년을긔약

ᄒᆞ엿습더니조믈이ᄉᆡ긔ᄒᆞ여ᄉᆡᆼ의부뫼구몰ᄒᆞ시ᄆᆡ소져의가약이ᄭᅳᆺ쳣더니향자의두어번도라보믈인ᄒᆞ여빵아를ᄉᆡᆼᄒᆞ니ᄉᆡᆼ의마음이간

3

절ᄒᆞ여밧비보고ᄌᆞᄒᆞ나틈이업셔ᄆᆡ양한탄ᄒᆞ더니이제원슈먼니츌졍ᄒᆞ여도라올지속이업ᄉᆞ니바라건ᄃᆡ소져ᄂᆞᆫᄉᆡᆼ의고단ᄒᆞ믈ᄉᆡᆼ각ᄒᆞ여ᄃᆞ시맛나졍회를펼진ᄃᆡ금셕슈ᄉᆡ나무한이라업듸여바라건ᄃᆡᄌᆞ셔이긔별ᄒᆞ여ᄉᆡᆼ의마음을편케ᄒᆞ쇼셔ᄒᆞ엿더라승상이간필의안ᄉᆡᆨ을곳치고심한골경ᄒᆞ여아모리ᄒᆞᆯ쥴모로더니ᄃᆞ시ᄉᆡᆼ각ᄒᆞᄃᆡ셕시ᄂᆞᆫ방금셩녀슉완이라엇지이러틋실졀ᄒᆞ리오반ᄃᆞ시니ᄆᆡ망녕의희롱인가셕시ᄉᆡᆨ모ᄌᆡ예훤ᄌᆞᄒᆞ니무뢰악소년이억탁ᄒᆞᄆᆡᆫ가다시ᄉᆡᆼ각ᄒᆞᄃᆡ비록무지악소년이나엇지감히ᄌᆡ상명부를슈욕ᄒᆞ리오ᄯᅩ셕시를비겨ᄉᆡᆼ각건ᄃᆡ만분원억ᄒᆞᆫ지라좌ᄉᆞ우상의능히ᄭᆡ닷지못ᄒᆞ더니믄득일계를ᄂᆡ여답셔를보아진위를분간ᄒᆞ리라ᄒᆞ고도로봉ᄒᆞ여쥬어왈나의보아시믈니ᄅᆞ지말고ᄲᆞᆯ니답간을맛타날을뵌즉맛당이즁상ᄒᆞ리라기ᄋᆡ응낙고글을품고셜난각으로가니승상이괴로이셔안의

4

비겨답셔를기다리더니반향후과연답셔를드리거ᄂᆞᆯ밧다보니갈와시ᄃᆡ박명쳡셕시ᄂᆞᆫ읍혈돈슈ᄒᆞ고답간을밧드러됴낭군좌하의올니ᄂᆞ니차회라창텬이특별이우리냥인을ᄂᆡ시ᄆᆡ냥가부모의구든언약이족히신긔를감동ᄒᆞᆯ너니호ᄉᆡ다마ᄒᆞ여녕존ᄃᆡ인이긔셰ᄒᆞ시고낭군신셰영졍고〃ᄒᆞ여ᄉᆞ방으로뉴락ᄒᆞᄆᆡ가친이낭군자최를ᄉᆞ면으로슈삭ᄒᆞ시나ᄃᆡᄒᆡ부평과표풍낙엽갓흐여쥬야우탄ᄒᆞ시더니그후의드ᄅᆞ니낭군이원방의유락ᄒᆞ여도로격원ᄒᆞᆫ지라다시맛나믈긔약지못ᄒᆞ고쳡은곳부모의독녀라년긔도요ᄉᆞᆲ기의밋ᄎᆞᄆᆡ부뫼만만부득이진가의가ᄒᆞ시니쳡이비록운화의졀이업셔진가로화락ᄒᆞ나낭군을위ᄒᆞ여녁슬살오더니텬힝으로진ᄉᆡᆼ이칠삭을소ᄃᆡᄒᆞ므로츈향으로말ᄆᆡ암아낭군을맛나니평ᄉᆡᆼ의소원이족ᄒᆞᆫ지라종고금슬의즐기미원앙이비취의교무ᄒᆞ더니텬되무심ᄒᆞ여진ᄉᆡᆼ이회심ᄒᆞ여깁흔졍이융흡지못ᄒᆞ고신졍이미

5

흡ᄒᆞᆫᄃᆡ뉘ᄉᆡᆼ니원별을당홀쥴알니오쳡슈블혜나쥬〃야〃의경〃ᄉᆞ복ᄒᆞ여침ᄉᆡᆨ이블안ᄒᆞ더니텬힝으로진ᄌᆡ븍졍ᄒᆞ니졍히우리냥인의ᄀᆡ봉이라귀령상봉을청ᄒᆞ시나쳡의소임이번다ᄒᆞᆫ지라능히귀령치못ᄒᆞᄂᆞ니낭군은쳡을사랑ᄒᆞ시거든귀체를강굴ᄒᆞ여망일의의모다상ᄉᆞ원졍을펴미힝이라낭군이유졍ᄒᆞ므로좃ᄎᆞ빵아를어드니ᄀᆡ〃이쥬옥갓튼지라족히낭군의옥모영풍을품슈ᄒᆞ엿ᄂᆞ니낭군이보지못ᄒᆞ믈기리차셕ᄒᆞ노라모월일의박명쳡셕시ᄂᆞᆫ읍혈돈슈ᄌᆡᄇᆡ라ᄒᆞ엿더라공이남파의블승희연ᄒᆞ나안ᄉᆡᆨ을블변ᄒᆞ고도로혀봉ᄒᆞ여슈냥은자와글을한가지로쥬어보ᄂᆡ고막블차악ᄒᆞ여스사로탄왈쳔장슈심은아나일장인심은모론다ᄒᆞ미진실노셕시를일으미라ᄎᆞᄉᆡ십분즁ᄃᆡᄒᆞ니맛당이망일야를기다려결단ᄒᆞ리라ᄒᆞ고사ᄉᆡᆨ지아니〃쇼졔ᄃᆡ해당두ᄒᆞ믈엇지알니오ᄎᆞ시진원ᄉᆔᄀᆡ치를한번븍으로힝ᄒᆞ미금고일셩

6

의흉노를항복밧아쳡셔를보ᄒᆞ니상이ᄃᆡ희ᄒᆞ샤즁ᄉᆞ를보ᄂᆡ여삼군을위로홀ᄉᆡᆨ셕상셔로우쥬를거나려보ᄂᆡ시고특지로진승상으로위국공을봉ᄒᆞ샤위국삼만호를ᄉᆞ급ᄒᆞ시니진공이셩만ᄒᆞ믈두려다섯번상쇼ᄒᆞᄃᆡ상이종블윤ᄒᆞ시니라이러구로밍하십ᄉᆞ일이당ᄒᆞ니위공이조ᄉᆡᆼ의ᄀᆡ약을ᄭᆡ닷고날이져믈ᄆᆡ셕ᄉᆡᆨ을나을ᄉᆡᆨ소졔셕반을파ᄒᆞ고물너ᄂᆞ려더니졍신이아득ᄒᆞ고신ᄀᆡ곤뇌ᄒᆞ니오ᄅᆡ견ᄃᆡ지못ᄒᆞ여난간의니와당파다려왈쳡이금일신ᄀᆡ블평ᄒᆞ니사실의도라가잠간ᄉᆔ고자ᄒᆞᄂᆞ니청컨ᄃᆡ셔모ᄂᆞᆫ쳡의ᄃᆡ신으로구고의감지를살피쇼셔당시경아ᄒᆞ여왈쳡슈블혜나부인을ᄃᆡᄒᆞ리니금야를편히ᄉᆔ쇼셔소졔ᄉᆞ례ᄒᆞ고몸을도로혀침쇼로도라오니더옥곤뇌ᄒᆞᆫ지라상의〃지ᄒᆞ여인ᄉᆞ를슈습지못ᄒᆞ니유모와시녜붓드러구호ᄒᆞ더니ᄎᆞ시위공이셕시의업ᄉᆞ믈더옥의혹ᄒᆞ여밧비셔헌의나와야심ᄒᆞ믈기다려그동졍

7

을보려ᄒᆞ니희라위공의관ᄃᆡᄒᆞᆫ도량과ᄉᆞ광지춍이엇지셕시를의심ᄒᆞ여밤을

타규시ᄒᆞ리오마ᄂᆞᆫ진실노셕시의일장화ᄋᆡᆨ이러라ᄎᆞ시이경은ᄒᆞ여시녀복첩이흣터지고인젹이고요ᄒᆞᆫ지라공이혜오ᄃᆡ모란졍이깁고〃요ᄒᆞ니응당그리로모들지니가히살피리라ᄒᆞ고가마니모란졍의가보니슈목이춍잡ᄒᆞ여가히은신ᄒᆞᆯ지라모란포긔의슙어여어보니이윽고셜난각의인젹이은〃ᄒᆞ여왈낭군이와계시니기다리미간졀ᄒᆞ리라ᄒᆞ고이인이나오니완연ᄒᆞᆫ셕시와츈향이라유의ᄒᆞ여보ᄆᆡ월하의긔이ᄒᆞᆫ풍ᄎᆡ셔로바ᄋᆡ니호발도의심업ᄉᆞᆫ셕시라비록조심경안광이라도진위를분간치못ᄒᆞᆯ지라이윽고난간우흐로셔한소년이표연이나오며왈옥인의나오미엇지이리더듸뇨ᄀᆞ연이기다리미괴롭도다드듸여셕소져로더부러집기슈연기슬ᄒᆞ여왈별ᄂᆡ무양ᄒᆞ냐싱은상ᄉᆞ슈년의황텬ᄀᆡᆨ이되리러니텬되살피샤진ᄌᆡ븍별ᄒᆞ니머리검하의구를믈그읏이바라노라셕

8

시함쇼ᄃᆡ왈진실노여ᄎᆞ즉우리냥인의만ᄒᆡᆼ이라ᄒᆞ니소년이흔연왈원컨ᄃᆡ진자의츌졍ᄒᆞᆷ도나의지혜라뉴렴은나의원족이러니ᄂᆡ청ᄒᆞ여거즛ᄑᆡᆨᄒᆞ라ᄒᆞ고조졍의구병을청ᄒᆞ여진자를츌졍케ᄒᆞ고그ᄃᆡ와상ᄉᆞ원졍을풀고귀령을청ᄒᆞ여만일허ᄒᆞ거든오가의와기리화락ᄒᆞᆯ거시오그러치아니면한ᄌᆞ로칼노진가노츅부ᄌᆞ를쥭여멸구ᄒᆞ고그ᄃᆡ로더부러멀니도망ᄒᆞ여ᄇᆡᆨ년을동낙ᄒᆞ미엇지쾌치아니리오셕시ᄃᆡ왈ᄎᆞ계가장묘ᄒᆞ나후일현누ᄒᆞ면쳡의부뫼ᄯᅩ한보젼치못ᄒᆞ리라가마니일긔독쥬를드려맛치미엇더ᄒᆞ뇨됴싱이희왈차계정합오의라ᄒᆞ고드듸여숀을닛그러계상의ᄇᆡ회ᄒᆞ며음난ᄒᆞᆫ말과더러온ᄒᆡᆼ식참아보지못ᄒᆞᆯ너라츈쇠고단ᄒᆞ여ᄉᆡᆨ비를보ᄒᆞ고쳘ᄀᆡ융〃ᄒᆞ니조싱이밧비도라갈ᄉᆡ셕시다려왈날이장찻밝고ᄌᆞᄒᆞᄆᆡ도라가ᄂᆞ니명일긔약을어롯지말나만일ᄯᅳᆺ을닐우지못ᄒᆞ거든밧비알게ᄒᆞ라혹자연괴닛셔도후회

9

를긔약ᄒᆞ리라ᄒᆞ고머리의건잠을ᄲᅡ혀쥬며왈ᄎᆞ믈을씨치ᄂᆞ니긔린갓흔냥ᄋᆡ자라거든아비신믈이라ᄒᆞ고쥬라셕시아미를빈츅ᄒᆞ고결연ᄒᆞ믈씌여밧고츈

향을명ᄒᆞ여옥난일빵을ᄂᆡ여다가조싱을쥬어왈ᄎᆞᄂᆞᆫ진가보ᄇᆡ라졍을표ᄒᆞ노라조싱이밧고연〃ᄒᆞ다가도라가ᄂᆞᆫ지라공이ᄎᆞ경을셰〃이목도ᄒᆞᄆᆡ스사로혜오ᄃᆡ이아니귀신의희롱인가쳔ᄉᆞ만염이층츌ᄒᆞ여셔직의도라와한졈잠을닐우지못ᄒᆞ고아자를ᄉᆞ렴ᄒᆞ여그신셰를한탄ᄒᆞ며그쳐치를엇지ᄒᆞᆯ고심ᄉᆡ번뇌ᄒᆞ여몸을니러산보ᄒᆞᆯᄉᆡ은ᄒᆡ셔흐로기울고효셩이흣터지며동방이긔ᄇᆡᆨᄒᆞ거ᄂᆞᆯ몸을도로혀ᄂᆡ당의드러가니신셩ᄯᅢ되여스므로셕쇼졔좌의닛다가ᄒᆞ당영지ᄒᆞᄂᆞᆫ지라공이변심ᄒᆞᄂᆞᆫ약을먹엇고목도ᄒᆞ여보미잇ᄂᆞᆫ지라일호나ᄋᆡ련지심이〃시리오ᄲᆞᆯ니도라가믈ᄌᆡ촉ᄒᆞ니쇼졔졸지의무고이변을당ᄒᆞ니엇지한심치아니리오마ᄂᆞᆫ존당명의를거역지못ᄒᆞ여온화ᄒᆞᆫ안식으로하직고즁당의나오니슉혜ᄇᆡᆨ현을

10

머므르고ᄌᆞᄒᆞ여나와보니ᄇᆡᆨ현이나희ᄉᆞ셰라자못춍명ᄒᆞ더니금일모친거죄젼일과다르믈보고크게셜워모친사ᄆᆡ를븟들고ᄋᆡ읍왈ᄐᆡ〃ᄂᆞᆫ소자를바리고장찻어ᄃᆡ로가려ᄒᆞ시나닛고부모를일조의다여희고혈〃소ᄋᆡ누를의지ᄒᆞ리오ᄒᆞ고체읍ᄒᆞ니그경상이참블인견이라쇼졔유츙지년의냥ᄎᆞ를연산ᄒᆞᄆᆡ심히붓그려아자를가ᄎᆞᄒᆞ미업더니금일유아의비ᄉᆡᆨ을보니모자졍니의엇지참을ᄇᆡ리오등을어로만져탄왈여뫼부귀즁싱장ᄒᆞ여고락을모로더니오날〃화ᄋᆡᆨ을당ᄒᆞ니ᄎᆞ역텬의라너ᄂᆞᆫ다만여모를싱각지말고존당을우러〃졔슉을의지ᄒᆞ여조희닛시라ᄂᆡ슈일후도라오리니슬허말나공ᄌᆡ소져의슬상의누어옥져갓튼숀으로옥을만지며슬피우니좌위막블체읍이러라공이시녀로ᄒᆞ여금ᄌᆡ촉이셩화갓흐니소졔옥누를ᄲᅮ리고니러나니공ᄌᆡ실셩체읍ᄒᆞᄂᆞᆫ지라소졔참아보지못ᄒᆞ여교자의오르니좃친ᄇᆡ빵환빵난빵셤한유량ᄲᅮᆫ이

11

러라공이쇼져를ᄂᆡ치고시노를명ᄒᆞ여빵아를목눌너쥭이라ᄒᆞ니부인이갈오ᄃᆡ유ᄋᆡ무삼죄닛관ᄃᆡ쥭이리닛고공이답왈ᄎᆞᄋᆡ조가골육이니살와무어ᄉᆡ쓰리오졍언간의밧그로셔일위노승이바로께쳐드러와갈오ᄃᆡ공자를쥭이지말

고날을쥬시면자연쳐치ᄒᆞ리이다모다보니ᄀᆡ골이쳥슈ᄒᆞ여부쳐의풍되닐워시니공이문왈너ᄂᆞᆫ하등지인이완ᄃᆡ깁흔턱즁의돌닙ᄒᆞ여감히ᄉᆞ죄인을달나ᄒᆞᄂᆞ뇨기승이앙연ᄃᆡ쇼왈공의말이가쇄로다강보유ᄋᆡ무삼죄닛시리오셜파의좌우슈의냥아를가로안고두어거름을옴기더니믄득간곳이업ᄂᆞᆫ지라좌위실식ᄒᆞ고위공이역경왈요승이엇지냥아를무단이도젹ᄒᆞ여가리오이ᄂᆞᆫ조가축싱의작희로다ᄒᆞ고블승분노ᄒᆞ더라ᄎᆞ일댱파ᄂᆞᆫ모친병이위즁ᄒᆞ므로본부로갓시ᄆᆡ소져의츌화를망연부지러니이쇼식을듯고ᄃᆡ경차악왈셕쇼져의션심현덕으로엇지여ᄎᆞ누명을싯고츌화를당ᄒᆞ엿ᄂᆞᆫ고져송파슉질의심술이그

12

만ᄒᆞ지아냐장찻ᄂᆡ신상의밋ᄎᆞ리니찰하리이곳의편히닛셔시종을보리라ᄒᆞ더라ᄎᆞ시ᄆᆡ영이쳔시의계교로ᄲᅧ셕쇼져를ᄉᆞ지의밀치고만심환희ᄒᆞ여송파와쳔시를쳥ᄒᆞ여상의왈이졔셕시를깅참의깅참의너허시나이졔풀을버희ᄆᆡ ᄲᅮ리를업시홀거시니션싱은묘계를운동ᄒᆞ여셕시모자를업시ᄒᆞ여나의마음을싀훤케ᄒᆞ쇼셔쳔시이윽히싱각다가왈ᄂᆡ드르니동문밧악쇼년이닛셔회뢰를밧고여ᄎᆞ난쳐지ᄉᆞ를돕ᄂᆞᆫ다ᄒᆞ니낭자ᄂᆞᆫᄎᆞ인으로ᄒᆞ여금즁노의ᄆᆡ복ᄒᆞ엿다가여ᄎᆞ〃〃겁탈ᄒᆞ여쥭여후환을업시ᄒᆞ면조흘가ᄒᆞ나이다ᄆᆡ영이ᄃᆡ희ᄒᆞ여지비ᄉᆞ왈션싱은실노양평의지나도다쳡이무삼복으로션싱을맛나평싱환을픈고이은혜를차싱의다갑지못ᄒᆞ리로다쳔시겸ᄉᆞ왈일이당두ᄒᆞ여시니급히힝ᄒᆞ쇼셔ᄆᆡ영이올희너겨즉시쳔금을ᄂᆡ여악소년을쥬며그ᄉᆞ연을니로니소년이낙종왈이ᄂᆞᆫ아조쉬온일이라만일셩사홀진ᄃᆡ쥬ᄎᆞ를후히쥬쇼셔ᄆᆡ

13

영왈셕시를쥭이면ᄃᆞ시쳔금을ᄉᆞ례ᄒᆞ리라소년이낙종ᄒᆞ여도라가동뉴오십여인을모하ᄎᆞᄉᆞ를니르고금을흣터쥬니졔인이ᄃᆡ희ᄒᆞ여각〃단쇽ᄒᆞ고셕쇼져가는길의ᄆᆡ복ᄒᆞ니라ᄎᆞ시셕쇼졔쳔만몽외의츌화를당ᄒᆞ니ᄌᆞᄀᆡ복쳡을거나려셕부로향ᄒᆞ더니십가자의다〃라홀연함셩이ᄃᆡ진ᄒᆞ며무슈ᄒᆞᆫ협ᄀᆡᆨ이ᄂᆡ다라ᄃᆡ호왈우리조랑의명을바다기다린지오ᄅᆡ더니다ᄒᆞ고교자를아ᄉᆞ나ᄂᆞᆫ

ᄃᆞ시가니유모당션은ᄯᆞ로지못ᄒᆞ고가슴을두다린쁜이오빵난등이지뫼유여ᄒᆞ고여력이과인ᄒᆞᆫ고로교자를붓들고ᄯᆞ라닷더니날이져물ᄆᆡ적되힝ᄒᆞ기를싓치고셔로닐오ᄃᆡ이곳이가장그윽ᄒᆞ니하슈ᄒᆞ리라ᄒᆞ고드ᄃᆡ여일쳑검과삼쳑노흘가져하슈코ᄌᆞᄒᆞ니빵환등이차시를당ᄒᆞᄆᆡ황〃망극ᄒᆞ여다만호텬통곡ᄒᆞ며제적다려왈열위ᄂᆞᆫ호ᄉᆡᆼ지덕을드리워우리냥인을쥭이고아쥬의명을살오쇼셔적이쇼왈여등은우은말〃나우리쳔금을바드믄젼혀여

14

쥬를ᄒᆡᄒᆞ려ᄒᆞ미어늘엇지살니고남의즁보를밧드리오ᄒᆞ고장찻하슈코자ᄒᆞ더니홀연운뮈사ᄉᆡᆨᄒᆞ며비ᄉᆞ쥬셕ᄒᆞᄂᆞᆫ가온ᄃᆡ일위노승이운무즁의셔〃ᄃᆡ호왈여등이감히귀인을ᄒᆡ치못ᄒᆞ리니너희믈너가지아닌즉ᄂᆡ당〃이다쥭이리라ᄒᆞ니제적이상혼낙담ᄒᆞ여바ᄅᆞᆷ으로좃ᄎᆞ흣터지니그노승이ᄂᆞ려와합장왈소져ᄂᆞᆫ놀나지말고빈승을ᄯᆞ라가시면텬륜이단합ᄒᆞ리이다ᄒᆞ고사ᄆᆡ로셔부치를ᄂᆡ여붓치니몸이졀노나라한곳의니르니산슈졀승ᄒᆞᆫ암자라소제정신을찰혀ᄉᆞ례ᄒᆞ니노승이블감ᄉᆞ〃ᄒᆞ고그윽ᄒᆞᆫ별당을소쇄ᄒᆞ여머무르게ᄒᆞ니소제방즁의드러가ᄆᆡ빵ᄋᆡ닛ᄂᆞᆫ지라크게반기고ᄃᆡᄉᆞ의신술을항복ᄒᆞ여빵아구ᄒᆞ믈만〃ᄉᆞ례ᄒᆞ니ᄃᆡᄉᆡ블감당이라닐컷더라셕쇼제블의지변을맛나명ᄌᆡ경ᄀᆡᆨ이러니뜻아닌노승을맛나일명을도ᄉᆡᆼᄒᆞ여암즁의니로니쳔만긔약지아닌빵ᄋᆡ닛거늘의황난측ᄒᆞ여ᄃᆡᄉᆞ의게ᄉᆞ례ᄒᆞ고세〃

15

ᄉᆞ랑ᄒᆞᄆᆡ옥장이촌〃이바아지니누쉐의상을젹셔왈ᄂᆡ상문귀녀로부귀즁ᄉᆡᆼ장ᄒᆞ여일작괴로오믈모로더니년지십삼의진문의드러가ᄆᆡ산은ᄒᆡ덕을닙고소텬의즁ᄃᆡ를바다몸이영귀ᄒᆞ고복녹이극ᄒᆞᄆᆡ평일두려온바ᄂᆞᆫ환이닛실가조심ᄒᆞ더니쳔만의외의ᄎᆞ경을당ᄒᆞ니ᄲᆞᆯ니쥭어모르고ᄌᆞᄒᆞ나고당의냥친이계시고십칠츙년의누명을무릅쓰고힘〃이몸을맛ᄎᆞ미엇지원억지아니리오명을보젼코ᄌᆞᄒᆞ나혈〃ᄒᆞᆫ녀ᄌᆡ산ᄉᆞ의유락ᄒᆞ미장구지칙이아니오ᄇᆡᆨᄋᆡᄯᅩ한종담호구의위티ᄒᆞ미닛셔〃로맛나지못ᄒᆞ리라셜파의실셩유체ᄒᆞ니빵환등

이위로왈이졔안신할곳을어드미극히다힝ᄒᆞ니나종을보아션쳐ᄒᆞ미상칙이니너모번뇌치마로쇼셔이러틋위로ᄒᆞ여밤을지ᄂᆡ고명조의소졔지게를열고원근을첨망ᄒᆞ니시ᄂᆡᄂᆞᆫ잔완ᄒᆞ여쵸당을둘넛고긔화니쵀무셩ᄒᆞ여향취ᄉᆞ롬의게쏘이고쥭님ᄉᆞ이의봉황이츔츄니소졔이를ᄃᆡᄒᆞᄆᆡ더옥감창ᄒᆞᆫ지

16

ᄒᆞᆫ지라머리를두로혀고원바라보니잔도ᄋᆡ각이만니를지음쳐도뢰요원ᄒᆞᆫ지라ᄋᆡ〃이늣겨왈명텬이츈옥으로ᄒᆞ여금다시부모슬하와구고존당의졀ᄒᆞ믈어드리닛가셜파의누쉬여우ᄒᆞ더니ᄎᆡ원이니ᄅᆞ러ᄎᆞ경을보고감읍ᄒᆞ여위로ᄒᆞ니소졔ᄎᆡ원을보ᄆᆡ더옥늣겨왈냥가친당을하직ᄒᆞ고치자를호구의더지고모ᄌᆡ쳔니의난호이니엇지슬푸지아니리오경ᄉᆞ의바라ᄆᆡ봉만이표묘ᄒᆞ고벽텬이망〃ᄒᆞ여어안이슷쳐지니심ᄉᆞ를어ᄃᆡ지향ᄒᆞ리오셜파의읍체쳠금ᄒᆞ니ᄎᆡ운이이감체위로왈길운이도라오면영복이무궁ᄒᆞ리니부인은쳔만관억ᄒᆞ여ᄐᆡ양길일을기다리쇼셔이러틋위로ᄒᆞ여세월을보ᄂᆡ더니광음이훌〃ᄒᆞ여명년삼츈을당ᄒᆞ니봄졔비쥬렴의츔츄고화광츈조ᄂᆞᆫ아참니슬을먹음어시니ᄉᆞ친지회ᄀᆡᆼ가일층이라심ᄉᆡ날노져상ᄒᆞ여병이날듯ᄒᆞ더라ᄎᆞ설소져를뫼셔갓든교뷔도라와악소년이조싱의명으

17

로교ᄌᆞ아ᄉᆞ가믈고ᄒᆞ니좌위막블차악ᄒᆞ고공은더옥ᄯᅮ지〃믈마지아니터라ᄎᆞ시모든악쇼년이ᄆᆡ영을보고셕시를쥭엇노라ᄒᆞ고상급을증식ᄒᆞ니ᄆᆡ영이ᄃᆡ희ᄒᆞ여후상ᄒᆞ니쳔시ᄂᆞᆫ그쥭지아냐시믈짐작ᄒᆞ고아른체아니터라ᄎᆞ시슉난이셕소져츌화ᄒᆞ믈슬허외가의나아가기모을보고슈말을고ᄒᆞ니당ᄑᆡᄃᆡ경왈상공의쳐치엇지경솔ᄒᆞ시뇨쇼졔비록유죄ᄒᆞ나상세도라오시거든상의ᄒᆞ여션쳐ᄒᆞ미올커늘ᄃᆡᄉᆞ를엇지이러틋쇼로이ᄒᆞ리오뉴시ᄂᆞᆫ곳쳔인이니즁궤를소임ᄒᆞ여명부항의두어오릐풍쇽을난ᄒᆞ시ᄂᆞᆫ고이졔도라간즉나의목숨이ᄯᅩ한위ᄐᆡᄒᆞ리니출하리이곳의셔여싱을맛ᄎᆞ려니와셕부인의빙옥방신이엇지보젼ᄒᆞ리오언파의누쉬여우ᄒᆞ더라ᄎᆞ시ᄆᆡ영이셕시를소졔ᄒᆞ고당파모녜

물너가니긔탄ᄒᆞᆯ거시업셔다만ᄇᆡᆨ현공자를ᄒᆡ코자ᄒᆞ나왕부인이일시도슬하를ᄯᅥ나지못ᄒᆞ게ᄒᆞ니능히틈을엇지못ᄒᆞ여송파를다

18

ᄅᆡ여이리〃〃ᄒᆞ라ᄒᆞ니송ᄑᆡ응낙고일〃은공긔고왈뉴시임의명의를밧자와상셔를즁궤를소임ᄒᆞ니맛당이공자를맛겨휵양케ᄒᆞ쇼셔공이올희너겨즉시ᄇᆡᆨ현을뉴시를맛기니뉴시ᄃᆡ희ᄒᆞ여이날붓터ᄇᆡᆨ현을셜희당의두고조셕을일〃이쥬지아니코보ᄎᆡ기를위쥬ᄒᆞ여스사로쥭게ᄒᆞᆯ지어정독ᄒᆞᆫ슈단으로급히도모ᄒᆞ다가타인이의심ᄒᆞᆯ가참고ᄂᆡᆺᄂᆞᆫ지라공ᄌᆡ비록년유ᄒᆞ나츌어범유ᄒᆞ니져뉴시간상을엇지모로리오마ᄂᆞᆫ다만탄식ᄒᆞᆯ쁜이오일호원망ᄒᆞ미업셔타연ᄒᆞ니졍당과제숙은아지못ᄒᆞ더라뉴시거즛구고를효봉ᄒᆞ고졔쇼져를화우ᄒᆞ난쳬ᄒᆞ며고즁지믈을흣터왕진냥가노복을후휼ᄒᆞ니뉴시기리ᄂᆞᆫ소ᄅᆡ원근의훤자ᄒᆞᄆᆡ존당이긔특이너기고좌우시네날노칭찬ᄒᆞ니뉴시양〃자득ᄒᆞ여긔탄이업더라차시왕부ᄐᆡ부인이유병ᄒᆞ니공의부〃와제인이다왕부로가니공ᄌᆡ존당을ᄯᆞ라가고ᄌᆞᄒᆞᄆᆡ송ᄑᆡᄃᆡ즐왈음부의더

19

러온자식이무삼면목으로어ᄃᆡ로가려ᄒᆞᄂᆞ뇨공ᄌᆡ차언을듯고함비부답ᄒᆞ니뉴시그비ᄉᆡᆨ을보고노즐왈숙뫼금옥지언으로너천ᄉᆡᆼ을지교ᄒᆞ시거ᄂᆞᆯ어시감히부답ᄒᆞᄂᆞ뇨인ᄒᆞ여화ᄎᆡ를드러공자를난타ᄒᆞ니송ᄑᆡᄯᅩ한살을허위며치니젹혈이임니ᄒᆞ여일신이셩ᄒᆞᆫ곳이업ᄉᆞ니드듸여ᄭᅳ러난간아ᄅᆡ나리치고드러가니공ᄌᆡ혼졀ᄒᆞ엿다가삼경은ᄒᆞ여겨유졍신을찰혀긔여셔당의나와누으며반ᄉᆡᆼ반ᄉᆞᄒᆞ여벼ᄀᆡ의피어리엿더니명조의뉴시나와ᄭᅮ지져왈언마나마졋노라ᄂᆡ게신셩을폐ᄒᆞ뇨공ᄌᆡ낫가린ᄉᆞᄆᆡ를ᄯᅥ희ᄆᆡ피엉긔여시니겨유답왈굿ᄐᆡ여상쳐를유셰ᄒᆞ미아니라ᄌᆞ연졍신이아득ᄒᆞ여이지못ᄒᆞ미니셔모ᄂᆞᆫ죄를용셔ᄒᆞ쇼셔뉴시ᄃᆡᄆᆡ왈네엇지날을셔모라ᄒᆞᄂᆞ뇨여모ᄂᆞᆫ당하쳔쳡이오나ᄂᆞᆫ상원부인이어ᄂᆞᆯ참남이젹셔를칭ᄒᆞᄂᆞ뇨공ᄌᆡ묵연부답이더니ᄎᆞ후일삭이되도록음식을쥬지아니〃공ᄌᆡ쥬리믈견ᄃᆡ지못ᄒᆞ여쥬야부모를블너엄읍

20

ᄒᆞ니모든비복이비록뉴시의당이나젼일셕쇼져의셩덕을닙은ᄇᆡ오공자의경상을보ᄆᆡ차악ᄒᆞ여뉴시모르게음식을공궤ᄒᆞ더라이러구로일슌이지ᄂᆞᆫ후부인과졔인이도라오니공ᄌᆡ겨유몸을니러맛거ᄂᆞᆯ졔인이그얼골의혈흔이낫시믈놀나고공이ᄯᅩ경문왈하고로져러틋즁상ᄒᆞ뇨공ᄌᆡ유〃ᄒᆞ여슈히답지못ᄒᆞ니송퓌혜오ᄃᆡ졔황구소ᄋᆡ니듯ᄂᆞᆫᄃᆡᄒᆞᄃᆡ관겨ᄒᆞ리오ᄒᆞ여졍ᄉᆡᆨ왈소ᄋᆡ졍당이ᄇᆡᆫᄊᆡ를타뉴시를가라구박ᄒᆞ니뉴시닐오ᄃᆡ존당이오시거든하직고가리라ᄒᆞ니공ᄌᆡ믄득분ᄆᆡ왈너쳔인으로말ᄆᆡ암아모친이츌화ᄒᆞ시니엇지통히치아니리오ᄒᆞ고스사로누의ᄯᅥ러져이경상이되니이다좌위문파의경악ᄒᆞ고공자ᄂᆞᆫ다만누쉬만면이니공이송파다려뉴시를부ᄅᆞ라ᄒᆞ니퓌설화당의니ᄅᆞ러ᄎᆞᄉᆞ를니르고장찻엇지ᄒᆞ리오ᄒᆞ니뉴시경히ᄃᆡ왈ᄃᆡᄉᆞ를경영ᄒᆞᄆᆡ엇지져근알푸믈ᄉᆡᆼ각ᄒᆞ리오칼노졔팔을지르니유혈이돌〃ᄒᆞᄂᆞᆫ지라깁을ᄶᅵ져약을쓰ᄆᆡ고만안슈ᄉᆡᆨ으로졍

21

당의니ᄅᆞ러청죄왈소쳡이존가를맛지못ᄒᆞ오니죄당만ᄉᆞ로소이다공이승당ᄒᆞ믈명ᄒᆞ고단시로ᄒᆞ여금그팔을ᄲᅢ혀보니과연즁상ᄒᆞᆫ지라좌위블승ᄎᆞ악ᄒᆞ고공이ᄃᆡ로ᄒᆞ여공자를ᄃᆡ칙ᄒᆞ고뉴시를위로ᄒᆞ여약을힘쓰라ᄒᆞ니뉴시암희ᄒᆞ고공자ᄂᆞᆫ왕부모긔슈칙ᄒᆞ고셔당의나와탄식ᄒᆞ믈마지아니터라각셜ᄃᆡ원슈진슉문이황지를밧자와십만ᄃᆡ군과쳔원명장을거나려븍으로흉노를칠ᄉᆡ진원슈ᄂᆞᆫ범인이아니라연함호두의원비일요니흉즁의안방졍국지ᄌᆡ와졔셰안민지술을겸ᄒᆞ고여력이과인ᄒᆞ고ᄇᆡᆨ보쳔양ᄒᆞᄂᆞᆫᄌᆡ조를겸ᄒᆞᆫ지라한번도적을ᄃᆡᄒᆞᄆᆡ젼필승공필취ᄒᆞ여소향무젹이니군위ᄂᆞᆫ쥬아부의여풍이오진법은졔갈무후를묘시ᄒᆞ니ᄎᆞ고로흉뇌능히ᄃᆡ젹지못ᄒᆞ여망풍귀항ᄒᆞ여소거ᄇᆡᆨ마로ᄉᆞ죄ᄒᆞ니원쉬셕달을머무러ᄇᆡᆨ셩을무휼ᄒᆞ고녜의를권장ᄒᆞ니원ᄂᆡ북방인심이강악ᄒᆞ여ᄇᆡᆨ셩이취당ᄒᆞ여도적

22

이되어셔로침학ᄒᆞ더니원쉬한번교화를펴ᄆᆡ도적이다양민이되여남녜길을
ᄉᆞ양ᄒᆞ고야블폐문ᄒᆞ고도블습유ᄒᆞ니의〃이요슌지민이되여원슈의인의혜
ᄐᆡᆨ을칭송ᄒᆞ더라원쉬ᄇᆡᆨ셩을안무ᄒᆞᆫ후쳡셔를올니고졀월을두루혀니열국이
ᄃᆞ시황셩을엿볼지업더라원쉬회군ᄒᆞᄆᆡ북방인민이ᄉᆞᆷ십니밧게나와셜연젼
ᄉᆞᆼᄒᆞᆯᄉᆡ드리ᄂᆞᆫ보ᄑᆡ와금옥ᄎᆡ단이블가승슈라원쉬일물을밧지아니코삼군을
휘동ᄒᆞ니ᄇᆡᆨ셩이부로휴유ᄒᆞ여길을막고니별을앗기니젹지ᄌᆞ모를ᄯᅥ남갓흐
니원쉬면〃교유ᄒᆞ여니별ᄒᆞ고슈일을ᄒᆡᆼᄒᆞ여동셜관의니ᄅᆞ러믄득표ᄆᆡ보ᄒᆞ
ᄃᆡ황ᄉᆡ조셔와금은필ᄇᆡᆨ을가져영산관즁의니ᄅᆞᆺ나이다ᄒᆞ거ᄂᆞᆯ원쉬이의영
상의결진ᄒᆞ고원슈관즁의드러가향안을비셜ᄒᆞ여븍향ᄉᆞ비ᄒᆞ고조셔를밧자
와본죽부친을위공을봉ᄒᆞ시고황봉어쥬와금ᄇᆡᆨ을보ᄂᆡᄂᆞ니군졸을호궤ᄒᆞ고
슈히반ᄉᆞᄒᆞ여짐의바라믈업게ᄒᆞ라ᄒᆞ엿더라원쉬황

23

ᄉᆞ와셔로볼ᄉᆡ뜻밧긔셕상셔를맛나ᄆᆡ반가오믈니긔지못ᄒᆞ여급히ᄇᆡ례ᄒᆞ고
기간존후를뭇자오며가즁평부를뭇ᄌᆞ오니셕상셰집슈무ᄋᆡ왈현셰한번츌졍
ᄒᆞᄆᆡ븍적을평졍ᄒᆞ여일홈이죽ᄇᆡᆨ의드리오니이ᄂᆞᆫᄃᆡ장부의쾌ᄉᆡ라노뷔현셔
를위ᄒᆞ여하례ᄒᆞ믈결을치못ᄒᆞ며합ᄂᆡᄂᆞᆫ아직무양ᄒᆞ니염여ᄒᆞᆯᄇᆡ아니〃라ᄒᆞ
고젼진승ᄑᆡ를무러셜홰탐〃ᄒᆞ더니관상의셔셜연ᄒᆞ여황ᄉᆞ와원슈를관ᄃᆡᄒᆞᆯ
ᄉᆡ종일진취ᄒᆞ고어ᄉᆞᄒᆞ신금ᄇᆡᆨ을흣터삼군을호궤ᄒᆞ니장졸이질기믈마지아
냐왈우리원슈의ᄌᆡ략으로츌졍ᄉᆞᆷᄉᆞ삭의일군일마를상ᄒᆡ오지아니코강포ᄒᆞᆫ
흉노를항복밧다도라오니이ᄂᆞᆫ쳔고의희ᄉᆡ라ᄒᆞ고용약환희ᄒᆞ여종일진취ᄒᆞ
고이날관상의결진ᄒᆞ여동셜관의머무더니ᄎᆞ야의월ᄇᆡᆨ풍청하여경ᄀᆡ가려ᄒᆞᆫ
지라이의쥬ᄇᆡ를나와통음ᄒᆞᆯᄉᆡ삼경은ᄒᆞ여먼니셔종경쇼ᄅᆡ은〃이들이니원
쉬좌우다려문왈이근쳐의승방이닛ᄂᆞ냐ᄃᆡ왈이관뒤ᄒᆡ강션암이

24

잇셔경ᄀᆡ졀승ᄒᆞ기로명승지〃라ᄒᆞ나이다원쉬왈ᄂᆡ이곳의와시니한번유람

ᄒᆞ여승ᄉᆞ를젼ᄒᆞ리라ᄒᆞ고명조의조반을파ᄒᆞ고원쉬셕상셔로더부러두어군졸을다리고완보ᄒᆞ여강션암의갈ᄉᆡ산뇌험준ᄒᆞ여겨유한사ᄅᆞᆷ이힝홀만ᄒᆞ고층암졀벽과창송취죽은울〃창〃ᄒᆞ여좌우로둘너닛고긔화니ᄎᆈ난만이픠엿ᄂᆞᆫᄃᆡ진금니쉬곳〃이왕ᄂᆡᄒᆞ니진실노별유텬지라졈〃드러가니종셩이힝ᄀᆡᆨ을인도ᄒᆞᄂᆞᆫ지라산문의니르니노승이빈례ᄒᆞ여맛거ᄂᆞᆯ원쉬왈유산ᄀᆡᆨ이구경코자왓노라노승이ᄎᆞ를ᄃᆡ졉ᄒᆞᆫ후뒤동산의다〃라보니셕문을긴〃이봉ᄒᆞ엿거ᄂᆞᆯ원쉬문왈이곳은무어슬위ᄒᆞ엿ᄂᆞ뇨노승왈빈승도아지못ᄒᆞ거니와스승의젼ᄒᆞᆫ말을드르니귀ᄆᆡ작난ᄒᆞ기로가도아두엇노라ᄒᆞ기로감히여지못하나이다원쉬소왈진셰의무삼귀ᄆᆡ닛시리오ᄒᆞ고나아가자셔이보니젼ᄌᆞ로뼈시ᄃᆡ〃명원슈진숙문이ᄀᆡ탁이라ᄒᆞ엿거ᄂᆞᆯ원쉬ᄎᆞ경ᄎᆞ희ᄒᆞ여급히졔승으로ᄒᆞ여금문을ᄭᆡ치라ᄒᆞ니노승왈

25

존ᄀᆡᆨ은망녕도이구지말나이곳을어이열니오원쉬쇼왈존ᄉᆞᄂᆞᆫ져긔쓴거슬보지못ᄒᆞᄂᆞᆫ다나ᄂᆞᆫ곳ᄃᆡ원슈진숙문이로라ᄒᆞ고인ᄒᆞ여ᄭᆡ치니그쇽의옥함이닛ᄂᆞᆫ지라즁인으로메여나오니그쇽의한자로칼이닛고글한귀닛거ᄂᆞᆯ모다보니환가의필유슈ᄒᆞ니ᄎᆞ검이능졔요라이글뜻은집의도라가ᄆᆡ반ᄃᆞ시근심이닛시니이칼노능히요괴를졔어ᄒᆞ리라ᄒᆞ엿더라원쉬의괴ᄒᆞ여그칼을보니장이삼쳑이오셔긔두우를ᄢᅦ치고등의은〃이참ᄉᆞ검이라ᄒᆞ엿거ᄂᆞᆯ마음의신긔ᄒᆞ여칼을가지고방장의도라와조반을파ᄒᆞ고인ᄒᆞ여졔승을작별ᄒᆞ고도라와삼군을휘동ᄒᆞ여호〃탕〃이경ᄉᆞ의다〃ᄅᆞ니텬ᄌᆡ만조를거나려문외의마질ᄉᆡ군신의반가오믈이로긔록지못ᄒᆞᆯ너라텬ᄌᆡ원슈의구치ᄒᆞ믈위로ᄒᆞ시고친히어쥬를부어쥬ᄉᆞ왈경이년쇼약질노븍젹을항복바다군명을욕지아니ᄒᆞ여시니경은짐의괴굉이로다ᄒᆞ시고졔장의공뇌치부를보시고삼군을호상ᄒᆞ고인ᄒᆞ여원슈로북평후좌승상동평장ᄉᆞ를ᄒᆞ이시고기여졔장은

26

ᄎᆞ〃봉작ᄒᆞ시니원쉬구지ᄉᆞ양왈신이년쇼부ᄌᆡ로외람ᄒᆞᆫ작위부당ᄒᆞ오니환

슈ᄒᆞ와신의마음을편케ᄒᆞ쇼셔상이그고집을아시므로북평후관작은환슈ᄒᆞ고좌승상동평장ᄉᆞ를ᄒᆞ이시니원쉬감히ᄉᆞ양치못ᄒᆞ여ᄉᆞ은ᄒᆞ온디상이〃의환궁ᄒᆞ시고원슈로하여금장졸을다노흐라ᄒᆞ시니원쉬하령ᄒᆞ여장졸을각귀기가ᄒᆞ라ᄒᆞ니삼군이일시의허여지거놀원쉬텬ᄌᆞ를뫼셔환궁ᄒᆞ신후궐문을나ᄉᆞ마빵곡을모라부즁의도라와바로닉당의드러가니부인이마자닉다라원슈의숀을잡아어린듯ᄒᆞ니원쉬승당ᄒᆞ여셩체안강ᄒᆞ시믈뭇잡고한셜을밋쳐파치못ᄒᆞ여진공이드러와아자를다리고ᄉᆞ묘의빅알ᄒᆞ고도로닉당의드러와모부인을뫼셔별회를펼식눈을드러좌우를살피니송파와뉴시등은다닛시디당파모녀와셕시업는지라의괴ᄒᆞ여좌우다려뭇고ᄌᆞᄒᆞ더니믄득아자빅현이슬하의졀ᄒᆞ거놀밧비집슈ᄒᆞ고반기는ᄉᆞ식이안모의넘지나의형이환탈ᄒᆞ고기뷔소삭ᄒᆞ여한낫촉긔되엿시니심하의경아ᄒᆞ

27

나뭇지아니터니외당의하긱이모희니즉시나와즁빈으로더부러종일달난ᄒᆞ고셕양의파ᄒᆞ미부공을뫼셔닉당의드러와한가지로셕식을파ᄒᆞ고야심토록뫼셔젼진구치와도로풍경을옴겨담쇠자약ᄒᆞ더니승상이부젼의ᄉᆞ려고왈소직집의도라오미댱셔모와슉혜는어디갓ᄉᆞ오며셕시는엇지업ᄂᆞ니닛가위공이우연탄왈댱파모녀는친가의가셔아직도라오지아냣거니와세간의칭양치못홀거슨인심이라셕시의현심덕힝이츌어범유ᄒᆞ기로가즁상히다셩녀슉완이라ᄒᆞ고우리부뷔티산갓치밋더니도로혀여ᄎᆞ음비지식닛실쥴아라스리오ᄒᆞ고인ᄒᆞ여셔ᄉᆞ왕복ᄒᆞ던일을셰셰이말ᄒᆞ여왈셕시의일은귀신의희롱이아니면엇지이갓흐리오이는나의친견이오츌거시즁노의셔도젹이나와셕시를다려가며조싱의지휘혼비라ᄒᆞ니셩디지치의여ᄎᆞ픽옥지식닛시리오진실노ᄉᆞ인디참이로다원쉬청필의블승히연ᄒᆞ여묵〃반향의ᄃᆞ시고왈소직블쵸무상ᄒᆞ와

28

어가지도의여ᄎᆞ픽악지ᄉᆞ를아지못ᄒᆞ오니죄당만ᄉᆞ로쇼이다공이위로왈부

졀업시심여ᄒᆞ여마음을상ᄒᆡ오지말나ᄂᆡ임의뉴시를존ᄒᆞ여상원부인을삼앗ᄂᆞ니너ᄂᆞᆫ공경네ᄃᆡᄒᆞ라승상이유〃이퇴ᄒᆞ여몽쇼헌의나와ᄇᆡᆨ현으로동침ᄒᆞᆯᄉᆡᄂᆡ심의혜오ᄃᆡ부친의명감으로엿보실니업고셕시의셩덕으로이렬니ᄂᆞᆫ만무ᄒᆞᆫ지라좌ᄉᆞ우상ᄒᆞ여의려만단이오ᄯᅩ아자의신ᄉᆡᆨ이쵸췌ᄒᆞ믈ᄋᆡ련ᄒᆞ여죵야블ᄆᆡᄒᆞ고ᄋᆡᆨ일평명의닙조ᄉᆞ은후슈레를도로혀댱부의니르러외당의안고시녀로ᄒᆞ여금ᄂᆡ당의왓시믈통ᄒᆞ라ᄒᆞ니ᄎᆞ시댱파모녜친가의닛셔셕시의봉변ᄒᆞᆫ말을듯고블승경악ᄒᆞ여눈물노셰월을보ᄂᆡ며도라갈ᄯᅳᆺ이업더니믄득시녜승상의오시믈고ᄒᆞ니댱픠크게반겨창황이즁당의마자셔로볼ᄉᆡ승상의드러오믈보니긔위슉엄ᄒᆞ여젼ᄌᆞ의비승이라댱픠희블ᄌᆞ승ᄒᆞ여밧비ᄉᆞᄆᆡ를잡고진〃이늣겨누쉬여우ᄒᆞ니희라셔모된지젹ᄌᆞ의게다정ᄒᆞ미이갓흐믄댱파일인

29

이러라승상이한훤을파ᄒᆞ고칭ᄉᆞ왈작일궐하로셔바로부즁의도라와정당의이회를고ᄒᆞ노라셔모를오날이야뵈오니도로혀죄만황괴ᄒᆞ이다댱픠비로쇼ᄉᆞ왈원노험지의무ᄉᆞ왕환ᄒᆞ시고승젼환조ᄒᆞ샤일신이영귀ᄒᆞ시니즐거오믈니긔지못ᄒᆞ거ᄂᆞᆯ이졔귀체를굴ᄒᆞ여노신을차ᄌᆞ시니감은황공ᄒᆞ믈니긔지못ᄒᆞ리로쇼이다승상이블감ᄉᆞ〃ᄒᆞ고조용히셜화ᄒᆞ더니좌위고요ᄒᆞᄆᆡ댱픠눈물을흘녀왈상공이부인의원억ᄒᆞ믈아ᄅᆞ시나닛가승상이믄득쳑연ᄃᆡ왈죄명이명ᄇᆡᆨᄒᆞ니엇지원민ᄐᆞᆨᄒᆞ리닛ᄀᆞ마ᄂᆞᆫ다만측은ᄒᆞᆫ바ᄂᆞᆫ낭ᄋᆡ어미죄로ᄉᆞ싱을미가분이니심히잔잉터이다픠경아ᄃᆡ왈상공이엇지셕부인을죄인이라칭ᄒᆞ시나닛가부〃ᄂᆞᆫ일〃지간의도피ᄎᆞ지심ᄒᆞᆫ다ᄒᆞ엿거ᄂᆞᆯ상공의일월명감으로엇지ᄭᆡ닷지못ᄒᆞ시나닛고승상이비로쇼아라듯고묵〃무연이러니이윽고슉혜나와ᄇᆡ례ᄒᆞ니요조ᄒᆞᆫᄐᆡ되더옥아름다온지라승상이반겨옥슈를잡고왈너의당셩ᄒᆞ미젼자로ᄇᆡ

30

승ᄒᆞ니나의이별이오ᄅᆡ믈ᄭᆡ다를지라아름다온긔질이〃갓흐니나의마음이

엇지깃부지아니리오인ᄒᆞ여그ᄉᆞ이무ᄉᆞᄒᆞ믈무러조금도젹셔명분이업ᄉᆞ니댱파모녀의감은ᄒᆞ미비ᄒᆞᆯ듸업더라쥬찬을셩비ᄒᆞ여극진관ᄃᆡᄒᆞ니승상이ᄯᅩ한그다졍ᄒᆞ믈감ᄉᆞᄒᆞ여쥬비를거후르고한담ᄒᆞ다가날이느지ᄆᆡ하직ᄒᆞ고도라올식댱파다려슈히도라오믈간쳥ᄒᆞ니ᄑᆡ응낙고즉시거교를찰혀모녜한가지로도라오니일ᄀᆡ반기고왕부인이더듸오믈ᄎᆡᆨᄒᆞ더라ᄎᆞ시승상이그부인의옥결빙심으로져간인의함ᄒᆡ를닙어쳔고의업ᄉᆞᆫ누명을쓰고쳔금일신이아모곳의표령ᄒᆞ믈아지못ᄒᆞ고ᄃᆞ시빵아의거쳐를모로ᄆᆡ심즁의자못창연ᄋᆡ셕ᄒᆞ더니일〃은믄득산보ᄒᆞ여발자최ᄌᆞ연셜난각의니르니차시하말츄쵸라옥계의창송은근심을씌엿고지당의연화ᄂᆞᆫ슬푸믈먹음은듯졍반의잡최자옥ᄒᆞ고당상의틧글이가득ᄒᆞ니비록장부의쳘셕심장이나쳐창치아니리오스ᄉᆞ로옛글을ᄉᆡᆼ각고차탄왈산호장니의홍

31

진만이라ᄒᆞᄂᆞᆫ말이족히이의비ᄒᆞᆯ지라다만물형은의구ᄒᆞᄃᆡ옥인의ᄌᆞ최묘연ᄒᆞ니심ᄉᆡ자못쳐감ᄒᆞᆫ지라스사로난간을베고광슈로낫츨덥고셕ᄉᆞ를ᄉᆡᆼ각ᄒᆞᄆᆡ소져의난지혜질이가히한조가의지풍이쥬실삼모의덕을겸ᄒᆞ여ᄆᆞᆰ은뜻은댱강반비로흡ᄉᆞᄒᆞ고열〃ᄒᆞᆫ지ᄀᆡᄂᆞᆫᄇᆡᆨ희로병구ᄒᆞᆯ지라야애니ᄅᆞ시기를조ᄉᆡᆼ으로더부러셜화ᄒᆞ믈친견ᄒᆞ엿노라ᄒᆞ시니부친명감으로뼈그릇보실니ᄂᆞᆫ만무ᄒᆞ고ᄯᅩ셕시의ᄒᆡᆼᄉᆞ를츄이컨ᄃᆡ소양불모ᄒᆞᆫ지라츈향의쵸ᄉᆡ분명ᄒᆞᄒᆞ며악쇼년이셕시를아ᄉᆞ가다ᄒᆞ니의심이업지아냐좌ᄉᆞ우상ᄒᆞᆯᄉᆞ이의제ᄉᆡᆼ이다모다한화ᄒᆞᆯ식승상이ᄃᆞ시셕시의봉화ᄒᆞ던곡졀을무르니제ᄉᆡᆼ이〃의기시종두지미를셜파ᄒᆞ니승상이반신반의ᄒᆞ고ᄯᅩ한〃심ᄒᆞ여ᄃᆞ시말을아니터라이윽고제ᄉᆡᆼ과한가지ᄂᆡ당의드러가니뉴시우음을씌원비복식을갓쵸고제슈로더부러엇ᄀᆡ를갈와셧시니승상이블승통한ᄒᆞ더라ᄎᆞ간하문ᄒᆞ라

셰을묘이월일향목동셔

권지오

1

슈져옥난빙 권지오
화셜승상이졔싱의말을들으믹반신반의ᄒᆞ여다시말을아니코닉당의드러가니뉴시원비복식을갓쵸와졔슈로엇기를갓왓거놀승상이블승통한ᄒᆞ나야애임의쳐단ᄒᆞ신비라홀일업셔조용시좌러니공이믄득닐오딕뉴시비록명회나지나힝식아름답고정심이청고ᄒᆞᆫ지라이러므로상원위를쥬엇ᄂᆞ니젼쳐럼멸딕치말나승상이돈슈딕왈명괴지극맛당ᄒᆞ시나히아의엿튼쇼견의야애셕시를비록츌거ᄒᆞ시나뉴시ᄂᆞᆫ시첩이라시쇽풍쇽은혹시쳡으로승쳐ᄒᆞᄂᆞᆫ일이〃시나소자ᄂᆞᆫ참아뉴시로뼈원비를삼아가묘를난치못ᄒᆞ오리니복원야〃ᄂᆞᆫ명찰지ᄒᆞ쇼셔공이미급답의즁셰쇼왈뉴슈ᄂᆞᆫ직용이희한ᄒᆞᆫ지라쳔양의훼방ᄒᆞ미녀모과도ᄒᆞ니그쥬의를아지못ᄒᆞ니로다승상이묵연닝쇼러니시동이보왈셕상셔노애오시니이다승상이혜오딕반ᄃᆞ시그녀아를보려ᄒᆞ미니닉무삼말노답ᄒᆞ리오

2

드듸여칭탁ᄒᆞ고아니보려ᄒᆞ거놀공왈무삼일노아니보리오ᄒᆞ고승상을다리고외헌의나와셕공을마자네필의셕공이좌를정치아니코만면노식으로왈다른말은날회고녀아보믈청ᄒᆞ노라진공이져의긔식이블호ᄒᆞ믈보고슈히답지못ᄒᆞ여유〃ᄒᆞ더니셕공이ᄃᆞ시녀아보믈직쵹ᄒᆞ니진공이비로쇼답왈녕녀의죄악이여ᄎᆞ〃〃ᄒᆞ여츈향의쵸식명빅ᄒᆞ고복이쏘한그음힝을목도ᄒᆞ여시무로잠간회과코ᄌᆞ본부로보닉엿더니여ᄎᆞ〃〃ᄒᆞ여그거쳐를모로니형은쵸ᄉᆞ를보라ᄒᆞ고이의즁셔로ᄒᆞ여금츈향의쵸ᄉᆞ를닉여셕공압히노흐니공이빼져바리고노목을써고셩왈닉비록용열ᄒᆞ나자못네의를아나니쳐음의ᄌᆞ식을타인의게허ᄒᆞ고후의〃지업다ᄒᆞ여다른사름을맛기리오원닉조싱자ᄂᆞᆫ엇던츅

싱인지모로ᄃᆡ군ᄌᆡ엇지요언을신청ᄒᆞ여며나리를ᄂᆡ쳐거쳐를모로리오소뎨다른ᄌᆞ녜업고다만녀아쁜이ᄆᆡ만ᄂᆡ의〃탁고ᄌᆞᄒᆞ미오녀ᄋᆡ비록유츙ᄒᆞ나남의십자를블워

3

아니리니비록음난ᄒᆞ다니ᄅᆞ나부모야그빙심옥졀을모로리오존텩의셔ᄂᆞᆫ바리나소뎨ᄂᆞᆫᄎᆞ자다려가려ᄒᆞᄂᆞ니녀아를ᄎᆞ자쥬쇼셔설파의분긔돌관ᄒᆞ여난간을두다리고ᄌᆡ촉ᄒᆞ니진공이십분민망ᄒᆞ여능히일언을답지못ᄒᆞ니승상이ᄎᆞ경을보고졍ᄉᆡᆨ왈녕녀의죄범이등한치아니ᄒᆞᄃᆡ특별이관젼으로존텩의보ᄂᆡ여회과코자ᄒᆞ미어ᄂᆞᆯ도즁쇼년의겁탈ᄒᆞᄂᆞᆫᄋᆡᆨ을맛나지금거쳐를모로니원ᄂᆡ〃집허믈이아니라녕녀의블힝ᄒᆞ미어ᄂᆞᆯ합희엇지ᄉᆞ졍을거리쪄이러틋화긔를상ᄒᆡ오시니쇼싱이그윽히블쉬ᄒᆞᄂᆞ이다셕공이블승통ᄒᆡᄒᆞ여다시말을아니코ᄉᆞᄆᆡ를떨쳐도라가니진공부ᄌᆡ참언무ᄉᆡᆨ이러라ᄎᆞ일승상이아ᄌᆞᄇᆡᆨ현을닛글고셜난각의니ᄅᆞ러상〃의언와ᄒᆞ여ᄉᆞᄆᆡ로낫출덥고세〃이ᄉᆡᆼ각ᄒᆞ니셕공의노ᄒᆞ미그ᄅᆞ지아닌지라이졔셕시를비록음부로지목ᄒᆞ니평일ᄒᆡᆼᄉᆞ를츄이컨ᄃᆡ관져규목지덕이완젼ᄒᆞ고고결쳥심ᄇᆡᆨ희를비쇼ᄒᆞ리니과연ᄋᆡ셕

4

ᄒᆞ도다나의긔린갓흔빵아의ᄉᆞᄉᆡᆼ이엇지된고홀연ᄭᆡ쳐번연이〃러안ᄌᆞ탄왈셕시의ᄋᆡᄆᆡᄒᆞ미올토다ᄂᆡ북번의올ᄯᆡ의비셔를보니환가ᄒᆞᄆᆡ슬푸미자별ᄒᆞ리라말이부인을실산ᄒᆞ단말이로다그러나차검으로요괴를졔어ᄒᆞ리란말이반ᄃᆞ시부ᄂᆡ의요인이닛셔셕시를모함ᄒᆞ미라모든악쇼년은부촉ᄒᆞ여겁탈ᄒᆞ미간인의꾀니여ᄎᆞ즉셕시죽어시리니가셕다비록져를쥭이미아니나진실노유아이ᄉᆡ라무삼면목으로셕시모자를보리오더욱뉴녜가ᄉᆞ를총단ᄒᆞ니ᄂᆡ송홍의죄인이라이ᄂᆞᆫ다나의죄로다누를한ᄒᆞ리오설파의누쉬광슈를젹시니ᄇᆡᆨ현이야〃의여ᄎᆞ상도ᄒᆞ시믈보고비록유아의마음이나텬윤이엇지범연ᄒᆞ리오ᄯᅩ한울며왈자뫼나가실ᄯᆡ의속히오마ᄒᆞ시더니반ᄃᆞ시오ᄅᆡ지아냐도라올실지라야〃ᄂᆞᆫ과도이슬허마르쇼셔승상이ᄎᆞ언을드ᄅᆞᄆᆡ더옥비쳑ᄒᆞ여누슈

를금치못ᄒᆞ나아자의어리로은말을듯고마음이ᄋᆡ련ᄒᆞ여비회를잠간거두고 등을어로만져ᄉᆞ랑이간〃쳬〃ᄒᆞ더라이러

5

틋심회촌단ᄒᆞ니댱픠숫쳐알고슬허ᄒᆞ믈마지아니터라ᄎᆞ시뉴시승상의자긔 의심ᄒᆞ믈듯고쳔녀의약으로뼈진공긔다시나오니공이ᄉᆡ로이뉴시를ᄉᆞ랑ᄒᆞ 여그박명을가련이너겨일〃은승상을칙왈우리밋ᄂᆞᆫᄇᆡ너쁜이라엇지무죄ᄒᆞᆫ 현쳐를하상지원을씨치ᄂᆞ뇨금일노붓터뉴시침소의머믈ᄃᆡ일망은ᄂᆡ당의닛 고일망은외헌의머믈나ᄒᆞ니승상이소회를고코ᄌᆞᄒᆞ나공의긔ᄉᆡᆨ이십분엄숙 ᄒᆞᆫ지라일언을블ᄀᆡᄒᆞ고유〃이퇴ᄒᆞ여기리탄왈나의신세엇지이러틋긔괴ᄒᆞ 뇨드ᄃᆡ여침구를셜난각으로옴기라ᄒᆞ고댱파를도라보아왈슉문이져곳의니 ᄅᆞᄆᆡᄇᆡᆨᄋᆡ위ᄐᆡᄒᆞ리니쳥컨ᄃᆡ셔모ᄂᆞᆫ아희를보호ᄒᆞ시면ᄌᆞ의후ᄉᆞ와조션향화 를니를가ᄒᆞᄂᆞ이다댱픠ᄃᆡ왈쳡이비록블민ᄒᆞ나엇지종ᄉᆞ의즁ᄒᆞ믈아지못하 리닛고삼가명을좃ᄎᆞ리이다승상이우왈셔모ᄂᆞᆫ셕시의고휼지자를ᄉᆡᆼ각ᄒᆞ여 조심ᄒᆞ쇼셔댱픠순순응낙왈상공은ᄃᆞ시부탁지마로쇼셔졍셩을다ᄒᆞ리이다 승상이ᄇᆡᆨ현을어로만져

6

왈너ᄂᆞᆫ금일노붓터쟝조모와갓치닛시라공ᄌᆡᆨᄇᆡ이슈명이러라ᄎᆞ일혼졍후승 상이외당의셔졔ᄉᆡᆼ으로문답ᄒᆞ더니졍당시비공의말숨을젼ᄒᆞᄃᆡ야심ᄒᆞ여시 니셜희당으로가라ᄒᆞ거ᄂᆞᆯ승상이부명을드ᄅᆞᄆᆡ눈셥을찡긔고게얼니니러셜 희당의니르니ᄎᆞ시뉴시단장을치레ᄒᆞ고승상의드러오믈괴로이기다리더니 숨경은ᄒᆞ여승상이ᄀᆡ호닙실ᄒᆞᄆᆡ희뢰교집ᄒᆞ여니러마지니승상이비위상ᄒᆞ 나부명을거역지못ᄒᆞ여부득이ᄂᆡ침ᄒᆞ나일언을블ᄀᆡᄒᆞ고웃옷슬닙은ᄎᆡ침금 의누어죵야를블ᄆᆡᄒᆞ고돌탄블니러니동방이기ᄇᆡᆨᄒᆞᄆᆡ니러소셰ᄒᆞ고졍당으 로갈ᄉᆡ댱파를맛ᄂᆞ니댱픠소왈상공이금일신방ᄌᆞ미엇더ᄒᆞ시뇨승상이츄연 왈셔모ᄂᆞᆫ부졀업슨말마로쇼셔진실노셩병키쉬오니이다댱픠위로ᄒᆞ더라ᄎᆞ 일뉴시승상이쳔만의외의ᄂᆡ침ᄒᆞᄆᆡ심니의양〃ᄌᆞ득ᄒᆞ더니승상이죵야토록

도라보지아니〃가삼의일천진납비쒸노라분긔쳘텬ᄒ더니승상이나가믈보고단장을후리치고기리늣겨왈니

7

심역을허비ᄒ여진부의닙속ᄒ믄승상의은ᄋ를바라더니이러틋ᄆ몰ᄒ니장찻엇지ᄒ리오ᄒ고몸을부딋더니송픿위로왈소블인즉난ᄃ모라ᄒ니소져는아직참고나종을보쇼셔ᄒ더니빅현이드러와신셩ᄒᄆ뉴시분심이깅가일층이라크게ᄭ지져왈네셔녀의요종이로쇼니너를업시ᄒ여야아심이쾌ᄒ리라송픿급히말녀왈소져는식노ᄒ라엇지일이급ᄒ시뇨뉴시왈ᄂ져요물을보면자연마음이변ᄒ니엇지참으리오ᄒ더라ᄎ시공직뉴시의슈욕을당ᄒᄆ흉격이막혀몽쇼헌의나와싱각ᄒ티금일슈욕은쳔고의업ᄉ리로다찰하리자문ᄒ여티〃의그림자를좃고ᄌᄒ나야〃를뫼셔위로흘동긔업고쳔힝으로ᄌ모와냥뎨를ᄃ시맛날가바라고쵸로잔쳔을부지ᄒ나엇지붓그럽지아니리오ᄒ고진〃이늣겨누쉬여우ᄒ니진실노잔잉참졀ᄒ지라승상이젼도이나아가아ᄌ의손을잡고눈물을흘녀왈니아히싱셰오세의어미를닐코이러틋상회ᄒ여아비의심회를돕ᄂ뇨공직야〃를보ᄆ

8

놀난눈물을거두고자약히니러마ᄌ야〃의빵슈를밧드러유〃부답ᄒ니승상이더옥ᄋ련ᄒ여왈니비록쥬류텬하ᄒ나여모를부ᄃᄎ지리라ᄒ더라션시의셕상세진공으로더부러일장을휠난ᄒ고분〃이도라가스ᄉ로싱각ᄒᄃ나의쳔금일녀로진문의속현ᄒ니나의후시빗나고져의일싱이쾌흘가ᄒ엿더니쳔만의외의츌뷔되여종젹을아지못ᄒ니엇지분ᄀ치아니리오ᄒ고난간을두다려일장을통곡ᄒ더니부인이통셩을듯고급히나아가문기고흔ᄃ상셰기리늣겨왈우리일녀를두ᄆ남의십자를블워아냐후ᄉ를의탁고ᄌᄒ엿더니쳔만의외의쳔고누명을싯고이졔종젹이묘연ᄒ니어ᄃ를지향ᄒ여ᄎ질고찰하리죽어모로미맛당ᄒ도다ᄒ거놀부인이청파의청텬빅일의벽역이만신을분쇄ᄒ는듯ᄒ여믄득혼졀ᄒ거놀좌우시비급히구ᄒ여반향후인ᄉ를찰혀통곡왈유

유창텬아시하언야오너를십삼의진문의닙현ᄒᆞ여허다고쵸를지닉고필경종젹을

9

모로니너의옥결빙심으로어ᄃᆡ가투싱ᄒᆞ여ᄂᆞ뇨슬푸다츈옥아삼ᄀᆡ유치를바리고십칠청츈의누명을싯고황양고혼이되엿ᄂᆞ뇨혈〃ᄒᆞᆫ우리장찻뉘게의지ᄒᆞ리오이졔싱니ᄉᆞ별의영결을당ᄒᆞ여시니우셜우믈엇지견ᄃᆡ리오이러틋반일을통곡ᄒᆞ다가자결코자ᄒᆞ니셕공이붓드러말니며통곡ᄒᆞ믈마지아니〃합가의곡셩이진동ᄒᆞ여상ᄉᆞ는집갓더라공이부인을위로왈녀아의싱ᄉᆞ는아지못ᄒᆞ나분명이죽으믈모로고녀아의상뫼청춘조요홀상이아니라아직지앙을맛나그러ᄒᆞ미니부인이일시셜우믈참아자결홀진ᄃᆡ녀ᄋᆡ싱존ᄒᆞ여도라오면그블효를어ᄃᆡ비ᄒᆞ리오부인은심ᄉᆞ를널니ᄒᆞ여잉분ᄒᆞ믈위쥬ᄒᆞ고과상치말나만일죽어실니졀실홀진ᄃᆡ부인이엇지홀노죽으리오언파의탄식유톄ᄒᆞ더라진승상이뉴시로더부러동방의쳐ᄒᆞ나은ᄋᆡ를약쉬가린듯하니뉴시졈〃심회블니듯ᄒᆞ여송파를청ᄒᆞ여눈물을흘니며왈승상이비록닉침ᄒᆞ나실

10

은노상인갓흐니장찻어이ᄒᆞ면조흘고슉모는날을위ᄒᆞ여힝계ᄒᆞ여이한을풀게ᄒᆞ쇼셔송픽왈소져는방심ᄒᆞ라첩이힘을다ᄒᆞ여쥬션ᄒᆞ리라ᄒᆞ더라ᄎᆞ일승상이부젼의시좌ᄒᆞ엿더니진공이아직회심하여셜희당슉쇼ᄒᆞ믈두굿겨경계왈유시는요조현숙ᄒᆞ고겸ᄒᆞ여원비의존ᄒᆞ미닛시니오아는소ᄃᆡ치말나송픽왈상공은우은말마로쇼셔상공이비록존젼의승슌ᄒᆞ나ᄉᆞ실의는득도ᄒᆞᆫ도승이러이다ᄒᆞ고뉴시의팔을쎄혀잉혈을뵈여왈이를보쇼셔쳡이허언을발셜ᄒᆞ리닛가공이뉴시의잉혈을보고승상을칙왈네인ᄉᆞ를알녀든아비명을홍모갓치너기뇨승상이야〃의노식을보고다만돈슈ᄉᆞ죄ᄒᆞ고물너숑죽헌의나와죽침을베고셕ᄉᆞ를싱각고심회살난ᄒᆞ여츄연자상ᄒᆞ다가몸을니러셜난각의니로니슈달난창의물식이의구ᄒᆞ나옥인의그림지묘연ᄒᆞᆫ지라심혼이낙막ᄒᆞ여셕시의미묘ᄒᆞᆫ티되압히버렷는듯옥셩봉음이니변의징〃ᄒᆞᆫ듯심회를상히오

더니믄득셔안을살펴보니만권

11

셰쓰혓거놀이의두져겨보니열녀젼ᄉᆞ이의일편화젼이나려지거놀고희너겨
집어보니일슈양유시라문치비상ᄒᆞ여ᄃᆡ히장강을터바리고필법이정묘ᄒᆞ여
진쥬를헤친듯한번음영ᄒᆞᄆᆡ의시휜츌ᄒᆞ고정신이상쾌ᄒᆞ여쳔고무빵이라승
상이일견의ᄃᆡ경ᄒᆞ여다시음영ᄒᆞᄆᆡ자〃쥬옥이오언〃금슈라흠복경ᄋᆡᄒᆞ여
스사로싱각ᄒᆞᄃᆡ이엇던사룸의소작인고왕형등의음영ᄒᆞ민가ᄒᆞ나왕형의시
ᄉᆞ는심히허랑ᄒᆞ니엇지이를당ᄒᆞ리오이곳부인녀ᄌᆞ의소작이니엇던슉녀의
소작인고이런직조는본바쳐음이로다ᄒᆞ고다시살피니후면의한쥴가늘게쓴
글이〃시니왈셕시는슉ᄆᆡ로더부러모년월일의송쥭헌부용지의셔쵸ᄒᆞ노라
ᄒᆞ엿더라승상이비로소셕시의소작이믈씨다라크게놀나며싀로이흠복ᄒᆞ여
오열비창ᄒᆞ니원닉셕쇼졔침묵단정ᄒᆞ므로시ᄉᆞ를창화ᄒᆞ미업ᄉᆞ니승상이셕
시문치이러틋ᄒᆞ믈젼혀아지못ᄒᆞᄃᆞ가오날쳐음으로보ᄆᆡ황연이넉슬일허글
을다시보ᄆᆡ완연이용

12

뫼깁우희버렷는듯반가오미넘져눈물을흘녀왈닉팔지무상ᄒᆞ여이갓흔셩녀
슉완으로빅년을히로치못ᄒᆞ니엇지가셕지아니리오부인의빙심옥졀노쳔고
누명을시러존망을아지못ᄒᆞ니옥이니토의뭇치고보검이산림의장ᄒᆞ미라지
금뉴시의방ᄌᆞᄒᆞ믈싱각ᄒᆞ니분ᄒᆞ미찻던칼을빠혀셜분코ᄌᆞᄒᆞ나야〃의뉴녀
두돈ᄒᆞ시믈싱각ᄒᆞ니홀일업도다도라싱각ᄒᆞ니뉴녀의쥬표로뼈야애번뇌ᄒᆞ
시니인직되여미셰지ᄉᆞ의블효를씨치리오마는한낫쥬졈을업시코자ᄒᆞ나음
녀의욕심을치여참아동낙지못ᄒᆞ리니찰하리블효죄인이될지언졍음악찰녀
의뜻은맛치지못ᄒᆞ리라ᄒᆞ더니ᄎᆞ시송픽창외의엽듸여시종을다듯고광악지
심이발ᄒᆞ여드리다라승상의ᄉᆞᄆᆡ를잡고발악왈슉문젹자야뉴시네게무삼원
쉬닛관ᄃᆡ긋트여머리를버희려ᄒᆞᄂᆞ냐이는뉴시를뮈워ᄒᆞ미아니라날을쥭이
려ᄒᆞ미니네손의쥭ᄂᆞ니닉스사로쥭으리라ᄒᆞ고칼노질너자문ᄒᆞ려셔도니승

상이디경ᄒᆞ여황망이붓드다가칼날이송파

13

팔의지나치며유혈이낭자ᄒᆞ니승상이창황즁붓드러우러왈셔뫼이어닌거죄니닛고송픽드른체아니코다만목안의소릐로승상이사름을쥭인다ᄒᆞ니승상이깁으로약을ᄊᆞ미고ᄌᆞᄒᆞ니송픽졍신을찰혀왈닉스사로약을미여조리ᄒᆞ리니다만나의말을시힝홀쇼냐승상이연망이디왈아모리어려온일이라도다좃ᄎᆞ리니셔모는진즁ᄒᆞ쇼셔송픽왈금야붓터뉴시로더부러운몽의쑴을한가지로ᄒᆞ면쳡이자연조셥ᄒᆞ리이다승상왈이는쉬온일을엇지좃지아니닛고ᄒᆞ니송픽약을ᄊᆞ미고침쇼로도라가니승상이비로쇼닉당의드러와모부인긔뵈올식안쇡이자못블평ᄒᆞ니부인은젼혀모로고다만셕시를ᄉᆞ렴ᄒᆞ민가ᄒᆞ여집슈위로왈닉만닉의너를나하셩녀슉완을구ᄒᆞ더니다힝이셕현부를어드니ᄉᆞ덕이겸비ᄒᆞ니너의복되믈하례ᄒᆞ더니조물이싀긔ᄒᆞ여괴변을맛나니닉비록그힝ᄉᆞ를앗기나구홀모칙이업고이제그거쳐를모로니어디를지향ᄒᆞ여ᄎᆞ지리오그러나아부의슉현ᄒᆞ므로다시맛날ᄶᅢ닛시리니오아는심회를널니라

14

승상이쳥파의마음이버히는듯ᄒᆞ나강잉ᄒᆞ여이셩낙식으로모부인을위회ᄒᆞ니부인이심〃블낙이러라이윽고물너즁당의나오니부용당난간의졔싱이모희여닙을가리오고웃다가승상을쇼쳐부르거늘눈을드러보니단시쇼시부시등이봉관옥픽로셩열ᄒᆞ여담쇠자약ᄒᆞ고뉴시ᄯᅩ한봉관하리로명부의복식을갓쵸고사시로더부러투호치더니소시왈금일조용히담화코자ᄒᆞ거늘잡기는무삼일고단시등이답왈ᄎᆞ언이졍합오의라ᄒᆞ고투호를물니치고한담홀식단시왈슉〃이근간설희당을ᄎᆞᄌᆞ시미ᄉᆞ식이화평ᄒᆞ시더라ᄒᆞ니소시니어왈셕ᄉᆞ를닐너부졀업거니와셕시의싀덕광휘로그럴니업술듯ᄒᆞ디의외괴변이낫ᄃᆞᄒᆞ니부시단시왈빅아는그모의연고로용납홀ᄯᅳ희업는다ᄉᆞ지닝쇼왈진슉이젼일셕시와슈유블니ᄒᆞ더니그졍을뉴시의게옴겨족젹이셜희당을ᄶᅥ나지아니ᄒᆞ니남자의풍졍은밋들거시업도다뉴시닝쇼왈셕시비록장강의식과임

ᄉᆞ의덕이〃시나힝ᄉᆡ여ᄎᆞ음밀ᄒᆞ니구두의닐카를ᄇᆡ아니오그은졍

15

을쳡의게옴긴다ᄒᆞ믄가쇠로다쳡은지금규슈로닛셔연니비ᄋᆡ의아지못ᄒᆞ고 ᄯᅩ셕시로말ᄒᆞᆯ진ᄃᆡ젼일의쳡을맛나면만단으로슈욕ᄒᆞ여안하무인이오지어 ᄇᆡᆨ현ᄒᆞ여ᄂᆞᆫ음부의ᄉᆡᆼ츌이니무어ᄉᆡ쓰리오단시미쇼왈예부터젹자를뮈워ᄒᆞ 여탁문군이무릉녀를보고쳥시ᄇᆡᆨ두음을읇허시니셕시비록것츠로흔열ᄒᆞ나 ᄂᆡ심이야엇지안〃ᄒᆞ리오셕시그ᄃᆡ를슈욕질ᄆᆡᄒᆞ더라ᄒᆞ나아등이여러셰월 의한마듸블호지언을듯지못ᄒᆞ여시니아등이블명ᄒᆞ미로다ᄉᆞ시뉴시를ᄃᆡᄒᆞ 여졍ᄉᆡᆨ왈그ᄃᆡ지금규란말이가쇠로다뉴시왈쳡이엇지허언으로가부를모함 ᄒᆞ리오졔낭이밋지아니커든쾌히보라언파의팔을거더뵈니거조ᄒᆡᆨ연음측ᄒᆞᆫ 지라우비상의잉도일ᄆᆡ완연ᄒᆞ니좌위박쇼ᄒᆞ고ᄉᆞ시ᄂᆡᆼ쇼왈슉〃의거죄고희 ᄒᆞ도다쥬픠엇지그져닛ᄂᆞ뇨뉴시쳑연왈상공이ᄃᆡ인ᄎᆡᆨ교를두려침쇼의드러 오나두ᄉᆞ이하슈를격ᄒᆞ엿ᄂᆞ니엇지ᄋᆡ닯지아니리오졔ᄉᆡᆼ이〃거동을보고일 시의함쇼왈슈〃의쥬픠완연ᄒᆞ믄이무삼쥬의뇨승상이ᄒᆡᆨ연망측ᄒᆞ나블

16

변안ᄉᆡᆨᄒᆞ고미소왈ᄎᆞᄂᆞᆫ은밀지ᄉᆡ니군자의거들ᄇᆡ아니라연이나가셕ᄒᆞᆫ바ᄂᆞᆫ 봉관하리로다졔ᄉᆡᆼ이박쇼ᄒᆞ고ᄉᆞ인이승상다려왈평일우형이너의뉴시소ᄃᆡ ᄒᆞ믈고희너기더니오날〃보건ᄃᆡ과연ᄒᆞ도다승상이돌탄ᄒᆞ고날이져물ᄆᆡ각 〃도라가ᄃᆡ승상이홀노난간의비겨쵸창ᄒᆞ여ᄂᆡᄆᆡᆼ셰코음녀와동낙지아니리 라ᄒᆞ엿더니금일셔모의게쾌허ᄒᆞ여시니군ᄌᆞ일언이쳔년블ᄀᆡ라엇지셔모의 게실신ᄒᆞ리오이러틋ᄉᆡᆼ각ᄒᆞ미심ᄉᆡ번난ᄒᆞ여시녀로술을나와십여ᄇᆡ를먹으 니취후의셕시를ᄉᆡᆼ각고참연져상ᄒᆞ여관져편을외오고상ᄉᆞ편을읇허심ᄉᆞ를 위로ᄒᆞ고셜화당의니로니뉴시발셔상의올나자거놀져를보ᄆᆡ의ᄉᆡᄆᆡᆨ〃ᄒᆞ여 스사로자긔침금의편이ᄌᆞ고연일드러가나침금을먼리ᄒᆞ여쳔니갓흐니송픠 ᄯᅩᄒᆞᆫᄒᆞᆯ일업셔슉질의원한이골슈의밋쳐더라공이ᄃᆞ시ᄎᆡᆨᄒᆞ고ᄌᆞᄒᆞ니부인이 말녀왈부〃혼합은인력으로못ᄒᆞᄂᆞ니아직바려두쇼셔공이올희너겨아른체

아니ᄒᆞ더라ᄎᆞ시셕부셜부인이병셰날노위즁ᄒᆞ

17

여일ᄀᆡ황〃ᄒᆞ더니일〃은부인이정신을찰혀왈녀아를본ᄃᆞ시진낭을보면위회ᄒᆞᆯ가ᄒᆞ노라상셰분ᄒᆡᄒᆞ나진공부ᄌᆡ긔글을붓치니공이ᄇᆡᆨ현을보ᄂᆡ고ᄌᆞᄒᆞ니뉴시블가ᄒᆞ믈보ᄒᆞᄃᆡ공이올희너겨승상만가라ᄒᆞ니승상이ᄉᆡᆼ각ᄒᆞᄃᆡ빙가의가ᄆᆡ무안ᄒᆞ미비ᄒᆞᆯᄃᆡ업ᄉᆞ니칭병ᄒᆞ미올ᄐᆞᄒᆞ고인ᄒᆞ여칭병ᄒᆞ여아니가니셕공이더욱통ᄒᆡᄒᆞ고부인병셰날노더ᄒᆞ더라화셜승상이심ᄉᆡ블호ᄒᆞ여표를올녀츌유ᄒᆞ믈알외고츌유ᄒᆞ며셕시를찻고ᄌᆞᄒᆞ다가다시ᄉᆡᆼ각ᄒᆞᄃᆡ조용히탐문ᄒᆞ리라ᄒᆞ고사ᄅᆞᆷ을ᄉᆞ쳐로노아광구ᄒᆞᄃᆡ소식이묘연ᄒᆞᆫ지라야애ᄒᆡᆼ혀ᄀᆡ식을아르실가두려밤이면셜희당의슉침ᄒᆞ고낫이면셜난가의머무러옥인의쳠망ᄒᆞ여속졀업시넉슬살오더니뉴시ᄀᆡ식을ᄉᆞᆺ치고한닙골슈ᄒᆞ여공자를ᄒᆡ코ᄌᆞᄒᆞ나승상은ᄉᆞ광지춍이라엇지아자를위티게ᄒᆞ리오일시도ᄯᅥ나지아냐여린옥갓치ᄒᆞ니뉴시감히하슈치못ᄒᆞ더니일〃은승상이관져편을외오며송쥭헌의셔비회ᄒᆞ더졔ᄉᆡᆼ이닐로니승상이누흔을

18

거두고셔로볼ᄉᆡ즁셰왈쳔양이비록셕슈를ᄉᆡᆼ각ᄒᆞ나장부의낙누ᄒᆞ미어리지아니뇨승상이탄왈셕시를ᄉᆡᆼ각ᄒᆞᄃᆡᄌᆞ연그러토쇼이다졔ᄉᆡᆼ이위로왈현뎨비록셕슈를ᄉᆡᆼ각ᄒᆞ나속졀업ᄂᆞᆫ지라모로미관억ᄒᆞ여슉부모ᄭᅴ이우케말나승상이츄연탄왈ᄂᆡ굿ᄐᆞ여셕시를ᄉᆡᆼ각ᄒᆞ미아니라ᄇᆡᆨ아의거동을보아잔잉ᄒᆞ미오셕시와은ᄋᆡᄯᅩ한가ᄇᆡ얍지아닌지라시고로닛고ᄌᆞᄒᆞ나능히닛지못ᄒᆞ니고이토쇼이다졔인왈현뎨비록약관쇼년이나작위일품이어ᄂᆞᆯ엇지구〃히아녀ᄌᆞ를ᄉᆡᆼ각ᄒᆞ리오승상이답왈당티죵은만승텬자로ᄃᆡ송풍을바라고우러시나후셰의영걸지쥬로칭ᄒᆞᄂᆞ니소뎨셕시를사상ᄒᆞ나무삼죄닛시리오졔인왈장숀황후ᄂᆞᆫ녀즁요슌이라티종의이러ᄒᆞ미가ᄒᆞ거니와셕시ᄂᆞᆫ륜상죄인이라현뎨이러틋ᄉᆞ모ᄒᆞ미그ᄅᆞ도다승상이빈미왈일월도부운이옹폐ᄒᆞ고셩인도유리지ᄋᆡᆨ을맛나시니셕시죄명이엇지실상인쥴알니오고금을역슈ᄒᆞ건ᄃᆡ현인군

직한번굿기지아닌지업ᄉᆞ니셕시

19

홀노간인의독슈를면ᄒᆞ리오제인이함소왈네셕슈를셩인의게비ᄒᆞ나아등은그런쥴모로노라승상이닝쇼왈굿ᄐᆞ여셩인의게비ᄒᆞ미아니라간인의피히ᄒᆞ미그와흡사ᄒᆞ미인증ᄒᆞ미로쇼이다제인이ᄃᆡ쇼무언이니원닉왕가제싱이승상과친형뎨와다ᄅᆞ미업ᄉᆞ니피ᄎᆞ그효우를항복ᄒᆞ여셔로은휘ᄒᆞᄂᆞᆫ비업셔지셩우이ᄒᆞ니왕상셰크게ᄉᆞ랑ᄒᆞ고두굿기더라진부의다만승상일인뿐인고로제싱이조셕닉왕ᄒᆞ더라승상이셕시싱각ᄒᆞ미일〃층가ᄒᆞ여병셰위중ᄒᆞ미일기황〃ᄒᆞ고상이우려ᄒᆞ샤어의를보닉시니모든의원이외당의가득ᄒᆞ여셔로닐오ᄃᆡ이다른병이아니라다만ᄉᆞ상ᄒᆞᄂᆞᆫ빌미니빅약이무효라ᄒᆞ니혜광등이임의셕시의빌민쥴알고일〃은좌위고요ᄒᆞ고경신을찰휜ᄶᅵ를ᄐᆞ승상을기유왈셕쉬유죄무죄간슉당이임의쳐결ᄒᆞ신비오종젹을일허ᄃᆡ히의부평쵸갓거ᄂᆞᆯ글노ᄉᆞ상ᄒᆞ여병을닐위니인ᄌᆞ지도의맛당치아니ᄒᆞ고만일슉당이아ᄅᆞ시면현뎨를엇덧ᄐᆞᄒᆞ시며아

20

녀ᄌᆞ로말ᄆᆡ암아병을닐위다ᄒᆞ면텬하ᄉᆞ롬을ᄃᆡᄒᆞ미엇지붓그럽지아니랴우형등이명슈표종이나경의골육갓흐므로소회를은휘치아니ᄒᆞᄂᆞ니우직ᄒᆞ믈고희ᄐᆞ말고익이싱각ᄒᆞ라이러틋기유ᄒᆞ고의리로ᄲᅧ지삼관위ᄒᆞ니승상이듯기를맛ᄎᆞᄆᆡ눈물을먹음어ᄃᆡ왈형장의말삼이비록의리당연소뎨그르믈모로미아니로ᄃᆡ마음을임의로못ᄒᆞ여일병이침면ᄒᆞ미싱되망연ᄒᆞᆫ지라장찻황텬긱이되리니닉죽으면블회막ᄃᆡ라고당빵친과혈〃아자를제형의게부탁ᄒᆞᄂᆞ니바라건ᄃᆡ제형은어엿비너기라언파의오열비창ᄒᆞ니제싱이ᄉᆞᄆᆡ로낫츨가리오고눈물을흘리ᄃᆡ홀노즁셰정식왈닉비록동복형이아니나그른일이〃시면엇지슈정치아니리오남ᄋᆡ쳐셰의츙회근본이니츙과효를세운후의야신을닐너거든이제쳔양은한갓신만직희여부〃지경만염여ᄒᆞ여상ᄉᆞ를닐위여쥭기를자부ᄒᆞ니슉당의블회엇더ᄒᆞ며구텬타일의어닉낫츠로조종의뵈

21

오리오승상이비록고통즁이나즁셔의칙언을드ᄅᆞ미심히붓그려머리를슉이고일셩장탄의ᄃᆡ왈소뎨엇지굿ᄐᆞ여셕시를상ᄉᆞᄒᆞ여병을닐위리닛고블과촉상ᄒᆞ미니이다즁셰왈블가ᄒᆞ다현뎨엇지우형을쇼기미심ᄒᆞ뇨허다의지한갈갓치상ᄉᆞ병이라ᄒᆞ거놀슉뷔아르실가염여ᄒᆞ거니와만약슉뷔아ᄅᆞ시면크쾌닛시리니마음을구지잡아슉당의블효를더으지말나졍언간의어의상명을밧자와진믹ᄒᆞ믈청ᄒᆞ니승상이냥슈를닉여노흐며진믹ᄒᆞ라ᄒᆞ니의지믹을보고국궁ᄒᆞ거놀즁셰왈무삼징셰뇨의지복슈왈쇼의〃술이쳔박ᄒᆞ오미일작지열의병환을만이보아시ᄃᆡ오직승상증셰ᄂᆞᆫ아지못ᄒᆞ리로쇼이다즁셰왈무삼증셰완ᄃᆡ아지못ᄒᆞᄂᆞ뇨어의ᄃᆡ왈반ᄃᆞ시싱각ᄂᆞᆫ비닛시니그사룸을본즉츈셜스듯ᄒᆞ려니와블연즉편작의영공이라도구키어렵도쇼이다승상이미쇼왈츈긔블슌ᄒᆞ여우연이촉상ᄒᆞ미어놀고이ᄒᆞᆫ말을ᄒᆞᄂᆞ뇨그ᄃᆡᄂᆞᆫ모로미셩상긔촉상ᄒᆞᆫ병으로알외라어의응낙고도라

22

가이ᄃᆡ로쥬ᄒᆞ니라시〃의부인이아자의병이상ᄉᆞᄒᆞ민쥴듯고크게경여ᄒᆞ여ᄎᆞ일병소의나와승상의숀을잡고톄읍왈종젹을아지못ᄒᆞᄂᆞᆫ셕시를사상ᄒᆞ여쥭기의니ᄅᆞ니노뫼ᄉᆞ라너의쥭으믈엇지보리오찰하리밧비쥭어보지말고ᄌᆞᄒᆞ노라승상이경황ᄒᆞ여침금을밀치고니러안자위로왈히ᄋᆡ싱셰십구년의이러틋블효를끼치오니하면목으로ᄉᆞ류의츙슈ᄒᆞ리닛고츈긔블화ᄒᆞ여우연촉상ᄒᆞ미오진실노셕시를ᄉᆞ모ᄒᆞ미아니오니틱〃ᄂᆞᆫ물염ᄒᆞ쇼셔부인이눈물을거두고왈닉몬져쥭어셜우믈이ᄌᆞ리라승상이모친의과도이상회ᄒᆞ심과후일의ᄉᆞ쳐로츌유ᄒᆞ여구식고ᄌᆞᄒᆞ미십분관억ᄒᆞ여졈〃ᄎᆞ도를어더신긔여상ᄒᆞ니일긔ᄃᆡ희ᄒᆞ고진공이쳐음은상ᄉᆞ로의심ᄒᆞ더니쾌ᄎᆞᄒᆞ믹환희ᄒᆞ여즁당의돗글여러경하ᄒᆞᆫ후ᄎᆞ후승상이국ᄉᆞ를다ᄉᆞ리고봉친여가의졔싱으로더부러아자를희롱ᄒᆞ여셔당의셔소일ᄒᆞ고병후의셜희당을찻지아니〃진공이ᄯᅩ한권치아니ᄒᆞ더라뉴시슉질은원닙골슈

23

ᄒᆞ여장찻모칙을도모ᄒᆞ더라시〃의승상이강잉ᄒᆞ여신혼을폐치아니나오미
의한이믹쳐심식울〃ᄒᆞ여싱각ᄒᆞ더부즁의낫시면어ᄂᆡ날셕시의소식을드ᄅᆞ
리오텬하의쥬류ᄒᆞ여존망간슈식고ᄌᆞᄒᆞ나부모긔시봉홀ᄉᆞ룸이업셔장찻쥬
져ᄒᆞ더니즁세승상의뜻을알고왈현데텬하를편답고ᄌᆞᄒᆞ면쌜니힝ᄒᆞ라우형
이블민ᄒᆞ나슉당시봉은현뎨를ᄃᆡ힝ᄒᆞ리라승상이ᄃᆡ희ᄒᆞ고칭ᄉᆞᄒᆞ고슈일후
부젼의고왈소직이졔텬하의오유ᄒᆞ여구쥐승경을흥즁의거두고ᄌᆞᄒᆞ오니슈
삭말미를청ᄒᆞ나이다공이아자의심식울억ᄒᆞ믈보고허락ᄒᆞ니승상이명일텬
ᄌᆞ긔표를올녀슈유를청ᄒᆞ니상이윤허ᄒᆞ시고슈히도라오라ᄒᆞ시니승상이ᄉᆞ
은ᄒᆞ고집의도라와힝니를다사려빅낭은자를낭즁의장ᄒᆞ고졍당의하직ᄒᆞ니
공이경계왈즁병지여의긔질이츙실치못ᄒᆞ여시니염예를끼치지말승상이지
빅슈명ᄒᆞ고졔형을니별ᄒᆞ고공자를나호여등을어로만져왈ᄂᆡ슈월ᄂᆡ의도라
오리니너는존당을뫼셔조히닛고뉴녜음

24

식을쥬어도먹지말나공직눈물을흘녀왈모친도슈일ᄂᆡ의도라오마ᄒᆞ시더니
지금오지아냣ᄂᆞ니야〃눈속이지마로쇼셔승상이쵸창ᄒᆞᄃᆞ가유모졍환을블
너왈어미츙심을깁히밋ᄂᆞ니부즁을떠나지말고차아를극진이보호ᄒᆞ라타일
의각별즁상ᄒᆞ리라유뫼빅ᄉᆞ슈명ᄒᆞ니쏘당파의게아자보호ᄒᆞ물지삼당부ᄒᆞ
고일필청녀를모라셔동표의로더부러힝ᄒᆞ니라션시의셕소졔도월암의감쵸
여시니연경만니의어안이돈졀ᄒᆞ고냥가존당과가군의승픠를몰나쥬〃야〃
의셔역을바라믹고원이안젼의닛고쑴이자로부모슬젼의졀ᄒᆞ니화조월셕의
ᄉᆞ친지회간졀ᄒᆞ여옥장금심이날노소삭ᄒᆞ니셜부빙골이졈졈쵸췌훈지라빵
환등이민망ᄒᆞ여빅단으로위로왈텬도의순환지니덧〃ᄒᆞ오니하날이진상공
과부인을ᄂᆡ시고엇지평싱을믹몰케ᄒᆞ시리오세월이여류ᄒᆞ나언마ᄒᆞ여악명
을신셜ᄒᆞ리닛고일시셔름으로뼈과회ᄒᆞ여옥안을상히오지마로쇼셔소졔미
급답의ᄃᆡ시위회왈부인은부ᄃᆡ상심치

25

말고소공자를아ᄅᆞᆷ다이길너길운을맛나영화로이도라가실시졀의ᄂᆞᆫ도로혀오날〃고쵸를튓글의더지고빈승을ᄯᅥ나시미연연하여ᄒᆞ시리이다소졔기리탄식고만ᄉᆞ의흥황이돈무ᄒᆞ나ᄯᅩ한광음이ᄲᆞᆯ니가니산즁벽쳐의고쵸즁이나빵ᄀᆡ긔린이슬하의넘놀고냥ᄀᆡ츙의비ᄌᆡ복시ᄒᆞ니자연관심ᄒᆞ나날이진ᄒᆞ고달이갈ᄉᆞ록부모의교ᄋᆡᄒᆞ시던바를늣기고구고의홍은혜ᄐᆡᆨ이ᄉᆡᆼ지부모나다ᄅᆞ미업거ᄂᆞᆯ뉴녀슉질의궁모곡계존구ᄃᆡ인의일월지광을현혹ᄒᆞ며ᄌᆞᄋᆡ병드러일조의참〃ᄒᆞᆫ누명을싯고본부의츌거ᄒᆞ믈면치못ᄒᆞ엿거ᄂᆞᆯ간인의독슈의친측의도라가믈엇지못ᄒᆞ여반노의셔무죄악당의활착ᄒᆞᆫᄇᆡ되여죽으미벅〃ᄒᆞ고ᄉᆡᆼ도를바라지못ᄒᆞᆯᄇᆡ어ᄂᆞᆯ활인ᄃᆡᄌᆞᄃᆡ비ᄎᆡ원ᄉᆞ부의구활지덕을닙어모자노쥐산ᄉᆞ야졈의고〃ᄒᆞᆫ자최를붓치ᄆᆡ부모의과상ᄒᆞ실바를슬허ᄒᆞ고ᄇᆡᆨ아의혈〃무의로졀셰밧길ᄉᆞ록만쳡비원이쳡〃ᄒᆞ리라ᄒᆞ여쥬뤼화ᄉᆡ의마를젹이업ᄉᆞ니아참마다블젼의ᄇᆡ례

26

ᄒᆞ고져역마다텬지긔암축ᄒᆞ여슈히고향의도라가기를원ᄒᆞ니간졀ᄒᆞᆫ정셩이신명을감동ᄒᆞᆯ듯ᄒᆞ니보ᄂᆞᆫᄌᆡ잔잉히너기고ᄃᆡᄉᆡ감동ᄒᆞ여위로왈부인은부졀업시과회치마르쇼셔미구의고향존문이니ᄅᆞ리이다부인이휘루비읍왈ᄉᆡᆼ아ᄌᆞᄂᆞᆫ부모시오지아ᄌᆞᄂᆞᆫ포ᄌᆡ라ᄒᆞ니정히ᄉᆞ부와날을니ᄅᆞ미로다호구의잔명을건져편ᄒᆞᆫ당의쳐ᄒᆞ고향긔로온산ᄎᆡ를염ᄒᆞ게ᄒᆞ시니이은혜ᄂᆞᆫ난망ᄃᆡ은이라연이나변경만니의도뢰요원ᄒᆞ니쇼식이어이닛시리오ᄎᆡ원왈자연아ᄅᆞ시리니심ᄉᆞ를관억ᄒᆞ쇼셔셕시본ᄃᆡᄎᆡ원의말을밋ᄂᆞᆫ고로강잉ᄒᆞ여스사로쇼일ᄒᆞ더라화셜진상국이힝ᄒᆞ여한곳의다〃ᄅᆞ니산ᄉᆔ가려ᄒᆞᆫ지라혜오ᄃᆡᄂᆡ평ᄉᆡᆼ의소상동졍을구경ᄒᆞ고악양누의올나고인의유젹을찻고명나의굴원을조문코ᄌᆞᄒᆞ더니ᄎᆞ시한긔습인ᄒᆞ여삼츈의온화ᄒᆞ미업ᄉᆞ니어이ᄒᆞ리오그러나두로도라명산츄경을완상ᄒᆞ며옥인의자최를ᄎᆞ지리라쥬의를졍ᄒᆞ고청녀를치쳐협슌후비로소촉의니ᄅᆞ니ᄎᆞ시ᄂᆞᆫ구츄상한이라거츤

27

언덕의잡쵸ᄂᆞᆫ무셩ᄒᆞ고잔완ᄒᆞᆫ시ᄂᆡ의맑은믈이둘넛더라승상이검각을너머잔도의니ᄅᆞ러당양의유젹을조문ᄒᆞ고아미산의올나쇼자쳠의글귀를음영ᄒᆞ며시흥이도〃ᄒᆞ여칠언졀귀를지어읇푸며졈〃드러가니한뫼히닛시ᄃᆡ쥬회쳔여리오놉기만여장이라ᄀᆡ이ᄒᆞᆫ금쉬왕ᄂᆡᄒᆞ니승상이경물을탐ᄒᆞ여쳥녀를모라산상의오ᄅᆞ니쵸목이무셩ᄒᆞ여아모ᄃᆡ로갈쥴몰나인가를엇지못ᄒᆞ고지명을무를길이업ᄉᆞ며한영을너머가니산쉬명여ᄒᆞ고층암졀벽이옥을무은듯경ᄀᆡ졀승ᄒᆞᆫ지라일신이표〃ᄒᆞ여인간만ᄉᆞ를닛고물ᄉᆡᆨ을사랑ᄒᆞ여졈〃깁히드러가니ᄇᆡᆨ홰만발ᄒᆞ여ᄯᅥ러진ᄭᅩᆺ치ᄯᆞ희가득ᄒᆞ여사ᄅᆞᆷ의자최업ᄂᆞᆫ지라미풍이셔ᄅᆡᄒᆞ고향ᄀᆡ습인ᄒᆞ니촉쳐의경물이보암즉ᄒᆞᆫ지라승상이시를외오며날이느지믈ᄭᆡ닷지못ᄒᆞ고두로ᄇᆡ회ᄒᆞ더니믄득홍일의함지의들고명월이동녕의오르니만쳡산즁의월광이조요ᄒᆞᆫ지라승상이맛참ᄂᆡ인가를엇지못ᄒᆞ고ᄎᆞ야를산즁의셔지닐ᄉᆡ찬

28

셔리의슈의져지니ᄯᆡ졍히삼경이라홍안은남으로가노라슬피울고ᄉᆡ랑은웅장ᄒᆞᆫ소ᄅᆡ를파ᄅᆞᆷᄒᆞ니한졈조으름이업ᄂᆞᆫ지라죵야토록풍월을읇푸며졔요가를외와밤이ᄉᆡ고명일ᄃᆞ시유완ᄒᆞᆯᄉᆡ먹던미시다ᄭᆞᆫ쳐져심히허핍ᄒᆞᆫ지라홍일이부상의오를ᄯᆡ의쳥녀를모라졈〃깁히드러가한곳의다〃라ᄂᆞᆫ큰바회닛시ᄃᆡᄇᆡᆨ옥을ᄭᅡᆨ근듯촉깁을뭇근듯ᄒᆞ고그겻희큰비를세우고여셧자를ᄲᅧᆺ시ᄃᆡ미국산도월암이라ᄒᆞ엿더라눈을드러쳠망ᄒᆞ니일좌암ᄌᆡ은〃이뵈거ᄂᆞᆯ승상이본ᄃᆡ블도를ᄇᆡ쳑ᄒᆞᄂᆞᆫ지라엇지암자의나가리오마ᄂᆞᆫ상ᄉᆞᄒᆞ던슉녀와냥ᄌᆡ아자를일ᄌᆡᆨ지ᄂᆡ의상봉ᄒᆞ리니ᄎᆞ시를어이공숑ᄒᆞ며겸ᄒᆞ여ᄀᆡ갈이심ᄒᆞᆫ지라이의암자로나가니라ᄎᆞ시ᄎᆡ원이진승상이ᄎᆞᄌᆞ오믈짐작고뎨자다려왈금일오시의진승상이오리니모로미ᄌᆡ를쥰비ᄒᆞ라ᄒᆞ니졔인이밋지아냐응낙ᄒᆞ고셔로닐오ᄃᆡ이궁벽ᄒᆞᆫ곳의엇던ᄀᆡᆨ이오리오ᄒᆞ더니과연오시ᄂᆞᆫᄒᆞ여문두다리ᄂᆞᆫ쇼ᄅᆡ나거ᄂᆞᆯ나아가보니옥모영풍이동인ᄒᆞᆫ일

29

긔셔싱이라경아문왈엇던존긱이누지의임ᄒᆞ시뇨승상왈우연이길을닐허시니일야지너기를앗기지말나기승이승상을인도ᄒᆞ여긱실노쳥ᄒᆞ여안치고흔연관더ᄒᆞ니승상이동자로힝니를방즁의드리고쉬더니ᄎᆞ시치원이진승상왓시믈알고연망이쵸당을쇼쇄ᄒᆞᆫ후포진을베풀고친히긱실의나와승상을볼식먼니바라보니월쥬츄월이오빅옥안모의단슌호치오일빵봉안의강산슈긔를거두어시니신장이팔쳑오촌이오냥비과슬ᄒᆞ니진짓더군자의상모오당〃ᄒᆞᆫ군왕지상이라셰요의광더를두로고두상의오식비취관을숩ᄒᆞ고옥슈의션자를드러시니쥬유반악이환싱치아냐시면진평농옥이ᄃᆞ시도라오미라치원이일견쳠시의졍신이어린듯ᄒᆞ다가교구더찬왈ᄎᆞ인이진짓만인지상이오일인지하리니가히쳔승지쥐되리라ᄒᆞ여블승경복ᄒᆞ여합장ᄒᆞ고만복을닐카르니승상이투목으로보니창안학발이극히비상ᄒᆞᆫ지라승상이싱각ᄒᆞ더니평일의산즁니고는괴

30

물노아랏더니금일이곳의와평싱집심을허러바렷도다졔임의쥬인이니긱녜를ᄎᆞ리미올타ᄒᆞ고왈나는지나가는유긱이어눌이러틋관더ᄒᆞ니다ᄉᆞᄒᆞ려라치원이고두ᄒᆞ고찬품을올니〃유아정결ᄒᆞᆫ지라먹기를다ᄒᆞ미상을물니고ᄃᆞ시합장왈긱실이누츄ᄒᆞ오니셧역쵸당이졍결ᄒᆞ온지라그리로가사밤을지너쇼셔승상이져의은근위곡ᄒᆞ믈보고쏘한강잉ᄒᆞ여한셜을아니ᄒᆞ고져의인도ᄒᆞ믈좃차ᄯᅡ라니르니과연쳐음긱당과갓지아냐심히졍쇄ᄒᆞ더라승상이좌졍후오릐지아냐일모셔잠ᄒᆞ고월츌동녕ᄒᆞ니치원이뎨자를분부ᄒᆞ여승상긔ᄉᆞ후ᄒᆞ라ᄒᆞ고방장의물너가다ᄎᆞ시승상이니친ᄒᆞᆫ지일삭이라ᄉᆞ친지회간졀ᄒᆞ여계젼의비회홀시월광이조요ᄒᆞ고츄풍이삽〃ᄒᆞ니심이쵸창ᄒᆞ더니믄득바룸결의봉이단산의울고학이구쇼의부르지〃는듯ᄒᆞᆫ글쇼릐들리거놀승상이경혹ᄒᆞ여혜오더이심야의하등지인이완더이러틋독셔ᄒᆞᄂᆞ뇨아지못게라은거ᄒᆞᆫ명인이로다ᄒᆞ고산보ᄒᆞ며귀를기우려드ᄅᆞ니셕

31

벽ᄉᆞ이로좃ᄎᆞ나거ᄂᆞᆯᄎᆞ져가〃마니창틈으로좃ᄎᆞ여어보니병장이즁〃ᄒᆞᆫᄃᆡ
쵹하의일위미인이열녀젼을보ᄂᆞᆫ즁뒤희두낫녀동이황금향노의빅셜향을피
오며두낫히ᄋᆡ나금의ᄊᆞ희여자거ᄂᆞᆯ심즁의〃아ᄒᆞ여ᄉᆡᆼ각ᄒᆞᄃᆡ이깁흔산즁의
엇던녀지닛ᄂᆞᆫ고ᄒᆞ고다시살펴보니그녀자의ᄉᆡᆨ티조요ᄒᆞ여ᄉᆞ벽의ᄊᆞ히니빅
티쳔광이쵹하의바ᄋᆡ고미목이현황ᄒᆞ니진실노만고졀염이라보기를다ᄒᆞ미
엇지ᄭᆡ닷지못ᄒᆞ리오이믄득빅년원긔오평ᄉᆡᆼ상ᄉᆞᄒᆞ던셕부인이라깃분녁시
구텬의날며반가온졍을진졍치못ᄒᆞᄃᆞ가인ᄒᆞ여ᄃᆞ시창틈으로여어보니셕부
인이냥긔시비를다리고심회를니ᄅᆞ며일영삼탄의옥뉘방〃ᄒᆞ니ᄆᆡ홰셜풍을
맛ᄂᆞᆫ듯사ᄅᆞᆷ으로ᄒᆞ여금간장을사을지라심하의앗기며다시보니빵환이위로
왈텬의엇지일편도이부인긔혹별을ᄂᆞ리오시리닛고반ᄃᆞ시길시를맛나리니
부인은셩녀를허비치마르쇼셔셕시묵〃무언이어ᄂᆞᆯ승상이부인의낭언을드
ᄅᆞ니은ᄋᆡ유츌ᄒᆞ더라
셰을묘이월일향목동셔

권지육

1

슈져옥난빙 권지뉵

화셜셕부인이빵난의위로ᄒᆞᄂᆞᆫ말을듯고묵〃무언이어ᄂᆞᆯ승상이부인의낭음을드ᄅᆞ니구름갓흔졍이식음솟듯ᄒᆞ니장부의심장이요동ᄒᆞᄂᆞᆫ지라ᄃᆞ시ᄉᆡᆼ각ᄒᆞ믹져의언ᄉᆞ와거동이이미ᄒᆞ미분명ᄒᆞ고평일힝ᄉᆞ를츄이ᄒᆞ건ᄃᆡ이런일이만무ᄒᆞᆫ지라이반ᄃᆞ시뉴녀간인의작얼이니간뫼미구의발각ᄒᆞᆯ지니엇지져를보고함구무언ᄒᆞ리오한번ᄃᆡᄒᆞ여연유를무론후쾌히다려가리라ᄒᆞ고졍히기호닙실코자ᄒᆞ다가ᄯᅩ혜오ᄃᆡ졔평시의심지견강ᄒᆞᆫ지라야반의통치아니코드러가면반ᄃᆞ시복종치아니리니ᄂᆡ거문고일곡을ᄐᆞ심회를고ᄒᆞ리라ᄒᆞ고방즁의도라와보니동직익이잠드런ᄂᆞᆫ지라이의거문고를취ᄒᆞ여자긔심회를붓쳐일곡을ᄐᆞ니쇼ᄅᆡ청아쇄락ᄒᆞᆫ지라ᄎᆞ시셕시냥긔시아로더부러졍히심ᄉᆞ를위로ᄒᆞ더니믄득거문고쇼ᄅᆡ들니거ᄂᆞᆯ빵비ᄃᆡ경ᄒᆞ여셔로닐오ᄃᆡ엇던사ᄅᆞᆷ이심산반야의거문고를ᄐᆞᄂᆞᆫ고셕시역경ᄒᆞ여귀를기우려드ᄅᆞ

2

니곡조의ᄒᆞ엿시ᄃᆡ소쥬인진슉문은참졍공의쳔금일자로십ᄉᆞ의셕녜부의쳔금녀셰되미형포의셩덕과ᄉᆞ힝이님사의덕을ᄯᆞ로지못ᄒᆞ나님하의풍은흡연ᄒᆞ더니셩혼ᄉᆞ오지의삼아를연ᄉᆡᆼᄒᆞ고복녹이무궁ᄒᆞᆯ가ᄒᆞ엿더니오회라시운이부졔ᄒᆞ고명되다쳔ᄒᆞ미냐복이외국의졍벌ᄒᆞ고도라온즉부인의그림지묘연ᄒᆞᆫ지라빅아의ᄉᆞ모ᄒᆞᄂᆞᆫ형상은눈으로참아볼슈업고ᄯᅩ한동틱빵아의종젹이업ᄉᆞ니흉격이엄식ᄒᆞᆫ지라심회울울ᄒᆞ기로두로유산ᄒᆞ다가금일ᄎᆞ쳐의니ᄅᆞ러옥인과빵아를보리로다두어라셰상만시텬졍이오비인력쇼치로다ᄒᆞ엿더라셕시듯기를다ᄒᆞ미천만몽미의도ᄉᆡᆼ각지아닌빈라골경심히ᄒᆞ여가마니ᄉᆡᆼ각ᄒᆞᄃᆡ이반시진군이라니종ᄌᆞ긔아니로ᄃᆡ뉴빅아의소임을ᄒᆞᄂᆞ뇨ᄎᆞ경차희ᄒᆞ더니믄득지게열니거ᄂᆞᆯ눈을드러보니일위소년이라냥시ᄋᆡ더경ᄒᆞ여보니이곳져의쥬군이라승상이날호여읍ᄒᆞ니셕시답네ᄒᆞ거ᄂᆞᆯ승상이흉격이막

3

혀양구무언이어ᄂᆞᆯ셕시의외의승상을보ᄆᆡ원한이심규의가득ᄒᆞ여혜오ᄃᆡ너구가의바린사ᄅᆞᆷ이어ᄂᆞᆯ졔날노더부러슈작고ᄌᆞᄒᆞ니이ᄂᆞᆫ부모를ᄉᆡᆼ각지아니코부〃지경만유렴ᄒᆞ미라ᄂᆡ만일져로더부러담화를여상이ᄒᆞ면필연도라가지아니리니ᄂᆡ엇지장부를그른곳의인도ᄒᆞ리오즁심의한번졍ᄒᆞᄆᆡ셜상한미갓흐니승상이일견쳠시ᄒᆞᄆᆡ옥골운빈이예와갓지아냐더옥씩〃쇄락ᄒᆞ거ᄂᆞᆯ쳔만은ᄋᆡ유동ᄒᆞ나져의ᄀᆡ식을슷치고강잉ᄒᆞ여왈별후삼지의부인방신이무양ᄒᆞ냐쇼졔묵연부답이어ᄂᆞᆯ승상이안식을엄졍이ᄒᆞ고말삼을펴갈오ᄃᆡ학ᄉᆡᆼ이국ᄉᆞ로나간사이의가ᄂᆡ비록어지러오나부인이오가를비반ᄒᆞ고심산의깁히드러구가를아조ᄭᅳᆫ으려ᄒᆞᄂᆞ냐ᄉᆡᆼ이부인을축출ᄒᆞᆫ비아니어ᄂᆞᆯ한을먹음어졉어를아니려ᄒᆞ니ᄉᆡᆼ이부인의게어린남지되엿도다소졔ᄯᅩ한목인갓흐여츄파를나작이ᄒᆞ여쳥이블문ᄒᆞ니승상이언어로져를요동치못ᄒᆞᆯ쥴알고이의빵환을부르니환이나와고두

4

ᄒᆞ거ᄂᆞᆯ승상이문왈너ᄂᆞᆫ식견이망ᄆᆡ치아닌사ᄅᆞᆷ이니여쥬의탈신ᄒᆞ여이곳의무ᄉᆞ이머무ᄂᆞᆫ일과ᄂᆡ만니젼진의갓다가격년ᄒᆞ여도라와이곳의셔신ᄀᆡ이맛낫거ᄂᆞᆯ여줘하고로언어를블통하니무삼쥬읜지자셔이닐너나의〃심을덜게ᄒᆞ라환이고두왈쳔비엇지쥬모의존의를알니닛고마ᄂᆞᆫ소져의이곳유ᄒᆞ시믄무망즁환란을당ᄒᆞ와본부로가시ᄃᆞ가즁노의젹환을맛나위ᄐᆡᄒᆞ옵더니쥬인ᄃᆡᄉᆞ의신통으로구ᄒᆞ미오지어쥬뫼산즁외로온몸으로쥬군을맛나뵈오니이런다힝이업ᄉᆞᄃᆡ다만귀턱의득죄ᄒᆞ미등한치아닌지라이러므로안연이ᄃᆡ면ᄒᆞ기를붓그리시미오다른연괴아닌가ᄒᆞ나이다언파의오열ᄒᆞᄃᆞ가다시말을못ᄒᆞ거ᄂᆞᆯ승상이심니의참연ᄒᆞ여화평ᄒᆞᆫ언어로다시닐오ᄃᆡ네모로미부인ᄭᅴ고ᄒᆞ라학ᄉᆡᆼ이〃리오믄젼혀부인을찻고ᄌᆞᄒᆞ미어ᄂᆞᆯ여줘셕한을혐의ᄒᆞ여언

어를블통ᄒᆞ려ᄒᆞᄂᆞᆫ다환란을당ᄒᆞᆯᄊᆡ의싱이보지못ᄒᆞᆫᄇᆡ오노애쳐치ᄒᆞ시미어ᄂᆞᆯ너의쥬인이존구의박절하믈원ᄒᆞ미냐ᄌᆞ셔ᄒᆞᆫ말을드

5

려여쥐오가를원ᄒᆞ여아조거절ᄒᆞ려ᄒᆞ면ᄂᆡ지금으로냥아를품어도라가리라언파의긔위엄절ᄒᆞ니환이황공ᄒᆞ여부인긔고왈부인이엇지쥬군을보시나일언을부답ᄒᆞ여부도를닐흐시니잇가소졔졍식왈평일의너를지식이낫ᄂᆞᆫ가ᄒᆞ엿더니엇지이러틋암ᄆᆡᄒᆞ뇨ᄂᆡ평싱의ᄉᆞ모ᄒᆞᄂᆞᆫ바ᄂᆞᆫ님ᄉᆞ의덕을효칙고ᄌᆞᄒᆞ미어ᄂᆞᆯ뉘도로혀만고의업ᄂᆞᆫ허무ᄒᆞᆫ누명을시러세상의용납지못할몸이되여구가의츌부ᄒᆞᆫ몸으로심산궁곡의슘어거ᄂᆞᆯ이졔궁극히ᄎᆞ자와신근이담화코자ᄒᆞ니ᄂᆡ유무죄간누ᄒᆞᆫ몸이라무어슬빙거ᄒᆞ여어자러이발명ᄒᆞ며다ᄉᆞ이닷토리오환이고두왈부인존언이의리의맛당ᄒᆞ시나ᄉᆞ졍이ᄆᆡ몰ᄒᆞ시니소비히비이말ᄉᆞᆷᄒᆞ리이다부〃은졍은인력으로못ᄒᆞ옵ᄂᆞ니뉴시상공의박ᄃᆡ를밧으믄도시자긔팔ᄌᆡ니엇지일노말ᄆᆡ암아부인을ᄒᆡᄒᆞ리닛고뉴시ᄂᆞᆫ본ᄃᆡ교악지인이니상공이후ᄃᆡᄒᆞ실ᄉᆞ록더욱부인을ᄒᆡ코자ᄒᆞ리니과거ᄉᆞ를도시ᄀᆡ회ᄒᆞ실ᄇᆡ아니오지금의상공이쳔금지구로뼈

6

블원쳔리ᄒᆞ고니ᄅᆞ러계시거ᄂᆞᆯ부인이일언을블ᄀᆡᄒᆞ시니소비그윽히블쾌ᄒᆞᄂᆞ이다소졔노왈ᄂᆡ비록존구의용납지못ᄒᆞᆯ죄인이되여시나냥가부뫼쥬혼ᄒᆞ시고뉵녜ᄇᆡᆨ냥으로우귀ᄒᆞᆫ졍실이어ᄂᆞᆯ싱ᄉᆞ를모르고쳐자를심산벽쳐의셔맛ᄂᆞ시니이ᄂᆞᆫ텬우신조ᄒᆞᆫ일이니군ᄌᆡ경상의존ᄒᆞ므로뼈엇지음율을가져희롱ᄒᆞ리오ᄂᆡ비록블민ᄒᆞ나군자의구〃ᄒᆞᆫ졍의흔열ᄒᆞᄂᆞᆫ녹〃ᄒᆞᆫ아녀자의ᄒᆡᆼ실은취치아니리니너ᄂᆞᆫ이ᄃᆡ로고ᄒᆞ고다시번거이구지말나환이〃ᄃᆡ로고ᄒᆞ니승상이쳥파의이의숀ᄉᆞ왈복이십ᄉᆞ의부인으로더부러항여지의를ᄆᆡ자ᄆᆡ동년동쥬ᄒᆞ고ᄉᆞ즉동혈ᄒᆞ믈ᄆᆡᆼ세ᄒᆞ엿더니호ᄉᆡ다마ᄒᆞ여뉴녀를취ᄒᆞ니이곳부인신상마장이라ᄂᆡ굿ᄐᆞ여은ᄋᆡ를편벽곳하미아니라뉴녀의ᄒᆡᆼᄉᆞ를더러이너겨거절ᄒᆞ미러니복이츌졍ᄒᆞᆫ사이의의외환란을맛나부인의거쳐를모로니싱이

쥬류ᄉᆞ히ᄒᆞ여부뷔단합ᄒᆞ고부직상면코ᄌᆞᄒᆞ미어ᄂᆞᆯᄂᆡ일시음률을희롱ᄒᆞ여 부뷔반기고

7

ᄌᆞᄒᆞ미실네ᄂᆞᆫ되여시나부인이엇지넝안멸ᄃᆡᄒᆞ여가부를괄ᄃᆡᄒᆞᄂᆞ뇨만일이 곳의기리ᄂᆞᆺ고ᄌᆞ아니컨든녀필종부를ᄉᆡᆼ각ᄒᆞ여쾌히닙을여러ᄉᆡᆼ의마음을ᄉᆡ 훤케ᄒᆞ라부인이종시부답ᄒᆞ더니이러구로동방이긔ᄇᆡᆨᄒᆞᄆᆡ낭ᄋᆡ바야흐로잠 을ᄭᆡ여모친을부ᄅᆞ거ᄂᆞᆯ승상이아자의쇼ᄅᆡ를드ᄅᆞᄆᆡ블승흔희ᄒᆞ여연망이나 아가졉면교이ᄒᆞ여탐〃이ᄉᆞ랑ᄒᆞ니그작인을보건ᄃᆡ곤산의미옥이오여슈의 황금이라그사이장셩슈미ᄒᆞ여츈화갓흔용모와츄슈갓흔풍치ᄇᆡᆨ현과다라미 업ᄂᆞᆫ지라흔연쾌락ᄒᆞ고희허탄식ᄒᆞᄃᆡ부친이져갓흔긔질을ᄉᆞ〃ᄒᆞ려ᄒᆞ시던 고ᄒᆞ여심혼이요〃ᄒᆞᆫ지라슬상의안치고부인을향ᄒᆞ여왈낭아를보호ᄒᆞ여아 비낫츨다시보게ᄒᆞ믄다부인의공이라ᄉᆞ례ᄒᆞᆯ바를아지못ᄒᆞᆯ쇼이다소졔ᄯᅩ한 못듯ᄂᆞᆫ듯ᄒᆞ더니이윽고조반을드리거ᄂᆞᆯ승상이흔연이상을나오고부인을향 ᄒᆞ여우어왈슈년을상니ᄒᆞ엿다가지금모도이미쳔고승ᄉᆡ라맛당이식반을하 져ᄒᆞ쇼셔소졔정ᄉᆡᆨ단좌

8

ᄒᆞ여일언을블긔ᄒᆞ니승상이ᄇᆡᆨ단으로셜화ᄒᆞ나능히져를요동치못ᄒᆞ니자못 블호ᄒᆞᆯ지라간절ᄒᆞᆫ회푀셕목도동ᄒᆞᆯ거시로ᄃᆡ소져ᄂᆞᆫ맛참ᄂᆡ목인갓흐여밤인 즉각침의셔자고낫인즉먼니좌ᄒᆞ여상경여빈ᄒᆞᄂᆞᆫ지라일〃은승상이정ᄉᆡᆨ왈 그ᄃᆡ일작고셔를박남ᄒᆞ여지아비공경ᄒᆞᄂᆞᆫ네를거의알여든이졔ᄉᆡᆼ이몸이잇 부믈혜지아냐쳔신만고ᄒᆞ여도로풍상을ᄇᆡ블니격고쳔니를발셥ᄒᆞ여이의니 ᄅᆞ럿거ᄂᆞᆯ조금도감샤ᄒᆞ미업고도로혀니럿틋박졀이ᄃᆡ졉ᄒᆞ니무삼쥬의뇨ᄂᆡ 비록블회될지라도그ᄃᆡ로더부러이곳의한가지로ᄂᆞᆺ셔셰ᄉᆞ를ᄉᆞ절ᄒᆞ리라소 졔ᄉᆡᆼ각ᄒᆞᄃᆡ졔온지슈일이되ᄃᆡ도라갈의ᄉᆡᄉᆞ연ᄒᆞ니이ᄂᆞᆫ졔고집을셰우고ᄌᆞ ᄒᆞ미니만일지류ᄒᆞ면더욱블평ᄒᆞ리라의ᄉᆡ이의밋ᄎᆞᄆᆡ부득이한번셜화를펴 고ᄌᆞᄒᆞ여반향을침음ᄒᆞᄃᆞ가아미를슉기고염슬ᄃᆡ왈그ᄉᆞ이구고셩쳬안강ᄒᆞ

시고ᄯᅩ한친당쇼식을알고ᄌᆞᄒᆞ나이다드듸여아자의존망을무르니승상이일가평부

9

를젼ᄒᆞ고쳐음으로쇼져의셩음을드ᄅᆞᄆᆡ희츌망외라안모의화긔무로녹으니쇼졔졍식고왈쳡슈블혜나엄친교훈을듯잡고셩현셔를닑엇ᄂᆞ니일작결부의놉흔절과ᄇᆡᆨ희의고집을바라지못ᄒᆞ나ᄯᅩ한부창부슈ᄒᆞᄂᆞᆫ도리를ᄇᆡ화효봉구고와승슌군자ᄒᆞ믈게얼니아닐가ᄒᆞ더니쳡의인식블민ᄒᆞ여구고긔득죄ᄒᆞ미쳔고의업ᄉᆞᆫ경계라비록죽고ᄌᆞᄒᆞ나일단ᄉᆞ졍의거리씬거ᄉᆞᆫ완쳔을부지ᄒᆞ여부모의낫출ᄃᆞ시보고ᄌᆞᄒᆞ여괴로이투ᄉᆡᆼᄒᆞ엿거니와상공은ᄇᆡᆨ힝을슈신ᄒᆞᄂᆞᆫ군ᄌᆡ라부뫼ᄂᆡ친쳐ᄌᆞ를궁극히ᄎᆞᄌᆞ니실노블가ᄒᆞᆫ지라밧비도라가ᄉᆞ블효를더으지마르쇼셔설파의단엄졍슉ᄒᆞᆫ지라승상이비록텬지를ᄌᆡ작ᄒᆞᄂᆞᆫ도량이나엇지참괴치아니리오묵연양구의미쇼왈부인의말삼을드르니ᄉᆡᆼ의심ᄉᆡ자못상쾌ᄒᆞᆫ지라연이나부인이ᄉᆡᆼ을머무르고ᄌᆞᄒᆞ나ᄂᆡᄯᅩ한머무지아니려니와엇지이ᄃᆡ도록구박ᄒᆞ믈급히ᄒᆞᄂᆞ뇨옛사ᄅᆞᆷ은가부를바라미망부셕이되여시니그ᄃᆡ엇지모ᄅᆞ리오이ᄂᆞᆫ우리ᄃᆡ인

10

을역졍ᄒᆞ여ᄉᆡᆼ의게한을풀녀ᄒᆞ미로다소졔쳥파의어희업셔졍식왈군자의말ᄉᆞᆷ이억셜이시니다만명일도라가시믈바라ᄂᆞ이다쳡슈블혜나엇지망부셕의누ᄒᆞ믈힝ᄒᆞ리닛고언파의긔식이ᄂᆡᆼ담ᄒᆞ니소진의날닌혀와장의〃구변으로도말부치기어려온지라승상이오직묵연함쇼ᄒᆞ더라ᄎᆞ일노붓터셔로말을화답ᄒᆞ나침셕을당ᄒᆞ여ᄂᆞᆫ셔어ᄒᆞ미타문남녀갓더라쇼졔민〃ᄒᆞ여침식의맛슬모로니승상이져의긔식을지긔ᄒᆞ고ᄯᅩ한ᄉᆞ친지회간절ᄒᆞᆫ즁당자의ᄉᆞᄉᆡᆼ을염여ᄒᆞ여가고ᄌᆞᄒᆞ나쥬야ᄉᆞ렴ᄒᆞ던부인을맛ᄂᆞᄆᆡ깁흔은졍이슈유블니홀지라능히심ᄉᆞ를펴지못ᄒᆞ여안식이쵸쉐ᄒᆞ고흥미삽연ᄒᆞ니쇼졔민망ᄒᆞ여마음의상양ᄒᆞᄃᆡ고인이혹식으로ᄒᆞ여나라흘업치고집을망ᄒᆞᆫ다ᄒᆞ니ᄂᆡ한몸으로가부를어지리인도치못ᄒᆞ면부모의게블효를면치못ᄒᆞ리라ᄒᆞ여의식이의ᄆᆡᆺᄎᆞ

ᄆᆡ악연ᄒᆞ믈ᄭᆡ닷지못ᄒᆞ여한번쥭어져의한을온젼코자ᄒᆞ나네의〃당연ᄒᆞᆫ말삼으로ᄇᆡᆨ단ᄀᆡ유ᄒᆞ니승상이감동ᄒᆞ여

11

도라가고자ᄒᆞ나참아ᄯᅥ나지못ᄒᆞ여졍히쥬져ᄒᆞᆯ사이의유광이신쇽ᄒᆞ여ᄆᆡᆼ동쵸슌이되니산은옥을무은듯슈풀은〃으로삭인듯셜빙산ᄉᆡᆨ이ᄂᆡᆼ담ᄒᆞ여ᄆᆡ쾌만산의가득ᄒᆞ니졍ᄉᆡᆨ이가려ᄒᆞᆫ지라승상이ᄉᆞ친지회간졀ᄒᆞ여월하의산보ᄒᆞ며기리황셩을바라텬안을ᄉᆞ모ᄒᆞ니ᄉᆞ군ᄒᆞᄂᆞᆫ회ᄑᆡ깁더니우연이건상을살피니승상은본ᄃᆡ텬문지리를달통ᄒᆞ고흉즁의신ᄀᆡ묘산을겸ᄒᆞᆫ지라우연이한번텬상을쳠망ᄒᆞ니두목셩이광ᄎᆡᄒᆞ리고거문구름이엉기여거의ᄯᅥ러지려ᄒᆞ거ᄂᆞᆯ승상이ᄃᆡ경실ᄉᆡᆨᄒᆞ여여취여치ᄒᆞ다가반향후놀난마음을진졍ᄒᆞ여방즁의드러와소져다려한셜을아니코왈소ᄉᆡᆼ이명일경셩으로도라가리니ᄒᆡᆼ장을다ᄉᆞ리쇼셔소졔심즁의다ᄒᆡᆼᄒᆞ나일변고희너겨ᄉᆡᆼ각ᄒᆞᄃᆡ제도라갈ᄯᅳᆺ이표연ᄒᆞ니그심회를탁양키어렵도다ᄒᆞ여침음이러니승상이만식무심ᄒᆞ여다만빵아를슬상의언져어로만져종야토록졈목지못ᄒᆞ고희허장탄이러니소졔참품을자

12

임ᄒᆞ여츅하의셔다ᄉᆞ리ᄃᆡ조금도비쳑ᄒᆞᆫᄉᆞᄉᆡᆨ이업ᄉᆞ니심니의그졍결ᄒᆞ믈경복ᄒᆞ더라동방이기ᄇᆡᆨᄒᆞ니승상이니러쇼세ᄒᆞ고냥자를가로안아부인을ᄃᆡᄒᆞ여왈ᄉᆡᆼ이부모슬하를ᄯᅥ나두로발셥ᄒᆞ여그ᄃᆡᄌᆞ최를ᄎᆞ지나ᄃᆡᄒᆡ의부평쵸니어ᄃᆡ가어드리오속졀업시동셔남블으로헤다혀ᄎᆞ지ᄃᆡ어ᄃᆡ가어드리오형영이묘연ᄒᆞ더니텬우신조ᄒᆞ여이곳의와셔〃로맛나니족히평ᄉᆡᆼ회포를위로ᄒᆞᆯ지라엇지잠신들ᄯᅥ나리오마ᄂᆞᆫ부모의〃려지망을ᄉᆡᆼ각ᄒᆞ니이친지회간졀ᄒᆞ여도라갈마음이살갓ᄒᆞᆫ지라이제밧비도라가ᄂᆞ니블과달이진ᄒᆞ면소식을통ᄒᆞ리니그사이냥아를보호ᄒᆞ고방신을조심ᄒᆞ여기리무양ᄒᆞ라소졔다만원노의귀쳬진즁ᄒᆞ샤무ᄉᆞ히득달ᄒᆞ믈닐커ᄅᆞ니승상이ᄎᆞ시를당ᄒᆞ여ᄂᆞᆫ부인의옥슈를잡고냥아의등을어로만져연〃ᄒᆞ믈마지아냐참아ᄯᅥ나지못ᄒᆞ니셕시민

망ᄒᆞ여ᄡᅡᆯ니ᄒᆡᆼᄒᆞ믈ᄌᆡᆨ촉ᄒᆞ니승상이슈히못기를언약ᄒᆞ고ᄎᆡ원을블너왈그ᄃᆡ
의구활ᄃᆡ은은ᄇᆡᆨ골난망이라ᄃᆞ시부

13

탁ᄒᆞᄂᆞ니부인과공자를보호ᄒᆞ여나의차지믈기다리라그ᄉᆞ이ᄉᆡᆼ활한은혜ᄂᆞᆫ
갑ᄒᆞᆯ날이닛시리라ᄎᆡ원이고두왈폐암이비록간고ᄒᆞ오나부인과공자를봉양
치못ᄒᆞᆯ가근심ᄒᆞ리닛고노야ᄂᆞᆫ염여치마로쇼셔승상이칭ᄉᆞᄒᆞ고부인다려긔
약을부ᄃᆡ져바리지말나당부ᄒᆞ고ᄡᅡᆼ아를다시금어로만져참아ᄡᅥ나지못ᄒᆞ니
소제쳑연감회ᄒᆞ여왈쳡이한조각쇼회닛셔상공긔청ᄒᆞᄂᆞ니쳡은비록진문죄
인이나삼아ᄂᆞᆫ무죄ᄒᆞ니거두어존문의용납ᄒᆞ시면쳡이비록구텬의도라가나
함호결쵸ᄒᆞ리이다언파의옥뉘방〃ᄒᆞ니ᄉᆡᆼ이위로왈부인은부절업ᄉᆞ염여말
고방신을보젼ᄒᆞ여슈월만닛시면ᄉᆡᆼ이도라가ᄂᆞᆫ날을누명을신ᄇᆡᆨᄒᆞ여모자ᄉᆞ
인이고당의완젼ᄒᆞ니리엇지블길지언을ᄒᆞᄂᆞ뇨부인이쳥파의묵연부답ᄒᆞ여
심ᄉᆞ를정치못ᄒᆞ더라ᄎᆞ시진부의셔승상이츌유ᄒᆞᄆᆡ공의부뷔아ᄌᆡ즁병지여
의졀역산쳔의발셥ᄒᆞ니ᄒᆡᆼ혀실셥ᄒᆞ미닛실가염여ᄒᆞ여좌왜블평하니졔ᄉᆡᆼ이
화셩유어로ᄌᆡ삼위로ᄒᆞ더라뉴시승

14

상이나가므로븟터작심이능히오ᄅᆡ지못ᄒᆞ여졔ᄉᆡᆼ을헛ᄡᅳ리고져쇼져를능만
쳔ᄃᆡᄒᆞ고비복을참학ᄒᆞ며진공부〃긔블공ᄒᆞ미심ᄒᆞ니공이그ᄅᆞᆺ믈알ᄃᆡ능히
졔어치못ᄒᆞ더라댱파모녜공자를지극보호ᄒᆞ니뉴시능히틈을엇지못ᄒᆞ여번
뇌ᄒᆞᄂᆞᆫ즁자긔년긔이십의한낫골육이업ᄉᆞ니싀오지심이더옥발ᄒᆞ여ᄇᆡᆨ현을
쥭일의ᄉᆡ급〃ᄒᆞ니송ᄑᆡ이긔ᄉᆡᆨ을지긔ᄒᆞ고왈그ᄃᆡ슬히젹막ᄒᆞᆫ지라비록진ᄉᆡᆼ
이도라오나ᄉᆡᆼ산을바라지못ᄒᆞᆯ지라ᄡᆡ를ᄐᆞᆨ명문ᄃᆡ가의옥인군자를ᄐᆡᆨᄒᆞ여의
탁ᄒᆞ고유자ᄉᆡᆼ녀ᄒᆞ여ᄇᆡᆨ년을질기미조흐리니일작ᄒᆡᆼᄒᆞ라뉴시마음이〃의닛
셔원ᄒᆞ던비라ᄃᆡ희왈쳡이마음이닛션지오ᄅᆡᄃᆡ맛당ᄒᆞᆫ군자를엇지못ᄒᆞ여ᄒᆞ
더니슉모의말삼을드ᄅᆞᄆᆡᄉᆡᆼ각이간절하이다쳔시갈오ᄃᆡ블가하다거일의셕
시를츌거ᄒᆞᆯᄡᆡ의쳔금을ᄒᆞᆺ터종젹을업시ᄒᆞ엿고지금의진ᄉᆡᆼ이츌유ᄒᆞ여시니

졍히우합ᄒᆞᆫᄯᆡ라자ᄀᆡᆨ을광구ᄒᆞ여진ᄉᆡᆼ을쥭이고버거ᄇᆡᆨ현을ᄒᆡᄒᆞᆫ

15

후군자를마자ᄇᆡᆨ년동낙ᄒᆞ미엇지쾌치아니냐진ᄉᆡᆼ이필연소항쥐를지나리니그곳그윽ᄒᆞᆫ듸슘엇다가쥭이면졔엇지면ᄒᆞ리오뉴시ᄃᆡ희ᄒᆞ여ᄉᆞ〃ᄒᆞ고즉시쳔연화를황쥬로보ᄂᆡ니진ᄉᆡᆼ의셩명이엇지된고유시쳔시다려ᄇᆡᆨ현쥭일모ᄎᆡᆨ을무로니쳔시답왈ᄂᆡ게단약이〃시니음식의타먹인즉그릇슬밋쳐놋치못ᄒᆞ여즉ᄉᆞᄒᆞ리이다ᄒᆞ고ᄂᆡ여쥬니유시ᄃᆡ희ᄒᆞ여바다간슈ᄒᆞ고은자를만이쥬어그마음을흡죡키ᄒᆞ더라뉴시송파로더부러셜난각의니ᄅᆞ러시아를명ᄒᆞ여셔헌의가공자를쳥ᄒᆞ여오라ᄒᆞ니〃윽고공ᄌᆡ니르니뉴시흔연이좌를쥬고안기를명ᄒᆞ니공ᄌᆡ염슬단좌ᄒᆞᄆᆡ뉴시거즛ᄋᆡ연비ᄉᆡᆨ으로위로왈가련코어엿부다너의졍ᄉᆞ여ᄂᆡᄆᆡ양너의졍ᄉᆞ를측은이너기ᄃᆡ일신이ᄃᆡᄀᆡᆨ의분쥬ᄒᆞ여한번고문치못ᄒᆞ니모자지졍이가히박ᄒᆞ다니를지라금일은ᄃᆡᄀᆡᆨᄒᆞ고맛참남은음식이〃시니특별이너를블너슬푼졍ᄉᆞ를위로코자ᄒᆞ노라공ᄌᆡᄃᆡ왈셔모의은

16

양ᄒᆞ시미ᄉᆡᆼ모의지나시니모친졍녕이아ᄅᆞ이계실진ᄃᆡ엇지명〃즁감읍지아니리오뉴시셔모두자를듯고변ᄉᆡᆨ무언이어ᄂᆞᆯ송ᄑᆡ급히눈쥰ᄃᆡ뉴시ᄭᆡ다라안ᄉᆡᆨ을화평이ᄒᆞ고거즛우어왈ᄂᆡ비록의모나모자지졍은한가지라너ᄂᆞᆫ모로미나의향ᄒᆞᄂᆞᆫ졍을살펴나의졍을막지말나공ᄌᆡ왈셔모의지우ᄒᆞ신은혜를감ᄉᆞᄒᆞ오나봉힝치못ᄒᆞ오니블승황괴ᄒᆞ외다뉴시발연작ᄉᆡᆨ왈네셩현셔를보아시리니오날나의쥬ᄂᆞᆫ음식을먹지아니ᄒᆞ니녀후의짐살조왕ᄒᆞ던변을두리미냐공ᄌᆡᄎᆞ언을드ᄅᆞᄆᆡ심신이져상ᄒᆞ여묵〃부답ᄒᆞ고ᄂᆡ심의부친이ᄯᅥ날ᄯᆡ의뉴시아모음식을쥬어도먹지말나ᄒᆞ시미명〃ᄒᆞᆫ지라기세냥난ᄒᆞ여침음양구의송ᄑᆡ핍박ᄒᆞ여먹이려ᄒᆞ니공자의목슘이슈유의닛ᄂᆞᆫ지라ᄉᆞ셰졍히급박ᄒᆞ더니당ᄑᆡ셜환등으로셜난각의니ᄅᆞ러급히갈오ᄃᆡᄃᆡ상공이부르시니ᄲᆞᆯ니가라공ᄌᆡ연망이니러나졍당으로가니당파등이공자를보호ᄒᆞ여좃ᄎᆞ가ᄂᆞᆫ지라송파슉질이독

17

슈를부리지못ᄒᆞ고돌〃분한ᄒᆞ여뉴시즉시졍당의드러와공의면젼의머리를두다려왈노야ᄂᆞᆫ쳔쳡으로ᄒᆞ여금일작이친측의보ᄂᆡ여골육상잔ᄒᆞᄂᆞᆫ환을방비ᄒᆞ쇼셔공이놀나문왈현뷔무삼허물된일이닛ᄂᆞᆫ냐졸연이엇진말니뇨뉴시눈물을흘녀왈소쳡이노야와부인의지우ᄒᆞ신덕을닙ᄉᆞ와즁임을밧ᄌᆞ오나츈빙을드듼듯ᄒᆞ와쥬야의긍〃업〃ᄒᆞ옵더니공자의외로온졍을긍칙ᄒᆞ여ᄆᆡ양닛지못ᄒᆞ옵더니금일맛참나믄진찬이닛삽기로공ᄌᆞ를쳥ᄒᆞ여먹이려ᄒᆞ오니공ᄌᆡ먹지아니코왈ᄂᆡ조왕이아니어든그ᄃᆡ엇지녀후의독슈를힝ᄒᆞ려ᄒᆞᄂᆞ뇨ᄒᆞ고ᄯᅩ갈오ᄃᆡ늙근하라비졍신이혼몽ᄒᆞ여져갓흔요물의간모를ᄊᆡ닷지못ᄒᆞ고부즁의머무러명부의좌를더러이니엇지한심치아니리오슈욕이일구난셜이오니쳡으로말ᄆᆡ암아존젼의블공참욕이밋ᄉᆞ오니쇼쳡의죄슈ᄉᆞ난속이라바라건ᄃᆡ존구졔인은쳡의죄를다ᄉᆞ리샤쾌히ᄂᆡ치시고공자로ᄒᆞ여쳡

18

이희를닙지아니케ᄒᆞ쇼셔말을맛ᄎᆞ며머리를두다려슬피우니공이ᄎᆞ언을드ᄅᆞᄆᆡ분긔ᄇᆡᆨ장이나놉하시노로ᄒᆞ여금공자를잡아오라ᄒᆞ여곡직을블문ᄒᆞ고왈네아비뉴시를뉵녜로맛고ᄂᆡᄯᅩ졍실위를쥬엇거ᄂᆞᆯ네업슈히너기미말ᄌᆡ시녀갓치ᄒᆞ니이무삼도리뇨ᄃᆞ시공자의말을기다리지아니코ᄆᆡ마다고찰ᄒᆞ여십여장의니ᄅᆞ러피육이홀난ᄒᆞ고션혈이님니ᄒᆞ여옷슬젹시니가히앗갑다공ᄌᆡᄉᆞ셰의모친을니별ᄒᆞ고뉴시독슈의몸이맛게되니엇지ᄎᆞ셕지아니리오ᄎᆞ시공ᄌᆡ능히졍신을찰희지못ᄒᆞ니공이삼십장을즁타ᄒᆞ여ᄂᆡ치고왈후일다시그ᄅᆞ미닛시면즁치ᄒᆞ리니현부ᄂᆞᆫ믈너가라뉴시심ᄂᆡ의깃거ᄉᆞ례ᄒᆞ고믈너가다ᄎᆞ시공ᄌᆡ의외의낙미지익을맛나즁장을바다혼졀ᄒᆞ니시동이약을붓쳐구호ᄒᆞᄆᆡ오런후공ᄌᆡ겨유졍신을슈습ᄒᆞ여ᄐᆡ〃와야〃를부르고일셩장탄의다시혼졀ᄒᆞ니시동이약물을흘녀지셩으로구호ᄒᆞᄆᆡ공ᄌᆡ겨유인ᄉᆞ를졍ᄒᆞ여탄식왈ᄐᆡ〃ᄂᆞᆫ어듸계셔

19

평안하신지ᄂᆡᄃᆞ시야〃를뵈옵지못ᄒᆞ고황뎐의원귀되리로다ᄒᆞ고셜파의엄읍ᄋᆡ도ᄒᆞ니ᄉᆡᆼ되망연ᄒᆞᆫ지라시직급히댱파의게고ᄒᆞ니댱ᄑᆡᄃᆡ경ᄒᆞ여급히나와공자를보니ᄉᆡᆼ되망연ᄒᆞᆫ지라아모리홀쥴몰나다만공자를어로만져소ᄅᆡ를못ᄒᆞ더니정신을진정ᄒᆞ여오열비읍하여누쉬옷깃슬젹시더니공직인ᄉᆞ를졍ᄒᆞ여댱파를보고말을못ᄒᆞ여혈뉘종ᄒᆡᆼᄒᆞ고늣길ᄯᆞ롬이라ᄑᆡ차악ᄒᆞ믈니긔지못ᄒᆞ여상쳐의약을가라붓치ᄃᆡ쥬야로ᄐᆡ〃와야〃를블너비읍ᄒᆞ니형용이쵸췌ᄒᆞ여공산쵹뇌되여시니댱ᄑᆡ오열ᄎᆞ셕ᄒᆞ믈마지아니코졔ᄉᆡᆼ이아지못ᄒᆞ엿다가비로소알고모다나아와보니낭각의옥골셜뷔다써러져참블인견이라집슈유체왈슉부의실덕ᄒᆞ시미엇지ᄎᆞ경의밋칠쥴아라시리오ᄒᆞ고블승차탄ᄒᆞ거ᄂᆞᆯ공직비ᄉᆡᆨ을거두고왈ᄎᆞᄂᆞᆫ소질의삼가지못ᄒᆞᆫ죄라슉뷔엇지ᄃᆡ부를닐카라실덕ᄐᆞ하시ᄂᆞ뇨졔ᄉᆡᆼ이ᄎᆞ탄ᄒᆞ믈마지아니터라왕ᄉᆡᆼ댱파등이ᄇᆡᆨ현의상체ᄃᆡ단

20

ᄒᆞ믈근심ᄒᆞ여슌여의밋쳐겨유ᄉᆞ경을면ᄒᆞ니졔ᄉᆡᆼ과댱ᄑᆡ깃거갈ᄉᆞ록진심보호ᄒᆞ며승상의도라오기를날노기다리더라어시의승상이쳔만은ᄋᆡ를참고부인과빵아를니별ᄒᆞ고일필쥰마의한낫셔동을다리고완〃이ᄒᆡᆼᄒᆞ며세〃이ᄉᆡᆼ각ᄒᆞᄃᆡ셕시의ᄆᆡ물이거절ᄒᆞ미응당올커니와ᄂᆡ이번ᄒᆡᆼ도의젼혀셕시를위ᄒᆞ미러니텬ᄒᆡᆼ으로셔로맛나평ᄉᆡᆼ의ᄆᆡ친한을푸러시나하일의져의옥셜방신을신셜ᄒᆞ고일ᄐᆡᆨ의모다부〃부직완취ᄒᆞ여ᄇᆡᆨ년을화락ᄒᆞ여무흠이지ᄂᆡᆯ고ᄎᆞ탄ᄒᆞ믈마지아니며ᄯᅩ뉴시의간교요악ᄒᆞ믈ᄉᆡᆼ각ᄒᆞᄆᆡ참아일시도ᄃᆡ면ᄒᆞ기어려오니ᄎᆞ인은필경젼ᄉᆡᆼ업원이로다젼후의쇼경ᄉᆞ를혜아리ᄆᆡ신한골ᄂᆡᆼᄒᆞᆫ지라좌ᄉᆞ우상ᄒᆞᄃᆡ금번의쳔ᄒᆡᆼ으로이의니ᄅᆞ러간인의쇼위를다알아시나ᄂᆡ두의엇지쳐치ᄒᆞ여야후환이업술고ᄉᆡᆼ각이〃의밋ᄎᆞᄆᆡ심식울〃ᄒᆞ여침식의감미를모로고원노ᄒᆡᆼ녁의괴로오믈니졋더라ᄎᆞᆫ〃이ᄒᆡᆼᄒᆞ여졈의드러잘ᄉᆡᄎᆞ일월ᄉᆡᆨ이명낭ᄒᆞᆫ지라

21

승상이ᄉᆞ친지회더욱간졀ᄒᆞ여쥬인을블너술을나와ᄉᆞ오비를거우르ᄆᆡ쥬긔만면ᄒᆞ여인ᄒᆞ여창을열고월식을사랑하며셔촉을바라고탄왈명월은나의부인과ᄡᅡᆼ아닛는곳의빗최련만이진숙문은옥갓흔부인과긔린갓흔ᄡᅡᆼ아를니별ᄒᆞ고이곳의니ᄅᆞ러긱방고등의홀노안자졍회를눌과화답ᄒᆞ리오ᄒᆞ며젼〃반측ᄒᆞ여한잠을닐우지못ᄒᆞ고쥬졈을ᄯᅥ나촌촌이힝ᄒᆞ여소항쥐지계를당ᄒᆞᄆᆡ싱각ᄒᆞᄃᆡ소항쥬는텬하명승지지라한번유람ᄒᆞ여흉금을녈니리라ᄒᆞ고말을치쳐고쵸ᄃᆡ의올나보니산쳔이슈려ᄒᆞ여경ᄀᆡ졀승ᄒᆞ니진실노텬하승지라졍히힝ᄒᆞ여한곳의니르니이곳은뉵십니산곡이니긔암괴셕과창숑녹쥭이울〃창〃ᄒᆞ니텬일을보기어렵더라힝ᄒᆞ여슈리는가더니홍일이셔령의잠기고ᄌᆞᆨᄒᆞ니마음의방황ᄒᆞ더니슈목ᄉᆞ이의은〃이쵸당이뵈는지라다힝ᄒᆞ여문젼의니르러쥬인을부르니일ᄀᆡ노퓌막ᄃᆡ를집고나와문왈귀긱이무삼일노

22

쥬인을찻나뇨승상왈나는경ᄉᆞ인으로친쳑을보려항쥬의갓다가도라오는길의황혼이되여시니노파는일간방ᄉᆞ를빌니면일야를쉬고가리라노퓌왈산즁이누츄ᄒᆞ여귀인의거쳐ᄒᆞ실ᄇᆡ아니로쇼이다승상왈쥬인은부졀업순겸ᄉᆞ를말고다만방을빌니라노퓌안으로드러가더니방을쇼쇄하고승상을청ᄒᆞ거놀승상이셔동으로ᄒᆞ여금말을쵸장의ᄆᆡ라ᄒᆞ고힝니를방의드리고안졋더니이윽고노괴친히셕반을들고나와갈오ᄃᆡ노신의집이시지업기로노신이셕반을올니니너무츄ᄒᆞ믈혐의치말고하져ᄒᆞ쇼셔셔동이바다올니〃승상이칭ᄉᆞ왈과긱을이갓치후ᄃᆡᄒᆞ니지극감ᄉᆞᄒᆞ여라ᄒᆞ고하져홀ᄉᆡ비록진찬이아니나산치가경미혼지라먹기를다ᄒᆞ고상을ᄂᆡ미밤이깁도록잠을닐우지못ᄒᆞ든가긔운이잠간곤ᄒᆞ여조으더니믄득일위노인이뉵환장을집고승상을합ᄒᆞ여합장왈승상은별후무양ᄒᆞ시냐승상이장읍왈존식뉘신지모로ᄃᆡ무삼가라칠말이닛셔심야의니ᄅᆞ시뇨노승왈승

23

상이니젓도다왕년의강션암의셔보앗거와이졔급홰당두ᄒᆞ여시니승상은맛당이참요검을진이쇼셔ᄒᆞ고믄득간ᄃᆡ업거ᄂᆞᆯ놀나ᄭᆡ다르니침상일몽이라가장고희너겨좌우를도라보니셔동은잠이임의깁헛고ᄲᅧᄂᆞᆫ삼경이라힝장을뒤여참요검을쥐고안져시니원ᄂᆡ승상이참요검어든후로신변의ᄯᅥ나지아니터니이의ᄉᆡᆼ각ᄒᆞᄃᆡᄎᆞ검이필연이곳의셔쓰리라ᄒᆞ고고요이안져동졍을보더니ᄎᆞ시쳔연홰뉴시의후상을밧고만심환희ᄒᆞ여공자의먹을약을쥬고송파와뉴시를작별ᄒᆞᆯᄉᆡ뉴시쳔만부탁왈밋고밋ᄂᆞ니션ᄉᆡᆼ은날을위ᄒᆞ여진ᄉᆡᆼ을쾌이쥭여후환을업시하여쥬면은혜를갑흐리니션ᄉᆡᆼ은심여를허비ᄒᆞ여셩ᄉᆞᄒᆞ여도라오면탑을쓰러기다리〃다쳔시응낙고장속을졍히ᄒᆞ고급〃이ᄉᆞ즁의니ᄅᆞ러져의스승청괴를ᄃᆡᄒᆞ여왈졔ᄌᆞ금번힝노의진승상의부인뉴시의은혜를닙어시니가히그졍ᄉᆞ를아니도라보지못ᄒᆞᆯ지라션ᄉᆡᆼ은뎨자를위ᄒᆞ여한번슈고를앗기지

24

마르소셔쳔괴왈ᄂᆡ셰사의나지아닌지임의칠십년이러니너를위ᄒᆞ여나의집심을헐니로다아모케나계교를힝ᄒᆞ라쳔시왈뎨ᄌᆞ의소견의ᄂᆞᆫ즁노의가맛나거든쥭이면조흐리로다청괴왈ᄎᆞ계조흐나가치아니ᄒᆞ니항쥬팔십니안의일좌심산이〃시니그곳의가여ᄎᆞ〃〃유인ᄒᆞ미조흐리로다쳔시왈ᄉᆞ부의계괴맛당ᄒᆞ오니ᄲᆞᆯ니힝계ᄒᆞ쇼셔ᄒᆞ고이의이곳의은신ᄒᆞ여기다리더니이날승상의힝되임의니로니계교를닐쾌라ᄒᆞ고만심환희ᄒᆞ여밤즁을고ᄃᆡᄒᆞ더니청괴왈ᄂᆡ보니승상은텬신이호위ᄒᆞ니경히하슈치못ᄒᆞ리로다텬시안연왈ᄉᆞ부ᄂᆞᆫ이무삼말숨이니잇고뎨ᄌᆞ심녁을허비ᄒᆞ여일이거의되엿거ᄂᆞᆯ엇지즁노의폐ᄒᆞ리잇고아모케나뎨ᄌᆞ드러가보리라ᄒᆞ고비슈를ᄭᅵ고방즁의드리다르니믄득졍신이아득ᄒᆞᆫ지라고희너겨ᄉᆡᆼ각ᄒᆞᄃᆡᄂᆡ슈십년힝술ᄒᆞ여쳔만인을히ᄒᆞᄆᆡ이갓치아니터니고희토다그러나임의니ᄅᆞ러시니엇지힘〃이도라가리오ᄒᆞ고졍신을찰혀승상을향ᄒᆞ여비슈를더지니승상은간ᄃᆡ업고징연ᄒᆞᆫ소ᄅᆡ쁜

25

이라경황쥬져ᄒᆞ더니믄득승상이ᄃᆡ로ᄒᆞ여즐왈네산즁요물이로쇼니엇지감
히군자안젼의범ᄒᆞᄂᆞᆫ뇨ᄒᆞ고참요검을드러쳔시를치니검광으로좃ᄎᆞ머리ᄶᅧ
러지ᄂᆞᆫ지라청괴쳔시를보ᄂᆡ고마음의방하치못ᄒᆞ여밧게셔동졍을보더니쳔
시임의쥭ᄂᆞᆫ지라ᄃᆡ로ᄒᆞ여비슈를들고방즁의돌닙ᄒᆞ여쇼ᄅᆡ질너왈너ᄂᆞᆫ하등
지인이완ᄃᆡ감히나의뎨자를상ᄒᆡ오나뇨승상이ᄃᆡ로ᄒᆞ여참요검들고마조ᄡᆞ
화두은독이방즁의구으더니믄득일인이것구러지니이ᄂᆞᆫ청괴라광풍이ᄃᆡ작
ᄒᆞ고비린ᄂᆡ촉비ᄒᆞ니이ᄂᆞᆫ니어졍녕이라승상이두쥭엄을한구셕의드리치고
ᄒᆡᆼ장을슈습ᄒᆞ여날이밝기를기다려둘너보니한돌궁기닛고한편의금ᄇᆡᆨ이뫼
갓치ᄊᆞ혓거ᄂᆞᆯ시동으로운젼ᄒᆞ여굴밧그로ᄂᆡ여다가근쳐ᄇᆡᆨ셩을난화쥬니졔
인이고희너겨ᄉᆞ례ᄒᆞ더라승상이요졍을업시ᄒᆞ고ᄒᆡᆼ젼을ᄌᆡ촉ᄒᆞ여경ᄉᆞ의니
ᄅᆞ러부즁의드러가니졔ᄉᆡᆼ이마자반기며졍당의드러가부공과모친슬하의ᄇᆡ
알ᄒᆞ니공의부뷔반기며손을잡고원노의무ᄉᆞ왕반ᄒᆞ믈깃거ᄒᆞ니승상

26

이밧비긔후를뭇잡고긔거평상ᄒᆞ시믈보고심즁의고희너겨ᄉᆡᆼ각ᄒᆞᄃᆡ〃인이
무양ᄒᆞ시거ᄂᆞᆯ엇지장셩이흐리던고ᄒᆞ여심히의아ᄒᆞ더라졔ᄉᆡᆼ이문왈소항쥐
ᄂᆞᆫ번화지지라산텬경물이엇더ᄒᆞ던고승상이셔촉아미산풍경과항쥐번화물
ᄉᆡᆨ을셰셰이젼ᄒᆞ니졔ᄉᆡᆼ이승상의면목을바라칭복ᄒᆞ믈마지아니터라승상이
댱파모녀와숑파로셔로볼ᄉᆡ아자의형영이업사믈고희너겨좌우다려문왈ᄂᆡ
츌유ᄒᆞᆫ지슈삭만의도라오ᄆᆡ일가상ᄒᆡ다반기ᄃᆡ홀노아ᄌᆞ의종젹이업ᄉᆞ니졔
비록유츙ᄒᆞ나달포ᄶᅧ나던아비를반길쥴알여던그어인연괴뇨좌위밋쳐답지
못ᄒᆞ여셔숙혜닐오ᄃᆡ공ᄌᆡ슈일젼의즁상ᄒᆞ여셔당의셔치료ᄒᆞ나이다승상이
쳥파의냥미를빈츅ᄒᆞ믈마지아니터라승상이종일토록시좌ᄒᆞ여산쳔승경과
요괴잡던설화를말ᄉᆞᆷᄒᆞ여날이져물믈ᄭᆡ닷지못ᄒᆞ나도월암의갓던말은발셜
치아니ᄒᆞ니이ᄂᆞᆫ부모를긔이미아니라요인이좌우의닛시니간인이다시ᄒᆡᄒᆞ
미닛실가ᄒᆞ여언두의올니지아니〃

27

라셕반을파ᄒᆞ니공이아자를명ᄒᆞ여ᄉᆞ실의도라가편이쉬라ᄒᆞ니승상이슈명ᄒᆞ고혼졍을파ᄒᆞᆫ후물너셔당의나와아자를볼시차시공지잠간나은듯ᄒᆞ나어린아희즁상ᄒᆞ여골뷔상ᄒᆞ여시ᄆᆡ능히긔거를못ᄒᆞ시므로야〃의환가ᄒᆞ시믈알되나아가뵈옵지못ᄒᆞ고종일화협의누쉬연락ᄒᆞ더니이의야〃를뵈ᄆᆡ반가옴과깃부미넘져비회교집ᄒᆞᄆᆡ환연ᄒᆞᆫ희긔장부를요동ᄒᆞᄂᆞᆫ지라이의시동의게붓들녀니러맛ᄂᆞᆫ지라승상이도로붓들어상의누이고ᄉᆞᆫ을잡고머리를쓰다듬어왈오ᄋᆡ무삼징계이러틋즁ᄒᆞ뇨공지능히ᄃᆡ답지못ᄒᆞ고함누홀ᄯᆞ름이라승상이ᄯᅩ한감오ᄒᆞ여탄왈오ᄋᆡ무삼일노슬허ᄒᆞ여오리ᄶᅥ나다도라온아비심ᄉᆞ를비척케ᄒᆞᄂᆞ냐공지야〃의ᄉᆞᆫ을밧드러오열비읍ᄒᆞ거놀승상이역시눈물을흘녀왈너ᄂᆞᆫ무삼일노이갓치슬허ᄒᆞᄂᆞ뇨공지이의눈물을거두어왈블쵸지블민ᄒᆞ와몸을삼가지못ᄒᆞ여쵹상ᄒᆞ므로야애환가하시되진알치못ᄒᆞ오니죄만ᄉᆞ무셕이로쇼이다ᄒᆞ고희열ᄒᆞ믈마지아니〃승상이아자의

28

비척ᄒᆞ믈보고심시자연쳐감ᄒᆞ여마음의ᄉᆡᆼ각ᄒᆞᄃᆡ도뢰요원ᄒᆞ므로아자의위경을젹연이ᄭᆡ닷지못ᄒᆞ도다ᄒᆞ고공자의ᄉᆞᆫ을잡고등을어로만져근〃체〃ᄒᆞ미도로혀체면을닐코일셩삼탄이러니졔ᄉᆡᆼ이드러와좌우로버려안자담쇠자약ᄒᆞ더니말삼이긋치고조용ᄒᆞᄆᆡ승상이졔ᄉᆡᆼ다려기간가즁형셰와아자의병을무르니졔ᄉᆡᆼ이다만쵹상하므로모호이ᄃᆡ답ᄒᆞ고즁장당ᄒᆞ믈일졀긔이니승상이장신장의ᄒᆞ여ᄎᆞ야를아자와일침의누어품의픔고뉴시의말을다시금무로니공지셔모의블현지심이존당의알쇼ᄒᆞ여즁장당ᄒᆞᆫ일을언두의올녀고치아니ᄒᆞ니칠셰쇼아의위인을일노좃차가히알니러라승상이명조의신셩ᄒᆞ고조복을갓쵸아궐하의나아가복지ᄉᆞ은ᄒᆞ온ᄃᆡ상이크게반기샤ᄉᆞ쥬ᄒᆞ시고갈오샤ᄃᆡ츈궁이임의칠셰의밋쳐시ᄃᆡ지우금텩부를경치못ᄒᆞ엿더니경이엇지도라오기를더듸더뇨동궁은종ᄉᆞ의근본이오만민의부뫼며강산의님직라경곳아니면동궁의스승될지업ᄉᆞ니경은슈고를앗기지말고국

29

가의근본을도라보아금일노붓터동궁을경의게맛기ᄂᆞ니갈녁보호ᄒᆞ여짐의바라ᄂᆞᆫ바를져바리지말나승상이ᄃᆡ경ᄒᆞ여고두쥬왈신이무삼ᄌᆡ덕으로동궁을교도ᄒᆞ리닛고조정의원노ᄃᆡ신즁지덕이겸비ᄒᆞᆫ자를ᄐᆡᆨᄒᆞ샤츈궁을돕게ᄒᆞ쇼셔상이블윤ᄒᆞ샤갈오샤ᄃᆡ군신은부ᄌᆞ일쳬라짐이엇지경의ᄌᆡ조를아지못ᄒᆞ고츈궁을맛겨국지ᄃᆡᄉᆞ를그ᄅᆞ게ᄒᆞ리오ᄒᆞ시니승상이더욱황공ᄒᆞ여ᄃᆞ시쥬왈쇼신이엇지국가ᄃᆡᄉᆞ를근심치아니릿고마ᄂᆞᆫ년쇼부ᄌᆡᄒᆞ와즁임을능히감당치못ᄒᆞ올지니복원셩상은ᄌᆞ삼살피쇼셔상이노왈짐이경을밋기를슈족갓치ᄒᆞ거늘경이엇지ᄃᆡᄉᆞ를이갓치겸ᄉᆞᄒᆞᄂᆞ뇨이ᄂᆞᆫ짐을도라보지아니미니경은ᄃᆞ시말〃나ᄒᆞ시니승상이황공젼뉼ᄒᆞ여복지쥬왈신이실노감당치못ᄒᆞ와쥬달ᄒᆞ엿삽더니셩괴여ᄎᆞᄒᆞ시니신이비록노둔ᄒᆞ오나정셩을다ᄒᆞ와폐하의지우지은을만분지일이나갑ᄉᆞ오리이다상이ᄃᆡ희ᄒᆞ샤이의승상으로ᄐᆡ부를ᄒᆞ이시고왕상셔로쇼부를ᄒᆞ이샤즉일ᄒᆡᆼ공ᄒᆞ라ᄒᆞ시고인

30

ᄒᆞ여ᄐᆡᄌᆞ를명ᄒᆞ샤ᄐᆡ학의동가ᄒᆞ여닙학지녜를ᄒᆡᆼᄒᆞᆯᄉᆡ ᄐᆡᄌᆞᄐᆡ부와쇼부긔팔ᄇᆡᄃᆡ례를ᄒᆞ온ᄃᆡ냥공이공슈단좌ᄒᆞ여녜를밧고예궐슉ᄉᆞ후ᄎᆞ일노붓터냥공이닙직ᄒᆞ여ᄐᆡ자를가ᄅᆞ칠ᄉᆡ ᄐᆡᄌᆡ비록년유ᄒᆞ시나만민의부모시라춍명ᄌᆡ덕이엇지범인과갓흐리오ᄐᆡᄌᆡ삼시문안후죵일ᄉᆞ부를뫼셔시셔를강ᄒᆞ실ᄉᆡ냥공이의관을졍이ᄒᆞ고단졍이안자요슌지치와공ᄆᆡᆼ지도로인도ᄒᆞ더니일〃은상이ᄐᆡ자의문안ᄒᆞ믈인ᄒᆞ여기간비혼글을강ᄒᆞ라ᄒᆞ시니ᄐᆡᄌᆡ강셩이물흐ᄅᆞ듯ᄒᆞ거늘상이희식이만면ᄒᆞ샤물니를ᄒᆡᆯ문ᄒᆞ시니ᄃᆡ답이여류ᄒᆞ여ᄃᆡ히를ᄐᆡ노은듯ᄒᆞᆫ지라상이ᄃᆡ희ᄒᆞ샤냥공을픠쵸ᄒᆞ여좌를쥬시고친히향온을가득부어쥬시며갈오ᄃᆡ경등의이갓치근노ᄒᆞ믈무어스갑흐리오경은가지록힘을다ᄒᆞ라냥공이황공ᄒᆞ여어온을밧자와마시고둔슈쥬왈신등이본ᄃᆡᄌᆡ죄미ᄒᆞ오나셩지를역지못ᄒᆞ와부득이밧드오미츈궁뎐히요슌지치계시오니이ᄂᆞᆫᄉᆞ직의복경이오신민의ᄃᆡᄒᆡᆼ이로쇼이다ᄒᆞ더라

셰을묘이월일향목동셔

권지칠

1

슈져옥난빙 권지칠

화셜진티뷔쥬왈신이셩지를역지못ᄒᆞ와부득이봉지ᄒᆞ오미츈궁뎐히요슌지풍이가작ᄒᆞ시니사직의복경이오신민의더힝이라엇지미ᄒᆞᆫ직조의효험이〃시리닛고오날〃셩지는황숑무지로쇼이다상이갈오ᄉᆞ더경의공은후일다갑흐려니와아직표ᄒᆞ노라ᄒᆞ시고티부로쵸국공을봉ᄒᆞ시고소부로위국공을봉ᄒᆞ시니냥인이고두쥬왈쇼신이무츙ᄒᆞ와셩은을다갑지못ᄒᆞᆯ가쥬야긍〃업〃ᄒᆞ옵거늘엇지감히봉작을당ᄒᆞ리닛고복원셩상은셩지를거두샤신등으로ᄒᆞ여금평안케ᄒᆞ쇼셔ᄒᆞ고구지ᄉᆞ양ᄒᆞ온더상이그격졀ᄒᆞ믈보시고ᄒᆞᆯ일업셔슈쇼로위로ᄒᆞ시고삼십이찬후봉작ᄒᆞ리라ᄒᆞ시니조애흠복ᄋᆡ경ᄒᆞ더라ᄎᆞ시진티뷔셕공을보고셕시의닛는곳을말ᄒᆞ고ᄌᆞᄒᆞ나동문의드러간후일시도여ᄀᆡ업셔셕공을맛나지못ᄒᆞ여마음의번뇌ᄒᆞ더라ᄎᆞ일뉴시음심을것잡지못하여이의박시랑의아자문츈의화용을흠모ᄒᆞ여교통ᄒᆞ여셔로친ᄒᆞ미졍의교칠갓흐여음탕방

2

일ᄒᆞ미블가형언이라일야를친ᄒᆞᆫ후즉시잉티ᄒᆞ여졈〃만삭이갓가오더일ᄀᆡ젼연이아지못ᄒᆞ나엇지미양긔이리오형젹이탈노ᄒᆞᆯ가져어일계를ᄂᆡ여복통이닛셔능히즁궤를소임ᄒᆞᆯ길이업셔귀령을진공의게청ᄒᆞ니진공이쾌허ᄒᆞ여왈오가의졉빈지졀이번다ᄒᆞ니현부는부더조셥ᄒᆞ여속히도라오라뉴시복슈청명ᄒᆞ고즉시거교를찰혀본부로도라가니뉴공이교무ᄒᆞ여ᄉᆞ랑ᄒᆞ고송시이의녀아의손을잡아침쇼의도라와시가사젹을뭇고승상의은졍을무로미뉴시슈루더왈소녀의팔지험ᄒᆞ와져갓튼괴물을부졀업시ᄉᆞ모ᄒᆞ와져곳의닙현ᄒᆞᆫ후지금삼년의힝노인갓고혹침방을님ᄒᆞ나ᄉᆞ이의격쉬격ᄒᆞ여시니여ᄎᆞ괴물

은젼고미문이러이다송시ᄃᆡ경왈진실노이갓트면쳔금즁신을맛쳣도다ᄒᆞ고
누쉬여우ᄒᆞ더라인ᄒᆞ여옛침쇼를치오고잇더니월여의니ᄅᆞ러복통이심ᄒᆞ여
자리의누엇더니송시니ᄅᆞ러문왈녀아의병이엇지졸연이발ᄒᆞ뇨뉴시산졈으
로ᄂᆞᆫ복통인

3

즁아니참아얼골이달희여말을못ᄒᆞ고자연면식이취홍하며긔운이쳔촉ᄒᆞ더
니믄득일쳑남아를ᄉᆡᆼᄒᆞᄂᆞᆫ지라송시무망즁ᄎᆞ경을보ᄆᆡ슈족이썰니고면식이
여토ᄒᆞ여만힝이나말을못ᄒᆞ더니오런후탄왈너를독녀로길너〃와갓흔빵을
구ᄒᆞ여ᄇᆡᆨ년을동낙ᄒᆞ고우리후ᄉᆞ를빗닐가ᄒᆞ엿더니의외의ᄉᆡᆼ산ᄒᆞ믄엇지미
뇨너ᄂᆞᆫ실진무은ᄒᆞ라뉴시왈이일을송슉뫼다짐작ᄒᆞᄂᆞ니소녜엇지츌가ᄒᆞ온
후타인을ᄉᆡᆼ각ᄒᆞ리닛고마ᄂᆞᆫ진가축ᄉᆡᆼ은젼ᄉᆡᆼ원가런지소녀로ᄒᆞ여금세상의
용납지못ᄒᆞᆯ경계를당ᄒᆞ엿ᄉᆞ오니복걸ᄐᆡ〃ᄂᆞᆫ소녀의죄를샤ᄒᆞ시고조흔방약
을ᄉᆡᆼ각ᄒᆞ쇼셔송시쵸창ᄒᆞ다가도로혀위로왈임의업친물이라ᄒᆞᆯ일업ᄉᆞ니조
용션쳐ᄒᆞ고번거이구지말나너의부친이〃일을아ᄅᆞ시면너와ᄂᆡ다츌화를맛
날지라아직쇼문을젼셜치말나ᄒᆞ고가마니유모를어더아희를맛기고모녜밀
〃이상의ᄒᆞ여진부의ᄂᆞᆫ일향병이낫지못ᄒᆞ므로긔별ᄒᆞ고송파의게가마니통
긔ᄒᆞ니라어시의왕ᄐᆡ부인이

4

우연이득병ᄒᆞ여자못위즁ᄒᆞᄆᆡ가즁상히다황〃ᄒᆞ고왕부인이ᄯᅩ한니ᄅᆞ러좌
우를ᄯᅥ나지아니코병심을위로ᄒᆞ며진공ᄌᆡ자로와문병ᄒᆞ더니월여의잠간차
되잇셔병장을거두ᄆᆡ비로쇼왕문제ᄉᆡᆼ이마음놋코제뷔돌녀시침ᄒᆞ되왕부인
은모녀지졍이라참아ᄯᅥ나지못ᄒᆞ여진공긔간청ᄒᆞ여슈월허락을밧고모친을
위회ᄒᆞᄆᆡ진공ᄌᆡ자로왕ᄂᆡᄒᆞ여조모를뵈옵고왕공자등으로더부러정의자별
ᄒᆞ여친동긔와다ᄅᆞᆷ이업더라ᄎᆞ설녜부상셔범등의자ᄂᆞᆫ군평이라범문졍공의
후예니ᄉᆞᄅᆞᆷ되오미단엄졍직ᄒᆞ고관홍ᄃᆡ신이라일즉등과ᄒᆞ여벼슬이녜부상
셔의니ᄅᆞ러임군을츙셩으로셤기고ᄇᆡᆨ셩을인의로권양ᄒᆞᄆᆡ텬ᄌᆡ녜ᄃᆡᄒᆞ시고

만죄츄앙ᄒᆞᄂᆞᆫᄇᆡ로ᄃᆡ다만왕시졔공이진ᄐᆡ부로더부러지심지긔되여빈〃왕ᄂᆡᄒᆞ여졍의상통ᄒᆞ더라실즁의한시ᄂᆞᆫᄯᅩ한명문지녀로요조현슉ᄒᆞ여ᄉᆡᆨ덕이겸비ᄒᆞᄆᆡ범공이지극ᄋᆡ즁ᄒᆞ여동쥬십여년의삼자일녀를두어시니긔〃이옥슈경지로ᄃᆡ녀아월혜가장춍혜과ᄌᆡ

5

ᄒᆞ고ᄉᆡᆨ덕이구비ᄒᆞ고녜긔를열남ᄒᆞ여효힝녜졀이족히슉녀의상원위를ᄉᆞ양치아닐지라범공이ᄆᆡ양부인을ᄃᆡᄒᆞ여왈월혜의빵을어ᄃᆡ가구ᄒᆞ여평ᄉᆡᆼ을쾌케ᄒᆞ리오ᄒᆞ며자ᄋᆡ지극ᄒᆞᄆᆡ명문ᄃᆡ가의졔공자를유의ᄒᆞ더라공이일〃은왕부의니ᄅᆞ러더니셔헌이공허ᄒᆞᆫ지라무류히ᄇᆡ회ᄒᆞ더니믄득바ᄅᆞᆷ을좃차글소ᄅᆡ나거ᄂᆞᆯ자셔이드ᄅᆞᄆᆡ어린봉이관산의셔우지〃ᄂᆞᆫ듯ᄒᆞᆫ지라마음의황홀ᄒᆞ여ᄉᆡᆼ각ᄒᆞᄃᆡ이즁의녀아의ᄇᆡ필이될ᄌᆡ닛ᄂᆞᆫ가ᄒᆞ여급히셔당의나아가멀니바라보니일긔동ᄌᆡ난간을의지ᄒᆞ여글을닑거ᄂᆞᆯ가마니살펴보니옥골션풍이흠억쇄락ᄒᆞ여진짓긔셰군ᄌᆡ라공이일견의ᄉᆡᆼ각ᄒᆞᄃᆡ이런인물은본바쳐음이라ᄒᆞ여블승경탄ᄒᆞ더니믄득한무리아희안으로좃차나와닐오ᄃᆡ창문아부용졍의가ᄆᆡ화를구경ᄒᆞ자ᄒᆞ니그아희닐오ᄃᆡ나ᄂᆞᆫᄐᆡ〃를뵈옵지못ᄒᆞᄆᆡ풍경의뜻이업노라ᄒᆞ거ᄂᆞᆯ범상셰ᄋᆡ모ᄒᆞ믈니긔지못ᄒᆞ여심하의ᄉᆡᆼ각ᄒᆞᄃᆡ차ᄋᆡ졔왕등의긔츌

6

인가져의말노뼈볼진ᄃᆡ그모친이업ᄂᆞᆫ가시부ᄃᆡ졔왕등은실ᄂᆡ업ᄉᆞ믈듯지못ᄒᆞ고오직진쳔양의부인이가화로인ᄒᆞ여종젹을아지못ᄒᆞᆫ다ᄒᆞ더니ᄎᆞᄋᆡ필연쳔양의긔츌이로다하더니그아희범상셔를보고놀나피ᄒᆞ려ᄒᆞ거ᄂᆞᆯ상셰쌜니나아가공자를향ᄒᆞ여왈션동은피치말나공ᄌᆡ범공이갓가이니ᄅᆞ러말ᄒᆞ믈보ᄆᆡ다시피치못ᄒᆞᆯ쥴알고안셔이당의나려마질ᄉᆡ공이공자의ᄉᆞᆫ을잡고당의오ᄅᆞᄆᆡ진공ᄌᆡ범공을향ᄒᆞ여ᄇᆡ례ᄒᆞ고ᄀᆡᆨ셕을밀워아지시믈청ᄒᆞ니그녜모동지차착이업셔흡연이노셩군자의모양이라범공이탐혹ᄒᆞ여공자의ᄉᆞᆫ을잡고문왈너의셩명을듯고ᄌᆞᄒᆞ노라공ᄌᆡ공경ᄃᆡ왈소자ᄂᆞᆫᄐᆡ부진공의장ᄌᆡ오명은ᄇᆡᆨ

현이오자ᄂᆞᆫ창윤이로쇼이다범상셰져의풍용과언ᄉᆡ긔이ᄒᆞ믈보고탐혹ᄒᆞ여우문왈너의년긔몃치뇨공직ᄃᆡ왈셰상을아란지칠년이로소이다언미흘의시즁이나오며닐오ᄃᆡ범군평이언졔왓관ᄃᆡ소뎨ᄂᆞᆫ아니찻고소아로더부러무삼슈작을ᄒᆞᄂᆞᆫ

7

뇨범공이웃고ᄃᆡ왈발셔니ᄅᆞ러더니형은보지못ᄒᆞ고일기션동을맛나긔이ᄒᆞᆫ풍도를구경ᄒᆞ고긔특ᄒᆞᆫ언사를드르니마음의쾌열ᄒᆞ여밋쳐형을찻지못ᄒᆞᆫ괘라시즁이웃고닐오ᄃᆡ진아ᄂᆞᆫ긔린이라엇지션동의비ᄒᆞ리오ᄒᆞ고자리의나아가ᄆᆡ진공직셩안을나작이ᄒᆞ고시즁의겻ᄒᆡ안지니범공이시즁으로더부러한훤필의오ᄅᆡ상종치못ᄒᆞ믈닐컷고범공이ᄃᆞ시갈오ᄃᆡ소뎨뎐힝으로진형의긔린을보니졔비록유미ᄒᆞ나네모거지와언ᄉᆞ쳐변이그부친과다ᄅᆞ미업사니진실노진가쳔리구오국가의동양이되리로다시즁이함쇼왈군평의지인지감이진실노고명ᄒᆞ도다질아ᄂᆞᆫ과연범ᄋᆡ아니미소뎨등이ᄯᅩ한사랑ᄒᆞ노라범공왈졔능히셔ᄉᆞ를통ᄒᆞᄂᆞ냐시즁왈아직년유ᄒᆞ기로가ᄅᆞ치지못ᄒᆞ엿시나졔능히ᄉᆞ셔삼경의〃미를통ᄒᆞ나니라ᄒᆞ여담화ᄒᆞ더니쳔경등졔ᄋᆡ나와범공을향ᄒᆞ여네필의진공자를향ᄒᆞ여왈창문아야애셔당의안지ᄉᆞ글을강논ᄒᆞ시며밧비부ᄅᆞ시더라공직

8

안셔이니러나범공을향ᄒᆞ여지비하직왈종일토록뫼시고교회ᄒᆞ시믈듯잡고자ᄒᆞ엿더니이졔슉부의부ᄅᆞ시ᄂᆞᆫ명이닙습기로역명치못ᄒᆞ올지라하졍의결울ᄒᆞ오나하직을고ᄒᆞ나이다ᄒᆞ고셜파의표연이드러가니졔아등이ᄯᅩ한ᄯᆞᆯ아드러가ᄂᆞᆫ지라왕문졔ᄋᆡᄯᅩ한범상ᄒᆞᆫ아ᄒᆡ아니로ᄃᆡ진공자와겻지오ᄆᆡ양의무리의긔린갓고오작즁의봉황이오고기즁용이라범공이졍신을닐허먼니바라보더니쇼벽쳐ᄃᆡ찬왈미지며긔지로다ᄒᆞ며심즁의가마니녀아를위ᄒᆞ여만심환희ᄒᆞ더라시즁이쥬찬을나와범공과종일달난ᄒᆞ고셕양의흣터지니라ᄎᆞ시셕시길운이도라오니복션화음지리명〃ᄒᆞᆫ지라부운이엇지일월광휘를아스

리오ᄎᆞ시텬시요인이임의쥭으미뉴시와송파의심담이ᄯᅥᆺ쳐진지라진공이요약을진어치아니미정신이졈〃밝가ᄭᅵ닷기를당ᄒᆞ미셕ᄉᆞ를뉘웃쳐가마니싱각ᄒᆞ딕셕시본딕슉녀명완이어늘참아엇지그런더러온힝실을ᄒᆞ여시리

9

오빵아ᄂᆞᆫ닉집보비어늘엇지참아힝치못홀일을ᄒᆞ엿던고뉴시ᄂᆞᆫ쳔인이어늘엇지졍실을삼앗던고모란졍의셔셕시음젹으로더부러말ᄒᆞ던양을닉친견ᄒᆞ여시니의심업다ᄒᆞ려니와셔간일ᄉᆞ와츈잉의쵸ᄉᆞᄂᆞᆫ의심이업지아냐요인이즁보를가져다릭므로쥬인을히ᄒᆞ민가셕시를닉치미악쇼년이아ᄉᆞ가다ᄒᆞ니셕시만일의그런힝싀닛시면본부로가셔조가로가려든엇지타쳐로가리오닉이믜의게홀닌비되어딕ᄉᆞ를경솔이쳐치ᄒᆞ여시니뉘웃치나엇지밋차리오ᄯᅩ싱각ᄒᆞ딕빅현은져의모를달무미만커니와빵아ᄂᆞᆫ졔아비를달무미만은지라만일타인의골육이면엇지그딕지달무리오만금은엇기쉬오나빵아ᄂᆞᆫ엇기어려온지라가히앗갑도다어딕를지향ᄒᆞ여ᄎᆞ지리오져젹의닉빅현을무슈난타ᄒᆞ여시니나의ᄉᆞ오나미고슈의아릭되지아니리로다하면목으로구쳔타일의조종의뵈오며ᄉᆞ라셔셕공을ᄃᆞ시보리오의싀이의밋쳐ᄂᆞᆫ희허장탄ᄒᆞ고날이오릭미공의등의

10

종긔ᄂᆞ니슈일이못ᄒᆞ여병셰위돈ᄒᆞ거늘일기황〃ᄒᆞ여승상의게긔별ᄒᆞ니승상이듯고딕경ᄒᆞ여틱자긔고왈신의아비즁병이슈유의닛다ᄒᆞ오니잠간몸을비러나아가병셰를보아지이다쥬파의슈식이만면ᄒᆞ거늘틱지드ᄅᆞ시고ᄯᅩ한비쳑ᄒᆞ샤허ᄒᆞ시니틱뷔ᄯᅩ텬자긔쥬ᄒᆞ딕신의아비병이위경이라ᄒᆞ오니슈월말미를쥬시면아비병을다ᄉᆞ리고ᄌᆞᄒᆞ나이다상이경문왈경뷔무삼병이드럿ᄂᆞ뇨이ᄂᆞᆫ인자지되라엇지가보지아니리오빨니가병을보아ᄎᆞ경을엇게ᄒᆞ라ᄒᆞ시고어의로간병ᄒᆞ라ᄒᆞ시니틱뷔황공감은ᄒᆞ여텬은을슉ᄉᆞᄒᆞ고본부로도라와바로정당의드러가부공긔뵈온딕공이탄왈나의병은현부를츌거ᄒᆞᆫ죄로다지금후회ᄒᆞ나엇지밋ᄎᆞ리오ᄒᆞ고오열ᄒᆞᄂᆞᆫ지라틱뷔부복ᄒᆞ여화셩유어로

위로왈야〃는부졀업순심역을허비ᄒᆞ와병심을상히오지마로쇼셔ᄒᆞ며인ᄒᆞ여창쳐를보미병근이더단ᄒᆞ여위경의니른지라텨뷔마음의

11

쵸조ᄒᆞ여조복을후리치고쥬야로시병홀식어의니로러황명을젼ᄒᆞ고간병ᄒᆞ믈쳥ᄒᆞ거늘텨뷔한가지로나아가볼식창톄더단ᄒᆞ여졸연이곳치기어려온지라어의왈병근이슈히쾌복ᄒᆞ시기어려오니셔〃이다스리쇼셔ᄒᆞ고도라가니라텨뷔블탈의디ᄒᆞ고쥬야구호ᄒᆞ디가감이업ᄂᆞᆫ지라일〃은진공이병이위즁ᄒᆞ여ᄌᆞ로혼졀ᄒᆞ니텨뷔황〃망조ᄒᆞ여후원깁흔곳의나아가목욕ᄒᆞ고삼쥬야를텬지긔도츅ᄒᆞ여자긔명으로디신ᄒᆞ고부공의병을낫게ᄒᆞ옵쇼셔ᄒᆞ고졍셩을다ᄒᆞ여텬의를감동ᄒᆞ게ᄒᆞ미엇지차되업ᄉᆞ리오진공이일야ᄂᆞᆫ혼졀ᄒᆞ여인ᄉᆞ를모로더니혼미즁일위션관이공의압희나와왈공의신쉬블길ᄒᆞ엿더니텨뷔의졍셩을하날이감동ᄒᆞ샤날노ᄒᆞ여금공의병을구ᄒᆞ라ᄒᆞ시미이의왓ᄂᆞ니효자의셩의를감동ᄒᆞ라ᄒᆞ고ᄉᆞ미로셔환약한긔를니여쥬거늘진공이바다먹으니장위쳥활ᄒᆞ고졍신이상쾌ᄒᆞᆫ지라인ᄒᆞ여ᄉᆞ례왈노션의쥬시는

12

약이신효ᄒᆞ여즉긕의병이나은듯ᄒᆞ니감ᄉᆞᄒᆞ믈칭양치못ᄒᆞ나이다ᄒᆞ고놀나찌다르니침상일몽이라공이졍신을찰혀둘너보니텨뷔황〃망조ᄒᆞ여누쉬종힝ᄒᆞ니안식이여회ᄒᆞ여슈족을쥐무르며부인과왕부졔공이며댱송낭픠다황〃ᄒᆞ거늘공왈오아ᄂᆞᆫ너모번뇌치말나니몽즁의션약을먹더니병이쾌쇼ᄒᆞ도다ᄒᆞ고인ᄒᆞ여쥭음을찻ᄂᆞᆫ지라텨뷔미음을밧드러드리며긔후를뭇자온디진공이몽즁의션관이약쥬던ᄉᆞ연을일〃이젼ᄒᆞ며일변미음을먹고니러안지니텨뷔만심환희ᄒᆞ여종쳐를보미바야흐로독혈이님니ᄒᆞ고졍신이쳥낭ᄒᆞ미셕ᄉᆞ를뉘웃쳐싱각ᄂᆞᆫ일이만터라공이졈〃쾌복ᄒᆞ여월여의거지여상ᄒᆞ니일긔디열ᄒᆞ고텨부의질거오미비홀듸업더라ᄎᆞ시뉴시칭병ᄒᆞ고오지아니ᄒᆞ니창텬이무심ᄒᆞ시나살피미쇼〃한지라군자숙녀를각별이유의ᄒᆞ시니간인이엇지미양계교를맛차리오텨뷔월여를근노ᄒᆞᄃᆞ가마음을노흐미여러가지병과

다리버흰상체즁ᄒᆞ여셔당의셔조리ᄒᆞ더니ᄎᆞ

13

시즁동이라ᄃᆡ셜이비〃ᄒᆞ고한풍이쇼슬ᄒᆞ니졍히시흥이도〃ᄒᆞᆫ지라왕부졔공이각〃시축을나와창화ᄒᆞ여모든글을나와고하를졍ᄒᆞᆯ시비록아름다오나활발ᄒᆞ미업ᄉᆞ니승상왈졔형의글이비문ᄒᆞ나다만허탄ᄒᆞ미험이어니와소뎨일복화젼을어드니문치쵸츌ᄒᆞ더이다ᄒᆞ고빨니셜희당의가두로ᄎᆞ지ᄃᆡ형영이업고가상우희셔긔방황ᄒᆞᆫ지라고희너겨나려보니부인의장신지물이라그즁의젼일일흔옥난자웅이잇거ᄂᆞᆯᄌᆞ셔이보니자긔집젼가지뵈라ᄃᆡ경ᄒᆞ여ᄉᆞ믜의넛코가마니ᄉᆡᆼ각ᄒᆞᄃᆡᄎᆞ믈이엇지ᄒᆞ여이곳의닛ᄂᆞᆫ고일노좃ᄎᆞ셕시의ᄋᆡ믜ᄒᆞᆫ누명을신셜ᄒᆞ리로다ᄒᆞ고즉시왕문졔공과한가지로졍당의드러가니공의부뷔좌ᄒᆞ엿거ᄂᆞᆯ압희나아가나작이알외ᄃᆡ젼일조ᄉᆡᆼ이옥난을가져갈ᄲᅦ의야애친히보아계시니닛가공이아자의졸연이무ᄅᆞ믈보고ᄯᅩ한고희너겨침음냥구의왈ᄂᆡ그ᄲᅦ의친히본비니엇지ᄉᆡ로이뭇ᄂᆞ뇨ᄐᆡ뷔복슈고왈조가축ᄉᆡᆼ이가져간옥난이엇지ᄒᆞ여뉴시침소의닛숩ᄂᆞᆫ

14

지그일을아지못ᄒᆞ와부젼의고ᄒᆞ나이다공이쳥파의고희너겨왈네그릇보도다ᄂᆡ기시의목견ᄒᆞ엿ᄂᆞ니엇지뉴시의방의닛시리오ᄐᆡ뷔ᄉᆞ믜로셔옥난자웅을ᄂᆡ여밧드러드리니공이보믜일허던옥난일시분명ᄒᆞ니셔긔방황ᄒᆞ여방안의조요ᄒᆞ거ᄂᆞᆯ공이냥안이두렷ᄒᆞ여반향을믁〃ᄒᆞ더니믄득셔안을치며왈고희타ᄂᆡ분명조ᄉᆡᆼ이가져가믈보앗거ᄂᆞᆯ엇지ᄒᆞ여이의닛ᄂᆞᆫ고부인이ᄯᅩ한놀나왈옥난이뉴시방즁의닛시믈아지못ᄒᆞᆯ일이로다공이〃의아자와졔왕등을거나려ᄃᆡ셔헌의나와좌를졍ᄒᆞ고이의형벌긔구를갓쵸고쵀유랑을잡아ᄂᆡ여ᄭᅮᆯ니고여셩엄문왈젼일의닐흔옥난이엇지ᄒᆞ여뉴시침쇼의닛ᄂᆞ뇨젼후실상을바로알외라만일직고치아니면결단코장하의명을ᄭᅳᆫᄎᆞ리라ᄒᆞ니쵀유랑이블의〃잡혀와호령을당ᄒᆞ미혼비빅산ᄒᆞ여쳔뎐빅일의벽역이나리친듯ᄒᆞ미머리를숙이고능히ᄃᆡ답지못ᄒᆞ거ᄂᆞᆯ진공이ᄃᆡ즐왈이요악찰네엇지감히복쵸치

아니ᄒᆞᄂᆞ뇨ᄒᆞ

15

며ᄌᆡ촉이셩화ᄀᆞᆺᄒᆞᄃᆡ종시부답이어ᄂᆞᆯ공이ᄃᆡ로ᄒᆞ여시노를호령ᄒᆞ여형틀의올녀ᄆᆡ여엄형ᄒᆞᆯ시ᄆᆡ마다고찰ᄒᆞ여피육이ᄡᅥ러지고셩혈이돌지ᄒᆞ니유랑이견ᄃᆡ지못ᄒᆞ여크게웨여왈잔명을살으시면직쵸ᄒᆞ리이다공이치기를날호여긋치라ᄒᆞ고쵸ᄉᆞ를바들ᄉᆡ유랑이일〃이직쵸ᄒᆞ여왈당쵸의뉴시상사회포와송유파와뉴낭〃의ᄯᆞᆯ이던말이며소비의오라비계집이둔갑장신ᄒᆞ믈알고뉴시스승을삼아긔용단과회심단과면회단뉴를가져설계ᄒᆞ여셕시를모함하여츌거ᄒᆞ미며쇼공자를짐살ᄒᆞ려ᄒᆞ던일을낫〃치알외니공이듯기를다못ᄒᆞ여노긔ᄃᆡ발ᄒᆞ여봉목을놉히ᄯᅳ고좌를안졉지못ᄒᆞ니늠열ᄒᆞᆫ긔위한텬풍셜이라좌위막블앙시ᄒᆞ고한〃이쳠의ᄒᆞ더라공이ᄯᅩ한격졀탄싱ᄒᆞ여ᄃᆞ시문왈그요괴로온약□존당의밋치미잇더냐유랑이소ᄅᆡ를놉혀고왈작용이〃의밋쳐시니엇지존당의범치아냐시리오약명이미혼단이라ᄒᆞ더이다뉴시ᄣᅢ마다식상의셕거존당

16

의나오니ᄃᆡ노애졍신이미란ᄒᆞ샤뉴시의말을신청ᄒᆞ샤소공ᄌᆞ의즁ᄎᆡᆨ당ᄒᆞ미다이연괴라하마ᄒᆞ더면목슘을보젼치못ᄒᆞᆯ번ᄒᆞ옵고다시존당의짐살지변을거의당ᄒᆞᆯ번ᄒᆞ엿더니뉴시복즁우환으로ᄒᆞ여본부의귀령ᄒᆞ여인ᄒᆞ여도라오지아니시기로지금쳔연ᄒᆞ오나본시송파슉질이머리를맛쵸아구〃이흉ᄉᆞ를모의ᄒᆞ여진문을아조맛치려ᄒᆞ더니하날이놉흐시나살피미명〃ᄒᆞ여상공이츌유ᄒᆞ신ᄉᆞᆷᄉᆞ삭만의도라오시니놀난톳기ᄐᆡ산ᄀᆞᆺ흔ᄆᆡᆼ호를본듯ᄒᆞ와ᄭᅩ리를움치고다시하슈를못ᄒᆞ고뉴부로물너갓나이다소비ᄂᆞᆫ시기ᄂᆞᆫ바와ᄒᆡᆼᄒᆞᄂᆞᆫ일을보아실ᄲᅮᆫ이오니일명을살오시믈바라나이다공이쳥파의분긔ᄃᆡ발ᄒᆞ여유랑을즁타ᄒᆞ여ᄂᆡ치고기여시녀ᄂᆞᆫ다각〃즁타ᄒᆞ고시노를명ᄒᆞ여송유인을잡아오라ᄒᆞ니ᄐᆡ뷔공의면젼의ᄭᅮ러고왈ᄎᆞᄉᆞᄂᆞᆫ셔모의간셥ᄒᆞᆫᄇᆡ아니오뉴녀의ᄭᅬ오믈듯고능히ᄭᆡ닷지못ᄒᆞ여일시참셥하미닛시나이ᄂᆞᆫ슈창이아니오니셔

모를용셔ᄒᆞ미디덕일가ᄒᆞᄂᆞ이다공이노왈젼후ᄉᆡ다송녀의지휘ᄒᆞ미어늘만일송녀를살나두면후일노부를짐

17

살ᄒᆞ리니쾌히쥭여후환을덜리라티뷔관을벗고계의나려ᄋᆡ걸왈이일은블쵸아의블명ᄒᆞᆫ허믈이오셕시의ᄋᆡᆨ운이공참ᄒᆞ므로뉴녀의디간디악의연고니뉴녀를논죄ᄒᆞ시와후환을업시ᄒᆞ시고셔모를샤ᄒᆞ쇼셔히ᄋᆡ비록블츙블효ᄒᆞ오나위ᄀᆞ삼티ᄒᆞ오니만일쇼ᄌᆞ의연고로셔모의게연누ᄒᆞ온즉하면목으로됴항의참예ᄒᆞ리닛고복망야〃는블쵸자의어린뜻을살피쇼셔설파의빵뉘종힝ᄒᆞ니공이아ᄌᆞ의소회를드ᄅᆞ미깁히감동ᄒᆞ여노를강잉ᄒᆞ여안식을화평이ᄒᆞ니좌위다그셩효를흠탄ᄒᆞ여공을권ᄒᆞ여식노케ᄒᆞ니공이침음타가인ᄒᆞ여아자와왕싱등을다리고ᄂᆡ당의드러오니ᄎᆞ시왕부인이아직옥난을어더공긔드리믈보미망연헌마음이홀연이ᄭᆡ쳐싱각ᄒᆞ디셕현부의슉자혜질과특츌ᄒᆞᆫ셩효를싱각ᄒᆞ미심ᄉᆡ비월ᄒᆞ여어린듯ᄒᆞ니젼일ᄉᆞ는명ᄇᆡᆨᄒᆞᆫ증험이업고다만모란졍일ᄉᆡ니혹ᄌᆞ니미의희롱인가좌ᄉᆞ우상ᄒᆞ여심회자못번뇌ᄒᆞ더니믄득공이드러오거늘부인이밧비ᄌᆈ유랑의쵸ᄉᆞ를보며젼후슈말을무른디공

18

이답왈세간의ᄯᅩ엇지여ᄎᆞ식닛시리오ᄒᆞ고셕시를싱각ᄒᆞ여돌탄키를마지아니〃부인이ᄯᅩ한탄식유체왈우리팔ᄌᆡ순치못ᄒᆞ여현부를닐허존망을아지못ᄒᆞ니구텬의도라가하면목으로조종긔뵈오리오ᄂᆡ장찻상명ᄒᆞ리오슈원슈괴리오셜파의뉴체키를마지아니〃티뷔냥친의이갓치과상ᄒᆞ시믈민망이너겨호언으로관위ᄒᆞ니공이분연왈ᄂᆡ널노ᄒᆞ여송녀는쥭이지못ᄒᆞ나뉴녀를살녀두면풍화를더러이고나의분을푸지못ᄒᆞ리니장찻엇지ᄒᆞ리오음부찰녀의허다ᄌᆈ악을싱각ᄒᆞ면한심코통한ᄒᆞ믈니긔지못ᄒᆞ리로다티뷔디왈뉴녀의죄등한치아니ᄒᆞ온지라찰네만일존당을범치아냐시면오직결혼이〃ᄒᆞ려니와지존을범ᄒᆞ온죄쥬륙을면치못ᄒᆞ오리니복원야〃는빨니쳐분ᄒᆞ여후인을징계ᄒᆞ옵쇼셔공이아자의셜화를드ᄅᆞ미디답ᄒᆞᆯ말이업셔다만갈오디네말이지극

ᄒᆞ니네마음ᄃᆡ로쳐치ᄒᆞ려니와송녀ᄂᆞᆫ참아가즁의두지못ᄒᆞ리라ᄒᆞ고드듸여숑파를부르니시비회보ᄒᆞᄃᆡ송ᄑᆡ방ᄉᆞ를다븨오고간곳을아지못ᄒᆞ나이

19

다ᄒᆞ거ᄂᆞᆯ공이더옥ᄃᆡ로왈음악요녜어ᄃᆡ로가리오ᄒᆞ고시비로ᄒᆞ여금두로차지라ᄒᆞ니ᄐᆡ뷔간왈져를잡으ᄆᆡ오희려유ᄒᆡ무익ᄒᆞ니이다공이블청ᄒᆞ고슈식ᄒᆞ기를마지아니ᄒᆞ여셩화갓치ᄌᆡ쵹ᄒᆞ니ᄎᆞ시송ᄑᆡ유랑등의슈식ᄒᆞ믈듯고일이ᄑᆡ루ᄒᆞᆫ쥴짐작ᄒᆞ고급〃히ᄒᆡᆼ니를찰혀ᄲᆞᆯ니다라나니라어시의공이운무를헷치고취몽이쳐음으로ᄭᆡᆫ듯ᄒᆞ여셕쇼져ᄂᆞᆫ니ᄅᆞ지말고한빵숀아를ᄉᆡᆼ각ᄒᆞᄆᆡ오ᄂᆡ존절ᄒᆞ여ᄊᆞᆨ흘파고들고ᄌᆞᄒᆞᄂᆞᆫ지라ᄐᆡ뷔부모의잇갓치과셕ᄒᆞ시믈보고이의셔쵹도월암의가셕시를맛나보아슴과낭ᄋᆡ그곳의닛셔무양ᄒᆞ믈일〃이고ᄒᆞ고밋쳐고치못ᄒᆞ믈청죄ᄒᆞ온ᄃᆡ좌위다차탄ᄒᆞ믈마지아니코공의부〃ᄂᆞᆫ여취여광ᄒᆞ여반향후비로쇼정신을진정ᄒᆞ여왈이진짓말이냐셕시모ᄌᆡ그곳의닛시면오가의ᄃᆡ경이오〃아의만ᄒᆡᆼ이라세상의엇지이런경ᄉᆡ닛시리오ᄒᆞ고희블자승ᄒᆞ여ᄐᆡ부다려왈이졔임의현부의ᄉᆡᆼ존을안후의엇지심산궁벽의오ᄅᆡ두리오ᄲᆞᆯ니셕부의희보를통긔ᄒᆞ고ᄉᆞ롬을보ᄂᆡ여다려오라ᄐᆡ뷔슈명ᄒᆞᄆᆡ

20

진공이좌우를도라보아왈만리원쳔의누를보ᄂᆡ면조흘고왕어ᄉᆡ왈소질이본ᄃᆡ한번셔쵹을유람코ᄌᆞ하여숩더니이졔셕슈를ᄇᆡ힝코ᄌᆞᄒᆞ나이다진공이ᄃᆡ희왈현질이슈고를앗기지아니ᄒᆞ고가려ᄒᆞ면우숙이무삼염예닛시리오언미필의당ᄑᆡ진젼고왈소쳡이비록녀ᄌᆡ나셕부인의고휼ᄒᆞ신은혜여텬ᄒᆞ오니왕상공과한가지로가반기고겸ᄒᆞ여어린정셩을표ᄒᆞᆯ가ᄒᆞ나이다진공이ᄃᆡ열왈네가고ᄌᆞᄒᆞᆯ진ᄃᆡ더욱조흐리로다ᄐᆡ뷔왈셔쵹은잔도검각이험쥰ᄒᆞ여남자라도왕반이어렵거ᄂᆞᆯ셔뫼엇지가시리오당ᄑᆡ왈무삼어려오미닛시리오ᄂᆡ결단코가려ᄒᆞᄂᆞ니상공은말이지마로쇼셔ᄐᆡ부인이ᄐᆡ부다려왈셕현뷔쳔리의발셥ᄒᆞ여ᄀᆡᆨ회필연고단ᄒᆞ리니너ᄂᆞᆫ모로미당파의가려ᄒᆞ믈막지말나ᄐᆡ뷔당파

의뜻이졍ᄒᆞ고존당이〃갓치이로시니막지못ᄒᆞᆯ쥴알고유〃이말을아니터니믄득빅현이나와고왈소직비록나희년유ᄒᆞ오나흑빅은족히분변ᄒᆞ오니슉부와댱조모를뫼셔가와인자지도를찰희고ᄌᆞᄒᆞᄂᆞ니야〃

21

ᄂᆞᆫ허ᄒᆞ시믈바라나이다틱뷔아ᄌᆞ의졍니를심히ᄋᆡ련ᄒᆞ나진짓ᄭᅮ지져왈소ᄋᆡ엇지망녕된말을ᄒᆞᄂᆞ뇨빅현이크게울며고왈야애만일허치아니시면소ᄌᆞ엄하의역명ᄒᆞᆫ죄를당ᄒᆞᆯ지언졍도망ᄒᆞ여가고ᄌᆞᄒᆞᄂᆞ이다틱뷔아ᄌᆞ의뜻이구드믈보고이의숀을잡고왈여뫼냥아로더부러몸이반셕갓흐니댱조모와왕슉뷔가시면블과슈순이못ᄒᆞ여오리니엇지급〃히구ᄂᆞ뇨너ᄂᆞᆫ안심ᄒᆞ여기다리고마음을어지러이지말나공직야〃의권위ᄒᆞ시난말삼을드ᄅᆞ미다시쳥치못ᄒᆞᆯ쥴알고읍〃유쳬ᄒᆞ고물너나더라이날공이친히셕부의나아가고ᄌᆞᄒᆞ거ᄂᆞᆯ틱뷔고왈야〃ᄂᆞᆫ물우셩녀ᄒᆞ쇼셔소직맛당이단여오리이다공이깃거쌜니가믈니른ᄃᆡ틱뷔슈명ᄒᆞ고슈레를모라셕부로나아가니라화셜셕공이일녀를싱니ᄉᆞ별ᄒᆞᆫ지슈년이로ᄃᆡ종젹을아지못ᄒᆞ니화조월셕의녀아의화용월틱안젼의삼〃ᄒᆞ고옥셩낭음이니변의징〃ᄒᆞ여오ᄂᆡ붕열ᄒᆞ여밤의잠을닐우지못ᄒᆞ고조셕음식이맛시감ᄒᆞ여긔뷔쵸〃ᄒᆞ더라일〃은부뷔ᄃᆡᄒᆞ여탄식

22

ᄒᆞ며삼츄시졀을당ᄒᆞ여식로이비회를졍치못ᄒᆞ더니셰월이님니ᄒᆞ여밍츈상원일을당ᄒᆞ여만셩이등블을혀ᄂᆞᆫ지라셕공이부인다려왈밤은부졀업거니와나조의장안민가의등단거술잠간구경ᄒᆞ여심회를풀미무방ᄒᆞ니부인은싱과한가지누의올나구경ᄒᆞ미엇더ᄒᆞ니낫고부인이녀아실산ᄒᆞᆫ후로부터일작누의올나구경ᄒᆞ미업더니공의권ᄒᆞ믈드ᄅᆞ미마지못ᄒᆞ여완월누의올나두로살펴보니장안만호의각식등을달고ᄃᆡ로지상의소년드리은안빅마로치를드러말을모라낙역부졀ᄒᆞ며쳐〃의풍뉴소릐귀의어릐여시니사ᄅᆞᆷ으로ᄒᆞ여금마음이호탕ᄒᆞᄃᆡ부인은흥미쇼삭ᄒᆞ여원산을바라탄식ᄒᆞ믈마지아니터니먼니셔벽졔소릐요란ᄒᆞ며허다슈종이ᄉᆞ륜거를옹위ᄒᆞ여나아오거ᄂᆞᆯ바라보니일

위소년지상이홍나산을놉히밧치고공슈단좌ᄒᆞ여시니황금부월이일식의바ᄋᆡ고풍화ᄒᆞᆫ안뫼츄월이희상의빗겻ᄂᆞᆫ듯홍일이부상의걸엿ᄂᆞᆫ듯ᄒᆞ니반악이ᄌᆡ싱ᄒᆞ미아니면흡연이니

23

젹션두목지풍치라졈〃갓가이오믈보니이믄득진승상이니쥬야의츄모ᄒᆞ던녀아의소텬이라공이크게반겨ᄒᆞ고부인이ᄯᅩ한슬허화협의흐르ᄂᆞᆫ누슈를금치못ᄒᆞ더니시녜급보왈진ᄐᆡ부노애니ᄅᆞ샤뵈오믈청ᄒᆞ시나이다셕공이경희ᄒᆞ여부인으로더부러누의나려당즁의좌정ᄒᆞ고시녀로ᄒᆞ여금ᄂᆡ당으로청ᄒᆞ니ᄐᆡ뷔날호여드러와녜필좌정의공의부뷔황홀이반겨밧비눈을드러보니두상의금관면류를드리오고봉익의홍금포를가초고허리의ᄇᆡᆨ옥ᄃᆡ를둘너시며일빵춰미ᄂᆞᆫ산쳔슈긔를거두엇고츄슈봉안의일월졍긔를품슈ᄒᆞ엿고옥면의단슌이은영ᄒᆞ니교〃졀셰ᄒᆞᆫ풍골과늠〃졍ᄃᆡᄒᆞᆫ풍치식로이ᄉᆞ롬의니목을황홀케ᄒᆞᄂᆞᆫ지라공과부인이탐혹ᄋᆡ즁ᄒᆞ여좌를ᄯᅥ나ᄐᆡ부의숀을잡고흔연왈우리노부쳐ᄂᆞᆫᄉᆡᆼ젼ᄉᆞ후의텬양을바리지아닐마음이간졀ᄒᆞ미여러슌셔ᄉᆞ로맛나보기를청ᄒᆞᄃᆡ현셰고집블ᄂᆡᄒᆞ니우리를져바리려ᄒᆞ민가더옥슬허ᄒᆞ더니금일의하풍이춰긔ᄒᆞ여이

24

의니ᄅᆞ러우리노부쳐를보니감ᄉᆞᄒᆞ도다이제옹셔지의난업셔져시나한번귀부의나아가셕년동상의ᄉᆞ랑ᄒᆞ던졍을펴고ᄌᆞᄒᆞ나만ᄉᆞ의뜻이업셔다만쳔양의옥모영풍을ᄉᆡᆼ각홀쁜이러니오날〃몬져ᄎᆞ지니영ᄒᆡᆼᄒᆞ믈니긔지못ᄒᆞ리로다부인은다만ᄐᆡ부의자포ᄌᆞ락을붓들고오열탄상홀ᄯᆞ롬이라ᄐᆡ뷔본ᄃᆡ셕공의관홍도량을탄복ᄒᆞᄂᆞᆫ지라이의ᄉᆞ례왈소ᄉᆡᆼ이발셔존문의등비코ᄌᆞᄒᆞ오나국ᄉᆞ의번다ᄒᆞ고ᄯᅩ한가친이질환이계시기로이제야비현ᄒᆞ오니황괴ᄒᆞ여이다부인이누슈를거두고말솜을펴왈금조의산작이희보를젼ᄒᆞ거놀박명노신의무삼희식닛시리오ᄒᆞ엿더니의외의현셰신근이ᄎᆞᄌᆞ니반갑고영ᄒᆡᆼᄒᆞ믈니긔지못ᄒᆞ리로쇼이다광음이여류ᄒᆞ여임의삼년이된지라그ᄉᆞ이ᄇᆡᆨᄋᆡ무양ᄒᆞ

며언마나장셩ᄒᆞ엿나닛가한번보기를원ᄒᆞᄃᆡ제ᄯᅩ한우리노부쳐를거졀ᄒᆞ니우리마음이더옥비감ᄒᆞ도쇼이다텨뷔듯기를다ᄒᆞᄆᆡ공경ᄒᆞ여말삼을ᄃᆡ답ᄒᆞ니심니의참괴ᄒᆞ믈니긔지못ᄒᆞ니공이텨부의긔식을슷치고숀을잡고왈현셰혹자녀아의쇼

25

식을아ᄅᆞ미잇ᄂᆞ냐텨뷔더옥참안으로쥬져ᄒᆞᄃᆞ가날호여말삼을펴왈뉴네간교극악ᄒᆞ여젼후악ᄉᆞ를비져실인을음히ᄒᆞᆫ소유를일〃이베푼후ᄌᆞ긔제가를블엄이ᄒᆞ여가변이〃의밋ᄎᆞ믈닐카라운쉬블길ᄒᆞ믈말삼ᄒᆞ니공과부인이청필의어린듯양구묵〃이라가탄왈이말이진짓말가군이우리노부쳐를위로코자지어ᄒᆞᆫ말이냐텨뷔쇼왈소셰비록년쇼ᄒᆞ와박ᄒᆡᆼᄒᆞ오나엇지악부모를희언으로말솜ᄒᆞ리닛가공이비로쇼진졍이믈알고블승희열왈녀아의츄풍낙엽과ᄃᆡ희의부평보갓흔종젹을현셰신근이ᄎᆞ자부녜셔로ᄉᆡᆼ면으로맛나게ᄒᆞ고다시간인을구ᄒᆡᆨᄒᆞ여녀아의원억ᄒᆞ믈신셜ᄒᆞ니이은혜를쥭어도닛지못ᄒᆞ리로다텨뷔왈이ᄂᆞᆫ다냥가존당의복션여음이오기간고ᄒᆡᆼ은다져의ᄋᆡᆨ운이오니이런말삼을마로쇼셔부인이만구칭ᄉᆞᄒᆞ고인ᄒᆞ여시비로ᄒᆞ여금진찬을나와텨부를권ᄒᆞ니텨뷔하져ᄒᆞ기를맛고부인왈녀ᄋᆡ이제심산궁쳐의외로이닛시니빨니ᄉᆞ롬을보ᄂᆡ어다려오미맛당

26

ᄒᆞ도다텨뷔ᄃᆡ왈명일의표형왕어ᄉᆞ로ᄒᆞ여금ᄇᆡᄒᆡᆼᄒᆞ기를졍ᄒᆞ엿나이다부인왈그리면우리도사롬을보ᄂᆡ리니현셔ᄂᆞᆫ갓치가게ᄒᆞ라텨뷔인ᄒᆞ여하직고본부로도라가니라어시의공의부뷔보ᄂᆡᆯ사롬이업셔졍히근심ᄒᆞ더니부인의친질셜ᄉᆡᆼ이맛참슉모를뵈오려왓다가소져의ᄉᆡᆼ환ᄒᆞ믈듯고공의부〃긔고왈소ᄆᆡᄉᆡᆼ존ᄒᆞ다ᄒᆞ니이ᄂᆞᆫ슉부냥위현심청덕을하날이살피샤ᄉᆡᆼ환고국ᄒᆞ미니혜둔ᄒᆞ여ᄉᆞ례를다못ᄒᆞ오나이제소ᄆᆡ의ᄇᆡᄒᆡᆼ이업ᄉᆞ오니소질이셔촉의가셔로반기고호ᄒᆡᆼ코자ᄒᆞᄂᆞ이다셕공부뷔ᄃᆡ희왈현질이진실노가기를원ᄒᆞ면이런다ᄒᆡᆼ이업ᄉᆞ니명일진부의가왕어ᄉᆞ와동ᄒᆡᆼᄒᆞ게ᄒᆞ라셜ᄉᆡᆼ이슈명ᄒᆞ고본부로

가미셕공이이의셔간을닷가진부의보ᄂᆡ여동힝케ᄒᆞ니진ᄐᆡ뷔댱파다려왈셜싱이동힝ᄒᆞ니심히비편ᄒᆞ니가지못ᄒᆞ리이다댱ᄑᆡ심니의ᄋᆡ련ᄒᆞ나ᄉᆞ셰그러ᄒᆞᆫ지라ᄒᆞᆯ일업셔다만셕소져긔글을붓치니라왕어ᄉᆡ위의를갓쵸와발힝ᄒᆞ여촉을힝ᄒᆞᆯᄉᆡ셕부

27

의셔진유랑과시녀이십인을ᄲᅡ보ᄂᆡ니금거옥윤과허다위의제〃ᄒᆞᆫ지라ᄐᆡ뷔그막하니현최훈뉴관등삼인으로ᄒᆞ여금ᄇᆡ힝ᄒᆞ게ᄒᆞ니왕어ᄉᆡ친당의ᄇᆡᄉᆞᄒᆞ고셔흐로향ᄒᆞᆯᄉᆡᄐᆡ뷔강두의나와젼송ᄒᆞ고원노의무ᄉᆞ왕반ᄒᆞ물당부ᄒᆞ니왕어ᄉᆡ졈두ᄒᆞ고셔로분슈ᄒᆞ여도라올ᄉᆡ제왕등은몬져도라보ᄂᆡ고ᄐᆡ뷔ᄒᆞᆯ노ᄡᅥ러져오더니십자가냥환누의니ᄅᆞ니이곳은창기모ᄒᆞᆫ곳이라녹의홍상ᄒᆞᆫ창녀의무리쳥가묘무를슈창ᄒᆞ여협ᄀᆡᆨ을모화환오쾌락ᄒᆞ니공자왕손이ᄇᆡᆨ마금안으로구름모희듯ᄒᆞᄂᆞᆫ지라가셩이열〃ᄒᆞ믈듯고고희너겨잠간눈을드러보니소년유협드리혹관도버셔시며씌도그르고옷압흘헷쳐뷔거름ᄒᆞ여거지자못ᄒᆡ연ᄒᆞ거ᄂᆞᆯᄐᆡ뷔져의힝ᄉᆡ자못ᄒᆡ괴ᄒᆞ믈보고통한이너겨금션을드러옥면을가리오고슈레를밧비모라지ᄂᆞ니제창이일시의나셔구경ᄒᆞ미옥모영풍을모다흠션칭복ᄒᆞ여셔로닐오ᄃᆡ진ᄐᆡ부의아ᄅᆞᆷ다오믄당시니학ᄉᆞ와한ᄃᆡ쥬랑이라도이의지나지못ᄒᆞ리로다ᄒᆞ여

28

일시의동정황귤을비발치듯ᄒᆞ여거즁의가득ᄒᆞᄃᆡᄐᆡ뷔다시눈을들미업시도라오더니믄득친우범상셔를맛나니두슈레한곳의다〃르미범상셰닐오ᄃᆡ소뎨형을보완지슈삭이라그ᄉᆞ이존톄무양ᄒᆞ시냐소뎨장찻비린지밍이동ᄒᆞ미존ᄐᆡᆨ으로나아가더니우연이〃곳의셔형을맛나니죡히슈삭막흰회포를위로ᄒᆞ리로다ᄐᆡ뷔ᄯᅩ한답왈소뎨셔흐로도라온후쥬야ᄐᆡ자를뫼시ᄃᆞ가친환이위즁ᄒᆞ기로슈유ᄒᆞ고나왓더니금일왕형이촉도의발힝ᄒᆞ미작별ᄒᆞ고도라가노라범상셰왈귀부로도라가앙모지회를펴ᄉᆞ이다ᄒᆞ고한가지로진부의니로러셔헌의좌졍ᄒᆞ고한훤을파ᄒᆞ미쥬찬을나와술이슈슌의지나미범상셰문왈왕

형이무삼일노측의갓나잇고ᄐᆡ뷔탄왈소뎨의실가를삼년을아지못ᄒᆞ엿더니 이졔측지의닛다ᄒᆞ기로왕형이호힝ᄒᆞ라갓노라범공이하례왈형이말갓흘진 ᄃᆡ존ᄐᆡᆨ복경을하례ᄒᆞ노라ᄐᆡ뷔왈이ᄂᆞᆫ다조종여음이라ᄒᆞ니범공이졈두ᄒᆞ고 왈쇼뎨져젹의형을차자왓더니녕윤을보아교도를

29

밋고도라간후지금잇지못ᄒᆞ여다시보고ᄌᆞᄒᆞ여왓ᄂᆞ니가히보랴ᄐᆡ뷔즉시공 자를부ᄅᆞ니공ᄌᆡ슈명ᄒᆞ여셔헌의나와범공을향ᄒᆞ여ᄇᆡ알ᄒᆞ고나작이존후를 뭇자온후부공의겻ᄒᆡ시립ᄒᆞᄂᆞᆫ지라범공이졍신을닐코공자를바라보다가이 ᄋᆞᆨ고ᄐᆡ부를향ᄒᆞ여왈금일이하일이완ᄃᆡ션아를다시보ᄂᆞ뇨ᄐᆡ뷔칭ᄉᆞ왈어린 아ᄒᆡ를형이〃러틋과장ᄒᆞ니도로혀황괴ᄒᆞ여라범공이칭ᄉᆞᄒᆞ믈마지아니코 냥공이셔로담화ᄒᆞᆯᄉᆡ범공이공자의숀을잡고유〃ᄒᆞ다가닐오ᄃᆡ소뎨별단회 푀잇셔형의게청코ᄌᆞᄒᆞ나존의를아지못ᄒᆞ여발셜치못ᄒᆞᄂᆞ니형이능히찰납 ᄒᆞ시랴ᄐᆡ뷔왈형과쇼뎨ᄂᆞᆫ지심지긔니무삼말이〃시면엇지은익ᄒᆞ리오이ᄂᆞᆫ 소뎨형을밋던ᄇᆡ아니로쇼이다범공이쇼왈다른일이아니라소뎨한낫녀식이 잇시니유치를면치못ᄒᆞ고외모ᄌᆡ질이족히닐넘즉지아니나아비된마음의남 의업슨듯ᄒᆞ여귀즁ᄒᆞ미비길ᄃᆡ업더니이ᄌᆡ녕윤을보니믄득외람ᄒᆞᆫ마음이ᄆᆡᆼ 동ᄒᆞ여산계비질노봉황의짝지오믈바라노라아직은혼인을의논

30

치못ᄒᆞ나피ᄎᆞ의결혼ᄒᆞ엿다가자라기를기다려결승을밋고ᄌᆞᄒᆞᄂᆞ니형은더 럽다마르시고허ᄒᆞ시믈바라노라ᄐᆡ뷔침음양구의왈존아의용우ᄒᆞ미무일가 취어ᄂᆞᆯ형이화옥갓흔규슈로뼈결친고ᄌᆞᄒᆞ시니소망의과의라그러ᄒᆞ오나혼 인은인륜ᄃᆡᄉᆡ라냥ᄋᆡ다구상유치니아직친ᄉᆞ를의논ᄒᆞᆯᄯᅢ아니오니형은칠팔 년을기다려의논ᄒᆞ시면조흐니급거니마르쇼셔범공이ᄀᆡ연블낙왈셰상ᄉᆞ를 의탁지못ᄒᆞ리니그ᄉᆞ이피ᄎᆞ의혹ᄌᆞᄎᆞ오ᄒᆞ미닛시면질족자의게아이리니셰 월이ᄇᆡᆨ구지과극이라언마ᄒᆞ여칠팔년광음이도라오니오형은쾌허ᄒᆞ여뎨의 마음을ᄉᆡ훤케ᄒᆞ믈바라노라ᄐᆡ뷔답고ᄌᆞᄒᆞ더니진노공이졔질을거나려나오

니텩부와범공이하당녕지ᄒᆞ여승당비알ᄒᆞ니진공이거슈장읍ᄒᆞ여왈연질이언졔왓더뇨범상셰왈온지오릭지아니므로딕인긔뵈오믈밋쳐청치못ᄒᆞ엿나이다이의ᄃᆞ시궤고왈소질이오날〃연슉긔고홀말솜이닛나이다ᄒᆞ고드듸여공ᄌᆞ의혼인말삼을고ᄒᆞ니진공이소왈노뷔어닉ᄉᆞ이의빅아의구혼ᄒᆞᄂᆞᆫ말을듯ᄂᆞ뇨아름다오

31

믈니긔지못ᄒᆞᄂᆞ니블감쳥이언졍엇지ᄉᆞ양ᄒᆞ리오슈삼년을기다려숀부의술잔을쾌히먹으리니닉심히깃거ᄒᆞᄂᆞ니현계ᄂᆞᆫ모로미른염여를말고다만냥가아의장셩슈미ᄒᆞ기를기다릴ᄯᆞ름이라ᄒᆞ니범공이쳥필의거슈칭ᄉᆞᄒᆞ여만심환열ᄒᆞ며텩부를도라보아웃고왈형은아녀를나모라바리ᄂᆞᆫ거슬딕인이쾌허ᄒᆞ시니형이아니미흡ᄒᆞ여ᄒᆞᄂᆞ냐텩뷔미쇼왈굿ᄐᆞ여거졀ᄒᆞ미아니라어린아희들을장셩도아니ᄒᆞ여미리약혼ᄒᆞ미조물의ᄭᅴ리ᄂᆞᆫ빅라시고로ᄌᆞ져ᄒᆞ미오블응ᄒᆞ미아니〃형은고희너기지말나범공이희블ᄌᆞ승ᄒᆞ여공자의숀을잡고등을어로만져왈너ᄂᆞᆫ나의녀셰라이후로ᄂᆞᆫ날을범연이아지말고악장이라칭ᄒᆞ라ᄒᆞ니공직옥면의홍광이취지ᄒᆞ여져두ᄒᆞ여감히우러〃보지못ᄒᆞ거ᄂᆞᆯ진공이공자를명ᄒᆞ여셔부로가라ᄒᆞᆫ딕공직슈명ᄒᆞ여몸을니러좌즁의빅ᄉᆞᄒᆞ고표연이나가니범공이셔운ᄒᆞ여슈즁긔화를닐흔듯ᄒᆞ여먼니가ᄂᆞᆫ딕를바라보며블승익연ᄒᆞ믈마지아니터라

셰을묘이월일향목동셔

권지팔

1

슈져옥난빙 권지팔죵

화셜범공이셔운ᄒᆞ여슈즁의긔화를닐흔듯ᄒᆞ여먼니가도록바라보아블승ᄋᆡ연ᄒᆞ터라ᄎᆞ시셕상셔부뷔만ᄉᆡ무심ᄒᆞ여녀아의도라오믈굴지계일ᄒᆞ여기다리며숀아를보고ᄌᆞᄒᆞ더니믄득진공ᄌᆡ청삼을나붓기고안셔이드러오니영풍옥골이표연쇄락ᄒᆞ여진정군ᄌᆡ오냥미의텬지조화를오로지품슈ᄒᆞ여시니의〃ᄒᆞᆫ골격이ᄐᆡ산교악갓흔지라상셔와부인이일견의반가오미장부를흔드ᄂᆞᆫ지라그녜ᄒᆞ믈기다리지못ᄒᆞ여연망이옥슈를가로잡고쳑연이슬허부인은실셩오열키를마지아니〃공ᄌᆡᄯᅩ한ᄋᆡ뤼종횡ᄒᆞ여묵〃이어늘공이부인을위로왈숀ᄋᆡ과도이ᄋᆡ상ᄒᆞ여간장을상희오니부인은부졀업시어린아희심회를돕지마로쇼셔도라공자다려왈네엇지날을한번도보미업고ᄂᆡᄯᅩ한여러번보고ᄌᆞᄒᆞᄃᆡ오지아니ᄒᆞ믄엇지미뇨공ᄌᆡ이셩화긔로ᄃᆡ왈쇼숀이일병이미류ᄒᆞ와등ᄇᆡ치못ᄒᆞ오니죄깁도쇼이다공이흔연쾌락ᄒᆞ

2

여공자의숀을잡고머리를어로만져그지ᄂᆡ던바를무를ᄉᆡ공ᄌᆡ뉴시의말을거두지아니ᄒᆞ고오직존당의무휼ᄒᆞ시던바와댱파모녀의보호ᄒᆞ던슈말을일〃이고ᄒᆞ니부인이댱파의은혜를못ᄂᆡ닐카라폐부의삭이더라공ᄌᆡ밤을이곳의셔머믈ᄉᆡ공의부뷔공자를회즁의누이고밤이맛도록흔연ᄒᆞ여즐기믈마지아니터라ᄎᆞ일진공이숀아의혼ᄉᆞ를졍ᄒᆞᄆᆡ희블자승ᄒᆞ여빈쥐종일달난ᄒᆞ다가셕양의범공이도라가니라명일셕상셰진부의나아가니진공이마ᄌᆞ네필의진공이ᄌᆞ리를ᄯᅥ나ᄉᆞ죄ᄒᆞ여왈소뎨텬품이혼암블명ᄒᆞ여간인의창궐ᄒᆞ믈아지못ᄒᆞ고현부로ᄒᆞ여금누명을시러방인의치쇼와골육을잔멸ᄒᆞ번ᄒᆞ니소뎨이를ᄉᆡᆼ각ᄒᆞ면모골이송연ᄒᆞᆫ지라터럭을ᄲᅢ혀도속기어렵고ᄇᆡ솹을너흘고ᄌᆞᄒᆞ

오나엇지밋ᄎᆞ리오금일형을ᄃᆡᄒᆞ미낫둘곳이업나이다셕공이답ᄉᆞ왈작일손아의말과쳔양의셜화를드ᄅᆞ니형의쳐치엇지그ᄅᆞ다ᄒᆞ리오쇼뎨로뼈의논ᄒᆞ여도쳐치그러치아니치못

3

ᄒᆞ리니형은부졀업시칭죄치말나다만쵹되요원ᄒᆞ고산쳔이격졀ᄒᆞ니혈〃ᄒᆞᆫ아녀직엇지득달ᄒᆞ리오염예방하치못ᄒᆞ도다이러틋담화ᄒᆞ여일모의도라가니라시〃의틱뷔부공의병이아조쾌ᄎᆞᄒᆞ미인ᄒᆞ여예궐슉ᄉᆞᄒᆞ온ᄃᆡ상이반기샤기간의보지못ᄒᆞ여울회ᄒᆞ믈펴시고동궁을ᄯᅥ나지말나ᄒᆞ시니틱뷔복지ᄉᆞ은ᄒᆞ고동궁의나아가틱자긔문안ᄒᆞ온ᄃᆡ틱직ᄃᆡ희ᄒᆞ샤ᄉᆞ뎨지녜로직비후기간앙모지회를베풀고틱부ᄂᆞᆫ기간학문을힐문ᄒᆞ여졍의자별ᄒᆞ더라화셜왕어식셜싱으로더부러월여의촉의니ᄅᆞ러도월암의니로니ᄎᆞ시ᄂᆞᆫ즁츄망간이라만악쳔봉은즁쳡ᄒᆞᆫᄃᆡ산식이슈려ᄒᆞ고슈목이춍울ᄒᆞ며츈경이가려ᄒᆞ여곳〃이긔화요쵸ᄂᆞᆫ반기ᄒᆞ고빅쳑셰류ᄂᆞᆫ유록장드리온듯각식금슈ᄂᆞᆫ녹슈의깃드려풍경이가려ᄒᆞᆫ지라옥갓튼시닉ᄂᆞᆫ잔완ᄒᆞ고져근산로ᄂᆞᆫ유리를편듯ᄒᆞ니진실노별유텬지비인간이라왕어식왈이번힝도의경기졀승ᄒᆞ니도월암은유명ᄒᆞᆫ곳이라ᄒᆞ더라

4

션시의셕쇼졔몽미밧가군을맛나친당쇼식과구고존문을드ᄅᆞ미져기위회ᄒᆞ여셰월을보닉나ᄉᆞ친지회와ᄋᆡ자지예번난ᄒᆞ여틱부를니별한후식음이능히나리지못ᄒᆞ고조운셕월의비읍쳐창ᄒᆞ여장우단탄으로셰월을보닉더니치원이위로왈슈삭지닉의환귀ᄒᆞ실희보를드ᄅᆞ시고영화로이도라가시리니부인은상히치마로쇼셔쇼졔비록치원의신긔를아나밋지아니ᄒᆞ더니일〃은산문밧긔드레며인셩이낭자ᄒᆞ니졔승이황망이고왈왕어ᄉᆞ힝치니ᄅᆞ시다ᄒᆞ고분〃이긱당을슈쇼ᄒᆞ고밧비영졉ᄒᆞ니왕어식방장의드러가좌를졍ᄒᆞ고치원을블너볼식학발노괴미목이쳥슈ᄒᆞ고거지비상ᄒᆞᆫ지라나난간밧게좌를쥬어왈나ᄂᆞᆫ진승상의표형왕어식러니그ᄃᆡ셕부인을호혈즁의구ᄒᆞ여평안이뫼시믈

특별이치하ᄒᆞ노라ᄂᆡ이제뫼셔가려왓ᄂᆞ니그ᄃᆡᄂᆞᆫ슈〃긔나의니ᄅᆞ러시믈고ᄒᆞ라ᄎᆡ원이합장ᄉᆞ례ᄒᆞ고드러와셕시긔ᄉᆞ연을고ᄒᆞ니부인이ᄎᆞ경ᄎᆞ희ᄒᆞ여몬져다과를출혀빵환등을보ᄂᆡ여히갈ᄒᆞ게ᄒᆞ고조ᄎᆞ빵환과치

5

원으로더부러ᄀᆡᆨ당의니르니셜강등은시아를거나려밋쳐니ᄅᆞ지못ᄒᆞ엿ᄂᆞᆫ지라어ᄉᆡ하당영지ᄒᆞ여당의올나네필의어ᄉᆡ잠간눈을드러살피니의상이남누ᄒᆞ고용뫼쵸췌ᄒᆞ여옥빈운환이어지럽고셩안의누쉬방〃ᄒᆞ여ᄋᆡ원ᄒᆞᆫ거동과참담ᄒᆞᆫ형상이참아보지못ᄒᆞᆯ너라냥인이묵묵양구의말이업더니소졔나작이존당존후를뭇고버거쳔니험노의슈고로이니ᄅᆞ시믈사례ᄒᆞ니어ᄉᆡ국궁왈소ᄉᆡᆼ등이혼약ᄒᆞ와슈〃로ᄒᆞ여금만상역경을지ᄂᆡ고함졍의빠지시되구활치못ᄒᆞ고도금ᄒᆞ여ᄂᆞᆫ가즁노쇠다츄회막급이라자못황괴ᄒᆞ미낫들곳이업ᄂᆞ이다졍언간의셜강등이십인이니ᄅᆞ러ᄇᆡ례ᄒᆞ니소졔ᄯᅩ한누쉬연낙ᄒᆞ니모란일지츈우를먹음은듯요〃ᄒᆞᆫᄐᆡ되더욱ᄉᆡ롭더라소졔본부시녀를ᄃᆡᄒᆞ여부모존후를뭇잡고졔녀로더부러각〃떠나던회포를니로니유랑과시비등이일희일비ᄒᆞ더라ᄎᆞ일어ᄉᆡ소져다려진공부〃의기다리미간졀ᄒᆞ니명일발힝ᄒᆞ믈니로니소졔졍금ᄃᆡ왈슉〃이원노의구치ᄒᆞ여몸이곤뇌ᄒᆞ시니

6

슈일을쉬여발힝ᄒᆞ시미맛당ᄒᆞ니이다어ᄉᆡ공경ᄃᆡ왈슈〃의말삼이지극맛당ᄒᆞ시나소ᄉᆡᆼ이년쇼장긔로힝녁이간ᄃᆡ로피곤치아니ᄒᆞ옵고ᄯᅩ슉당과존당이기다리시미간졀ᄒᆞ시니엇지ᄂᆡ몸을위ᄒᆞ여일시나지쳬ᄒᆞ리닛고슈〃ᄂᆞᆫ물우ᄒᆞ시고힝장을슈습ᄒᆞ쇼셔쳔양의보ᄂᆡᆫ막하삼인이〃시니힝니를ᄃᆡ후ᄒᆞ리이다소졔나작이ᄉᆞ례ᄒᆞ고안흐로드러올ᄉᆡ시비등이ᄯᆞ라드러와각〃맛ᄐᆞᆫ셔간을ᄂᆡ여드리니쇼졔바다볼ᄉᆡ부모셔간과구고셔찰의다〃라ᄂᆞᆫ비쳑ᄒᆞ믈마지아니ᄒᆞ고댱파의오려ᄒᆞ던말을감은ᄒᆞ더라소졔빵아로ᄒᆞ여금왕공긔뵈니어ᄉᆡ쳐음으로보ᄆᆡ긔〃이형산미옥이라흠ᄋᆡᄒᆞ여슬상의가로안고ᄉᆞ랑ᄒᆞ믈마지아니터라명일의떠날ᄉᆡ제승을블너좌우로안치고금은ᄎᆡ단을ᄂᆡ여ᄎᆡ원

과졔승을난화쥴식황금오빅냥과능나빅필을치원을쥬며왈진상국이그딕의게보닉여구활훈은혜를스례ᄒᆞᄂᆞ니ᄎᆞ물이비록약쇼ᄒᆞ나졍을표ᄒᆞ노라치원이합장ᄉᆞ례왈상국이빈승을여ᄎᆞ권렴ᄒᆞ샤보닉시ᄂᆞᆫ졍의ᄂᆞᆫ비

7

록감ᄉᆞᄒᆞ오나빈승은금빅이뫼갓치닛셔도쓸딕업ᄉᆞ니모든즁싱을쥬어부인과빵공자의슈복의츅원ᄒᆞᄉᆞ이다언파의상직즁을명ᄒᆞ여졍젼을슈운ᄒᆞ여드리고다시금ᄉᆞ례ᄒᆞ더라익일조반을파ᄒᆞ미부인이금덩의오르미시익빵〃이금륵을잡고옥윤을옹위ᄒᆞ니향연이익〃ᄒᆞ고셔긔몽〃ᄒᆞ니진짓슉녀현인이누명을신설ᄒᆞ고영화로이도라가ᄂᆞᆫ길이러라치원등졔승이산문밧게나와니별훌식각〃보즁ᄒᆞ믈닐컷고유체연〃ᄒᆞ니부인이위로ᄒᆞ고치원의숀을잡고자못연〃ᄒᆞ여뉴쳬ᄒᆞ니치원이부인의원노힝녁의이러틋슬허하시미블가ᄐᆞᆨᄒᆞ여보즁ᄒᆞ기를지삼부탁ᄒᆞ여왈뉵칠년후면셔로맛나리라ᄒᆞ니소졔늣기믈마지아니ᄒᆞ고니별ᄒᆞ미위의를휘동ᄒᆞ여산하의나려셔〃이힝ᄒᆞ니열읍슈령이진틱부의원비힝차오신임어시비힝ᄒᆞ니지셩으로지영ᄒᆞ고좌우의관광지칭찬ᄒᆞ믈마지아니터라슈십일을무ᄉᆞ이힝ᄒᆞ여경ᄉᆞ의니로니진셕냥공이쇼져의환경ᄒᆞᄂᆞᆫ션셩을듯고교외의나와본후바로진부로드러

8

오니왕부인이졔쇼져와댱파등으로더부러반가이기다리더니소졔계하의지비청죄ᄒᆞ니공과부인이급히블너올니〃소졔존당의다시지비ᄒᆞ고졔인과네필후구괴눈을드러보니녹발이헛트러옥면을가리와시니즁츄망월이부운의ᄡᆞ흰듯옥계의난최츈풍의츔츄ᄂᆞᆫ듯남누ᄒᆞᆫ의상과쵸췌ᄒᆞᆫ용모ᄂᆞᆫ아미산반륜월이치운을헷친듯어리로온틱도와아리ᄯᆞ온긔질이졀승ᄒᆞᆫ지라왕부인이연망이집슈유체왈노인이혼몽ᄒᆞ여간인의요요계의빠져현부를구박ᄒᆞ여만상역경을격게ᄒᆞ니하마ᄒᆞ면옥보방신을보젼치못훌번ᄒᆞ게ᄒᆞ고이졔간뫼발각ᄒᆞ여유죄인을쇼졔ᄒᆞ고현부를딕ᄒᆞ니참괴ᄒᆞ미시로온지라셕ᄉᆞ를싱각훌ᄉᆞ록한심ᄒᆞ도다공이ᄯᅩ한탄왈노뷔블명ᄒᆞ고ᄯᅩ한무식ᄒᆞ여간인의모히ᄒᆞ믈씨

닷지못ᄒᆞ고현부의현심슉덕과표의졀힝으로강상ᄃᆡ죄를실어만니산곡벽쳐의유리표탕케ᄒᆞ여존망을아득히아지못ᄒᆞ여심싀자못요〃ᄒᆞ고비창ᄒᆞ더니텬신이보우ᄒᆞ샤이

9

졔무ᄉᆞ히ᄉᆡᆼ환고국ᄒᆞ니노뷔현부를ᄃᆡᄒᆞᄆᆡ참괴ᄒᆞ나이역현부의ᄋᆡᆨ경이니이왕지ᄉᆞᄂᆞᆫ졔긔치말고ᄎᆞ후로붓터안향ᄒᆞ기를바라노라소졔부복ᄒᆞ여듯기를맛고피셕ᄉᆞ왈아ᄒᆡ부릉누질노존문의닙승ᄒᆞ와ᄇᆡᆨᄉᆞ의무일가취ᄒᆞᄃᆡ구고의우로지턱을닙사와쥬야의긍〃업〃ᄒᆞ옵더니조믈이싀긔ᄒᆞ와삼년을존당의니칙ᄒᆞ오믄도시쳡의운ᄋᆡᆨ이오니엇지구고의셩녀를허비ᄒᆞ실ᄇᆡ이닛고언파의조금도원심이업ᄉᆞ니공의부뷔일변참괴ᄒᆞ고일변두굿겨소져의옥슈를잡고못ᄂᆡ희열ᄒᆞ더라말숨이긋치ᄆᆡ공자ᄇᆡᆨ현이모친을뵈오ᄆᆡ반가오미넘져눈물을흘니며존당의말삼긋치기를기다리고한편의셔〃유체ᄒᆞ더니이의죠용ᄒᆞᄆᆡ모친슬하의ᄌᆡᄇᆡᄒᆞ고업듸여이지못ᄒᆞ고오열ᄒᆞ거ᄂᆞᆯ쇼졔아자를보ᄆᆡ반가온마음이유츌ᄒᆞ여눈물이써러질듯ᄒᆞ나존젼이라감히비식을ᄂᆡ지못ᄒᆞ고공자의숀을잡고머리를쓰다듬어왈아ᄒᆡᄂᆞᆫ부졀업시비식을ᄂᆡ여존젼의블경치말나우리모자의니별은여모의블

10

민ᄒᆞᆫ탓시라ᄎᆞ후ᄂᆞᆫ무흠ᄒᆞ리니마음을상ᄒᆡ오지말나공ᄌᆡ이의누슈를거두고모친을앙모ᄒᆞ여냥뎨를ᄉᆡᆼ각ᄒᆞ던말숨을고ᄒᆞ여셜홰탐〃ᄒᆞ더니당파모녜ᄯᅩ한기간방신을보즁ᄒᆞ여무ᄉᆞ환경ᄒᆞᆷ과삼년고힝ᄒᆞ던일을치위ᄒᆞ니소졔당파를향ᄒᆞ여아자를지극보호ᄒᆞ믈치ᄉᆞᄒᆞ여왈셔모의은공을갑자ᄒᆞ면머리를버혀신을ᄒᆞ여도다갑지못ᄒᆞ리로쇼이다당ᄑᆡ겸ᄉᆞᄒᆞ믈마지아니터라공이〃의쇼져를명ᄒᆞ여외헌의나와셕공을뵈니부녜셔로보ᄆᆡ비환이교집ᄒᆞ여셕공이다만소져의옥슈를잡고참연슈루ᄒᆞ여능히말을못ᄒᆞ니소졔온화이위로ᄒᆞ며그ᄉᆞ이존후를뭇자와말을ᄎᆡ못ᄒᆞ여셔셜부인이므득옥윤을모라슈긔시녀를다리고니ᄅᆞ러당의오ᄅᆞ니쇼졔급히하당영지ᄒᆞ여모젼의ᄌᆡᄇᆡᄒᆞ여누쉬종힝

ᄒᆞ니부인이녀아의옥슈를잡고그ᄋᆡ연슈쳑ᄒᆞ믈보미오닉붕열ᄒᆞ여눈물이ᄶᅥ러질듯ᄒᆞ나그마음이무거오미만근지즁이라화안으로위로ᄒᆞ며이의왕부인을보아셕ᄉᆞ를거두지아니코다만녀아의무ᄉᆞ

11

회환ᄒᆞ믈치하ᄒᆞ니왕부인이ᄯᅩ한유열ᄒᆞᆫ말삼을칭ᄉᆞᄒᆞ더라셜부인이다시녀아를보고이졍을펼식소졔일희일비ᄒᆞ여명도를탄ᄒᆞ니부인이위로왈오아는이왕지ᄉᆞ를긔회치말나이는다너의신쉬블길ᄒᆞ미니슈원슈구리오고지셩녀쳘부도일시ᄋᆡᆨ운을다지닉고필경은일홈을엇ᄂᆞ니이졔비록삼년이졍은비감ᄒᆞ나고진감닉는고금상식라간뫼엇지오릭며부인이엇지일월광휘를오릭가리〃오녀아는모로미가지록효를다ᄒᆞ여존당을봉양ᄒᆞ고군자를승슌ᄒᆞ여가닉화평ᄒᆞ고ᄇᆡᆨ년을화락ᄒᆞ며ᄌᆞ숀을교무ᄒᆞ여우리노부쳐의만닉영효를보게ᄒᆞ라소졔모친의말삼을듯고지빅ᄃᆡ왈근슈교의리니복원틱〃는믈우셩여ᄒᆞ쇼셔왕부인이시비로ᄒᆞ여금진찬을닉여빈쥐종일담쇼ᄒᆞ여질기고셜부인이본부로도라오니라어시의진공과부인이ᄲᅡᆼ아를각〃안고교무화열ᄒᆞ여부인을도라보아왈요악간악한송가숙질의게속아하마ᄒᆞ더면오가의쳔리구

12

를상히올번ᄒᆞ여시니이를ᄉᆡᆼ각ᄒᆞ면밤의잠이오지아니코눈물이힉음업더니이졔이와갓치장셩슈미ᄒᆞ믄조종복션여음이오현부의어진덕힝이라ᄒᆞ니부인이ᄯᅩ한두굿겨ᄃᆡ왈진실노상공의말삼이당연ᄒᆞ이라ᄒᆞ고공의부뷔만심쾌락ᄒᆞ여즐기믈마지아니ᄒᆞ더니이의혼졍을맛ᄎᆞ미공이소져로ᄒᆞ여금ᄉᆞ실의가쉬라ᄒᆞ니쇼졔승명ᄒᆞ고침쇼의도라오니댱뮈발셔방ᄉᆞ를소쇄ᄒᆞ고금병침상을화려이ᄒᆞ엿더라소졔방의드러와좌우를둘너보니물식이의구하여옛쥬인을반기는듯ᄒᆞ미소졔비감ᄒᆞ믈마지아니ᄒᆞ더니댱파모녜니ᄅᆞ러조용히한담ᄒᆞ고단시등모든왕쇼졔니ᄅᆞ러그리던회포를펴며말삼이분〃ᄒᆞ더니ᄎᆞ일의진티뷔부인의도라오믈듯고틱자긔소유를쥬달ᄒᆞ온ᄃᆡ틱지옥음을여러갈오ᄉᆞᄃᆡᄉᆞ부의부인은곳ᄉᆞ뫼라엇지위문치아니리오ᄉᆞ부는밧비나아가보고

명조의닙궐ᄒᆞ쇼셔텬뷔ᄉᆞ은ᄒᆞ고승야하여본부의니로니부뫼임의취침ᄒᆞ여계신지라창외의셔긔운을뭇고설난각

13

의니로니졔쇼졔이의모다정히담쇠자약ᄒᆞ거놀텬뷔족용을즁지ᄒᆞ여난간의올나긔침ᄒᆞ니졔시비상공의ᄂᆡ림ᄒᆞ시믈고ᄒᆞᄂᆞᆫ지라졔쇼졔ᄃᆡ경ᄒᆞ여모다급〃히후창으로나아가고텬뷔이의ᄀᆡ호닙실ᄒᆞ니소졔안셔이니러맛ᄂᆞᆫ지라당ᄑᆡᄯᅩ한니러셔며왈상공이쇼져로더부러이회를펴고ᄌᆞᄒᆞᄂᆞᆫᄃᆡ노쳡이안져시면민망ᄒᆞ여ᄒᆞ시리니일작이물너가미맛당ᄒᆞ니이다텬뷔쇼왈셔모ᄂᆞᆫ진짓조심경안광이로다남의심ᄉᆞ를이러틋아ᄅᆞ시나닛고당ᄑᆡ환연ᄃᆡ쇼ᄒᆞ고도라가니라부뷔비로소네필좌정후텬뷔소져의용광을바라보고반기여흔연이나아가그옥슈를잡고원노험지의무ᄉᆞ히득달ᄒᆞ믈치하ᄒᆞ고만단풍경이ᄉᆡᆨ암솟듯ᄒᆞᄂᆞᆫ지라드듸여뉴녀의간흉요악ᄒᆞ미젼후작폐ᄒᆞ던말을설파ᄒᆞ니소졔묵〃부답ᄒᆞ나ᄂᆡ심의한심이너기믈마지아니ᄒᆞ더라텬뷔이의빵아를나와슬상의놋코유희ᄒᆞ더니밤이임의깁흐ᄆᆡ쵹을멸ᄒᆞ고쇼져

14

의옥슈를닛그러금침의나아가닐오ᄃᆡᄉᆞ모ᄒᆞ던정회를비홀듸업더니오날이야심회를펴리로다ᄒᆞ더니계명의부뷔한가지로니러관쇼ᄒᆞ고존당의신셩ᄒᆞᄆᆡ부뫼식로이두굿기며당ᄑᆡ쇼왈낭군이작야의우리등을축지ᄒᆞ더니밤이맛도록무삼정회를ᄒᆞ시엿관ᄃᆡ노신이보니낭군의눈이밤을아니잔듯ᄒᆞ외다부인이소왈너ᄂᆞᆫ우은말〃나오ᄋᆡ현부를삼년상ᄉᆞᄒᆞ여병을닐워하마ᄒᆞ더면우리노부쳐로ᄒᆞ여금상명지통을당홀번ᄒᆞ여시니엇지우연ᄒᆞᆫ일이리오너ᄂᆞᆫ부졀업시아자를조희ᄒᆞ여비쇼치말나ᄒᆞ고웃ᄂᆞᆫ닙을쥬리지못ᄒᆞ더라소졔침쇼의도라와비로쇼녹발을지오고단장을다ᄉᆞ리나금슈의상을멀니ᄒᆞ여다만승상원비녜복만찰희니찬란화려ᄒᆞᆫ용ᄉᆡᆨ이만고의짝ᄒᆞ리업슬지라텬뷔삼자를유희ᄒᆞ여근〃체〃ᄒᆞᆫᄉᆞ랑이비홀ᄃᆡ업ᄉᆞ며소져를ᄋᆡ즁ᄒᆞ여흔〃쾌락ᄒᆞ니만ᄉᆞ의무

15

심ᄒᆞ여질기믈마지아니터라원근친쳑이셕부인의환가ᄒᆞ믈듯고진부의모다하례분〃ᄒᆞ며소져와빵아를보고식로이반기며말삼이은근ᄒᆞ더라ᄎᆞ시텬지셕쇼져의ᄉᆞ젹을드르시고칭찬ᄒᆞ믈마지아니시고특지로녜부의하교ᄒᆞ샤셕시로졀효부인을봉ᄒᆞ시고졍문을놉히ᄒᆞ고어필노졔익ᄒᆞ여금자로ᄡᅳ시고그졀효를표장ᄒᆞ시니광치문젼의빗나더라틱부일〃은부젼의ᄡᅮ러송파를사ᄒᆞ여다려오시믈고ᄒᆞ니공이블응이어놀틱뷔여러번간졀이익걸ᄒᆞ믹공이비로쇼허락ᄒᆞ니틱뷔딕희ᄒᆞ여거장을찰혀공자로ᄒᆞ여금송파를청ᄒᆞ니송픽본부의도라가고쵸ᄒᆞ미극ᄒᆞ더니믄득공지거장을갓쵸아니ᄅᆞ러송파를보고녜필의뫼시라온말삼을공슌이ᄒᆞ니숑픽딕희ᄒᆞ여즉시공자로더부러진부의도라와셕시를보믹참괴ᄒᆞ여능히말을못ᄒᆞ니틱뷔젼일을니ᄅᆞ며그ᄉᆞ이녁경을위로홀식뉴녀의말을거두지아니ᄒᆞ고관위ᄒᆞ며졔

16

싱이치위ᄒᆞ고졔소져와댱파모녜다위로ᄒᆞ니송픽면〃이화답ᄒᆞ나닉심의참괴ᄒᆞ여슈식이만면ᄒᆞ더라이의셕부인과녜ᄒᆞ믹젼ᄉᆞ를슈괴ᄒᆞ여낫츨드지못ᄒᆞ니셕부인이화평이위로ᄒᆞ여젼일을긔회치아니ᄒᆞ니ᄎᆞ후ᄂᆞᆫ쾌히졍도를잡아그른마음을바리고착ᄒᆞᆫ마음을일삼으니진문의화긔츈풍갓고송파의현명이상하의자〃ᄒᆞ더라어시의뉴녜본가의도라온후간뫼발각ᄒᆞ믹다시진문을바라지못ᄒᆞ고모녜상의ᄒᆞ여조싱과도망ᄒᆞ여형쥬로갈식형쥬자사뉴긔ᄂᆞᆫ조싱의외숙이라믹양반심을품엇시딕상의홀사람이업기로돌탄ᄒᆞ더니조싱을보고딕희ᄒᆞ여군졍ᄉᆞ를의논ᄒᆞ니조싱이ᄯᅩ한간흉ᄒᆞ여간뫼닛ᄂᆞᆫ지라이의장ᄉᆞ를쵸모ᄒᆞ고젹쵸둔량ᄒᆞ며군ᄉᆞ를연습ᄒᆞ여군을닐우혀인읍을침범ᄒᆞ니군위딕진ᄒᆞ여소과군현이망풍귀순ᄒᆞ여변뵈조졍의오르믹상이딕경ᄒᆞ시고조애황〃ᄒᆞ여감히자원홀

17

지업ᄂᆞᆫ지라상이크게근심ᄒᆞ샤크게셜조ᄒᆞ고방젹홀묘칙을무르시니만죄묵

묵ᄒᆞ여일언을부답ᄒᆞᄂᆞᆫ지라상이옥ᄉᆡᆨ이블예ᄒᆞ시더니일위쇼년ᄃᆡ신이츌반쥬왈신슈부ᄌᆡ오나원컨ᄃᆡ일여지ᄉᆞ를빌니시면밋친도적을토멸ᄒᆞ리이다상이ᄃᆡ열ᄒᆞ시고모다보니ᄐᆡ자ᄐᆡ부진슉문이라이의ᄐᆡ부로ᄃᆡ원슈를ᄒᆞ이시고십만졍병을조발ᄒᆞ여치라ᄒᆞ시니원ᄉᆔᄉᆞ은ᄒᆞ고교장의나아가군사를연습ᄒᆞ고몸을ᄲᅢ혀본부의도라와부모와일가상하를작별ᄒᆞᆫ후명일힝군ᄒᆞ여호〃탕〃이힝ᄒᆞ여형쥬지계의니ᄅᆞ러결진ᄒᆞ고긔모비계를운동ᄒᆞ여일삭지ᄂᆡ의형쥬를파ᄒᆞ고뉴ᄀᆡ와조ᄉᆡᆼ을원문의참ᄒᆞ고가쇽을다잡아졍쇽ᄒᆞᆯ시그즁의일ᄀᆡ녀ᄌᆡ눈의ᄋᆡᆨ은지라군사로ᄒᆞ여금잡아드려문왈너ᄂᆞᆫ엇던녀ᄌᆡ뇨기녜머리를슉이고답지못ᄒᆞ거ᄂᆞᆯ원ᄉᆔ여셩문왈네어지답지아니ᄒᆞᄂᆞ뇨네머리를드러보라ᄒᆞ고군ᄉᆞ

18

로머리를드니이ᄂᆞᆫ평ᄉᆡᆼ의졀징ᄒᆞ던뉴녀를엇지모로리오원ᄉᆔ졀치문왈네뉴가요녀로쇼니엇지ᄒᆞ여이곳의닛ᄂᆞ뇨ᄒᆞ고형구를나와엄문ᄒᆞ니뉴녜머리를드러바라보ᄆᆡ평ᄉᆡᆼ원가진ᄐᆡ부라낙담상혼ᄒᆞ여기리탄왈ᄉᆞ이지ᄎᆞᄒᆞ니무가ᄂᆡ하라직쵸왈소쳡이엇지ᄉᆞ문일ᄆᆡᆨ을힝실을더러리오마ᄂᆞᆫ이ᄂᆞᆫ도시상공의박ᄃᆡᄒᆞ시미오쳡의죄아니로쇼이다원ᄉᆔ익〃ᄃᆡ로ᄒᆞ여상을박ᄎᆞ며즐왈이요악찰녀를엇지일시나살니리오너로ᄒᆞ여금부인과아자의ᄋᆡᆨ경은니ᄅᆞ도말고요악을존젼의범ᄒᆞ여시니엇지요ᄃᆡᄒᆞ리오ᄒᆞ고군ᄉᆞ로ᄒᆞ여금원문밧게효슈ᄒᆞ고그시신을바려오작의밥이되게ᄒᆞ고뉴ᄀᆡ의가쇽을원지의졍쇽ᄒᆞᆫ후슈일을머무러ᄇᆡᆨ셩을안무ᄒᆞ고조졍의승젼ᄒᆞ믈쥬달ᄒᆞ고군ᄉᆞ를휘동ᄒᆞ여경ᄉᆞ로향ᄒᆞᆯ시원ᄉᆔ심즁의밋친한을풀ᄆᆡ상쾌ᄒᆞ믈마지아니터라어시의텬ᄌᆡ원슈의츌졍ᄒᆞᆫ후승젼ᄒᆞ믈쥬야고ᄃᆡᄒᆞ시더니믄득승젼ᄒᆞᆫ장계를보시고ᄃᆡ열

19

ᄒᆞ샤즁ᄉᆞ로위문ᄒᆞ시고반ᄉᆞᄒᆞ믈니ᄅᆞ시니원ᄉᆔᄃᆡ군을휘동ᄒᆞ여경ᄉᆞ의도라와예궐ᄉᆞ은ᄒᆞ온ᄃᆡ상이ᄃᆡ희ᄒᆞᄉᆞ원노구치를위유ᄒᆞ시고금ᄇᆡᆨ을ᄂᆡ여삼군을호상ᄒᆞ시고부원슈이하ᄂᆞᆫ벼술을도〃시고ᄃᆡ원슈ᄂᆞᆫ특별이후일논상ᄒᆞ라ᄒᆞ

시니이ᄂᆞᆫ원슈의ᄯᅳᆺ을지긔ᄒᆞ시미라인ᄒᆞ여파조ᄒᆞ시ᄆᆡᄐᆡ뷔본부의도라오ᄆᆡ가즁상하의환셩이여류ᄒᆞ더라ᄐᆡ뷔부모슬하의ᄇᆡ알ᄒᆞᄆᆡ진공이ᄐᆡ부의등을어로만져두굿기물마지아니ᄒᆞ더니외당의하ᄀᆡᆨ이운집ᄒᆞᄆᆡ공의부ᄌᆡ셔헌의나와종일빈쥐질기다가파ᄒᆞ니라명조의닙궐ᄉᆞ은ᄒᆞᆫ후동궁의나아가ᄐᆡᄌᆞ긔뵈온ᄃᆡᄐᆡᄌᆡ크게반겨갈오ᄉᆞᄃᆡᄉᆞ부의근뇌ᄒᆞᆫ공덕을무어ᄉᆞ로다갑흐리닛고ᄒᆞ고반기믈마지아니ᄒᆞ시니ᄐᆡ뷔황공감은ᄒᆞ더라일〃은ᄐᆡ뷔존당을뫼시고조용히한담ᄒᆞ더니댱파모녜나와시립ᄒᆞᄆᆡᄐᆡ뷔슉혜를보니그ᄉᆡᆨᄐᆡ절세ᄒᆞ여장셩슈미ᄒᆞ여빈혀ᄭᅩᆺ기의지ᄂᆞᆫ지라ᄐᆡ

20

뷔부젼의고왈슉혜이갓치장셩ᄒᆞ엿ᄉᆞ오니져와갓흔가랑을어더ᄇᆡᆨ년을쾌락ᄒᆞ게ᄒᆞ미맛당ᄒᆞᄃᆡ혼쳐를아모리유의ᄒᆞ여도지금엇지못ᄒᆞ와쵸민ᄒᆞ니이다공이졈두왈연ᄒᆞ다오아ᄂᆞᆫ널니듯보아우리만ᄂᆡ경ᄉᆞ를보게ᄒᆞ라ᄐᆡ뷔슈명ᄒᆞ고퇴ᄒᆞ여설난각의나아가부인을ᄃᆡᄒᆞ여담쇼ᄒᆞ며삼ᄌᆞ를유희ᄒᆞᄃᆞ가이날부인과동침ᄒᆞ고이의뉴녀죽이믈니ᄅᆞ니부인이츄연탄왈져의힝ᄉᆞᄂᆞᆫ맛당ᄒᆞ되본시상공의박절ᄒᆞᆫ탓이로쇼이다ᄒᆞ고감창ᄒᆞ믈마지아니ᄒᆞ더라ᄐᆡ뷔일〃은동문외의가친우를조문ᄒᆞ고도라오더니믄득ᄉᆡᆼ각ᄒᆞᄃᆡ이곳의은거ᄒᆞᆫ한쳐ᄉᆞᄂᆞᆫ나의지심지교로ᄃᆡ국가의일이만하한번찻지못ᄒᆞ엿더니임의이곳의왓시니한번나아가졍회를펴리리ᄒᆞ고가를도로혀한부의가통ᄒᆞ니한쳐ᄉᆡᄃᆡ희ᄒᆞ여급히방ᄉᆞ를소쇄ᄒᆞ고ᄐᆡᆨ부를청ᄒᆞ여빈쥐한훤필의ᄐᆡ뷔왈소뎨공ᄉᆞ의결을이업셔존형을한번도

21

찻지못ᄒᆞ와비린지ᄆᆡᆼ이간졀ᄒᆞ기로존형을차져거니와형은엇지한번도소뎨를찻지아니시뇨한쳐ᄉᆡ답왈쇼뎨ᄂᆞᆫ쵸야의미쳔지인이라감히권문세가의가리닛고ᄐᆡ뷔소왈형이엇지졍외지언을ᄒᆞ나뇨하더니믄득드ᄅᆞ니겻방의셔〃셩이들니거ᄂᆞᆯᄐᆡ뷔왈글익ᄂᆞᆫ사ᄅᆞᆷ이뉘뇨쳐ᄉᆡ왈이ᄂᆞᆫ쇼뎨의돈아로쇼이다ᄐᆡ뷔한번보기를청ᄒᆞᆫᄃᆡ쳐ᄉᆡ이의아자를부르니한ᄉᆡᆼ이승당닙실ᄒᆞ여ᄐᆡ부를향

ᄒᆞ여ᄌᆡᄇᆡᄒᆞ고부공긔ᄭᅮ러부ᄅᆞ시믈뭇ᄌᆞ온ᄃᆡ쳐ᄉᆡ왈져귀ᄀᆡᆨ은나의지심지교라너를보고자ᄒᆞ시ᄆᆡ부르미니라ᄐᆡ뷔눈을드러ᄉᆡᆼ을보니긔위동탕ᄒᆞ고거지단아ᄒᆞ여ᄃᆡ인군자지풍이닛ᄂᆞᆫ지라ᄐᆡ뷔마음의긔특이너겨ᄉᆡᆼ을향ᄒᆞ여문왈현ᄉᆞ의년치몃치뇨ᄉᆡᆼ이ᄃᆡ왈세상을아란지십팔년이로쇼이다ᄐᆡ뷔쳐ᄉᆞ를보아왈녕낭이져러틋장셩슈미ᄒᆞ니하쳐의숙녀를ᄇᆡᄒᆞ미닛ᄂᆞ냐쳐ᄉᆡ답왈소뎨가세빈ᄒᆞᆫᄒᆞ므로아직

22

가취지못ᄒᆞ엿노라ᄐᆡ뷔쳐ᄉᆞ를향ᄒᆞ여왈소졔간절ᄒᆞᆫ소회닛시니용납ᄒᆞ시리닛가한공이ᄉᆞ왈형이무삼말을ᄒᆞ고ᄌᆞᄒᆞᄂᆞᆫ다듯기를원ᄒᆞ노라ᄐᆡ뷔왈다른일이아니라소뎨의게셔ᄆᆡ일인이니시니족히영낭을ᄲᆞᆼᄒᆞᄆᆡ욕되지아닐듯ᄒᆞ니형이허ᄒᆞ시랴한공이쾌허왈소뎨녕ᄆᆡ의향명을익이드럿ᄂᆞ니엇지감히좃지아니리오소뎨구혼코자ᄒᆞ나존의를아지못ᄒᆞ여쥬져ᄒᆞ미러니형이몬져구ᄒᆞ시니소뎨의만분다ᄒᆡᆼ이라엇지ᄉᆞ양ᄒᆞ리오ᄐᆡ뷔칭ᄉᆞᄒᆞ고쥬ᄀᆡᆨ이환쇼달난ᄒᆞᄃᆞ가ᄐᆡ뷔하직고본부로도라와존당의고ᄒᆞ고ᄐᆡᆨ일ᄒᆞ여빙폐를밧고냥ᄀᆡ혼구를셩비ᄒᆞ니남풍녀뫼피ᄎᆞ의겸숀ᄒᆞ미업셔진짓ᄇᆡᆨ년가위라댱파의즐겨ᄒᆞ미비홀듸업더라숙혜인ᄒᆞ여본가의닛고한ᄉᆡᆼ이진부의닛셔부뷔화순ᄒᆞ여즐기미비홀듸업더라ᄎᆞ년납월의셕부인이일ᄀᆡ옥동을ᄉᆡᆼᄒᆞ니부풍모습ᄒᆞ여영오발췌ᄒᆞ여삼자와난형난뎨니가즁상하의하셩이분〃ᄒᆞ더

23

라어시의범상셰진공자와결혼ᄒᆞᄆᆡ만심환희ᄒᆞ여도라와부인긔셜화ᄒᆞ고냥아의자라물기다리더라숙혜한셩으로화락ᄒᆞ여삼자뉵녀를ᄉᆡᆼᄒᆞ고한ᄉᆡᆼ이급졔ᄒᆞ여벼술이ᄐᆡ학ᄉᆞ의니ᄅᆞ니숙혜의ᄂᆡ조ᄒᆞᆫ공이만은지라한ᄉᆡᆼ이극진공경네ᄃᆡᄒᆞ여무흠이영복을누리더라ᄎᆞ시셕부인이청덕ᄒᆞ므로영화로이냥가부모를지효로셤기고군자를네ᄃᆡᄒᆞ고ᄌᆞ숀을인의로권장ᄒᆞ고비복을은혜로다ᄉᆞ리고친척을화목ᄒᆞ니원근친척과상하노복의기리ᄂᆞᆫ소ᄅᆡ진동ᄒᆞ더라이ᄒᆡ진ᄒᆞ고명츈삼월일을당ᄒᆞ여만물이화창ᄒᆞ고ᄇᆡᆨ훼만발ᄒᆞ여쳐〃의속인묵ᄀᆡᆨ

이한유ᄒᆞ니날가ᄂᆞᆫ쥴ᄭᆡ닷지못ᄒᆞᆯᄶᅵ라어시의왕문졔소졔쥬효를갓쵸고송파모녀를청ᄒᆞ여한가지로후원화류졍의올나원근산쳔경물을완상ᄒᆞ더니송ᄑᆡ갈오ᄃᆡ노신이〃졔모든부인을뫼시고즐기나셕부인이참예치아니〃일흥이감ᄒᆞ도다모든소졔갈오ᄃᆡ질실노셔

24

모의말삼이지극맛당ᄒᆞ외다ᄒᆞ고인ᄒᆞ여시비로ᄒᆞ여금셜난각의가셔셕부인ᄭᆡ고ᄒᆞᄃᆡ우리등이우연이〃곳의니ᄅᆞ러더니풍물이가려ᄒᆞ여가히ᄉᆞᄅᆞᆷ으로ᄒᆞ여금한유ᄒᆞ염즉ᄒᆞ나이졔부인이아니계시ᄆᆡ경물의흥이감ᄒᆞᄂᆞᆫ지라쳡등이자리를쁠고부인을감히청ᄒᆞᄂᆞ니부인은더럽다마르시고귀쳬를왕굴ᄒᆞ와즐기고ᄌᆞᄒᆞ나이다셕부인이젼언을듯고회보왈블감청이언졍고쇼원이라엇지아니가리닛고ᄒᆞ고인ᄒᆞ여연보를옴겨나아가니졔부인이셕부인을마자좌졍ᄒᆞᄆᆡ모다갈오ᄃᆡ금일츈ᄀᆡ화창ᄒᆞ고풍경이졀승ᄒᆞ니아등이완상고자모다더니현뎨업ᄉᆞᄆᆡ일흥이ᄉᆞ연ᄒᆞ여나지청ᄒᆞ엿더니이졔현뎨를보니졔인의화용월ᄐᆡ무식ᄒᆞ도다셕부인이겸양왈졔형이셩회를베푸시ᄆᆡ소졔몸이한가치못ᄒᆞ여늣게야참예ᄒᆞ니블안ᄒᆞ여이다졔인이낭〃이웃고한가지로쥬리를ᄡᅳ으러끗

25

가지도썩그며버들도휘여다리며언쇄낭연ᄒᆞ니댱파등이겻흘좃ᄎᆞ그거동을보고두굿겨즐기믈마지아니ᄒᆞ더라다시자리를옴겨계변의좌ᄒᆞ고다과를나오며글을지어셔로창화ᄒᆞᄆᆡ당ᄑᆡ왈오날셩회ᄂᆞᆫ요지연이로다ᄒᆞ더니ᄎᆞ일ᄐᆡ부와왕ᄉᆡᆼ등이츈경을탐ᄒᆞ여드러오니졔쇼졔놀나이러마지ᄆᆡ당ᄑᆡ왈졔상공이엇진일노남의못거지를희진ᄂᆞ뇨시즁이쇼왈늙으니엇지심술이ᄉᆞ오나와축ᄀᆡᆨᄒᆞᄂᆞ뇨가져온술과음식을ᄂᆡ라ᄑᆡ등을치며왈위치직열의닛셔음식의쥬졉드뇨졔인이ᄃᆡ쇼ᄒᆞ니ᄐᆡ뷔왈셔뫼우리등을원망ᄒᆞ시나니ᄇᆡᆨ은학ᄉᆞ로ᄃᆡ일〃슈경삼ᄇᆡᆨ빈ᄒᆞ여쳔고미담이되여시니우리ᄂᆞᆫ니ᄇᆡᆨ학ᄉᆞ를본밧고ᄌᆞᄒᆞ나이다어ᄉᆡ역쇼왈좌랑이비록원ᄒᆞ시나술쥽치ᄂᆞᆫ당션ᄉᆡᆼ이니파랑은우리를원치

못ᄒᆞ리라소뷔역쇼왈댱션ᄉᆡᆼ은댱ᄌᆡ라아등이시비ᄒᆞ미블가ᄒᆞ거니와한가소
쥭은고기잘이오술쥽

26

치라파랑이허물치아냐가즁의닛ᄂᆞᆫ술을다먹이다가우리를보면게엄ᄂᆡ여한
잔술을방차ᄒᆞ고조흔술과사미진찬은다도적ᄒᆞ여한가츅ᄉᆡᆼ을먹이며거일파
랑이한ᄉᆡᆼ을난간아ᄅᆡ안치고무어슬먹이다가우리를보고낫치벌거ᄒᆞ거ᄂᆞᆯᄂᆡ
스사로션자로차면ᄒᆞ엿노라언필의졔ᄉᆡᆼ이ᄃᆡ쇼ᄒᆞ고댱ᄑᆡ져의말이허언이나
이언이ᄒᆞ믈보고팔을ᄲᅩᆷᄂᆡ여변ᄇᆡᆨ왈ᄂᆡ언제한낭을도적ᄒᆞ여먹이더뇨ᄒᆞ며훨
난ᄒᆞ더니믄득일진청풍의졔소져의작시ᄒᆞᆫ거시날이여제인의압히ᄯᅥ러지니
졔ᄉᆡᆼ이일시의펴보니단시등ᄉᆞ인의음영ᄒᆞᆫᄇᆡ니비록민쳡혜일ᄒᆞ나셕시의시
ᄉᆡ더옥긔이특츌ᄒᆞ니졔인이경복ᄒᆞ고ᄐᆡ뷔흠ᄋᆡᄒᆞ더라졔쇼졔심히슈괴ᄒᆞ여
도라가고ᄌᆞᄒᆞ거ᄂᆞᆯ제인이환연쇼왈슈쉬소ᄉᆡᆼ등을괴로와ᄒᆞ시니물너가나이
다ᄒᆞ고졔ᄉᆡᆼ이일시의나오니졔쇼졔도로좌를닐우고종일진환ᄒᆞ여질기다가
셕양의각〃ᄒᆞᆺ터져침쇼로도라나가다ᄎᆞ시나라이

27

ᄐᆡ평ᄒᆞ고ᄉᆞ이진복ᄒᆞ니ᄉᆞᄒᆡ안낙ᄒᆞ여ᄐᆡ평가를부르더니ᄎᆞ년츈의한긔심ᄒᆞ
여ᄇᆡᆨ셩이황난ᄒᆞ니뎐ᄌᆡ근심ᄒᆞ샤정셩으로비르시ᄃᆡ맛참ᄂᆡ졈위업ᄂᆞᆫ지라뎐
심이황〃ᄒᆞ샤정침을폐ᄒᆞ시고슈라의찬션을감ᄒᆞ시니ᄐᆡᄌᆡ쥬왈제신의정셩
이부족ᄒᆞ미아니라ᄌᆡ덕이져그미니ᄐᆡ부진경으로븍교의설제ᄒᆞ시면반ᄃᆞ시
효험이〃시리이다상이씌다르샤즉일의우승상ᄐᆡ자ᄐᆡ부진슉문과녜부상셔
범등으로븍관의긔우ᄒᆞ라ᄒᆞ시니냥인이승명하여칠일ᄌᆡ계ᄒᆞ고븍관의올나
힝제ᄒᆞ니냥인의정셩이뎐지감동ᄒᆞ샤제를파ᄒᆞ고단의나리ᄆᆡ믄득광풍이ᄃᆡ
작ᄒᆞ고ᄃᆡ위담아붓듯오시니냥인이ᄃᆡ희ᄒᆞ여슈레를도라도라올ᄉᆡ우장을물
니치고몸쇼비를맛고도라와예궐봉명ᄒᆞ온ᄃᆡ상이조회를밋쳐파치못ᄒᆞ엿던
지라제인이일시의산호ᄇᆡ무ᄒᆞ니상이ᄃᆡ열ᄒᆞ샤냥인이흔연이좌를쥬시고옥
ᄇᆡ의향온을만작ᄒᆞ여친히냥인을권ᄒᆞ시고각〃벼슬

28

을도〃와진슉문으로쵸국공을봉ᄒᆞ시고범등으로위국공을ᄒᆞ이시니냥인이황공ᄒᆞ여구지ᄉᆞ양ᄒᆞ온ᄃᆡ상이블윤ᄒᆞ시고파조ᄒᆞ시니홀일업셔냥인이각〃퇴조ᄒᆞ여집으로도라오니라명일상이녜부와호부를간검ᄒᆞ여쵸국공의집을지으라ᄒᆞ시니호부와녜뷔승명ᄒᆞ여길지를갈희여집을지를ᄉᆡ텬지승상이알면말니리라ᄒᆞ여거즛왕부라칭ᄒᆞ고시역ᄒᆞ니이곳통화문밧긔라동명은집현촌이니산천이빠혀나고쥬회빅여리러라이의만여간집을닐우니븍으로쳔여간은고루를셰워ᄂᆡ각을삼고남으로쳔여간을지어자질의거쳐를삼아삼년만의필역ᄒᆞ고봉명ᄒᆞ온ᄃᆡ상이ᄃᆡ열ᄒᆞ샤상궁과환자로ᄒᆞ여금보고오라ᄒᆞ시니환지쵸궁의니ᄅᆞ미장여ᄒᆞ미ᄃᆡᄂᆡ와일반이라이ᄃᆡ로회쥬ᄒᆞᆫᄃᆡ상이ᄃᆡ희ᄒᆞ샤금자로현판ᄒᆞ여제익ᄒᆞ시니녜뷔밧자와남으로큰문을세워시니쥬란화각이반공의쇼슨듯동셔협문의ᄯᅩ누를

29

셰워망월ᄃᆡ라ᄒᆞ고우편누의쵸국시녀슈빅인을머무르고가동슈빅은우뎐좌우문의머무ᄅᆞ게ᄒᆞ고상이조회를여러문무를모화진공을명쵸ᄒᆞ샤흔연이우으시고왈경이슉문갓흔아들을두어사직ᄃᆡ신을삼은고로특별이취운산의녜현궁을ᄉᆞ급ᄒᆞ나니일은경의긔자두믈사례ᄒᆞ고이는슉문의븍졍ᄒᆞᆫ공을표ᄒᆞ미오삼은만조문무로슉문의츙효를본밧게ᄒᆞ미니경은지실ᄒᆞ라공이황공ᄉᆞ은ᄒᆞ고퇴조ᄒᆞ니상이ᄯᅩ틱부를명ᄒᆞ샤츙효를표ᄒᆞ시고ᄉᆞ양치말나ᄒᆞ시니틱뷔구지ᄉᆞ양ᄒᆞ여과람ᄒᆞ물쥬ᄒᆞᆫᄃᆡ상이변식ᄒᆞ샤옥식이블예ᄒᆞ시니틱뷔할일업셔ᄉᆞ은퇴조ᄒᆞ여위의를올마네현궁의일턱을옴기니각〃쳐쇼를졍ᄒᆞ여머믈게ᄒᆞ니라황문시랑이니ᄅᆞ러부인직첩을올니〃왕부인으로쵸국틱비를봉ᄒᆞ시고당송냥파로진국긔실부인을봉ᄒᆞ시고셕부인으로쵸국졍비를봉ᄒᆞ샤ᄉᆞ연ᄉᆞ악ᄒᆞ시고진문졔싱을다

30

벼술을도〃시니영춍이일셰의무빵ᄒᆞ더라셰월이여류ᄒᆞ여공지장셩ᄒᆞ미진

범냥가의ᄃᆡ연을비설ᄒᆞ고셩네ᄒᆞ니신낭신부의쵸츌특이ᄒᆞ미진짓일ᄃᆡ가위
텬싱슉연이라진문상하와만당빈ᄀᆡᆨ이일시의보고칙〃칭션ᄒᆞ더라여러자숀
각〃닙취셩관ᄒᆞ여자숀이만당ᄒᆞ고영화부귀ᄭᅳᆫ치지아니ᄒᆞ니진문젹덕쳥힝
과츙효열졀을하날이살피샤자숀이번셩ᄒᆞ여허다ᄉᆞ젹은진문츙의록의닛시
니후록을보아알지어다
셰을묘이월일향목동셔

곽해룡전 원문

권지일

1

곽ᄒᆡ룡젼 권지일

화셜원나라시절의ᄒᆞᆫᄌᆡᆨ상이〃스ᄃᆡ셩은곽이요명은츙국이요ᄌᆞᄂᆞᆫᄐᆡ영이니셰ᄃᆡ로공후〃예라쇼년등과ᄒᆞ여벼술이일픔의거ᄒᆞ여명망이ᄉᆞᄒᆡ의진동ᄒᆞ고츙심은일국의읏듬이라슬하의일졈혈속이업셔벼술을하즉ᄒᆞ고〃향의도라와묘ᄃᆡ의고기낙고달아ᄅᆡ밧갈기ᄅᆞᆯ일삼으니텬지간의한가ᄒᆞᆫᄉᆞ람이되엿더라일〃은곽공이부인으로더부러누각의올나츈식을구경ᄒᆞ더니승상이홀연탄식왈ᄂᆡ나히반ᄇᆡᆨ이넘어시ᄃᆡ일졈ᄉᆞ속이업스니묘션향화ᄅᆞᆯ뉘게젼ᄒᆞ리오ᄒᆞ며슬허ᄒᆞ거ᄂᆞᆯ부인이ᄯᅩᄒᆞᆫ장탄왈무ᄌᆞᄒᆞ문쳡의죄오니상공은맛당이슉녀ᄅᆞᆯ취ᄒᆞ여후ᄉᆞᄅᆞᆯ이으소셔승상이답왈부인의무ᄌᆞᄒᆞ믄나의박복ᄒᆞ미라엇지홀노부인의죄리오ᄒᆞ며슬허ᄒᆞ더니시네ᄂᆞ와고ᄒᆞᄃᆡ엇던노승이밧게와

2

상공게뵈오믈간청ᄒᆞᄂᆞ이다ᄒᆞ거ᄂᆞᆯ승상이즉시당의ᄂᆞ와노승을마ᄌᆞᆯᄉᆡ노승이드러와합장ᄇᆡ례왈소승은남ᄒᆡ쥭님사의잇ᄉᆞᆸ더니ᄉᆞ찰이퇴락ᄒᆞ와불상이풍우ᄅᆞᆯ면치못ᄒᆞ와즁슈코져ᄒᆞ오나ᄌᆡ력이업ᄉᆞ와상공ᄃᆡᆨ의왓ᄉᆞ오니시쥬ᄒᆞ옵시기ᄅᆞᆯ바라ᄂᆞ이다ᄒᆞ고권션을〃리거ᄂᆞᆯ승상이헤오ᄃᆡᄂᆡᄌᆡ물이만흐나젼홀곳시업스니찰하리불젼의공양ᄒᆞ여훗길이나닥그리라ᄒᆞ고황금일쳔양을쥬며왈ᄃᆡᄉᆞᄂᆞᆫ부쳐게발원ᄒᆞ여혹ᄌᆞ식이나졈지ᄒᆞ여쥬소셔ᄒᆞ며ᄇᆡᆨ슈의눈믈을흘니거ᄂᆞᆯ노승이ᄋᆡ련ᄒᆞ여왈지셩이면감쳔니라ᄒᆞ오니셰존게발원ᄒᆞ여보ᄉᆞ이다ᄒᆞ고셤아ᄅᆡ나려두어거름의간바ᄅᆞᆯ모ᄅᆞᆯ네라승상이그졔야부쳰쥴알고공즁을향ᄒᆞ여무슈ᄉᆞ례ᄒᆞ고즉시ᄂᆡ당의드러가부인다려노승의ᄒᆞ던말을젼ᄒᆞ고혹감응ᄒᆞ미잇슬가바라더니비몽간의ᄒᆞᆫ동ᄌᆡ드러와ᄇᆡ례왈소ᄌᆞᄂᆞᆫ남ᄒᆡ용ᄌᆡ옵더니부

3

왕을뫼시옵고천궁의갓숩다가셔방금셩차지금셩ᄐᆡᄇᆡᆨ으로더부러ᄇᆡᆨ혹승부ᄅᆞᆯ닷토다가상졔노ᄒᆞᄉᆞᄐᆡᄇᆡᆨ은젹거ᄒᆞ고소ᄌᆞᄂᆞᆫ즁원의ᄂᆡ치시ᄆᆡ갈바ᄅᆞᆯ모로더니맛참남ᄒᆡ죽님ᄉᆞ관음보살이이곳을지시ᄒᆞ시기로왓ᄉᆞ오니어엿비녁이소셔ᄒᆞ고압ᄒᆡ안기거ᄂᆞᆯ놀나ᄭᆡ다르니남가일몽이라ᄯᅩ보니부인니침쉬몽농ᄒᆞ거ᄂᆞᆯ부인을ᄭᆡ와몽ᄉᆞᄅᆞᆯ젼ᄒᆞ니부인이ᄯᅩᄒᆞᆫᄀᆞᆯ오ᄃᆡ쳡도앗가일몽을엇ᄉᆞ오니그러하더이다승상왈노승이젼일의금은을밧고은혜라ᄒᆞ여귀ᄌᆞᄅᆞᆯ졈지ᄒᆞ시도다ᄒᆞ고즐겨ᄒᆞ더니과연그달붓터ᄐᆡ긔잇셔십삭이ᄎᆞᄆᆡ일〃은집안의셔오운니〃러나며뇌졍벽녁이쳔지진동ᄒᆞ더니부인이슌산ᄒᆞ니일ᄀᆡ옥동이라승상이ᄃᆡ희과망ᄒᆞ여향슈의ᄲᆡᆺ겨누이고아ᄒᆡ상을보니용의얼골이오범의머리와곰의등과일희허리라우ᄂᆞᆫ소ᄅᆡ웅장ᄒᆞ여완연이몽즁의보

4

든동ᄌᆡ라옥갓흔얼골과쥰슈ᄒᆞᆫ풍ᄎᆡ일ᄃᆡ호걸이라일홈을ᄒᆡ룡이라ᄒᆞ고자ᄅᆞᆯ운젹이라ᄒᆞ다졈〃ᄌᆞ라ᄆᆡ춍명ᄒᆞ여시셔ᄇᆡᆨ가ᄅᆞᆯ부불통지ᄒᆞ며녁ᄃᆡ졔왕흥망셩쇠와명현ᄌᆡᄉᆞ의ᄉᆞ젹을다알아평논ᄒᆞ니승상이더옥ᄉᆞ랑ᄒᆞ여일시도ᄯᅥ나지못ᄒᆞ게ᄒᆞ며부인을향ᄒᆞ여왈ᄒᆡ룡은금슈즁봉황이오츄슈중긔린이오인즁호걸이라일후의반다시공조지식ᄒᆞ고닙신후의일흠을빗ᄂᆡᆯ거시니아름답지아니ᄒᆞ리오ᄒᆞ더라이ᄯᆡᄂᆞᆫ황뎨즉위십숨년이라변방이ᄌᆞ로뇨란ᄒᆞ고ᄯᅩᄒᆞᆫ시절이블평ᄒᆞ여국졍이다ᄉᆞᄒᆞᄃᆡ츙냥지신이업스ᄆᆡ쳔ᄌᆡ곽승상의쳠념강직ᄒᆞ믈ᄉᆡᆼ각ᄒᆞᄉᆞ사ᄌᆞᄅᆞᆯ보ᄂᆡ여ᄑᆡᆨ초ᄒᆞ시며본직을쥬시거ᄂᆞᆯ승상이북향ᄉᆞᄇᆡᄒᆞ고예관을ᄃᆡ졉ᄒᆞ며ᄂᆡ당의드러가부인다려왈ᄂᆡ본ᄃᆡ벼ᄉᆞᆯ의ᄯᅳᆺ이업더니ᄯᅳᆺ밧게쳔명이

5

〃러틋간졀ᄒᆞᆯᄲᅮᆫ더러국ᄉᆡ가장염녀되기로마지못ᄒᆞ여황명을밧ᄌᆞ와상경ᄒᆞ리니부인은아ᄌᆞᄅᆞᆯ다리고진즁ᄒᆞ소셔ᄯᅩᄒᆡ룡을블너왈너ᄂᆞᆫ부ᄃᆡ모친을뫼시고공부ᄅᆞᆯ근실이ᄒᆞ라ᄒᆞ고손을ᄂᆞᆫ화이별ᄒᆞ고낭관을ᄯᅡ라황셩의올나궐ᄂᆡ의

드러가황뎨게슉비ᄒᆞᆫᄃᆡ상이하교왈국ᄉᆡ가장분뇨커ᄂᆞᆯ홀일업셔경을ᄆᆡ쵸ᄒᆞ엿ᄂᆞ니경은모로미이음양순ᄉᆞ시ᄒᆞ고시화연풍을ᄒᆞ여국ᄐᆡ민안ᄒᆞᄂᆞᆫ근번을닥가짐의근심을덜게ᄒᆞ라ᄒᆞ시고사쥬ᄒᆞ시니승상이쥬왈셩괴이러틋ᄒᆞ옵시니신니엇지위국원년픙을모ᄅᆞ리잇고마ᄂᆞᆫ녯말의ᄐᆡ양이국명이나난근니북지즁이라ᄒᆞ여ᄉᆞ오니우흐로뇨슌ᄀᆞᆺᄒᆞᆫ님군이잇ᄉᆞ오나아ᄅᆡ로고오ᄀᆞᆺᄒᆞᆫ신하업ᄉᆞ오니엇지하ᄑᆡ초목ᄒᆞ여뇌급만방ᄒᆞ오리잇가셩상의어딘덕으로됴야ᄇᆡᆨ셩을알게ᄒᆞ옵쇼셔신의아득ᄒᆞᆫ소견의ᄂᆞᆫ

6

졔신이만됴ᄒᆞ와졔몸살기만위ᄒᆞ고위국츙심이업ᄉᆞ오미오각도슈령이쥰민고ᄐᆡᆨ을일ᄉᆞᆷ고민폐ᄅᆞᆯ살피지아니ᄒᆞ오니ᄇᆡᆨ셩이ᄌᆞ연술도리업ᄉᆞ와쥭ᄂᆞᆫᄌᆡᄐᆡ반니오라이러무로ᄂᆞᆫ을지어시졀을뇨란케ᄒᆞ오ᄆᆡ치일은상소ᄒᆞ고ᄂᆞᆫ일이상다ᄒᆞ오니복원셩상은냥신을갈희여각도각읍의안찰ᄒᆞᄉᆞ만민을건지게ᄒᆞ옵시고션치ᄌᆞᄂᆞᆫ상을쥬시고불션ᄌᆞᄂᆞᆫ벌을쥬시고소인을믈니치시고현신을갓가이ᄒᆞᄉᆞ인민을보젼케ᄒᆞ시면쳔히ᄌᆞ연ᄐᆡ평ᄒᆞ리이다상이쳥파의ᄃᆡ희ᄒᆞᄉᆞ왈경언이올흐니국지안위와조정츌쳑을임의로ᄒᆞ라ᄒᆞ시고ᄯᅩ갈오ᄉᆞᄃᆡ만일시비ᄒᆞᄂᆞᆫᄌᆡ잇시면ᄎᆞᆷᄒᆞ리라ᄒᆞ시고조회ᄅᆞᆯ파ᄒᆞ시다ᄎᆞ시승상이시죵ᄃᆡ의나아가ᄇᆡᆨ관의하례ᄅᆞᆯ밧고영을ᄂᆞ리와갈오ᄃᆡ방금소인이농권ᄒᆞ기로현ᄌᆡ멀니가니눌노더부러국ᄉᆞᄅᆞᆯ의논ᄒᆞ리오졔

7

공은모로미갈츙ᄉᆞ군ᄒᆞ고진심보필ᄒᆞ라만일ᄀᆡ군망상ᄒᆞ여ᄇᆡᆨ셩을살히ᄒᆞ며츙직ᄒᆞᆫᄉᆞ람을음히ᄒᆞᄂᆞᆫᄌᆡ면즁죄로시힝ᄒᆞ리라ᄒᆞ고일변방붓쳐인ᄌᆡᄅᆞᆯᄲᅡ며각도각읍의슌무ᄉᆞᄅᆞᆯ보ᄂᆡ여탐관오리ᄅᆞᆯ안찰ᄒᆞ며창고ᄅᆞᆯ여러ᄀᆡ민을진휼ᄒᆞ고민간부셰ᄅᆞᆯ반감ᄒᆞ니불과슈월지ᄂᆡ의교홰일국의덥혀만민니송덕ᄒᆞᄂᆞᆫ소ᄅᆡ원근의낭ᄌᆞᄒᆞ니〃러무로승상의위명이일국의진동ᄒᆞ더라잇ᄯᆡ왕눈경과ᄉᆞ도최운경과황문시랑됴ᄉᆞ원등은만고소인니라곽승상이국권을잡으ᄆᆡᄀᆡ운을능히펴지못ᄒᆞ고ᄆᆡ일승상을원망ᄒᆞ여모히코져ᄒᆞᄃᆡ황뎨ᄉᆞ랑ᄒᆞ시고ᄇᆡᆨ

관이그영을좃치미능히틈을엇지못ᄒᆞ여ᄒᆞ더니ᄎᆞ시셰화년픙ᄒᆞ고가급인족ᄒᆞ여강구년월의격앙가롤부르더니국운니불힝ᄒᆞ여황뎨우연득병ᄒᆞᄉᆞ졈〃위즁ᄒᆞ시미회츈치못홀쥴

8

알으시고곽승상을픽초ᄒᆞ시고틱ᄌᆞ롤부르ᄉᆞ왈승상곽츙국은셩탕의쥬공又고소무곽광又흔신히라딕소국ᄉᆞ롤의논ᄒᆞ며미ᄉᆞ롤다무러힝ᄒᆞ라ᄒᆞ시고또승상을도라보ᄉᆞ왈경의게딕소국ᄉᆞ롤다부탁ᄒᆞ고도라가니부딕어린님군을뫼시고ᄉᆞ직을안보ᄒᆞ여나라롤길이누리게ᄒᆞ라ᄒᆞ시고농누롤ᄂᆞ리오시거놀승상이쳬읍쥬왈갈츙보국ᄒᆞ와안보국졍ᄒᆞ오리니셩쳬롤보즁ᄒᆞ옵소셔상이다시말을뭇ᄒᆞ시고사월초팔일의붕ᄒᆞ시니틱ᄌᆞ의의통ᄒᆞ심과승상과뉵궁비빙이호쳔딕곡ᄒᆞ며장안만민니망극이통ᄒᆞ니창쳔이혼암ᄒᆞ고빅일이무광ᄒᆞ더라제졀을又초와구월구일의션능의안장ᄒᆞ고틱직즉위ᄒᆞ시니십ᄉᆞ셰라인명ᄒᆞ시미션졔의뒤흘이흐실거시로딕다만년소ᄒᆞ시기로빅ᄉᆞ롤두루술피지못ᄒᆞ시니승상이크게염녀ᄒᆞ

9

더라잇ᄣᆡ왕윤졍등이상의ᄒᆞ여왈ᄯᅢ을일치말고곽승상을모함ᄒᆞ미올타ᄒᆞ고거즛곽승상의말노쳥쥬긔쥬양쥬세고을ᄌᆞᄉᆞ로찬역홀계교을일워승상의인을위조ᄒᆞ여치고심〃건봉이라ᄒᆞ여샤도최경운을쥬어가마니승상부의드러가셔안우의놋코잇시면우리츄후드러가셔안의노힌셔간을발긔ᄒᆞ면셩ᄉᆞᄒᆞ리라ᄒᆞ고약속을졍ᄒᆞ고최경운이먼져곽부의드러가니ᄎᆞ시승상이국졍을근심ᄒᆞ여셔간의비겻더니ᄉᆞ도최경운이드러와문후ᄒᆞ고거즛국ᄉᆞ롤의논ᄒᆞ는쳬ᄒᆞ며셔안을ᄌᆞ로만지며승상을보니승상은졍직ᄒᆞᆫ군직라의심치아니ᄒᆞ고문답ᄒᆞ러니문득왕윤경과됴ᄉᆞ원등이드러와네필좌졍후의거즛치국ᄒᆞ는경윤을무로니승상이ᄎᆞ례로딕답ᄒᆞ더니이윽고됴ᄉᆞ원등이셔안의노힌편지롤집어보고뭇

10

ᄌᆞ오ᄃᆡ이편지것봉의쳥쥬긔쥬양쥬셰공을ᄌᆞᄉᆞ의게근봉이라ᄒᆞ여ᄉᆞ오니합ᄒᆞ의족질간의셔ᄒᆞᆫ편지니잇가승상이놀ᄂᆞ왈그어인봉션지모로노라윤졍등이갈오ᄃᆡ합하의모로ᄂᆞᆫ봉셰어이〃곳의잇스리잇고ᄒᆞ고ᄡᅥ혀보니ᄒᆞ여시ᄃᆡ금쳔ᄌᆞ어리시고ᄂᆡ국졍을잡아임의로쳔단ᄒᆞᄂᆞ니그ᄃᆡ등은모월모일의동병ᄒᆞ면ᄂᆡᄯᅩᄒᆞᆫ여ᄎᆞ〃〃하리라ᄒᆞ엿거ᄂᆞᆯ승상이ᄂᆡ심의짐작ᄒᆞ고필시이놈들이ᄂᆞᆯ을모함ᄒᆞ미로다ᄒᆞ고ᄉᆡᆼ각ᄒᆞᄃᆡ션뎨계실ᄯᅢ갓흐면변ᄇᆡᆨᄒᆞ기쉬우려니와방금텬ᄌᆞ유약ᄒᆞ시니엇지ᄒᆞ리오ᄒᆞ고경황ᄒᆞ더니윤졍등이고셩왈승상은작녹이놉흐시거ᄂᆞᆯ무슴일부족ᄒᆞ미잇셔모역을ᄒᆞ며ᄯᅩ션뎨붕ᄒᆞ실졔유언이계시거ᄂᆞᆯ인지되여참아엇지일언일을ᄒᆞᄂᆞ뇨ᄒᆞ며말을맛고가거ᄂᆞᆯ승상이분울ᄒᆞ나신원ᄒᆞᆯ말이업셔

11

ᄒᆞᆫ탄만헐ᄶᅡ름일너라윤졍등이도라와밀〃이상의ᄒᆞ고상셔를일워탑젼의밧치니상이보시니ᄒᆞ여시ᄃᆡ우승상윤졍과샤도최운과황문시랑됴ᄉᆞ원등이돈슈ᄇᆡᆨ비ᄒᆞ옵고탑하의올니ᄂᆞ이다ᄒᆞ고좌승상곽츙국은우흐로쳔춍을닙고아ᄅᆡ로권셰를ᄌᆞᆸ아이목지소호를졔임의로ᄒᆞ믹ᄯᅳᆺ시방자ᄒᆞ여님군이어리시믈업슈이넉여찬역을ᄒᆞ려ᄒᆞ고졔족하로더부러쳥쥬기쥬양쥬셰고을ᄌᆞ사로모역ᄒᆞ옵다가ᄉᆞ식이탈노ᄒᆞ와신등이알아습기로표를올니옵ᄂᆞ니급히국졍을발키소셔ᄒᆞ엿더라상이남필의ᄃᆡ경ᄒᆞᄉᆞ급히승상을픠초ᄒᆞ시니승상이황망이드러와복지ᄒᆞ니상이하교ᄒᆞᄉᆞ왈경이쳥기양삼ᄌᆞ사를지위ᄒᆞ여모역ᄒᆞ미올흐냐죵실직고ᄒᆞ라ᄒᆞ신ᄃᆡ승상이쥬왈텬일이소명ᄒᆞ와심간

12

의빗최오니교목셰신으로찬녁의ᄯᅳᆺ을두어국은을이지오며ᄯᅩᄒᆞᆫ션뎨유언이계시거ᄂᆞᆯ엇지ᄃᆡ역지죄를범ᄒᆞ와하면목으로지하의도라가선뎨게뵈오리잇가신이션졔로붓터국은을닙어셰ᄃᆡ로국녹을밧ᄌᆞ와신의게밋쳐습거ᄂᆞᆯ황은을잇ᄉᆞ오면엇지쳔지간의용납ᄒᆞ믈어드리잇가이ᄂᆞᆫ다소인의작얼이니이다

ᄒᆞ고머리를두다려유혈이ᄯᅡ의가득ᄒᆞᄂᆞᆫ지라상이유예미결ᄒᆞ시더니윤정등이ᄯᅩ상셔를올녀왈이러틋분명ᄒᆞ온일을무삼일노유예미결ᄒᆞ시ᄂᆞ잇고ᄒᆞ엿거늘상이비록춍명ᄒᆞ시나소인의참쇠답지ᄒᆞ고곽승상의익운니긔구ᄒᆞᆫ지라셩의잠간진노ᄒᆞᄉᆞ하교ᄒᆞ사왈곽츙국을쥭일거시로ᄃᆡ션뎨유언니계시믹감ᄉᆞ경비ᄒᆞ여원찬ᄒᆞ시고쳥기양삼자ᄉᆞᄂᆞᆫ다동죄ᄒᆞ라ᄒᆞ시며급히지촉ᄒᆞ

13

시니승상이ᄒᆞᆯ일업셔사ᄌᆞ를ᄯᅡ라비소로향ᄒᆞᆯᄉᆡ집의도라가지못ᄒᆞ고편지만붓치고셜산도로향ᄒᆞ니원니셜산도ᄂᆞᆫ황셩의셔일만팔쳔니라츈하츄동의눈만오ᄂᆞᆫ고로일홈이셜산도러라승상이ᄉᆞ면을도라보니동은동월국이오북은가달국이오남은남월국이라희쳔니막〃ᄒᆞ여어운이ᄌᆞ옥ᄒᆞ고호풍은삽〃ᄒᆞ여상셜이비〃ᄒᆞᆫᄃᆡ〃국을바라보니마음이아득ᄒᆞ여빅슈의눈물이비오듯ᄒᆞ니그경상이가긍ᄒᆞ더라션시의임부인이아ᄌᆞ를다리고황셩소식을쥬야로기다리더니믄득ᄉᆞ지이르러승상의편지를드리거늘반겨급히ᄶᅧ혀보니ᄒᆞ여시ᄃᆡ슬푸다빅슈풍진의벼술을탐ᄒᆞ미아니라국은을갑고져ᄒᆞ다가맛참ᄂᆡ소인의참소를닙어셜산도의종신원찬ᄒᆞ니싱젼의다시상면ᄒᆞ기어려온지라엇지슬푸지아니리오부인은부

14

ᄃᆡ희룡을잘길너후ᄉᆞ를잇고션영의향화을밧들게ᄒᆞ면복은구천의도라가은혜를갑흐리이다말숨이무궁ᄒᆞ나황명이지즁ᄒᆞ기로그만긋치노라ᄒᆞ엿더라부인이남필의ᄃᆡ셩통곡ᄒᆞ여호읍을통치못ᄒᆞ다가이윽고경신을ᄎᆞ려통곡왈승상이슈만니의젹거ᄒᆞ시니누를바라고살니오ᄒᆞ며ᄃᆡ셩통곡ᄒᆞ니이ᄯᅢ희룡의나히십오셰라모친을위로왈과도히슬허마옵소셔사람의슈ᄂᆞᆫ직쳔ᄒᆞ옵고영욕은직순ᄒᆞ오니간ᄃᆡ로쥭ᄉᆞ오며ᄯᅩᄒᆞᆫ부친이소인의참소를입어원찬ᄒᆞ오니엇지남의ᄌᆞ손니되여부모의원슈를갑지못ᄒᆞ오면엇지사람이라ᄒᆞ오며ᄯᅩ부친니슈만니의평안이힝ᄒᆞ신지모로고엇지안연니안져시리잇고모친은비복등을다리고계시면소직삼년위한ᄒᆞ고부친을ᄎᆞ져가뵈옵고원찬ᄒᆞ신녀력

을아옵고도라오리이다ᄒᆞ며눈물이비오

15

듯ᄒᆞ거ᄂᆞᆯ부인왈ᄂᆡ너ᄅᆞᆯ보ᄂᆡ고엇지일시나마음을노흐리오우리모ᄌᆡᄒᆞᆷ게가ᄌᆞᄒᆞ거ᄂᆞᆯᄒᆡ룡이ᄯᅩ엿ᄌᆞ오ᄃᆡ시졀이분〃ᄒᆞ와쳐〃의젹환이잇다ᄒᆞ오니모친은집을직희시고계시면소ᄌᆡ슈히단녀오리이다ᄒᆞ고ᄒᆡᆼ장을슈습ᄒᆞ여노복일인을다리고사당의하즉ᄒᆞ고나와노복을블너왈너의들은부인을뫼시고나의도라오기ᄅᆞᆯ기다리고잘잇시라ᄒᆞ니비복등이울며왈공ᄌᆡ슈히도라오시믈바라ᄂᆞ이다ᄒᆞ고츅슈ᄒᆞ거ᄂᆞᆯᄉᆡᆼ이눈물을ᄲᅮ려니별ᄒᆞ고ᄯᅥᄂᆞᆯᄉᆡ부인니ᄉᆡᆼ의손을잡고통곡왈너ᄅᆞᆯ다리고세월을보ᄂᆡ더니이졔너ᄅᆞᆯᄯᅩ이별ᄒᆞ니〃비회ᄅᆞᆯ엇지ᄒᆞ리오아모리ᄉᆡᆼ각ᄒᆞ여도ᄒᆞᆷ게갈만갓지못ᄒᆞ다ᄒᆞ며슬허ᄒᆞ니ᄉᆡᆼ이위로왈소ᄌᆞ의마음도뫼시고가미조흐나슈만니원졍의왕환니극ᄂᆞᆫᄒᆞ옵고ᄯᅩᄒᆞᆫ지경이타국의갓가오니엇지ᄒᆡᆼᄒᆞ시리잇고인ᄒᆞ여하직ᄒᆞ고ᄯᅥ

16

ᄂᆞᆯᄉᆡ모ᄌᆡ셔로통곡ᄒᆞ니보ᄂᆞᆫ지뉘아니슬허ᄒᆞ리오ᄉᆡᆼ이집을ᄯᅥᄂᆞ슈삼삭만의ᄒᆞᆫ곳의다〃르니〃곳은웅쥬지경이라산쳔니험악ᄒᆞ고길이험ᄒᆞ여죵일토록가ᄃᆡ인가ᄅᆞᆯ보지못ᄒᆞ니셕양의이르러ᄒᆞᆫ곳을바라보니슈삼인ᄀᆡ잇거ᄂᆞᆯ긔갈을면코져ᄒᆞ여ᄒᆞᆫ집의드러가니ᄇᆡᆨ슈노인이나와영졉ᄒᆞ고문왈공ᄌᆞᄂᆞᆫ뉘시며어ᄃᆡ로가시ᄂᆞ잇고ᄉᆡᆼ이ᄃᆡ왈셜산도로가ᄂᆞ이다노인이놀나문왈셜산도로가신다ᄒᆞ니무ᄉᆞᆷ일노가시ᄂᆞ잇고ᄉᆡᆼ이ᄃᆡ왈부친니젹거ᄒᆞ여계시ᄆᆡ가ᄂᆞ이다노인니문왈그러ᄒᆞ면능쥬곽승상의공ᄌᆡ시니잇가ᄉᆡᆼ이ᄃᆡ왈그러ᄒᆞ거니와노인니엇지알으시ᄂᆞ잇고노인니이러졀ᄒᆞ여왈소인은곽승상ᄃᆡᆨ종이라쳥쥬자ᄉᆞ상공을ᄯᅡ라ᄀᆞᆺ삽더니그ᄃᆡᆨ이젹모의몰니여삭탈관직ᄒᆞ고상공게셔소인을다리시고이곳의와계실ᄉᆡ긔쥬양쥬두ᄃᆡᆨ이

17

ᄯᅡ라와머믈ᄉᆡ이뒤의두무동이란골이〃ᄉᆞ오니광활ᄒᆞ여쳔병만ᄆᆡ족히용납

ᄒᆞᆯ지라이러무로소인니왕ᄂᆡ인을모화군ᄉᆞ로삼아ᄂᆞᆯ노조련ᄒᆞ고ᄢᆡᄅᆞᆯ기다려원슈ᄅᆞᆯ갑고져ᄒᆞ여소인니길가의머물너왕ᄂᆡ지인을탐지ᄒᆞᄂᆞ이다ᄒᆞ고못ᄂᆡ반겨ᄒᆞ거ᄂᆞᆯᄉᆡᆼ이〃말을듯고일희일비ᄒᆞ여노옹을다리고두문동을드러들어갈ᄉᆡ노옹이먼져드러가공ᄌᆞ의온말ᄉᆞᆷ을젼ᄒᆞ니승상과두ᄌᆞᄉᆡ급히나와ᄉᆡᆼ의손을ᄌᆞᆸ고눈믈을흘녀왈네엇지이곳을ᄎᆞ져온다ᄉᆡᆼ이〃러졀ᄒᆞ고갈오ᄃᆡ소ᄌᆡ부친의적소ᄅᆞᆯ차져가옵ᄂᆞᆫ길의노옹을만나왓ᄂᆞ이다ᄒᆞ고인ᄒᆞ여젼후ᄉᆞᄅᆞᆯ일〃이고ᄒᆞ고다시갈오ᄃᆡ부친의원찬ᄒᆞ신사연을드러지이다ᄯᅩᄌᆞ사ᄅᆞᆯ보아왈이ᄂᆞᆫ뉘시니잇가승상왈져양위ᄂᆞᆫ너의죵형이라셩명은박경운박경위니불ᄒᆡᆼ이당숙의연좌ᄅᆞᆯ닙어삭탈관직ᄒᆞ고ᄂᆡ치

18

시ᄆᆡ이런분ᄒᆞᆫ일이어ᄃᆡ잇시리오이거시다우승상왕윤졍의모함ᄒᆞᆫᄇᆡ라거즛봉셔ᄅᆞᆯᄆᆡᆫ다라당숙의셔안의너허이리〃〃ᄒᆞ여우리삼인을다원지의ᄂᆡ치시ᄆᆡ이곳의이르러군ᄉᆞᄅᆞᆯ모화ᄢᆡᄅᆞᆯ기다려ᄒᆞᆫ번북을울니고국ᄉᆞᄅᆞᆯ도울지라그런고로사람을유인ᄒᆞ여초모ᄒᆞ기ᄂᆞᆫᄢᆡᄅᆞᆯ당ᄒᆞ여일흠을셰운후의ᄋᆡᄆᆡᄒᆞᆫ죄명을벗고원슈ᄅᆞᆯ갑고져ᄒᆞᄂᆞ니너도이곳의잇셔우리와갓치머물미엇더ᄒᆞ뇨ᄉᆡᆼ이ᄃᆡ왈존형의말ᄉᆞᆷ이졔의마음과ᄀᆞᆺᄒᆞᆫ지라그러나어진션ᄉᆡᆼ을만나ᄇᆡ흐미업고ᄯᅩᄒᆞᆫ젼복이업스니엇지ᄒᆞ면조흐리잇고시랑왈만일그러ᄒᆞᆯ진ᄃᆡ보검과용총은ᄌᆞ연ᄉᆡᆼ기려니와엇지ᄒᆞ면조흘고ᄒᆞ며ᄉᆡᆼ의손을잇글고후원으로가층암졀벽을가루쳐왈져바회일흠은두우암이라그우의젹셔검이란보검이〃시ᄃᆡ녯ᄂᆞᆯ초한시졀의

19

한ᄐᆡ조의쓰던칼이라지금슈쳔니지나시ᄃᆡ졍긔두우의빗최여밤마다셔긔황ᄒᆞᆯᄒᆞᆫ지라이러무로져즈음의엇던ᄃᆡᄉᆡ와일오ᄃᆡ아모라도이암상의오ᄅᆞᄂᆞᆫ용ᄆᆡᆼ가진ᄉᆞ람이라야이칼님ᄌᆞ가되려니와그러치아니ᄒᆞ면무가ᄂᆡᄒᆡ라ᄒᆞ고ᄯᅩ일으ᄃᆡ그곳의강셩이빗최온지라그사람이슈일간올거시니만일오거든져칼을가루치고청유ᄒᆞ라ᄒᆞ더니오ᄂᆞᆯ〃ᄉᆡᆼ각ᄒᆞ니너ᄅᆞᆯ두고일으미라네용녁이잇

거든올나가보라싱이〃말을드르믹마음이쇄락ᄒᆞ여바회를체다보니놉기슈숨빅장이라즁간의일층이〃시딕나는졔비라도발을붓치기어렵더라평싱의힘을다ᄒᆞ여소릭지르고한번쇼〃와일층의오르고세번쇼〃와졔삼층의올나가보니과연보검이노혀시니장이삼쳑이오금ᄌᆞ로삭여시딕젹소검이라ᄒᆞ엿고졍긔은〃니두우의빗최엿는지

20

라마음의질거워칼을쥽고도라보니긔이ᄒᆞᆫ바회우의오치영농ᄒᆞ거놀고이히넉여살펴보니셕함이노혓거놀ᄌᆞ셔이보니금ᄌᆞ로뼛시딕딕국츙신곽힉룡이라ᄒᆞ엿거놀긔탁ᄒᆞ고보니갑옷과갑쥐드러시믹광치찰는ᄒᆞ여사람의졍신을놀닉는지라또보니투고의구룡을글여시니오운이어릔듯ᄒᆞ고갑옷은용의비눌ᄀᆞᆺ흔지라실노귀신의용녁이오쳔궁의조화더라갑옷과보검을엇어시믹용이여의쥬어듬ᄀᆞᆺ흔지라하놀을우러〃두번졀ᄒᆞ고츅슈ᄒᆞ며ᄂᆞ려와시랑을보고ᄉᆞ례왈형장으로인연ᄒᆞ여두가지보비를어드니엇지즐겁지아니리오시랑왈현뎨의용녁은녯놀밍분오학이라도밋지못홀지라그런고로하놀이반다시보비를닉여님ᄌᆞ를차져쥬시미니엇지닉게치하ᄒᆞ리오연니나병셔를뉵도삼약과쳔문지

21

리와풍운변화지슐과긔이ᄒᆞᆫ법을통달ᄒᆞᆫ후야방가위지명장이라ᄒᆞ니너는이곳의잇셔근고ᄒᆞ여그도ᄉᆞ오기를기다려소원을일우라ᄒᆞ고졍히말ᄒᆞ더니믄득슈문군식보ᄒᆞ딕젼일왓던도식와시랑게뵈오믈청ᄒᆞᄂᆞ이다시랑이급히ᄂᆞ아가마져당의올나녜필좌졍후도식왈앗가티양산의셔망긔ᄒᆞᆫ즉장셩이두우암의빗최여시니아지못게라엇던ᄉᆞ람이니잇고시랑이딕소왈나의죵제힉룡이니금년니십오셰라약간용밍이잇는고로두우암의올나갓ᄂᆞ이다ᄒᆞ며힉용을블너도ᄉᆞ게뵈오니도식힉룡의긔상을보고소왈장ᄒᆞ다그대의풍골이진실노영웅호걸이라나는본딕셩명업는ᄉᆞ람이니별호를응쳔도식라ᄒᆞ거니와닉영웅을ᄎᆞ져사히로단니더니오놀만나시니엇지반갑지아니리오ᄒᆞ며다시갈

오ᄃᆡ그ᄃᆡᄂᆞᆯ을ᄯᅡ라가미엇더ᄒᆞ뇨

22

ᄉᆡᆼ이ᄃᆡ왈션ᄉᆡᆼ게옵셔소ᄌᆞᄅᆞᆯ슬하의두고져ᄒᆞ니엇지ᄉᆞ양ᄒᆞ리잇고마ᄂᆞᆫ소ᄌᆡ
집을나미부친젹소로향ᄒᆞ미니ᄉᆞ세ᄂᆞᆫ쳐ᄒᆞ도소이다ᄒᆞ고낙누ᄒᆞ거ᄂᆞᆯ도ᄉᆡ왈
사셰그러ᄒᆞ나셜산도ᄅᆞᆯ엇지가리오공문니잇셔야갈지라헛슈고말고나ᄅᆞᆯᄯᅡ
라가면ᄌᆞ연상봉ᄒᆞᆯᄂᆞᆯ이 〃 시리라ᄉᆡᆼ이 〃 말을듯고졍신니아득ᄒᆞ여셔쳔을바
라보며셜산도ᄅᆞᆯ향ᄒᆞ여ᄃᆡ셩통곡왈쳔지간의부ᄌᆡ윤긔듕ᄒᆞ거ᄂᆞᆯ날갓흔불효
ᄌᆞᄂᆞᆫ어ᄂᆡ셰월의부친을만나뵈오리오ᄒᆞ며ᄃᆡ셩통곡ᄒᆞ다가갈오ᄃᆡ소ᄌᆡ만일
셜산도ᄅᆞᆯ못가오면집의도라가모친을뵈옵고ᄎᆞ사ᄅᆞᆯ고ᄒᆞᆫ후의션ᄉᆡᆼ을ᄯᅡ라가
미올흘가ᄒᆞᄂᆞ이다도ᄉᆡ왈그ᄃᆡ모친게셔도ᄂᆞᆫ을만나거쳬ᄃᆡᄒᆡ의부평초ᄀᆞᆺ흔
지라엇지만나뵈오리오ᄉᆡᆼ이ᄎᆞ언을듯고ᄃᆡ경문왈집의무삼환ᄂᆞᆫ니 〃 셔모친
니어ᄃᆡ가시니잇고도ᄉᆡ왈그ᄃᆡ집을ᄯᅥᄂᆞᆫ후간신셔윤

23

졍등이다시쥬달ᄒᆞ여그ᄃᆡ집을젹몰ᄒᆞ고그ᄃᆡ모친은ᄃᆡ비졍속ᄒᆞ여계시고ᄯᅩ
그ᄃᆡᄅᆞᆯ잡으려ᄒᆞ여셜산도가ᄂᆞᆫ관산가지관장을붓쳐곽희룡을잡아밧치ᄂᆞᆫᄌᆡ
잇시면즁상ᄒᆞ리라ᄒᆞ여시니엇지ᄂᆡ말을듯지아니ᄒᆞᄂᆞ뇨ᄉᆡᆼ이듯기ᄅᆞᆯ맛고슬
푸고분ᄒᆞ믈이긔지못ᄒᆞ여왈소ᄌᆡ이길노칼을잡고황셩의올나가윤졍등을참
ᄒᆞ고그ᄂᆞᆯ쥭ᄉᆞ와도무삼한니잇ᄉᆞ리잇고도ᄉᆡ왈그러치아니ᄒᆞ다하ᄂᆞᆯ이그ᄃᆡ
ᄅᆞᆯᄂᆡ실제즁원을위ᄒᆞ여시니ᄯᆡᄅᆞᆯ기다려셩공닙신ᄒᆞᆫ후의보슈ᄒᆞ미늣지아니
ᄒᆞ니부졀업시ᄂᆡ몸을져바리지말고ᄂᆞᆯ을ᄯᅡ라가잇다가츌셰ᄒᆞ여그ᄃᆡ임의로
ᄒᆞ라ᄒᆞ며가기ᄅᆞᆯ지촉ᄒᆞ니ᄉᆡᆼ이ᄃᆡ왈그러ᄒᆞ오면이곳의잇ᄂᆞᆫ죵형뎨ᄅᆞᆯ엇지ᄒᆞ
오리잇고도ᄉᆡ왈그ᄃᆡ거쳐의달녀시니아즉이곳의머믈너두고ᄎᆞ후ᄯᆡᄅᆞᆯ만나
거든상의ᄒᆞ라ᄒᆞ니

24

ᄉᆡᆼ이졔형의게하직왈소졔ᄂᆞᆫ션ᄉᆡᆼ을뫼시고가오니이후상봉ᄒᆞᆯᄂᆞᆯ이 〃 시려니

와부듸연습이나잘ᄒᆞ소셔시랑과자식싱의손을줍고유체왈부듸슐법을잘비화당슉의원슈와우리소원을갑게ᄒᆞ라ᄒᆞ더라도식시랑을하직ᄒᆞ고왈미구의상봉ᄒᆞ리니그ᄉᆞ이존체안강ᄒᆞ소셔ᄒᆞ고싱을다리고셔다히로힝홀식싱이문왈어늬곳으로가시ᄂᆞ잇고도식왈농문산으로가노라ᄒᆞ고가시더니셕양의이르러ᄒᆞᆫ봉을만ᄂᆞ니놉기만여장이오상봉의오운니어리엿고산세슈려ᄒᆞ여경긔거록ᄒᆞᆫ지라싱이문왈이산일홈을무어시라ᄒᆞᄂᆞ잇고도식왈이산일홈이농문산이니라싱이놀나왈그러면하로ᄉᆞ이의엇지득달ᄒᆞ엿ᄂᆞ니잇고도식왈니죵젹이풍운의ᄊᆞ이여단니ᄂᆞᆫ고로너도놀을좃치ᄆᆡ슈이왓노라싱이니심의혜오듸션싱의조화ᄂᆞᆫ짐짓쳔

25

신이로다ᄒᆞ고산상의올나가며좌우롤둘너보니장송취죽은좌우의밀〃ᄒᆞ고기화요초ᄂᆞᆫ젼후의만발ᄒᆞᆫ듸층암졀벽은좌우로병풍두른듯ᄒᆞ고청계녹슈ᄂᆞᆫ폭푀되여츌넝흐르ᄂᆞᆫ소릐ᄂᆞᆫ동즁의풍뉴되고원근산쳔의홍백홰ᄂᆞᆫ만ᄒᆞ여산상의ᄶᅵ이엿고무심ᄒᆞᆫ빅운은봉〃이〃러ᄂᆞ고ᄭᅬ고리ᄂᆞᆫ나라들고ᄂᆞᆫ듸업ᄂᆞᆫ쇠북소릐도ᄂᆞ고도화유슈ᄧᅥ러지고송풍은소슬ᄒᆞ고잉셩은ᄂᆞᆫ만ᄒᆞᆫ듸힝심일경빗긴길노근〃니올ᄂᆞ가니낙화방초무심쳐의만학쳔봉독폐문이라산문의다〃르니청의동ᄌᆡ나와졀ᄒᆞ고영졉ᄒᆞ여들어갈시층〃화계의국화ᄂᆞᆫ만발ᄒᆞ고왼갓화초와ᄂᆞᆫ봉공작이며청학빅학이며비취잉뮈빵〃이왕니ᄒᆞ며소릐ᄒᆞ니짐짓별유천지러라도식왈이곳은옛놀구년지슈홀ᄯᅢ의뇨님군니올ᄂᆞ와보시고그후로ᄂᆞᆫ올나오

26

리업더니늬비로소터롤닥가노라ᄒᆞ며빅옥셔안의틱을경문삼권을늬여놋코갈오듸이ᄂᆞᆫ옛놀강틱공의팔진도버리ᄂᆞᆫ법이라ᄒᆞ고진법을일이〃〃가루치고ᄯᅩ육도삼약을갈오쳐왈이ᄂᆞᆫ황셕공의비계라뉴후댱냥이〃법을알아한틔조롤도와진초롤멸홀ᄯᅢ의결승천니지외ᄒᆞᄂᆞᆫ법이라착실이공부ᄒᆞ여통달ᄒᆞ라ᄒᆞ며ᄌᆞ셔히가루치거놀싱이본듸총명ᄒᆞ여그법을다아라니니도식더옥ᄉᆞ

랑ᄒᆞ여ᄯᅩ천문지리와뉵졍뉵갑을갈으쳐왈이는졔갈무후가쓰던법이라ᄒᆞ고호풍환우지슐을갈우치미일취월장ᄒᆞ더라일〃은도시갈오ᄃᆡ요ᄉᆞ이쳔문을보니셔방ᄃᆡᆨ셩이옹위ᄒᆞ고ᄇᆡᆨ기셩이빗최여살긔ᄀᆞ득ᄒᆞ니짐작건ᄃᆡ셔방오국이즁원을범코져ᄒᆞ는가시부니ᄇᆡᆨ긔셩이빗최문반다시심상치아닌지라십오년젼의ᄐᆡᄇᆡᆨ금

27

셩이ᄶᅥ러지미분명영웅이낫도다ᄒᆞ엿더니과연올토다ᄒᆞ고눌노슐법을갈우치니신긔ᄒᆞᆫ묘산은귀신도밋지못ᄒᆞᆯ지라도ᄉᆡᆨ긔특이넉이더라차셜션시의임부인이희룡을보ᄂᆡ고쥬야로승상과아ᄌᆞ를ᄉᆡᆼ각ᄒᆞ고눈물노셰월을보ᄂᆡ더니ᄯᅳᆺ밧게황셩의셔됴셔를ᄂᆞ리와가산을다젹몰ᄒᆞ고부인을즙아가려ᄒᆞ거늘부인이천지망극ᄒᆞ여자결코져ᄒᆞᆫ즉시비영ᄋᆡ붓들고위로왈셰상일을측냥치못ᄒᆞ올지라부인은욕을참으시고셰월을보ᄂᆡ시다가승상과공ᄌᆞ의소식을ᄌᆞ셔이알으시고ᄯᅳᆺᄃᆡ로ᄒᆞ옵소셔ᄒᆞ며쥭기로ᄲᅧ말니거늘부인니쥭지못ᄒᆞ고황셩의올나가궁비졍속ᄒᆞ니울〃ᄒᆞᆫ분긔와무궁ᄒᆞᆫ비회를금치못ᄒᆞ고쥬야로눈물만흘니〃그경상이가련ᄒᆞ녀보는징뉘아니슬허ᄒᆞ리오모다눈물을ᄲᅮ려왈승상이익미ᄒᆞᆫ일

28

노졍비흠도가련ᄒᆞ거니와부인의경상은더옥가련ᄒᆞ도다ᄒᆞ며극진후ᄃᆡᄒᆞ는즁의궁비잇시니일홈은치련니라션뎨직시의니부상셔방셔츙의여식으로가달의는의방셔츙이ᄂᆡ응이되다ᄒᆞ여상셔는사약ᄒᆞ고그가속을ᄃᆡ비졍속ᄒᆞ미치련이삼셰의궁의드러와십이셰된지라얼골이만고국ᄉᆡᆨ이오겸ᄒᆞ여문필이유여ᄒᆞ기로황휘ᄉᆞ랑ᄒᆞ사친근이부리시니치련이ᄌᆞ로건시ᄒᆞ는지라님부인의경상을가련니녀겨황후낭〃의게님부인의경상을쥬달ᄒᆞ미황휘불상이넉이ᄉᆞ상게쥬ᄒᆞ미황상이즉시황후궁으로보ᄂᆡ여젹장공쥬를뫼시게ᄒᆞ니님시황후궁의드러와젹장공쥬를뫼시고셰월을보ᄂᆡ더니공쥬로더브러졍이눌노깁고ᄐᆡ휘ᄯᅩᄒᆞᆫᄉᆞ랑ᄒᆞ시니불ᄒᆡᆼᄒᆞᆫ즁다ᄒᆡᆼᄒᆞᆫ지라부인니치련의은

29

혜롤잇지아니ᄒᆞ더라ᄎᆞ시황뎨즉위ᄒᆞ신지오년니라국운니불힝ᄒᆞ여셔번이반ᄒᆞᆯ식빵두장군빅동약으로션봉을삼고남월가달과오국으로합세ᄒᆞ여즁원을치려ᄒᆞ고빅마롤잡아밍셰ᄒᆞ기롤맛고군ᄉᆞ롤거ᄂᆞ려옥문관으로향ᄒᆞᆯ식용장이쳔여원니오군식슈빅만니라그즁의쳔명도ᄉᆞ로더부러진세롤도으며ᄯᅩ션봉장빅동약은눈니너히오니마가널고신장이구쳑이오몸은집동ᄀᆞᆺ고용녁은항우의비승ᄒᆞ더라옥문관별장을반합의버히고셔쳔칠십여셩을항복밧고소과군현니망풍귀슌ᄒᆞ니그용녁을뉘당ᄒᆞ리오셔쥬의셔급히장계롤올녓거ᄂᆞᆯᄒᆞ여시ᄃᆡ셔번과쵹마가달남월과월지국이합ᄒᆞ여빵두장군빅동약으로션봉을삼아옥문관슈장을버히고셔쳔칠십여셩을항복밧고양문의이르러시니황상은급히

30

용병밍장을보ᄂᆡ여방젹ᄒᆞ소셔ᄒᆞ엿거ᄂᆞᆯ상이견필의ᄃᆡ경ᄒᆞᄉᆞ문무졔신을모흐시고갈오ᄉᆞᄃᆡ건ᄂᆡ셔번이강셩ᄒᆞ고ᄯᅩ남월과가달이동심ᄒᆞ여지경을범ᄒᆞ니젹세호ᄃᆡᄒᆞᆫ지라뉘능히도젹을막을고좌장군신졍기쥬왈신이비록직죄업ᄉᆞ오나ᄒᆞᆫ번나아가도젹을항복밧아폐하의근심을덜니이다상이ᄃᆡ희ᄒᆞᄉᆞ왈경의용녁은짐이다아ᄂᆞ니급히나아가라ᄒᆞ시고용장삼빅여원과졍병팔십만을쥬시고용쳔검과쳔금쥰마롤쥬시며신졍기로ᄃᆡ원슈롤ᄒᆞ이시고즁낭장왕윤필노부원슈롤삼고젼장군최경회로션봉을삼고발호장군죠ᄉᆞ용으로즁군장을삼아팔월초십일의힝군ᄒᆞ니승뷔엇지된고차쳥하회ᄒᆞ라
셰을사졍월일향슈동필셔

권지이

1

곽희룡젼 권지이

차셜ᄃᆡ원슈신졍긔츄팔월초십일의힝군ᄒᆞᆯᄉᆡ상이친니상님원의젼좌ᄒᆞ시고츌젼졔장을슐을부어젼송ᄒᆞ며갈오ᄉᆞᄃᆡ슈히승젼ᄒᆞ고도라와짐의마음을위로ᄒᆞ라ᄒᆞ시니졔장이복지ᄉᆞ은ᄒᆞ고하직을고ᄒᆞ고믈너나와북을울니고힝군ᄒᆞᆯᄉᆡ긔치창검은희빗츨갈이오고〃각함셩은산쳔을움즉이더라힝군ᄒᆞᆫ지일ᄉᆞᆨ만의동관의이르니관직힌장쉬나와영졉ᄒᆞ여도젹의형셰ᄅᆞᆯ고ᄒᆞ거ᄂᆞᆯ원쉬군즁의졀녕ᄒᆞ여놉흔ᄃᆡ올나젹진을ᄉᆞᆯ펴보고나려와졔군을분발ᄒᆞᆯᄉᆡ좌우교위셜만츈을블너왈그ᄃᆡᄂᆞᆫ일만군거ᄂᆞ려좌편낙안진을치고장ᄃᆡ의기ᄅᆞᆯ보와이리〃〃ᄒᆞ라ᄒᆞ고젼후영장션신무ᄅᆞᆯ블너왈그ᄃᆡᄂᆞᆫ일만군거ᄂᆞ려우편평ᄉᆞ진을치고젹셰ᄅᆞᆯ보와본진을졉응ᄒᆞ라ᄒᆞ고ᄯᅩ신칙장군최필관을

2

블너왈그ᄃᆡᄂᆞᆫ졍병일만을거ᄂᆞ려좌편금곡의ᄆᆡ복ᄒᆞ엿다가장ᄃᆡ의방포소ᄅᆡ나거든좌편낙안진을졉응ᄒᆞ라ᄒᆞ고표긔장군공긔ᄃᆡᄅᆞᆯ블너왈그ᄃᆡᄂᆞᆫ긔병일쳔을거ᄂᆞ려우편함곡의ᄆᆡ복ᄒᆞ고젹장이진즁의들거든우편평ᄉᆞ진을응ᄒᆞ여급히치라만일위령ᄌᆡ잇시면ᄎᆞᆷᄒᆞ리라분발ᄒᆞ기ᄅᆞᆯ맛고이튼ᄂᆞᆯ평명의방포일셩ᄒᆞ고션봉쟝최졍희로ᄒᆞ여금문을열고나가ᄊᆞ홈을도〃라ᄒᆞᆫᄃᆡ션봉이졍창츌마ᄒᆞ여진젼의셔크게외여왈ᄃᆡ역무도셔번오랑키ᄂᆞᆫ드르라너의ᄒᆞᆫ갓강포만밋고ᄐᆡ평셰계ᄅᆞᆯ요란케ᄒᆞ미황상이ᄂᆞᆯ노ᄒᆞ여금너의죄목을문죄ᄒᆞᄂᆞ니만일거역ᄒᆞ면버히고슌죵ᄒᆞ거든용셔ᄒᆞ여살니라ᄒᆞ시미이의이르러ᄂᆞ니여등이슌죵ᄒᆞ면용셔ᄒᆞ려니와불연즉셔북오랑키ᄅᆞᆯ남기지아니ᄒᆞᆯ거시니뉘나ᄅᆞᆯ당ᄒᆞᆯ지잇시리오ᄲᆞᆯ니ᄂᆞ오라번진즁의셔

3

응포일셩의ᄒᆞᆫ장쉬ᄂᆡ다라왜여왈즁국소아ᄂᆞᆫ드르라우리ᄂᆞᆫ쳔명을밧ᄌᆞ와빵두장군을어더즁원을소멸코져ᄒᆞ거ᄂᆞᆯ우리ᄃᆡ셰ᄅᆞᆯ감히당ᄒᆞᆯ소냐ᄒᆞ고다라드러냥장이삼십여합의최셩희칼을드러적장을질너마하의ᄂᆞ리치고ᄃᆡ질왈어린아희엇지어룬을당ᄒᆞ리오ᄒᆞ고머리ᄅᆞᆯ버혀창ᄭᅳᆺ희ᄢᅦ여들고적진을ᄃᆡᄒᆞ여무슈히비양ᄒᆞ니적진의셔ᄯᅩᄒᆞᆫ장쉬ᄂᆡ다라외여왈적장은우리말장을죽이고당돌이승젼ᄒᆞ믈자랑ᄒᆞᄂᆞᆫ다ᄒᆞ며달녀들거ᄂᆞᆯ마져ᄊᆞ화오십여합의블분승뷔라적진의셔ᄯᅩᄒᆞᆫ장쉬ᄂᆡ닷거ᄂᆞᆯ원쉬즁군조ᄎᆞ원을블너ᄊᆞ호라ᄒᆞ니ᄯᅩᄒᆞᆫ적쉬다업거ᄂᆞᆯ원쉬긔ᄅᆞᆯ두루며북을울니〃좌우복병이일시의ᄂᆡ다라즛치니적진부션봉ᄆᆡᆼ달이철긔ᄅᆞᆯ삼만을거ᄂᆞ려원진을짓치니고각함셩이쳔지진동ᄒᆞ며안ᄀᆡ일월을가리와냥진장졸이눈

4

을ᄯᅳ지못ᄒᆞᆯ너라이ᄡᅥ원쉬본진후군장김일관으로철긔오만을쥬어나아가졉응ᄒᆞ라ᄒᆞ니짐짓적슈라피ᄎᆞ승뷔업더니적진즁의셔방포일셩ᄒᆞ고진문의ᄃᆡ장긔ᄅᆞᆯ셰우고션봉장ᄇᆡᆨ동약이쳔니ᄃᆡ완마ᄅᆞᆯ타고방쳔화극을들고나오며외여왈남경무리ᄂᆞᆫ드르라나ᄂᆞᆫ셔번국웅쳔ᄃᆡ장이라ᄂᆡ슈명어쳔ᄒᆞ여이졍쳔하ᄒᆞ기로이의왓거ᄂᆞᆯ너의무명소장이약간용ᄆᆡᆼ을밋고감히어룬을희롱ᄒᆞᄂᆞᆫ다ᄒᆞ며호통ᄒᆞ니소ᄅᆡ웅장ᄒᆞ여산니문허지ᄂᆞᆫ듯위풍이늠〃ᄒᆞ여장졸이눈이아득ᄒᆞ고졍신니어질ᄒᆞ여감히싸홀마음이업더라ᄃᆡ원슈신졍긔갑옷슬닙고청농도ᄅᆞᆯ들고말을모라나셔ᄃᆡ적ᄒᆞᆯᄉᆡ두범이밥을닷토ᄂᆞᆫ듯ᄒᆞ여이십여합의승뷔업더니믄득적장의칼이번ᄯᅳᆺᄒᆞ며원슈의말을질너업지르고크게

5

호통왈어린ᄀᆡ아지ᄆᆡᆼ호ᄅᆞᆯ엇지당ᄒᆞᆯ소냐ᄒᆞ고칼을ᄂᆞᆯ녀원슈의머리ᄅᆞᆯ버혀긔의달고즛치니원진장졸이ᄃᆡ원슈의죽으믈보고일시의도망ᄒᆞ여ᄒᆞᆺ터지거ᄂᆞᆯ적장이승젼고을울니고황셩으로믈미듯힝ᄒᆞᆯᄉᆡ긔치창검은일ᄉᆡᆨ을가리오고금고함셩은텬지진동ᄒᆞ더라이ᄡᅥ원황뎨신원슈ᄅᆞᆯ젼진의보ᄂᆡ시고승젼쳡셔

롤눌노기다리시더니픠문니올나와황상게쥬ᄒᆞ딕모일의오산동관의유진ᄒᆞ고도적으로빠호옵더니적장빅동약의게일〃지닉의팔십만딕병과딕원슈롤함몰ᄒᆞ고ᄯᅩ적장동약은삼두ᄉᆞ목이오용녁은셔초픽왕의셔더ᄒᆞ고검술은귀신ᄀᆞᆺ더이다상이딕경ᄒᆞᄉᆞ조신을도라보시고왈이일을엇지ᄒᆞ리오승상왕윤경과최경운이엿ᄌᆞ오딕적세져러틋시강셩ᄒᆞ옵고ᄯᅩ국닉외용병지장이업ᄉᆞ오니방적ᄒᆞᆯ묘칙이망연ᄒᆞ옵고ᄯᅩ신의아

6

득ᄒᆞᆫ소견의ᄂᆞᆫᄉᆞ즉을안보ᄒᆞ고빅셩을평안케ᄒᆞᆯ도리잇ᄂᆞ이다상이문기고ᄒᆞ시니윤경이쥬왈잠시욕을ᄎᆞᆷ으시고황복ᄒᆞ시미상칙일가ᄒᆞᄂᆞ이다북군딕도독곽안세츌반쥬왈승상의말솜이그르도소이다국운이불힝ᄒᆞ여도적이천위롤모르고시졀을요란케ᄒᆞ니승상이되어파적ᄒᆞᆯ묘칙을싱각ᄒᆞᄂᆞᆫ거시올커놀보쳐ᄌᆞᄒᆞ기만위ᄒᆞ여님군으로ᄒᆞ여금도적의게항복ᄒᆞ시믈권ᄒᆞ니진실노딕역부되라원폐하ᄂᆞᆫ왕윤경을버혀민심을진정ᄒᆞ소셔신이비록지죄업ᄉᆞ오나일지병을쥬시면도적의머리롤버혀폐하의근심을덜니이다ᄒᆞ온딕상이갈오ᄉᆞ딕경의말이당〃ᄒᆞᆫ지라짐이친정코져ᄒᆞᄂᆞ니경은션진니되고짐은즁군니되여군졍을술필거시니진심ᄒᆞ여ᄉᆞ직을안보ᄒᆞ라ᄒᆞ시고갑신년ᄉᆞ월이십일갑ᄌᆞ일의뎐지친정ᄒᆞ실시상님원의젼좌ᄒᆞ시

7

고졔장을분발ᄒᆞ실싀북군딕도독곽안셔로딕원슈롤봉ᄒᆞ시고졍남장군박운현으로좌션봉을삼고거긔장군쥬쳔달노우션봉을삼고졍셔장군신밍긔로후군딕장을삼고졍동장군양쾌슈로군도총독을솜고그남은졔장은ᄎᆞ례로분발ᄒᆞ여힝군ᄒᆞᆯ싀졍병이슈십만니오문관모ᄉᆞ와명장천여원과금고롤울니며힝군ᄒᆞᆯ시창검은일식을가리오고농봉긔치ᄂᆞᆫ바람의날니여살긔츙천ᄒᆞ고위의정제ᄒᆞ더라힝군ᄒᆞᆫ지여러놀만의양ᄌᆞ강변의이르러적진과딕젼ᄒᆞ고좌션봉박운현으로나아가빠호라ᄒᆞ신딕운니졍창츌마ᄒᆞ여ᄭᅮ지져왈무도ᄒᆞᆫ오랑키ᄂᆞᆫ드로라너의등이쳔의롤모르고감히즁원을범ᄒᆞ미죄롤뭇고져ᄒᆞ여지금천

지친정ᄒᆞ여계시니녀등이죄ᄅᆞᆯ아라슌죵ᄒᆞ면가ᄒᆞ려니와불연즉ᄢᅵᄅᆞᆯ남기지아니ᄒᆞ리라ᄒᆞ니적진의셔부션

8

봉밍달이응셩츌마ᄒᆞ여ᄊᆞ홀시이십합의이르러운현니칼이번득이며밍달의머리마하의ᄂᆞ려지거ᄂᆞᆯ창ᄉᆞᆺ희ᄢᅦ여들고좌츙우돌ᄒᆞ니적진즁의셔방포일셩의션봉장빅동약이닉다라호통ᄒᆞ고다라드니운현니황겁ᄒᆞ여아모리ᄒᆞᆯ쥴모르고셧ᄂᆞᆫ지라동약이칼을드러운현을버히고바로원딘을향ᄒᆞ여즛치니그용밍을뉘능히막으리오슌식간의원진빅만딕병을함몰ᄒᆞ고쳔ᄌᆞ와션봉곽안셔ᄅᆞᆯᄉᆞ로죱아ᄭᅮᆯ니고군ᄉᆞᄅᆞᆯ호령왈ᄲᆞᆯ니항복ᄒᆞ면술녀니와불연즉쥭이리라ᄒᆞ고즐욕ᄒᆞ니쳔ᄌᆞ블승분노ᄒᆞ시나블의지변을당ᄒᆞᄆᆡ졍신니아득ᄒᆞᄉᆞ진졍치못ᄒᆞ시고앙쳔탄식왈닉쥭기ᄂᆞᆫ셜지아니ᄒᆞ나죵묘ᄉᆞ직이닉게와망ᄒᆞᆯ쥴알니오ᄒᆞᄉᆞ호읍을통치못ᄒᆞ시니엇지하ᄂᆞᆯ이무심ᄒᆞ시리오각셜이ᄯᅵ농문산응쳔도ᄉᆡᆨ

9

ᄒᆡ룡을다리고슐법을가루치더니일〃은도ᄉᆡᆨᄒᆡ룡을블너갈오딕지금이셔번니반ᄒᆞ여월지국으로합셰ᄒᆞ여빵두장군빅동약이션봉이되여즁원을침범ᄒᆞᄆᆡ쳔ᄌᆡ친졍ᄒᆞ실ᄉᆡᆨ즁원은젹장딕젹ᄒᆞᆯ지업스니ᄌᆞ로픽ᄒᆞ여ᄉᆞ직이조모의잇시니그딕ᄂᆞᆫ이ᄯᅢᄅᆞᆯ타공을일우라ᄒᆞ시니ᄒᆡ룡이딕왈아모리그러ᄒᆞ와도소ᄌᆞ의몸이만니밧게잇ᄉᆞᆸ고ᄯᅩᄒᆞᆫ탈말이업ᄉᆞ오니엇지공을일우리잇가도ᄉᆡᆨ왈젹소검과보신갑을엇더시니말은적여말을어더야그딕의ᄌᆡ조ᄅᆞᆯ베플지라슈일간의어들거시니염녀말나ᄒᆞ고적진파ᄒᆞᆯ병감녹을닉여놋코왈지금젹장은범상ᄒᆞᆫ장쉬아니라각별조심ᄒᆞ라ᄒᆞ고ᄯᅩ그진즁의쳔명도ᄉᆡᆨ잇셔묘계비상ᄒᆞ니부딕조심ᄒᆞ여살피며남을경젹지말나ᄒᆡ룡이비이슈명ᄒᆞ더라명일ᄒᆡ룡이도ᄉᆞᄅᆞᆯ하직고ᄯᅥᄂᆞᆯ시도ᄉᆞ게뭇ᄌᆞ오딕졔지이졔ᄯᅥ나오ᄆᆡᄉᆞ

10

승님은어ᄂᆡᄯᆡ의맛나오며두문동졔형은엇지ᄒᆞ리잇가도ᄉᆡ왈너ᄂᆞᆫ염녀말고밧비가라ᄌᆞ연맛ᄂᆞᆯᄯᆡ잇실거시오가ᄂᆞᆫ길의ᄇᆡᆨ발노옹을만나거든ᄋᆡ걸ᄒᆞ여쥰마ᄅᆞᆯ어드라ᄒᆡ룡이문왈만일그노인니아니쥬면엇지ᄒᆞ리잇가도ᄉᆡ왈너ᄅᆞᆯ위ᄒᆞ여남ᄒᆡ용왕이보ᄂᆡ미니엇지아니쥬리오ᄯᆡ느져가니어셔가라ᄒᆞ며ᄒᆡ룡의손을ᄌᆞᆸ고산문의ᄂᆞ와젼송ᄒᆞ더라ᄒᆡ룡이도ᄉᆞᄅᆞᆯᄒᆞ즉ᄒᆞ고두문동으로향ᄒᆞᆯᄉᆡ ᄒᆞᆫ곳의다〃르니쳥산은쳡〃ᄒᆞ고간슈ᄂᆞᆫ잔〃ᄒᆞᆫᄃᆡ슈양버들은동구ᄅᆞᆯ덥혀잇고십니장곡의녹음방초ᄂᆞᆫᄉᆞ면의셩ᄀᆡᄒᆞ엿ᄂᆞᆫᄃᆡ그가온ᄃᆡ일위ᄇᆡᆨ발노인이말을잇글고한가이셔〃반송가지우의학의츔을구경ᄒᆞ거ᄂᆞᆯᄒᆡ룡이믄득도ᄉᆞ의말을ᄉᆡᆼ각고나아가비례ᄒᆞᆫᄃᆡ노인니문왈그ᄃᆡᄂᆞᆫ엇더ᄒᆞᆫᄉᆞ람이완ᄃᆡ이곳의왓ᄂᆞ뇨ᄉᆡᆼ이ᄃᆡ왈소ᄌᆞᄂᆞᆫ능쥬ᄯᅡ의잇숩더니가홰공참ᄒᆞ와뉴리사방ᄒᆞ

11

ᄂᆞ이다노옹왈그러면능쥬곽승상아ᄌᆡᆫ다ᄉᆡᆼ이ᄃᆡ왈과연그러ᄒᆞ옵거니와엇지아로시ᄂᆞ잇고노옹왈ᄂᆡ작일의남ᄒᆡ뇽궁의갓더니뇽왕이〃말을쥬며왈ᄂᆡ일오시의능쥬곽ᄒᆡ룡을만나거든젼ᄒᆞ라ᄒᆞ기로여긔셔긔다렷노라ᄒᆞ고말을쥬거ᄂᆞᆯᄉᆡᆼ이ᄌᆡᄇᆡᄒᆞᆫᄃᆡ노인왈이말일홈은젹여ᄆᆡ라ᄌᆡ조가풍운을능히ᄯᅡ루ᄂᆞ니밧비말을타고가셔쳔ᄌᆞᄅᆞᆯ구ᄒᆞ여큰공을셰우라ᄉᆡᆼ이ᄃᆡ희ᄒᆞ여노옹게치하왈노인의은혜와용왕의덕으로이런말을엇ᄉᆞ오니이은혜ᄅᆞᆯ엇지다갑ᄉᆞ오리잇고ᄒᆞ며말을ᄉᆞᆯ펴보니키가ᄒᆞᆫ길이남고몸은븕고눈은방울ᄀᆞᆺ고졍긔원근의ᄡᅩ이니짐짓용춍일너라말머리의나아가갈기ᄅᆞᆯ어루만지며경계ᄒᆞ니그말이고ᄀᆡᄅᆞᆯ드러이윽이보다가굽을허위고ᄭᅩ리ᄅᆞᆯ치며소ᄅᆡᄅᆞᆯ응ᄒᆞ여반기ᄂᆞᆫ쳬ᄒᆞ거ᄂᆞᆯ즉시노옹을하직ᄒᆞ고말게금안을지어힝장을걸고치ᄅᆞᆯᄒᆞᆫ번치니ᄲᆞᆯ으

12

기번ᄀᆡᄀᆞᆺᄒᆞᆫ지라슌식간의두문동의일으니두ᄌᆞ식뭇ᄂᆡ반기며왈슐법을다통ᄒᆞ뇨ᄉᆡᆼ이ᄃᆡ왈ᄃᆡ강ᄇᆡ홧거니와방금의도젹이강셩ᄒᆞ여쳔ᄌᆡ젹진의잡혀가시고ᄉᆞ직이위ᄐᆡᄒᆞᆫ지라나ᄂᆞᆫ바로즁원으로갈거시니졔형은군을거ᄂᆞ려뒤ᄒᆞᆯᄯᅡ

루소셔시랑왈연즉엇지ᄒᆡᆼ군ᄒᆞ리오진법을갈우치라ᄉᆡᆼ이즉시놉흔ᄃᆡ올나진셰ᄅᆞᆯ베풀ᄉᆡ군ᄉᆞᄅᆞᆯ혜아리니불과팔쳔여인이라남쥬작북현무와좌쳥뇽우ᄇᆡᆨ호로각〃방위의셰우고슌시금고와홍문남파ᄅᆞᆯ동남각의셰우며셔북각의셰우고금고일셩의명금이하ᄃᆡ취퇴ᄒᆞ고ᄒᆡᆼ군북을울니며두ᄌᆞᄉᆞ로좌우션봉을삼고시랑으로즁군장을삼아군마ᄅᆞᆯ직촉ᄒᆞ여급히오라ᄒᆞ고ᄉᆡᆼ이먼져ᄯᅥᄂᆞᆯᄉᆡ즁군다려ᄲᆞᆯ니오믈당부ᄒᆞ고말을치쳐ᄃᆡ진으로ᄒᆡᆼᄒᆞᆯᄉᆡ셔평녕을지나쳔마산을넘어광님교ᄅᆞᆯ지나안ᄌᆞ강의이르러남괄녕을바라보

13

니ᄇᆡᆨᄉᆞ당의적병이가득ᄒᆞ고황셩ᄃᆡ진은긔미도업ᄂᆞᆫ지라마음의〃심ᄒᆞ여정히쥬져ᄒᆞ더니문득ᄒᆞᆫ군ᄉᆡ환도ᄅᆞᆯ잡고군복을버셔메고한츌쳠ᄇᆡᄒᆞ며올나오다가ᄉᆡᆼ을보고긔절ᄒᆞ여잡바지거ᄂᆞᆯᄉᆡᆼ이그군ᄉᆞᄅᆞᆯ붓드러구ᄒᆞ여문왈너ᄂᆞᆫ엇더ᄒᆞᆫ군ᄉᆞ며어ᄃᆡ로가ᄂᆞᆫ다그군ᄉᆡ답왈소인은황셩츙유군이라쳔ᄌᆡ친정ᄒᆞᄉᆞ북군ᄃᆡ도독곽안셰로션봉을삼고적진과ᄡᅡ화일〃지ᄂᆡ의이ᄇᆡᆨ만ᄃᆡ병이적장ᄇᆡᆨ동약의손의거의다쥭삽고황상과문관모ᄉᆞ와ᄃᆡ원슈의슈ᄒᆞ병ᄉᆞᆷᄇᆡᆨ이겨유목슘을보젼ᄒᆞ여시ᄃᆡ반ᄉᆡᆼ반ᄉᆞᄒᆞ고그즁소인은도망ᄒᆞ여이리오다가장군을만나오ᄆᆡᄒᆡᆼ혀적장인가ᄒᆞ여놀나미로소이다ᄉᆡᆼ이우문왈그러면쳔ᄌᆞᄂᆞᆫ엇지되신고군ᄉᆡᄃᆡ왈쳔ᄌᆡ적진의ᄌᆞᆸ혀가시ᄆᆡ적진즁의가도와놋코창검을얽거ᄡᅡ고장졸은다결박ᄒᆞ여ᄭᅳᆯ니고항복ᄒᆞ라ᄒᆞ며져히

14

落張

15

ᄇᆡᆨ만군즁을ᄌᆞᆺ치고황뎨ᄅᆞᆯᄎᆞ져뫼시고장졸을구ᄒᆞ여풍운을모라남괄녕의도라오니황뎨와졔장군졸이다넉슬일허인ᄉᆞᄅᆞᆯ찰히지못ᄒᆞ더라ᄒᆡ룡이진언을념ᄒᆞ여신장과쳔왕을믈니치고쳔ᄌᆞᄅᆞᆯ구ᄒᆞ여쥐무ᄅᆞᄆᆡ이윽고졍신을출히시거ᄂᆞᆯ복지쥬왈황상은졍신을진정ᄒᆞᄉᆞ셩쳬ᄅᆞᆯ평안니ᄒᆞ소셔상이쾌히졍신을

진졍ᄒᆞ시고용음을열어갈오ᄉᆞᄃᆡ장군은어ᄃᆡ로좃ᄎᆞ이르러짐을구ᄒᆞ뇨ᄒᆞ시고늣기시거ᄂᆞᆯᄉᆡᆼ이복지쥬왈소신은젼님승상곽츙국의아달ᄒᆡ룡이로소이다국ᄀᆡ이러틋요란ᄒᆞ와폐ᄒᆡ이런욕을보시ᄃᆡ이졔야이르러구ᄒᆞ오니죄깁ᄉᆞ온지라신ᄌᆞ의도리의엇지낫츨드러알욀말슴이〃시리잇가상이〃말을드르시고ᄃᆡ경ᄒᆞᄉᆞ왈네곽승상의아달이라ᄒᆞ니짐의마음이더옥비감ᄒᆞ도다짐이블명ᄒᆞ여승상을원노의ᄂᆡ치고이런욕을보니엇

16

지붓그럽지아니리오오ᄂᆞᆯ〃그ᄃᆡ츙셩으로적장의게쥭으믈면ᄒᆞ니그공을의논ᄒᆞᆯ진ᄃᆡ쳔하ᄅᆞᆯ반분ᄒᆞ여도다갑지못ᄒᆞᆯ지라모로미경은츙셩을다ᄒᆞ여도적을파ᄒᆞ고사직을안보ᄒᆞᆫ후의승상의ᄋᆡᄆᆡᄒᆞᆫ포원을풀고소인을쥭인후경의ᄃᆡ공을위로코져ᄒᆞ노라ᄒᆡ룡이복지쥬왈셩괴여ᄎᆞᄒᆞ시니황공ᄒᆞ와알욀말슴이업ᄂᆞ이다ᄒᆞ고다시쥬ᄒᆞᄃᆡ쳥긔양셰고을ᄌᆞ식녁늪의몰니여산즁의웅거ᄒᆞ여ᄉᆞᆸ다가국가의요란ᄒᆞᆫ소식을듯ᄌᆞᆸ고의병을일우혀신의뒤흘ᄶᅡ루ᄂᆞ이다상이더옥즐겨ᄒᆞ사왈경등은진실노국가슈족이라위ᄐᆡᄒᆞᆫᄉᆞ즉과물의ᄲᅡ진슈족을건지고져ᄒᆞ니엇지츙셩이긔특지아니ᄒᆞ리오그러나적셰ᄐᆡ산ᄀᆞᆺ고적장이범ᄀᆞᆺᄒᆞ니부ᄃᆡ경적지말나ᄒᆞ신ᄃᆡᄉᆡᆼ이쥬왈신슈부ᄌᆡ나적장은두렵지아니ᄒᆞ오니폐하ᄂᆞᆫ근심마옵소셔소신의집이간흉ᄒᆞᆫ적신의참

17

소ᄅᆞᆯ닙어불의〃부친이적소로가옵고신이편모로잇ᄉᆞᆸ다가설산즁노의셔쳥긔양ᄉᆞᆷ자ᄉᆞᄅᆞᆯ만나두문동의드러가젼후ᄉᆞᄅᆞᆯ일〃히말ᄒᆞ오니ᄌᆞ식셔로의논ᄒᆞ와ᄇᆡᆨ셩과ᄒᆡᆼ인을초모ᄒᆞ여군ᄉᆞᄅᆞᆯ삼아조련ᄒᆞ옵고소신이거긔머물너보검과갑옷슬엇고도ᄉᆞᄅᆞᆯ만나용문상의올나가ᄉᆞᆯ볍비흔말이며쳔문둔갑과ᄐᆡ을경문과호풍황우지ᄉᆞᆯ비흔말이며텬문을보아적셰창궐ᄒᆞᆫ쥴알고도식신을ᄂᆡ려가라ᄒᆞ오ᄆᆡ션ᄉᆡᆼ을하즉ᄒᆞ고오다가적여말을어더타고두문동으로와시랑과두ᄌᆞᄉᆞ로ᄒᆞ여금ᄒᆡᆼ군진법을갈우쳐뒤흘ᄶᅡ루게ᄒᆞ고말을치쳐경셩을향ᄒᆞ여남괄녕의올나보니쳔병은하나토업고적병이만산편야ᄒᆞ여동셔남북을분

변치못ᄒᆞ더니ᄒᆞᆫ군식적진으로나오다가소신을보고혼결ᄒᆞ여잣바지기로나려가구ᄒᆞ여정신을ᄎᆞ린후의젼후ᄉᆞ연을무르은즉

18

이리〃〃ᄒᆞ옵기의다시뭇지아니ᄒᆞ옵고뉵정뉵갑과삼만육십ᄉᆞ쳔왕을부르고풍빅을불너적진을어둡게ᄒᆞ고적진을시살ᄒᆞ여폐하와북군딕도독과장졸을구ᄒᆞ미로소이다상이드르시고힉룡의신긔ᄒᆞᆫ직조큰공일우믈뭇닉칭찬ᄒᆞ시더라ᄎᆞ시철관도사황뎨롤철통ᄀᆞᆺ치ᄲᅡ고항복ᄒᆞ라구박ᄒᆞ더니문득난딕업ᄂᆞᆫ소년장이필마단창으로번진의드러와무인지경ᄀᆞᆺ치횡힝ᄒᆞ여빅동약을물니치고황뎨롤구ᄒᆞ믈보니신장이아니면쳔신이하강ᄒᆞ미라ᄒᆞ고소년장을이윽히보다가번왕을딕ᄒᆞ여왈우리션봉장빅동약은금셩정긔롤타ᄂᆞ고적장은화셩을타ᄂᆞ시니엇지념녜되지아니ᄒᆞ리오번왕왈엇지아ᄂᆞ뇨도식왈빈되임의짐족ᄒᆞ미잇ᄂᆞ니엇지모로리잇고적장은반다시응쳔도식슐법을갈우쳐나려보닉미니이다번왕왈그러면응쳔도식ᄂᆞᆫ션싱과직죄엇

19

더ᄒᆞ뇨도식왈빈도ᄂᆞᆫ흑운즁반달이오그도ᄉᆞᄂᆞᆫ청쳔명월이라엇지빈도의게비ᄒᆞ리잇고번왕이듯기롤맛고크게근심ᄒᆞ더니문득션봉장빅동약이장젼의올나와고왈신니비록직죄업ᄉᆞ오나나아가무명소장을한칼의버혀오리이다도식말녀왈장군은□히구지마ᄅᆞ소셔소년장이신긔ᄒᆞᆫ직죄무빵ᄒᆞ니힘으로가히잡지못ᄒᆞᆯ지라계교롤베퍼잡을거시니장군은아직참고잇다가장녕을기다려나아가라빅동약이〃말을듯고딕로왈양딘니상딕ᄒᆞ여ᄲᅡ홀ᄶᅴ의용녁만쓸거시어늘엇지슐법으로의논ᄒᆞ리오션싱은두리거든도라가소셔소장이ᄒᆞᆫ번칼을드러적장을버히고원뎨롤ᄉᆞ로즙아항복바든후의션싱의자랑ᄒᆞ던말이업게ᄒᆞ리이다ᄒᆞ고비신상마ᄒᆞ여닉닷거ᄂᆞᆯ도식왈잠간머무러적장을거동을보와ᄊᆞ홈이올흘가ᄒᆞ노

20

라동약이듯지아니ᄒᆞ고진젼의나셔며외여왈남경어린아희ᄂᆞᆫᄲᆞᆯ니나와승부ᄅᆞᆯ결ᄒᆞ라오날ᄂᆡ칼노너의ᄅᆞᆯ죽이고원졔ᄅᆞᆯᄉᆞ로ᄌᆞᆸ오리라ᄒᆞ고즐욕이무ᄡᆞᆼᄒᆞ더라ᄎᆞ시희룡이텬ᄌᆞᄅᆞᆯ뫼시고도적파ᄒᆞᆯ일을의논ᄒᆞ며흣터진군ᄉᆞᄅᆞᆯ모흐니겨유삼만여명이라상이탄왈적셰ᄂᆞᆫ져러틋ᄒᆞᄃᆡ우리장졸은적으니엇지도적을파ᄒᆞ리오ᄒᆞ시며늣기시거ᄂᆞᆯᄉᆡᆼ이쥬왈황상은근심치마르소셔신이비록ᄌᆡ죄업ᄉᆞ오나도적을파ᄒᆞ리이다ᄒᆞ고이의장ᄃᆡ의올나진셰ᄅᆞᆯ일울ᄉᆡ장졸삼ᄇᆡᆨ긔ᄅᆞᆯᄡᆞ이십팔슈로응ᄒᆞ여ᄉᆞ방의셰우고동방칠면은각항져방심미긔ᄅᆞᆯ응ᄒᆞ여청농긔ᄅᆞᆯ셰워진방진하련괘ᄅᆞᆯ버리고셔방칠면은졍괴유셩장익진을응ᄒᆞ여ᄇᆡᆨ호기ᄅᆞᆯ셰워ᄐᆡ방ᄐᆡ상졀괘ᄅᆞᆯ버리고남방칠면은규류위문필ᄎᆞ삼을응ᄒᆞ여쥬작긔

21

ᄅᆞᆯ셰워남방허즁괘ᄅᆞᆯ버리고북방의두우녀허위실벽을응ᄒᆞ여현무긔ᄅᆞᆯ셰워북방감즁년괘ᄅᆞᆯ버리고상ᄉᆡᆼ상극삼ᄌᆡ와오ᄒᆡᆼ진도ᄅᆞᆯ버리고쳔지풍운과신변위희ᄒᆞᄂᆞᆫ변화ᄅᆞᆯ감초고음양ᄉᆡᆼ사문ᄅᆞᆯᄂᆡ여동셔슈미ᄅᆞᆯ응ᄒᆞ여좌우익을버리고남북장을두어젼후영을상통ᄒᆞ고홍문남팔과표미금고ᄅᆞᆯᄡᆞᆼ〃이셰우고돌을모화육화팔문진을버리고뉵졍뉵갑ᄐᆡ을경문을몸의진여둔갑장신ᄒᆞᄂᆞᆫ법을찰히고군즁의호령ᄒᆞ여왈문을열고적장을유인ᄒᆞ여조화ᄅᆞᆯ베풀거시니혹진즁의고이ᄒᆞᆫ일이잇셔도놀나지말고진셰ᄅᆞᆯᄡᅥᄂᆞᆫ지말나이러틋당부ᄒᆞ여영을나린후진젼의ᄂᆞ셔며ᄃᆡ호왈무도ᄒᆞᆫ셔번적은들으라나ᄂᆞᆫ즁원말ᄌᆡ장슈능쥬곽희룡이라너의등이왕화ᄅᆞᆯ모르고쳔위ᄅᆞᆯ거ᄉᆞ려시졀을블평케ᄒᆞ니ᄂᆡ쳔명을밧ᄌᆞ와이의오문너의

22

ᄅᆞᆯ잡아죄ᄅᆞᆯ뭇고져ᄒᆞ여마지못ᄒᆞ여이의왓ᄂᆞ니여등이ᄂᆡᄯᅳᆺ을슌죵ᄒᆞ면목슘을요ᄃᆡᄒᆞ려니와만일불슌ᄒᆞ면너의ᄡᅵᄅᆞᆯ남기지아니ᄒᆞ리니부졀업시장졸을죽이지말고밧비항복ᄒᆞ라ᄒᆞᄂᆞᆫ소ᄅᆡ산쳔니문허지고하희뒤노ᄂᆞᆫ듯ᄒᆞᆫ지라동

약이 〃 소릐롤듯고바라보니일위소년니구룡투고롤쓰고보신갑닙고젹여마타고젹소검을드러시니오치상운은두상의이러나고쳔궁의조화는몸의어릐엿고두우셩의경긔는흉즁의은 〃 ᄒᆞ며젹여마의날닉미비룡갓흐니그장ᄒᆞ미비홀ᄃᆡ업ᄉᆞ며흉즁의쳔지경뉸과강산졍긔롤품은듯ᄒᆞᄃᆡ다만치약ᄒᆞ믈업슈이넉여응셩츌마ᄒᆞ며외여왈젹장히룡은드로라나는셔번빵두장군니라검슐을십년을공부ᄒᆞ여셰상의나오미쳔상은아지못ᄒᆞ나인간의는ᄂᆡ젹쉬업는지라엇지어린아히쥭이기롤

23

근심ᄒᆞ리오ᄒᆞ고다라들거놀싱이ᄃᆡ답지아니ᄒᆞ고졉젼홀ᄉᆡ짐짓눈을반만감고창을겨유쓰니동약이승셰ᄒᆞ여소릐지르고치려ᄒᆞ다가창을드니창이졀노부러져지되여ᄂᆞ려지거놀동약이ᄃᆡ경ᄒᆞ여본딘으로닷는지라싱이ᄯᆞ루지아니ᄒᆞ고ᄃᆡ소왈젹장빅동약은어린장쉬로다엇지힘음업시다라ᄂᆞ뇨ᄂᆡ너롤쏫ᄎᆞ가버힐거시로ᄃᆡ아직용셔ᄒᆞ노라도라가셔번왕과의논ᄒᆞ고슈히항복ᄒᆞ라만일황복지아닐진ᄃᆡᄂᆡ셩경이비록살히인명을조하아니ᄒᆞ나셔북오랑키롤씨도남기지아니ᄒᆞ고뭇질을거시니나즁의후회ᄒᆞ나막급이리니쳔의롤슌종ᄒᆞ라ᄒᆞ고본진으로도라오니졔장군졸이며쳔지뭇ᄂᆡ칭찬ᄒᆞᄉᆞ왈장군의신긔훈지조는실노쳔신니로다젹장이ᄃᆡ픠ᄒᆞ여믈너가시니이졔는념녜업도다ᄒᆞ시더라각셜시랑이군을거ᄂᆞ려밧비힝ᄒᆞ여

24

〃 러날만의ᄃᆡ진의이르니쳔ᄌᆡᄃᆡ희ᄒᆞᄉᆞ시랑과두ᄌᆞᄉᆞ롤인견ᄒᆞ사왈짐이박지못ᄒᆞ여경등의츙의롤모르고괄시ᄒᆞ여시니엇지참괴치아니ᄒᆞ리오시랑이쥬왈이는소인니폐하의셩춍을가리오미니셩괴너무과ᄒᆞ도소이다ᄌᆞᄉᆞ등이누쉬여우ᄒᆞ여쥬왈소신등이불츙ᄒᆞ여셩상의근심을더지못ᄒᆞ여ᄉᆞ오니불츙지죄롤엇지다면ᄒᆞ리잇고쥬파의믈너ᄂᆞ와히룡을보고젹셰롤무르니싱이ᄃᆡ왈젹셰롤념네홀비아니오니ᄂᆡ일은젹장을잡아치죄홀거시니신지롤뷔우지말고방비ᄒᆞ기롤엄히ᄒᆞ소셔ᄒᆞ고쳔ᄌᆞ게쥬왈소장이도젹을잡고져ᄒᆞ오나빅

면서싱이라장녕을듯지아닐가ᄒᆞᄂᆞ이다상이올히넉이ᄉᆞ싱으로ᄃᆡ원슈룰ᄒᆞ이시고인검을쥬시며위령ᄌᆞ룰ᄎᆞᆷᄒᆞ라ᄒᆞ시니원쉬사은ᄒᆞ고물너ᄂᆞ오니라차셜빅동약이도라와분긔룰참지못ᄒᆞ여왈뉘라셔히

25

룡을ᄌᆞ랑ᄒᆞ더뇨오날ᄡᅡ화보니용밍과검슐이실노미거ᄒᆞ되ᄂᆡ창이상ᄒᆞ여버히지못ᄒᆞ여시나명일은결단코버히리라ᄒᆞ니도식왕다려왈적장은실노비상ᄒᆞ니그진치ᄂᆞᆫ법이극히묘ᄒᆞᆫ지라엇지하늘이ᄂᆡ신장쉬아니리오빅동약이죵시남을업슈히넉이니엇지후환을면ᄒᆞ리오나ᄂᆞᆫᄃᆡ왕을도와셩ᄉᆞ코져ᄒᆞ엿더니즁원의명장이낫ᄂᆞᆫ지라엇지즁원을항거ᄒᆞ리오ᄂᆡ잠시쳔슈룰살피지못ᄒᆞ고산의나렷왓다가다만헛슈고만ᄒᆞᆯ분이로소이다말을맛치며몸을소〃와공즁의올나소ᄅᆡᄒᆞ여왈ᄂᆡ본ᄃᆡ즁원을치려ᄒᆞᆯ졔곽희룡을살피지못ᄒᆞ문장셩이농문산의빗최기로북방을염녀ᄒᆞ고남방을염녀아니ᄒᆞ엿더니엇지남방의곽희룡이날쥴아라시리오ᄃᆡ왕은급히퇴병ᄒᆞ여살신지화룰면ᄒᆞ소셔ᄒᆞ고셔다히로가ᄂᆞᆫ지라동약이ᄃᆡ로ᄒᆞ여번왕다려왈그도ᄉᆞᄂᆞᆫ요망ᄒᆞᆫ지

26

라엇지취신ᄒᆞ리잇고명일은결단코즁원을어드리이다ᄒᆞ더라ᄎᆞ시원쉬진문의나와크게외여왈적장은어졔미결ᄒᆞᆫ승부룰결ᄒᆞ라ᄒᆞ니동약이응셩츌마ᄒᆞ여ᄂᆡ다라ᄡᅡ홀식삼십여합의불분승뷔러니원쉬거즛픠ᄒᆞ여본진을바라고도라오니동약이승세ᄒᆞ여원슈룰좃ᄎᆞ진문의들졔거의잡게되엿더니원슈ᄂᆞᆫ간곳시업고ᄉᆞ면으로풍운니〃러나며급ᄒᆞᆫ비담아붓드시오며쳔지혼흑ᄒᆞ여일월이무광ᄒᆞᆫ가온ᄃᆡ어두귀면지졸이만신을침노ᄒᆞ며정신을어지럽게ᄒᆞ고흉악ᄒᆞᆫ장쉬드러와ᄉᆞ면을외워ᄊᆞ고사셕이비오듯ᄒᆞ며동약은ᄲᆞᆯ니항복ᄒᆞ라ᄒᆞ니동약이정신을ᄎᆞ려ᄒᆞᆫ모흘헷치고닷더니ᄒᆞᆫ장쉬ᄂᆡ다라길을막거ᄂᆞᆯ죽기로ᄡᅡ화다라ᄂᆞᆯ식ᄉᆞ면으로장쉬ᄂᆡ다르니동약이황겁ᄒᆞ여앙쳔탄왈ᄉᆞ면니다막혀시니어ᄃᆡ로가리오ᄒᆞ고쥬져ᄒᆞ더니ᄯᅩ즁앙으로좃ᄎᆞ일

27

원ᄃᆡ장이나셔며블너왈젹장은닷지말고항복ᄒᆞ라ᄒᆞ거늘동약이눈을부릅ᄯᅳ고평싱힘을다ᄒᆞ여ᄊᆞ홀식일합이못ᄒᆞ여원슈의칼이번듯ᄒᆞ며동약의탄말을질너업지르니동약이ᄃᆡ경ᄒᆞ여몸을소〃와다라ᄂᆞ더니ᄯᅩ여섯돌무덕이화ᄒᆞ여뉵화진니되여외여왈젹장은닷지말나ᄒᆞ니동약이쥭기로ᄡᅧ셕진을버셔나본진으로도라오니원쉬급히둔갑을베퍼오방신장과삼만뉵쳔ᄉᆞ텬왕을푸러젹진의다〃라호풍환우ᄅᆞᆯ힝ᄒᆞ며숨변위히지슐을ᄒᆞ니젹진ᄉᆞ면으로난ᄃᆡ업ᄂᆞᆫ물이덥혀드러가니젹진장졸이경황분쥬ᄒᆞ여놉흔곳을ᄎᆞ져진을옴기고진즁이황〃ᄒᆞ니번왕이동약을보아왈이ᄅᆞᆯ장ᄎᆞᆺ엇지ᄒᆞ리오쳔명도ᄉᆞ의말을듯더면이환을당치아냐실지라이ᄅᆞᆯ장ᄎᆞᆺ엇지ᄒᆞ리오동약이ᄃᆡ왈ᄉᆞ셰이러ᄒᆞ오니밧비퇴병ᄒᆞᄉᆞ이다말이맛지못ᄒᆞ여무슈ᄒᆞᆫ장쉬드러오니혹

28

황농도타고쳥농도타고ᄇᆡᆨ농도ᄐᆞ고거북도타완〃니진즁의드러오며호통ᄒᆞ여횡힝ᄒᆞᄂᆞᆫ즁원슈ᄂᆞᆫ젹소검을들고ᄉᆞ면으로시살ᄒᆞ니칼을ᄒᆞᆫ번두루ᄂᆞᆫ곳의화광이츙쳔ᄒᆞ며장졸의머리츄풍낙엽ᄀᆞᆺ흔지라동약이ᄲᅡ호고져ᄒᆞ나사면팔방의물이가득ᄒᆞ고ᄯᅩ무슈ᄒᆞᆫ장식다히룡이라진가ᄅᆞᆯ분변치치못ᄒᆞ여쥬져ᄒᆞ더니문득호통이ᄂᆞ며일원ᄃᆡ장이칼을들고ᄭᅮ지져왈무지ᄒᆞᆫ동약이〃졔도항복지아니ᄒᆞᆯ다ᄒᆞ며신장을호령ᄒᆞ여결박ᄒᆞ라ᄒᆞ니무슈ᄒᆞᆫ신장이다라드러결박ᄒᆞ고ᄯᅩ번왕을줍아목을ᄆᆡ여함거의실어본진으로보ᄂᆡ고번진졔장을다결박ᄒᆞ여승젼고ᄅᆞᆯ울며본진으로도라오니쳔지친니원문밧게ᄂᆞ와원슈ᄅᆞᆯ마져장ᄃᆡ의안치고슐을부어위로ᄒᆞ시며왈원슈의용병은진실노만고명장이라불과삼ᄇᆡᆨ긔픠군졸노ᄲᅧ번딘을쳐범ᄀᆞᆺ흔동약을ᄉᆞ로

29

줍고ᄇᆡᆨ만ᄃᆡ병을믈니치니녯날칠죵칠금ᄒᆞ던졔갈무후의지조와갓다ᄒᆞ시더라이날원쉬졔장을좌우의버리고번국왕을계하의ᄭᅮᆯ니고ᄃᆡ호왈하늘이ᄉᆞ람을ᄂᆡ실졔군신지간을각기분별ᄒᆞ셧거늘여등이법을모로고쳔위ᄅᆞᆯ거ᄉᆞ려역

젹이되니엇지한심치이니리오너의죄ᄅᆞᆯ의논ᄒᆞ면맛당이쥭염즉ᄒᆞ거니와십분용셔ᄒᆞ여놋ᄂᆞ니본국으로도라가덕을닥고의ᄅᆞᆯ슝상ᄒᆞ여인의로치민ᄒᆞ고츙의로쳔ᄌᆞᄅᆞᆯ셤기라너ᄅᆞᆯ노흐문쳔ᄌᆞ의호ᄉᆡᆼ지덕이라ᄒᆞ고ᄯᅩ동약을ᄲᅳᆯ니고왈너ᄂᆞᆫ무지ᄒᆞᆫ용ᄆᆡᆼ을밋고감히쳔위ᄅᆞᆯ범ᄒᆞ여쳔ᄌᆞᄅᆞᆯ겁박ᄒᆞ고인명을만니상ᄒᆞ여시니그죄쥭기ᄅᆞᆯ면치못ᄒᆞ리라ᄒᆞ고무ᄉᆞᄅᆞᆯ쑤지져ᄂᆡ여원문밧게참ᄒᆞ여군즁의회시ᄒᆞ고기여장슈ᄂᆞᆫ다노하도라보ᄂᆡ니모다원슈의덕을일컷더라원쉬ᄃᆡ연을비셜ᄒᆞ여졔장으로질기며쳔ᄌᆞ게쥬왈이제도적을파ᄒᆞ여ᄉᆞ오니

30

신은믈너가아비젹소로가고져ᄒᆞᄂᆞ이다상이갈오ᄉᆞᄃᆡ짐이환궁ᄒᆞᆫ후명관을보ᄂᆡ여다려올거시니염녀말나ᄒᆞ시니원쉬쥬왈엇지명관니단녀오기ᄅᆞᆯ기다리잇고신니단녀오리이다상이마지못ᄒᆞᄉᆞ공문과희ᄇᆡᄒᆞᆫ됴셔ᄅᆞᆯ쥬시며왈경이가려ᄒᆞ니말니지못ᄒᆞᄂᆞ슈이단녀오라ᄒᆞ시며짐을도으라ᄒᆞ시니원쉬농젼의하즉ᄒᆞ고시랑등을이별ᄒᆞ고모친게편지만붓치고셜산으로향ᄒᆞ여가니라
ᄎᆞ쳥하회ᄒᆞ라
셰을사이월일향슈동필셔

권지삼 종

1

곽히룡젼 권지삼죵
화셜천지원슈룰젼송ᄒᆞ시고환궁ᄒᆞ실식시랑곽운용으로션봉을삼고두자ᄉᆞ로후군을거나려드러올식황셩뉴진장졸과장안빅셩드리빅니밧게ᄂᆞ와단ᄉᆞ호장으로이영왕ᄉᆞᄒᆞ여환궁ᄒᆞ시니졔신니진하룰맛ᄎᆞ미상이갈오ᄉᆞᄃᆡ금번셔번을평졍ᄒᆞ문젼혀곽츙국의아달히룡의공이라이공을무어스로갑흐리오ᄒᆞ시고그젹몰ᄒᆞᆫ거슬다환츌ᄒᆞ시고승상이도라오면왕이될거시오원슈ᄂᆞᆫ승상이될지니부인님시로정숙왕비룰봉ᄒᆞ여시녀삼빅명을쥬니우션집이업스니궐닉별궁경안궁의쳐ᄒᆞ게ᄒᆞ시고ᄯᅩ승상으로위왕을봉ᄒᆞ시고원슈로충녈후좌승상을ᄒᆞ이시고직쳡을녜조낭관으로금마발송ᄒᆞ라ᄒᆞ시고졉반ᄉᆞ룰연송ᄒᆞ여보닉시고ᄯᅩ시랑곽운용으로츙녈후니부상셔룰ᄒᆞ이시고두ᄌᆞᄉᆞ로남북

2

군ᄃᆡ도독을ᄒᆞ이시고츌젼졔장을각〃ᄎᆞ례로도〃시고젼장의쥭은장졸을각〃직쳡을닉리시고젼망혼빅을위로ᄒᆞ시고ᄯᅩ무ᄉᆞ룰호령ᄒᆞᄉᆞ우승상왕윤정과황문시랑됴ᄉᆞ원과사돈최경동으로결박ᄒᆞ여나입ᄒᆞ시고ᄭᅮ지져왈너의등은식녹지신으로국가환난을일분도근심치아니ᄒᆞ고몸편키만위ᄒᆞ여님군으로ᄒᆞ여금항복ᄒᆞ라ᄒᆞ니그죄맛당이삼족을멸ᄒᆞᆯ거시오ᄯᅩ츙의겸젼ᄒᆞᆫ곽츙국을모히ᄒᆞ여원도의안치ᄒᆞᆷ도짐이막지못ᄒᆞ여너의게속아시니그죄룰다의논ᄒᆞᆯ지라엇지일시나살녀두리오다만승상과위왕이도라온후설치ᄒᆞ게ᄒᆞ리라ᄒᆞ시고검부의ᄂᆞ슈ᄒᆞ시며일변가속을각도의위로졍속ᄒᆞ라ᄒᆞ시다각셜님부인니궁비졍속ᄒᆞ엿다가ᄯᅳᆺ밧게졍숙왕비직쳡을드리니황공감ᄉᆞᄒᆞ여북향ᄉᆞ빅ᄒᆞ고일희일비ᄒᆞ여ᄒᆞ더니ᄯᅩ원슈의

3

편지ᄅᆞᆯ드리거ᄂᆞᆯᄡᅥ혀보니ᄒᆞ여시ᄃᆡ불초ᄌᆞ희룡은글월을닥가모부인안하의올니ᄂᆞ이다소ᄌᆡ당초의집을ᄡᅥ나부친ᄇᆡ소로가옵다가ᄒᆞᆫ도ᄉᆞᄅᆞᆯ만나믓ᄌᆞ온즉도시갈오ᄃᆡ쳔ᄌᆞ의공문니업스면셜산도ᄅᆞᆯ못가리라ᄒᆞ옵기의회정ᄒᆞ고져ᄒᆞ온즉ᄯᅩ가홰여ᄎᆞ〃〃ᄒᆞ와모친니궁비정속ᄒᆞ시다ᄒᆞ오니그졍지ᄅᆞᆯᄉᆡᆼ각ᄒᆞ온즉쳔지아득ᄒᆞ여창황망극ᄒᆞ오나ᄉᆞ셰난쳐ᄒᆞ옵기로부득이ᄒᆞ여도ᄉᆞᄅᆞᆯᄯᅡ라산즁의드러가약간슐법을ᄇᆡ와국ᄀᆡ요란ᄒᆞ옵기로칼을잡고젼장의나가도젹을쓰러바리고쳑촌의공이잇다ᄒᆞ여셩상이부친을ᄒᆡᄇᆡᄒᆞ여쳔은을슉ᄉᆞᄒᆞ옵고소ᄌᆡ셜산도로가오니슈히부친을뫼시고모친슬ᄒᆞ의뵈오리이다ᄒᆞ엿더라왕비그편지ᄅᆞᆯ보고아ᄌᆞ의ᄒᆡᆼᄉᆞᄅᆞᆯ놀나고즐겁고슬푼마음을진졍치

4

못ᄒᆞ여원ᄉᆔ도라오기ᄅᆞᆯ기다리더라이ᄯᆡ상이환궁ᄒᆞ신후ᄐᆡ후젼의뵈옵고희룡의ᄌᆡ죄비상ᄒᆞᆷ과셔번왕을치죄ᄒᆞ여보ᄂᆡᆫ말ᄉᆞᆷ과지ᄂᆡᆫ말ᄉᆞᆷ을낫〃치쥬ᄒᆞ시니ᄐᆡ휘드르시고ᄃᆡ경ᄃᆡ찬ᄒᆞᄉᆞ왈젼일션뎨계실ᄯᆡ곽츙국은츙의겸젼ᄒᆞ다ᄒᆞ시던ᄇᆡ어ᄂᆞᆯ그아달의ᄌᆡ조와츙심이〃러틋ᄒᆞ니국가의홍복이오억조창ᄉᆡᆼ의복이로다ᄒᆞ시고못ᄂᆡ층찬ᄒᆞ시더라이ᄯᆡ젹장공쥐연광이ᄎᆞ미화용월ᄐᆡ세상의덥흘ᄌᆡ업ᄂᆞᆫ지라ᄯᅩᄒᆞᆫ부마ᄅᆞᆯ간ᄐᆡᆨ지못ᄒᆞᄉᆞ근심ᄒᆞ실싀황ᄐᆡ휘갈오ᄉᆞᄃᆡ금번승젼ᄒᆞᆫ곽희룡은위왕의아달이오ᄯᅩᄒᆞᆫ츙의겸젼ᄒᆞ고국가의쥬셕지신니라족히젹장공쥬의비필을삼을지니쳣ᄌᆡᄂᆞᆫ그장ᄒᆞᆫ공을갑고둘ᄌᆡᄂᆞᆫ초방지친니되여이셰삼셰젼지무궁토록외쳑지의ᄅᆞᆯ두게ᄒᆞ미엇지즐겁지아니리오ᄒᆞ

5

시며혼닌을뇌정ᄒᆞ시니황상과뉵궁비빈이다즐겨ᄒᆞ더라이후로붓터정슉왕비님시ᄅᆞᆯ별노후ᄃᆡᄒᆞ시니왕비도그런쥴알고깁히ᄉᆡᆼ각ᄒᆞ더라일〃은왕비공쥬다려왈당초의정속ᄒᆞ여슬졔ᄎᆡ련의후은을닙어일신니편ᄒᆞ여시니그은혜젹지아닌지라바라건ᄃᆡ옥쥬ᄂᆞᆫ나의낫츨보와ᄎᆡ련을각별ᄉᆞ랑ᄒᆞ시며ᄯᅩ나의마음이져와동거쳐ᄒᆞ믈바라ᄂᆞ니모로미공쥬ᄂᆞᆫ황후뎐의ᄉᆞ정을ᄉᆞᆯ오시고나

의원을플게ᄒᆞ믈바라노라공쥐즉시황후게엿ᄌᆞ오니황휘드르시고즉시치련을명ᄒᆞ여경안궁으로보ᄂᆡ여왕비를뫼시게ᄒᆞ고상ᄉᆞ를만니ᄒᆞ시다각셜원쉬셜산도로향ᄒᆞᆯᄉᆡ말을지촉ᄒᆞ여농문산의니르니산쳔도반기올ᄉᆞ풍경도의구ᄒᆞ다산문의다〃르니동ᄌᆡ나와영졉ᄒᆞ거놀드러가션싱뎐의졀ᄒᆞ온ᄃᆡ도ᄉᆡ칭찬왈그ᄃᆡ쳔

6

ᄌᆞ를도와ᄃᆡ공을일워시니나의갈우친빈허ᄉᆡ아니로다연니나지금셔번과토번니반ᄒᆞ여즁원을범코져ᄒᆞ니그ᄃᆡ큰근심이될지라진번션봉장묵특이지혜와긔이ᄒᆞᆫ술법을사명산쳘관도ᄉᆞ의게빈화시니신통ᄒᆞ미그ᄃᆡ만못ᄒᆞ미읍고쏘ᄒᆞᆫ용밍이오히려그ᄃᆡ의셔나흘지라엇지근심이아니리오각별조심ᄒᆞ여경젹지말나ᄒᆞ며일봉셔를쥬어왈젹장과ᄊᆞ호다가당치못ᄒᆞᆯ듯ᄒᆞ거든봉셔를ᄯᅧ혀보라네이졔셜산도로가면부친의소식은알녀니와ᄂᆡ쏘그ᄃᆡ와연분이진ᄒᆞ여시니금일니별후의상봉키어려온지라그ᄃᆡᄂᆞᆫ착실이셩공ᄒᆞ여노인의갈우치믈져바리지말나ᄒᆞ고인ᄒᆞ여빅학을타고공즁으로올나가니그가ᄂᆞᆫ곳을모룰네라히룡이ᄒᆞᆫ말도못ᄒᆞ고그봉셔만가지고셜산도로향ᄒᆞᆯᄉᆡ순식간의셜

7

산도의니르러도즁별장을차져조셔를젼ᄒᆞ고문왈승상이〃리오신후어ᄃᆡ계시뇨별장이ᄃᆡ왈승상이오신후안한니계시옵더니모일모야의진번장졸이무슈니와동즁을외워ᄲᅡ고승상을잡아가오니소인니연유를쥬문ᄒᆞ려ᄒᆞ던ᄎᆞ의원쉬오시미말삼을알외나이다원쉬이말을듯고졍신니아득ᄒᆞ고간장이ᄯᅥᆯ니고가삼이무여져통곡왈하놀이히룡을무이여기ᄉᆞ부지상봉을못ᄒᆞ게ᄒᆞ시ᄂᆞᆫ도다ᄒᆞ며무슈히통곡ᄒᆞ니그경상을참아보지못ᄒᆞᆯ너라원쉬졍신을진졍ᄒᆞ여별장다려진번의원근을무르니별장이ᄃᆡ왈슈로〃가실딘ᄃᆡ셔히와북히를다지ᄂᆡ실거시오뉵노로가시면쳔여리로소이다원쉬분긔를니긔지못ᄒᆞ여이연유를황상게쥬문ᄒᆞ고진번국으로향ᄒᆞ니라각셜진번이강셩ᄒᆞ여쳘관도ᄉᆞ와션봉묵특을어더즁원을

8

치고져ᄒᆞ다가문득셔번니셜산도의안치ᄒᆞᆫ곽승상의아달ᄒᆡ룡의게ᄑᆡᄒᆞᆫ말을 듯고상의왈셔번니오국의웃듬나라히오션봉ᄇᆡᆨ동약은만고명장이로ᄃᆡ블과 일〃지ᄂᆡ의ᄉᆡᆼ금ᄒᆞ엿다ᄒᆞ니그장슈용ᄆᆡᆼ과지략은심상치아니ᄒᆞᆫ지라이졔셜 산됴의가곽승상을잡아다가달ᄂᆡ여조흔벼슬을쥬고져의아달을부르면졔아 비ᄅᆞᆯᄉᆡᆼ각ᄒᆞ여올거시니ᄯᅩᄒᆞᆫ즁국을어든후의반분ᄒᆞᄌᆞᄒᆞ면즁원을일조의파 ᄒᆞ리라ᄒᆞ고직시장졸을보ᄂᆡ여곽승상을잡아왓거ᄂᆞᆯ승상이진번의일으니진 번왕과초번왕이하당영지ᄒᆞ여녜필좌졍후양왕왈방금쳔ᄌᆡ덕이업고운슈가 진ᄒᆞ엿기로사방이요란ᄒᆞᆫ지라우리도쳔명을밧ᄌᆞ와조민벌죄ᄒᆞ고져ᄒᆞᄂᆞ니 승상은엇더ᄒᆞ뇨일즉이영윤ᄒᆡ룡의게편지ᄒᆞᄉᆞᄂᆡ응이되게ᄒᆞ던지이리와합

9

세ᄒᆞ게ᄒᆞ던지양단간의결단ᄒᆞ소셔ᄒᆞ거ᄂᆞᆯ승상이〃말을들으ᄆᆡ아ᄌᆞ의승젼 ᄒᆞ믈알지라일희일비ᄒᆞ여이윽고왕을ᄭᅮ지져왈그ᄃᆡ등은ᄌᆞ셔이들으라셩신 문무ᄒᆞ신셩군니나시ᄆᆡ즁국을ᄎᆞ지ᄒᆞ여남만북젹을소멸ᄒᆞ고동니셔융을다 진압ᄒᆞ여ᄉᆞᄒᆡ안졍ᄒᆞ니고로슌쳔ᄌᆞᄂᆞᆫ창ᄒᆞ고역쳔ᄌᆞᄂᆞᆫ망ᄒᆞᄂᆞ니그ᄃᆡ등은ᄒᆞᆫ 낫강포만보고텬위ᄅᆞᆯ거ᄉᆞ려범남ᄒᆞᆫᄯᅳᆺ을두어쳔위ᄅᆞᆯ거ᄉᆞ리고져ᄒᆞ니ᄂᆡ년소 녁강ᄒᆞᆫᄯᆡᄀᆞᆺ흐면너의머리ᄅᆞᆯ버혀텬위ᄅᆞᆯ밝히고져ᄒᆞᄂᆞ니ᄉᆡᆼ심도그런녁율의 말을ᄂᆡ지말나ᄒᆞ며호령이츄상ᄀᆞᆺ흔지라번왕이ᄎᆞ언을드르ᄆᆡ승상의말이당 〃ᄒᆞ여일호굽죄미업ᄂᆞᆫ지라마음의분ᄒᆞ믈참지못ᄒᆞ여죽이고져ᄒᆞ거ᄂᆞᆯ철관 도ᄉᆡ말녀왈아즉죽이지말고가두엇다가츌병ᄒᆞᆯ시의다시무러ᄯᅩ이와ᄀᆞᆺ흐면 버히미올흘가ᄒᆞ오니아즉

10

춤으소셔ᄒᆞ고무ᄉᆞᄅᆞᆯ명ᄒᆞ여지함의가도고긔병ᄒᆞᆯᄉᆡ도ᄉᆡ번왕다려왈곽승상 의상을보니귀ᄌᆞᄅᆞᆯ두어향복이무궁ᄒᆞᆯ지라ᄉᆡᆼ각건ᄃᆡᄒᆡ룡이십여년젼의남ᄒᆡ 용ᄌᆞ로셔상졔게득죄ᄒᆞ여인간의젹거ᄒᆞ여시니필연즁국ᄒᆡ룡이라실노그럴 진ᄃᆡ신통ᄒᆞᆫ도ᄉᆡ긔이ᄒᆞᆫᄌᆡ조ᄅᆞᆯ갈으칠거시니무궁ᄒᆞᆫ조홰만흘지라엇지둘엽

지아니ᄒᆞ리오이졔ᄃᆡ왕은다시승상을쳥ᄒᆞ여여ᄎᆞ〃〃ᄒᆞ소셔왕이즉시승상을쳥ᄒᆞ여달ᄂᆡ니승상이ᄯᅩᄒᆞᆫ쑤지져믈니치ᄆᆡ번왕이무류ᄒᆞ여믈너가며ᄃᆡ로ᄒᆞ여무ᄉᆞ를쑤지져승상을미러ᄂᆡ여원문밧게효시ᄒᆞ라ᄒᆞ니무식승상을결박ᄒᆞ여슈레의실고명픠를달고호셩북을울니며홍ᄉᆞ로목을ᄆᆡ여원문을나올시졔장이좌우의갈나스고장창ᄃᆡ검을버려솟고위엄

11

이셔리갓흐니승상의졍지가련ᄒᆞ더라승상이앙쳔탄왈ᄂᆡ쥭기ᄂᆞᆫ셟지아니ᄒᆞ나그리던부인과아ᄌᆞ을다시못보고흉젹의손의쥭으니혼ᄇᆡᆨ인들엇지원통치아니ᄒᆞ리오ᄒᆞ고인ᄒᆞ여혼졀ᄒᆞ니엇지하늘이무심ᄒᆞ리오이ᄯᅢ희룡이셜산도의셔ᄯᅥ나진번으로향ᄒᆞ여풍우ᄀᆞᆺ치달녀오더니맛참날이져물거놀운남의드러가결도ᄉᆞ를보고진번니반ᄒᆞᆫ일과승상잡아간일을무른ᄃᆡ도식ᄃᆡ경ᄒᆞ여이연유를쥬문ᄒᆞ고긱ᄉᆞ의ᄉᆞ쳐ᄒᆞ여쉬더니원쉬몸이곤ᄒᆞ여침석의〃지ᄒᆞ엿더니비몽ᄉᆞ몽간의ᄒᆞᆫ노승이와이르ᄃᆡ원슈ᄂᆞᆫ무숨잠을이리ᄌᆞᄂᆞ뇨승상의명이시긱의이시니밧비구ᄒᆞ소셔ᄒᆞ거놀놀나ᄭᆡ다르니남가일몽이라즉시졀도ᄉᆞ를쳥ᄒᆞ여젼후말을이르고진번가ᄂᆞᆫ니슈를무르니ᄃᆡ왈쳔여리라ᄒᆞ거놀마음의밧바급히말을치쳐ᄂᆞ오니발셔동방이발고일식이비최

12

ᄂᆞᆫ지라울젹ᄒᆞᆫ회포와무궁ᄒᆞᆫ분긔를니긔지못ᄒᆞ여풍우ᄀᆞᆺ치달녀갈식발셔오시가되엿ᄂᆞᆫ지라진번의다〃라산상의올ᄂᆞ보니엇더ᄒᆞᆫ노인을홍ᄉᆞ로목을〃가슈레의실고나오ᄃᆡ명픠의뼈시ᄃᆡᄃᆡ국반젹곽츙국이라ᄒᆞ엿거놀그제야부친인쥴알고일변슬푸고분긔츙쳔ᄒᆞᆫ지라급히둔갑을베푸러몸을다섯식ᄂᆡ여각〃갑쥬와장검을들니고육졍뉵갑을외와텬지풍운을일위고시석을날니며오방신장으로번진을엄살케ᄒᆞ고삼ᄇᆡᆨ뉵십ᄉᆞ천왕을블너좌우의옹위ᄒᆞ라ᄒᆞ고말을모라젹소검을들고ᄃᆡ호왈무도ᄒᆞᆫ녁젹은나의부친을희치말ᄂᆞᄒᆞ고좌츙우돌ᄒᆞ니번진장졸이사산분쥬ᄒᆞᆫ지라원쉬젹소검을날녀좌우무ᄉᆞ를버히고승상을구ᄒᆞ여ᄆᆡᆫ거슬글으고송님간졀벽쳐의뫼셔안게ᄒᆞ고원쉬복지통

13

곡왈부친은정신을진정ᄒᆞ소셔불초ᄌᆞᄒᆡ룡이왓ᄂᆞ이다ᄒᆞ며통곡ᄒᆞ니승상이 혼미즁의ᄒᆡ룡이란말을듯고손을잡고ᄇᆡᆨ슈의눈물을흘녀왈네ᄒᆡ룡이라ᄒᆞ니 반갑기측냥업고슬푸기무궁ᄒᆞ다네엇지알고와셔나ᄅᆞᆯ구ᄒᆞ며너의모친도평 안ᄒᆞ시냐젼후ᄉᆞ연을말ᄒᆞ라원쉬엿ᄌᆞ오ᄃᆡ부친니정ᄇᆡᄒᆞ신후소ᄌᆡ모친을뫼 시고잇ᄉᆞᆸ더니부친을뫼ᄋᆞᆸ고져ᄒᆞ여모친을하직ᄒᆞᄋᆞᆸ고적소로향ᄒᆞᄋᆞᆸ다가두 문동의두ᄌᆞᄉᆞ와시랑을만나던말이며ᄯᅩ션ᄉᆡᆼ을만나슐법뵈혼말이며셔번을 파ᄒᆞ고쳔ᄌᆞ의공문을가져셜산도로가다가부친소식을듯고진번으로오다가 졀도영의셔ᄭᅮᆷᄭᅮ던말이며모친이궁비정속ᄒᆞ엿던말을세〃히고ᄒᆞ니승상이 청파의오열유체왈ᄂᆡ늣게야너ᄅᆞᆯ나하이ᄃᆡ지장셩ᄒᆞ여국가ᄉᆞ직을안보ᄒᆞ고 ᄯᅩ노부의죄ᄅᆞᆯ푸러몽방ᄒᆞ고ᄯᅩ오날〃급화ᄅᆞᆯ면

14

케ᄒᆞ니엇지명쳔니감동ᄒᆞ시고부체지시ᄒᆞᆫᄇᆡ아니리오ᄒᆞ며귀ᄒᆞᆫ마음을니긔 지못ᄒᆞ여등을어루만져왈지금진번니강셩ᄒᆞ여토번과합세ᄒᆞ여쳘관도ᄉᆞ로 모ᄉᆞᄅᆞᆯ삼고묵특으로션봉을ᄉᆞᆷ아즁원을치고져ᄒᆞ여나ᄅᆞᆯ달ᄂᆡ여너ᄅᆞᆯ유인코 져ᄒᆞᄆᆡᄂᆡ듯지아니코오날ᄀᆞ지경을당ᄒᆞ엿거니와적장묵특은만고명장이라 부ᄃᆡ경적지말나ᄒᆞ며못ᄂᆡ반기며비회ᄅᆞᆯ검치못ᄒᆞ거ᄂᆞᆯ원쉬왈부친은안심ᄒᆞ 소셔소ᄌᆡ비록무ᄌᆡᄒᆞ오나적장은두렵지아니ᄒᆞ여다ᄒᆞ고칼을들고나셔며크 게외여왈진번왕은ᄂᆡ칼을바드라금일너의ᄅᆞᆯ함믈ᄒᆞ고부친의분을ᄡᅵ스리라 ᄒᆞ고다라드니번왕이ᄯᅳᆺ밧게신병을만나ᄆᆡ경황분쥬ᄒᆞ여일변ᄇᆡᆨ마ᄅᆞᆯ잡아피 ᄅᆞᆯᄉᆞ면의ᄲᅮ리고풍ᄇᆡᆨ을블너풍운을ᄡᅵ셔바리며제장군졸을블너팔문금ᄉᆞ진 을치라ᄒᆞ고좌우의ᄉᆡᆼᄉᆞ문을ᄂᆡ고진젼의슉정ᄑᆡ

15

ᄅᆞᆯᄂᆡ여ᄭᅩᆺ고군호ᄅᆞᆯ정제ᄒᆞ며션봉묵특을블너ᄊᆞ홈을도〃거ᄂᆞᆯ원쉬살펴보니 ᄀᆞᆺ으미쳘통ᄀᆞᆽ고풍운니졀노ᄀᆞᆺ치니신장이졉젼치못ᄒᆞᄂᆞᆫ지라ᄒᆡ룡이마음의 혜오ᄃᆡᄂᆡ슐법을당ᄒᆞᆯᄌᆡ업더니오날〃진번의이르러날을항거ᄒᆞ고신병을물

니치며팔진도ᄅᆞᆯ버리니실노응쳔도ᄉᆞ의말ᄉᆞᆷ이올토다ᄂᆡᄌᆡ조ᄅᆞᆯ다시힝ᄒᆞ리라ᄒᆞ고비ᄅᆞᆯ담아붓드시ᄲᅮ리니ᄉᆞ면니다바다히되여슈셰용츌ᄒᆞᄂᆞᆫ지라원ᄉᆔ몸을소〃와공즁의올나웨여왈너의조고마ᄒᆞᆫᄌᆡ조와용ᄆᆡᆼ으로엇지나ᄅᆞᆯ당ᄒᆞ리오ᄒᆞ며젹소검을드니화광이츙쳔ᄒᆞ며뇌셩벽녁이진동ᄒᆞᄂᆞᆫ지라쳘관도ᄉᆡᄃᆡ경ᄒᆞ여션봉묵특으로나가ᄊᆞ호라ᄒᆞ니묵특이응셩츌마ᄒᆞ여웨여왈젹장ᄒᆡ룡은헷장담말고슈히항복ᄒᆞ라너ᄅᆞᆯ진즁의가두어시니무ᄉᆞᆷ근심이〃시리오ᄒᆞ며달아들거ᄂᆞᆯ원ᄉᆔ바라보니

16

신장은십쳑이오몸은단산의ᄆᆡᆼ호ᄀᆞᆺ고얼골은묵장가라부은듯ᄒᆞ고소ᄅᆡ웅장ᄒᆞ여짐짓일ᄃᆡ호걸이오만고명장이라심즁의헤오ᄃᆡ쳘관도ᄉᆡ신통이〃러ᄒᆞ고ᄯᅩ젹장이용ᄆᆡᆼᄒᆞ니간ᄃᆡ로ᄌᆞᆸ지못ᄒᆞᆯ지라이졔검슐노ᄌᆞᆸ으리라ᄒᆞ고변진을살펴본후의젹소검들고묵특으로더부러ᄊᆞ홀ᄉᆡ짐짓젹ᄉᆔ라삼ᄇᆡᆨ여합의승부ᄅᆞᆯ결치못ᄒᆞ고ᄯᅩᄒᆞᆫ시셕이비오듯ᄒᆞ니원ᄉᆔ가장위급ᄒᆞᆫ지라가마니진언을외와몸을ᄉᆞᆷᄇᆡᆨ의ᄂᆞᆫ화젹진을짓치고져ᄒᆞ더니젹장이ᄯᅩᄒᆞᆫ진언을념ᄒᆞ여삼ᄇᆡᆨᄒᆡ룡을막ᄂᆞᆫ지라종일토록ᄊᆞ호다가승뷔업고ᄯᅩᄒᆞᆫ긔갈이심ᄒᆞᆫ지라가마니진언을염ᄒᆞ여혼ᄇᆡᆨ을감초고변신ᄒᆞ여슈긔ᄅᆞᆯ젹진의더지니완연ᄒᆞᆫ원ᄉᆔ라젹장이슈기와ᄊᆞ홀젹의원슈ᄂᆞᆫ진밧게나와녹님산으로도라와승상게뵈온ᄃᆡ승상이문왈네젹진을보니엇더ᄒᆞ더뇨원ᄉᆔᄃᆡ왈소ᄌᆡ

17

셰상의횡힝ᄒᆞ여ᄃᆡ젹ᄒᆞᆯᄌᆡ업더니오날〃묵특의검슐과도ᄉᆞ의ᄌᆡ조ᄅᆞᆯ보오니실노이상ᄒᆞᆫ지라쳔ᄌᆞ의구병을기다려ᄊᆞ호고져ᄒᆞᄂᆞ이다ᄒᆞ니승상이념녀ᄒᆞ믈마지아니ᄒᆞ더라이적의젹장묵특이원슈와닷토다가머리ᄅᆞᆯ버혀들고승젼고ᄅᆞᆯ울니고마상의셔츔츄며장ᄃᆡ의올나도ᄉᆞᄅᆞᆯ보니도ᄉᆡᄃᆡ경왈이ᄂᆞᆫ젹장의머리아니오ᄒᆡ룡의슈긔로다ᄒᆞ고ᄂᆡ치거ᄂᆞᆯ좌위ᄃᆡ경ᄒᆞ여보니과연슈긔러라도ᄉᆡ왈ᄒᆡ룡은심상치아니ᄒᆞ니ᄊᆞ홈으로능히잡지못ᄒᆞ리니이졔계교로뼈ᄌᆞᆸ으리라ᄒᆞ고군즁의젼령ᄒᆞ여지함슈ᄇᆡᆨ쳐ᄅᆞᆯ파고창검을뭇고좌우의손외ᄅᆞᆯ버

려노코션봉을블너왈너일평명의적장으로접젼ᄒᆞ다가거즛픽ᄒᆞ여ᄯᅡ라오면 지함의ᄲᅢ지리니졔비록쳔하명장이라도속졀업시잡히리니부ᄃᆡ명심ᄒᆞ고누 셜치말나ᄒᆞ

18

더라익일평명의묵특이진젼의나셔외여왈적장은어졔미결승부롤결ᄒᆞ라그 러치아니면밧비ᄂᆞ와황복ᄒᆞ고잔명을보젼ᄒᆞ라ᄒᆞ여즐욕이무슈ᄒᆞᆫ지라원쉬 ᄃᆡ로ᄒᆞ여정창츌마ᄒᆞᆯ시승상이당부왈부ᄃᆡ경적지말나너의단긔로적장을엇 지ᄃᆡ적ᄒᆞ리오염녜무궁ᄒᆞ도다원쉬ᄃᆡ왈부친은염녜마옵소셔오날은적진을 진멸ᄒᆞ리이다ᄒᆞ고너다라묵특으로더부러ᄊᆞ화십여합의이르러묵특이거즛 픽ᄒᆞ여본진으로닷거늘원쉬ᄯᅡ라적진의일으니장졸이긔롤누이고창을슘기 고길을통ᄒᆞ여진문으로인도ᄒᆞᄂᆞᆫ듯ᄒᆞ거늘원쉬고이히넉여진문의드지아니 ᄒᆞ고혜아리니적장이나롤유인ᄒᆞ도다ᄒᆞ고녹님즁으로도라오니라잇ᄯᅢ철관 도식히룡을유인ᄒᆞ여진문의이르럿다가도라가믈보고ᄃᆡ경왈적장은만고명 장이로다ᄒᆞ고

19

다시군즁의영ᄒᆞ여녹님즁을블노치려ᄒᆞ고즁군장위연을블너왈너ᄂᆞᆫ녹님산 ᄉᆞ면의삼쳔군거ᄂᆞ리고시초롤ᄊᆞ핫다가장ᄃᆡ의방포소리나거든즉시블을노 흐라ᄒᆞ고후군장밍통을블너왈너ᄂᆞᆫ녹님산북녁히미복ᄒᆞ엿다가블이〃러ᄂᆞ 거든뇌고납함ᄒᆞ라ᄒᆞ고ᄯᅩ젼녕장벽ᄃᆡ롤블너왈너ᄂᆞᆫ오쳔군거ᄂᆞ리고녹님산 셔편어귀의미복ᄒᆞ엿다가블이〃러ᄂᆞ거든고함ᄒᆞ여□셰롤도으라ᄒᆞ고ᄯᅩ묵 특을블너왈그ᄃᆡᄂᆞᆫ오만군거ᄂᆞ리고녹님산남편으로가면삼십니낙산니란골 이〃시ᄃᆡ남철도영이라산악이험쥰ᄒᆞ고셕벽이하날의다흔듯ᄒᆞ니좌우의미 복ᄒᆞ다히룡이블을피ᄒᆞ여그리오리니너다라치면결단코잡으리라ᄒᆞ니묵특 이문왈만일알고아니오면엇지ᄒᆞ리오도식왈적장이우리롤당치못ᄒᆞᆯ쥴알고 구병을기다리미반다시그곳의잇실

20

거시니염녀말나ᄒᆞ니ᄯᅩ문왈젹장의조홰무궁ᄒᆞ니엇지ᄒᆞ리오도ᄉᆡ왈그ᄃᆡᄂᆞᆫ념녜업스니어셔가라졔비록쳔신니라도면치못ᄒᆞ리라ᄒᆞ니묵특이쳥녕이퇴ᄒᆞ여초경의호군ᄒᆞ고이경의ᄒᆡᆼ군ᄒᆞᆯᄉᆡ도ᄉᆡ군즁의졀녕왈위령ᄌᆞᄂᆞᆫ참ᄒᆞ리라ᄒᆞ고각기분발ᄒᆞ니라ᄎᆞ시원ᄉᆔ녹님산의잇셔구병을기다리다가문득션ᄉᆡᆼ의말을ᄉᆡᆼᄀᆞᆨ고봉셔ᄅᆞᆯᄯᅥ혀보니ᄒᆞ여시ᄃᆡ슈다셜홰ᄅᆞᆯᄃᆡ강긔록ᄒᆞ노라그ᄃᆡᄂᆞᆫ남의진의드지말고ᄯᅩᄒᆞᆫ부친을상봉ᄒᆞᆯ거시니엇지깃부지아니리오그러나쳘관도ᄉᆞ의신통ᄒᆞ미만흐니부ᄃᆡ경젹지말고불측지환을당ᄒᆞ리니각별조심ᄒᆞ고녹님즁의잇다가ᄂᆞᆫᄃᆡ화ᄅᆞᆯ면치못ᄒᆞ리니급히남졀녕으로가셔부친을안돈ᄒᆞ고그ᄃᆡᄂᆞᆫ남ᄒᆡ죽님ᄉᆞ의가셔칠일불공ᄒᆞ고경문을통ᄒᆞᆫ후의ᄉᆡᆼ블의도ᄅᆞᆯᄭᆡ치고ᄯᅩ

21

운슈산용왕당을ᄎᆞ져가셔농졔ᄅᆞᆯ축실이지ᄂᆡ고쳔ᄌᆞ의구병을기다려셩공ᄒᆞ고만일ᄂᆡ말을헛도이알다가ᄂᆞᆫ일졍위ᄐᆡᄒᆞᆯ지라이후의후회ᄒᆞ나막급이니부ᄃᆡ나의갈으치믈바라지말고조심ᄒᆞ라ᄒᆞ엿더라원ᄉᆔ보기ᄅᆞᆯ다ᄒᆞᄆᆡ션ᄉᆡᆼ의명감을탄복ᄒᆞ며부친을뫼시고이날밤초경의운남졀도영으로가니라이ᄯᆡ도ᄉᆡ밤이들기ᄅᆞᆯ기다려녹님산ᄉᆞ면의블을노흐니쳔봉만학이녹ᄂᆞᆫ듯ᄒᆞᆫ지라졔장군졸이다즐겨왈이졔ᄂᆞᆫᄒᆡ룡의영혼니남지못ᄒᆞ리라ᄒᆞ더니문득도ᄉᆡ번왕게고왈쳔긔ᄅᆞᆯ본즉ᄒᆡ룡이화ᄅᆞᆯ피ᄒᆞ고졀도영으로갓ᄉᆞ오니이장슈ᄂᆞᆫ짐짓쳔신이라엇지후환니업스리오ᄒᆞ고ᄯᅩ갈오ᄃᆡᄒᆡ룡이필연구병을기다려우리ᄅᆞᆯ항거ᄒᆞ리니엇지ᄒᆞ리오ᄒᆞ더라ᄎᆞ셜원ᄉᆔ운남의가졀도ᄉᆞᄅᆞᆯ보고왈지금진번과토번이합

22

셰ᄒᆞ여황셩을침범코져ᄒᆞ니그ᄃᆡᄂᆞᆫ군마ᄅᆞᆯ급히조발ᄒᆞ라나ᄂᆞᆫ곳남ᄒᆡ용님사로가ᄌᆡ계ᄒᆞ고ᄯᅩ운슈산의가셔용졔ᄅᆞᆯ지ᄂᆡ고올거시니기간의연습을축실이ᄒᆞ라ᄒᆞ고즉시도복을입고죽장을집고근〃니ᄎᆞ져즁님사의다〃르니산셰슈

려ᄒᆞ고경ᄀᆡ절승ᄒᆞᆫ지라산문의셔쥬져ᄒᆞ더니ᄒᆞᆫ노승이나와합댱ᄇᆡ례왈상공
은어ᄃᆡ계시며무ᄉᆞᆷ일노오시니잇고원쉬ᄃᆡ왈나ᄂᆞᆫ즁원ᄉᆞ람으로맛춤소회잇
셔왓ᄉᆞ오니존ᄉᆞᄂᆞᆫ슈고ᄅᆞᆯ앗기지아니면은혜ᄅᆞᆯ갑ᄉᆞ오리이다ᄒᆞ니노승이ᄃᆡ
왈무ᄉᆞᆷ소회잇셔이다지ᄒᆞ시ᄂᆞ잇고원쉬답왈다름아니라지금진번과토번니
합녁ᄒᆞ여황셩을침범코져ᄒᆞᄆᆡ그세ᄅᆞᆯ당키어려온지라블원쳔니ᄒᆞ고왓ᄉᆞ오
니원컨ᄃᆡ존ᄉᆞᄂᆞᆫ소ᄉᆡᆼ을위ᄒᆞ여칠일지계ᄒᆞ고ᄉᆡᆼ블의도ᄅᆞᆯ통ᄒᆞ와소원을일우
게ᄒᆞ소셔ᄒᆞ니노승왈그리ᄒᆞ리이다ᄒᆞ고칠일지계ᄒᆞ여정

23

셩을다ᄒᆞᆫ후원슈ᄅᆞᆯᄃᆡᄒᆞ여왈그만ᄒᆞ면도통을다ᄒᆞ엿거니와운슈산의가셔용
졔ᄅᆞᆯ지ᄂᆡ고용왕의도ᄅᆞᆯ통ᄒᆞ면적진을일조의파ᄒᆞ리라ᄒᆞ고문득간바ᄅᆞᆯ아지
못ᄒᆞᆯ너라원쉬그졔야붓쳐쥴알고공즁을향ᄒᆞ여무슈ᄇᆡ례ᄒᆞ고즉시운슈산의
가용왕당을ᄎᆞ져졔ᄅᆞᆯ졍셩으로지ᄂᆡ고도라와부친게문후ᄒᆞ고졀도ᄉᆞᄅᆞᆯ보고
슈말을일으고구병오기만기다리더니문득쳬탐이보ᄒᆞᄃᆡ진번토번니긔병ᄒᆞ
여황셩으로향ᄒᆞᆫ다ᄒᆞ거ᄂᆞᆯ원쉬급히졀도ᄉᆞ의게하령왈그ᄃᆡᄂᆞᆫ군병을거ᄂᆞ려
ᄂᆡ뒤흘ᄯᅡ루라ᄒᆞ고부친게고왈소지적병을소멸ᄒᆞ고도라오리니야〃ᄂᆞᆫ염녀
치말으소셔ᄒᆞ고하직ᄒᆞ니승상왈너ᄂᆞᆫ모로미경적지말고슈이도라와승젼ᄒᆞ
믈고ᄒᆞ라원쉬ᄇᆡ이슈명ᄒᆞ고가니라이적의원쉬후군니되여번딘으로힝ᄒᆞᆯ시
졀도ᄉᆞ로션봉을ᄉᆞᆷ

24

고힝ᄒᆞ여슈일만의황쥬의이르니ᄇᆡᆨ니사댱의적병이가득ᄒᆞ거ᄂᆞᆯ원쉬즉시육
졍뉵갑을외와삼만뉵쳔ᄉᆞ쳔왕을불으고ᄯᅩ오ᄇᆡᆨ나한을명ᄒᆞ니ᄉᆞ방의오운니
〃러ᄂᆞ고쳔지아득ᄒᆞ며오ᄇᆡᆨ나한은ᄉᆞ면으로엄살ᄒᆞ고삼만뉵쳔왕은좌우로
엄살ᄒᆞ고ᄯᅩ큰비붓드시오며슌식간의물이진즁의ᄀᆞ득ᄒᆞ여ᄃᆡ히가되여시니
양왕이도ᄉᆞᄅᆞᆯ보고왈ᄉᆞ방의물이가득ᄒᆞᄆᆡᄒᆞᆫ조각비업고ᄯᅩᄒᆞᆫ길이업ᄉᆞ니엇
지ᄒᆞ리오ᄒᆞ더니원쉬ᄃᆡ호왈두왕과묵특을ᄌᆞᆸ으라ᄒᆞ니오ᄇᆡᆨ나한과삼만뉵쳔
왕이각〃신위ᄅᆞᆯ발ᄒᆞ여황건역ᄉᆞᄅᆞᆯ호령ᄒᆞ여다결박ᄒᆞ여원슈휘하의올니거

눌원슈당듸의안져무ᄉᆞ롤명ᄒᆞ여양왕을쫄니고ᄯᅮ지져왈너의무도ᄒᆞ여쳔시롤모로고외람이즁원을범코져ᄒᆞ니ᄂᆡ쳔명을밧ᄌᆞ와부친의원슈롤갑고져ᄒᆞ더니너의쳔시롤모로고쳘관도ᄉᆞ의말

25

을듯고이ᄆᆡᄒᆞᆫ나의부친을쥭이려ᄒᆞ고ᄯᅩ나롤죱으려ᄒᆞ여녹님산의블을노흐니ᄂᆡ엇지너의죄롤모로리오이졔너롤죱아시니쥭여셜분ᄒᆞ리라ᄒᆞ고무ᄉᆞ롤호령ᄒᆞ여원문밧게효시ᄒᆞ고즉시표문을닥가농젼의픔달ᄒᆞ고ᄯᅩ부친게글월을〃니고진번셩의드러가군긔와군량을거두어가지고직일발힝ᄒᆞ여졀도영의와부친게뵈온듸승상이깃부믈씌여왈혈〃단신니슈만니젼댱의ᄂᆞ아가젹슈단신으로강젹을소멸ᄒᆞ고명장묵특을일〃지ᄂᆡ의죱아시니이ᄂᆞᆫ고금의드문일이라ᄒᆞ고즉시졀도ᄉᆞ롤하직ᄒᆞ고길을나황셩으로향ᄒᆞᆯ시각읍의노문놋고왕부인게편지롤붓치고힝ᄒᆞᆯ시소과열읍이지경듸후ᄒᆞ여경동치아니리업더라여러날만의황셩의이르러봉황셩하의유진ᄒᆞ고쳔자게양왕과묵특의슈급을목함의너허올니〃상이보시고셔안을쳐듸찬ᄒᆞ시고왈만니

26

타국의혈〃단신으로강젹을멸ᄒᆞ고ᄯᅩ부친을상봉ᄒᆞ여도라오니〃ᄂᆞᆫ국가의홍복이라ᄒᆞ시고계신을모와원슈의공을못ᄂᆡ칭찬ᄒᆞ시고ᄯᅩ하교ᄒᆞᄉᆞ원슈의진즁으로동가ᄒᆞ실식그위의롤이루측냥치못ᄒᆞᆯ너라승상과원슈밧비나와복지ᄒᆞ니쳔지원슈의손을죱으시고셩공반ᄉᆞᄒᆞ믈못ᄂᆡ칭찬ᄒᆞᄉᆞ왈짐이무어스로경의공을갑흐리오ᄒᆞ시고승상부ᄌᆞ와ᄒᆞᆫ가지로환궁ᄒᆞ신후위왕과원슈의게하교ᄒᆞᄉᆞ왈경의부ᄌᆞ의츙졀을모로고경으로ᄒᆞ여금원찬ᄒᆞ미다소인의게속으미오ᄯᅩ부인을졍속가지ᄒᆞ여시니쳣지ᄂᆞᆫ짐이불명ᄒᆞ미오둘지ᄂᆞᆫ경의운쉬라젼ᄉᆞ롤싱각ᄒᆞ면엇지붓그럽지아니ᄒᆞ리오ᄒᆞ시고왕윤졍과됴ᄉᆞ원과검부의가도라ᄒᆞ시고갈오ᄉᆞ듸경의부지환경ᄒᆞᆫ후임의로쳐치ᄒᆞ여후인을증계ᄒᆞ려ᄒᆞ엿노라ᄒᆞ시니원슈복지쥬왈신니임의

27

져의게참소ᄅᆞᆯ입어신의아비ᄅᆞᆯ원찬ᄒᆞᆫ일과진의뫼관비정속ᄒᆞ미다져의죄오
니신의마음이분통치아니ᄒᆞ리잇고ᄒᆞ고삼인을다무ᄉᆞ로ᄒᆞ여금결박ᄒᆞ여쳐
소로다령ᄒᆞ라ᄒᆞ고즉시집으로도라와ᄇᆡᆨ화당의좌긔ᄅᆞᆯ베풀고무ᄉᆞᄅᆞᆯ호령ᄒᆞ
여왕윤정과됴ᄉᆞ원최경운등을나입ᄒᆞ여계하의ᄭᅮᆯ니고여셩ᄃᆡ즐왈너의다낫
츨드러날을보라ᄯᅩ분부왈네나와무ᄉᆞᆷ원슈로부친을참소ᄒᆞ여시며모친과가
산을다적몰ᄒᆞ고유〃부족ᄒᆞ여나ᄅᆞᆯ잡으려ᄒᆞ여시니무ᄉᆞᆷ뜻이며네ᄃᆡ〃국녹
지신으로난세ᄅᆞᆯ당ᄒᆞ면몸이맛도록국ᄉᆞᄅᆞᆯ도을거시어ᄂᆞᆯ도로혀님군으로ᄒᆞ
여금젹의게항복ᄒᆞ라ᄒᆞ니그런ᄃᆡ역부도가어ᄃᆡ잇시리오ᄒᆞ고무ᄉᆞᄅᆞᆯ호령ᄒᆞ
여쳐참ᄒᆞ라ᄒᆞ고즉시궐ᄂᆡ의드러가쳔자게복지쥬왈신니폐하의덕턱으로부
모의원슈ᄅᆞᆯ갑ᄉᆞᆸ고ᄯᅩ영귀ᄒᆞ미

28

이ᄀᆞᆺᄉᆞ오니엇지셩은을만분지일이나갑ᄉᆞ오리잇가ᄒᆞ고믈너ᄂᆞ와부모게ᄌᆞ
초지ᄉᆞᄅᆞᆯ다말ᄉᆞᆷᄒᆞ오니왕과비못ᄂᆡ깃거ᄒᆞ더라상이예조로턱일ᄒᆞ니일슌니
격ᄒᆞᆫ지라길일을당ᄒᆞ여적장공쥬로좌승상곽희룡의게하가ᄒᆞ시니그위의셩
비ᄒᆞ미비ᄒᆞᆯᄃᆡ업더라승상이공쥬로화락ᄒᆞ고부모게지효ᄅᆞᆯ다ᄒᆞ더니흥진비
ᄅᆡᄂᆞᆫ고금상ᄉᆡ라위왕이위연득병ᄒᆞ여ᄇᆡᆨ약이무효ᄒᆞᄆᆡ왕이〃지못ᄒᆞᆯ쥴알고
승상의손을잡고눈물을흘녀왈ᄂᆡ나히팔십이라죽은들무ᄉᆞᆷ한니〃시리오마
ᄂᆞᆫ황상의국은을만분지일이나갑지못ᄒᆞ고황쳔의도라가니엇지황공치아니
리오너ᄂᆞᆫ황상을츙셩으로셤기고가ᄉᆞᄅᆞᆯ나잇실ᄯᆡ와ᄀᆞᆺ치ᄒᆞ라ᄒᆞ고즉시훙ᄒᆞ
니승상부뷔ᄋᆡ통ᄒᆞ고일긔망극ᄒᆞ여ᄒᆞ더라슈삭이못ᄒᆞ여왕비ᄯᅩ훙ᄒᆞ니승

29

상이슈월지ᄂᆡ의부뫼구몰ᄒᆞ물당ᄒᆞᄆᆡ호쳔고지ᄒᆞ며쵸죵을왕녜로션산의안
장ᄒᆞ고광음이훌〃ᄒᆞ여삼상을맛치ᄆᆡ상이비감ᄒᆞᄉᆞ친니승상부즁의힝〃ᄒᆞ
ᄉᆞ치졔ᄒᆞ시고도라오시니이ᄯᆡ승상이삼년을지ᄂᆡ고궐ᄂᆡ의드러가텬ᄌᆞ게뵈
오니상이뭇ᄂᆡ반기ᄉᆞ벼ᄉᆞᆯ을도〃ᄉᆞ부마로위왕을봉ᄒᆞ시고공쥬로왕비ᄅᆞᆯ봉

ᄒᆞ시니승상이지삼사양ᄒᆞ다가봉지ᄒᆞ여위국으로도라오니그위의거록ᄒᆞ미측냥치못ᄒᆞᆯ너라여러날만의위국의이르러직위ᄒᆞ니만조ᄇᆡᆨ관이다쳔셰롤부르더라왕이즉위ᄒᆞᆫ후셰화연풍ᄒᆞ고국ᄐᆡ민안ᄒᆞ여강구연월의격양가로일삼더라셰월이여류ᄒᆞ여왕위슈십년의공쥐삼ᄌᆞ이녀롤연ᄉᆡᆼᄒᆞ니기〃히부풍모습ᄒᆞ여옥골션풍이러라왕이일년일ᄎᆞ식황뎨게조회ᄒᆞ니상이뭇

30

너깃거ᄒᆞ시니왕이쥬왈양신을갈희여국졍을돕게ᄒᆞ소셔상이갈오ᄉᆞᄃᆡ경은짐을위ᄒᆞ여양신을쳔거ᄒᆞ라ᄒᆞ시니왕이츙녈후곽운농의아달을쳔거ᄒᆞ니상이보시고ᄃᆡ희ᄒᆞᄉᆞ즉시곽셩일노이부시랑을ᄒᆞ이시니왕이쳔ᄌᆞ게하직ᄒᆞ고〃국으로도라오니졔신니지영ᄃᆡ후ᄒᆞ엿더라이후로계〃승〃ᄒᆞ여왕위롤누리더라

셰지을ᄉᆞ이월일향슈동필셔